MIRA®

Der Preis dieses Bandes versteht sich einschließlich
der gesetzlichen Mehrwertsteuer.

Umwelthinweis:
Dieses Buch wurde auf chlor- und säurefreiem Papier gedruckt.

Michael H. Schenk wurde 1955 geboren und lebt in der Nähe von Bonn. Er arbeitet im Informationswesen einer Bundesbehörde.

Sein besonderes Interesse gilt den Menschen und ihrer Entwicklungsgeschichte, woraus sich auch seine Idee zur Reihe der Pferdelords entwickelt hat. Im Bereich der Fantasy geht es ihm vor allem darum, eine fantasievolle Umgebung zu schaffen, die jedoch noch immer so realistisch wirkt, dass sie vom Leser als natürlich empfunden wird. Dazu gehört auch die Entwicklung einer Historie, von Landschaften, Lebensformen und von Personen, mit denen sich der Leser bei aller Unterschiedlichkeit immer noch identifizieren kann und die ihn zusammen mit einer spannenden und aktionsgeladenen Handlung gleichermaßen fesseln und unterhalten sollen.

Die Pferdelords und die Korsaren von Um'briel

MIRA® TASCHENBUCH
Band 65014
1. Auflage Mai 2008

MIRA® TASCHENBÜCHER
erscheinen in der Cora Verlag GmbH & Co. KG,
Valentinskamp 24, 20350 Hamburg
Originalausgabe

Die Veröffentlichung dieses Werkes erfolgt auf Vermittlung der Autoren- und
Verlagsagentur Peter Molden, Köln

Konzeption/Reihengestaltung: fredebold&partner gmbh, Köln
Umschlaggestaltung: pecher und soiron, Köln
Lektorat: Ulf Müller, Köln
Illustrationen: Alexander Jung, Hamburg/
pecher und soiron, Köln
Satz: Buch-Werkstatt GmbH, Bad Aibling
Druck und Bindearbeiten: CPI – Ebner & Spiegel, Ulm
Printed in Germany
ISBN: 978-3-89941-471-4

www.mira-taschenbuch.de
www.pferdelords.de
www.mirafantasyblog.de

Michael H. Schenk

Die Pferdelords und die Korsaren von Um'briel

Fantasyroman

MIRA®

Die Völker

Das Kaltmeer
Die weißen Sände
Zwerge
Elfen des Waldes
Tarsilan
Pferdelords
Die Barbaren des Dünenlandes
Enderon
Das Königreic
Die westlichen Wasser
Gedaneris
Das verlore
Das Südmeer
250 Tausendlängen
Grenze
Hauptfluss
Handelsroute

N
W
Ø
S
Das Eisvolk
Die Nachtläufer
Orks
Das Volk der Lederschwingen
Alneris
Orks
Die Sandbarbaren
önigreich

N
W
O
S
Eternas
Hochmark
25 Tausendlängen
Die versteinerten
Südpass
Alte Festung
Nordmark
Eodan
Hammerturm
Reitermark
Furten des Eisen
Westmark
Gondan
Bergfestung
Enderona
Königsmark

Die Marken der Pferdelords
Wälder
Die weißen Sümpfe
Merdonan
OSTMARK
Tergonas
SÜDMARK
Hedan
Grenze
Hauptfluss
Handelsroute

Eternas
Die versteinerten Wälder
Merdonan
Tergonas
Pferdelords
Enderonas
Mittlere Handelsroute
Hedan
Königreich
von
Alnoa
Lheonaris
Rhokaris
Alneris
Die Mittelberge / Teanus
Strasse von Gendaneris
Mintris
Gendaneris
Die Südberge / Hesparet
Die Ebene von Lemar
Bucht von Gendaneris

Die Schwärme der See – Um´driel

1

Zu einer Zeit, die selbst die Elfen nicht benennen konnten, war dies ein beeindruckender Berg gewesen. Mit seinem hohen Kegel hatte er das Land weit überragt. Dann hatten Beben die Erde erschüttert, und der hohe Berg war unter einer Wolke aus Feuer und Asche verschwunden. Glühendes Gestein war seine Flanken hinabgeflossen und das Land war für lange Zeit in Finsternis versunken, bis irgendwann die Sonne erneut hervorbrach. Aber das Antlitz der Erde hatte sich gewandelt, und an die Stelle des hohen Bergkegels war ein großer Krater getreten, dessen Wände steil abfielen und an dessen Grund sich gelblich-grüne Nässe sammelte. Wieder verging eine lange Zeit, und die Erosion forderte ihren Tribut. Ein kleiner Teil der Kraterwand gab nach, stürzte ein und das Wasser des die Ebene durchziehenden großen Flusses strömte in den Krater und bildete dort einen kristallklaren See. Viele Menschenalter später gab es den Krater und seinen See noch immer, aber sein Anblick hatte sich abermals gewandelt.

Wenn man sich dem Berg von weit her näherte, sah er nun wie ein flacher Kegel aus, dessen Spitze abgetrennt war. Der scharfkantige Fels wies die verschiedensten Schattierungen von Schwarz über Grau bis Braun auf und stieg vom Fuß des Berges immer steiler an. Oben, auf dem Rand des Kraters, erhob sich in strahlendem Weiß das typische glatte Mauerwerk menschlicher Baukunst: eine hohe und massive Wehrmauer, die sich um den gesamten Krater herumzog und von achteckigen Türmen mit Plattformen unterbrochen war, auf denen schwere Katapulte und Dampfkanonen standen. Überragt wurde diese Anlage von dem gewaltigen Turm, der sich inmitten des Kratersees auf einer Insel erhob. Aufgrund seiner enormen Höhe wirkte er trotz seines beachtlichen Durchmessers schlank und filigran; seine Wände waren durchbrochen von zierlich wirkenden Balkonen und Brüstungen und seine Spitze endete in einer metallenen Schüssel, in der das Signalfeuer der Stadt entzündet werden konnte.

Der Turm war umgeben von säulengetragenen Gebäuden und Grünflächen. Hier wirkten König und Kronrat des Reiches von Alnoa. Geschwungene Brücken führten über den großen Kratersee hinweg zu dessen Ufern. Dort lagen die Häuser der Stadt, die dem Verlauf der Kraterwände folgten. Ringförmig in übereinanderliegenden Terrassen angeordnet, vermittelten sie den Eindruck, sie seien die Zuschauer in einem riesigen Amphitheater, dessen Bühne der Königspalast mit dem Signalfeuer bildete. Bei den Gebäuden dominierte der weiße Stein, den die Bauherren des Reiches bevorzugten, weshalb man die Stadt auch die „Weiße Stadt" nannte. Sie war die Hauptstadt des Königreiches von Alnoa und trug den Namen Alneris.

Kein Feind hatte seinen Fuß je in die Stadt setzen können, obwohl man es versucht hatte. Vor vielen Jahreswenden war eine starke Armee des Schwarzen Lords auf den Feldern erschienen, die Alneris umgaben. Die mächtigen Katapulte der Orks hatten den Verteidigungsanlagen Schaden zugefügt, aber diese hatten standgehalten, bis die Beritte der Pferdelords den Menschen des Reiches Alnoa zu Hilfe kamen und die Rettung brachten.

Es gab nur einen Zugang zur Stadt, dort, wo einst ein Teil der Kraterwand eingestürzt war und sich nun der große Fluss in den Kratersee ergoss. Aber diese Zufahrt zum Hafen von Alneris, der im Innern des Kraters gelegen war, und die gepflasterte Straße, die daran entlang in die Stadt hineinführte, waren durch schwere Tore und mächtige Batterien geschützt.

Der Fluss Genda verband die Stadt mit dem offenen Meer, und der träge wirkende, aber tückische Strom erreichte rasch eine Breite von zwanzig Tausendlängen. Erst nach rund vierhundertfünfzig Tausendlängen mündete er in die riesige Bucht von Gendaneris, wo die gleichnamige Hafenstadt die Zufahrt schützte. Von Alneris aus gesehen erhoben sich am linken Ufer die massigen Formen des südlichen Gebirges von Hesparat und bildeten eine Art natürliche Grenze zum verlorenen Reich der alten Könige. Am rechten Ufer öffnete sich das Land, das zum Königreich Alnoa gehörte.

Es war ein reiches Land, mit riesigen Wäldern und fruchtbaren Ebenen. Ein Land, das ein Leben im Überfluss ermöglichte. Die Bäume waren groß und ausladend und hatten eine weiße Rinde, die nur gelegentlich von dunklen Flecken bedeckt war. Diese Bäume hatten dem Königreich den Beinamen des „Reiches der weißen Bäume" eingetragen. Ihr Holz war stark und fest, und so waren auch die Schiffe des Reiches Alnoa stark und fest.

Die „Shanvaar" hatte den Hafen von Alneris vor einer Tageswende verlassen und fuhr nun den Fluss entlang in Richtung Gendaneris. Großkapitän Gort ta Mergon stand an der Reling des Brückenaufbaus am Heck seines Schiffes und wagte es kaum, die hölzerne Einfassung zu berühren. Die Sonne brannte unbarmherzig vom Himmel herab, und Holz und Metall der Aufbauten hatten sich unangenehm aufgeheizt. Der adlige Großkapitän beneidete seine Matrosen nicht, die barfüßig über die Planken des Schiffes hasteten oder an der Takelage in die Masten aufenterten.

Die „Shanvaar" gehörte zu den Neubauten der alnoischen

Marine, und dies war ihre erste Feindfahrt. Gort ta Mergon fieberte dem Aufeinandertreffen mit dem Gegner ebenso entgegen wie seine Offiziere und die Besatzung und er war froh, in seinem Ersten Offizier und einigen der Matrosen erfahrene Seeleute an Bord zu haben. Es war nicht leicht für ihn gewesen, das Kommando zu erhalten, und viele beneideten ihn nun zu Recht um dieses Schiff.

Die „Shanvaar" maß fast vierzig Längen von Bug bis Heck und war knappe sechs Längen breit. Der hölzerne Rumpf bestand aus dicken Planken des Weißbaums und war unterhalb der Wasserlinie mit Platten aus Gold beschlagen, die einen Bewuchs des Unterwasserschiffes mit Algen und Muscheln verhindern sollten. Der Bug war unter Wasser mit einer langen Ramme, von Metallplatten verstärkt, versehen und nach oben hin sanft ausgezogen. An seinem Ende zeigte er das Wappen des Reiches Alnoa, drei weiße Bäume auf grauem Grund. In der Mitte des Schiffes stand der Hauptmast, der an seinem Ende mit der Querstange für das Hauptsegel und der Ausguckplattform versehen war. Ein zweiter, wesentlich kleinerer Mast ragte vor der Brücke am Heck auf. Masten und Segel wirkten für ein Segelschiff ausgesprochen bescheiden und schienen kaum in der Lage, der „Shanvaar" Geschwindigkeit zu verleihen. Doch sie waren auch nur für den Notfall gedacht, denn das Kampfschiff wurde von einem Brennsteinantrieb bewegt.

Ungefähr in der Mitte des Rumpfes war unter Deck die wuchtige Konstruktion des Brennsteinkessels verborgen, in dem aus Wasser Dampf gebildet wurde, welcher das Schiff antrieb und zugleich seine gefährlichste Waffe bildete. Von der Brennsteinmaschine liefen rechts und links je eine armdicke Metallwelle zur jeweiligen Seite des Schiffes, um dort in einer großen metallenen Scheibe zu enden. An einem Außenpunkt der Scheibe war jeweils eine lange Stange befestigt, die zu den Gegenstücken der Scheiben am Heck der „Shanvaar“ führten. Dort, unter der hinten überstehenden Brücke, drehte sich das gewaltige Schaufelrad, welches das Wasser des Flusses mahlte und dabei das Schiff vorwärtsschob.

Der Dampfantrieb durch Brennstein war neu, und nicht jeder Seemann in Alnoa war davon angetan, denn die Maschine im Bauch des Schiffes stampfte und dröhnte, strahlte Hitze in den Rumpf und musste stets mit Wasser und Brennstein versorgt werden.

Auch Halblar, der Erste Offizier der „Shanvaar“, hatte sich mit dem lärmenden Antrieb noch nicht anfreunden können. Nur seine Freundschaft zu dem adligen Kapitän hatte ihn bewogen, mit an Bord zu gehen. Als er nun neben seinen Freund trat und die Hände automatisch auf die Reling der Brücke legte, stieß er einen halblauten Fluch aus und zog die Finger hastig zurück. „Verfluchte Hitze. Hier oben ist es auch nicht viel besser als unten im Rumpf. Dabei dachte ich, die Maschine sei nicht zu überbieten. Ich frage mich, wie unsere Brennsteinmänner es da unten aushalten.“

„Sie sind es gewöhnt.“ Gort ta Mergon nahm den Helm mit den beiden Federn eines Großkapitäns vom Kopf und wischte sich den Schweiß von der Stirn. „Und die es nicht gewöhnt sind, werden es bald sein.“

„Wie kann man sich an solchen Lärm und solche Hitze gewöhnen?“ Halblar schüttelte verächtlich den Kopf. „Ich sage dir, Gort, mein Freund, ich vermisse den erfrischenden Druck des Windes in den Segeln, das leise Flappen der Leinwand und das Knarren des Tauwerks.“

„Auch wir haben knarrendes Tauwerk“, brummte ta Mergon schmunzelnd vor sich hin.

„Ja. Aber ansonsten hört man nur dieses Stampfen und Zischen.“ Halblar wies hinter sich zum Heck. „Und das Klatschen des Schaufelrades. Ich kann nachts ja nicht mehr schlafen.“

„Auch du wirst dich an den Lärm gewöhnen.“ Der Großkapitän sah seinen Freund lächelnd an. „Immerhin macht uns die Brennsteinmaschine unabhängig vom Wind, mein Freund. Während der Feind fahrtlos in den Wellen liegt und auf Wind hofft, können wir manövrieren und ihn vernichten.“

Halblar spuckte ins Wasser. „Doch wenn er Wind hat, fährt er uns davon.“ Er schlug seufzend auf die Reling und verzog erneut das Gesicht. „Jeder wird uns davonfahren, mein Kapitän. Gegen einen fahrenden Segler kommen wir nicht an.“

„Wir fahren nur mit halber Kraft“, tröstete ta Mergon. „Warte, bis wir den Kessel ordentlich geheizt haben, dann wirst du sehen, dass die ‚Shanvaar‘ wie ein elfisches Pfeilschiff über die Wellen fliegt.“

Halblar sah sich kurz nach eventuellen Zuhörern um und gab dann einen obszönen Laut von sich. „Ich weiß, Gort, du liebst dieses Schiff und hast um das Kommando gekämpft, aber du hättest einen der schnellen Kampfsegler wählen sollen. Mit diesem Brennsteinkessel unter unseren Füßen werden wir den Feind nicht einholen können, und wenn es eng wird, können wir ihm auch nicht davonfahren.“ Er lachte freudlos. „Außer vielleicht bei Windstille.“

Die Worte seines Freundes begannen Gort zu ärgern. „Du verschließt dich der neuen Zeit, Halblar. Der Brennstein verleiht unserem Schiff besondere Kraft.“ Er wies nach vorne in Richtung Bug. Dort, vor dem vorderen Mast, stand der runde Turm für die Hauptwaffe des Schiffes. „Und unserer Dampfkanone vermag kein feindliches Schiff standzuhalten.“

„Wenn sie denn trifft und der Feind lange genug stillhält."

„Halblar." Gorts Stimme verriet seinen Unmut und ermahnte den Freund, nun besser einzulenken. Der Großkapitän wies über den Fluss. „Mit einem Kampfsegler kannst du bei diesem schwachen Wind kaum manövrieren, doch die ‚Shanvaar' schafft dies mühelos. Und wenn wir die Kraft des Dampfes zum Geschütz leiten, wird sein Geschoss jeden feindlichen Schiffsrumpf zerschmettern." Gort sah den Freund eindringlich an. „Auf eine Entfernung, in der kein feindliches Katapult uns treffen kann."

Der Dampf aus dem Brennsteinkessel trieb sowohl das mächtige Schaufelrad als auch das Geschütz an. Man musste am Kessel nur einen schweren Ventilhebel umlegen, damit der Dampf nicht mehr auf die Antriebswelle traf, sondern durch die vordere Dampfleitung das Geschütz erreichte. Dort wurde der Druck in einer Kammer des Geschützrohres gesammelt, bis er groß genug war, um das schwere Kugelgeschoss aus dem Geschützlauf zu treiben. Der Vorgang benötigte eine gewisse Zeit, in der man das Ziel im Visier halten musste. Zudem war das Schiff in diesen Augenblicken ohne Antrieb, aber die Konstrukteure schworen, dass dies nicht sonderlich ins Gewicht fallen würde. Gort ta Mergon war geneigt, ihnen zu glauben, denn die schweren Dampfkanonen der Stadtverteidigung hatten sich bereits bewährt. Aber es behagte ihm nicht, sein Schiff im Gefecht ohne Antrieb zu sehen, und wenn es auch nur für Augenblicke war. Denn diese Momente konnten einem Feind genügen, um die „Shanvaar" mit einem Hagel von Katapultgeschossen einzudecken oder sie sogar zu rammen.

Das Hauptsegel flappte lustlos im Wind. Die Brise war zu schwach, um das Segel zu füllen, zumal das Schaufelrad das Schiff vorantrieb. Im Grunde war die Leinwand im Augenblick nutzlos und hemmte vielleicht sogar ihre Fahrt, aber Gort konnte sich nicht dazu entschließen, die Segel einholen zu lassen. Immerhin spendeten sie etwas Schatten und brachten Linderung von der brütenden Sonne.

Einige der Matrosen sangen eine der alten Seefahrerweisen, und Halblar stimmte leise summend ein. Die Stimmung der Mannschaft war gut. Sie war froh, endlich der Enge des Hafens entronnen zu sein und sich auf dem großen Fluss zu bewegen. Vielleicht ergab sich sogar die Gelegenheit, ein Stück aufs Meer hinauszufahren. Einst war das die Bestimmung der Seeleute von Alnoa gewesen, als die Schiffe des Königreiches noch Handel mit weit entfernten Ländern getrieben hatten. Doch diese Zeit war vorbei, denn eines Tages war die Brut der Schwärme erschienen und hatte begonnen, das Meer mit ihren schwarzen Schiffen zu bedecken. Zunächst waren es nur wenige Korsaren gewesen, und die Marine von Alnoa hatte sie noch aufhalten können, aber dann waren die Schiffe des Feindes immer zahlreicher geworden. Nun gehörte das Meer den Schwarmschiffen der Korsaren, und die Schiffe der Menschen befuhren nur noch die küstennahen Gewässer. Nur die Elfen trauten sich, so sagte man zumindest, gelegentlich noch aufs Meer hinaus. Aber Gerüchte gab es viele, und Elfen waren nicht weniger verwundbar als ein Mensch. Nein, die Korsaren beherrschten die Wasser, so wie die Reiche der Menschen, Elfen und Zwerge das Land beherrschten.

„Wasserwirbel rechtsweisend voraus“, erklang die Stimme des Ausgucks von der Plattform des Hauptmastes.

Gort blickte unter dem Hauptsegel und über den Geschützturm hinweg zum Bug. „Das muss die Untiefe von Debun sein. Die Fahrrinne verengt sich hier, und über der Sandbank bilden sich Wirbel.“ Gort wandte sich an den Steuermann, ohne sich umzudrehen. „Steuer zehn Grad linksweisend, Maschine auf zweihundert Umdrehungen." Er legte eine Hand an den Mund. „Einen Mann mit Lot in den Bug!"

„Steuer zehn Grad linksweisend, Maschine auf zweihundert Umdrehungen!" Der Matrose am Steuer korrigierte den Kurs, und ein anderer brüllte die Anweisung des Kapitäns in einen metallenen Schlauch mit Trichter hinein, der die Worte zum Maschinisten trug.

Die Strömung des Genda war hier recht stark und wirbelte Schlamm und Schmutz vom Grund auf, sodass an dieser Stelle das Wasser immer getrübt war. Man musste den Verlauf der Wellen und das Muster von Verwirbelungen entziffern, sich auf seine Kenntnis des Flusses und auf das Lot verlassen, damit man an den tückischen Verengungen der Fahrrinne nicht auflief. Ein Stück weiter den Fluss hinunter verrotteten die Wracks zweier Korsarenschiffe, die sich den Rumpf an Unterwasserfelsen aufgerissen hatten und gesunken waren.

Ein Matrose, in der kurzen Jacke und den knielangen Hosen seines Berufsstandes, rannte an der rechten Seite des Schiffes entlang und führte das Lot mit sich. Es bestand aus einem metallenen Zylinder, der an einer langen Leine befestigt und an der Unterseite mit Talg bestrichen war. Als der Mann den Bug erreichte, beugte er sich weit vor, hielt sich mit einer Hand an der aufgeheizten Reling fest und warf mit der anderen das Lot aus. Klatschend tauchte der Zylinder ins Wasser ein, während die Leine an dem langsam fahrenden Schiff entlangzuschwimmen schien.

„Recht so", brummte ta Mergon. „Kurs halten!"

„Steuer mittschiffs, Kurs halten", erwiderte der Steuermann.

„Drei Längen unter dem Rumpf", rief der Matrose mit dem Lot.

„Zu dicht am Ufer", brummte Halblar. „Wir sollten mehr

zur Mitte der Fahrrinne."

„Wir haben Flut, und drei Längen Wasser unter dem Rumpf reichen."

„Wenn es die Untiefe von Debun ist."

Ta Mergon seufzte leise. „Welche Farbe hat der Grund?", rief er nach vorne. Er sah seinen Freund an. „Es ist Debun. Glaube mir, Halblar, ich kenne den Fluss."

Der Matrose am Lot zog den Metallzylinder hoch und betrachtete dessen Unterseite. Im weichen Talg hatte sich Material vom Grund des Flusses eingepresst. „Roter Grund, grober Kies, glatt geschliffen", meldete er und warf das Lot erneut aus.

„Debun", stellte ta Mergon fest. „Wie ich es sagte. Ich kenne den Fluss."

Halblar zuckte die Achseln. „Ich weiß. Aber durch die Strömung wandern die Untiefen gelegentlich."

Der Großkapitän stieß ein leises Grunzen aus, das alles Mögliche bedeuten konnte. „Heute befahren wir nur den Fluss und die küstennahen Gewässer. Bei den Finsteren Abgründen, es gab andere Zeiten, Halblar, mein Freund."

„Ja, die gab es."

Gort seufzte abgrundtief. „Steuermann, auf alten Kurs gehen. Wir sind nun an Debun vorbei. Fahrt auf hundert Umdrehungen!"

Das Steuer bewegte sich und Kommandos ertönten. „Alter Kurs liegt an, mittschiffs. Maschine auf hundert Umdrehungen."

Halblar wandte sich um und beschattete die Augen gegen die Sonne. „Sie folgen mittschiffs."

„So besagt es der Befehl des Königs." Gort ta Mergon machte sich nicht die Mühe, sich umzuwenden. Natürlich folgten die beiden anderen Schiffe des kleinen Geschwaders der „Shanvaar". Die „Aivaar" war baugleich mit dem Flaggschiff und verfügte somit ebenfalls über Schaufelradantrieb und Dampfkanone. Die dahinter folgende „Netluaar" hingegen war einer der klassischen Kampfsegler. Ihr Rumpf war etwas länger und trug drei große Masten; entlang ihren Längsseiten standen Katapulte und im Geschützdeck waren die Bolzenwerfer noch hinter den Luken verborgen.

„Sie hat Mühe, uns zu folgen", knurrte Halblar. „Sie fällt zurück."

„Die ‚Netluaar'?" Gort lachte leise. „Das wundert mich nicht. Wir haben kaum Wind. Wie ich dir schon sagte, Halblar, der Brennsteinantrieb hat auch seinen Vorteil." Der Großkapitän des Geschwaders wandte sich nun doch um und musterte die nachfolgenden Schiffe. „Dabei hat ihr Kapitän schon jeden Fetzen Tuch gesetzt. Nun, ich will ihm die Schande ersparen, sich von der ‚Aivaar' schleppen zu lassen. Steuermann, die Maschine soll auf fünfzig Umdrehungen heruntergehen."

Sie verlangsamten ihre Fahrt, aber der Segler hatte noch immer Mühe, mit den beiden Dampfschiffen Schritt zu halten. Gort wusste jedoch, dass seine stille Genugtuung von kurzer Dauer sein würde. Sobald Wind aufkam, würde ihnen der schnelle Segler mühelos davonfahren können. Der adlige Großkapitän bedauerte, dass man die Brennsteinantriebe noch nicht wirkungsvoller machen konnte.

„Rauch, rechtsweisend voraus", meldete plötzlich der Ausguck.

„Das ist Mintris", knurrte einer der Matrosen grimmig. „Diese verfluchten Bestien. Möge die ewige See sie auf ewig verschlingen."

„Den Gefallen wird sie uns schwerlich tun", erwiderte

Halblar leise. „Immerhin sind die Bastarde auf ihr zu Hause."

Gelegentlich segelte ein Schwarm der Korsaren die Küste entlang, um Siedlungen zu überfallen und zu plündern. Selbst den Fluss waren sie oft genug heraufgekommen, bis die Hafenstadt Gendaneris die Bucht endlich sicherte und die Bestien mit ihren Batterien und Wachschiffen fernhielt. Meistens zumindest, denn ab und zu schlüpften in der Nacht doch ein oder zwei Korsaren hindurch und wagten sich den Fluss hinauf. So war es auch vor einigen Tageswenden gewesen, als eine Horde der Bestien über die Stadt Mintris hergefallen war und dort so lange gemordet und geplündert hatte, bis zwei Regimenter der Garde sie endlich vertrieben. Ein Teil des Schwarms hatte sich auf die Schiffe retten können, die sich nun irgendwo zwischen Mintris und Gendaneris auf dem Fluss befinden mussten. Es war Gort ta Mergons Aufgabe, diese beiden Korsarenschiffe zu stellen und zu vernichten. Vielleicht konnten sie sogar ein paar der Bestien fangen, um sie dann zur Genugtuung der Bürger auf dem großen Platz hinzurichten.

Die Stadt war nur undeutlich zu erkennen, denn obwohl der Überfall der Korsaren schon einige Tageswenden zurücklag, hing über ihr noch immer schwerer dunkler Rauch in der Luft.

„Das werden die Kornspeicher sein", meinte einer der Matrosen. „Die Häuser haben die Bewohner bestimmt längst gelöscht, aber wenn die Speicher brennen, dauert es seine Zeit."

Neben der Stadt war das Zeltlager der alnoischen Truppen zu erkennen. Dort war Bewegung, und eine Gruppe von Reitern preschte zum Ufer herüber. Einer der Männer führte eine weiße und eine rote Flagge mit sich, deren Tuch jeweils eine halbe Länge im Quadrat maß. Er sprang aus dem Sattel, sah zu den Schiffen herüber und begann die Fahnen in einer bestimmten Abfolge zu bewegen.

„Zwei Schiffe der Bestien sind entkommen“, las Großkapitän Gort ta Mergon ab. „Eines von ihnen ist schwer beschädigt. Sie sind flussabwärts gefahren.“

„Wohin auch sonst?“, brummte Halblar. „Die verfluchten Bastarde haben ihre Beute gemacht und bringen sie nun in Sicherheit. Ich frage mich, wie sie überhaupt an Gendaneris vorbeischlüpfen konnten.“

Der Signalwinker der „Shanvaar“ bestätigte die Winkmeldung vom Ufer, und ta Mergon seufzte leise. „Ihre schwarzen Schiffe sind in der Nacht fast unsichtbar. Zumindest wenn sich Wolken vor die Sterne schieben. Zudem sind Bucht und Fluss sehr breit. Die Bestien warten nur auf eine Gelegenheit, an der Hafenfestung mit ihren wenigen Wachschiffen vorbeizuschleichen. Meist werden sie entdeckt, aber“, er zuckte die Schultern, „gelegentlich kommen ein paar von ihnen durch.“

„Ja.“ Halblar spuckte ins Wasser. „Und dann morden und plündern sie.“

„Diesmal werden sie uns nicht entkommen“, sagte ta Mergon zuversichtlich. „Zumindest das beschädigte Schiff wird langsam sein. Noch vor Gendaneris werden wir die Bestien stellen.“ Der Großkapitän wandte sich dem Steuermatrosen zu. „Maschine auf dreihundert Umdrehungen. Ich will sie zu fassen kriegen.“

„Maschine auf dreihundert Umdrehungen“, bestätigte der Mann am Steuer.

„Die ‚Netluaar‘ wird mit ihren Segeln nicht mithalten können“, warf Halblar ein.

Ta Mergon erlaubte sich ein schmallippiges Lächeln. „Wie ich erwähnte, Halblar, mein Freund, die Brennsteinmaschine hat auch ihren Vorteil.“

Das Segelkampfschiff „Netluaar“ fiel hinter den beiden Dampfkanonenschiffen „Shanvaar“ und „Aivaar“ zurück, aber ta Mergon wollte keine Zeit verlieren. Der Anblick der geschundenen Stadt Mintris hatte ihn mit Zorn erfüllt, und er wollte die Verantwortlichen stellen und vernichten.

Aber es dauerte noch einige Zehnteltage, bis vor ihnen endlich zwei dunkle Silhouetten auf dem Fluss sichtbar wurden.

„Das sind sie“, knurrte ta Mergon zufrieden, als der Ausguck im Mastkorb über ihnen die Sichtung meldete. „Wir haben sie.“

Es waren unzweifelhaft die gesuchten Korsaren. Der schnittige Rumpf ihrer Schiffe war tiefschwarz, und dort, wo die Öffnungen für Ruder oder Waffen waren, wirkte das Schwarz noch dunkler und drohender.

Die Masten waren so hoch, wie das Schiff lang war, und die Segel, tiefrot gefärbt, zeigten die jeweiligen Symbole der Korsarenschwärme.

„Könnt Ihr den Schiffstyp erkennen?“, rief ta Mergon zum Mastkorb hinauf.

Die beiden flüchtenden Schiffe waren nur von hinten zu sehen, und es war schwer einzuschätzen, welche Größe sie hatten. „Sie fahren meist mit den kleineren Schiffen den Fluss herauf“, sinnierte Halblar mit gedämpfter Stimme. „Für die großen Kampfsegler fehlt ihnen hier der Manövrierraum, und sie kennen den Fluss und seine Gefahren nicht so gut wie wir.“

„Das hintere ist ein Jagdschiff“, meldete der Ausguck. „Der davor scheint ein Kampfsegler zu sein.“

Die Jagdschiffe der Korsaren trugen zwei Masten und hatten einen schnittigen Bug. Es waren leichte Schiffe, dazu bestimmt, das Meer nach Beute abzusuchen und die schweren Kampfsegler heranzuführen.

„Das Jagdschiff macht mir keine Sorgen“, gestand der Großkapitän ein. „Es ist zu leicht gebaut. Sein Rammsporn kann unseren metallverstärkten Rumpf nicht durchdringen, dazu ist unser Panzer zu dick. Es führt auch keine großen Katapulte. Nur einige der Pfeilschleudern, mit denen sie die Segel und Takelage eines gegnerischen Schiffes zerstören können, um es manövrierunfähig zu machen, bis die großen Segler heran sind. Doch selbst wenn die Bastarde unsere Segel zerstören, können wir sie mit der Kraft der Brennsteinmaschine einholen.“

„An Deck“, rief da der Ausguck. „Das vordere Schiff ist ein Kampfsegler mit drei Masten, aber der Hauptmast ist gebrochen!“

„Ah!“ Ta Mergon rieb sich aufgeregt die Hände. „Sie haben einen Mast verloren. Das behindert sie und macht sie langsamer. Ja, jetzt fahren sie eine halbe Wende, und die Linien werden lang. Nun kann man es sehen. Auch ihre Segel haben Schaden genommen. Statt der roten Tücher haben sie weißen Stoff gesetzt. Das Schiff hat gelitten, Halblar, mein Freund, und wenn wir erst heran sind, wird es noch viel mehr leiden.“

„Wie ist der Kampfsegler bewaffnet?“, fragte der Steuermatrose neugierig. „Verzeiht die Frage, edler Herr, aber ich bin noch nie einem Korsarenschiff begegnet.“

Ta Mergon lächelte freundlich. „Ihr könnt stolz darauf sein, es nun zu tun. Ihr werdet in den Tavernen von Alneris eine gute Geschichte zu erzählen haben.“

Halblar nickte. „Die Weiber werden an Euren Lippen hängen, Steuermatrose.“ Der Erste Offizier der „Shanvaar“ zwinkerte dem Mann zu. „Sie mögen die Helden der See. Vor allem, wenn diese einen Korsaren versenkten.“

Großkapitän ta Mergon räusperte sich. „Der Kampfsegler hat einen gerundeten, mit Eisen verstärkten Bug und einen

Rammsporn wie wir. Aber der fehlende Mast und die beschädigten Segel machen ihn schwerfällig und langsam, er wird keine Chance haben, den Sporn gegen uns einzusetzen. Ansonsten hat solch ein Segler Katapulte und Pfeilschleudern. Mit den Katapulten schleudern sie Steine oder Metallstücke, in der Hoffnung, die Segel des Gegners zu beschädigen oder sein Ruder zu treffen. Mit den Pfeilschleudern verschießen sie übergroße Pfeile, an die Leinen gebunden sind.“ Ta Mergon blickte grimmig zum Korsarenschiff hinüber. „Treffen die Pfeile Segel oder Takelage, dann reißen die Bastarde an den Leinen und zerstören sie. Treffen sie den Rumpf, dann ziehen sie ihr Schiff an das Opfer heran, damit sie es entern können. Das ist ihnen lieber, als ein Schiff zu versenken, doch schrecken sie auch davor nicht zurück, wenn die Beute ihnen sonst entkommt. Denn Schiffe sind eine wertvolle Beute. Die Schwärme verwenden sie jedoch nicht, um mit ihnen die Meere zu befahren, sondern um ihre verfluchten Städte damit auszubessern. Ihnen geht es vor allem um die Fracht der Schiffe, und da können sie wirklich alles gebrauchen.“

Rechts vor ihnen öffnete sich nun die weite Bucht von Gendaneris, an deren rechtem Ufer die große Hafenstadt lag. Die beiden Korsaren kannten die Gefahr und steuerten nach links, um das offene Meer zu erreichen und den schweren Batterien der Hafenfestung zu entgehen.

„Bei den Finsteren Abgründen.“ Der Großkapitän stieß ein wütendes Knurren aus. „Sie kommen an Gendaneris vorbei. Verfluchte Brut.“ Er sah den Steuermatrosen an. „Maximale Umdrehungen! Wir müssen die Bastarde erwischen!“

Es würde ein Wettrennen werden, dessen Ausgang ungewiss war. Das Jagdschiff der Korsaren konnte entkommen, wenn der Wind günstig war, doch für das größere Kampfschiff standen die Chancen schlechter. Ohnehin schwerfälliger als sein kleinerer Bruder, war es durch den fehlenden Mast und die beschädigten Segel zusätzlich behindert. Dennoch würde die Jagd nicht einfach werden. Die beiden Dampfkanonenschiffe Alnoas würden nun bald die offene See erreichen, deren rauere Wellen eine höhere Belastung für die Schaufelräder darstellten.

„Das Jagdschiff flieht!“, rief der Ausguck erregt. „Es lässt den anderen zurück!“

„Wir kriegen sie!“ Ta Mergon schlug sich abermals aufgeregt in die Hände. „Zumindest das Kampfschiff werden wir einholen.“

Die „Shanvaar“ und die „Aivaar“ dampften mit voller Leistung an der Stadt und Festung Gendaneris vorbei, den fliehenden Korsaren dicht auf den Fersen. Das Segelkampfschiff „Netluaar“ hingegen fiel immer weiter zurück. Vielleicht würde es aufschließen können, wenn die Winde der offenen See seine Segel füllten. Ta Mergon schlug seinem Ersten Offizier freundschaftlich auf die Schulter. „Lass das Schiff klar zum Gefecht machen, Halblar. Auch wenn es noch ein Weilchen dauern wird, bis wir die Bastarde erreichen, wir wollen vorbereitet sein.“

Gendaneris hinter ihnen wurde immer kleiner und die See immer bewegter. Die „Shanvaar“ begann leicht zu stampfen, und die Schaufelräder unter der Brücke am Heck hoben sich gelegentlich für einige Augenblicke aus dem Wasser und drehten leer, bevor sie erneut ins Meer klatschten und mit ihrem Druck das Schiff vorantrieben. Dennoch war das Dampfkanonenschiff schneller als der beschädigte Korsarensegler. Allmählich holte man zum Feind auf.

Halblar warf nachdenklich einen Blick in den Himmel hinauf. „Es wird bald Dunkeln, ta Mergon, mein Freund. Die Nacht beginnt sich über die See zu legen."

„Wir holen auf", erwiderte der Kapitän. „Zudem haben wir einen klaren Himmel, und der Bastard vor uns hat weißes Tuch gesetzt. Wir werden ihn nicht verlieren, mein Freund."

Mit überraschender Plötzlichkeit brach die Nacht herein. Keiner der Seeleute Alnoas hatte einen Blick für die Schönheit des Sonnenuntergangs auf dem offenen Meer, denn das Jagdfieber hatte sie gepackt. Während das kleine Jagdschiff der Korsaren am Horizont in der hereinbrechenden Dunkelheit verschwand, rückte der beschädigte Kampfsegler immer näher. Seine ungewohnt weißen Segel leuchteten durch die Nacht, und so fiel es nicht schwer, ihm zu folgen.

Die Kampfstationen der „Shanvaar" und ihres Schwesterschiffes „Aivaar" waren längst besetzt. Im Kanonenturm hatte die Bedienung eine der schweren Geschosskugeln mit seinem Ladepfropfen in die Mündung des Laufes gesteckt und mit einem Rammstock nach hinten gedrückt. Die Kugel lag nun direkt vor der Druckkammer, und es musste nur noch der Ventilhebel umgelegt werden, um die Maschinenkraft vom Antrieb in das Geschütz zu leiten und das Geschoss aus dem Lauf herauszupressen. Die Kanonenturmbesatzung achtete akribisch darauf, den Feind im Ziel zu behalten und die Dampfleitung bei den dazu erforderlichen Bewegungen nicht zu beschädigen.

Die beiden seitlichen Katapulte, die rechts und links des Hauptmastes in Gefechtsbuchten außen am Rumpf aufgestellt waren, waren bemannt. Gelegentlich sprühte die Gischt über die Männer an den Waffen und durchnässte sie. Entlang der Reling hatten sich die Seesoldaten der „Shanvaar" formiert. Während die Matrosen nur einen metallenen Brustpanzer trugen, hatten die Soldaten die volle Rüstung angelegt: Bein- und Armschienen, dazu Panzer und Helm. Im Gegensatz zu den Landtruppen des Königreiches Alnoa wiesen die Helme der Seesoldaten jedoch keine Zierfedern auf. Die zweischneidigen geraden Schwerter sowie die Bogen und Spieße wurden noch in Ruhestellung gehalten. Zum Schutz gegen die See war ihr Stahl von gut gefetteten Lederhüllen umgeben, denn das Wasser setzte diesem rasch zu. Bald würde der Schutz entfernt werden, um die Klingen in die Leiber der Schwarmmänner zu senken.

Das Rauschen des Wassers mischte sich mit dem Stampfen der Maschine und dem Klatschen des Schaufelrades und übertönte die üblichen Geräusche, die ein Schiff erfüllten: das leichte Knarren von Takelage und Holz, das Flappen der Segel, das Tappen nackter Matrosenfüße auf den Planken und die geflüsterten Worte der Männer.

Die „Aivaar" fuhr nun nahezu auf gleicher Höhe mit dem Flaggschiff, und als Halblar kurz nach hinten sah, nickte er zufrieden. „Die ‚Netluaar' holt auf. Der Seewind hat ihr endlich Schnelligkeit verliehen."

„Sie kommen zu spät." Ta Mergon lachte leise. „Aber sie werden einen guten Platz haben, um zuzusehen, wie wir den Korsaren versenken."

Halblar nickte. „Sie sind jetzt in Reichweite der Kanone, ta Mergon, mein Freund."

Der Großkapitän lächelte. „Gerade eben. Nun, dann lass uns die Bestien mal aufscheuchen." Er beugte sich ein wenig zur Seite. „Nehmt sie unter Beschuss! Geschütz frei!"

Der Hauptmaschinist im Rumpf der „Shanvaar" wartete, bis vom Kanonenturm die Bestätigung kam, dass man das Ziel im Visier habe, dann legte er den großen Ventilhebel um.

Schlagartig war das Schaufelrad ohne Dampfdruck. Das Klatschen der mächtigen Schaufeln verstummte und das Schiff verlor sofort an Fahrt. Denn der Dampf strömte nun durch die vordere Leitung zum Kanonenturm und begann sich in der Druckkammer des Geschützes zu sammeln. Rasend schnell stieg dort der Druck an, und als ein Überdruckventil schrill zu pfeifen begann, schlug ein Matrose des Kanonenturms auf den Auslöser. Ein winziger Hebel, der das Geschoss im Geschützrohr festgehalten hatte, klappte zur Seite, und explosionsartig schleuderte der Dampfdruck das metallene Geschoss aus dem Kanonenrohr.

Ein Knall ertönte, begleitet vom lauten Zischen entweichenden Dampfes, als die Eisenkugel zum feindlichen Schiff hinüberschnellte, während der Maschinist den Dampf bereits wieder auf den Antrieb gelegt hatte und die Kanonenturmbesatzung eine neue Kugel in das noch heiße und feuchte Rohr stopfte.

Unweit des Korsarenschiffes stieg indes eine dünne Wassersäule aus der See empor, deren Gischt im Licht der sternklaren Nacht hell aufleuchtete.

„Dicht dran“, knurrte ta Mergon zufrieden. „Lass uns noch etwas aufschließen, und das nächste Geschoss wird ihr Schiff dann zertrümmern.“

Die Marine Alnoas hatte lange versucht, das richtige Maß zu finden. Größere Geschosse hatten sich als wenig wirkungsvoll erwiesen, da sie eine sehr geringe Reichweite hatten und schnell an Durchschlagskraft verloren. Die jetzt genutzten Eisenkugeln waren relativ klein, aber sie trafen mit verheerender Wucht und waren in der Lage, Eisenplatten und dicke Bordwände zu zerschlagen.

„Sie ‚Netluaar‘ kommt längsseits“, rief der Ausguck aus

dem Mastkorb mit einem Mal.

„Was soll der Unsinn?“ Der Großkapitän blickte verdrossen zur Seite. „Die sollen Abstand halten.“

Halblar trat an die Reling und sah dem herangleitenden Kampfschiff entgegen, dessen weiße Segel sich deutlich gegen den Hintergrund der nächtlichen See abhoben. Das Schiff war bereits unerhört nah. Der Erste Offizier verengte die Augen. Für einen Moment erstarrte er, bevor er herumfuhr.

„Das ist nicht die ‚Netluaar‘!“, rief er überrascht. „Das ist ein Korsar!“

„Unmöglich.“ Ta Mergon starrte auf den Segler, der nun fast längsseits der „Shanvaar“ fuhr.

Aber nun, wo das gesamte Schiff deutlich sichtbar wurde, war die Täuschung offenkundig. Der schnittige schwarze Rumpf verriet den Korsaren, an dessen der „Shanvaar“ zugewandten Seite sich Männer stauten, deren Klingen und Rüstungen im Sternenlicht blinkten.

„Klar zur Abwehr von Enterern!“, brüllte ta Mergon erschrocken.

Auch dieses Schwarmschiff führte weiße Segel, wodurch der Großkapitän und seine Männer getäuscht worden waren. Wahrscheinlich hätten sie die List dennoch früh genug erkannt, wenn sie nicht so sehr darauf konzentriert gewesen wären, den verfolgten Korsaren zu stellen.

Die Seesoldaten der „Shanvaar“ reagierten sofort, aber im Gegensatz zu den Korsaren mussten sie gegen jenen kurzen Augenblick des Schocks ankämpfen, der einen überraschten Krieger für entscheidende Augenblicke lähmen konnte. Die Korsaren hingegen waren vorbereitet und ließen ihre Pfeilgeschosse auf die Soldaten Alnoas niederhageln. Die Wirkung war verheerend. Um die Takelage und Segel eines Feindes zu zerstören, trugen die armdicken Pfeile dieser Waffen breite sichelförmige Klingen mit Widerhaken, die nun wie Sensen in die Reihen der Verteidiger schlugen.

Männer schrien auf und wurden verstümmelt auf das Deck der „Shanvaar“ zurückgeworfen oder stürzten über die Bordwand hinab ins aufspritzende Wasser. Bogenschützen der Korsaren nahmen jene Soldaten zum Ziel, die der ersten Salve entkommen waren, während sich die Schiffe weiter näherten.

Ta Mergon zückte sein Schwert und sah seinen Freund Halblar wütend an. „Diese Brut der Finsternis hat es auf unser Schiff abgesehen. Sie sind zu nahe, um sie mit der Kanone bekämpfen zu können. Gib Signal an die ‚Aivaar‘, dass sie den Feind von der anderen Seite her angreifen soll! Steuermatrose, das Steuer linksseitig, wir müssen von dem Bastard freikommen!“

Der Mann am Steuer nickte und wollte den Befehl gerade ausführen, als ein Pfeil seinen Hals durchschlug und seinen sterbenden Leib auf die Planken warf. Ein anderer Mann sprang an seine Stelle, wurde aber ebenfalls gefällt. Ein mächtiger Stoß erschütterte die „Shanvaar“, als das Korsarenschiff gegen ihre Bordwand stieß. Leinen mit eisernen Haken flogen nun heran, krallten sich in das Holz der Reling und verbanden die Schiffe miteinander. Zwar versuchten alnoische Matrosen noch, die Leinen zu kappen und ihr Schiff zu befreien, aber es war zu spät. Wie eine Woge stürmten die Korsaren auf das Deck der „Shanvaar“.

Die Männer des Königreiches Alnoa waren von vornherein in der Minderheit. Ein unendlicher Strom von Kämpfern schien aus dem Bauch des Korsarenschiffs hervorzuquellen und überrannte die Besatzung des Dampfkanonenschiffs.

Halblar hatte noch zwei Brennsteinlaternen gepackt, um

der nahen „Aivaar“ zu signalisieren, sah dann aber schockiert, wie sich zwei weitere Korsarenschiffe neben das Schwesterschiff legten und es ebenfalls enterten. Mit bleichem Gesicht wandte er sich zu seinem Freund ta Mergon um und schrie dann peinerfüllt auf, als ein breites Schwert in seinen Leib drang. Der Erste Offizier ließ die beiden Laternen fallen und versuchte seine hervorquellenden Gedärme festzuhalten, während er den triumphierenden Korsaren mit brechenden Augen anstarrte. Dann kippte er haltlos mit dem Gesicht voran zu Boden.

Ta Mergon parierte indes den Hieb eines Angreifers, tötete den Mann und schwang herum, um einem anderen zu begegnen. Dann schrie er auf in Zorn und Schmerz, als der tödliche Stoß seinen Körper traf. Um ihn herum war der Lärm des Kampfes zu hören. Das Klirren aufeinanderprallender Waffen, das Stöhnen und Schreien der Kämpfer und die verzweifelten Rufe verletzter Soldaten. Der Großkapitän sank auf die Knie und sah ein letztes Mal das seltsam entspannte Gesicht seines toten Freundes, bevor ihn die Unendlichkeit umfing.

Allmählich erlosch der Kampflärm, und einige wenige Männer der alnoischen Marine lieferten sich der Gnade der Eroberer aus und warfen ihre Waffen aufs Deck. Korsaren in einem bunten Gemisch an Kleidung und Rüstungen schwärmten unterdessen durchs Schiff, um auch den letzten Widerstand zu brechen.

„Verschont die Brennsteinmänner“, brüllte ein stämmiger Mann, dessen langes schwarzes Haar im Nacken von einem Band zusammengehalten wurde. „Wer Hand an die Brennsteinmänner legt, den werfe ich den Dornfischen vor!“

Einige der Korsaren lachten bei der Doppeldeutigkeit der Worte. Die Dornfische waren berüchtigte Raubfische der

Meere, mit starken, zahnbewehrten Kiefern und zwei lanzenartigen Dornen über dem riesigen Maul. Doch nach diesen Fischen benannte sich auch jener Korsarenschwarm, der die Schiffe Alnoas geentert und erobert hatte.

Der stämmige Mann schritt mit kaltem Lächeln über die blutbefleckten Planken auf der Brücke des eroberten Dampfkanonenschiffes. Verächtlich stieß er mit dem Fuß gegen den toten Halblar. „Nehmt ihnen die Kleidung ab, dann werft sie über Bord", befahl er kalt. Elek-Mar T'os, Führer des Korsarenschwarms der „Dornfische", wischte seine blutbefleckte Klinge am Beinkleid der Leiche ab. „Und säubert ihre Kleidung. Wir brauchen sie noch."

Der Anführer trug eine Rüstung, die aus dem Brustpanzer eines alnoischen Kapitäns und einem Kettenhemd bestand. Der Vorderteil des Panzers war mit der schillernden Kehlhaut eines Dornfisches bezogen. Eine blutrote Narbe zog sich über die Wange des Mannes und verlief vom Ansatz des rechten Ohrs bis zum Kinn. Sie war allerdings nicht geradlinig, sondern gezackt, und schien nicht von der Klinge eines Schwertes herzurühren.

Ein schlanker Mann mit blonden Haaren trat neben Elek-Mar T'os. Sein brauner Brustpanzer wies an einigen Stellen frische Blutflecke auf, andere Bereiche schimmerten hell, wo das Salzwasser dem Leder im Laufe der Zeit zugesetzt hatte. „Was ist mit den anderen Überlebenden?"

Elek-Mar zuckte die Schultern. „Was schon? Nehmt ihre Kleidung und Rüstung, dann tötet sie. Wir brauchen nur die Brennsteinmänner lebend."

Segu-Mar T'os, stellvertretender Schwarmführer der Dornfische, legte die Hände vor den Mund. „Die Landmänner sollen sich ausziehen. Danach könnt ihr sie erschlagen."

Einige der Seeleute Alnoas versuchten nun doch noch, um ihr Leben zu kämpfen, nachdem sie begriffen hatten, dass es keine Gnade geben würde, aber sie hatten keine Chance. Während sich in der Mitte des Decks ein Stapel von Kleidung und Rüstungen bildete, ertönte immer wieder das Klatschen, mit dem die nackten Körper ermordeter Seeleute ins Meer schlugen.

Elek-Mar stützte seine Hände auf die Einfassung der Brücke, an genau jener Stelle, an der Halblar dies vor einigen Zehnteltagen getan hatte. Doch nun war die Hitze des Tages der Kühle der Nacht gewichen, und ein angenehmer Wind strich über das Meer. Der Führer des Korsarenschwarms sog die leicht salzige Luft tief ein und hatte den Geschmack von Kupfer auf der Zunge, als Blutgeruch von der nahen „Aivaar" herübertrieb. Auch dort stürzten nackte Leiber ins Meer. Elek-Mar nickte zufrieden.

„Diese Landmänner von Alnoa haben wirklich geglaubt, die ‚Nar'akk' sei beschädigt. Ihre Gier, das Schiff zu versenken, hat sie blind gemacht."

„Und unsere weißen Segel haben sie getäuscht", stimmte Segu-Mar zu.

„Ein wirklicher Seemann hätte sich nicht täuschen lassen", brummte Elek-Mar. „Aber diese alnoischen Landmänner sind schon lange keine Seefahrer mehr. Sie haben es verlernt, Wind und Wellen zu beherrschen."

„Man kann Wind und Wellen nicht beherrschen", wandte Segu-Mar ein. „Wir mögen uns ihrer bedienen, aber niemand beherrscht das Meer."

Sein Schwarmführer stieß ein leises Grunzen aus. „Ich mag dieses Schiff nicht. Es stinkt nach Brennstein und hat nicht einmal eine anständige Besegelung."

Segu-Mar lachte vergnügt auf. „Es braucht uns nicht zu gefallen. Das Schiff soll uns ja nur kurze Zeit dienen."

„Und das wird es auch", stimmte Elek-Mar zu. Er strich sich unbewusst über die tiefrote Narbe in seinem Gesicht. „Lass uns ein Wort mit den Brennsteinmännern wechseln. Ich hoffe, es sind noch genug von ihnen übrig, um dieses Ding zu fahren."

Die Korsaren standen lachend auf Deck und musterten die erbeuteten Kleidungsstücke und Rüstungen der alnoischen Besatzung. „Steht nicht herum und schwatzt wie die Weiber", rief Elek-Mar ihnen zu. „Zieht die Sachen an, damit wir endlich Kurs nehmen können!"

Sein Stellvertreter strich sich über das bärtige Kinn. „Nach Gendaneris?"

„Wohin sonst?" Der Anführer lachte auf. „Natürlich nach Gendaneris. Die Dornfische werden dort eine Menge Beute machen."

2

Der Sommer begann sich zu neigen, und die kalten Winde kündeten den nahen Herbst an. Der Reiter, der aus Richtung der Stadt Eternas kam und langsam durch die Mark ritt, zog fröstelnd den grünen Umhang der Pferdelords enger um die Schultern, als ein kräftiger Windstoß Staub aufwirbelte, der den Mann einhüllte. Die einst kräftige grüne Farbe des Umhangs war inzwischen ausgeblichen. Der dicke Wollstoff war an einigen Stellen verschlissen und am unteren Saum stark ausgefranst. Dieses Symbol der Pferdelords wirkte alt und mitgenommen und schien zu dem Mann, der es trug, nicht recht passen zu wollen. Ein kurz geschnittener Bart bedeckte die untere Partie seines Gesichts, und in den folgenden Zehntagen würde er ihn noch wachsen lassen, denn je dichter er war, desto mehr Schutz bot er vor der kalten Witterung des Winters.

Der Mann war jung, schlank und hochgewachsen, und die Weise, wie er im Sattel saß, verriet den geübten Reiter. Er beschränkte sich darauf, seinen großen braunen Hengst mit sanftem Schenkeldruck zu lenken, und ließ die Zügel lose über dem Sattelknauf hängen. Rechts am Pferd, dem Schild gegenüber, hingen eine stoffbezogene Wasserflasche aus Metall und ein Köcher, dessen Pfeile die blaue Befiederung der Hochmark Garodems aufwiesen. Den dazugehörenden Bogen hatte der Reiter hinter sich am Sattel befestigt. Er trug nicht die typische beidseitig geschliffene Klinge eines Pferdelords, sondern führte das leicht geschwungene Schwert eines elfischen Kriegers, das zierlich und zerbrechlich wirkte und doch in der

Lage war, den dicken Brustpanzer eines orkschen Rundohrs säuberlich zu durchschneiden. Griff und Klinge waren mit feinen Ätzungen und Einlegearbeiten verziert, ebenso wie die metallene Scheide der Waffe. Nein, es war keine Klinge des Reitervolkes, aber der Mann führte sie mit Stolz, denn sie war das Geschenk eines Elfen. Der Reiter hatte entscheidend zur Rettung eines elfischen Hauses beigetragen, und der elfische Stahl war ein Zeichen der Verbundenheit zwischen seinem Träger und dem elfischen Volk.

Der Reiter hieß Nedeam, und er war, trotz seiner relativ jungen Jahre, einer der erfahrensten Kämpfer der Pferdelords.

Als junger Knabe hatte er einst mit seinem Vater Balwin und seiner Mutter Meowyn auf dem elterlichen Gehöft gelebt und Schafe gezüchtet. Dann waren Orks in die Hochmark eingefallen und hatten sie mit Krieg überzogen. Sein Vater war von ihnen getötet und seine Mutter schwer verletzt worden. Der Knabe hatte sie in die Stadt Eternas bringen können, wo sie gerettet wurde und nun als Heilerin lebte. Nedeam war damals ausgezogen, um dem Pferdefürsten Garodem zu folgen, der seine Pferdelords in die unteren Marken geführt und nicht geahnt hatte, welche Gefahr Eternas drohte. Eternas und die Hochmark waren gerettet worden, und Nedeam erhielt trotz seiner Jugend den grünen Umhang eines Pferdelords. Inzwischen hatte er darin viele Abenteuer bestanden, gemeinsam mit seinem älteren Freund und Mentor Dorkemunt, dem er einst in der Nordmark begegnet war und mit dem er seit vielen Jahreswenden auf Balwins altem Gehöft lebte.

Nedeam war in Eternas gewesen, um in der Stadt einige Dinge des täglichen Bedarfs einzutauschen. Seitdem er und sein Freund und Gefährte Dorkemunt nicht nur eine kleine Herde Schafe, sondern auch fünfzehn Stück Hornvieh hielten, konnten sie neben Wolle auch Leder und getrocknete Fleischstreifen zum Handel anbieten.

Wolle, Fleisch und zwei gegerbte Häute hatten genug eingebracht, um die Vorräte des Gehöfts für den Winter aufzufüllen. So waren nun nicht nur die Provianttaschen an Nedeams Hengst Stirnfleck prall gefüllt, auch das Handpferd, das der junge Pferdelord mit sich führte, war mit Waren bepackt: Gewürze aus den unteren Marken des Pferdekönigs Reyodem befanden sich darunter, Mehl, um damit Brot zu backen, getrocknete Früchte, ein neues Schurmesser und zwei neue Nadeln, dazu feinste Schnur zum Nähen von Stoff und Leder sowie zwei dicht gewebte Wolldecken. Da Nedeam den Geschmack der Süßwurzel schätzte, hatte er auch hiervon einen begrenzten Vorrat erstanden.

Wahrscheinlich würde er erst zur Jahreswende, in der Mitte des Winters, erneut nach Eternas reiten. Zwar war der Weg nicht besonders weit oder beschwerlich, aber ein Ritt in die Stadt bedeutete, dass der Freund das Gehöft allein bewirtschaften musste. Neben dem Schutz der Herden fielen auf einem Gehöft noch genug andere Arbeiten an. Futter für den Winter musste angelegt werden, die Gebäude waren auf ihre Festigkeit zu prüfen und gegebenenfalls auszubessern, ebenso wie die wenigen eingezäunten Bereiche, in denen Nedeam und Dorkemunt die Tiere bei den schweren Regenstürmen, die besonders im Herbst über die Hochmark hereinbrachen, zusammenhielten. Zudem musste das Gehöft sauber gehalten und Mahlzeiten mussten zubereitet werden. Sattelzeug und Kleidung galt es auszubessern, und noch mancherlei Dinge mehr waren zu erledigen.

Während sich Nedeam darüber Gedanken machte, beugte er sich unbewusst im Sattel vor und tätschelte den Hals seines

Hengstes. Stirnfleck kam nun langsam in die Jahre und würde bald nicht mehr als Kriegspferd taugen. Er hatte schon Nedeams Vater Balwin gedient und war hervorragend ausgebildet. Im Kampf und bei der Herdenwache war er ein wirklicher Gefährte, denn er konnte die Rüstung eines Rundohrs mühelos mit den Hufen zertrümmern und reiterlos ein ausgerissenes Schaf zur Herde zurücktreiben. Der große Hengst mit dem weißen Fleck an der Stirn scheute sich auch nicht, einen störrischen Bullen in die Flanke zu zwicken, und er war noch immer schnell genug, dem Stoß der Hörner auszuweichen. Aber inzwischen wurde er rascher müde, und Nedeam gestand sich ein, dass Stirnfleck es sich verdient hatte, seine letzten Jahreswenden friedvoll zu verbringen. Es würde dem jungen Pferdelord schwerfallen, sich an ein anderes Pferd zu gewöhnen, und er vermutete, dass auch der Hengst es nicht gerne sehen würde, wenn Nedeam den Rücken eines anderen Pferdes bedeckte. Früher oder später würde er sich ein neues Reittier wählen und es sorgfältig ausbilden müssen, aber er zögerte diesen Moment immer wieder hinaus.

Der junge Pferdelord folgte den Schluchten und Tälern, die vom nördlich gelegenen Eternas zum südlichen Pass der Hochmark führten.

Seit der Schlacht um Merdonan, vor über sechs Jahreswenden, herrschte Frieden in den Marken des Pferdevolkes. Seitdem die Legionen der Orks des Schwarzen Lords vor den Weißen Sümpfen vernichtend geschlagen worden waren, hatten sich keine Bestien mehr an den östlichen Grenzen gezeigt.

Im Westen hielten die Clans des Wüstenvolkes einen eher brüchigen Waffenstillstand, denn ab und zu fielen kleine Gruppen von Jungkriegern in die Westmark ein, um sich im Kampf zu bewähren und so die Manneswürde zu erlangen. Aber es waren nur kleine Gefechte mit wenigen Opfern, und so nahm man die gelegentlichen Störungen hin, denn ein Krieg hätte für beide Seiten unnötige Opfer bedeutet. Die Überfälle hielten sich auch deshalb in Grenzen, da sich langsam ein, wenn auch eingeschränkter, Handel zwischen der Westmark und den Turiks des Wüstenvolkes entwickelte. Die Clans tauschten dabei das für sie wertvolle Holz und zunehmend auch Metall gegen ein Sekret ein, das von ihren Sandwühlern erzeugt wurde und bei den Frauen des Königreiches Alnoa sehr beliebt war. Für das Sandvolk war diese Ausscheidung zuvor eher ein Ärgernis gewesen, und es amüsierte sie, dass man den Gestank in Alnoa als Duft handelte.

Im Süden wachten die Truppen des Königreiches Alnoa an den Pässen und Grenzen, die ins Reich des Schwarzen Lords führten, und auch dort herrschte, von kleineren Scharmützeln abgesehen, ein Zustand, der einem Frieden durchaus nahekam.

Aber niemand war so naiv, die Gefahr durch die Legionen der Orks zu unterschätzen. Schon zweimal hatte der Schwarze Lord versucht, die menschlichen Reiche zu vernichten. Vor vielen Menschenaltern war ihm das Erste Bündnis aus Elfen und Menschen entgegengetreten und hatte ihn bezwungen. Dann, als Nedeam noch ein Knabe gewesen war, hatten die Legionen es erneut versucht und waren schließlich in der Schlacht vor der Stadt der weißen Bäume, der Weißen Stadt Alneris, abermals geschlagen worden. Die Schlacht von Merdonan war die letzte Begegnung mit den Orks gewesen. Zwar hatte der Schwarze Lord dabei viele Legionen verloren, doch geschlagen war er deshalb noch nicht. Er leckte seine Wunden und würde erneut seine Rundohren und Spitzohren in den Schleimbeuteln der Bruthöhlen heranzüchten. In den Schmieden würden Rüstungen und Waffen entstehen, und eines Tages würde sich der Feind aufs Neue erheben und die Reiche der Menschen berennen. Auf diesen Tag bereitete sich das Volk der Pferdelords vor, ebenso wie seine Verbündeten.

Denn die Menschen waren nicht allein. Sie hatten Freunde.

Etwa die Häuser der Elfen des Waldes und die Häuser der Elfen der See. Seit vielen Zeitaltern standen sie an der Seite der Menschen, aber es war ungewiss, wie lange dies noch der Fall sein würde. Das elfische Volk bereitete sich seit vielen Jahren auf seine geheimnisvolle Reise zu den Neuen Ufern vor. Kein Mensch vermochte zu sagen, wo diese neue Heimat der Elfen lag und wann diese Reise stattfinden würde. Aber die Elfen würden gehen und von der Seite ihrer menschlichen Verbündeten weichen, womit sie eine schmerzliche Lücke hinterlassen würden, denn die unsterblichen Wesen waren überragende Kämpfer.

Doch das Pferdevolk hatte noch andere Verbündete gefunden, die vielleicht nicht so elegant wie das elfische Volk auftraten, aber in ihrer rauen Herzlichkeit dem Reitervolk entsprachen und zudem effektive Krieger waren. Das Volk der Zwerge lebte in seinen unterirdischen Kristallstädten in den Herzen der großen Gebirge, und auch wenn von den sieben Städten nur noch vier geblieben waren, so bildete das kleine Volk doch eine beachtliche Macht. Nedeam hatte keinen Zweifel, dass die kleinen Herren mit den langen Bartzöpfen treu an der Seite der Menschen stehen würden, wenn sich, irgendwann, die Finsternis im Osten erneut regte.

So sicher, wie der Schwarze Lord und seine Legionen von Orks im Osten wieder erstarkten, so unbezweifelbar erholten sich auch die westlichen Reiche der Menschen und Zwerge von den vielen vergangenen Kämpfen. Eine höhere Macht schien es zu fügen, dass der Kinderreichtum die Lücken wieder zu füllen begann, welche die Schlachten gerissen hatten. Auch in der Hochmark machte sich dies bemerkbar.

Stetig nach Süden reitend, erreichte Nedeam schließlich den Hammergrund, einen Weiler, den man erst vor zwei Jahreswenden gegründet hatte. Er lag auf halbem Wege zwischen Horngrundweiler und Balwins Gehöft und war ein Zeichen für das Wachstum der Bevölkerung, aber auch für den Wandel der Hochmark, denn der wesentliche Grund für seine Errichtung war Gold gewesen.

In unmittelbarer Nähe zum Weiler lagen überaus reiche Vorkommen des Metalls, das die Männer und Frauen zutage förderten. Für sie selbst hatte es nur einen begrenzten Nutzen, denn es ließ sich nicht zu Waffen oder Rüstungen schmieden, und man konnte es ja auch nicht essen. Aber die Händler des Königreiches von Alnoa boten gute Ware für den wertlosen Tand. Der König in Alneris ließ aus dem weichen Metall kleine Scheiben gießen, in die sein Siegel gehämmert wurde. Der wuchtige Schlag verformte die Scheiben zu kleinen Schüsselchen, die im Königreich der weißen Bäume als Zahlungsmittel dienten. Daher stieg dort der Bedarf an Gold stetig an, und so lohnte es sich für den Hammergrundweiler, mit dem eigentlich wertlosen Metall zu handeln.

Der Weiler war noch relativ klein und bestand nur aus einem einzelnen, um den zentralen Versammlungsplatz gruppierten Ring von Häusern, aber Nedeam erkannte einige neue Gebäude, die bald einen zweiten Ring bilden würden. Der Weiler wuchs, und das war auch ein Zeichen für das Erstarken der Mark.

Nedeam lenkte seinen Hengst Stirnfleck über die staubige

Straße, die Eternas mit dem Südpass verband, und führte ihn zwischen die ersten Häuser des Weilers, wobei er einigen Bewohnern zunickte, die ihrem Tagwerk nachgingen. Hinter einer jungen Frau drängten drei kleine Kinder hervor, die den Reiter neugierig anstarrten.

„Ein weiter Weg von Eternas in den Hammergrund, guter Herr", sagte sie freundlich.

Nedeam verharrte auf seinem Stirnfleck und stützte die Hände auf das Sattelhorn. „Nein, gute Frau, ich bin auf dem Weg nach Hause, zu Balwins Gehöft."

„Oh, zum guten Herrn Dorkemunt." Sie lachte auf. „Dann müsst Ihr Nedeam sein. Verzeiht, aber wir sind erst vor wenigen Tageswenden aus der Königsmark heraufgekommen."

„Dann war Euer Weg ein wenig weiter als der meine." Nedeam beugte sich zur Seite und öffnete seine Proviantasche, die hinter ihm am Sattel hing. Er suchte kurz darin und zog dann ein großes Stück Süßwurzel hervor, das er den Kindern reichte. „Teilt es gerecht, wie es sich für Pferdelords gebührt", sagte er lachend, als die kleinen Hände nach der begehrten Wurzel griffen. Eigentlich besaß er nur wenig von der Süßigkeit, aber er konnte dem schmachtenden Blick der Kinder nichts entgegensetzen. Erneut sah er die Frau an. „Was hat Euch aus der Königsmark hierher geführt?"

„Mein Gemahl ist Hofschmied in Enderonas. Unser König Reyodem braucht Gold. Viel Gold, wie mein braver Hartwin sagt, und so soll mein guter Mann sehen, ob es hier genug davon gibt."

Nedeam lachte schallend auf, und als er das Gesicht der jungen Frau sah, machte er eine entschuldigende Geste. „Seht es mir nach, gute Frau, ich lache nicht über Euch. Aber ich frage mich, was unser guter König Reyodem mit so viel nutzlosem Weichmetall anfangen kann. Will er die Dächer von Enderonas gegen Regen schützen?"

„Das vermag ich nicht zu sagen." Die Frau sah drohend zu ihrem ältesten Kind, das die Verteilung der Süßwurzel übernommen hatte und dabei ein recht eigenwilliges Verständnis von Gerechtigkeit zeigte. „Aber mein guter Hartwin sagt, ein Bote des Königs Reyodem sei zum Hohen Lord Garodem unterwegs, um die Angelegenheit mit ihm zu besprechen."

Nedeam richtete sich überrascht im Sattel auf. „Ein Bote Reyodems?", murmelte er dann. Er konnte kaum glauben, dass der König des Pferdevolkes mit dem Pferdefürsten wegen einer solchen Nichtigkeit wie Gold verhandeln wollte.

„Er wird wohl erst in einigen Tageswenden eintreffen." Die Frau zuckte die Schultern. „Ich weiß es ja auch nur deshalb, weil man Hartwin, meinem guten Mann, sagte, der Bote wolle erst mit ihm sprechen, bevor er zum Hohen Lord Garodem weiterreite."

Nedeam räusperte sich und verschloss die Provianttasche wieder. „Nun, er wird sicher zufrieden sein. Gold findet man hier am Hammergrundweiler reichlich. Ich wollte nur, es wäre etwas Nützlicheres, wie etwa Holz. Daran mangelt es uns noch immer, und wir müssen es aus den anderen Marken einführen. Aus Holz lassen sich wenigstens Pfeilschäfte und Lanzen machen."

Die Frau lachte fröhlich. „Ihr denkt wie ein Pferdelord, guter Herr."

„Nun, das bin ich auch." Nedeam nickte ihr und den Kindern zu, ließ seinem Pferd die Zügel und ritt dann zwischen den Gebäuden hindurch auf den zentralen Weilerplatz.

Für einen kurzen Augenblick drang ihm der schwache Geruch von Urin in die Nase, als er an einem Stapel gegerbter

Häute vorüberkam. Zwei Männer saßen vor einem Haus und glätteten die Schäfte für neue Pfeile. Sie erkannten Nedeam und winkten ihn zu sich.

„Ihr seid auf dem Ritt zu Dorkemunt, guter Herr? Mein Weib hat ein paar neue Lederriemen für ihn gefertigt, und Ihr könnt sie ihm gleich mitnehmen. Aber nun steigt erst einmal ab und erfrischt Euch ein wenig, während ich sie hole."

Nedeam saß ab und gab Stirnfleck die Zügel frei. Einer der Männer erhob sich und verschwand im Haus, während der andere die Schäfte zur Seite legte und Nedeam einen Krug mit frischem Wasser reichte. Der junge Pferdelord spülte den Mund, spuckte aus und trank dann dankbar. Aus den Augenwinkeln sah er seinen Hengst, der an der Tränke neben dem Haus durstig soff.

„Es sind wenige Männer und Frauen im Weiler." Nedeam wies über den Platz.

Der Mann nickte. „Sind alle am Graben." Er spuckte auf den Boden. „Man kommt sich schon vor wie einer der guten Herren Zwerge. Als gäbe es nichts Sinnvolleres, als nach diesem Gold zu buddeln. Vor einem Zehntag war ich in Eternas, in Malvins Schenke. Einer der Gäste meinte, wir sollten unseren schönen Hammergrundweiler doch gleich Goldgrundweiler nennen. Ich wollte dem vorlauten Burschen für diese Beleidigung schon seine Zähne in den Rachen drücken, aber eine blonde Frau hat mir dann die Arbeit abgenommen."

„Esyne", brummte Nedeam lakonisch.

Der Mann kratzte sich im Nacken. „Ja, so heißt sie wohl. Sehr hübsch und ausgesprochen schlagfertig."

„Sie macht noch immer die besten Schuhe und Stiefel in Eternas." Nedeam blickte auf seine eigenen Stiefel. „Meine wurden ebenfalls von ihr gefertigt. Sie versteht sich wahrhaftig auf feine Lederarbeiten. Aber sie ist nicht gerade ein umgängliches Weib."

Der Bewohner des Hammergrundweilers lachte leise. Dann nahm er den Krug von Nedeam zurück und wies zu einem flachen Hügel, der sich westlich des Weilers erhob. „Die meisten von uns sind dort drüben und scharren in der Erde wie eine wilde Horde Kratzläufer. Wir haben schon viel von dem Gold aus der Erde geholt, und unsere Schmiede bereiten nun seine Formung vor."

„Seine Formung?"

„Ja, das Zeug soll in Platten gegossen werden. Der gute Herr Hartwin aus der Königsmark hat uns das Maß genannt." Der Mann seufzte leise. „Wir sollten unsere Zeit nicht mit dem Gold vergeuden. Mir wäre es lieber, wir würden anständiges Hornvieh oder Schafe züchten. Ein Mann des Pferdevolkes gehört auf den Rücken eines Pferdes und nicht in ein Loch, das er in die Erde gräbt."

„Hör auf zu jammern." Der andere Mann trat wieder aus dem Haus, eine Reihe von ledernen Riemen und Gurten über dem Arm drapiert. „Immerhin bekommen wir gute Waren für das Zeug. Der gute König Reyodem wird schon wissen, wofür er es braucht."

Nedeam nickte. „Ich habe in Eternas gehört, die Stadt des Königs wachse zusehends. Vielleicht will man dort ebensolche Rohre in den Boden legen wie bei uns, damit der Unrat nicht über die Straßen sickert, sondern unter ihnen entlangfließt."

„Ja, dafür mag das Zeug etwas taugen." Der Mann, der Nedeam den Krug gereicht hatte, setzte sich wieder und nahm erneut die Pfeilschäfte auf. „Es rostet nicht und lässt sich leicht bearbeiten."

„Auf ein Wort, guter Herr Nedeam." Der andere reichte

dem jungen Pferdelord die Riemen und Gurte und trat dabei ein wenig näher. „Es geht mich vielleicht nichts an, aber ich mache mir so meine Gedanken um den guten Herrn Dorkemunt."

Nedeam schob die Lederwaren in ein Bündel und schnürte es am Sattel fest. „So? Was für Gedanken?"

„Nun, ich weiß, dem guten Herrn Dorkemunt wird es nicht recht sein, wenn ich Euch darauf anspreche …" Der Mann zögerte einen Augenblick, bevor er fortfuhr. „Ich glaube, es fällt ihm zunehmend schwer, die Arbeit auf dem Gehöft zu verrichten, guter Herr."

Nedeam runzelte die Stirn. „Was sollte ihm daran schwerfallen? Wir sind die Arbeit gewohnt, sie ist unser Leben."

„Ja, da habt Ihr sicherlich recht." Der Mann strich sich über das Kinn. „Aber Ihr seid auch noch jung. Der gute Herr Dorkemunt hingegen … Seine Schläfen werden langsam hell, und sein Rücken beugt sich, Ihr versteht?"

Nedeam begriff. Sollte der Freund tatsächlich *alt* geworden sein? Zu alt, um den Rücken eines Pferdes zu bedecken und in den Kampf zu ziehen, Seite an Seite mit Nedeam? Für den jungen Pferdelord war dieser Gedanke unvorstellbar. Andererseits musste er nur an seinen Hengst Stirnfleck denken, dem das Kriegshandwerk allmählich zu beschwerlich wurde. Dass dies auch für Dorkemunt gelten könnte, daran hatte Nedeam nie gedacht. Bei den Worten des Hammergrundbewohners erinnerte er sich an manche Situation, bei der die Bewegungen seines kleinwüchsigen Freundes die Geschmeidigkeit früherer Tage hatten vermissen lassen, und manchmal, wenn Dorkemunt sich unbeobachtet fühlte, langte er sich ächzend an seinen Rücken. Sollten all dies Anzeichen des Alters sein? Nedeam hatte sie nie als solche aufgefasst. Vielleicht, weil er

Tageswende um Tageswende mit Dorkemunt verbrachte.

Der Mann sah Nedeams besorgten Gesichtsausdruck und räusperte sich verlegen. „Bitte seht mir meine Worte nach, guter Herr Nedeam. Ich bin sicher, der gute Herr Dorkemunt wird den Rücken seines Wallachs noch lange bedecken."

„Sicher wird er das", stimmte Nedeam eher halbherzig zu. Doch die gut gemeinten Worte des Mannes hatten ihn mehr beunruhigt, als er sich eingestehen wollte.

Der junge Pferdelord verabschiedete sich von den Männern und saß auf. In langsamem Trab ritt er aus dem Weiler heraus, weiter Richtung Süden, bis er den Zugang des Südpasses mit dem aufragenden Turm des Signalfeuers erkannte, der Bestandteil einer Kette von Feuern war, welche die Marken untereinander verband und bei Gefahr entzündet wurde, um die Pferdelords zu den Waffen zu rufen. Ein Stück vor dem Pass öffnete sich der breite Taleinschnitt nach Westen und führte zu Halfars und Balwins Gehöft.

Die Worte des Mannes hatten Nedeam derart beunruhigt, dass er Stirnfleck zum Galopp antrieb. Der brave Hengst schnaubte erfreut, als Nedeam ihm die Zügel freigab. Der Pferdelord warf einen kurzen Blick zurück, um sicherzugehen, dass das Handpferd folgte, und beugte sich dann vor, um dem Wind weniger Widerstand zu bieten. Er genoss den raschen Ritt, bei dem der Reitwind seinen zerschlissenen Umhang hinter ihm auswehen ließ. Vor ihm tauchte nun das kleine Seitental auf, und Nedeam spürte eine wohlige Wärme in sich aufkommen, als er das Gehöft erkannte und die unverwechselbare Gestalt des Freundes, der gerade aus dem Wohnhaus trat.

Überrascht registrierte Nedeam ein gesatteltes Pferd, das neben dem Gehöft graste. Die tiefschwarze Stute kam ihm bekannt vor, und wie zur Bestätigung trat nun ein stämmiger Mann neben Dorkemunt, der den kleinwüchsigen Pferdelord mit der kräftigen Statur deutlich überragte. Der Mann trug weder Helm noch Umhang und hatte Wams und Hemd geöffnet. Als Nedeam näher ritt, sah er die rötliche Narbe an der Brust des Besuchers, aber er hätte ihn auch ohne dieses Zeichen erkannt.

„Scharführer Kormund, guter Herr, es ist eine Freude, Euch zu sehen", grüßte Nedeam herzlich und schwang sich aus dem Sattel. Er sah Dorkemunt an. „Ich habe die Ledersachen aus dem Hammergrund mitgebracht und Vorräte für den Winter."

„Und sicherlich auch Süßwurzel", erwiderte Dorkemunt mit breitem Grinsen. Er schlug Nedeam freundschaftlich an den Arm. „Versorge Stirnfleck, und dann lass uns ein paar Worte mit unserem Freund Kormund reden."

Nedeam ließ seinen Hengst an die Tränke und kümmerte sich zunächst um das Handpferd; er nahm ihm die Lasten ab und löste die Gurte, um es anschließend abzusatteln.

Kormund, Schwertmann der ständigen Wache des Pferdefürsten Garodem und als Scharführer der Kommandeur eines Beritts, lehnte sich leicht gegen die massige Steinwand des Hauses und kratzte sich unbewusst an der Narbe. Vor etlichen Jahreswenden, als die Orks Eternas berannten, hatte er eine Pfeilwunde in der Brust erlitten und sie mit viel Glück und dank seiner robusten Natur überlebt. Gelegentlich schmerzte das vernarbte Gewebe und behinderte Kormund in der Führung seines Schwertes, aber der Scharführer ließ sich dies niemals anmerken und unterdrückte den Schmerz.

Die unbewusste Geste ließ Nedeam einen Blick zu Dorkemunt werfen. Ja, die Schläfen des Freundes waren hell geworden, und er hielt sich nicht mehr so gerade wie noch zu der Zeit, als sie sich zum ersten Mal begegnet waren. Merkwürdig, dass ihm das zuvor nicht aufgefallen war.

Der junge Pferdelord stellte die Packlasten ans Haus, legte den Sattel dazu und gab das Handpferd frei. Es war gut genug ausgebildet, um sich nicht zu entfernen, und so soff es an der Tränke und begann dann zu grasen.

„Hat der Besuch unseres Freundes Kormund einen besonderen Grund?“ Nedeam nahm Waffen und Lasten von Stirnfleck, um ihn dann ebenfalls abzusatteln. „Immerhin ist der Weg von Eternas für eine einfache Plauderei recht weit.“

„Ein Weg, der zu Freunden führt, ist niemals weit“, erwiderte Kormund lächelnd. „Aber du hast recht, Nedeam. Sosehr ich es auch schätze, mit dir und Dorkemunt über vergangene Taten zu reden, so gibt es doch einen bestimmten Grund, der mich zu euch führt.“

„Einen guten Grund, wie mir scheinen will.“ Dorkemunt nahm einige der Packen auf und trug sie ins Haus.

Nedeam und Kormund folgten mit dem Rest. Sie stellten die Sachen neben die Waffentruhe an der Tür und setzten sich dann an den massigen Tisch, auf dem noch die Reste eines Mahls standen. Nedeam nahm sich Brot und Käse und sah die beiden an.

„Nun, was gibt es zu bereden?“, fragte er und kaute dabei genüsslich.

Kormund strich abermals über die Narbe an seiner Brust. Instinktiv spürte Nedeam, dass der Besuch des Scharführers, zumindest indirekt, mit der alten Wunde zusammenhing. Der Scharführer räusperte sich und suchte nach den rechten Worten.

„Nun, Nedeam, mein Freund, unsere Mark lebt jetzt schon

einige Jahreswenden in Frieden, und sie entwickelt sich prachtvoll. Die Herden wachsen, und junge Männer und Frauen füllen die Lücken, die so manche Schlacht gerissen hat.“ Kormund räusperte sich erneut. „Aus Knaben werden junge Männer und Pferdelords.“

„Der Horngrundweiler stellt nun seinen vierten Beritt auf“, fügte Dorkemunt mit seltsam eindringlicher Stimme hinzu. „Vierhundert Lanzen bringt er mittlerweile in den Sattel.“

„Ja, ich weiß“, brummte Nedeam verwirrt. „Und im Hammergrund wird nach Gold gegraben, auch das ist mir bekannt.“

Kormund errötete ein wenig, da er Nedeams Anspielung verstanden hatte. „Nun, Nedeam, mein Freund, aus Knaben werden Männer und Pferdelords ...“

„Ich glaube, das erwähntest du bereits.“

„Hm.“ Der Scharführer stieß ein leises Brummen aus. „Also schön, Nedeam, ich will den Reiter in den Sattel heben. So, wie aus Knaben junge Männer werden, so werden aus jungen Männern alte Männer. Du verstehst?“

Nedeam sah unwillkürlich zu Dorkemunt, der nun ebenfalls errötete.

„Ich kann mein Pferd wohl noch bedecken und meine Axt noch schwingen“, knurrte der kleinwüchsige Pferdelord heiser. „Und ich kann es noch immer mit jeder verfluchten Bestie aufnehmen, die sich mir in den Weg stellt.“

Kormund nickte. „Das kannst du, Dorkemunt, mein Freund, ganz gewiss.“

Nedeam schob Brot und Käse zur Seite und nahm einen Becher mit Wasser. „Eure Worte bleiben ein wenig dunkel.“

„Schön, du willst wissen, worum es geht, und das ist dein gutes Recht.“ Kormund legte seine Hand flach auf jene tiefe Kerbe in der Tischplatte, in die einst Balwins Schwertklinge gehackt hatte, um seinen Worten Nachdruck zu verleihen. „Nedeam, mein Freund, du bist trotz deines jungen Alters einer der erfahrensten und besten Pferdelords, die ich kenne."

Dorkemunt nickte zu den Worten des Scharführers, und Nedeam sah die Gefährten so mancher Kämpfe mit verengten Augen an.

„Die Mark braucht erfahrene Pferdelords, Nedeam." Dorkemunt lächelte sanft. „Wir alle wissen, dass der Schwarze Lord nicht endgültig bezwungen ist. Er wird erneut sein Haupt erheben und das Land mit den Legionen seiner Orks überziehen."

Kormund nickte. „Dann brauchen wir Männer, die der Losung folgen."

„Das werde ich tun", brummte Nedeam, „oder zweifelt ihr daran?"

„Und wir brauchen Männer, welche die Pferdelords in den Kampf führen."

Die Worte Kormunds waren unmissverständlich, und Nedeam starrte die beiden Kämpfer sprachlos an.

„Du hast noch etwas Käse zwischen den Zähnen", stellte Dorkemunt lakonisch fest. „Schließ erst einmal den Mund und schlucke ihn hinunter."

Die raue Herzlichkeit von Dorkemunts Worten verschaffte Nedeam die Zeit, die er benötigte, um die Fassung wiederzuerlangen. „Ich soll Scharführer werden?" Er schüttelte den Kopf. „Ich stamme von Balwins Gehöft und nicht aus einem großen Weiler, der einen Beritt stellen kann. Mir steht kein eigener Wimpel zu, vielmehr schließe ich mich einem Wimpel an."

Kormund schüttelte nun ebenfalls den Kopf und sah Nedeam seltsam mitfühlend an. „Nein, Nedeam, mein Freund. Du sollst nicht Scharführer werden, sondern dich zu den Schwertmännern Garodems melden und den Wimpel eines seiner Beritte führen."

„Ihr seid verrückt", stieß Nedeam instinktiv hervor.

„Du bist verrückt, wenn du es nicht tust." Dorkemunt legte seine Hände flach auf den Tisch, aber Nedeam erkannte, dass sie unmerklich zitterten. Der alte Pferdelord war sichtlich aufgewühlt, als er den jüngeren Freund nun eindringlich ansah. „Nedeam, du bist mir nicht nur ein Freund, das weißt du, ich habe dich an Sohnes statt in mein Herz genommen. Bevor du gekommen bist, habe ich manches Wort mit unserem Freund Kormund gewechselt. Hör mir jetzt gut zu, denn was ich sage, ist wahr, und es ist zu deinem Besten und zum Besten der Hochmark."

Nedeam sah, wie Kormund unwillkürlich nickte, während Dorkemunt fortfuhr.

„Auch wenn es mir schwerfällt, es einzugestehen, ich bin nun reich an Jahreswenden, Nedeam, mein Sohn. Ich schaffe es noch, meinen braven Wallach zu besteigen und meine Axt zu führen, aber die Zeit ist absehbar, dass ich zu alt und kraftlos sein werde, um in die Schlacht zu reiten."

„Unsinn", stieß Nedeam hervor und zuckte zusammen, als Dorkemunt wütend mit der flachen Hand auf den Tisch schlug.

„Sei kein Narr, Nedeam, denn ich bin es auch nicht. Es ist der Lauf der Welt, und es hat keinen Sinn, die Augen vor der Wahrheit zu verschließen. Die Zeit der alten Krieger verstreicht. Kormund, unser guter Freund und Kampfgefährte hier, spürt es in den Knochen. Garodem, unser Hoher Lord, kann nur noch unter Schmerzen in den Sattel steigen, und auch Tasmund, unser Erster Schwertmann, leidet unter den Narben, die er im Kampf erlitten hat. Wir alle werden alt,

Nedeam, mein Sohn, und wir brauchen nun Männer, jüngere Männer, die für uns in den Sattel steigen und in die Schlacht ziehen."

Scharführer Kormund seufzte leise. „Noch sind wir nicht *zu* alt, Nedeam, mein Freund. Noch können wir Lanze und Schild des Pferdevolkes sein und können an deiner Seite in die Schlacht reiten."

„Aber bald werden andere an unserer Stelle reiten müssen, wenn die Losung gegeben wird." Dorkemunt erhob sich ruckartig, und der Schemel, auf dem er gesessen hatte, stürzte polternd um. Der kleinwüchsige Pferdelord wies zu der Waffentruhe neben der Tür. „Wer soll den Menschen des Pferdevolkes Schild und Lanze bieten, wenn Männer wie Garodem, Tasmund oder Kormund nicht mehr reiten? Wer, Nedeam, mein Sohn?" Dorkemunt atmete tief durch. „Wahrhaftig, Nedeam, wenn ich dereinst zu den Goldenen Wolken reite, und es möge ein ruhmreicher Ritt sein, dann will ich sicher sein, dass man auch künftig unsere Legenden besingt. Und du, Nedeam, bist der richtige Pferdelord, um das zu gewährleisten."

„Du hast dich in vielen Kämpfen bewährt, Nedeam", übernahm Kormund. „Du hast Freunde im elfischen Volk und bei den Herren Zwergen. Keiner wäre besser geeignet, das Banner zu führen, als du."

„Wovon redet ihr?" Nedeam erblasste.

„Du wirst ein Schwertmann Garodems werden", sagte Dorkemunt entschlossen. „Du wirst lernen, einen Beritt zu führen, denn ich kann mir keinen besseren Kämpfer vorstellen. Wenn du das beherrschst, was zweifellos bald der Fall sein wird, dann wird der Hohe Herr Tasmund dich in die Pflichten eines Ersten Schwertmanns einführen."

„Ihr seid übergeschnappt." Nedeam war fassungslos.

„Ich glaube, das erwähntest du schon.“ Dorkemunt lächelte kaum merklich.

„Ihr seid völlig verrückt“, wiederholte Nedeam leichenblass. „Ich bin ein einfacher Pferdelord und folge der Losung. Aber ich bin kein Hoher Herr und …“

„Der Hohe Herr Tasmund hat es selber vorgeschlagen“, unterbrach ihn Kormund. „Garodem hat vor drei Tageswenden die Führer der Beritte seiner Schwertmänner versammelt und sich mit ihnen besprochen. Der Beschluss war einstimmig.“

„Deine Zukunft, Nedeam, mein Sohn, liegt nicht auf diesem Gehöft.“ Dorkemunts Blick war beschwörend. „Deine Bestimmung ist es, eines Tages die Pferdelords in den Kampf zu führen. Auf Garodems Geheiß und unter seinem Banner.“

Kormund erhob sich und trat neben seinen kleinwüchsigen Freund. „Du musst das Banner aufnehmen, Nedeam. Erst den Wimpel eines Beritts und dann das Banner der Hochmark.“

„Garodems Sohn Garwin ist noch nicht so weit“, drang Dorkemunts Stimme an Nedeams Ohr. „Eines Tages wird er Pferdefürst der Hochmark sein, aber er ist nicht der Mann, um die Pferdelords in die Schlacht zu führen. Noch nicht.“

Nedeam nahm die Kritik kaum wahr, die in diesen Worten mitschwang. Was seine älteren Freunde da sagten, überwältigte und verwirrte ihn. Das Angebot, das man ihm machte, bedeutete eine riesige Chance für einen Kämpfer, aber auch eine gewaltige Verantwortung. Nedeam scheute sich vor keinem Kampf, aber es war ein gewaltiger Unterschied, in der Schlacht nur für sich selbst und den Nebenmann Verantwortung zu tragen oder als Kommandeur über den Ausgang des Kampfes zu entscheiden.

„Ich … ich weiß nicht, ob ich es kann“, murmelte er betroffen und verstummte dann vollends.

Kormund beugte sich vor und legte Nedeam die Hand auf die Schulter. „Es ist deine Entscheidung, Nedeam, mein Freund. Niemand wird dich zwingen. Niemand wird dich verurteilen, wenn du die Verantwortung nicht übernehmen willst. Aber alle werden es begrüßen, wenn du das Angebot Garodems annimmst. Und es würde uns mit Stolz erfüllen, dir in den Kampf zu folgen."

„Selbst unser nörglerischer Freund Mortwin ist dafür", fügte Dorkemunt hinzu, und die Worte nahmen Nedeam etwas von seiner Beklemmung.

Dann straffte sich Kormund. „Was es zu sagen gab, ist nun gesagt. Ich werde zurück nach Eternas reiten. Du, Nedeam, wirst morgen folgen und dem Hohen Lord Garodem deine Entscheidung mitteilen." Der alte Scharführer schloss Hemd und Wams und lächelte die beiden anderen Pferdelords an. „Und wie immer deine Entscheidung ausfallen mag, Nedeam, ich weiß, sie wird ehrbar sein."

Kormund nickte ihnen nochmals zu und verließ dann das Haus.

Als sich die Tür hinter ihm geschlossen hatte, sah Nedeam seinen Freund Dorkemunt hilflos an. „Was soll ich tun, Dorkemunt? Wie soll ich mich entscheiden?"

Sein alter Freund zuckte die Schultern. „Ich vermag in der Schlacht an deiner Seite zu stehen, Nedeam, mein Sohn. Doch diese Entscheidung kann dir niemand abnehmen."

3

Die „Aivaar“ stampfte in der schweren See. Der Rumpf des Dampfkanonenschiffes hob und senkte sich ungleichmäßig und rollte dabei von der einen zur anderen Seite, sodass die unvorhersagbaren Bewegungen selbst den erfahrensten Seeleuten zu schaffen machten. Nur eine Handvoll Männer von der ursprünglichen Besatzung war noch an Bord. Die entkleideten Leichen der anderen hatte man kurzerhand über Bord geworfen, und nun zeugten nur noch die getrockneten Blutflecke auf den Planken des unteren Decks von den Männern, die das Schiff einst mit Leben erfüllt hatten. Auf dem Oberdeck und der Brücke verriet nur wenig, welch heftiger Kampf zuvor auf der „Aivaar“ getobt hatte.

Das Oberdeck war vorbildlich aufgeräumt, und die Hände, welche die Leinen der Segel führten und das Steuer des Schiffes bedienten, waren kundig und verrieten die Erfahrung der Mannschaft. Einige Seesoldaten in den Uniformen und Rüstungen des Königreiches Alnoa versuchten, die Bewegungen des Schiffes mit den Beinen auszugleichen, was nicht immer gelang und gelegentlich Spott bei den anderen Männern hervorrief.

Nur wer die Ausrüstung der Männer näher betrachtete, erkannte die frischen Schrammen und Beulen in so manchem der Harnische und die hastig und nur grob vernähten Risse in der Kleidung.

„Dieses ganze metallene Zeug engt mich ein“, brummte einer der Männer missmutig. „Es behindert mich in meinen Bewegungen und macht Lärm.“

„Du brauchst es nicht lange zu tragen“, erwiderte ein anderer mit den Abzeichen eines Offiziers der alnoischen Seesoldaten. „Nur so lange, bis wir die Wachen von Gendaneris überrumpelt haben.“

Das Dampfkanonenschiff hob sich in der schweren See, sein Bug kam frei und klatschte dann mit brutaler Wucht ins Wasser zurück. Gischt sprühte über das Vorschiff, bis über den sorgsam mit Leinen festgebundenen Kanonenturm hinweg, und das Knarren des hölzernen Rumpfes mischte sich mit dem Ächzen der metallenen Verstärkungen.

„Dieses alnoische Schiff fährt sich wie ein Stein“, brüllte einer der Steuerleute dem Kapitän zu.

„Hauptsache, es sinkt nicht wie ein solcher.“ Der Kommandant der Korsarenbesatzung lachte und wischte sich Spritzwasser aus Gesicht und Haaren. Er konnte sich mit dem ungewohnten Helm eines alnoischen Kapitäns nicht anfreunden und ließ ihn lose am Kinnriemen vom Arm baumeln. Er würde ihn erst aufsetzen, wenn es wirklich erforderlich wurde und sie sich der Hafenfestung Gendaneris auf Sichtweite näherten.

Der Korsar am Steuer rief ihm eine unverständliche Antwort zu, die vom Tosen des Sturms verschluckt wurde. Das Unwetter war mit unerwarteter Schnelligkeit und Stärke über die Schiffe des Verbandes hergefallen, und selbst die seeerfahrenen Korsaren hatten Mühe, ihn mit ihren Schiffen abzureiten. Die Segler hatten die meisten Segel gerefft und fuhren nur noch mit den kleinen Sturmsegeln, welche die Schiffe steuerbar hielten. Die beiden erbeuteten Dampfkanonenboote hingegen fuhren nur mit der Kraft ihrer Brennsteinantriebe.

Die Korsaren verstanden sich darauf, ihre Schwarmschiffe über das Meer zu führen, aber die mächtigen Brennsteinmaschinen im Rumpf der Dampfkanonenboote waren ihnen fremd. Sie verstanden, dass man die Feuer in den Kesseln mit Brennstein füttern musste und Wasser in dem großen Tank darüber kochte, doch wie sich daraus die Kraft eines Antriebs gewinnen ließ, konnten sie nicht nachvollziehen. Daher hatte man einige der Brennsteinmänner der „Aivaar" verschont, die nun die Maschine bedienen mussten.

Nunnes stammte aus Khalanaris in der südlichen Provinz Alnoas. Immer schon war es seine Sehnsucht gewesen, eines Tages mit einem der stolzen Schiffe der alnoischen Marine zur See zu fahren. Gegen den Widerstand seiner Eltern, die einen großen Bauernhof bewirtschafteten, war er nach Alneris, in die Stadt des Königs, gegangen und hatte sich dort als Seemann verdingt. Das Königreich verfügte über eine ansehnliche Flotte, die im inneren Hafen der Weißen Stadt vor Anker lag, und es bestand immer Bedarf an Matrosen, um die Schiffe zu bemannen. Von Zeit zu Zeit gab es Unfälle an Bord, und schon der schlecht verheilte Bruch eines Armes oder Beines machte einen Mann untauglich für den Dienst zur See. Anderen war dieser Dienst zuwider, denn nur selten fuhr man aus, und die Arbeit beschränkte sich oft darauf, die Schiffe sauber und bereit zu halten, weshalb die Männer lieber an Land arbeiteten. Die Besatzungen hatten keinen besonders guten Ruf, denn die Landtruppen verachteten sie, da sie nur selten in Kämpfe verwickelt wurden. Auch Nunnes hatte oft die spöttischen Bemerkungen über sich ergehen lassen müssen, mit denen man den Mannschaften begegnete.

„Ah, seht nur, die Besatzungen der Schiffe kommen an Land, es müssen wohl Korsaren auf dem Fluss unterwegs sein." Solchen Hohn hatte Nunnes klaglos erduldet, denn er liebte die Schiffe und hatte immer den Moment herbeigesehnt, an dem sie endlich auslaufen würden, um dem Feind zu begegnen.

Wie die anderen hatte er gejubelt, als die „Aivaar" der „Shanvaar" aus dem Hafen gefolgt war, um die Korsaren vom Fluss zu vertreiben. Er hatte geglaubt, das mächtige Kanonenschiff werde leicht mit ihnen fertig, und noch immer saß ihm der Schock in den Gliedern, dass er nun einer ihrer wenigen Gefangenen war.

Hier unten, im Rumpf der „Aivaar", machten sich die Bewegungen des Schiffes noch weitaus unangenehmer bemerkbar. An Deck sah man die See, sodass man sich auf die heranwogenden Wellen einstellen und sich rechtzeitig einen Halt verschaffen konnte, aber unter Deck musste man die Stöße einfach hinnehmen.

Vor wenigen Augenblicken war einer von Nunnes Leidensgefährten bei einer heftigen Rollbewegung der „Aivaar" gegen den Brennsteinkessel geschleudert worden. Nun schrie der Mann, dessen eine Körperseite schwer verbrannt war, jämmerlich vor Schmerz und krümmte sich am Boden.

„Ihr verblödeten Landmänner", brüllte einer der Korsaren, die unter Deck Wache hielten, wütend. „Eine Hand für das Schiff und eine Hand für euch selbst, so will es das Gesetz der See! Schafft den nutzlosen Fresser über Bord!"

Nunnes hatte seinen Posten am langen Ventilhebel des Brennsteinkessels verlassen, um sich um den Schwerverletzten zu kümmern, und sah den Korsaren schockiert an. „Er lebt, und man kann ihm helfen."

„Unsinn." Der Korsar schüttelte den Kopf, kam näher und trat dem Verletzten in die Seite. „Er kann den fauchenden Kessel nicht mehr füttern und ist deshalb nutzlos. Also, schafft ihn fort."

Eher unbewusst schüttelte Nunnes den Kopf und schrie unwillkürlich auf, als die Wache ihn brutal ohrfeigte. Der Schlag war so heftig, dass Nunnes Augenbraue platzte und Blut über sein Gesicht tropfte.

„Ich sagte, ihr sollt den Fresser über Bord werfen", stieß der Korsar wütend hervor. Erneut legte die „Aivaar" über, und die Männer versuchten instinktiv, sich Halt zu verschaffen. Plötzlich lachte der Mann auf. „Nun macht schon, ihr Landmänner. Er ist unnützer Ballast. Je leichter dieses seltsame Schiff wird, desto länger wird es schwimmen."

Zwei andere Korsaren traten vor und stießen zwei der Gefangenen zu dem Verletzten hinüber. „Packt ihn und dann raus mit ihm. Oder ihr geht zusammen mit ihm über Bord."

Der Verletzte wimmerte vor Schmerzen und Furcht, denn er begriff, dass er keine Gnade finden würde. Trotz seiner erfolglosen Gegenwehr mussten die beiden Alnoer ihren Kameraden packen und unter Bewachung aufs Deck bringen.

Nunnes spürte das Blut, das über die linke Hälfte seines Gesichtes rann, aber er machte sich nicht die Mühe, es abzuwischen. Von heißem Zorn erfüllt, starrte er den Wortführer der Korsaren an.

„Was ist?", brüllte der. „Füttere dieses fauchende Ungeheuer mit Brennstein, oder ich mache dir Beine."

Es war drückend heiß unter Deck. Unentwegt hatten sie Brennstein in den gierigen Schlund des Kessels geschaufelt, und die Maschine lief mit höchster Leistung, um die „Aivaar" durch den Sturm zu treiben. Nunnes und seine Leidensgefährten wussten nicht, welchen Kurs die Korsaren genommen hatten, aber im Augenblick interessierten sie sich nur dafür, am Leben zu bleiben. Folgsam hoben sie frischen Brennstein aus den Lagerbuchten, die sich entlang der Maschine an den Bordwänden erstreckten, und schoben ihn mit den Ladeschaufeln in die offene Feueröffnung des Kessels.

Über dem Fauchen des Kesselfeuers war das Stampfen zu hören, mit dem die massigen Kolben das Schaufelrad im Heck des Schiffes antrieben. Immer wieder ließ der hohe Dampfdruck den Ventilhebel nach oben springen, und ein durchdringendes Pfeifen und Zischen ertönte, wenn der Überdruck durch die Öffnung unter dem Hebel entwich. Für Nunnes und seine Gefährten war es eine gewisse Genugtuung, wenn die Korsaren bei diesem Geräusch noch immer erschrocken zusammenzuckten.

Die beiden alnoischen Matrosen, die ihren verletzten Leidensgenossen an Deck gebracht hatten, kamen die breite Holztreppe, die in den Bauch des Schiffes führte, wieder herunter und würdigten die Korsaren keines Blickes.

„Sie haben Niederträchtiges vor, diese Bestien der See", raunte einer von ihnen Nunnes zu. „Die Männer an Deck tragen die Rüstungen unserer erschlagenen Soldaten."

Nunnes vergewisserte sich, dass die Korsaren mit sich selbst beschäftigt waren, und nickte dann. „Ja, sie lieben unser Schiff nicht. Für sie ist es keine wertvolle Beute, und es gibt nur einen Grund, warum sie noch an Bord sind. Sie wollen es benutzen, um unsere Truppen zu täuschen. Deshalb tragen sie auch unsere Kleidung."

„Meinst du, sie wollen noch ein Schiff nehmen?"

Nunnes schüttelte den Kopf. „Nein, Schiffe haben sie genug, und sie mögen die unseren nicht besonders. Sie wollen größere Beute machen."

„Bei den Finsteren Abgründen." Einer der Brennsteinmänner sah Nunnes betroffen an. „Du meinst, sie wollen … sie wollen eine Stadt überfallen?"

„Nicht irgendeine Stadt." Nunnes spuckte wütend aus, und sein Speichel verkochte zischend an der heißen Kesselwand.

„Ich wette, sie wollen Gendaneris nehmen."

„Das wird ihnen nicht gelingen", ächzte einer der anderen.

Erneut spuckte Nunnes aus. „Warum sollte es nicht gelingen? Sie kommen mit unseren Schiffen und unseren Rüstungen. Keine der Wachen wird eine Gefahr wittern, bis es zu spät ist."

„Sie sind zu wenige", raunte ein Mann überzeugt. „Man wird sie erschlagen und uns befreien."

„Du Narr." Nunnes warf einen vorsichtigen Blick zu den Korsaren, die sich zu einer Gruppe zusammengefunden hatten und miteinander sprachen. „Der ‚Aivaar' und der ‚Shanvaar' folgen noch andere Schiffe. Mit sehr viel mehr von diesen Schlächtern an Bord."

Einer der Matrosen erblasste. „All die Frauen und Kinder ... Wenn die Bestien Stadt und Festung nehmen, liegt der Westen des Reiches offen vor ihnen."

„Die Truppen des Königs werden sie vertreiben."

„Ja, doch bis sie sich gesammelt haben und gegen sie vorrücken können, werden die Bestien viel Elend über unser Volk gebracht haben."

„Wir müssen etwas unternehmen. Wir müssen sie daran hindern."

„Schön, und wie soll das gehen?" Nunnes sah die anderen an. „Wir sind zu wenige, um die ‚Aivaar' wieder in unsere Gewalt zu bekommen ..."

Der Anführer der Wachen wurde auf sie aufmerksam und sah sie drohend an. „Füttert den Kessel, ihr Landmänner, oder wir füttern die Dornfische mit euren unnützen Leibern!"

Die fünf Männer, mehr waren von der alnoischen Besatzung nicht mehr übrig, zuckten zusammen und begannen hastig wieder Brennstein in das Kesselfeuer zu schaufeln. Auf

Nunnes' Gesicht mischten sich Blut und Schweiß, denn die drückende Schwüle im Kesselraum ließ das Blut nicht richtig gerinnen. Wieder einmal ertönte der Pfiff des Überdruckventils, und der Hebel schob sich nach oben, um dem übergroßen Dampfdruck nachzugeben. Automatisch langte Nunnes über sich und zog den Hebel nach unten, damit nicht zu viel des kostbaren Drucks nutzlos entwich.

„Hört mit diesem furchtbaren Lärm auf", brüllte der Wachführer der Korsaren.

Der Brennsteinmann neben Nunnes fuhr wütend herum. „Manchmal muss es pfeifen! Das ..."

Der Matrose ächzte, als Nunnes ihm in die Rippen stieß. Dann wandte sich dieser dem Korsaren zu und hielt dabei demonstrativ den Hebel nach unten gezogen. „Wie Ihr befiehlt, Schwarmmann. Habt keine Sorge, es wird nicht mehr pfeifen."

„Das will ich euch Landmännern auch geraten haben", grunzte der Korsar.

Der andere Matrose sah Nunnes betroffen an. „Bist du wahnsinnig? Es pfeift immer, wenn der Überdruck zu groß wird und der Ventilhebel nach oben geht. Sonst platzt uns ..."

Der Mann verstummte, und Nunnes nickte bedächtig. „Ja, sonst platzt uns der Kessel."

Einer der anderen Alnoer sah Nunnes leichenblass an. „Es wird die ‚Aivaar' zerreißen ..."

„Und mit ihr die verfluchte Korsarenbrut", zischte Nunnes wütend. „Sie werden uns ohnehin töten, wenn sie ihr Ziel erreicht haben. So nehmen wir wenigstens einen Teil der Bestien mit uns."

Die Männer waren keine Helden. Ihre Gesichter waren blass, die Augen weit aufgerissen, und die Lippen und Hände zitterten. Vielleicht hätten sie Nunnes behindert, wenn sie eine

Chance gesehen hätten, von den Korsaren verschont zu werden. Aber Nunnes hatte in allem recht, und so sprang ein zweiter Mann hinzu, als der Druck immer größer wurde und er den Ventilhebel nach oben zu drücken begann.

Schwarmführer Elek-Mar T'os und sein Stellvertreter Segu-Mar T'os standen nebeneinander auf der Brücke der eroberten „Shanvaar", als der Kessel der „Aivaar" explodierte.

Obwohl der Sturm noch immer tobte, war der mächtige Schlag zu hören, mit dem der Brennsteinkessel dem Überdruck nachgab und auseinanderplatzte. Dampf und Feuer hüllten Nunnes und die anderen Männer im Kesselraum ein, doch sie spürten nichts mehr von den metallenen Fragmenten des Kessels, die durch den Rumpf des Schiffes rasten und Leiber und Holz gleichermaßen zerschlugen. Bordwand und Oberdeck schienen sich nach außen zu wölben und für einen kurzen Augenblick so zu verharren, bevor das alnoische Dampfkanonenboot in eine Wolke aus Gischt und Dampf gehüllt wurde.

Die Korsaren auf der „Shanvaar" fuhren bei der Explosion herum und sahen zu der Stelle, an der wenige Momente zuvor das Schwesterschiff noch gegen Sturm und Wellen angekämpft hatte. Doch als der Blick wieder frei wurde, war die „Aivaar" verschwunden, und von der Brücke der „Shanvaar" aus sah man nur noch ein Stück des Hauptmastes sowie einige Planken und leblose Körper auf dem Wasser treiben.

Elek-Mar T'os schlug wütend mit der flachen Hand auf die Einfassung der Brücke. „Ich wusste, diese alnoischen Schiffe taugen nichts!"

Segu-Mar T'os schüttelte nachdenklich den Kopf. „Nein, ich denke nicht, dass es an dem Schiff lag."

Sein Schwarmführer fuhr herum. „Wie meinst du das?"

„Die Alnoer mögen Landmänner sein, aber sie sind nicht

dumm." Segu-Mar ließ seine Hand über die Reling gleiten. „Dieses Schiff ist ein erstaunliches Wunderding."

„Ich würde es nicht als Schiff bezeichnen", brummte Elek-Mar zurück.

„Da magst du recht haben", räumte Segu-Mar ein. „Dennoch ist es erstaunlich, wie die Landmänner Alnoas aus Wasser und Brennstein die Kraft eines Antriebes erschufen." Er sah seinen Schwarmführer ernst an. „Ich denke nicht, dass das Schiff versagt hat. Ich denke vielmehr, dass einige der Landmänner das Herz fanden, es selbst zu vernichten."

„Verdammte Landbrut", knurrte Elek-Mar. „Meinst du wirklich? Ich kann mir nicht vorstellen, dass die Taugenichtse die Herzen von Schwarmmännern haben."

„Und wenn doch?" Segu-Mar wies vor sich auf das Deck des Schiffes, hinüber zu der Treppe, die in den Rumpf führte. „Was, wenn auch unsere Gefangenen einen Weg finden, das Schiff zu versenken?"

Erneut schlug der Schwarmführer auf das Geländer der Brücke. „Das darf niemals geschehen. Wir brauchen dieses Schiff, um unerkannt in den Hafen zu gelangen." Er stieß ein leises Knurren aus und strich dabei unbewusst über die Narbe in seinem Gesicht. „Nun gut, ich habe eine Idee, wie wir die Landmänner dazu anregen können, hier an Bord nicht solchen Unsinn zu versuchen."

„Du denkst an die Dornenhand?"

„Ich denke an die Dornenhand."

Auch an Bord der „Shanvaar" gab es überlebende Brennsteinmänner, die widerwillig dem Kommando der Korsaren folgten. Sie waren ebenso überrascht wie die Wachen, als wenig später die beiden Anführer des Schwarms der Dornfische in den Kesselraum herunterstiegen. In ihrer Begleitung befand sich eine Person, die im Schwarm als die „Dornenhand“ bekannt war. Die Bedeutung dieser Bezeichnung wurde den unglücklichen Alnoern rasch bewusst, als Elek-Mar einen von ihnen zur Seite führen ließ.

„Vielleicht seid ihr Landmänner von Alnoa nicht damit einverstanden, dass dieses Schiff nach Gendaneris fährt“, begann der Schwarmführer mit kaltem Lächeln. „Vielleicht wollt ihr sogar versuchen, uns daran zu hindern.“ Elek-Mar legte eine Hand auf die Schulter der besagten Person, und sein Lächeln vertiefte sich. „Dies ist die Dornenhand. Sie wird euch gute Gründe dafür liefern, uns an unser Ziel zu bringen.“

Der unglückliche Alnoer wurde mit zwei ledernen Riemen an die Handläufe der Treppe gebunden, dann trat die Dornenhand vor und streifte sich einen seltsamen Handschuh über, dessen Aussehen dem Namen des Trägers gerecht wurde. (Anmerkung: Ich will hier die Identität und das Geschlecht der „Dornenhand“ noch im Dunkeln lassen.) Er bestand aus starkem Leder und wies zahlreiche Flecke auf, die verrieten, dass er schon oft benutzt worden war. Auf dem Handrücken waren zwei unterschiedlich lange Dorne befestigt, welche die Farbe gebleichter Knochen hatten.

„Ihr wollt nun sicherlich wissen, was es mit diesen hübschen Dornen auf sich hat“, sagte die Dornenhand mit merkwürdig sanft klingender Stimme. „Es sind die Stechdorne eines Dornfisches, Landmänner, und sie sind lang und spitz.“ Die Dornenhand trat zu den Alnoern und führte den Handschuh vor den Augen der erbleichten Männer entlang. „Aber sie sind nicht glatt. Könnt ihr es sehen? Die zahllosen kleinen Widerhaken, mit denen der Dornfisch die schrecklichen Wunden in sein Opfer reißt? Könnt ihr sie sehen?“

Die Männer konnten sie sehen, und während sie Schauder

verspürten, lachten die Korsaren unbarmherzig. Die Dornenhand lächelte noch immer freundlich und wandte sich dann dem gefesselten Brennsteinmann zu. „Dieser hier wird sich nun bald wünschen, nie zur See gefahren zu sein“, sagte sie leise. „Ihr anderen hingegen werdet euch danach sehnen, die See so rasch wie möglich zu verlassen. Ich glaube, ihr werdet euch wirkliche Mühe geben, uns schnell und sicher nach Gendaneris zu bringen.“

Nach einem bedrohlichen Moment des Schweigens begann die Dornenhand sich ihrer Aufgabe zu widmen, und die Schreie setzten ein.

Niemand hätte zu sagen vermocht, ob ihre Tätigkeit die Dornenhand mit Leidenschaft und Freude erfüllte. Eher wirkte sie neugierig, während sie ihr grausames Werk verrichtete. Die Schreie schwollen an, bis sie jeden Winkel der „Shanvaar“ erfüllten, dann wurden sie zusehends leiser und gingen schließlich in ein Wimmern über. Die Dornenhand ging mit Sorgfalt vor, und es dauerte eine Weile, bis sie sich zufriedengab und aus dem Seemann Alnoas ein zuckendes Bündel blutigen Fleisches geworden war.

Elek-Mar hatte dem grausamen Schauspiel mit freudiger Erregung zugesehen, während sein Stellvertreter Segu-Mar kaum eine Miene verzog. Als die Dornenhand den Handschuh vorsichtig wieder abstreifte, straffte sich der Anführer des Schwarms.

„Werft den nutzlosen Fresser über Bord“, brummte er. Doch als sich zwei Korsaren nach den menschlichen Überresten beugten, hielt er sie zurück. „Nein, wartet. Die Landmänner sollen vor Augen behalten, was mit ihnen geschehen könnte.“ Er lachte leise. „Es wird sie zusätzlich anspornen.“

Während er mit seinem Stellvertreter wieder aufs Deck hinaufstieg, grinste er kalt. „Das wird sie ganz gewiss anspornen."

Segu-Mar warf einen Blick auf die Dornenhand, deren Gesicht ruhig und entspannt wirkte. „Ja, das wird es wohl."

Zurück auf der Brücke klatschte Elek-Mar erfreut in die Hände. „Ah, der Sturm legt sich. Ist der Schwarm noch hinter uns?"

Segu-Mar blickte über das Heck zurück. „Der Sturm hat ihn etwas zerstreut, aber er sammelt sich bereits wieder."

„Gut, gut", brummte der Schwarmführer erfreut. „Das wird ein unerquickliches Erwachen für die Landmänner von Gendaneris."

„Und für ihre Frauen", stimmte Segu-Mar zu.

Der Schwarmführer lachte. „Ja, für die auch. Aber für die Landmänner wird es vor allem ein kurzes Erwachen."

Selbst die Dornenhand stimmte in das Lachen der beiden Korsaren ein.

4

Als Garodem einst die Königsmark verließ, um hier im Gebirge die Hochmark zu gründen, da verfügte er über nicht mehr als fünfzig Schwertmänner, und sein gesamtes Gefolge hatte aus nur wenigen Hundert Seelen bestanden. Als er das fruchtbare Tal von Eternas fand, wurde ihm sofort klar, dass hier der richtige Ort für die neue Heimat war. Mit den Traditionen des Pferdevolkes fest verwurzelt und sich der ständigen Gefahren von außen bewusst, hatte Garodem dafür gesorgt, dass man zunächst die Burg von Eternas erbaute. Sie sollte den Bewohnern der Hochmark Schutz und Zuflucht bieten, wenn ein Gegner sie bedrohte. Schon damals war Garodem davon ausgegangen, dass die Mark sich entwickeln würde, und so hatte er Festung und Stadt großzügig geplant. Doch seine Voraussicht wurde inzwischen von der Entwicklung überholt. Immer mehr Menschen bevölkerten die Mark, und ihr Bedarf an Nahrung, Raum und Schutz wuchs beständig.

Der Pferdefürst der Hochmark musste überrascht erkennen, dass die gute Entwicklung einer Mark auch zu einem Problem werden konnte. Dies war der Grund, warum er an diesem späten Vormittag mit seiner Gemahlin Larwyn auf die Plattform des Signalturms der Burg Eternas stieg. Der Schwertmann der Wache salutierte ehrerbietig, und als Larwyn ihm zunickte, verließ der Mann schweigend den Turm, um das Paar allein zu lassen.

Garodem, Pferdefürst und unumschränkter Herr der Hochmark, war von stattlicher Gestalt. Obwohl nur mittelgroß, war er trotz seines gesetzten Alters muskulös und strahlte Kraft aus. Sein Haar waren inzwischen ergraut, und an den Schläfen und in dem kurzen Bart zeigten sich weiße Strähnen, was der Pferdefürst mit zwiespältigen Gefühlen registrierte. Sein Gesicht war von Wind und Wetter gegerbt und wies jene Falten auf, die ein reifes Alter und einen reichen Schatz an Erfahrungen verrieten. Der Pferdefürst trug einen losen Überwurf über seinem Wams und den Beinkleidern, und kein Schmuck oder Zierrat deutete auf seinen hohen Rang hin.

Er trat an die steinerne Brüstung der Plattform, legte die Hände auf die Steine und spürte, wie seine Gemahlin Larwyn neben ihn trat und ihre Hand sanft über die seine legte.

Noch immer war sie eine Schönheit, und Garodem fragte sich, warum das Alter an manchen Menschen so spurlos vorüberzugehen schien. Sie war noch immer schlank und dabei fraulich. Und trotz der Linien, die sich kaum merklich in ihrem Gesicht zu zeigen begannen, strahlte Larwyn etwas mädchenhaft Unschuldiges aus, das ihren Gemahl immer wieder aufs Neue faszinierte. Sie war weitaus jünger als er selbst, und ihr langes Haar fiel weit über ihren Rücken und schimmerte in einem makellosen Goldton. Sie trug ein schlichtes weißes Kleid, das ihren Körper lose umspielte, und um ihre Taille hatte sie einen grünen Gürtel gelegt, der mit einer Spange in der Form des Symbols des Pferdevolkes verschlossen war. Dieses Symbol wiederholte sich auch in dem zarten Stirnreif, den sie in ihr Haar geschoben hatte.

Garodem wies mit der freien Hand in Richtung Stadt. „Unsere Hochmark wächst und gedeiht. Weitaus besser, als ich es mir jemals vorgestellt hätte. Der Kampf gegen die Orks des Schwarzen Lords scheint längst vergessen, obwohl wir erst vor wenigen Jahreswenden vor Merdonan kämpften. Aber die

Wunden sind offenbar verheilt, und die Lücken, die der Feind uns riss, sind geschlossen. All das geschah in so unglaublich kurzer Zeit."

Larwyn lachte leise auf. „Vermisst du die Schlacht? Vermisst du den Klang der Hörner und den Anblick der Beritte, die deinem Banner in die Schlacht folgen?"

Garodem blickte unwillkürlich zu dem auf der Plattform gestapelten Holz mit dem Fett und dem Brennstein hinüber, die bereitlagen, um das Feuer jederzeit zu entzünden, wenn Gefahr drohte. „Meine Zeit als Krieger ist vorbei. Ich habe es in Merdonan gespürt. In jedem einzelnen meiner Knochen."

Larwyns Hand umschloss die seine. „Für dich gewinnt nun die Weisheit mehr Bedeutung als das Führen deiner Klinge."

Er gab ein leises Schnauben von sich, wie ein Wildpferd, dem man zum ersten Mal Sattel und Zaumzeug anzulegen versuchte. „Aus deinen Worten klingt die Liebe einer Gemahlin, Larwyn, und dafür danke ich dir. Aber mein Rücken spricht klarere Worte." Garodem erwiderte zärtlich den Druck ihrer Finger. „Merdonan war wohl meine letzte große Schlacht, meine Liebe. Mir fehlen die Schnelligkeit und Stärke der vergangenen Jahreswenden. Oh, mein Wille ist stark wie zuvor, Larwyn, aber ich beginne in der Nacht die weiche Bettstatt zu schätzen. Als ich vor drei Zehntagen den neuen Weiler besuchte und eine Nacht mit den Männern im Freien verbrachte, da fand ich kaum Schlaf, so sehr schmerzten mir die Glieder. Wahrhaftig, Larwyn, für einen Moment empfand ich am Morgen Neid auf die anderen, die sich um mich herum mit Leichtigkeit erhoben."

„Garwin, dein Sohn, wird dein Banner bald führen können."

Garodem sah auf das große Feld hinunter, das sich westlich von der Burg Eternas erstreckte. Seit Gründung der Hochmark diente es ihren Pferdelords in doppelter Weise: für die Übung ihrer Wehrfähigkeit und für die Heerschau, wenn sie sich unter dem Banner Garodems für die Schlacht sammelten. Auch jetzt war dort Bewegung, und von der hohen Warte des Signalturms aus konnten Garodem und Larwyn Männer mit den Rosshaarschweifen der Wache erkennen. Sie ritten zum Klang der Signalhörner und Kommandos ihrer Scharführer über den Platz. Auch Garwin, ihr Sohn, befand sich unter den Reitern.

Garodems Miene war schwer zu deuten, und Larwyn spürte die Zweifel in seiner Stimme, als er ihr endlich antwortete. „Ja, vielleicht wird Garwin mein Banner bald in die Schlacht führen können."

Sie beide liebten ihren Sohn und empfanden Stolz beim Anblick des jugendlichen Reiters, der in den Reihen eines Beritts übte. Dennoch spürte Larwyn instinktiv, dass der Anblick des Sohnes widerstreitende Gefühle in ihrem Gemahl weckte. Obwohl Garodem in seinem Leben vor keinem Kampf zurückgeschreckt war, scheute er sich in diesem Fall, seine Sorgen mit ihr zu teilen.

„Du zweifelst an Garwin, nicht wahr?"

Garodem beobachtete die Männer auf dem Feld und schien nach den richtigen Worten zu suchen. „Er ist ein hervorragender Reiter und beherrscht seine Waffen", erwiderte er schließlich mit leiser Stimme, „aber es ist etwas an seinem Wesen, das ihn von den anderen Pferdelords unterscheidet."

Das Thema schien dem Pferdefürsten unangenehm, und Larwyn bemerkte, wie Garodem ihr auszuweichen versuchte, als er mit weit ausholender Geste über das Feld und die Burg wies. „Eternas ist gewachsen, so wie alles wächst. Die Stadt muss vergrößert werden und auch die Burg."

„Ja, du hast recht.“ Larwyn lächelte, obwohl es sie schmerzte, dass der geliebte Mann sich ihr nicht anvertrauen mochte. Dafür konnte es nur einen einzigen Grund geben. Garodem befürchtete, dass seine Worte sie verletzen könnten. So vieles hatten sie im Verlauf der Jahreswenden miteinander geteilt, und nun, da es um ihr gemeinsames Kind ging, zögerte er, offen mit ihr darüber zu reden. Die blonde Herrin der Hochmark kannte ihren Garodem und wusste, dass es keinen Zweck hatte, ihn zu bedrängen. So beschloss sie, das Thema zunächst auf sich beruhen zu lassen, und ging auf seine ausweichenden Worte ein. „Die Hochmark gedeiht, und wir müssen für die Zukunft planen.“

Garodem sah sie an und lächelte. Sie spürte seine Erleichterung darüber, dass sie den Themenwechsel angenommen hatte. „Die Stadt kann noch ein wenig wachsen“, brummte er, „aber ein Ende lässt sich absehen. Bald ist sie zu klein, um alle Menschen aufnehmen zu können. Aber wenn sie noch stärker wächst, wird das Tal seine Bewohner nicht mehr ernähren können.“ Er seufzte leise. „Und die Gehöfte und Weiler können nur begrenzten Raum bieten.“

Larwyn folgte seinen Gedankengängen. „Du denkst an die Zeit zurück, in der du die Hochmark gegründet hast?“

„Ja.“ Garwins Blick glitt nach Süden, dorthin, wo sich die anderen Marken des Pferdevolkes erstreckten.

„Garwin ist noch zu jung, um eine eigene Mark zu gründen“, sagte sie leise.

Der Pferdefürst nickte. „Natürlich ist er zu jung dazu. Zudem wüsste ich nicht, wo er eine neue Mark aufbauen könnte. Jenseits der Westmark liegt das Dünenland, unsere alte Heimat. Dort gibt es kein fruchtbares Land mehr, und außerdem ist die Wüste das Gebiet der Clans. Im Süden stoßen unsere

Grenzen an das Reich Alnoa und im Norden an die Städte der guten Herren Zwerge. Nein, Larwyn, mein geliebtes Weib, ich denke nicht an eine neue Mark."

Garodem löste sich von der Einfassung des Turms und begann auf der kleinen Turmplattform auf und ab zu schreiten. Larwyn kannte diese Angewohnheit. Immer wenn er sich auf ein Problem konzentrierte, verschränkte er die Hände hinter dem Rücken und ging in seinem Arbeitszimmer von einer Seite zur anderen. Eine stete Folge von Schritten, in denen seine Gedanken an einem anderen Ort zu weilen schienen, so lange, bis er eine Lösung gefunden hatte.

„In den unteren Marken gibt es noch Raum." Der Pferdefürst verharrte kurz und nickte dann, als müsse er seine eigenen Worte bestätigen. „Sollte die Hochmark weiter wachsen, werden wir Familien in die anderen Marken entsenden."

„Sie werden dort willkommen sein."

„Das werden sie." Garodem lächelte versonnen. „Vor allem der brave Bulldemut wäre sicherlich dankbar, wenn wir seine Stadt und seine Weiler mit frischem Leben füllen würden. Auch wenn die Ostmark nicht allzu viel gelitten hat, als die Orks Merdonan berannten, so weiß ich doch, dass ihr Pferdefürst die Stadt vergrößern und stärker machen will. Ihre Lage am Pfad durch die Weißen Sümpfe verleiht ihr eine Schlüsselposition, falls die Orks erneut vorstoßen wollen."

„Sofern sie nicht aus einer anderen Richtung kommen."

„Ja, das mag geschehen." Garodem leckte sich über die Lippen und trat wieder neben Larwyn. „Aber kommen werden sie. Eines Tages."

„Wir werden gerüstet sein", versicherte Larwyn. „Die Hochmark wird bereitstehen."

Ihr Gemahl nickte. „Ja, so gut wir es vermögen." Er blickte

abermals auf das freie Feld hinunter. „Vier volle Beritte bringen die Schwertmänner mittlerweile in den Sattel. Gut, dass wir die Burg nun endlich erweitern."

Am Anfang hatte die Burg von Eternas reichlich Raum geboten, aber nun war sie zu klein geworden. Schon als die Wache auf hundert Schwertmänner angewachsen war, hatte es eine unangenehme Enge in Stall und Unterkünften gegeben. Schon damals hatten Garodem und der Erste Schwertmann Tasmund erwogen, die Burg zu vergrößern. Man hatte die Absicht immer wieder aufgeschoben und der Entwicklung der Stadt den Vorrang gegeben, aber vor drei Jahreswenden hatte man endlich mit den Erweiterungen begonnen, die nun nahezu abgeschlossen waren.

Zunächst hatte Garodem erwogen, die gesamte Burg auszubauen und auch die neuen Gebäude in den Schutz der Wehrmauer einzubeziehen, aber er hatte den Gedanken rasch aufgegeben.

„Die Schwertmänner werden dem Feind wie gute Pferdelords auf dem Rücken ihrer Pferde begegnen", hatte er lakonisch festgestellt. „Es hat keinen Sinn, ihre Bettstatt zu verteidigen, die man rasch neu errichten kann. Zudem braucht eine kurze Mauer weniger Verteidiger, und die Gewölbe unter der Burg sind noch groß genug, um den Alten und Schwachen, den Frauen und Kindern, eine Zuflucht zu bieten."

Jetzt war das freie Feld, auf dem sich die Pferdelords sammelten, im Westen und Norden von Gebäuden umgeben. Im Norden standen die eingeschossigen Unterkünfte der Schwertmänner. Sie waren lang gestreckt und flach, aus massiven Steinquadern erbaut und mit Steinplatten gedeckt. Ihre Türen und Fenster waren klein, sodass die Gebäude eher wie kompakte Festungen wirkten, was sie im Grunde auch waren. Die Öffnungen im Gebäude ließen sich durch metallene Platten auf schmale Schlitze verengen. Kein Brandpfeil vermochte diesen Bauten zuzusetzen. Im Inneren bestanden die Unterkünfte aus den Kammern für die Scharführer, einer Sattel- und Rüstkammer sowie einem großen Raum, in dem die einfachen Schwertmänner ihre Bettstatt und Kleiderkiste hatten.

Im Westen befanden sich die Ställe und die Koppel. Vierhundert Schwertmänner brauchten neben ihren Reitpferden auch Ersatzpferde, zudem mussten Vorräte und Abfälle transportiert werden. So kam es, dass nun fast tausend Tiere im Umfeld der Burg grasten. Es gab noch keine Engpässe bei der Versorgung von Mensch und Tier, aber Garodem wusste, dass die Hochmark bald an den Rand ihrer Möglichkeiten stoßen würde.

Der Süden des Platzes wurde nicht von Gebäuden begrenzt. Von hier hatte man freien Blick auf die nahe gelegene Stadt Eternas, die sich ebenfalls entwickelt hatte. Doch auch ihrem Wachstum waren Grenzen gesetzt.

Die Burg erhob sich nördlich der Stadt, nur wenige Hundertlängen von ihren Rändern entfernt, und Garodem ließ nicht zu, dass auch nur ein einziges Gebäude näher an die Festung gebaut und so deren Schussfeld geschmälert würde. Im Osten verhinderte der kleine Fluss Eten den Ausbau, und im Westen und Süden würde jedes neue Haus auf Kosten der Anbauflächen gehen, die zur Ernährung der Bevölkerung erforderlich waren.

Ja, Garodem und Larwyn empfanden sowohl Stolz als auch Sorge, wenn sie die Entwicklung ihrer Hochmark verfolgten, und Gleiches galt für die Entwicklung ihres Sohnes Garwin.

Als Kind hatte er den Bewohnern der Burg so manchen

Streich gespielt, und diese hatten es hingenommen. Teils amüsiert, teils aus Respekt den Eltern gegenüber, hatte man das Verhalten des Knaben toleriert. Vielleicht war dies ein Fehler gewesen, denn die Streiche wurden mit der Zeit immer weniger harmlos. Garodem war erstmals wütend geworden, als Garwin den Schwertmännern stechende Klettpflanzen unter die Sättel geschoben hatte. Seitdem achtete der Pferdefürst stärker auf das Verhalten seines Sohnes und legte Wert darauf, dass der Junge streng in den Traditionen des Pferdevolkes unterwiesen wurde. So wie Garodem und seine Männer den Heranwachsenden in Gebräuchen und Kriegshandwerk unterwiesen, unterrichteten Larwyn und ihre Freundin, die Heilerin Meowyn, ihn in der Kunst des Schreibens und Lesens, und inzwischen vermochte Garwin sogar die elfischen Zeichen zu setzen und zu deuten. Der Sohn des Pferdefürsten hatte es gelernt, seine Mitmenschen mit Respekt zu behandeln, aber Garodem störte es, dass dies stets mit einem amüsiert wirkenden Funkeln in den Augen geschah. Ebendies sorgte den Herrn der Hochmark.

Die Reiter unten auf dem freien Feld übten sich gerade in den engen Reitformationen, mit denen sie die dicht geschlossenen Reihen einer orkschen Legion aufzubrechen vermochten. Vor den einzelnen Beritten waren die Scharführer mit ihren Wimpeln zu erkennen, deren Lanzen deutlich länger waren als die Stoßlanzen der Kämpfer. Daher ragten die grünen dreieckigen Tücher hoch über die Köpfe der Reiter empor. Auch wenn ein Scharführer mit ihnen durchaus zustoßen und einen Feind töten konnte, hatten die Wimpel hauptsächlich die Funktion, die Position des Kommandeurs in der Schlacht anzuzeigen und seine Befehle zu verdeutlichen. Die Haltung der Lanze und des Wimpels zeigte dabei an, wie und in welche Richtung sich ein Beritt bewegen sollte. Im Gewühl einer Schlacht war der Wimpelträger nicht immer zu erkennen, daher gab es in jedem Beritt zusätzlich zwei Männer, welche die metallenen Hörner der Hochmark blasen konnten, deren Klang die Befehle über den Schlachtlärm trug.

Einer der Beritte auf dem Feld hatte unter Hörnerklang eine enge Angriffsformation eingenommen und preschte im vollen Galopp über das Gelände, als plötzlich Unruhe entstand. Garodem hatte dies sofort erkannt und beugte sich interessiert über die Brüstung des Signalturms.

„Kormunds Beritt“, brummte er halblaut. „Das Pfeilsymbol auf seinem Wimpel ist unverkennbar.“

„Was geht dort vor sich?“, fragte Larwyn neugierig und trat ebenfalls dicht an die Brüstung heran. „Der ganze Beritt ist aus dem Tritt.“

„Ja, das ist keine disziplinierte Doppellinie von Schwertmännern“, stieß Garodem grimmig hervor. „So sehen einberufene Pferdelords an ihrem ersten Übungstag aus. Aber das dort sind keine einfachen Pferdelords, das sind meine Schwertmänner.“

Garodem schätzte die beherrschte Disziplin der Schwertmänner. Sie hielten ihre enge, fast Knie an Knie gefügte Formation auch unter dem Pfeilhagel des Gegners aufrecht und schlossen die Lücken, die entstanden, bis sie mit massierter Wucht in den Feind prallten. So schufen sie jene tödlichen Breschen, durch welche die anderen Pferdelords nachstoßen konnten. Doch was er dort unten sah, erregte seinen Unmut, zumal die Ordnung des Beritts immer weiter zerfiel, bis der Scharführer an der Spitze schließlich die Lanze quer hielt und die Reiter anhalten ließ. Unverwechselbar war es Scharführer Kormund, der nun mit einem der Reiter erregte Worte wechselte.

Garodem ahnte, wer dieser Reiter war, und sah Larwyn stirnrunzelnd an. „Ich werde den Männern ein wenig bei der Übung zusehen, Larwyn. Gib du bitte Tasmund Bescheid, dass ich ihn später in meinem Arbeitsraum sprechen will."

Die Hohe Dame wäre ihrem Gemahl lieber gefolgt, aber sie wusste, dass Garodem allein klären wollte, was dort auf dem Übungsfeld geschehen war, und sie kannte auch den Grund dafür. „Er ist noch jung und unerfahren", sagte sie leise.

„Er ist ein Pferdelord", erwiderte Garodem entschieden. „Und wie ein solcher hat er sich auch zu benehmen."

Sie stiegen über die Leiter ins Haupthaus hinunter, und der Schwertmann der Wache, der hier gewartet hatte, kletterte wieder auf die Plattform hinauf. Im Obergeschoss des Haupthauses befanden sich die privaten Gemächer des Pferdefürsten und ihres Sohnes Garwin. Einst hatten hier auch die Scharführer und der Erste Schwertmann ihre Kammern gehabt, doch die Scharführer wohnten nun in den neuen Häusern im Norden des Übungsfeldes, während die alte Unterkunft der Schwertmänner mittlerweile dem Ersten Schwertmann Tasmund und seiner Frau, der Heilerin Meowyn, als Wohnstatt dienten. Über den Amtsraum des Pferdefürsten erreichten Garodem und Larwyn die Treppe, die in die große Versammlungshalle der Burg von Eternas hinunterführte.

Sie durchquerten die Halle und erreichten das Hauptportal, an dem zwei voll gerüstete Schwertmänner als Ehrenwache standen. Über die breite Vortreppe traten Garodem und Larwyn auf den vorderen Burghof, wo sie sich schließlich trennten. Die beiden Pferdelords sahen einander kurz an.

„Mir scheint, unseren Herrn Garodem plagen unfreundliche Gedanken", meinte einer von ihnen.

„Und ich kann mir denken, warum", stimmte der andere

zu. „Garwin übt gerade mit Kormunds Beritt."

Sein Kamerad spuckte aus. „Ich möchte nicht Garwins Scharführer sein."

„Ja", seufzte der andere. „Und ich nicht sein Vater."

Beide Männer beneideten Garodem nicht um dessen Sohn. Die anfängliche Sympathie der Männer für den Sprössling des Pferdefürsten war zunehmender Skepsis gewichen. Garwin war durchaus freundlich, aber er beharrte zu oft und zu unnachgiebig auf seiner Meinung und ließ die anderer, meist weitaus erfahrenerer Männer kaum gelten.

Es waren nur wenige Hundertlängen bis zum Übungsfeld, aber als Pferdelord wäre es Garodem niemals in den Sinn gekommen, die Strecke zu Fuß zurückzulegen. Er schritt durch eines der drei Tore, durch die man vom vorderen in den hinteren Burghof gelangte, und gab dort einem der Stallburschen einen Wink. Wenig später ritt er durch das Tor der Burg zum Übungsplatz hinüber. Schon aus einiger Entfernung hörte er erregte Stimmen aus einer Gruppe herüberdringen, die sich um Kormunds Wimpel versammelt hatte.

„Es mag ja Tradition sein", hörte Garodem besorgt die Stimme seines Sohnes, „aber welchen Zweck soll eine Tradition haben, die uns die Kraft unserer Arme und die Schnelligkeit unserer Pferde nimmt?"

„In der Schlacht, Hoher Herr Garwin, reiten wir gegen eine Legion der Orks, die in Kampfformation steht. Vorne Lanzen und Spieße, dahinter die Schlagschwerter – durchweg kraftvolle und gut gepanzerte Rundohren, Hoher Herr. Dahinter befinden sich die kleineren Spitzohren, die ihre Pfeile auf uns lösen."

Kormunds Stimme klang mühsam beherrscht.

„Genau darum geht es doch", erwiderte Garwin ärgerlich.

„Viele von uns haben schnellere und stärkere Pferde. Warum sollen sie sich dem Pfeilhagel länger als nötig wehrlos aussetzen, wo sie doch viel rascher am Feind sein könnten?“

„Weil der einzelne Reiter oder eine kleine Gruppe die Linien des Feindes nicht durchbrechen kann“, stieß Kormund hervor. Man hörte den Ärger in seiner Stimme, und Garodem sah an dem Wimpel, der sich über die Köpfe erhob, dass der sonst so gefasste und ruhige Scharführer den Arm hektisch bewegte. „Die Orks würden ihre Reihen etwas öffnen, die wenigen Reiter aufnehmen und die Formation wieder schließen. Die so isolierten Männer müssten nach allen Seiten hin kämpfen und hätten keine Chance.“ Kormunds Stimme wurde eindringlich. „Aber wenn ein Beritt seine Reihen eng geschlossen hält, dann treffen alle Männer gleichzeitig auf den Feind und durchbrechen seine Linie.“

„Wenn die Starken vorwegreiten, dann wäre die Linie längst gebrochen.“ Garwins Stimme duldete keinen Widerspruch.

„Die Stärke des Pferdevolkes liegt in seiner Einheit“, rief Garodem dazwischen. Er hatte sein Pferd nach vorne gedrängt, und die Männer machten ihm rasch Platz, als sie ihn erkannten.

Kormund und Garwin, inmitten einer dicht gedrängten Schar von neugierigen Reitern, sahen ihm gleichermaßen erregt entgegen. Kormunds Gesicht war von Ärger gerötet, während Garwin entspannt im Sattel saß und den Scharführer spöttisch musterte. Als der junge Reiter seinen Vater erkannte, wurde sein Blick für einen Moment unsicher, um dann einen fast trotzigen Ausdruck anzunehmen.

Garodem spürte die Anspannung der umgebenden Pferdelords beinahe körperlich.

„Ich erkenne mit Wohlgefallen, dass sich meine Schwertmänner in der Waffenkunst üben", sagte der Pferdefürst mit einem beschwichtigenden Lächeln, als er die beiden Streitenden erreicht hatte. „Es ist immer wieder ein stolzer Anblick, die geschlossenen Reihen eines Beritts im vollen Galopp zu sehen."

„Die geschlossene Reihe nimmt uns ..."

Garodem hob seine Hand und brachte Garwin so zum Verstummen. „Die geschlossene Reihe gibt uns die Kraft, die Linien des Feindes zu durchbrechen." Seine Stimme schien keinen Widerspruch zu dulden. „Erst wenn sie gebrochen sind, löst sich die enge Formation des Beritts auf, um Einzelkämpfe zu ermöglichen."

„Weil die Tradition es will?", brauste Garwin auf.

Garodems Stimme wurde kalt. „Weil die Erfahrung es uns lehrt!"

Zustimmendes Gemurmel war bei einigen Reitern zu hören, und Garwins Gesichtsausdruck verfinsterte sich. Der Pferdefürst erkannte, dass sein Sohn etwas erwidern wollte. Ein Mann und eine Frau hatten das Recht, ihre Meinung zu vertreten, aber Garwin war dabei, einen schrecklichen Fehler zu begehen, ohne es zu merken.

„Die Erfahrung des Pferdevolkes lehrt uns auch, dass unsere Stärke in unserer Einigkeit liegt. Als wir noch in der alten Heimat im Westen lebten, da bildeten wir einzelne Clans, die untereinander Krieg führten. Als das Sandvolk uns bedrohte, hat der Erste König uns geeint und uns gezeigt, dass wir nur gemeinsam bestehen können. Gemeinsam leben, gemeinsam kämpfen und, wenn die Fügung es will, gemeinsam sterben." Garodem senkte seine Stimme und sah Garwin versöhnlich an. „Wenn der Befehl kommt und der Einzelkampf beginnt, dann mögen die Stärke deines Armes und die Schnelligkeit deines Pferdes von Bedeutung sein, aber im ersten Ansturm zählt die Kraft des geeinten Beritts."

„Auch wenn es den sinnlosen Tod von Männern bedeutet?" Garwin stützte seine Hände auf das Sattelhorn, und man sah, wie die Knöchel weiß wurden.

Garodem blickte die Pferdelords ernst an. „Auch wenn dies den Tod von Männern bedeutet. Ich bin in manche Schlacht geritten und habe manchen guten Reiter sterben sehen. Der Tod gehört zum Kampf dazu, und wir müssen das hinnehmen wie wahre Pferdelords. Nach jeder Schlacht habe ich mir die Toten angesehen. Jeden einzelnen von ihnen. Und jedes Mal habe ich mich gefragt, ob meine Entscheidungen richtig waren oder ob ich die Männer sinnlos in den Tod führte."

Garodem zwang seinen Sohn mit diesen Worten, die Kritik von Scharführer Kormund auf sich selbst zu beziehen. Der junge Pferdelord erkannte die Absicht seines Vaters und lehnte sich im Sattel zurück. Mit verengten Augen musterte er den Pferdefürsten.

„Du hast deine Schlachten immer gewonnen", sagte Garwin heiser.

„Nicht ich war es, Pferdelord Garwin", korrigierte Garodem. Garwin stand hier nicht als sein Sohn, sondern als ein Reiter von Kormunds Beritt. Der junge Mann musste dies erkennen und akzeptieren, denn es durfte keine Rolle spielen, dass er der Sohn des Pferdefürsten und künftige Herr der Hochmark war. Er war Gleicher unter Gleichen, doch er schien dies noch nicht verinnerlicht zu haben. „Wir, die Pferdelords, haben die Schlachten gewonnen. Geeint in unserer Kraft und unserem Mut."

„Und unter deinem … Eurem Banner." Garwins Stimme klang gepresst. Der Wechsel zur förmlichen Anrede verriet, dass er erkannt hatte, was sein Vater von ihm erwartete. Es gefiel dem jungen Reiter nicht, aber die Disziplin und Tradition verlangten von ihm, dass er sich fügte.

„Ja, unter meinem Banner." Garodem versuchte, seinen Unmut zu verbergen. Er wies auf seinen Sohn. „Ihr tragt den Umhang eines Pferdelords, Garwin. Er ist vor Eurem Hals mit einer goldenen Spange in der Form des doppelten Pferdekopfes verschlossen. Diese Spange ist nicht nur ein Verschluss, Pferdelord Garwin. Ihr Symbol wiederholt sich auf den Schilden der Schwertmänner, im Griff der Schwerter und auch auf meinem Banner. Die nach außen gewandten Pferdeköpfe symbolisieren die Wehrhaftigkeit unseres Volkes und die Kraft unserer Pferde. Die Köpfe sind in der Form eines Hufeisens verbunden, das Zeichen für den Ring der Einigkeit, die unserem Volk die Stärke gibt. Es ist das Zeichen unseres Pferdevolkes und weitaus mehr als das."

Garodem reckte sich im Sattel und spürte, wie ihm dabei ein stechender Schmerz durch den Rücken fuhr. „Das Zeichen unseres Volkes ist die Verpflichtung für die Träger des grünen Umhangs. Wer diesen Umhang trägt, ist ein Pferdelord, und seine Pflicht ist es, das Bestehen des Volkes mit dem eigenen Leben zu schützen. So, wie es Tradition und Eid verlangen."

Garodem seufzte. Er wies auf den neben ihm verharrenden Kormund, dessen Gesicht noch immer abweisend war. Der Pferdefürst spürte die Anspannung, unter welcher der Scharführer stand. „Der gute Herr Kormund ist der wohl beste Scharführer, den sich die Hochmark wünschen kann. Viele Kämpfe haben wir Seite an Seite bestanden und manche Narbe davongetragen. Jeder Mann, der einen Wimpel der Hochmark führt, tut dies an meiner Stelle und in meinem Namen."

Würde Garwin nach diesen Ausführungen weiterhin Kritik äußern, so griffe er damit unmittelbar auch seinen Vater an.

Jeder der Reiter erkannte dies und wusste, dass Garodem mit seinen Worten eine Entscheidung herbeigeführt hatte. Dies galt auch für Garwin, der einige Male tief durchatmete und sich dann langsam im Sattel entspannte.

„Ich verstehe, Hoher Lord", erwiderte der junge Reiter förmlich. „So will ich denn dem Wimpel des guten Herrn Kormund folgen, als sei es Euer Banner, Herr."

Eine tiefe Kluft hatte sich zwischen Vater und Sohn geöffnet. Garodem wurde dies mit einem Mal schmerzlich bewusst, und er las im Gesicht Kormunds, dass auch sein alter Weggefährte es so sah. Kormund räusperte sich, und seine Stimme klang beherrscht, als er sich wieder an die Männer des Beritts wandte.

„Es ist an der Zeit, eine Ruhepause einzulegen. Die Pferde und wir können eine Rast gebrauchen. Versorgt nun die Tiere und euch selbst, Ihr Herren. Am Nachmittag werden wir dann den Stoß mit der Lanze üben."

Der Beritt löste sich auf, und Garodem nickte dem Scharführer zu, um dann sein Pferd neben das von Garwin zu lenken. Dessen Gesichtsausdruck war schwer zu deuten. Garodem musterte seinen Sohn nachdenklich. Äußerlich schien er das Ideal eines Pferdelords zu sein. Er war hochgewachsen und von kraftvoller Gestalt, obwohl er erst siebzehn Jahreswenden zählte. Erst einen Zehnmond war es her, dass er den Eid abgelegt und den grünen Umhang der Reiter empfangen hatte. Sein Haar war hell wie das der meisten Menschen des Pferdevolkes; er trug es schulterlang und hatte es im Nacken mit einem Stoffstreifen zusammengebunden. Viele der Männer taten dies, damit das lange Haar sie im Kampf nicht behinderte. Die Andeutung eines Bartwuchses bedeckte das Kinn des jungen Pferdelords, dessen Gesicht noch immer jungenhaft wirkte. Er trug die hellen, ledernen

Hosen eines Reiters und darüber ein rotbraunes Wams. Schwert und Dolch, deren Griffe mit dem Handschutz in der Form des doppelten Pferdekopfsymbols ausgeführt waren, hingen an seinem Gürtel. Eine Seite des grünen Umhangs hatte er über die Schulter zurückgeschlagen, und die Stoßlanze des Reitervolkes lehnte in seiner Armbeuge.

Garwin erwiderte den Blick des Vaters und löste die Hände vom Sattelknauf. „Mit Eurer Erlaubnis, Hoher Lord, werde ich mich den Männern nun anschließen."

Garodem hatte bei seinem Sohn auf Verständnis und Einsicht gehofft, doch als Garwin auch in Abwesenheit der anderen Männer noch die förmliche Anrede benutzte, verfinsterte sich sein Gesicht erneut. „Tut das, Pferdelord Garwin." Als dieser sein Pferd herumzog, um den anderen zu folgen, hielt Garodems Stimme ihn zurück. „Du bist mein Sohn, Garwin. Aber all die Liebe, die ich für dich empfinde, verleiht dir keine besonderen Rechte. Im Gegenteil. Eines Tages wirst du die Hochmark und diese Männer führen. Du wirst die Verantwortung für ihre Zukunft und ihr Leben tragen. Sei dir dessen bewusst, Garwin, mein Sohn."

„Das bin ich." Garwin zeigte ein Lächeln, aber es war ohne Wärme. „Wenn Ihr mich nun entschuldigen wollt, Vater?"

Garodem nickte und folgte Garwin mit dem Blick. Sein Sohn ritt zu den anderen Männern hinüber, die ihre Tiere an einem der Ställe versorgten. Der Pferdefürst spürte Bewegung neben sich und sah den Schatten des Reiters. „Er weilt unter den Männern, Kormund, mein Freund, aber er ist nicht bei ihnen, wenn du verstehst, was ich meine."

Kormund sah den Pferdefürsten mitfühlend an. „Es gibt Augenblicke, in denen ich froh bin, nicht die Verantwortung für einen Sohn oder eine Tochter tragen zu müssen. Ich glaube, es ist leichter, die Klinge mit einem Feind zu kreuzen, als sich dem eigenen Blut zu stellen, und sei es auch nur mit Worten."

„Du sagst es, mein Freund, du sagst es." Die Kämpfe der Vergangenheit hatten die beiden Männer zusammengeschweißt, und sie schätzten offene Worte. Nur in der Anwesenheit anderer und wenn es die Tradition verlangte, wahrten sie die förmliche Distanz. Garodem legte seine Hand auf den Unterarm des Scharführers. „Es wäre gut, wenn die Männer dem nicht zu viel Bedeutung beimessen würden."

„Ich verstehe." Kormund nahm den Helm mit dem Rosshaarschweif ab und wischte sich Schweiß von der Stirn. „Aber das wird nicht leicht sein. Die Männer kämpfen als Einheit, und sie leben auch so, Garodem, mein Freund. Garwin fügt sich nur schwer ein. Etwas geht in ihm vor sich, das ich nicht deuten kann."

An den Unterkünften der Schwertmänner stieg dünner Rauch aus den Kaminen der Kochstellen. Man begann das Essen vorzubereiten, aber zunächst wurden die Pferde versorgt. Garodem blickte zur Burg hinüber. Auch dort würde nun in der Küche Hochbetrieb herrschen, um die Männer, Frauen und Kinder zu versorgen. Garodem wusste ein gutes Mahl zu schätzen, aber ihm war der Appetit vergangen.

„Ein offenes Wort, Kormund, mein Freund. Meinst du, Garwin wird irgendwann einmal die Männer führen können?" Kormund erwiderte den Blick des Pferdefürsten und schwieg einen Moment. Garodem seufzte. „Sprich frei, wir sind oft genug miteinander geritten."

„Wer führen will, muss erst einmal zu folgen lernen", sagte Kormund zögernd. „Garwin ist ein guter Reiter und Kämpfer. Aber erst im Waffengang wird sich zeigen, ob er sich bewährt und Größe hat."

„Ja, du hast recht.“ Garodem nickte. Er löste die Hand von Kormunds Arm. „Ich will hoffen, dass genug von meinem Blut und dem der Pferdelords in ihm fließt.“

„Er ist dein Sohn.“

„Manchmal wäre es leichter, er wäre es nicht.“

Sie trennten sich, und während der Scharführer zu den Männern hinüberritt, lenkte Garodem sein Pferd in Richtung Burg. Wenig später betrat er sein Amtszimmer im Obergeschoss des Haupthauses. Der Raum nahm die ganze Breite des Gebäudes ein und wurde von dem wuchtigen Schreibtisch dominiert, hinter dem in einem Gestell Garodems Rüstung stand. Einige Schriftrollen, Tusche und Feder lagen auf der Platte bereit, die eine tiefe Kerbe aufwies, Zeugnis davon, dass hier einst ein heimtückisches graues Wesen versucht hatte, die Herrin Larwyn zu ermorden. Vor dem Schreibtisch war eine dunkle Stelle am Boden, dort, wo Garwin vor einigen Jahreswenden ein Fässchen Tinte umgestoßen hatte. Rechts an der Wand stand ein Regal, in dem der Pferdefürst eine Reihe von Schriftrollen und Büchern aufbewahrte. Gegenüber hing eine detaillierte Karte der Marken des Pferdevolkes, das Geschenk der elfischen Freunde Lotaras und Leoryn. Direkt neben ihr war eine Streitaxt befestigt, die mit fremdartig wirkenden Gravuren und Einlegearbeiten versehen war. Der Zwergenkönig Balruk, Herr der grünen Kristallstadt Nal't'rund, hatte sie Garodem zum Geschenk gemacht.

Einige gepolsterte Stühle standen im Raum, dessen Rückwand mit Holz getäfelt war. Dort führte eine Tür in die Privatgemächer und zum Signalturm. Früher hatte Garodem es geschätzt, wenn seine Scharführer und Schwertmänner den Weg durch seinen Arbeitsraum nahmen und er so die Gelegenheit erhielt, immer wieder mal ein paar Worte mit ihnen zu wechseln. Nun benutzte der Wachmann des Signalturms jene Tür, die das Haupthaus und den Turm mit der westlichen Wehrmauer verband.

Larwyn hatte den Ersten Schwertmann Tasmund gerufen, und nun saß der Vertraute und Freund des Pferdefürsten in einem der Stühle. Als Garodem die Tür hinter sich schloss, erhob er sich ehrerbietig, aber der Pferdefürst winkte ab. „Bleib sitzen, mein Freund. Unsere Knochen sind zu alt, als dass wir uns in sinnlosen Verrenkungen ergehen sollten."

Tasmund lächelte freudlos. „Du ergehst dich zu oft in Gedanken über deine schwindende Jugend."

„Findest du? Offen gesagt ist es Garwin, der mich an meine schwindende Jugend gemahnt. Wenn Kinder heranwachsen, erfüllt es die Eltern mit Stolz, aber zugleich ist es ein Zeichen dafür, wie vergänglich wir sind."

Der Erste Schwertmann der Hochmark hatte noch immer die schlanke Figur eines Reiters, aber im Gegensatz zu den meisten Männern besaß er tiefschwarze Haare. Falten hatten sich um seine Mundwinkel und Augen herum gebildet, die von den Erlebnissen vieler Jahreswenden zeugten. Er saß ein wenig schräg auf dem Stuhl, eine Folge davon, dass er unbewusst versuchte, seine rechte Schulter zu entlasten.

„Schmerzen?" Garodem wies auf Tasmunds Schulter und umrundete dann seinen mächtigen Schreibtisch, um dahinter Platz zu nehmen.

„Das Wetter schlägt um. Die kalten Winde kommen, und der Herbst kündigt den schweren Winter an", brummte Tasmund. „Jede Narbe, die wir erlitten haben, bekundet, dass wir einen sehr kalten Winter bekommen werden."

Garodem nickte mitfühlend. Tasmunds rechte Schulter war einst beim Kampf um Eternas zerschmettert worden. Nur der elfischen Heilkunst Leoryns hatte er es zu verdanken, dass er sie noch bewegen konnte, auch wenn der rechte Arm ein wenig steif geblieben war. Zu der Zeit, als Merdonan von den Orks angegriffen wurde, hatte Tasmund mit Nedeam und anderen Pferdelords zur Befreiung des elfischen Hauses Deshay beigetragen und dabei eine weitere schwere Verletzung erlitten, die ihm der Dolchstoß einer verwandelten Elfin zugefügt hatte. Man hatte den Schwerverletzten nach Eternas gebracht, wo er dank der Heilerin Meowyn wieder genesen war. Doch aufgrund dieser weiteren Verletzung konnte sich Tasmund kaum noch in den Sattel heben, zu groß waren dabei die Schmerzen. Selbst Meowyn, die bald nach seiner Genesung seine Frau geworden war, konnte dem nicht abhelfen.

„Tasmund, mein Freund, ich muss eine wichtige Angelegenheit mit dir besprechen." Garodem legte die Fingerspitzen seiner Hände aneinander und sah den Ersten Schwertmann eindringlich an. „Es geht um die Anforderung unseres guten Königs Reyodem."

„Das Gold?" Tasmund lächelte. „Die Menge fällt kaum ins Gewicht. Wir haben genug davon."

„Ich weiß." Garodem erwiderte das Lächeln seines Freundes. „Er soll davon bekommen, soviel er braucht. Als ich vor einigen Tageswenden im Hammergrundweiler war, traf ich dort einen Mann aus der Königsmark, der Näheres zu berichten wusste. Das Gold soll nicht zum König nach Enderonas, sondern nach Gendaneris gebracht werden."

„Gendaneris?" Tasmund runzelte die Stirn. „Das liegt im Reich der weißen Bäume. Warum dorthin?"

„Es geht wohl um die Schüsselchen, die der König von Alnoa als Währung herstellt."

„Das wird aber eine verdammt große Menge an Schüsselchen ergeben“, brummte Tasmund. „Warum schaffen wir das Zeug dann nicht nach Alneris? Dort befinden sich doch die Hersteller der Schüsselchen.“

„Ich weiß es nicht. Reyodem hat offenbar eine Anfrage aus Gendaneris bekommen. Von einem der dortigen Händler.“ Garodem erhob sich und trat an die Landkarte. „Vielleicht wollen sie das Gold mit Schiffen nach Alneris bringen.“

„Das wäre viel zu umständlich.“ Tasmund trat neben den Pferdefürsten. „Der Transport mit dem Gold geht von uns aus nach Süden und muss dann hier“, er tippte mit dem Finger auf die Karte und fuhr dann ein Stück weit auf ihr entlang, „die Straße nach Südosten nehmen. Dort liegt schon Alneris. Und dort, viel weiter im Westen, liegt Gendaneris. Ein gewaltiger Umweg also, zeitraubend und mühsam mit der schweren Ladung.“ Er sah seinen Freund an. „Warum holt der Händler es nicht ab?“

„Es ist ein weiter und für die voll beladenen Wagen beschwerlicher Weg. Glücklicherweise ist er, von Schlaglöchern und Raubtieren einmal abgesehen, nicht besonders gefährlich.“ Garodem kratzte sich im Nacken. „Von uns aus in die Nordmark, dann in die Königsmark und hinunter ins Reich der weißen Bäume. Man schickt uns ein paar Wagen, aber wir werden auch eigene benutzen müssen. Das Gold ist sehr schwer.“

Tasmund lachte auf. „Das wird den Händler Helderim freuen. Er hat die meisten Wagen und wird sich ihre Bereitstellung mit vielen Schüsselchen vergelten lassen.“

Garodem wurde ernst. „Normalerweise bräuchten wir keinen starken Begleitschutz für den Transport. Es werden viele Wagen sein und viele Helfer. Eine Bande Räuber würde sich kaum heranwagen. Zudem ist das Gold wertlos.“

„Nicht im Reich der weißen Bäume.“

„Da hast du recht.“ Garodem trat an eines der Fenster, die nach Süden zeigten, und beugte sich vor. Als er den Kopf wandte, konnte er einen Teil des Übungsfeldes einsehen. Dort herrschte mittägliche Ruhe, aber bald würden die Pferdelords erneut zu üben beginnen, und unter ihnen würde auch Garwin sein. Abrupt wandte sich der Pferdefürst wieder zu Tasmund. „Dennoch will ich dem Transport einen starken Schutz geben. Einen vollen Beritt.“

Erneut runzelte der Erste Schwertmann die Stirn. „Befürchtest du Schwierigkeiten?“

„Nein. Aber es wäre eine gute Übung für die Männer.“

Tasmund verengte die Augen und musterte Garodem nachdenklich. „Ich glaube, mein Freund, du denkst an einen ganz bestimmten von ihnen.“

Der Pferdefürst seufzte erneut. „Ja, das tue ich.“

Der Erste Schwertmann gab einen undefinierbaren Laut von sich. „Vielleicht täte es allen ganz gut, sich nicht aneinander, sondern am Sattel zu reiben. Ein langer Ritt, auch wenn es nicht zum Kampf kommt, kann Männer zusammenschweißen und zu einer festen Einheit werden lassen.“

„So ist es.“ Garodem lächelte.

„Garwin ist kein Scharführer“, wandte Tasmund ein. „Er hat noch nicht das Recht, einen Wimpel zu führen.“

„Verdammt, Tasmund, das weiß ich“, fuhr Garodem auf. Entschuldigend hob er die Hände. „Verzeih, mein Freund.“ Der Pferdefürst zwang sich zur Ruhe. „Es ist sicherlich ein Risiko, aber Garwin muss lernen, Verantwortung zu übernehmen. Wenn er erst in Krisenzeiten damit beginnt, kann es sein, dass er versagt, wenn weder du noch ich ihm beistehen können.“

„Du befürchtest also tatsächlich, dass er versagt.“

Garodem sah seinen Freund kummervoll an. „Falls es bei einem harmlosen Begleitritt nach Gendaneris geschieht, hat es wenigstens nicht den Tod von guten Pferdelords zur Folge.“

„Dennoch ist er kein Berittführer. Nicht einmal Führer einer Schar. Es kann böses Blut unter den Männern geben.“

„Nicht unter meinen Schwertmännern.“ Garodem zuckte die Schultern. „Nun, und wenn das geschehen sollte, sind sie diszipliniert genug, ihren Unmut im Zaum zu halten.“

Tasmund schwieg einen Moment und wiegte dann langsam den Kopf. „Ich halte es für zu gefährlich. Wenn Garwins Autorität nun Schaden nimmt und er später dein Banner übernehmen muss, dann kann das üble Folgen haben. Ich würde vorschlagen, ihm einen fähigen Mann zur Seite zu stellen. Als … Berater, sozusagen. Offiziell soll Garwin führen, aber du musst ihm deutlich machen, dass er sich im Zweifel an das zu halten hat, was der Berater ihm sagt.“ Tasmund schnaubte. „Ich würde diese Aufgabe übernehmen, Garodem, das weißt du, aber …“

Garodem winkte ab. „Wir beide taugen nicht mehr für den Sattel. Kormund will ich den langen Ritt nicht zumuten, und außerdem brauche ich ihn hier, für den Fall, dass eine Gefahr droht, der wir begegnen müssen.“

„Die anderen Scharführer werden einen schweren Stand gegen Garwin haben. Dein Sohn ist … sehr eigensinnig und temperamentvoll.“ Tasmund spitzte die Lippen und lachte leise auf. „Ich glaube, wir haben denselben Mann im Sinn.“

„Nedeam.“

5

Die drei Elfen blickten über die große Bucht, die sich vor ihnen erstreckte. Sie war von einem Strand in der Form eines Halbmondes gesäumt, dessen Enden zum Meer wiesen und einander fast berührten, sodass nur ein schmaler Wasserweg das offene Meer mit der geschützten Bucht verband. Der Strand bestand aus feinstem weißem Sand, und so nannte das elfische Volk diesen Ort die „Weißen Sände“. Hier hatten die Häuser der Elfen der See ihre Stadt errichtet, und hier bauten sie ihre Schiffe.

Unmittelbar neben dem Strand erhoben sich schroffe Klippen, an deren Innenseiten sich die Häuser des Elfenvolkes befanden. Diese wirkten grazil und waren untereinander und mit dem Boden durch eine Vielzahl schmaler Treppen verbunden.

Unten am Strand gab es nur wenige Gebäude, denn die Elfen wollten die Schönheit der Weißen Sände nicht unnötig beeinträchtigen. Lange Stege schoben sich hier in das Wasser der Bucht hinaus, und an ihnen lagen die Schiffe des Elfenvolkes. Über Äonen hinweg waren es nur wenige gewesen, aber jetzt wuchs ihre Zahl rasch, und ein großer Teil der Bucht war bereits mit ihren Rümpfen angefüllt. Das Volk bereitete sich auf die große Reise in die ferne neue Heimat vor.

Für Lotaras und Leoryn, die Geschwister aus dem Hause Elodarion, war der Anblick der Weißen Sände nicht neu. Vor einigen Jahreswenden waren sie von hier aus in See gestochen, als es darum ging, am Hofe des Pferdekönigs Reyodem Neuigkeiten über das verschollen geglaubte elfische Haus des Urbaums zu erfahren. Diesmal jedoch galt ihr Besuch einem ganz bestimmten Schiff, und ebendies war auch der Grund, warum Elodarion, ihr Vater und der Älteste ihres Hauses, seine Kinder auf dieser Reise begleitete.

Elodarion wirkte kaum älter als die beiden Geschwister, obwohl er zu den ältesten Elfen gehörte. Aber noch immer wirkten seine Züge jung, und seine Bewegungen waren geschmeidig. Die weich fließenden Gewänder, welche die Körper der drei Elfen umhüllten, schimmerten in den blauen und grünen Schattierungen, die für die Häuser des Waldes typisch waren. Darüber trugen sie die zartblauen Umhänge der Elfen des Waldes und einen schmalen goldenen Stirnreif mit einer Lilie aus Kristall, dem Symbol des Hauses Elodarion.

Sie führten keine Waffen mit sich, wenn man einmal von Lotaras' Langbogen absah. Nichts bedrohte einen Waldelfen im Gebiet seiner Häuser, denn selbst die großen Pelzbeißer hielten respektvollen Abstand. Lotaras hatte sich zudem die große Tasche mit den Reisevorräten umgehängt, denn sie hatten den Weg zu Fuß zurückgelegt. Natürlich hätten sie reiten können, aber sie alle hatten es genossen, die Strukturen des Bodens unter ihren nackten Fußsohlen zu spüren. Erst in Sichtweite der Weißen Sände hatten sie ihr Schuhwerk wieder angelegt.

„Ich habe die Bucht nun schon so oft gesehen", bekannte Elodarion, „doch der Anblick des Meeres fasziniert mich immer wieder aufs Neue."

„Ja, der Anblick ist ganz nett", seufzte Lotaras.

Seine Schwester Leoryn, die wie er kaum mehr als fünfhundert Jahreswenden alt war, lachte fröhlich auf. „Er schätzt das Meer nicht besonders, mein Vater. Als wir das Volk der Seeelfen zum ersten Mal besuchten und mit einem seiner Schiffe fuhren, wurde ihm übel."

„Es hat gewackelt“, erwiderte Lotaras errötend.

Elodarion lächelte sanft. „Ein alter Freund von mir sagt immer, man muss mit den Bewegungen des Wassers und des Schiffes in Harmonie sein.“ Er lachte gut gelaunt. „Es ist nicht bedeutend anders, als auf dem Rücken eines Pferdes zu sitzen.“

„Der Rücken eines Pferdes ist trocken. Das Meer hingegen ist nass“, wandte Lotaras ein.

Sie standen ein Stück oberhalb des Strandes an einer der kleinen Plattformen, die einen wundervollen Ausblick über die Bucht und das Meer boten. Elodarion wies in die Bucht hinunter. „Das muss es sein. Das erste Schiff von vielen, die unser Volk zu den Neuen Ufern tragen werden. Kommt, Kinder, lasst uns hinuntergehen. Ich bin gespannt, was sich die Elfen der See haben einfallen lassen.“

Das Wasser der Bucht schimmerte kristallklar, und so konnte man von oben den Reichtum an Pflanzen und Fischen erkennen, der sich darin entfaltete. Je tiefer die drei Elfen auf ihrem Weg zum Strand kamen, desto stärker schimmerte die Oberfläche in grünen und blauen Farben. Eine frische Brise ließ ihre langen weißblonden Haare auswehen und brachte den leicht salzigen Geruch der See heran.

Der Weg, dem sie folgten, führte sie an der Innenseite der Klippe entlang hinunter zur Mitte der Bucht und zu den Schiffen. Die Elfen der See hatten drei verschiedene Schiffstypen entwickelt, in welche die im Laufe von Äonen erlangten Fähigkeiten ihrer Erbauer eingeflossen waren.

Ein Pfeilschiff wirkte mit seinem einzelnen Mast zierlich und fast verspielt. Es diente der raschen Erkundung des Meeres. Die größeren Transporter waren fast dreimal so groß. Sie besaßen zwei Masten und größere Segel, da sie auch mehr Last trugen. Viele waren bereits umgebaut worden und weitere würden folgen, denn bald würden diese mächtigen Schiffe nicht mehr nur Waren, sondern auch Passagiere über das Meer tragen.

Den dritten Schiffstyp bildeten die schnellen, starken Kampfschiffe, von denen es nur wenige gab. Mit ihrem scharfen, extra bewehrten Bug waren sie in der Lage, ein feindliches Schiff zu zerschneiden. Aber ihre eigentliche Waffe bestand in den zwei Feuerrohren, die sich an Bug und Heck befanden. Sie versprühten einen Strahl aus Feuer, der feindliche Schiffe verbrannte und dem Schiffstyp die Bezeichnung „Flammschiff" eingebracht hatte. Es war ein Feuer, das sich mit Wasser nicht löschen ließ, und die Elfen gingen sorgsam damit um. Denn selbst sie, mit all ihrem alten Wissen, vermochten seine Flammen nicht zu ersticken.

Diese drei Schiffstypen hatten dem elfischen Volk lange und gut gedient, doch nun war eine neue Konstruktion hinzugekommen, die den Anforderungen der langen Reise zu den Neuen Ufern standhalten sollte.

Elodarion winkte einer Gruppe Elfen zu, die am Ufer der Bucht standen und den Ankömmlingen neugierig entgegenblickten. Die Männer und Frauen trugen kürzere Gewänder, wie sie bei den Häusern der See üblich waren. Die Muster waren den Schuppen der Fische und den Schalen von Muscheln nachempfunden, und im Gegensatz zu den Waldelfen bevorzugten die Häuser der See leuchtende und kräftige Farben.

Ein Mann in der Gruppe beschattete seine Augen gegen die grelle Sonne und trat dann lächelnd hervor. Die Füße des Seeelfen waren bloß und wiesen an den Sohlen dicke Schwielen auf, denn als Seefahrer legten sie Wert darauf, ein Schiff und seine Bewegungen zu spüren. Daher verzichteten sie auf störendes Schuhwerk, das sie auch an Land nicht anlegten.

Lotaras stieß ein leises Brummen aus. „Ich kenne den Mann."

„Das will ich meinen." Leoryn schob ihre Tasche mit den Utensilien ihres Heilerstandes auf den Rücken und lachte fröhlich auf. „Das ist Gendrion, der Steuermann der ‚Sturmschwinge'."

Elodarion streckte seine Hand zum elfischen Gruß aus, und Gendrion erwiderte ihn erfreut.

„Es tut gut, Bruder Elodarion, Euch nach so langer Zeit wieder einmal willkommen zu heißen." Dann sah Gendrion die Geschwister an. „Und auch an euch beide kann ich mich gut erinnern. Doch dieses Mal werdet ihr mit einem größeren Schiff als der ‚Sturmschwinge' fahren. Kommt, Herolas erwartet euch schon. Er ist begierig darauf, allen die ‚Wellenvogel' zu zeigen."

Vor einigen Jahreswenden hatten die Geschwister den Steuermann und seinen Kapitän Herolas an Bord des Pfeilschiffes „Sturmschwinge" kennengelernt. Lotaras hatte die kurze Seereise allerdings in keiner angenehmen Erinnerung, da ihm die Bewegungen des Schiffes nicht bekommen waren.

Die Gruppe der Seeelfen wechselte freundliche Worte mit ihren Brüdern des Waldes, während Gendrion die drei Gäste über den Strand zu einem der langen Stege führte. Ein anderer Seeelf war auf sie aufmerksam geworden und kam nun auf sie zu. Im Gegensatz zu Gendrion war der Elf gerüstet.

„Als wir vernahmen, dass Ihr zu uns kommt, hat Kapitän Herolas sich Euch zu Ehren gerüstet, Ältester Elodarion." Der Steuermann sah seinem Kapitän freundlich entgegen. „Ein guter Seeelf, unser Kapitän, nur ist er noch ein wenig jung."

Herolas' Anblick erweckte in Lotaras die schlimmsten Vorahnungen. Er war bereit, sich jeder Gefahr zu stellen, aber er hatte kein Zutrauen zum wässrigen Element. Der Kapitän hatte den hoch aufragenden Helm mit dem Symbol seines Hauses, einem Seevogel mit ausgebreiteten Schwingen, unter den Arm geklemmt und setzte ihn nun mit einem breiten Lächeln auf. Sein Gewand war aus demselben weichen Stoff und mit denselben elfischen Symbolen und Stickereien versehen, wie sie alle elfischen Häuser verwendeten. Darüber trug er einen Panzer aus metallen blitzenden Schuppen, was typisch für die seefahrenden Häuser war. An seinem breiten roten Schwertgurt trug er das lange, leicht gekrümmte Schwert der Elfen. Während der Kapitän seine Arme in einer freundschaftlichen Geste ausbreitete, rutschte der blaue Umhang über seine Schultern zurück.

„Seid mir willkommen, Elodarion aus dem Hause Elodarions", sagte Herolas förmlich und verneigte sich leicht. „Es ist mir eine große Ehre, mit Euch ein weiteres Mitglied des Hohen Rates der Häuser an Bord meiner ‚Wellenvogel' begrüßen zu dürfen." Der Kapitän lächelte herzlich. „Der Hohe Rat Jalan-olud-Deshay aus dem Hause Deshay ist bereits an Bord. Er freut sich darauf, Euch und Eure Kinder zu sehen."

Elodarion erwiderte die Begrüßung ebenso förmlich und herzlich, und als der Tradition Genüge getan war, konnte Herolas offensichtlich nicht mehr an sich halten. Er legte Lotaras und Leoryn die Hände auf die Schultern. „Bruder und Schwester des Waldes, es ist eine Weile her, dass ich euch Waldfüße an Bord begrüßen durfte. Damals seid ihr auf meinem schönen Pfeilschiff gereist, aber dieses Schiff hier wird euch unvergesslich bleiben."

Lotaras verkniff sich die Bemerkung, dass die Weile ruhig ein oder zwei Jahrtausende länger hätte anhalten können.

Der Kapitän schien seine Vorbehalte zu spüren und legte

ihm die Hand auf die Schulter. „Diese Fahrt wird ruhiger als deine letzte auf der ‚Sturmschwinge', Bruder des Waldes. Die ‚Wellenvogel' ist ein völlig anderes Schiff. Sie wird dir gefallen, Lotaras."

Dann wandte er sich zum Wasser und wies mit sichtlichem Stolz auf den Segler, der am Steg festgemacht hatte. Wie Gendrion zuvor bereits angedeutet hatte, war es ein vollkommen neuer Schiffstyp, und das Gesicht des Steuermanns verriet dieselbe Freude, die auch seinen Kapitän zu erfüllen schien.

Alle Schiffe des elfischen Volkes besaßen eine gewisse Anmut, doch für die „Wellenvogel" traf dies in besonderem Maße zu. Das Schiff maß von seinem scharf geschnittenen Bug bis zu seinem leicht nach oben gezogenen Heck gute fünfzig und in der Breite knapp zwölf Längen. Dies galt allerdings nur für das obere Deck, denn nach unten hin wurde der Rumpf breiter. Mit seinen zwei Deckebenen überragte er die anderen Schiffe deutlich. Der Bug stieg nach oben hin steil an, und man konnte meinen, er sei scharf wie die Klinge eines Schwertes. Er ragte weit nach außen vor, und ein Gewirr von starken Leinen führte von seiner Spitze zur Plattform des vorderen Mastes hinauf. In der Mitte des Bugs war ein Wappen aufgemalt, das einen Seevogel mit weit ausgebreiteten Schwingen darstellte, welcher über eine Welle flog.

„Zwei Decks über dem Wasser und eines darunter", sagte Herolas stolz. „Der Rumpf ist oben schmal und wird nach unten hin breiter, wegen der Gewichtsverteilung. Die beiden Überwasserdecks sollen ja die Angehörigen der Häuser aufnehmen, mitsamt ihrer persönlichen Habe. Da kommt Gewicht zusammen, ihr Brüder des Waldes, viel Gewicht. Daher werden im Unterwasserdeck die Vorräte verstaut: Nahrung und Trinkwasser."

Gendrion stieß ein leises Grunzen aus. „Eine Menge Arbeit für uns Seeelfen, das könnt ihr glauben. Denn auf der Reise zu den Neuen Ufern werden die Vorräte langsam abnehmen, während Fracht und Passagiere konstant bleiben. Das Gewicht wird sich also verlagern und der Schwerpunkt sich verschieben."

Herolas nickte. „Um die Balance zwischen Bug und Heck zu halten, werden wir daher die Last während der Reise immer wieder neu verteilen müssen. Problematischer ist allerdings das Gesamtgewicht. Wenn die Proviantlast geringer wird, verlagert sich der Schwerpunkt im Rumpf dramatisch. Wir müssen also von vornherein ordentliches Zusatzgewicht laden. Das macht das Schiff schwerer und auch etwas langsamer."

Elodarion nickte. „Ja, das kann ich verstehen. Sonst kippt das Schiff um, nicht wahr?"

Gendrion bemerkte einen leichten Farbwechsel in Lotaras' Gesicht und schlug ihm aufmunternd gegen den Arm. „Es wird nicht kippen, Bruder des Waldes. Wir haben genug Gold nach unten geschafft. Die ‚Wellenvogel' liegt schwer und ruhig im Wasser."

„Sie wird dennoch wackeln", ächzte Lotaras.

„Hab dich nicht so", seufzte Leoryn. „Es ist auch nicht anders, als wenn du an den Schlingpflanzen des Waldes schaukelst."

„Das sagst du", brummte ihr Bruder. „Aber wenn man von einer Schlingpflanze herunterfällt, braucht man nicht zu schwimmen."

Elodarion räusperte sich und sah die Seeelfen entschuldigend an. „Mein Sohn hat einen gewissen Vorbehalt gegen die Seefahrt."

Herolas nickte und versuchte dabei ein verständnisvolles

Gesicht zu machen, Gendrion hingegen murmelte unverhohlen etwas über Landfüße mit schwachen Mägen, die eigentlich nicht auf ein Schiff gehörten.

„Können wir es uns näher ansehen?", fragte Leoryn neugierig.

„Das ist der Grund unserer Reise, Leoryn, meine Tochter", erwiderte Elodarion sanft. „Wie ich euch schon sagte, wir werden uns das neue Schiff ansehen und mit ihm fahren. Der Rat der Häuser muss wissen, ob es für die lange Überfahrt zu den Neuen Ufern taugt."

„Das tut es", versicherte Herolas rasch und wirkte ein wenig beleidigt darüber, dass man die Eignung seiner „Wellenvogel" in Zweifel zog. „Nie zuvor haben die Elfen der See etwas Vergleichbares erschaffen. Nicht nur die Größe, sondern auch die Kraft und Schnelligkeit betreffend. Einem Vogel gleich wird sie über die Wellen gleiten, förmlich dahinschweben und ..."

„Gut, gut, sehen wir uns das Boot an", seufzte Lotaras.

„Schiff", korrigierte ihn Gendrion und wippte leicht auf seinen verhornten Füßen. „Es ist schließlich keine solche Nussschale, wie ihr Elfen des Waldes sie auf eure Seen setzt. Dies hier ist ein Schiff, das die Meere befährt und Wind und Wetter trotzt, eines, das auch dem stärksten Wellengang standhält und ... Du siehst blass aus, Bruder des Waldes. Fühlst du dich nicht wohl?"

„Die Bordwände sind an den Seiten eine halbe und am Bug sogar eine volle Länge stark", übernahm Herolas mit einem Seitenblick auf Lotaras, der leicht zu schwanken schien. „Zudem sind Bug und Unterwasserschiff mit Metall bewehrt. Die Fahrt zu den Neuen Ufern führt uns ins Kaltmeer und am Eisland vorbei. Der Rumpf muss daher stark sein, und das ist er auch. Dennoch ist die ‚Wellenvogel' auch ein schnelles Schiff.

Sie hat zwei Masten, die etwas höher sind als bei den anderen Schiffen und die wir belastbarer verankert haben. Wir werden zwei Arten von Segeln mit uns führen. Die leichten für die warmen Meere und etwas kleinere, aus schwerem Stoff bestehende, für die Umrundung des Eislandes."

„Die Temperaturen dort sind unbehaglich." Elodarion sah den Kapitän forschend an. „Muss die Reise denn am Eisland vorbeiführen?"

„Nein, nicht unbedingt." Herolas schürzte die Lippen. „Aber es verkürzt die Überfahrt enorm."

„Und schont die Mägen mancher Landfüße", fügte Gendrion murmelnd hinzu.

„Kommt an Bord." Herolas wies zu der Laufbrücke, die vom Steg hinauf an Bord des Schiffes führte. „Dort kann ich Euch das Schiff besser erklären, und dann könnt Ihr auch die anderen treffen. Der Konstrukteur des Schiffes und der Älteste des Hauses Deshay sind bereits vor einigen Tagen eingetroffen."

Herolas schritt die Laufbrücke hinauf, und die anderen erkannten eine Gruppe von Matrosen, die zur offenen Pforte in der Reling eilten, um Elodarion die Ehre zu erweisen.

„Jalan-olud-Deshay war begierig, das Schiff zu sehen." Herolas nickte bedeutsam. „Der Älteste war es, der als Einziger von den Neuen Ufern zurückkehrte und von ihnen berichten kann. Doch er wird dieses Wissen erst kurz vor der Abfahrt offenbaren, damit kein Elf es unter der Folter dem Feind verraten kann. Aber er hat uns Angaben gemacht, die zu Veränderungen am Schiff geführt haben. Aber jetzt kommt und seht selbst. Wir wollen in See stechen, um die ‚Wellenvogel' in ihrem Element zu erproben."

Lotaras verharrte mitten auf der Laufbrücke. „Erproben?

Soll das heißen, sie war noch nie auf dem Meer?"

„Nun, sie schwimmt immerhin, und alles funktioniert", seufzte Elodarion und stieß seinen Sohn auffordernd an. „Und ich muss sagen, Lotaras, mein Sohn, dass mich deine Angst vor dem feuchten Element zunehmend stört."

Lotaras errötete auf die Rüge des Vaters hin und folgte rasch seiner Schwester und Herolas. Gendrion kam brummend hinterher. „Es wird Zeit, dass die ‚Wellenvogel' zeigt, was sie kann. Zehntag um Zehntag haben wir geübt. Segel auf, Segel ab, Rudermanöver, Ladung nach vorne und hinten, nach oben und unten ... Wirklich, es wird Zeit, dass wir endlich Meerwasser kosten und aus dieser beengten Lagune herauskommen."

Die Elfen an der Pforte verneigten sich zum Gruß, als Herolas und Elodarion das Schiff betraten. Unter ihnen war ein alter Bekannter, der Lotaras und Leoryn unverhohlen angrinste.

„Verzieh dein Gesicht nicht so, Rodas", knurrte Gendrion, als er ebenfalls an Bord trat. „Sag den anderen Bescheid, dass wir nun endlich auslaufen können."

„Alles ist bereit", erwiderte Rodas und sah den Steuermann, noch immer lächelnd, an. „Die zusätzliche Ladung Gold ist an Bord. Das Schiff ist ausbalanciert und wird gut im Wasser liegen."

„Davon werde ich mich selbst überzeugen, wenn wir auf dem Meer sind."

Herolas hatte die Bemerkung gehört und klatschte in die Hände. „Die Mannschaft an Deck. Verlieren wir nicht unnötig Zeit."

Sofort nahm Rodas eine gedrehte Muschel, die an einer feingliedrigen Kette um seinen Hals hing, und blies hinein. Ein heller Ton stand für einen Augenblick vibrierend über dem

Schiff, dann tauchten die Gestalten von Elfen aus den Gängen auf, die ins Innere der „Wellenvogel“ führten. Elodarion und seine Kinder waren überrascht, wie viele es waren.

„Zweihundert Mann“, sagte Herolas stolz. „Zwar braucht es nicht so viele Hände, um das Schiff zu führen, aber die zusätzliche Besatzung gibt mir die Möglichkeit, seine Balance zu erproben.“ Er sah Gendrion an. „Bereithalten an Anker und Segel, Steuermann.“

Gendrion legte die Hände vor den Mund. „Bemannt die Ankerwinde vorne und hinten. Die Mastmannschaften an die Segel und Leinen. Ich will Steuerdruck am Ruder, noch bevor die Anker sich lösen.“

Das Wasser der großen Lagune war kristallklar und ruhig. Zwischen den Rümpfen der ankernden Schiffe zogen Fische in vielfältigen Farben und Formen dahin, und Schalentiere wanderten über den sandigen Grund, auf dem sich Korallen in ihrer farbigen Pracht erhoben. An einem der Schiffe waren Schwärme winziger roter Fische zu erkennen, die das Unterwasserschiff völlig verdeckten.

Als Lotaras Herolas darauf ansprach, lächelte dieser. „Unsere Putzer, Bruder des Waldes. Das Schiff dort war lange auf See und hat das südliche Meer befahren. In dessen warmen Gewässern haften sich Seepflanzen an den Rumpf. Sie sind nicht schädlich für das Schiff, aber sie machen es langsamer. Damit es seine alte Schnelligkeit zurückgewinnt, müssen wir die Rümpfe regelmäßig abkratzen. Die kleinen Putzer dort nehmen uns viel Arbeit ab, denn sie ernähren sich von den Pflanzen.“

Elfen kletterten die eingekerbten Mastbäume empor und erreichten die weit ausladenden Querhölzer, an denen die Segel befestigt waren. Längs unter diesen Querhölzern waren

Leinen gespannt, auf denen die Elfen standen. Bei diesem Anblick wurde selbst den drei Landelfen klar, warum die bloßen Fußsohlen der Seeelfen hornige Schwielen aufwiesen.

„Denkt daran, Elfen der See", brüllte Gendrion hinauf in die Masten. „Eine Hand für euch und die andere fürs Schiff. Dass mir keiner herunterfällt und sich dann vor der Arbeit drückt." Er wandte sich Herolas zu und grinste breit. „Sind ein paar sehr junge Burschen dabei, denen noch das Süßwasser in den Ohren steht."

Der Kapitän räusperte sich und schwieg. Lotaras konnte sich erinnern, dass Gendrion seinen Kapitän ebenfalls als sehr jung ansah, da dieser erst seit tausend Jahreswenden zur See fuhr, während Gendrion zu den ältesten Seeelfen gehörte und es wohl kein Gewässer gab, das er nicht schon selbst befahren hatte.

„Anker vorne und hinten kommen auf", erfolgten jetzt die Meldungen von den beiden großen Ankertrommeln. Je zehn Elfen drehten die senkrecht stehenden Trommeln mittels der massiven Rundhölzer an deren Oberkanten um die eigene Achse, wodurch die Ketten, an denen sich die Anker befanden, auf die Trommeln gespult wurden. Die Ankerketten begannen sich zu straffen und die Elfen stemmten sich gegen den Zug, den der schwere Anker ausübte. In regelmäßigen Abständen war ein metallisches Klicken zu hören, wenn ein Fanghaken einrastete und so verhinderte, dass die Trommel sich wieder abspulte.

„Am Vormast die Hauptsegel lösen", befahl Herolas, und Gendrion gab den Befehl weiter.

Umgehend wurden die beiden großen übereinanderstehenden Segel des vorderen Mastes gelöst, die sich daraufhin entrollten, bis ihre Muschelform erkennbar wurde. Der schwache

Wind begann sie zögernd zu füllen.

„Holt die Leinen straff", rief Herolas. „Ich will jeden Windhauch in den Segeln haben." Er wandte sich an seinen Steuermann. „Gendrion, übernimm du das Ruder. Bei der ersten Fahrt will ich sicher sein, dass der beste Mann am Steuer steht."

Gendrion nickte und sah auf die beiden Elfen, die an dem großen Ruderblatt standen, das am Heck ins Wasser ragte. „Legt das Ruder rechtsweisend. Ich will, dass wir vom Steg freikommen, sobald wir Steuerdruck haben." Er sah zum Land hinüber. „He, Engas, zehn Mann mit Stangen an die Seite. Passt auf, dass uns der Wind nicht gegen den Steg drückt."

Die Seeelfen am vorderen Mast holten mittlerweile die Leinen straff und legten sie an metallenen Klauen fest, die in die Reling eingelassen waren. Die beiden Segel füllten sich zunehmend, aber der Druck des Windes war noch schwach.

„Notfalls können wir uns mit den Stangen weiter hinausstoßen", knurrte Herolas. „Mit meiner braven ‚Sturmschwinge' wären wir längst auf See."

Gendrion trat neben die beiden Elfen am Ruder. „Die ist ja auch ein Pfeilschiff. Wir dagegen müssen uns mit dieser behäbigen Transportkiste plagen." Er klopfte mit der Hand auf die lange Führungsstange des Ruders. „Aber wenn die ‚Wellenvogel' erst einmal auf See ist, dann wird sie zeigen, was sie kann."

Sie standen am Heck des Schiffes. Auf dem Oberdeck herrschte geordnetes Chaos, während die Elfen die Anker einholten und die Segel ausrichteten. Am hinteren Mast standen bereits zwei Gruppen bereit, um auch dort die Segel zu setzen, sobald der Kapitän den Befehl dazu gab.

„Bei den Flammschiffen gibt es hier hinten Aufbauten", meinte Leoryn. „Warum nicht auch auf diesem Schiff?"

„Flammschiffe sind für den Kampf bestimmt. Deren Heckaufbauten sollen Rudergänger und Kapitän ein wenig Schutz vor feindlichen Geschossen geben“, erwiderte Herolas. „Uns bedrohen jedoch nur Wind und Wetter, und die muss ein Seeelf im Gesicht spüren, wenn er sein Schiff sicher durch einen Sturm hindurchführen will.“

Gendrion nickte beifällig. Er trat neben einen der Rudergänger und legte die Hand an das Führungsholz. „Wir haben Steuerdruck, Kapitän. Minimal zwar, aber es reicht.“

„Dann bring sie raus, Steuermann.“ Herolas rieb sich die Hände und lächelte erfreut. „Die Anker kurz und festmachen! Am Hintermast bereithalten!“

Die Anker der „Wellenvogel“ hoben sich aus dem Wasser. Elfen zogen sie mit Leinen dicht an den Schiffsrumpf heran und machten sie fest, sodass sie auch bei schwerer See nicht gegen das Schiff schlagen konnten. Der Bug drehte sich langsam vom Steg weg und zeigte nun zu der zwischen aufsteigenden Felsen hindurchführenden Einfahrt der Bucht. Auf den Stegen und Laufgängen, welche die Häuser der Seeelfen in den steilen Klippen miteinander verbanden, standen jetzt Elfen und sahen dem Schiff zu, wie es der offenen See entgegenstrebte.

Auf dem langen Oberdeck der „Wellenvogel“ hatten sich unterdessen die Matrosen zwischen Kästen und Rollen ordentlich aufgerollter Seile nebeneinandergereiht und warteten auf die Kommandos des Kapitäns oder seines Steuermanns, während die Elfen mit den langen Stangen zurücktraten und diese in Halterungen am Vormast stellten.

An der hinteren der beiden Treppen, die in den Rumpf hinunterführten, stiegen nun drei weitere Elfen auf das Oberdeck. Zwei von ihnen hatten langes schwarzes Haar, was für das elfische Volk sehr ungewöhnlich war. Es stellte eine Eigenheit der Elfen des Hauses Deshay dar, des lange verschollen geglaubten Hauses des Urbaums. Der Mann und die Frau hätten Geschwister sein können, doch handelte es sich um Jalan-olud-Deshay und seine Tochter Llarana. Jalan war der Älteste und Erste des Hauses Deshay und so etwas wie eine Legende im elfischen Volk, da er dessen künftige Heimat gesehen hatte. Seine Rückkehr war der Anlass gewesen, den endgültigen Aufbruch zu den Neuen Ufern nicht länger hinauszuzögern. Seine Tochter hatte die natürliche Schönheit und das Ebenmaß des elfischen Volkes, doch während Leoryn ihr Haar offen trug, hatte Llarana einen Teil davon zu zwei Zöpfen geflochten, die über ihre Schultern nach vorne hingen, eine Angewohnheit, wie sie üblicherweise die elfischen Kämpfer zeigten und daher für eine Elfin recht ungewöhnlich war. Zudem trug sie, wie ihr Vater, das leicht gebogene Schwert eines Kriegers an der Hüfte. Von ihrem Bruder war Leoryn es gewohnt, dass er sich kaum von seinem Bogen trennte. Die schöne Llarana schien es ähnlich mit ihrem Schwert zu halten.

Der Elf, der jetzt hinter den beiden auftauchte, wirkte dagegen schmächtig und gebeugt. In seinem langen weißblonden Haar zeigten sich die braunen Strähnen des Alters, und in das Gesicht des Mannes hatten unvorstellbare Zeiträume tiefe Furchen gegraben. Obwohl ein Elf nicht körperlich alterte, sondern selber bestimmte, wann sein Körper die richtige Reife erlangt hatte, gab es Einflüsse, denen auch das Volk der Unsterblichen unterworfen war. So konnte zum Beispiel eine schwere Erkrankung den Leib in Mitleidenschaft ziehen und altern lassen.

Mionas war einer der Ältesten des Volkes, älter noch als Elodarion, aber jünger als Jalan aus dem Hause Deshay. Für ein anderes Wesen wäre es verwirrend gewesen, die Generationen der Elfen nebeneinander stehen zu sehen und ihr Alter zuordnen zu müssen. Mionas gehörte zu jenen Wesen, deren Drang, neues Wissen zu erlangen und zu erproben, nie zu ermüden schien. Er hatte viele Dinge ersonnen, darunter auch die „Wellenvogel“. Es war also verständlich, dass er nun aufgeregt war und an die Reling des Schiffes trat, wo er sich festhielt und mit hastigen Blicken um sich sah.

Immer wieder nickte er stumm, und das sanfte Lächeln auf seinen Lippen verriet seine Zufriedenheit.

Er war so versunken, dass er Jalan und Llarana gar nicht beachtete, die soeben zum Heck traten, wo Lotaras und Leoryn mit den anderen standen.

„Es freut mich, euch wiederzusehen“, sagte Jalan freundlich. „Das Haus Deshay wird nie vergessen, was die Kinder Elodarions für seinen Bestand taten.“

„Wir taten es mit ganzem Herzen“, erwiderte Lotaras und lächelte. „Aber wir hatten nur geringen Anteil, wie ich einräumen muss.“

„Die Pferdemenschen, ja.“ Der Älteste und Erste des Hauses Deshay nickte. „Sie befreiten unser Haus aus der Gewalt der Grauen Wesen, weshalb wir dem Pferdevolk bei Merdonan aus Dankbarkeit beistanden.“ Er seufzte leise. „Dennoch haben wir damit die Schuld nur zum Teil begleichen können. Das Haus des Urbaums hat den Menschenwesen viel zu verdanken.“

„Sie sind uns zu Freunden geworden“, bestätigte Elodarion. „Vor allem meinen Kindern, die mit den Pferdemenschen vieles gemeinsam erlebten.“

„Freundschaften mit Menschenwesen sind immer eine schmerzliche Erfahrung.“ Jalan-olud-Deshay trat neben Elodarion und sah auf die näherrückende Zufahrt zum offenen

Meer, hinter der bewegtes Wasser zu erkennen war. „Noch vor wenigen Jahreswenden hätte ich nicht geglaubt, dass man ihnen überhaupt trauen kann. Doch die Menschen um den Pferdereiter Nedeam und seinen Ältesten Garodem haben mich eines anderen belehrt. Ich kann keine Freundschaft zu ihnen empfinden, aber ich respektiere sie als aufrechte Wesen und gute Kämpfer."

Leoryn schüttelte den Kopf. „Für uns sind die Menschen des Pferdevolkes zu wirklichen Freunden geworden, Ältester. Wir haben Seite an Seite mit ihnen gekämpft, und sie haben es sich wohl verdient, in unsere Herzen aufgenommen zu werden."

Jalan sah sie kurz an und lächelte dann wehmütig. „Aus dir spricht die Jugend, Leoryn aus dem Hause Elodarion. Nein, meine Brüder des Waldes und der See, Freundschaft zu den Menschen ist mit Schmerz verbunden, denn wer sieht schon gerne zu, wie ein Freund altert und verwelkt?"

Leoryn musterte die junge Elfin Llarana, deren seltsam umwölkter Blick in eine weite Ferne gerichtet schien. Ein Schmerz lag nun in ihren Augen, der in dem Moment sichtbar geworden war, als ihr Vater die Namen der Männer des Pferdevolkes genannt hatte. War es die Erinnerung an das grauenvolle Schicksal, welches das Haus Deshay beinahe vernichtet hätte, oder bewegte etwas anderes die junge Frau?

Vor vielen Menschenaltern, zur Zeit des Ersten Bundes, den die Häuser der Elfen mit den Königreichen der Menschen geschlossen hatten, hatte sich das Haus Deshay auf den Krieg vorbereitet. Aber ein Verrat jener Grauen Magier, die man einst auf der Seite des Lichts gewähnt hatte, die jedoch den Verlockungen des Schwarzen Lords verfallen waren, hatte das Haus Deshay fast widerstandslos überwältigt. Dessen Krieger waren unter den Bann der Zauberer geraten, und so blieben die Frauen und wenigen Kinder über viele Jahrtausende der Willkür der Finsternis ausgesetzt. Zu der Zeit, als das Haus überwältigt wurde, hatte Llaranas Geburt kurz bevorgestanden, und ihre Mutter hatte ihre Niederkunft hinausgezögert, da sie nicht wollte, dass Llarana in Finsternis aufwuchs. Aber die Macht des Schwarzen Lords und seines Gefolges, der Grauen Zauberer und der Legionen der Orks, war groß gewesen, und Llaranas Mutter begann ihrem Zauber zu verfallen. So gebar sie in ihrer Not Llarana, kaum fünfhundert Jahreswenden bevor schließlich ein Menschenwesen namens Nedeam und seine Gefährten das Haus erlösen sollten. Leoryn kannte Nedeam gut und wusste, dass er bei einem Kampf in engsten Kontakt mit einem der Grauen Wesen geraten war. Sie ahnte, dass sich bei diesem Ringen auch ein geistiges Band zwischen dem Menschenwesen Nedeam und der Elfin Llarana gespannt hatte. Leoryn konnte dies spüren, seit sie dem Abschied beider vor den Toren Merdonans beigewohnt hatte. Andere mochten es nicht bemerkt haben, aber Leoryn hatte die unterschwelligen Schwingungen deutlich gefühlt. Dachte Llarana in diesem Moment womöglich an das Menschenwesen Nedeam?

„Sie wird sich bewähren." Der kurze Satz des Gelehrten Mionas schreckte Leoryn aus ihren Gedanken.

Mionas löste sich von der Reling. Die „Wellenvogel" war der Zufahrt nun so nahe, dass die Schatten der umgebenden Felsen auf sie fielen. „Sie wird sich bewähren", sagte der Gelehrte nochmals. „Sie ist ein gutes Schiff. Ich habe die Last im Frachtraum überprüft, Kapitän Herolas. Ihr habt richtig daran getan, so viele Goldgewichte aufzunehmen. Das macht die Fahrt sicherer."

„Wir werden noch einige davon brauchen", erwiderte der

Kapitän lächelnd. „Es sollen noch viele Schiffe gebaut werden, und dafür benötigen wir jede Menge zusätzliches Gold."

„Das ist bereits angefordert", versicherte Mionas. „Die Menschenwesen werden es uns liefern."

Jalan musterte den Gelehrten. „Wissen sie, welchem Zweck es dient? Dass wir mit seiner Hilfe zu den Neuen Ufern aufbrechen werden?"

„Natürlich nicht." Mionas schüttelte entschieden den Kopf. „Es würde sie nur beunruhigen." Er lächelte sanft. „Die Menschenwesen mögen unsere Freunde sein, doch müssen sie nicht alles wissen."

„Hm." Elodarion sah, wie der Schatten über das Schiff wanderte. Langsam und bedächtig tauchte die „Wellenvogel" in die Zufahrt und schob sich zwischen die Felsen, die steil zu beiden Seiten aufragten. „Sie werden es wohl erfahren, wenn sie das Gold herbringen. Dann werden sie die Schiffe sehen."

„Sie werden es nicht hierher bringen." Mionas zuckte die Achseln. „Sondern nach Gendaneris. Dort holen wir es dann ab."

„Am Rückmast die Hauptsegel lösen", befahl soeben Kapitän Herolas. „Gendrion, leg das Ruder mittschiffs. Gib Acht, dass uns die Strömung unter den Klippen nicht zur Seite drückt, wir haben noch wenig Fahrt."

Gendrion wiederholte die Anweisungen und murmelte dann irgendetwas von jungen, unerfahrenen Seeelfen. Die „Wellenvogel" begann sich leicht auf und ab zu bewegen, als der Wellengang an den Klippen sie traf. Der scharfe Bug teilte das Wasser, als würde er es zerschneiden, und ließ es dann in sanften Wogen an der Bordwand entlanggleiten.

Leoryn legte ihre Hände auf die Reling. „Dieses Schiff ist das erste von vielen", sagte sie leise und warf einen flüchtigen

Blick auf ihren Bruder. „Sie werden rasch gebaut sein. Ich kenne den Fleiß der Elfen der See."

Lotaras legte seine Hand unmerklich auf die ihre. „Ja, die Reise zu den Neuen Ufern wird bald beginnen."

Seine Schwester seufzte leise. „Die Menschenwesen wissen, dass unsere elfischen Häuser eines Tages die alte Heimat verlassen werden, um zu den Neuen Ufern aufzubrechen. Aber sie ahnen nicht, wie nah dieser Tag schon ist. Wir sollten es ihnen sagen."

Lotaras räusperte sich beklommen. „Der Ältestenrat der Elfen in seiner unendlichen Weisheit wird gute Gründe dafür gehabt haben, es vor den Menschen verborgen zu halten."

„Vielleicht ist es wirklich so", erwiderte sie zögernd.

Als das Schiff langsam aufs offene Meer hinausglitt, empfanden sie beide dasselbe unbehagliche Gefühl.

6

Die alte Handelsstraße war schon lange vor der Zeit des Ersten Bundes angelegt worden und hatte die einstigen Handelsmetropolen der Königreiche miteinander verbunden. Sie war breit und mit großen Steinplatten gepflastert, damit sie auch bei schwieriger Witterung genutzt werden konnte. Doch die Zeit war nicht spurlos an ihr vorübergegangen. Erdreich hatte sich unter den vielen Lasten gesenkt und verdichtet, jedoch an einigen Stellen stärker als an anderen, und so wies der Weg gelegentlich Unebenheiten auf, wo Steinplatten abgesackt waren oder sich gehoben hatten.

Über viele Jahrtausendwenden hatten die Füße und Hufe von Händlern, bewaffneten Begleitern und Lasttieren die Straße benutzt, dann hatten die massiven Scheibenräder den Platten zugesetzt. Erst in den letzten Jahren waren die neuen Speichenräder aufgekommen. Sie waren leichter als die Scheibenräder und zugleich stabiler, was es den Händlern erlaubte, größere Lasten mitzuführen. Aber jeder Belastbarkeit waren Grenzen gesetzt, und an eine dieser Grenzen stieß nun das Rad von Helderims Wagen.

Die Steinplatte stand nur ein kleines Stück hervor, aber das rechte Vorderrad des Frachtwagens traf die Kante sehr unglücklich. Ein heftiger Schlag ging durch das Fahrzeug, zerbrach den Eisenreifen, der als Schutz um das Rad gezogen war, und ließ das Holz zersplittern. Mit einem Ruck sackte der Wagen auf dieser Seite ein. Helderim wurde in weitem Bogen vom Bock geschleudert und landete unsanft auf dem Boden, während das Fahrzeug schleifend und knirschend noch ein Stück die Straße entlanggezerrt wurde, bis ein Begleiter zu Hilfe kam und den Zugtieren in die Zügel fiel.

„Bei den Finsteren Abgründen", fluchte ein Reiter im grünen Umhang und mit dem Rosshaarschweif der Schwertmänner am Helm, bevor er rasch aus dem Sattel stieg, um sich nach Helderim zu bücken. „Ist Euch etwas geschehen, guter Herr Helderim?"

„Ihm geht es gut", erklang eine unwirsche Stimme aus dem Inneren des Wagens. „Seht lieber nach mir, Schwertmann. Ich habe sehr gelitten."

Entlang der langen Kolonne erschollen Rufe und Flüche, bis schließlich der gesamte Tross zögernd zum Stehen kam. Weitere Männer eilten herbei und sahen eine Bewegung hinter der Plane aus dunklem Leinen, die den Blick ins Wageninnere verdeckte.

„Warte, Gunwyn, meine Liebe", ächzte der schmächtige Händler, „ich bin sofort bei dir."

Er schüttelte dankend die Hand des Pferdelords ab und humpelte mit schmerzverzerrtem Gesicht zum Wagen zurück. Sein kostbar besticktes Wams war aufgerissen, ebenso wie seine Hose, und auch seine Hände waren abgeschürft, doch schien er dafür keinen Blick zu haben, als er sich halb auf den schräg stehenden Wagen zog und besorgt die Plane zur Seite schob. „Ich bin schon da, Gunwyn, meine Liebe, ich bin schon da."

Helderim war in aufrichtiger Sorge, als auf seinen Ruf hin zwischen dem Stoff zwei zierliche Füße erschienen, die hilflos in der Luft strampelten und dabei Stück für Stück zwei beeindruckend voluminöse Waden zutage förderten. „Warte, Gunwyn, meine Teuerste und Beste", keuchte der Händler angestrengt, „ich helfe dir."

Der abgesessene Pferdelord sah die Umstehenden auffordernd an. „Helft dem guten Herrn. Manche Last lässt sich nur gemeinsam bewältigen."

Hände langten zu, und der Wagen wankte ein wenig, während drei oder vier Männer sich bemühten, dem Händler zu helfen, und andere die Zugtiere ausspannten. Der Staub, der über der Kolonne gehangen hatte und ihr wie ein Schleier gefolgt war, begann sich langsam zu senken, als von vorne eine Gruppe Reiter heranpreschte. Über ihren Köpfen flatterte der Wimpel eines Beritts, auf dem das Symbol der Schwertmänner von Eternas prangte.

„Was ist denn nun schon wieder los?", stieß Garwin erregt hervor, als er sein Pferd neben dem Wagen zügelte. „Wieso geht es denn nicht ...? Ah, verdammt!" Er überblickte die Situation und stützte sich, leicht vorgebeugt, auf sein Sattelhorn. „Bei allen Abgründen der Finsternis, das ist jetzt schon das vierte Mal, dass eines dieser verfluchten Räder zerbricht!"

Helderim hatte endlich die Hand seines geliebten Weibes ertastet und zerrte, unterstützt von den anderen Männern, mit Kräften daran, um seine Gunwyn aus ihrer misslichen Lage zu befreien. „Es ist nicht meine Schuld, Hoher Herr Garwin, ganz gewiss nicht. Die Straße ist schlecht und die Wagen sind schwer beladen ... Für eine solche Last wurden sie nicht gebaut!"

„Helderim?!" Der Aufschrei endete in einem grimmigen Fluch, als Helderims Weib erneut den Halt verlor und in den Wagen zurücksackte.

Der Händler sah Garwin Hilfe suchend an. „Seht es mir nach, Hoher Herr, aber ..."

„Schon gut, schon gut", knurrte Garwin und ließ sich zurücksinken. „Kümmert Euch um Euer Weib." Er sah die Umstehenden an. „Und ihr kümmert euch gefälligst darum, dass wir bald weiterkönnen. Zieht ein neues Rad auf, verdammt. Wir haben schon genug Zeit verloren."

Ein anderer Pferdelord sah grinsend auf den Frachtwagen. „Dazu muss der Wagen erst leichter werden."

Garwin sah den Mann wütend an. „Dann helft gefälligst dabei und grinst nicht so dämlich, guter Herr! Umso schneller kommen wir weiter."

Das Gesicht des Schwertmanns verzog sich ärgerlich. Zunächst schien er eine scharfe Erwiderung geben zu wollen, aber dann wandte er sich zur Seite, spuckte aus und ließ sich aus dem Sattel gleiten. Wortlos trat er an den Wagen heran. Mit vereinten Kräften gelang es, Gunwyn über den Kutschbock hinwegzuhelfen, sodass sie sich schließlich erschöpft an den Straßenrand sinken lassen konnte. Besorgt fächelte ihr Helderim frische Luft zu.

Garwin neigte sich im Sattel. „Während der gute Herr Helderim sein Weib versorgt, könnt Ihr den Wagen richten, Männer. Und beeilt Euch, wir haben noch einen Zehnteltag Wegstrecke vor uns."

Einige der Männer stöhnten auf, während andere nur kaum vernehmlich murrten.

„Wozu diese Eile, Hoher Herr?", wandte ein Händlergehilfe ein. „Die Tiere brauchen ohnehin eine Rast, und wir können sie ebenso gebrauchen. Der gute Herr Nedeam sagte uns, wir lägen gut in der Zeit."

„So, sagt er das, der gute Herr Nedeam?"

„Ja, Hoher Herr, das sagt er." Der Händlergehilfe war nicht bereit, vor dem Sohn des Pferdefürsten zurückzustecken.

„Wir sollten wirklich eine Rast einlegen oder gar das Nachtlager aufschlagen." Der Pferdelord am Wagen sah Garwin eindringlich an. „Wir werden einen Viertel Zehnteltag benötigen, um das Rad zu wechseln, Hoher Herr Garwin."

„Ich habe nicht um Eure Meinung gebeten", wies Garwin den Mann zurecht. „Sollte ich Euren Rat benötigen, Schwertmann, dann werde ich es Euch wissen lassen. Und jetzt beeilt Euch gefälligst, Ihr Händlergehilfen. Meine Schwertmänner werden mit anpacken, dann geht es schneller."

Garwin zog sein Pferd herum, und der Wimpelträger und seine Begleiter folgten ihm, als er zur Spitze der Kolonne zurückritt.

Einer der Gehilfen spuckte aus. „Er hat einen sehr begrenzten Wortschatz, der Hohe Herr Garwin. Immer nur ‚Eilt Euch' und ‚Schnell'. Ich habe auf der ganzen Reise kaum ein freundliches Wort von ihm vernommen. Dabei sind wir gut vorangekommen und weit vor der Zeit." Erneut spuckte er, doch diesmal in die Hände. „Nun denn, lasst uns den Wagen neu berädern."

„Wir sollten ihn zuvor entladen", sagte ein anderer. „Dieser wertlose Plunder wiegt schwer."

„Willst du ihn erst mühsam abladen und dann wieder aufladen?" Ein Dritter ging zu dem hinter ihnen wartenden Wagen und kam mit einem massiven Balken zurück. „Damit heben wir ihn an. Ist ja nicht das erste Mal, dass ein Rad zerbricht."

„Und bei der Eile des Hohen Herrn wird es auch nicht das letzte gewesen sein." Der Pferdelord schob den Hebel unter den Wagenkasten und prüfte das Gewicht. „Wenn es so weitergeht, werden uns die Ersatzräder ausgehen. Zwei Mann noch zu mir, dann können wir den Wagen hochdrücken."

Helderim fächelte seiner Gunwyn noch immer Luft zu und blickte dabei trübselig an der Kolonne entlang. Mehrere Hundertlängen maß die Schlange der Transportwagen, die berittenen Schwertmänner der Vor- und Nachhut nicht eingerechnet. Dreißig Wagen hatte Helderim aufgeboten, um den Transport des Goldes durchführen zu können, und einige der Fahrzeuge hatte er sich ausleihen müssen. Das würde ihn einiges kosten, aber Helderim versprach sich ein gutes Geschäft davon, denn Garodem hatte ihm eine Menge Schüsselchen für den Transport des wertlosen Weichmetalls in Aussicht gestellt. Als Händler war es ihm wohl bewusst, dass sich die Bedeutung des Goldes wandelte. Auch wenn die meisten Angehörigen des Pferdevolkes es immer noch für wertlos hielten, würde sich dies bald ändern. Die goldenen Schüsselchen waren offizielles Zahlungsmittel im Reich Alnoa und weitaus praktischer als die Umrechnung einer Ware in den Wert einer anderen. Früher oder später würde auch der König des Pferdevolkes seine eigenen Schüsselchen schlagen, und dann würde das weiche Metall an Bedeutung gewinnen.

Doch er war sich nicht sicher, ob sein Entschluss, diese Handelsreise durchzuführen, richtig gewesen war, denn bislang war sie nur unverhältnismäßig strapaziös gewesen.

Helderims Wohlstand zeigte sich in seinen reich verzierten Gewändern und war begründet in seinem Handel. Längst war der schmächtige und rührige Mann über das Stadium hinaus, in dem er sich mit seinem Geschäft auf Eternas, die Hauptstadt der Hochmark, beschränkte. Er selbst hätte sich durchaus damit begnügt, weiterhin seinen kleinen Laden zu führen und ehrlichen Handel mit den Bewohnern der Stadt und ihren Besuchern zu treiben. Aber seine Frau, die gute und voluminöse Seele, hatte es verstanden, ihm die Vorzüge der Handelsreisen nahezubringen.

„Helderim, mein Guter und Bester“, so pflegte Gunwyn dann mit Nachdruck zu sagen, „dein Name hat Klang in den

Marken des Pferdevolkes. Deine Vergrößerungssteine, die schwachen Augen zu starkem Sehen verhelfen, und die Qualität deiner Waren haben sich herumgesprochen. Zudem bist du ein Held, denn schließlich hast du einst den König Reyodem vor einem mörderischen Grauen Wesen gerettet. Willst du denn, dass ich, dein aufopferndes und dich liebendes Weib, mich den ganzen Tag in unserem kleinen Laden quäle? Viele Händler kommen in die Hochmark, und du musst nehmen, was sie dir bieten. Warum gehst du nicht hinaus in die Marken und treibst dort selber Handel? Sieh nur, wie schäbig unser Laden ist, der deinem Namen nicht gerecht wird. Zudem wäre es schön, einmal etwas anderes zu sehen als immer nur die engen Gassen von Eternas."

Aber Helderim war sich dennoch nicht sicher gewesen, ob er sich wirklich persönlich auf die lange Reise begeben sollte, aber nachdem sein holdes Weib immer öfter über Kopfschmerzen klagte und dies auf die Gebirgsluft der Hochmark zurückführte, besann er sich auf seine fürsorgliche Pflicht ihr gegenüber. Nun würde er froh sein, wenn diese Reise überstanden war, und ihm grauste es bei der Vorstellung, dass noch weitere Transporte folgen sollten.

„Helderim, mein Guter und Bester, du musst diesem Hohen Herrn Garwin sagen, dass ich arg gelitten habe und eine Rast benötige", meldete sich Gunwyn zu Wort, während die Männer den Wagen aufrichteten, das zerstörte Rad von der Vorderachse zogen und hastig das neue aufsetzten. „Oder sprich besser mit dem guten Herrn Nedeam. Nein, doch eher mit Dorkemunt, der hat mehr Verständnis für meine Gebrechen als dieser Grobian Garwin."

„Der Hohe Herr Garwin führt die Eskorte", seufzte Helderim entsagungsvoll. „So wurde es von unserem Pferdefürsten bestimmt. Die guten Herren Nedeam und Dorkemunt reiten nur als einfache Pferdelords mit."

„Ein Fehler, Helderim, mein Guter und Bester, ein arger Fehler, wenn du mich fragst." Gunwyn drehte sich und stützte sich auf, um sich dann ächzend zu erheben. „Er ist kein feinfühliger Mensch, dieser Garwin, ganz gewiss nicht."

„Man munkelt, er solle an der Aufgabe, den Beritt zu führen, wachsen", erwiderte Helderim und strich hastig Schmutz von Gunwyns Gewand. „Und es heißt, Nedeam und Dorkemunt sollen ihn dabei beraten."

„Was für ein Unsinn", erwiderte Gunwyn entschieden. „Dann hätte unser Pferdefürst den Wimpel doch besser gleich in Nedeams Hand gelegt."

„Mag sein, ich kann das nicht beurteilen", wich Helderim aus.

Die bisherige Reise war in höchstem Maße unerfreulich verlaufen. Die Kolonne bestand aus dreißig schweren Frachtwagen und fünf Fahrzeugen, auf denen sich Vorräte und Ausrüstung befanden. Mehr als hundert Männer waren nötig, um die Wagen und Tiere zu lenken und zu versorgen. Neben den zweihundertfünfzig Zugtieren wurden noch fünfzig Ersatzpferde mitgeführt. Hinzu kam ein voller Beritt der Schwertmänner Garodems. Die Karawane hatte sich von der Hochmark aus auf der nördlichen Handelsroute bewegt, war dann durch die südlichen Ausläufer des Gebirges gezogen und am Hammerturm vorbei zu den Furten des Eisen gelangt, wo sie nach Südosten auf die mittlere Route abbog, um am Fluss Rorin entlang die Königsstadt Enderonas zu passieren. Die Straße verlief dann weiter durch die Südmark mit ihrer Hauptstadt Hedan, und ein Stück hinter Lheonaris waren sie schließlich auf die Straße von Gendaneris gewechselt, die sie über Rhokaris nach Gendaneris führen würde. Bis sie ihr Ziel erreichten, würden sie eine Strecke von insgesamt fast tausend Tausendlängen bewältigt haben. Mit den schweren Wagen schafften sie rund sechs Tausendlängen am Zehnteltag und knapp sechsunddreißig in einer Tageswende.

Garwin hatte sie unermüdlich angetrieben und Mensch und Tier nur wenig Ruhe gegönnt, obwohl die Luft heiß und drückend war. Man war froh, dass die alten Handelsstraßen meist in der direkten Nähe eines Flusses verliefen und es dort, wo sie vom Flussverlauf abwichen, gute Wasserstellen gab. Warum der Sohn des Pferdefürsten sie derart antrieb, wusste keiner zu sagen. Vielleicht war er einfach, wie die anderen Pferdelords des Beritts auch, von ihrem quälend langsamen Vorankommen frustriert, denn ohne die Fahrzeuge wären die Reiter bequem sechsmal so rasch gewesen, aber sie mussten Rücksicht auf die Kolonne nehmen, schließlich waren sie ja zu ihrem Schutz abgestellt.

„Es kann weitergehen", rief einer der Männer vom Wagen herüber. „Das neue Rad ist aufgezogen und sitzt fest. Wollt Ihr die Zügel wieder selber führen, guter Herr Helderim?"

Der Händler nickte und half seiner Gunwyn auf den Bock. „Du solltest von nun an vorne bei mir sitzen, Gunwyn, meine Liebe, auch wenn es dort etwas beengt sein mag. Wenn wieder eine Steinplatte vorsteht …"

Sein geliebtes Weib seufzte missmutig. „Wenn Garwin nicht diese ungebührliche Hast zeigen würde … Wir konnten nicht einmal eine einzige der Städte besuchen, an denen wir vorbeigekommen sind. Ich finde das nicht richtig. Wann haben wir schon einmal die Gelegenheit, andere Orte zu sehen?"

„Auf der Rückfahrt werden wir das nachholen", erwiderte Helderim und nahm die Zügel auf.

„Nicht, wenn wieder dieser Garwin den Beritt führt", orakelte Gunwyn.

Unter lauten Zurufen begann sich die Kolonne schließlich zögernd in Marsch zu setzen. Erneut war das knirschende Mahlen der Räder zu hören und das Klappern der Hufe, begleitet vom Schnauben der Zugtiere und den Stimmen der Mitreisenden.

Helderim musste sich eingestehen, dass Gunwyn in gewisser Weise recht hatte. Die wenigsten Männer und Frauen der Hochmark hatten Gelegenheit, die anderen Marken des Pferdevolkes zu besuchen. Allenfalls, wenn der Pferdefürst die Losung gab, rückten die Beritte aus, aber dann mussten sie zum Kampf eilen und hatten wenig Muße für die Schönheit des Landes oder die Sehenswürdigkeiten anderer Marken. Inzwischen hatten sie jedoch das Land des Pferdevolkes längst hinter sich gelassen und die Grenze zum Reich Alnoa überschritten. Diese war nicht befestigt, da beide Reiche miteinander verbündet waren. Doch gab es kleinere Wehranlagen, die als Stützpunkt für Streiftrupps der alnoischen Truppen und zur Signalübermittlung dienten. Gefahr drohte hier, an der inneren Grenze, nur von kleinen Banden umherstreifender Räuber. Kein ernst zu nehmender Kriegstrupp konnte bis hier vordringen, ohne von den Besatzungen der äußeren Grenzfesten entdeckt und von sofort alarmierten Truppen gestellt zu werden.

Das Königreich von Alnoa war ein Land, das den Menschen der Marken fremd war. Auch wenn ihnen die Landschaft hier der ihren sehr ähnlich erschien, unterschieden sich die Siedlungen doch von denen des Pferdevolkes. Die Gehöfte und Ansiedlungen waren größer, und die Ackerflächen dehnten sich scheinbar unendlich aus. Die meisten Häuser bestanden nicht aus Holz oder Naturstein, sondern aus einem weißen, glatten Stein, der in den Marken nahezu unbekannt war. Zudem waren die Fenster hier mit durchsichtigem Klarstein verschlossen und die Städte von weißen Mauern und hohen Türmen umgeben.

Aus der vierzig Reiter starken Nachhut lösten sich soeben zwei Männer und trabten an der Kolonne entlang nach vorne, wo der Wimpel des Beritts lustlos im schwachen Wind flappte. Die Handelsgehilfen und Begleiter riefen ihnen aufmunternde Worte zu, als sie Nedeam und Dorkemunt erkannten.

Beide dirigierten ihre Pferde neben Garwin, und Nedeam grüßte den Sohn des Pferdefürsten mit einer lässigen Bewegung. „Auf ein Wort, Hoher Herr Garwin."

„Was gibt es?" Der Angesprochene nahm seinen Helm ab und wischte sich Schweiß von der Stirn. „Meldet mir nur nicht, es sei erneut ein Rad gebrochen. Wir kommen langsam genug voran."

„Habt Ihr den Rauch gesehen, Scharführer Garwin?"

„Den Rauch?" Garwin blickte über Nedeams Schulter zurück. Links der Handelsstraße stand in weiter Ferne eine dunkle Rauchsäule am Himmel. „Sicher habe ich ihn gesehen. Was ist damit?"

„Dort müsste die alnoische Stadt Mintris liegen." Nedeam sah nun ebenfalls in die Richtung.

Garwin nickte. „Ja, das denke ich auch. Worauf wollt Ihr hinaus, guter Herr Nedeam?"

„Wo Rauch ist, da ist auch Feuer."

„Ah, wirklich?" Garwin lachte amüsiert. „Ich glaube, davon hörte ich schon einmal."

Nedeams Blick wurde ernst. „Es muss ein großes Feuer sein. Nicht bloß ein Feld, das von einem Bauern abgebrannt wird. Nein, Hoher Herr, dies dort ist ein sehr ausgedehntes

Feuer, denn der Rauch steigt besonders dicht auf."

„Und er muss schon längere Zeit aufsteigen", fügte Dorkemunt hinzu.

„Ich weiß, was Ihr meint." Garwin lächelte hintergründig. „Vielleicht brennt es dort in der Stadt. Aber das ist nicht unsere Sache, Ihr guten Herren. Die Herren des Reiches der weißen Bäume werden eine Brandwehr eingerichtet haben, so wie es auch in unseren Städten üblich ist." Sein Blick wurde spöttisch. „Oder glaubt Ihr, von dort drohe uns Gefahr?"

„Wir wissen nicht, was dort wirklich brennt und wie weit das Feuer entfernt ist", sagte Nedeam eindringlich. „Vielleicht ist es nicht die Stadt, sondern die Grasebene, die sich bei der Hitze entzündet hat. Es könnte ein Lauffeuer sein, das sich ausbreitet."

„Und Ihr, guter Herr Nedeam, meint nun, das sollte ich erkunden lassen?" Garwin setzte den Helm wieder auf und schüttelte den Kopf. „Der Wind treibt es nicht auf uns zu, und es ist weit entfernt. Ich werde unsere Kräfte nicht vergeuden und sinnlos eine Streife durchs Land jagen."

„Eine Streife und etwas Bewegung könnten aber nicht schaden." Nedeam zuckte die Schultern. „Unsere Männer sind eine solch langsame Reise nicht gewöhnt, ebenso wenig die Pferde. Sie lassen sich immer schwieriger im langsamen Schritt halten. Reiter und Pferd drängt es nach Bewegung, Hoher Herr. Die Männer des Beritts wären froh, wenn sie Streife reiten und der Kolonne, wenn auch nur für kurze Zeit, den Rücken kehren könnten."

„Es ist üblich, auf einem Marsch mit Geleitschutz zu reiten", meldete sich Dorkemunt erneut zu Wort. „Vorhut, Nachhut und Flankenschutz zählen dazu. Und eine Streife, die ungebunden das Gelände erkundet und nach Gefahren Ausschau hält."

„Nichts gegen Eure Fähigkeiten als Züchter von Schafen und Hornvieh, guter Herr Dorkemunt, und ich will auch nicht Eure Verdienste im Kampf schmälern, aber dies ist kein Kriegsmarsch, auf dem die Losung gilt.“ Garwin seufzte. „Aber ich gebe Euch insofern recht, als den Männern ein wenig Bewegung nicht schaden kann. Gut, stellt also eine Streife auf, Dorkemunt. Acht Pferdelords unter Eurer Führung, wenn es Euch beliebt.“

„Wenn es Euch beliebt“, murmelte der kleinwüchsige Pferdelord missmutig, als er und Nedeam zur Nachhut zurückritten. „Nedeam, mein Freund, ich sage dir, es war ein Fehler, Garwin den Wimpel zu überlassen. Er trägt ihn nicht einmal selbst, sondern hat die Lanze einem anderen Mann übergeben, der sie hinter ihm herträgt. Das ist nicht richtig. Verdammt, Nedeam, ich wäre stolz darauf, die Wimpellanze in deiner Hand zu sehen. Du hättest sie verdient.“

„Garwin muss lernen, die Männer zu führen, und dieser Transport ist eine gute Übung für ihn. Garodems Entscheidung war vollkommen richtig.“

„Übung? Bah.“ Dorkemunt neigte sich im Sattel vor und spuckte aus. „Natürlich muss unser Hoher Herr lernen. Und zwar verdammt viel, wenn du mich fragst. Aber nimmt er in irgendeiner Weise Rücksicht? Er treibt Männer und Tiere pausenlos an, missachtet die Zeiten, in denen die Pferde geführt werden sollten, und ignoriert die Bedürfnisse des Beritts. Nun gut, Nedeam, dies sind Schwertmänner Garodems, und sie sind Enthaltsamkeit gewöhnt, aber ebenso die Traditionen unseres Volkes. Ich hingegen bin kein Schwertmann, sondern ein einfacher Pferdelord. Auch ich bin Enthaltsamkeit und Eile gewöhnt und liebe die Traditionen unseres Volkes. Aber ich gestehe dir ein, Nedeam, mein Freund, dass ich meine Teilnahme an diesem Ritt bereue. Sieh dir Garwins Gesicht an, wenn wir die Wachen aufstellen und das Nachtlager herrichten. Es amüsiert ihn offenbar, wenn wir Vorsicht walten lassen." Erneut spuckte der kleine Pferdelord aus. „Ah, Nedeam, ich weiß, es ist das Vorrecht der Jugend, die Gepflogenheiten infrage zu stellen, aber er stellt sie ja nicht einmal infrage. Er lacht einfach nur über sie, ohne zu bedenken, dass sie sich aus den Erfahrungen vieler Kämpfe speisen. Jede einzelne von ihnen wurde mit Blut bezahlt."

Nedeam sah seinen Freund nachdenklich an. „Hast du deinem Herzen nun Luft gemacht, alter Freund?"

„Die Männer sind Eile und Entbehrung gewohnt, Nedeam. Sie folgen bereitwillig, wenn sie wissen, wofür sie sich einsetzen sollen. Vor jedem Kampf, vor jeder Schlacht richtet ein guter Scharführer das Wort an seine Männer. Ich glaube nicht, dass der Hohe Herr Garwin dies jemals tun wird."

„Ich glaube, du tust ihm Unrecht." Nedeam warf einen raschen Blick über die Schulter zur Spitze der Kolonne, die im aufgewirbelten Staub des sich langsam vorwärtsbewegenden Trosses verschwand. „Er weiß, dass er eines Tages das Banner der Hochmark führen muss. Eine große Verantwortung, die dann auf seinen Schultern ruht. Er sucht noch nach dem Weg, das Richtige zu tun."

„Schön, Nedeam, mein Freund, aber warum fragt er nicht einfach uns danach?" Dorkemunt tätschelte den Hals seines Reittiers und langte nach der Wasserflasche. „Ich sehe hier mehr als hundert gute Pferdelords, die dem Hohen Herrn liebend gern mit Rat zur Seite stehen würden. Wenn er nur von seinem hohen Pferd herabsteigen und fragen würde."

„Glaube mir, das wird er tun", versicherte Nedeam, aber seine Stimme verriet einen gewissen Zweifel. „Garwin ist nicht dumm. Du wirst sehen."

„Nein, dumm ist er nicht." Dorkemunt knurrte grimmig. „Aber er hat einen falschen Stolz. Ich sage dir, Nedeam, sobald wir einen Feind sichten, wird der Hohe Herr blindlings auf ihn losstürmen. Ganz im Vertrauen auf seinen starken Arm und sein scharfes Schwert."

„Auch du vertraust deinem Arm und deiner Axt."

Dorkemunt stutzte und lachte dann auf. „Ja, das stimmt allerdings."

Nedeam legte seinem Freund die Hand auf die Schulter. „Glaube mir, es ist richtig, dass Garwin auf diesem Begleitritt den Wimpel führt. Bewährt er sich, wird Garodem von Stolz erfüllt sein. Versagt er, sind wir und die Männer zur Stelle, um einzuschreiten. Niemand sonst würde es erfahren, und Garwin hätte sein Gesicht gewahrt, denn der Beritt würde schweigen. Das könnte ihm die Kraft geben, ein Unrecht einzusehen und sich zu ändern."

Dorkemunt erwiderte Nedeams Blick. „Diese Weisheit hätte ich bei dir nicht vermutet, mein Freund." Er nickte zögernd. „Tradition und Ehre gelten viel in unserem Volk, das stimmt."

„Wenn unserem Hohen Lord Garodem etwas geschähe, müsste Garwin das Banner unverzüglich aufnehmen. So verlangt es die Tradition. Larwyn kann es nicht führen, und Tasmund wäre nicht dazu berechtigt, da Garodem einen Erben hat, der in waffenfähigem Alter ist. Je eher Garwin lernt, die Männer zu führen, desto wohler ist mir, Dorkemunt, mein Freund."

„Hm. Du bist in Sorge um Garodem?"

„Ich bin es gewöhnt, in der Schlacht Garodems Banner zu folgen und den Ersten Schwertmann Tasmund an der Seite unseres Pferdefürsten zu sehen. Mich erschreckt die Vorstellung, dass ich an Tasmunds Stelle treten soll."

„Scheust du dich vor der Verantwortung?" Dorkemunt lächelte. „Jeder Pferdelord würde dir bereitwillig folgen."

„Würde das auch für Garwin gelten?"

Der kleinwüchsige Pferdelord zögerte kurz. „So verlangt es die Tradition des Pferdevolkes. Ja, sie würden ihm folgen."

„Dann lass uns ihn behutsam lehren, wie er sie zu führen hat", sagte Nedeam eindringlich. „Denn irgendwann wird Garwin Pferdefürst sein, und wir müssen dann seinem Banner auf Gedeih und Verderb folgen."

Dorkemunt trank aus seiner Wasserflasche, verschloss sie wieder und sah Nedeam forschend an. Schließlich nickte er zögernd. „Habe ich dir schon gesagt, Nedeam, mein Freund, dass mir diese Reise immer weniger gefällt?"

„Ich glaube, das erwähntest du schon."

„Schön", brummte sein Freund. „Dann lass uns endlich die Streife aufstellen, damit mir wenigstens für ein paar Augenblicke der Wind der Freiheit um die Nase weht."

7

Zur Zeit der sieben Königreiche war Gendaneris der Hauptumschlagplatz für Waren gewesen, die entlang der Küste transportiert und dann über den Fluss Genda bis nach Alneris gebracht wurden. Der Weg über das Wasser war schneller und bequemer gewesen als der lange Marsch über die Handelsstraßen. Dennoch hatte die Stadt nie übermäßige Bedeutung erlangt, und schließlich hatte das Aufkommen der Korsarenschwärme dem Seehandel ein unerwartetes Ende beschert. Nur Schiffe des elfischen Volkes wagten sich noch über die Meere, während die alnoischen Handelsschiffe inzwischen selten fuhren, und wenn, dann allenfalls auf dem Fluss Genda.

Zur Zeit des Ersten Bündnisses hatten Gendaneris, im Norden der gleichnamigen Bucht gelegen, und die im Süden errichtete Festung Marnis den Meeresbusen mit ihren mächtigen Batterien und Wachschiffen geschützt. Marnis war schon lange zerfallen, aber die Wachschiffe Alnoas reichten aus, um einem größeren Angriff zu begegnen. Ihre schweren Kanonenbatterien hätten einem massierten Schwarm schwere Verluste zugefügt, weshalb die Korsaren bislang vor einer Invasion zurückscheuten. Diese alnoischen Wachschiffe waren nichts anderes als schwimmende Forts, die, fest verankert und mit schweren Waffen bestückt, eine ideale Plattform boten, um einen Angriff abzuwehren. Sie konnten jedoch nicht verhindern, dass sich nachts gelegentlich ein einzelnes Korsarenschiff durch ihre Linien schlich. In diesem Fall liefen die Kanonenschiffe aus Alneris aus, um den Feind zu stellen.

Kein Schwarmführer war dumm genug, Gendaneris anzusteuern. Auch wenn die Stadt klein geblieben war, waren ihre Festungswerke im Verlauf der vielen Jahreswenden immer wieder verbessert und vergrößert worden.

Gendaneris hatte die Form eines Hufeisens, dessen schmale Öffnung die Hafenzufahrt bildete. Das ausgedehnte Hafenbecken mit seinen zahlreichen Anlegestellen entsprach dem Inneren des Hufeisens. An den meisten Anlegestellen lagen Schiffe vertäut, aber es war offensichtlich, dass der Großteil von ihnen schon lange nicht mehr in See gestochen war. Viele Besatzungen hatten abgemustert, als das Meer zur Domäne der Korsarenschwärme geworden war, und ihre Schiffe waren seitdem nicht mehr neu bemannt worden. So begannen die hölzernen Rümpfe langsam zu verfallen, und Schwamm und Fäulnis gaben ihnen den Rest. Nicht wenige der Schiffe machten den Anschein, noch immer fest verankert zu sein, aber in Wirklichkeit saßen sie mit verfaultem Boden auf dem Grund des niedrigen Hafenbeckens auf, während Oberdecks und Aufbauten noch über Wasser ragten. Ein großes Transportschiff mit drei Decks war vor Jahren zur Seite gesackt, und seine Masten hatten sich in denen eines benachbarten Schiffes verfangen. Niemand hatte sich die Mühe gemacht, die Schiffe zu retten, und so wurden die letzten Zeugen eines einstmals stolzen Seehandels zum Mahnmal seines Niedergangs. Nur eine Handvoll kleinerer Handelsschiffe war gepflegt, da sie im Binnenhandel eingesetzt wurden, aber sie bildeten die Ausnahme.

Anders sah es mit den Kampfschiffen aus. Auch wenn es nur selten Vorstöße aufs offene Meer gab, dienten sie zur Abwehr oder Verfolgung jener Korsaren, die sich auf den Fluss Genda wagten. Vier der Dreidecker mit hoher Bordwand lagen zurzeit vor Anker; sie hatten die Katapultluken geöffnet, damit der leichte Wind den Besatzungen etwas Linderung verschaffte. Die Segel waren teilweise von den Masten gelöst und mit Leinen so gespannt worden, dass sie den Wind einfingen und unter Deck leiteten, dorthin, wo die Besatzungen auf engstem Raum untergebracht waren. Die Kapitäne wohnten, wie der Großteil der Mannschaften, an Land, und man verließ sich auf den Schutz durch die mächtigen Hafenbatterien. Neben den großen Kanonenschiffen gab es zehn kleinere Kampfschiffe. Ihre flachen Rümpfe verrieten, dass sie für den Einsatz auf dem Genda und in küstennahen Gewässern gedacht waren.

Die große Werft von Gendaneris, in der einst stolze Segler erbaut worden waren, beschränkte sich schon lange auf die Reparatur der wenigen Schiffe, die noch im Dienst des Handels oder der Marine standen. Seit geraumer Zeit hatte es keinen Neubau mehr gegeben.

Das hufeisenförmig angelegte Gendaneris wurde vollständig von einer hohen und massiven Wehrmauer aus dem weißen Glattstein des Reiches umgeben. In regelmäßigen Abständen waren darin breite Plattformen eingelassen, auf denen die Geschütze der Batterien standen. Die schwersten von ihnen waren der Bucht und dem Meer zugewandt: Dampfkanonen, die ihre Geschosse über fünf Tausendlängen schleudern konnten.

Lostros war immer von den Dampfkanonen fasziniert gewesen. Als kleines Kind hatte er sich ausgemalt, wie ein angreifendes Korsarenschiff durch sie vernichtet würde. Folgerichtig war er der Kanonentruppe der Garde beigetreten, um genau dies zu erleben, aber es war ihm bislang versagt geblieben. Inzwischen war Lostros vierzig Jahreswenden alt und hatte die Hoffnung aufgegeben, dass sein Wunsch sich eines Tages erfüllen würde. Es steckte längst eine gewisse Resignation in den

Bewegungen, mit denen er seine Kanone pflegte und immer wieder auf einen Schuss vorbereitete, der vermutlich nie erfolgen würde.

Lostros hörte die schweren Schritte auf den ausgetretenen Steinstufen, die vom Hafeninneren auf die Wehrmauer der Hafenzufahrt und zur Kanonenstellung führte. Er wusste, es konnte nur Herilos sein, mit dem er gemeinsam zur Wache eingeteilt war. Herilos war jung und noch immer von Eifer erfüllt, und Lostros sah dies mit verständnisvollem Wohlwollen. Der junge Gardist würde früh genug seiner Illusionen beraubt werden, die Kanone jemals auf ein Schwarmschiff abfeuern zu können. Denn die Korsaren kannten die Reichweiten der Waffen und blieben ihnen tunlichst fern.

„Ich habe Brennstein nachgelegt und nach dem Ventil gesehen“, sagte Herilos in seiner gedehnten Sprechweise, als er Lostros erreichte und mit ihm gemeinsam über die Brüstung der Wehrmauer auf das Meer hinausblickte. „Alles ist bereit, Kanonenführer.“

„Gut“, brummte Lostros. „Achte stets darauf, dass der Druck nicht zu sehr absinkt.“

Herilos schüttelte eifrig den Kopf. „Jeden halben Zehnteltag kontrolliere ich ihn, wie Ihr es mir gezeigt habt, Kanonenführer.“

Lostros stieß einen undefinierbaren Laut aus, der sowohl Zustimmung als auch Ablehnung bedeuten konnte. Der junge Gardist neben ihm bewegte sich unruhig, und die Rüstung, die er trug, klirrte dabei metallisch. Lostros unterdrückte ein Lächeln. Der Eifer des Jungen war so groß, dass er den vollen Panzer samt Armschienen und Beinschutz trug, als würde sogleich eine Horde Korsaren die Treppe heraufgestürmt kommen. Früher hatte er sich selbst gewappnet, aber nun war er erfahren genug, um sich auf Helm und Brustpanzer zu beschränken. Denn die Nacht war noch immer warm, und bald würde sich Lostros sogar wünschen, noch leichtere Bekleidung zu tragen.

Der Kanonenführer spähte hinauf zum nächtlichen Himmel. Der volle Mond war hinter Wolken verschwunden, doch waren diese nicht besonders dicht, sodass es genug Licht gab, um sich orientieren zu können, auch wenn alles seltsam milchig wirkte, so als läge Nebel über dem Wasser. Aber der würde erst gegen Morgen aufziehen. Das diffuse Licht warf matte Reflexe auf den schwarzen Lauf der Kanone. Drei dieser Ungetüme gehörten zu der Batterie, für die Lostros verantwortlich war, doch nur bei dieser einen Dampfkanone waren die Brennsteinkessel vorgeheizt.

Lostros gähnte ausgiebig. Es war der zweite Zehnteltag der Wache, und die Stadt und ihr Hafen lagen in nächtlicher Ruhe. In den offenen Luken einiger Schiffe war das gedämpfte Licht von abgeschirmten Brennsteinlampen zu erkennen, dort, wo die Ankerwachen sich bemühten, wach zu bleiben. Rechts und links der Öffnung des „Hufeisens", direkt unterhalb der die Zufahrt schützenden Batterien, schimmerten die Lampen der beiden Wachstuben, in denen Gardisten und Kanoniere in Bereitschaft lagen. Sie waren darauf vorbereitet, bei einem Alarm augenblicklich die Stellungen zu bemannen, aber die Nacht war, wie üblich, ruhig, und die meisten würden schlafen oder wenigstens vor sich hin dösen. Entlang der mächtigen Wehrmauer, welche die Stadt umgab, schritten Wachtposten, und in regelmäßigen Abständen glosten dort kleine Brennsteinbecken, die ein rötliches Flackern ausstrahlten.

Die Stadt selbst lag in Dunkelheit. Auch die letzten Besucher der Schenken hatten sich inzwischen zur Nachtruhe begeben, nur ein einsames Licht wanderte noch eine der Straßen entlang, bevor es schließlich zwischen den Häusern verschwand, offenbar einer der Wächter, der darüber wachte, dass die Bürger ruhig schlafen konnten und nicht irgendwo ein Brand ausbrach.

Es klirrte leise, als Herilos sich zwischen zwei Zinnen über die Brüstung der Mauer lehnte. Der junge Soldat spuckte aus und sah zu, wie sein Speichel im Dunst verschwand. Dann richtete er sich wieder auf und sah auf die See hinaus.

„Ich mag das Meer“, sagte er leise, und Lostros wusste nicht, ob der junge Gardist nun ein Gespräch mit ihm beginnen wollte oder zu sich selbst sprach. „Es wirkt so ruhig und friedlich. Ich mag es, wie das Mondlicht auf den Wellen schimmert.“

Lostros räusperte sich. „Ja, es sieht hübsch aus.“

Herilos wandte sich ihm zu. „Seid Ihr schon einmal hinausgefahren? Aufs Meer?“

Der Kanonenführer schüttelte den Kopf. „Das ist nichts für mich. Ich habe lieber festen Boden unter den Füßen.“ Er streichelte über das schwere Dampfgeschütz. „So wie meine Arana hier.“

„Ich habe lieber ein Weib aus Fleisch und Blut“, bekannte Herilos. „Ich finde es befremdlich, einer Waffe den Namen einer Frau zu geben.“

Lostros lachte gutmütig. „Weib und Kanone können gleichermaßen gute Gefährten sein, junger Freund. Ein Weib heizt dir die Bettstatt, die Kanone schützt dich vor dem Schwarm.“

Herilos grinste breit. „Mag sein. Aber in der Bettstatt habe ich es lieber weich.“

Der Kanonenführer zuckte die Schultern. „In deinem Alter hat man noch Spaß am Knarrzen, junger Freund. Aber das verliert sich mit der Zeit.“

„Kann ich mir nicht vorstellen." Herilos kratzte sich ausgiebig und blickte auf die schlafende Stadt. „Bei meiner Ajana macht das Knarrzen immer Spaß. Die hat Feuer im Leib."

„Hat meine Schöne hier auch", erwiderte Lostros und tätschelte erneut den Lauf der Kanone. Er sah an dem Geschützrohr entlang auf das Meer und stutzte. Sich über die Lippen leckend, trat er näher an die Brüstung. „Da kommt ein Schiff."

Herilos fuhr herum. „Wo?"

„Dort, zehn Grad rechtsweisend." Lostros wies in die angegebene Richtung. Für seine erfahrenen Augen war das Objekt leicht zu erkennen. Zwar begann Dunst aus dem Wasser aufzusteigen und den Morgennebel anzukündigen, aber Rumpf und Segel ragten deutlich daraus empor.

Herilos beugte sich aufgeregt vor. „Ein Schwarmschiff der Korsaren?"

„Unsinn", brummte Lostros. „Seit wann führen Schwarmschiffe weiße Segel?"

„Also eines der unseren?" Es klang ein wenig enttäuscht.

„Natürlich." Der Kanonenführer sah den jüngeren Mann bedeutsam an. „Es muss zu dem Geschwader gehören, das die beiden Korsaren aufs Meer hinaus verfolgte."

„Das waren drei Schiffe", meinte Herilos. „Ich kann dort aber nur eines erkennen."

Lostros Stimme klang bitter. „So ist es schon seit vielen Jahren, mein Freund. Unsere Schiffe fahren hinaus, und nur wenige kehren zurück." Er spie verächtlich aus. „Immerhin waren es Kampfschiffe der Marine und gut bewaffnet. Dennoch scheinen die Korsaren sie gerupft zu haben."

Herilos blickte auf den großen, metallenen Gong, der am hinteren Rand der Wehrmauer stand. „Soll ich Alarm geben?" Man spürte eine leichte Erregung.

„Wozu?" Lostros schüttelte missbilligend den Kopf. „Dieses Schiff dort bringt schlechte Kunde. Es eilt nicht, Gendaneris deswegen zu wecken. In einem Zehnteltag wird die Stadt ohnehin erwachen. Bis dahin ist das Schiff im Hafen."

Herilos kratzte sich erneut. „Seid Ihr sicher, Kanonenführer, dass es eines der unseren ist?"

„Eines unserer Dampfkanonenschiffe. Ich erkenne es gut genug." Er legte seine Hand auf die Schulter des jungen Mannes. „In ein paar Jahren werdet auch Ihr den rechten Blick entwickeln, junger Freund. Verlasst Euch auf die Erfahrung eines alten Kanoniers. Dort kommt eines unserer Kanonenschiffe heim, und es wird keinen Grund für eine Feier geben."

„Vielleicht jagen die beiden anderen Schiffe ja noch die Korsaren?"

Lostros verzichtete auf eine Erwiderung. Er beobachtete das sich nähernde Schiff. Das große Segel am Vormast zeigte das Wappen des Reiches Alnoa. Die dunkle Farbe hob sich deutlich von dem hellen Tuch der Leinwand ab. Das Segel war halb aufgezogen, offenbar näherte sich das Schiff unter der Kraft seines Brennsteinantriebs. In dem diffusen Licht war gelegentlich das Schimmern auf den Rüstungen der Besatzung zu erkennen, die an Deck stand und sicherlich begierig darauf war, den Schutz des Hafens zu erreichen. Die Einzelheiten wurden immer deutlicher, während das Dampfkanonenschiff näher kam.

Schließlich konnte man das leise Klatschen des mächtigen Schaufelrades am Heck hören und die gedämpften Kommandos des Kapitäns. Lostros sah auf der Brücke einen Mann in der Rüstung eines Großkapitäns. Der Wind spielte mit den hohen Federn am Helm des Mannes.

Der Kanonier warf einen Blick auf die mächtige Winde,

die an der Kante der Wehrmauer stand. Beruhigt nickte er. Die schwere Stahlkette, mit der die Hafenzufahrt gesperrt werden konnte, war entspannt, und die Glieder würden den Rumpf des Schiffes nicht behindern, dessen Geräusche nun immer lauter wurden, während an einer der Wachstuben, am Fuß der Mauer, ein Gardist aus der Tür trat.

„Was geht da vor sich?“, rief er zur Mauer hinauf. „Sagt, Herr Lostros, was könnt Ihr sehen?“

„Eines der unseren kehrt heim“, erwiderte der Kanonenführer.

„Von dem Geschwader, das den Schwarmschiffen folgte?“

„Was sonst?“, sagte Lostros leise. „Ja, vom Geschwader, Hauptmann“, rief er dann laut hinunter. „Keine Gefahr. Wir können weiter Nachtruhe halten.“

Der Hauptmann schnallte sich seinen Brustpanzer um und räusperte sich. „Ich werde zur Anlegestelle gehen. Der Großkapitän wird berichten wollen, wie die Verfolgung gelaufen ist.“

Lostros lächelte kalt. „Wie soll sie schon gelaufen sein, Hauptmann? Drei Schiffe fuhren aus, eines kehrt zurück.“

Das Klatschen des Schaufelrades und das Stampfen der Brennsteinmaschine wurden nun so laut, dass es die Antwort des Hauptmanns übertönte. Zwei, drei weitere Gardisten traten aus der Wachstube heraus zu ihrem Offizier, um zuzusehen, wie das Schiff die Hafeneinfahrt erreichte und mit seinem Bug in den tiefen Schatten zwischen den Mauern eintauchte.

Lostros musterte die Soldaten, die entlang den Seiten des Schiffes angetreten waren, und erwiderte den kurzen Gruß des Großkapitäns. Wellen klatschten gegen die Mauern, als das Schiff seine Fahrt abrupt verlangsamte. Das große Schaufelrad am Heck schien einen Augenblick stillzustehen und drehte sich dann entgegen der Fahrtrichtung, um das Schiff abzubremsen. Langsam, fast zögernd, glitt es durch das Hafenbecken auf einen der Anleger zu.

Der Hauptmann und die Handvoll Gardisten setzten sich in Bewegung und schritten den Kai entlang zum Liegeplatz des Schiffes.

„Die ‚Shanvaar' unter Großkapitän ta Mergon", brummte Lostros. „Nun werden wir wohl bald erfahren, was geschehen ist." Er spuckte aus. „Wird nichts Erfreuliches sein, Herr Herilos, das könnt Ihr mir glauben."

Der Kanonenführer warf nochmals einen abschätzenden Blick auf das Dampfkanonenschiff, dann wandte er seine Aufmerksamkeit wieder dem Meer zu.

Herilos räusperte sich. „Ich sehe einmal nach dem Dampf der Kessel, Kanonenführer. Der Druck könnte gesunken sein."

Lostros nickte verständnisvoll. „Und bei der Gelegenheit wollt Ihr Euch rasch die Beine vertreten und bei der Garde fragen, was es Neues gibt, nicht wahr?" Er lächelte den jungen Mann an. „Nun, geht schon, Herilos. Aber bleibt nicht zu lange fort."

Der junge Gardist nickte eifrig und hastete dann die Stufen hinunter, die zur Kammer mit den Brennsteinkesseln und zur Kaimauer führten.

Der Hauptmann der Garde hatte mit seinen Begleitern inzwischen die Anlegestelle der „Shanvaar" erreicht und wartete ab, bis die Laufplanke das Schiff mit dem Steg verband. Die Gardisten an Bord sahen ihm schweigend entgegen, als er zu ihnen hinüberschritt und zunächst die Flagge des Königreiches grüßte. Während seine Männer an der Pforte warteten, schritt er weiter zur Brücke, um den Großkapitän willkommen zu heißen.

Noch bevor er ihn erreicht hatte, hörte er ein leises Klirren und Seufzen hinter sich. Irritiert blickte er sich um und sah eine Traube von Männern an der Pforte stehen. „Haltet Nachtruhe“, knurrte er ärgerlich. „Es gibt keinen Grund, die Stadt zu wecken.“ Dann wandte er sich dem Großkapitän zu. „Verzeiht, Hoher Herr, aber …“

„Schon gut, Landfuß“, erwiderte der Mann in der Rüstung ta Mergons, „die Stadt wird früh genug erwachen.“

Die gezogene Klinge, die er nun nach vorne stieß, glitt exakt zwischen Brustpanzer und Unterleibschutz in den Körper, und der Schmerz raubte dem Hauptmann den Atem. Noch bevor er aufstöhnen konnte, schlitzte ihm ein seitlicher Hieb die Kehle auf.

Segu-Mar T'os, stellvertretender Schwarmführer der Dornfische, sprang rasch vor und fing den schweren Körper auf, um den Lärm des Sturzes zu dämpfen.

Auch Elek-Mar war auf den Kai gesprungen und säuberte nun die Klinge mit kaltem Grinsen am Beinkleid des Toten. „Die erste Gruppe kommt mit mir, die zweite mit Segu-Mar. Die dritte hält sich bereit. Erst die Wachstuben und die Batterien, Männer des Schwarms“, sagte er leise. „Wie es besprochen ist. Und macht keinen Lärm.“

„Achtet außerdem darauf, dass keine Brände entstehen“, fügte Segu-Mar eindringlich hinzu. „Wir wollen noch etwas von der Stadt haben, bevor wir sie niederbrennen.“

Die Männer des Schwarms trugen die Rüstungen der getöteten Besatzungen. Um die Wachen zu täuschen und Lärm zu vermeiden, hatten sie die Gelenke und Metallteile dick mit Fischfett eingerieben. Nur gelegentlich war ein leises Klappern zu hören, als sich Männer in zwei Gruppen vom Schiff lösten und nach rechts und links ausschwärmten, um sich den Wachstuben zu nähern.

Die Männer der dritten Gruppe bereiteten unterdessen ihre Bogen vor, um die Wachen auf den nahe gelegenen Mauerbereichen auszuschalten. Sie würden nur im Notfall aktiv werden, denn sie konnten nicht alle Wächter zuverlässig töten, und es galt, einen Alarm zu verhindern, bis die Schwarmschiffe einliefen. Niemand auf den anderen Schiffen oder in der Stadt bemerkte die beiden Trupps, die sich erstaunlich leise den Wachstuben näherten.

Auch Lostros achtete nicht auf einige unterdrückte Rufe, die aus der Wachstube unter ihm zu dringen schienen. Der Morgennebel begann nun aufzusteigen, und er glaubte, inmitten der Schwaden eine undeutliche Bewegung zu erkennen. Er wusste, wie sehr der Dunst das menschliche Auge täuschen konnte, und war sich nicht sicher, ob sich dort draußen, im Nebel, tatsächlich etwas von Bedeutung verbarg.

Unschlüssig starrte er über die Brüstung der Kanonenplattform hinweg. Sollte er, auf einen flüchtigen Verdacht hin, den Gong schlagen und Alarm auslösen? Er würde nicht nur die Gardisten in den beiden Wachstuben aufschrecken, sondern auch die Besatzungen der ankernden Schiffe und die gesamte Stadt wecken. Wenn er sich täuschte, würde er lange unter dem Spott der Leute zu leiden haben. Einmal, ein einziges Mal, war ihm dies vor Jahreswenden passiert. Er hatte ganz Gendaneris alarmiert, als er einen Großbuckelfisch für ein feindliches Schiff gehalten hatte. Der Gardekommandeur hatte es lächelnd damit abgetan, dass es eine gute Übung für die Garde gewesen sei, aber die Bewohner der Stadt hatten es ihm noch lange nachgetragen.

Lostros sah einen Moment zur Seite, um seinen Augen etwas Ruhe zu gönnen, bevor er wieder in den Dunst starrte. Die Schleier des Nebels verbanden sich auf unwirkliche Weise mit den Bewegungen des Wassers. Licht und Schatten schienen ineinanderzufließen und die Konturen zu verwischen. Er kniff die Augen zusammen. Da war etwas. Etwas, was nicht dorthin gehörte. Etwas Dunkles. Ein kleiner Fleck. Und dort waren noch weitere. Dreieckige Konturen, die sich immer deutlicher aus dem Nebel erhoben, der über dem Wasser lag.

Lostros brauchte einen Moment, bis er begriff, dass er dort die Spitzen von Segeln sah. Schwarze Segel, wie die Schwarmschiffe der Korsaren sie besaßen. Sein Mund wurde trocken. Er fuhr herum, als er schleppende Schritte auf der Treppe, dann ein leises Ächzen hörte, und erkannte Herilos, der endlich auf seine Wache zurückkehrte.

„Gut, dass Ihr kommt, Herilos. Ich brauche nun Eure jungen Augen", sagte er hastig. „Ich glaube, dort draußen sind …" Er stutzte, als Herilos mit unsicheren Schritten auf ihn zu tappte. „Was ist mit Euch?"

Der junge Gardist streckte die Arme aus, als wolle er den älteren Kanonenführer an sich drücken, dann drang ein qualvolles Stöhnen aus seinem Mund. Entsetzt sah Lostros, wie der Gardist nach vorne kippte, den Schaft eines Pfeils im Rücken, und mit leisem Klappern seiner Rüstung zu Boden stürzte. Lostros starrte auf das Geschoss, das den Panzer glatt durchschlagen hatte. Offenbar war es aus kurzer Distanz abgeschossen worden.

„Herilos", ächzte der Kanonenführer benommen.

Dann begriff er, und die Lähmung wich aus seinem Körper, als er hastige Schritte auf der Treppe hörte. Noch während er auf den Alarmgong zueilte, sah er zwei Gardisten auftauchen. Nein, keine Gardisten. Sie mochten deren Rüstung tragen, aber die wilden Gesichter und blutbefleckten Klingen verrieten ihre Absicht, als sie nun auf Lostros zustürmten. Sein letzter Blick fiel auf die Dampfkanone, und er fühlte Bedauern, sie nun niemals mehr auf den Feind auslösen zu können. Lostros sackte auf die Knie und stürzte haltlos vornüber. Den Aufprall spürte er schon nicht mehr.

Korsaren verteilten sich nun nach rechts und links auf die Mauer. Langsam und bedächtig. In den Rüstungen der Garde bewegten sie sich in den Zweiergruppen der Wachmänner auf der Mauerkrone entlang. Unerkannt und tödlich.

Irgendwann erscholl dann doch ein qualvoller Todesschrei, der die Stadt schließlich aufschreckte.

Gardisten eilten jetzt aus ihren Unterkünften, um die Ursache des Ausrufs zu erkunden, und erkannten mit Entsetzen, dass sich der Feind mitten in ihrer Stadt befand. Alarmrufe wurden laut, und das Klirren von Rüstungen und Waffen ertönte. Ein Alarmgong dröhnte, dann ein zweiter, und weitere nahmen das Signal auf, während verschlafene Gardisten und Bewohner in ihren Unterkünften nach Kleidung und Waffen tasteten und aus den Häusern rannten, um zu sehen, was sich zutrug. Der Widerstand von Gendaneris begann sich, wenn auch noch vereinzelt und unorganisiert, zu formieren.

Die „Shanvaar“ hatte einige Hundert Schwarmmänner in den Hafen getragen. Zu wenige, um die Stadt zu erobern, aber es reichte, um ihre Verteidiger zu verwirren und den Zusammenschluss der Gardisten zu verhindern, bis die dunklen Schatten der schwarzen Korsarenschiffe in das Hafenbecken glitten. Auf deren Decks wimmelte es von Bewaffneten.

Und so hielt der Tod Einzug in Gendaneris.

8

Der Teil der Handelsstraße, den man die Straße von Gendaneris nannte und der die gleichnamige Hafenstadt mit der Stadt Rhokaris verband, führte sie durch Landschaften, die sich von denjenigen unterschieden, welche die Wagenkolonne bislang durchquert hatte. Auch hier gab es Wälder und Ebenen mit saftigem Grün und einer Vielfalt an Wildblumen, aber die Wälder waren größer und dichter, und die Stämme der Bäume schimmerten ungewohnt weiß. Ihretwegen nannte man das Königreich Alnoa auch das Reich der weißen Bäume.

„Gutes und hartes Holz“, hatte der Händler Helderim erklärt. „Wenn man es schlägt, ist es saftig und weich und lässt sich sehr gut formen. Doch wenn es getrocknet ist, wird es hart wie Eisen. Es ist das beste Holz für den Bau von Schiffen.“

„Was ist das, ein Schiff?“ Einer der Pferdelords, die neben Helderims Wagen herritten, warf ihm einen fragenden Blick zu.

„Ein großes Boot.“ Helderim bemerkte das Unverständnis in den Augen des Mannes. „Ein Fahrzeug, das auf dem Wasser fährt.“

Der Pferdelord lachte ungläubig auf. „Ein Wagen, der auf dem Wasser fährt? Ihr wollt mich auf den Arm nehmen, guter Herr.“

„Nein, nein, es gibt sie“, versicherte Helderim.

„Habt Ihr einen solchen Wasserwagen denn schon einmal gesehen?“

Helderim errötete ein wenig. „Nun, nicht direkt. Aber

man erzählte mir davon“, sagte er rasch. „Im Reich der weißen Bäume soll man Handelswaren mit ihnen transportieren.“

„Mit Wasserwagen?“

„Mit Schiffen. Man nennt sie Schiffe.“

Gunwyn neben ihm seufzte schwer. „Helderim, mein Guter und Bester, das ist sicher wieder nur so eine Lügengeschichte, die Malvin dir in seiner Schenke erzählt hat.“

„Aber nein, Gunwyn, meine Liebste, ich habe es von Baransi, dem Händler aus Alneris. Ich traf ihn vor einiger Zeit in der Herberge, an den Furten des Eisen.“

Gunwyn schnaubte leise. „Ein Händler aus Alneris.“

„Er berichtete von großen Schiffen in Alneris, die mit Eisen ummantelt sind.“

„Da habt Ihr es, guter Herr Helderim“, brummte der Pferdelord. „Eisen kann nicht schwimmen. Man hat einen Scherz mit Euch getrieben.“

Helderim wollte gerade antworten, als sich ein Ruf von der Spitze der Kolonne nach hinten fortpflanzte. „Gendaneris! Gendaneris ist in Sicht!“

Vom Ende der Kolonne her galoppierten Nedeam und Dorkemunt nach vorne und schlossen zu Garwin auf, der mit dem kleinen Voraustrupp auf dem Kamm eines kleinen Hügels verharrte. Während die Fahrzeugschlange zögernd zum Stehen kam, erreichten sie den Sohn des Pferdefürsten, der sich zu ihnen umwandte, als er den raschen Hufschlag ihrer Pferde hörte.

„Gendaneris“, sagte Garwin mit sichtlicher Zufriedenheit. „Das Ziel unserer Reise ist erreicht.“ Er lächelte. „Dort werden wir einige Tageswenden rasten, bevor wir uns auf den Rückmarsch machen. Mit den leeren Fahrzeugen wird es dann sicherlich schneller gehen.“

„Warum diese Hast, Hoher Herr Garwin?“ Nedeam musterte die mit dichtem Gras bewachsene Ebene, die sich unterhalb des Hügels ausbreitete. In der Ferne, etwas links von einem ausgedehnten Waldstück, ragten die Türme und Mauern der Stadt auf. Dahinter war Wasser zu erkennen, auf dem die Reflexe des Sonnenlichts gleißten.

„Dieser langsame Trott ermüdet mich“, brummte Garwin. „Sagtet Ihr nicht, die Pferde und Reiter sehnten sich nach mehr Bewegung?“

„Das gilt für den Beritt“, erwiderte Nedeam. „Nicht jedoch für die Wagen und ihre Begleiter.“

„Wie dem auch sei, wir sehen uns die Stadt einmal näher an.“

Garwin hob die Hand, und der Wimpelträger stieß die Lanze kurz in die Höhe, zum Zeichen, dass sich die Kolonne wieder in Marsch setzen solle. Nedeam und Dorkemunt blieben bei der Vorhut, die sich nun von den langsamen Wagen und deren Begleitmannschaft löste und gemächlich auf die Stadt zutrabte. Der weiße Stein der Wehranlagen reflektierte das Sonnenlicht, das in ihren Augen schmerzte.

Auf der wuchtigen Wehrmauer und den Türmen war Bewegung zu erkennen. Silbrige Reflexe wurden von den Rüstungen der alnoischen Gardisten zurückgeworfen, und über einer massigen Torkonstruktion flappte das Banner des Königreiches im schwachen Wind.

„Riechst du das?“

Dorkemunt schnupperte kurz und nickte dann. „Ein wenig salzig, wie mir scheint. Das ist wohl die Luft des Meeres.“

„Das meine ich nicht.“ Nedeam beschattete seine Augen, um die Stadt besser erkennen zu können. „Ich rieche Rauch. Irgendwo muss es gebrannt haben.“

Dorkemunt straffte sich kurz im Sattel, entspannte sich dann aber wieder. „Ja, du hast recht. Aber es kann kein großes Feuer gewesen sein. Vielleicht kommt es auch von den Handwerksbetrieben der Stadt."

Sie erkannten rechts und links des Tores steinerne Plattformen, die in regelmäßigen Abständen die Mauer durchbrachen. Auf ihnen waren lange schwarze Rohre zu sehen.

Die Vorhut hatte das geschlossene Tor nun fast erreicht und hielt erneut an.

„Was wollt ihr?", erscholl ein Ruf von der Mauer.

„Hier steht Garwin, Sohn des Pferdefürsten Garodem", erwiderte der Berittführer. „Wir bringen den Transport aus der Hochmark, auf Geheiß unseres Königs Reyodem und auf Wunsch Eures Herrn und Königs."

„Warum ist das Tor geschlossen?" Dorkemunt beugte sich flüsternd zu Nedeam. „Man schließt ein Tor nur dann, wenn Gefahr droht. Ob sie einen Feind erwarten, hier inmitten ihres Königreichs?"

„Wartet", kam nun die Erwiderung von der Mauer. „Ich hole meinen Hauptmann."

Hinter der Vorhut war das Rumpeln der Wagen zu hören, die sich langsam näherten. Nach einigen Augenblicken erschien ein Mann, auf dessen Helm die zwei Federn eines Offiziers wippten. Er flüsterte kurz mit dem anderen Gardisten und wandte sich dann Garwin zu. „Seht mir die Unhöflichkeit nach, guter Mann", rief er. „Wir haben Euch nicht erwartet und werden Euch sofort einlassen. Aber wartet auf dem Platz hinter dem Tor und fahrt nicht weiter in die Stadt hinein."

Das Klacken schwerer Riegel war zu hören, dann das Mahlen von Rädern, und sogleich begannen die beiden Torflügel aufzuschwingen. In der Öffnung wurden Gebäude sichtbar und eine Reihe von Gardisten, die der Vorhut entgegenstarrten. Nedeam und Dorkemunt beschlich bei ihrem Anblick ein unangenehmes Gefühl, aber Garwin trabte an, und so folgten sie ihm.

Die Wehrmauer war weitaus dicker als alle, welche die Pferdelords zuvor gesehen hatten. Ihre weißen Steinquader waren so sorgfältig bearbeitet, dass die Fugen kaum zu erkennen waren. Für einen Moment fiel ein angenehm kühlender Schatten auf die Reiter, dann öffnete sich vor ihnen ein Platz. Er war mit weißen Steinplatten bedeckt und wurde von Häusern gesäumt, zwischen denen hindurch mehrere Straßen ins Zentrum von Gendaneris führten.

Am Rand des Platzes erschienen immer mehr Männer in den Rüstungen der Garde, und es machte ganz den Eindruck, als seien sie rasch herbeigerufen worden. Der Mann mit den beiden Federn eines Hauptmannes kam nun über eine breite Treppe zum Platz herunter.

„Sie sehen ein wenig unreinlich aus“, murmelte Garwin halblaut. „Man erzählt sich immer von der hohen Disziplin der alnoischen Garde, aber diese Männer wirken, als hätten sie einen langen Marsch hinter sich.“

„Oder einen Kampf“, fügte Nedeam leise hinzu.

Die Gardisten sahen weit mitgenommener aus als die Männer, welche die Wagenkolonne begleiteten und immerhin einen langen und anstrengenden Weg hinter sich hatten. Einige der Rüstungen glänzten makellos, aber andere waren sichtlich ungepflegt und wiesen Schrammen und Beulen auf. An einigen waren sogar Schmutzflecke zu erkennen. Die Haltung der Männer wirkte entspannt, aber die erfahrenen Pferdelords erkannten sofort, dass diese Soldaten kampfbereit waren.

„Was ich hier sehe, gefällt mir nicht besonders“, flüsterte

Dorkemunt. „Ich würde erwarten, dass die Männer neugierig auf ihre Besucher sind, aber in ihren Blicken sehe ich nur Vorsicht und ein seltsames Lauern. Nedeam, mein Freund, diese Gardisten gefallen mir nicht."

Der Hauptmann hatte unterdessen den Platz erreicht und trat nun zu Garwin, der sich höflich aus dem Sattel schwang. „Haltet uns nicht für ungehobelt, Pferdemenschen", sagte er lächelnd, „doch in der Nacht griffen uns die Korsaren an. Keine Sorge, wir haben sie zurückgeschlagen, aber es gab schwere Kämpfe. Und einige der Schwarmmänner schleichen noch immer durch die Stadt. Wir suchen sie, aber bis wir sie gefunden haben, muss ich Euch bitten, dem Stadtzentrum und dem Hafen fernzubleiben." Der Hauptmann machte eine entschuldigende Geste. „Es dient nur Eurer eigenen Sicherheit, Pferdemenschen."

„Wir sind durchaus gewohnt, selbst auf unsere Sicherheit zu achten", entgegnete Garwin leicht pikiert.

„Oh, das will ich gerne glauben", versicherte der Offizier. „Wir haben ja schon so einiges von Euch gehört, hier, im Reich der weißen Bäume. Aber Ihr müsst verstehen, dass die Garde für die Sicherheit von Gendaneris und seinen Besuchern verantwortlich ist." Erneut machte er eine entschuldigende Geste. „Man würde es mir nie verzeihen, wenn einem von Euch etwas geschähe."

„Hm." Garwin sah sich unentschlossen um. War eher Unhöflichkeit oder doch die aufrichtige Sorge des Offiziers der Grund, weshalb er den Transport und seine Begleitmannschaft von den inneren Bereichen der Stadt fernhalten wollte? In jedem Fall wäre es unhöflich gewesen, der Aufforderung des Gardisten nicht zu entsprechen. Die Pferdelords waren Gäste in der Stadt, und es galt, die Formen zu wahren.

„Schön", seufzte er schließlich. „Ich brauche Unterkünfte für rund dreihundert Männer und entsprechende Verpflegung für Mann und Tier."

„Ich selbst und einige der Männer werden lieber außerhalb der Stadt nächtigen", warf Dorkemunt unvermittelt ein. Er lächelte freundlich und ignorierte die verwunderten Blicke der anderen. „Nehmt es mir nicht übel, guter Herr Hauptmann, aber ich fühle mich innerhalb der Mauern einer Stadt nicht wohl. Ich bin den freien Himmel gewöhnt, Ihr versteht?"

Nedeam schien etwas sagen zu wollen, schwieg aber, als er den beschwörenden Blick des älteren Freundes sah.

Der Hauptmann blickte den kleinwüchsigen Reiter forschend an und nickte zögernd. „Gut, wie Ihr meint, Pferdemensch."

„Ah, wo ist Lurinus, der gute Herr?", ertönte jetzt die Stimme Helderims, der soeben an der Seite seiner Frau Gunwyn durch das Tor gehastet kam. „Sagt ihm, dass sein Gold eingetroffen ist."

Der Hauptmann fuhr herum und musterte den schmächtigen Händler. „Gold?"

„Nun ja, sicherlich." Helderim tätschelte die Hand seiner Frau. „Wie Lurinus es angefordert hat." Helderim lachte gutmütig. „Euer Herr und König will wohl viele seiner Schüsselchen herstellen lassen."

„Wie viel Gold?"

„Dreißig Wagenladungen", sagte Helderim stolz. „Die Hochmark ist reich an diesem Weichmetall."

Der Hauptmann warf einen kurzen Blick auf einige seiner Männer. „Ich fürchte, der Händler Lurinus fiel dem Überfall der Korsaren zum Opfer." Er räusperte sich. „Aber das braucht Euch nicht zu kümmern, Händler aus der Hochmark.

Ihr könnt uns das Gold übergeben."

„Nun, sicher." Helderims Stimme klang entsetzt. „Seid Ihr sicher, dass Lurinus …?"

„Diese Schwarmmänner haben übel gewütet." Der Hauptmann deutete um sich. „Am besten fahrt Ihr die Wagen hier auf dem Platz auf. Ich lasse sie dann sofort entladen." Er sah Garwin freundlich an. „Ich schicke Euch einen Mann, dem Ihr mitteilen könnt, was Ihr benötigt."

„Ich hoffe, Ihr könnt mir wenigstens eine gute Schenke nennen", sagte Garwin nachdenklich. „Im Gegensatz zu einigen meiner Männer schätze ich durchaus eine ordentliche Bettstatt." Er sah kurz zu Nedeam und wandte sich dann wieder an den Offizier. „Falls wir Euch irgendwie behilflich sein können …?"

„Danke. Aber die Garde ist Herr der Lage." Der Hauptmann machte eine auffordernde Handbewegung. „Kommt, ich lade Euch und den Händler mit seinem Weib zu einer Erfrischung ein. Nach dem langen Ritt kann das sicher nicht schaden."

Garwin nickte. „Nedeam, seid so gut und gebt den Wagenführern Bescheid, dass sie auf dem Platz auffahren sollen. Die Männer können sofort mit dem Entladen beginnen."

„Und ich werde mit ein paar Pferdelords ein Nachtlager außerhalb der Mauern vorbereiten", warf Dorkemunt brummend ein und zog sein Pferd herum, als Garwin keinen Einspruch erhob.

Nedeam musterte unterdessen die Häuser, die den Platz säumten. Auch hier dominierte der weiße, glatte Stein. Die Bauten waren meist zweigeschossig, und die oberen Stockwerke ragten über die unteren hinaus. Sie wurden von schlanken Säulen gestützt, die ebenfalls weiß waren bis auf diejenigen, welche die Eingänge flankierten. Wahrscheinlich wiesen die verschiedenen Farbmuster dieser Säulen auf den jeweiligen Hausbesitzer hin, wohingegen die Türen sämtlich von roter Farbe waren. Die Fenster waren durchgängig mit Klarstein versehen und hatten zusätzlich Fensterläden, wohl als Schutz gegen schwere Unwetter. Auch die Dächer wirkten in ihrer leicht geschwungenen Form und durch den blauen Stein, mit dem sie gedeckt waren, gleichförmig. Lediglich in der Größe unterschieden sie sich. Nedeam konnte dieser Bauweise nichts abgewinnen. Auf ihn wirkte die Stadt kalt und abweisend. Vielleicht lag es auch daran, dass, von den Gardisten abgesehen, nur wenige der Bewohner zu sehen waren, die zudem angespannt und erschöpft wirkten. Aber das war wohl kein Wunder, hatten sie doch soeben erst einen blutigen Überfall der Korsaren überstanden.

Während Nedeam der Begleitmannschaft Anweisungen gab, ritt sein Freund Dorkemunt zu den Männern des Beritts und sprach mit einigen von ihnen. Als die schwer beladenen Wagen langsam durch das Tor der Stadt rumpelten, lenkte Nedeam sein Pferd zu Dorkemunt hinüber.

„Noch vor einigen Tageswenden hast du mir gesagt, du würdest dich darauf freuen, deinen armen Rücken endlich wieder auf eine weiche Bettstatt lagern zu können“, sagte er nachdenklich. „Und nun bedrückt dich die Enge einer Stadt, in der weiche Bettsäcke locken?“

„In dieser Stadt lockt mich überhaupt nichts“, erwiderte Dorkemunt. Er sah zum Tor hinüber. „Es sind noch mehr Wachen auf der Mauer als zuvor, siehst du es?“

„Sie werden neugierig sein. Ich glaube nicht, dass sie oft einen Beritt des Pferdevolkes zu Gesicht bekommen.“

„Es gefällt mir trotzdem nicht.“ Dorkemunt reckte sich im

Sattel und verzog das Gesicht, als sein Rücken dabei schmerzte. „Diese Stadt Gendaneris gefällt mir nicht, und die Gesichter dieser Gardisten sind mir erst recht nicht geheuer. Bei den Finsteren Abgründen, Nedeam, auch dieser Hauptmann missfällt mir."

„Ich weiß, was du meinst, mein Freund", seufzte Nedeam. „Es liegt eine gedrückte Stimmung über diesem Ort. Aber das ist kein Wunder. Sie haben schließlich Opfer zu beklagen."

„Ein Grund mehr, Freunde herzlich zu begrüßen."

Nedeam sah den Wagen nach, die auf dem Platz in geordneten Reihen auffuhren. Unter den Zurufen der Begleiter wurden die Ladeflächen geöffnet und die ersten Platten schimmernden Goldes heruntergehoben, die dann neben den Fahrzeugen gestapelt wurden.

Dorkemunt wies zur Mauer hinüber. „Nedeam, mein Freund, ich sage dir, etwas stimmt nicht mit diesem Ort." Er stieß ein leises Knurren aus. „Siehst du das? Es sind ausschließlich Gardisten, die das Gold entgegennehmen und in die Stadt tragen. Wo sind all die anderen Bewohner der Stadt? Gendaneris ist doch groß. Verdammt, Nedeam, in Eternas würde die halbe Bevölkerung zusammenlaufen, wenn ein Transport wie der unsere einträfe. Wo sind die Neugierigen? Die Weiber mit ihren Kindern? Wo die Schankwirte, die versuchen, unsere Männer an ihre Tresen zu bekommen?"

„Ja, du hast recht", erwiderte Nedeam zögernd. „Ein wenig seltsam ist das schon. Ist das der Grund, warum du nicht in der Stadt bleiben willst?"

„Ich will vermeiden, dass alle unsere Männer innerhalb ihrer Mauern sind." Dorkemunt strich unbewusst über den Handgriff seiner Streitaxt. „Mich würde es beruhigen, wenn ein Teil des Beritts der Stadt und ihren Wachen fernbliebe."

„Das Reich der weißen Bäume ist mit unserem Volk verbündet“, erinnerte ihn Nedeam.

Dorkemunt spuckte aus. „Glaube mir, Nedeam, die dort sind es nicht. Ich kann das spüren. Nenne es Instinkt, mein Freund.“ Er sah Nedeam forschend an. „Was sagt der deine dir?“

Nedeam leckte sich über die Lippen. „Ich spüre eine Anspannung, die über Gendaneris liegt, und ich weiß, dass dein Instinkt dich noch nie getrogen hat.“ Er nickte bedächtig. „Gut, ich will mit Garwin reden und ihm vorschlagen, dass die Hälfte des Beritts vor den Toren bleibt.“

„Ich hoffe nur, er hört auf dich.“

Es war später Mittag, und die Sommersonne brannte unbarmherzig auf den großen Platz herab. Die Begleiter des Transports litten unter der schweißtreibenden Arbeit, die schweren Goldplatten abzuladen; wie musste es da erst für die Gardisten sein, die in ihren vollen Rüstungen schufteten? Einige von ihnen hatten sich der Panzer entledigt und trugen nur noch die blauen Wämse der Soldaten des Königreiches. Doch als Nedeam die Männer unauffällig beobachtete, bemerkte er, dass ein Teil ihrer Kleidung eingerissen und nicht richtig ausgebessert worden war. Er wusste, welche Sorgfalt die Schwertmänner der Pferdelords auf ihre Ausrüstung legten, und hätte erwartet, dass dies auch für die Gardisten Alnoas galt. Andererseits dürfte der Kampf gegen die Korsaren erst wenige Zehnteltage zurückliegen. Wahrscheinlich hatten die Männer nach dem schweren Kampf andere Sorgen, als auf ihr Äußeres zu achten.

Die Wagenführer und ihre Gehilfen waren wenig begeistert. Nachdem sie Gendaneris endlich erreicht hatten, mussten sie nun die Fahrzeuge entladen, ohne dass sie zuvor eine größere Rast hatten einlegen können. Für die Schwertmänner des Beritts war es üblich, stets mit anzupacken, und so saßen sie auf dem Platz von ihren Pferden ab, um Helderims Männern zu helfen.

Nedeam ging unterdessen zu Garwin hinüber, der gemeinsam mit Helderim und dem Hauptmann am Rande des Treibens stand. „Hoher Herr, wir sollten die Schwertmänner von der Arbeit abziehen und ihre Kräfte schonen."

„Wozu?", entgegnete Garwin stirnrunzelnd. „Die Männer sind Arbeit gewohnt."

„Der Hauptmann hier hat erwähnt, dass sich im Stadtzentrum noch Korsaren verbergen könnten." Nedeam lächelte den Offizier freundlich an. „Wir sollten die Garde nicht damit belasten, dass wir uns ausschließlich auf ihren Schutz verlassen."

„Keine Sorge, meine Leute werden damit fertig", versicherte der Mann mit den beiden Federn am Helm. „Ihr seid hier sicher."

„Für einen Pferdelord wäre es ungebührlich, einem Verbündeten nicht zur Seite zu stehen." Nedeam sah Garwin eindringlich an. „Zudem werden wir bald wieder heimkehren, Hoher Herr. Es wäre gut, wenn der Beritt dann nicht von der schweren Arbeit erschöpft wäre."

Garwin nickte zögernd. Er sah den Hauptmann unsicher an. „Nun, ich denke, der gute Herr Nedeam hat recht. Ihr werdet nach dem Überfall der Bestien sicherlich genug damit zu tun haben, Euch um die Stadt und ihre Bewohner zu kümmern. Wir werden so bald wie möglich wieder aufbrechen."

Der Gardeoffizier nickte zögernd. „Ich habe zusätzliche Männer angefordert, die mithelfen sollen. Aber es wird dennoch die Nacht über dauern. Ich werde zusehen, dass wir in den Häusern um den Platz herum für Euch und Eure Männer Raum schaffen. Dann könnt Ihr alle im Schutz unserer Mauern ruhen."

„Wie erwähnt", wandte Nedeam ein, „einige der unseren bevorzugen den freien Himmel. Nehmt es uns nicht übel, Hauptmann, es soll keine Beleidigung sein. Wir sind einfache Menschen, die das Leben in der Stadt nicht sonderlich schätzen."

Garwin räusperte sich und sah den erfahrenen Kämpfer nachdenklich an. „Ich hingegen, Hauptmann, werde Euer Angebot gerne annehmen, und ich denke, auch der gute Herr Helderim und seine Frau Gunwyn werden es zu schätzen wissen."

Nedeam nahm das als Zustimmung Garwins, wandte sich dann ab und schritt zwischen den Reihen der Fahrzeuge entlang, um mit den Männern des Beritts zu sprechen. „Schont Eure Kräfte, Schwertmänner der Hochmark. Haltet die Augen offen und die Waffen bereit. Noch immer sollen sich Korsaren in der Stadt herumtreiben, und wir werden uns nicht allein auf den Schutz der Garde verlassen."

Die Pferdelords stellten keine Fragen. Viele von ihnen hatten ohnehin ein unbehagliches Gefühl, und sie alle verließen sich auf Nedeams Gespür. Ohne weitere Anweisungen schlossen sie sich nun zu kleinen Gruppen zusammen, die sich unter den arbeitenden Männern verteilten. Fünf von ihnen führten die Sattelpferde in die unmittelbare Nähe des Tores, und Nedeam, der sie begleitete, war beruhigt, als er Dorkemunt zusammen mit einer kleinen Schar ein gutes Stück außerhalb der Mauern erkannte.

Dann erregte etwas auf der Wehrmauer seine Aufmerksamkeit.

Er blinzelte überrascht, beschattete seine Augen und musterte abermals die alnoischen Gardisten, die oben auf dem

Wehrgang versammelt waren. Ihre Konturen wirkten leicht verschwommen, denn ein sanfter rötlicher Schimmer schien die Männer wie eine Aura zu umgeben. So etwas hatte er bislang nur erlebt, wenn er gegen die Sonne schaute, aber die schien aus einer ganz anderen Richtung. Nedeam blinzelte erneut. Doch der leichte Schimmer blieb.

Er wandte sich um und betrachtete nun auch die Menschen auf dem Platz. Auch hier bemerkte er das ungewohnte Phänomen, allerdings nur bei den Männern aus Gendaneris, die anderen erschienen ihm wie gewohnt. Nedeam war verwirrt. Unbewusst schüttelte er den Kopf und kniff die Augen zusammen. Als er sie wieder öffnete, war die seltsame Erscheinung verschwunden.

Leicht irritiert sah der junge Pferdelord dabei zu, wie einige der inzwischen entladenen Frachtwagen wieder vom Platz herunter und an ihm vorbei durchs Tor rollten. Auch Helderims Männer schienen sich in der Stadt nicht wohlzufühlen, denn sie arbeiteten ungewöhnlich rasch. Aber so bereitwillig sie auch schufteten, die Arbeit würde nicht vor Einbruch der Dunkelheit beendet sein, und selbst wenn sie morgen so weitermachten, würde der letzte Wagen bestimmt nicht vor dem späten Mittag entladen sein. Nedeam hoffte nur, dass Garwin den Leuten in der Zwischenzeit eine ausgedehnte Ruhepause gönnte.

Er blickte zur Seite. Vier Gardisten trugen dort gerade eine der Goldplatten zu einem kleinen Karren hinüber, als einer von ihnen stolperte. Die Platte rutschte ihm aus den Händen und stürzte zu Boden, worauf einer seiner Kameraden heiser aufschrie, als der Block ihm auf den Fuß schmetterte. Es geschah unmittelbar in Nedeams Nähe, und so eilte er hinüber, um dem Verletzten zu helfen. Der Mann saß mit schmerzverzerrtem Gesicht am Boden und hielt sich den Fuß, während die anderen versuchten, die Beinschiene zu entfernen. Der angewinkelte Fußschutz war von der Platte eingedrückt worden und schien dem Mann dabei den Fußrücken gebrochen haben.

„Vorsichtig, verdammt“, brüllte der Verletzte. „Schneidet die Riemen auf, sonst bekommt ihr das verfluchte Ding nicht herunter.“

Nedeam reichte helfend seinen Dolch hinüber, denn die Männer führten nur ihre Schwerter am Gurt, die wenig geeignet waren, die Lederriemen zu durchtrennen. Einer der Gardisten nahm die Klinge entgegen, sah Nedeam forschend an und nickte dann, bevor er sich daranmachte, die Beinschiene zu lösen.

„Verfluchter Dung, seid vorsichtig“, keuchte der Verletzte.

Behutsam wurde die Schiene abgenommen, und der Stiefel des Gardisten wurde sichtbar. Er schien intakt zu sein, aber das musste nichts heißen, denn das Material war weitaus nachgiebiger als der Knochen eines Fußes. Vorsichtig wurde das Leder aufgeschnitten.

„Das sieht übel aus“, brummte einer der Helfer. „Der Knochen ist zerschmettert.“

Nedeam starrte den Fuß betroffen an.

„Ihr solltet euren Freund rasch zu einem Heiler bringen“, sagte er nachdenklich. „Vielleicht lässt sich der Knochen richten und festlegen.“

Der Helfer mit Nedeams Dolch reichte ihm diesen zurück. „Das werden wir tun, Pferdemensch. Danke für die Hilfe.“

Nedeam nickte nur und versuchte freundlich zu lächeln, während er die Waffe wieder einsteckte.

Fast alle Kämpfer, denen Nedeam in seinem Leben begegnet war, hatten festes Schuhwerk getragen, damit ihr Fuß auf jedem Untergrund gleichermaßen geschützt war. Wenn sich ein Mann, der seinen Tag im Freien verbrachte, säuberte, dann waren zwei Dinge stets augenfällig – sein gebräuntes Gesicht und seine gebräunten Hände, die sich vom hellen Farbton des restlichen Leibes abhoben. Dieser Mann jedoch hatte zudem gebräunte Füße. Offenbar war er es nicht gewöhnt, die Stiefel eines Kämpfers zu tragen, dachte Nedeam. Der Mann mochte alles Mögliche sein, aber sicher kein Soldat der Garde Alnoas.

9

Wenn sie eine falsche Bewegung machen oder versuchen, mit einem der Pferdemenschen zu sprechen, werden wir sie töten müssen", sagte Elek-Mar T'os leise. „Die Weiber und die Pferdemenschen."

„Keine Sorge, die Frauen werden schweigen", sagte die Dornenhand mit ebenso leiser Stimme und lächelte sanft. „Wir haben zweien von ihnen die Kinder weggenommen. Ein falsches Wort, eine falsche Geste, und sie werden ihre kleinen Bastarde nur noch als lebloses Fleisch wiedersehen. Das wissen sie."

Elek-Mar knurrte leise. „Ich hoffe, du irrst dich nicht."

„Nein, bestimmt nicht." Die sanfte Stimme nahm einen kalten Unterton an. „Ich habe Frauen mit zwei Kindern ausgewählt und je eines von ihnen töten lassen. Sie wollen sicherlich nicht auch das zweite verlieren."

Der Schwarmführer nickte grinsend. „Auf dich ist Verlass."

Elek-Mar hatte die Rüstung des toten Großkapitäns ta Mergon abgelegt, die ihm fremd und unbequem gewesen war. Er trug nun wieder seine eigene Rüstung und hielt sich im Hintergrund der Schenke auf, sodass die Pferdemenschen ihn kaum beachteten, er sie jedoch gut im Auge behalten konnte. Er hatte einige seiner besten Männer als Gäste in den Schankraum gesetzt, und nur der Wirt und die beiden Frauen waren Stadtbewohner. Aber sie wussten, was ihnen bevorstand, wenn sie die Schwarmmänner verrieten.

Elek-Mar bedauerte längst, den Wirt nicht durch einen seiner eigenen Männer ersetzt zu haben, denn die Hände des Mannes zitterten sehr, und er war zu schweigsam für einen

Schankwirt. Glücklicherweise fiel das den anwesenden Pferdemenschen nicht auf, da sein Stellvertreter Segu-Mar sie in ein intensives Gespräch verwickelt hatte. Elek-Mar war froh, Segu-Mar für diese Aufgabe erwählt zu haben. In der Rüstung eines toten Gardehauptmanns fand Elek-Mar ihn sehr überzeugend, und das Gelächter der unwillkommenen Gäste zeigte, dass sein Stellvertreter seine Rolle gut spielte.

Er gab Segu-Mar einen verstohlenen Wink und wartete, bis der sich unter einem Vorwand vom Tisch erhob und zu ihm herüberkam. „Nehmen sie es dir ab?“

„Natürlich.“ Segu-Mar lächelte zufrieden. „Sie ahnen nicht einmal, wie nahe sie dem Tod sind.“

Elek-Mar nickte. „Das mag für die dort gelten, aber vergiss nicht, dass die andere Hälfte von ihnen vor der Stadt lagert. Bist du dir sicher, dass sie nichts ahnen?“

„Dann wären sie gar nicht erst in die Stadt gekommen.“

Elek-Mar nippte an seinem Becher mit klarem Wasser. „Wären sie alle mit in die Stadt gekommen, hätten wir das Tor schließen und sie der Reihe nach töten können. Aber so bleiben die Pferdemenschen, die vor dem Tor lagern, außerhalb unserer Reichweite, und ihre verfluchten Pferde machen sie schnell. Noch bevor wir unsere Beute an Bord hätten, würden uns die Truppen Alnoas auf den Leib rücken.“

„Immerhin haben uns die Pferdemenschen eine Menge Gold gebracht. Ein willkommener Zugewinn zu unserer Beute.“

Der Schwarmführer grinste breit. „Mehr als willkommen sogar, mein Freund. Denn viel Gold bedeutet auch mehr und stabilere Schiffe für den Schwarm der Dornfische.“

Ein Schiff, das mit Rumpf und Masten hoch aus dem Wasser aufragte, brauchte schweres Gewicht über seinem Kiel. Die meisten Schiffe des Schwarms mussten sich dafür mit einem Ballast aus Steinen begnügen, da nicht genug Gold verfügbar war, das man schmelzen und, dem Verlauf des Rumpfes folgend, passgenau einfügen konnte.

Elek-Mar prostete seinem Stellvertreter zu. „Zudem lässt sich mit dem Weichmetall auch handeln, seitdem der König in Alneris seine Schüsselchen daraus prägen lässt. Aber du solltest jetzt wieder zu diesen Pferdemenschen zurückgehen. Ich will nicht, dass sie mit einem der anderen Männer reden. Du kennst unsere Leute. Sie sind gute Schwarmmänner, aber es fällt ihnen schwer, sich angesichts eines Feindes zu beherrschen."

„Unsere Männer sind neugierig. Wir hatten nie zuvor mit Pferdemenschen zu tun."

„Natürlich nicht, sie sind Landmänner und versuchen gar nicht erst, das Meer zu befahren. Man kann es sogar riechen. Der Geruch ihrer Tiere haftet an ihnen."

Elek-Mar hatte seinen Schwarmmännern eingeschärft, sich unauffällig zu verhalten. Aber nicht alle hatten Wasser in ihren Bechern. Denn auf den Schiffen eines Schwarms wurde nur selten Alkohol ausgeschenkt, und so nutzten nun einige der Korsaren die Gelegenheit, die sich ihnen bot. Der Alkohol lockerte ihnen die Zungen zu sehr, und der Schwarmführer sah mit Sorge dem Augenblick entgegen, da sich einer von ihnen, ungeachtet der angedrohten Strafe, verraten könnte.

Tatsächlich hatte einer der Männer offenbar ein Stadium der Trunkenheit erreicht, in dem er den Willen des Schwarmführers nicht mehr beachtete. Er erhob sich von einem Tisch in der Nachbarschaft der Pferdemenschen, wobei er die Hände einiger anderer abstreifte, die ihn zurückhalten wollten. Der Korsar trug das vornehme Gewand eines reichen Alnoers, für das sein ursprünglicher Besitzer keine Verwendung mehr hatte. Mit dem konzentrierten Schritt eines Betrunkenen stakste er nun zu dem Tisch hinüber, an dem Garwin und Nedeam sowie einige Schwertmänner und das Händlerpaar Helderim und Gunwyn saßen.

Der Schwarmführer ahnte das drohende Unheil. Unter anderen Umständen hätte er den Mann sofort bestraft und ihm einfach die Kehle durchgeschnitten. Aber ihn unauffällig zu entfernen, war nun nicht mehr möglich. „Beeil dich", drängte er Elek-Mar, „der verdammte Kerl ist auf Händel aus. Schaff ihn beiseite, bevor es Ärger gibt."

Er war versucht, es selbst zu tun, aber er wollte die Aufmerksamkeit der Pferdemenschen nicht auf sich lenken. Grimmig sah er zu, wie sein Stellvertreter rasch zum Tisch zurückkehrte. Aber es war zu spät. Noch bevor er den Betrunkenen erreicht hatte, richtete dieser das Wort an die Pferdemenschen.

„Ich habe noch nie Pferdemenschen gesehen", sagte der Schwarmmann in herausforderndem Tonfall.

Garwin runzelte die Stirn und nippte an seinem Becher. „Nun, das mag schon sein, guter Herr. Wir haben nur selten die Gelegenheit, die Marken unseres Volkes zu verlassen."

Gunwyn, die sich sichtlich langweilte, seufzte vernehmlich. „Und wenn wir sie nutzen, lässt man uns die Schönheiten anderer Marken und Städte nicht sehen. Ich finde es sehr bedauerlich, dass wir uns nicht einmal Eure reizende Stadt Gendaneris anschauen dürfen."

Der Korsar musterte sie abschätzend. „Ja", stieß er schließlich grinsend hervor, „es muss stimmen, was man sich über euch Pferdemenschen erzählt. Bei solchen Weibern müsst ihr euch ja wohl mit euren Pferden paaren."

Helderim wurde leichenblass und wollte sich erheben, aber Garwin kam ihm zuvor. Der junge Pferdelord erhob sich langsam, die Hand am Griff seines Schwertes. Auch Nedeam reagierte bei diesen Worten und schob abwartend seinen Stuhl zurück, bereit, sich ebenfalls zu erheben.

„Ihr solltet Eure Zunge besser im Gehege Eurer Zähne halten“, sagte Garwin mit gefährlich leiser Stimme. „Und Ihr solltet Euch nun sofort bei dem guten Herrn Helderim und seiner braven Frau Gunwyn entschuldigen. Ich will anerkennen, dass Ihr über alle Maßen betrunken seid, dennoch ist Eure Bemerkung ...“

„Was? Was ist sie?“ Der Korsar stützte sich mit den Händen auf die Tischplatte und sah Garwin mit bösartig funkelnden Augen an. „Glaubst du etwa, ich hätte Furcht vor einem Landmann wie dir? Du stinkst nach diesem widerlichen Viehzeug, das man Pferd nennt, und du stinkst nach Land, du Pferdebesteiger. Ich ...“

Die Bewegung Garwins war so rasch, dass sie kaum mit den Augen zu verfolgen war und der Korsar keine Möglichkeit zur Abwehr fand. Der Sohn des Pferdefürsten hatte seine Hand um den Griff des Schwertes gelegt, aber statt es in einer ausholenden Bewegung zu ziehen, rammte er die Faust mit dem Schwertknauf nach vorne, direkt in das Gesicht des Betrunkenen. Zähne und Nasenbein gaben nach, und während Blut über den Tisch kleckerte, verlor der Schwarmmann das Gleichgewicht und stürzte hintenüber.

Unwilliges Geraune erhob sich an den anderen Tischen, während der Verletzte fluchend auf dem Boden saß und sich bemühte, wieder auf die Beine zu kommen. Garwin umrundete indes den Tisch. Seine Klinge fuhr herum und senkte sich mit der Spitze an die Kehle des Betrunkenen. „Euch bleiben nun zwei Möglichkeiten – entweder Ihr entschuldigt Euch, oder ich werde Euch die nichtswürdige Zunge aus dem Maul schneiden.“

„Haltet die Klinge ruhig, Pferdemann“, sagte Segu-Mar, der hinzutrat und seine Arme in einer beschwichtigenden Geste hob. „Dieser Narr hat Euch und Eure Leute beleidigt, und dafür wird er büßen, das verspreche ich Euch. Es ist nicht nötig, ihn zu töten. Der Wein ist ihm zu Kopf gestiegen, und er weiß nicht mehr, was er sagt.“

In Garwins Stimme klang Erregung mit. „Ich sage Euch eines, Hauptmann der Garde, Eure Stadt lässt die Höflichkeit vermissen, die wir Menschen des Pferdevolkes gewöhnt sind. Wir halten viel von Tradition und Ehre, und Ihr werdet es in keinem unserer Weiler erleben, dass sich ein Mann derart vergisst, egal wie viel Gerstensaft oder Wein er in sich hineingeschüttet hat.“

„Er verlor sein Weib beim Angriff der Korsaren“, sagte Segu-Mar. „Nun ist er krank vor Schmerz. Zudem wird er fortan eine schiefe Nase haben und nur noch mit Mühe ein Stück Fleisch kauen können. Meint Ihr nicht, dass der Ehre damit Genüge getan ist?“

„Das soll er mir selbst sagen“, knurrte Garwin, der die Spitze des Schwertes gegen den Kehlkopf des ächzenden Korsaren drückte.

Da räusperte sich Nedeam und erhob sich ebenfalls. Er bemerkte, wie sich die anderen Gäste in der Schenke anspannten. Die Gespräche waren verstummt, und jeder schien auf die Worte zu lauschen, die an diesem Tisch gewechselt wurden. „Ich denke, der gute Herr Hauptmann hat recht, Hoher Herr Garwin. Der Mann wusste nicht, was er sprach. Lasst es gut sein.“

„Er hat meine Ehre verletzt“, meldete sich nun Gunwyn zu Wort.

„Richtig“, sagte Garwin grimmig. „Das hat er.“

„Und es tut ihm von Herzen leid.“ Segu-Mar lächelte versöhnlich. „Er wird die Peitsche zu spüren bekommen. Wenn Ihr wollt, könnt Ihr dem beiwohnen.“ Sein Lächeln vertiefte sich, und er sah Gunwyn an. „Ihr könnt die Peitsche auch selber schwingen.“

Gunwyn wurde ein wenig blass. „Das wird nicht nötig sein.“

Segu-Mar beugte sich ein wenig vor und sah den Betrunkenen ernst an. „Du bereust deine Worte sicherlich, nicht wahr?“

Der Mann blickte ernüchtert zu Garwin. Man spürte die Furcht in ihm. Doch Nedeam hatte das unangenehme Gefühl, dass diese nicht von Garwins Schwert herrührte, obwohl es die Haut leicht geritzt hatte und nun ein dünner Blutfaden über den Hals sickerte. Der Mann schluckte mühsam.

„Ja, ich bereue meine Worte.“

„Schön“, sagte Segu-Mar rasch. „Damit dürfte der Ehre Genüge getan sein.“ Er winkte zwei Männer heran. „Schafft ihn hinaus, ich werde mich später mit ihm befassen.“

Noch bevor Garwin Einspruch erheben konnte, zerrten Männer den Betrunkenen auf die Beine und brachten ihn zur Tür der Schenke, während Segu-Mar ein wenig zur Seite trat und dem Sohn des Pferdefürsten den Blick verstellte. „Wir sollten uns die Stimmung durch diesen Vorfall nicht vermiesen lassen. Sicher, seine Worte waren unverzeihlich, aber denkt an den Verlust, den der arme Kerl erlitten hat. So etwas trübt den Verstand.“

Garwin entspannte sich langsam und schob sein Schwert zurück in die Scheide. „Ihr habt recht, Hauptmann. Auch wir kennen den Schmerz um den Verlust eines geliebten Menschen. Halten wir also Frieden, wie es sich gebührt.“

Sie setzten sich wieder, und Segu-Mar winkte eine der weiblichen Bedienungen heran, die rasch die Becher wieder auffüllte. Nedeam sah, wie sich die Finger der Frau dabei um den Henkel des Kruges krampften. Die Knöchel waren weiß, das Gesicht war bleich, und ihr Lächeln schien maskenhaft starr.

Sie prosteten einander zu, und ringsum setzten die Gespräche, wenn auch zögerlich, wieder ein. Als Segu-Mar sich Helderim und Gunwyn zuwandte, musterte Nedeam den Sohn des Pferdefürsten. Dieser bemerkte seinen Blick und lächelte sanft. Die Worte, die er Nedeam nun zuflüsterte, waren kaum zu verstehen. „Er war nicht der Einzige, der kämpfen wollte. So manche Hand hier lag am Griff der Waffe."

Nedeam war ein wenig beruhigt. Garwin mochte noch unerfahren sein, aber er hatte das richtige Gespür, und seine Worte verrieten, dass auch er nun begann, den Vorgängen in dieser Stadt zu misstrauen.

Nedeam hatte sich die Männer und Frauen angesehen, und die Art, wie sie sich bewegten und unterhielten, gefiel ihm nicht. Er war sich sicher, dass er und die Menschen der Hochmark sich inmitten von Feinden befanden. Zwar wusste er noch nicht genau, was in Gendaneris vor sich ging, aber er war entschlossen, es zu ergründen.

10

Der Wind hatte aufgefrischt und die See war bewegt. Herolas stand mit leicht gespreizten Beinen neben dem Ruder der „Wellenvogel“, um die starke seitliche Neigung des Decks auszugleichen. „Sie läuft schnell“, sagte er sichtlich zufrieden. „Und sie liegt gut am Wind und macht rasche Fahrt.“

Steuermann Gendrion sah seinen Kapitän zustimmend an. „Die ‚Wellenvogel‘ macht ihrem Namen Ehre. Sie gleitet über das Wasser wie unsere alte ‚Sturmschwinge‘. Ich hätte nicht erwartet, dass ein Schiff dieser Größe das vermag.“

Der Kapitän nickte. „Mionas versteht es, ein Schiff zu konstruieren.“ Er legte die Hände vor den Mund. „Holt die Leinen straffer, Seeelfen. Ich will jeden Windhauch einfangen, den ich bekommen kann. Holt dicht und bei, Elfen der See!“

Gendrion nickte erneut. „Sie liegt gut und reagiert rasch auf den Ruderdruck. Aber wir werden mehr Ballast im Kiel brauchen.“

„Ja, ich weiß.“ Herolas spürte, wie sich das Schiff noch stärker neigte. „Ein rasches Manöver oder eine schnelle Wende lässt sich mit ihr bei dieser Geschwindigkeit nicht fahren. Der Schwerpunkt liegt noch zu hoch.“

Die „Wellenvogel“ hatte sich stark zur linken Seite geneigt. Das Wasser sprühte vor ihrem spitzen Bug in die Höhe und lief schäumend an ihrem Rumpf entlang. Immer wieder sprang Gischt empor und spritzte an der linken Reling auf das Deck. In der massiv erscheinenden Einfassung befanden sich Öffnungen, durch die das Wasser wieder abfließen konnte. Doch wenn es durch die offenen Treppenaufgänge ins Schiffsinnere gelangte, musste es durch Handpumpen entfernt werden.

„Einen Strich rechtsweisend abfallen“, befahl Herolas.

Gendrion runzelte die Stirn. „Sie liegt schon hart am Wind, Kapitän.“

„Soll sie uns zeigen, was sie kann.“

Gendrion nickte und sah die beiden Rudermatrosen an. „Einen Strich rechtsweisend. Aber mit Gefühl, Elfen der See, mit Gefühl. Ja, so ist's recht.“

„Die Takelung muss nachgestrafft werden“, brummte Herolas. „Rechts summen die Leinen, während links die Spannung fehlt.“ Erneut legte er die Hände vor den Mund. „Rodas, links ein paar Männer an die Leinen! Sie hängen durch wie der Bauch eines Scheibenfisches!“

Gendrion grinste und sah über das Deck. „Dem Herrn Waldelfen bekommt die Fahrt nicht gut“, sagte er dann und wies zu der Stelle, wo sich Lotaras verkrampft am Handlauf festhielt.

Herolas nickte. „Bruder Lotaras wird wohl niemals richtige Seebeine bekommen.“

„Zumindest freuen sich die Fische über das zusätzliche Futter.“

Die beiden Seeelfen lachten einander an. Sie genossen die schnelle Fahrt, ebenso wie der Rest der Besatzung.

„Wo sind die anderen?“, fragte Herolas dann.

Gendrion wies zur hinteren Treppe. „Der Hohe Herr Mionas ist irgendwo im Bauch des Schiffes. Er ist so sehr damit befasst, die Konstruktion zu prüfen, dass ihm offenbar keine Zeit bleibt, Übelkeit zu empfinden. Die Ältesten Elodarion und Jalan sind bei ihm.“ Vorne am Bug ertönte ein fröhliches Lachen, und erneut grinste der Steuermann breit. „Und die beiden Frauen dort genießen die Fahrt.“

„Sie sind sich ähnlich und doch so verschieden.“ Herolas wischte sich etwas Sprühwasser aus dem Gesicht. „Erstaunlich, dass wir alle vom selben Stamm sind.“

Noch immer riefen die tiefschwarzen Haare von Jalan-olud-Deshay und seiner Tochter Llarana Erstaunen bei den Elfen der See hervor. Zu deutlich war der Unterschied zu den weißblonden Haaren der anderen Elfen. Doch auch in ihrem Wesen schienen die beiden jungen Frauen voneinander abzuweichen. Denn während Leoryn ein mädchenhaft unschuldiger Zauber umgab, besaß Llarana die Schönheit eines gefährlichen Raubtieres.

Gendrion hörte erneut das fröhliche Lachen der Frauen. „Sie sind ein erfreulicher Anblick, die beiden Frauen, Kapitän, dennoch werde ich mich wohler fühlen, wenn sie wieder von Bord sind.“

Herolas sah seinen Steuermann stirnrunzelnd an. „Das ist nichts als Aberglauben, Steuermann.“

„Frauen haben an Bord eines Schiffes nichts verloren“, brummte Gendrion. „Das ist kein Aberglauben, Kapitän, sondern die Erfahrung langer Seefahrt.“

Herolas schnaubte leise und blinzelte dann zur Sonne empor. „Bald werden wir auf Südkurs gehen müssen.“

„Wir hätten näher an der Küste bleiben sollen“, entgegnete Gendrion schulterzuckend. „Dies ist kein Pfeilschiff, das jedem Feind davonfliegt.“

„Eben darum sind wir so weit draußen, mein Freund.“ Herolas musterte die Stellung der Segel und schätzte die Spannung der Leinen ab. „Die Schwärme der Korsaren suchen nahe der Küste nach Beute. Außerdem können wir ihnen hier draußen schneller ausweichen. Die ‚Wellenvogel‘ führt schließlich noch keine Waffen, und so können allein die Erfahrenheit unserer Mannschaft und die Geschwindigkeit des Schiffs den Schutz unserer wertvollen Passagiere gewährleisten. Zudem müssen wir ja wissen, wie sie sich in ihrem Element verhält."

„Hm." Gendrion stieß einen der Elfen am Ruder an. „Der Wind hat leicht gedreht, Seeelf. Gleiche es aus."

Herolas sah, wie Leoryn und Llarana vom Bug zurücktraten. Ihre Gewänder waren vom Spritzwasser durchnässt, doch sie lachten unbeschwert, während sie über das schräg stehende Deck zum Vormast gingen. Als die beiden daran emporblickten, ahnte der Kapitän, was sie beabsichtigten.

„Verfluchte Frauen", knurrte Gendrion, der die beiden ebenfalls beobachtet hatte. „Sie wollen den Mast ersteigen. Aber dort oben haben sie nichts verloren."

„Sie wollen nur die Aussicht von der Plattform genießen", beschwichtigte Herolas und wandte sich einem Elfen zu, der an der Reling stand. „Lauf nach vorne und hab ein Auge auf die beiden Frauen."

„Eine Hand für dich und eine für die Frauen", fügte Gendrion stirnrunzelnd hinzu. „Ich will nicht, dass sie ins Wasser oder gar aufs Deck stürzen." Er sah Herolas eindringlich an. „Du solltest es ihnen verbieten, Kapitän."

Aber Herolas lächelte gutmütig. „Sie sind noch jung und haben kaum Gelegenheit, einen solchen Ausblick zu genießen. Zudem besitzen sie die Geschicklichkeit des elfischen Volkes, auch wenn sie keine Seeelfen sind. Ihnen wird schon nichts geschehen."

Gendrion murmelte etwas über die Unvernunft der Jugend im Allgemeinen und jugendliche Kapitäne im Besonderen, und als Herolas ihn daraufhin forschend ansah, zuckte der alte Steuermann entsagungsvoll die Achseln. „Frauen an Bord eines Schiffes, das bringt die Ordnung durcheinander."

Am vorderen Mast hatte Leoryn indes ihr durchnässtes Gewand gerafft und wollte gerade ihren Fuß in die erste Mastkerbe setzen, als der von Herolas beauftragte Elf sie erreichte. Sie lächelte den Mann freundlich an und begann dann mit der Behändigkeit eines elfischen Wesens am eingekerbten Mast hinaufzusteigen.

Llarana sah den Seeelfen mit einem spöttischen Funkeln in den Augen an. „Willst du vor oder nach mir aufsteigen, Elf der See?" Dann drehte sie sich um und kletterte ihrer Freundin hinterher.

Durch die starke Neigung des Decks stand der Mast in schrägem Winkel zur Meeresoberfläche, sodass sich die Kletternden nach einigen Längen über dem brodelnden Wasser der See befanden. Die beiden Elfinnen verrieten jedoch keinerlei Unsicherheit. Sie stiegen rasch höher, erreichten bald das Querholz, an dem sich das Vorsegel bauschte, und stiegen dann weiter hinauf, der kleinen Plattform entgegen, die dem Ausguck des Schiffes festen Stand verlieh. Der düpierte Matrose warf einen kurzen Blick auf Herolas und folgte ihnen dann.

Die beiden Frauen waren nun den Blicken des Kapitäns entschwunden, da das hintere Segel sie verdeckte. Herolas hätte es sicherlich bereut, ihnen den Aufstieg so bereitwillig gewährt zu haben, wenn er Leoryn in diesem Augenblick gesehen hätte. Denn eine Böe hatte das Schiff erfasst und drückte es nun mit einem Ruck noch weiter zur Seite. Dabei verpasste Leoryns Fuß, wenngleich nur knapp, die Kerbe im Mast und glitt ab, sodass die Elfin plötzlich, nur von ihren Händen gehalten, an einer Leine baumelte, die vom Querholz des Segels hinauf zur Plattform führte.

Parolas, der Ausguck der „Wellenvogel", bemerkte ihre missliche Lage und reagierte augenblicklich. Sich mit den Beinen an einem der Hölzer der Plattform festhaltend, beugte er sich frei über die hölzerne Konstruktion, ließ seinen Körper mit der Bewegung des Schiffes schwingen und reckte dann der Elfin die ausgestreckten Arme entgegen.

Leoryn empfand keinerlei Furcht. Vor einigen Jahreswenden hatte sie unter weitaus schwierigeren Bedingungen den gewaltigen Turm der alten Ostwache in Merdonan bezwungen. Der daran gemessen eher kleine Abstand zwischen Mast und Wasseroberfläche beunruhigte sie daher nicht sonderlich. Das schäumende Wasser unter sich ignorierend, tastete sie mit den Füßen nach dem Mast, klammerte sich mit einer Hand an die Leine und ergriff mit der anderen die Hand von Parolas. Als die Böe nachließ und sich das Schiff wieder ein wenig aufrichtete, fand sie endlich Halt und zog sich rasch nach oben.

„Eine Hand für das Schiff und eine für dich selbst", sagte sie lächelnd, als sie die Plattform erreichte und nun neben dem Ausguck stand. „Du hast dich nur mit deinen Füßen gehalten. Hab Dank für deine Hilfe, Elf der See."

Parolas erwiderte ihr Lächeln. „Du bist auch ohne meine Hände gut zurechtgekommen, Elfin des Waldes. Aber nimm es nicht zu leicht. Der Sturz ins Wasser ist gefährlich. Aus dieser Höhe kann er deinen Leib ebenso zerschmettern wie ein Sturz aufs Deck."

„Ich will es mir merken", sagte Leoryn und bückte sich, um Llarana heraufzuhelfen.

Der nachfolgende Seeelf vergewisserte sich, dass sich seine Schützlinge nun in Parolas' Obhut befanden, und nickte diesem zu, bevor er sich wieder an den Abstieg machte. Denn die Plattform war zu klein, um vier Personen einen sicheren Halt zu geben.

„Ein fantastischer Ausblick“, rief Leoryn begeistert aus.

„Viel gibt es nicht zu sehen.“ Llarana zuckte die Schultern. „Ich hatte mir mehr erhofft. Ich kann eigentlich nur das Schiff und jede Menge Wasser sehen. Es ist, als befände man sich auf einem Baum, hoch über einem Meer von Gras. Aber in einem Meer von Gras gäbe es viel mehr Leben. Da kriecht und blüht es überall.“

Parolas räusperte sich. „Du täuschst dich, Elfin des Waldes. Du bist umgeben von den vielfältigsten Formen des Lebens, du musst es nur mit den richtigen Augen betrachten. Selbst das Wasser und der Himmel scheinen zu leben. Sieh dir nur an, wie der Wind die Wolken jagt und das Licht der Sonne sich in schimmernden Reflexen auf dem Wasser bricht. Sieh dir an, wie sich die Wellen aneinander brechen und dabei immer neue Schlingen und Wirbel entstehen. Und schau nur dort unten, kannst du dort rechts die Rücken der Fische erkennen? Das sind Streifenfische, ein großer Schwarm, und es ist nicht der einzige. Das Meer wimmelt von Fischen und anderen Lebewesen in vielfältigen Formen und Farben.“

Llarana lächelte. „Ich merke schon, du liebst die See. Nun, ich gebe es zu, die Farben sind recht hübsch. Wo, meintest du, sind die Fische?“

„Dort rechts, etwa zehn Grad vom Bug aus“, erklärte Parolas. „Kannst du die gestreiften Rücken erkennen? Die mit den leuchtend roten Färbungen, das sind die Weibchen.“

„Und jene dort?“, fragte Llarana. „Die Blassen?“

„Die Blassen?“ Parolas folgte dem Wink ihrer ausgestreckten Hand, und seine Augen verengten sich. „Bei den Finsteren Abgründen, das sind keine Fische“, stieß er grimmig hervor. Dann wandte er sich um und legte eine Hand an den Mund. „Männer an Deck! Da treiben Tote im Wasser! Eine viertel

Tausendlänge voraus, linksweisend zehn!"

Herolas reagierte augenblicklich. „Aus dem Schiff, Elfen der See! An die Segel und Leinen mit euch! Ausguck, behalt die Toten im Auge, damit wir sie nicht verlieren!" Dann wandte er sich Gendrion zu. „Das Schiff fährt zu schnell und wird an ihnen vorbeitreiben. Wir werden eine Wende fahren müssen."

Unterdessen hasteten Elfen an die Leinen und enterten zu den Segeln auf. Rasch wurden diese eingeholt, und während sie sich verkürzten, verlor das Schiff an Fahrt. Der Rumpf, der nun nicht mehr unter dem Druck der gefüllten Segel stand, begann sich langsam aufzurichten. Herolas rannte zusammen mit den anderen Männern an die linke Reling und spähte ins Wasser.

„Da vorne, da treibt einer", meldete einer der Matrosen. „Dort ist noch einer und da auch."

„Ruder hart rechtsweisend", befahl Gendrion. „Recht so! Stützt! Stützt es!"

Das Schiff begann herumzuschwingen und verlor nun rapide an Fahrt. Aber Gendrion hatte den richtigen Moment abgepasst. Während Männer an der Reling entlangliefen, um die Körper im Auge zu behalten, drehte sich die „Wellenvogel" in weitem Bogen, und Gendrion dirigierte die Elfen am Ruder, bis das Schiff nahe den treibenden Leichen fast zum Stehen kam. Ganz langsam glitten sie jetzt an den toten Leibern vorbei.

Einer von ihnen trieb an den Rumpf, dümpelte im Wellengang und schlug immer wieder gegen die Bordwand, als klopfe der Tote an das Schiff und begehre, aufgenommen zu werden.

„Da sind noch mehr", meldete Parolas von der Aussichtsplattform. „Ganze Hände voll von Männern!"

„Hier muss ein Schiff gesunken sein", knurrte Gendrion. Er trat neben Herolas, ohne die anderen Männer zu beachten, die nun aus dem Inneren der „Wellenvogel“ hervordrängten, um zu sehen, was es Neues gab. „Wohl ein Schwarmschiff.“ Er spuckte aus. „Niemand sonst traut sich so weit aufs Meer hinaus. Außer uns Seeelfen vielleicht“, schränkte er ein, „doch wir vermissen keines unserer Schiffe.“

„Es muss vor zwei oder drei Tageswenden geschehen sein“, mutmaßte Mionas. Der Gelehrte sah auf die treibenden Leichen hinunter. „Die Gase der Zersetzung haben die Toten auftreiben lassen.“

Herolas wies auf eine Leiche, die soeben langsam am Schiff entlangtrieb. „Fischt den da heraus. Ich will wissen, was hier vor sich gegangen ist. Kein Seefahrer entkleidet sich, bevor er ins Wasser geht, auch ein Schwarmmann nicht.“ Er fluchte grimmig. „Hier treiben zu viele nackte Tote. Das gefällt mir nicht, Gendrion. Dafür muss es einen Grund geben.“

Ein paar Seeelfen schwangen sich an Leinen über die hohe Bordwand, und bald gelang es ihnen, den Toten festzuhalten und ihm eine Leine umzulegen. Während Leoryn und Llarana von der Aussichtsplattform hinabstiegen, wurde der Tote an Bord des Schiffes gezogen.

Nachdem man den Leichnam auf die Planken gelegt hatte, kniete sich Mionas neben ihn und begann ihn zu untersuchen. „Ich glaube nicht, dass er bei einem Unglück starb“, sagte er nachdenklich. „Seht hier, das ist eine breite, sehr scharfkantige Wunde. Der Stoß einer Klinge, will ich meinen.“

„Dann haben die Bestien der See wieder zugeschlagen“, sagte Herolas grimmig. „Es muss ein alnoisches Schiff gewesen sein, das ihnen zum Opfer fiel.“

„Jedenfalls ist es kein Elf“, stimmte ihm Mionas zu.

Leoryn und Llarana traten hinzu, und die Heilerin beugte sich ebenfalls zu der Leiche, deren Gesicht und Weichteile bereits von Fischen angebissen worden waren. „Er hat Hornhaut an den Händen, vor allem rechts.“ Sie betrachtete die Füße des Mannes. „Aber keine Schwielen an den Füßen.“

Jalan-olud-Deshay betrachtete die Leiche nachdenklich. „Also ist es ein Kämpfer, wolltet Ihr das sagen, Elfin des Waldes?“

„Daran besteht für mich kein Zweifel“, erwiderte Leoryn entschieden. „Wäre es ein Bauer oder Arbeiter, würden beide Hände diese Zeichen aufweisen, und ein Seemann hätte die hornigen Füße des Matrosen. Dieser Mann hier führte eine Klinge.“ Sie betrachtete erneut die Finger der Hand. „Ja, eine Klinge, keinen Bogen. Er war ein Schwertkämpfer.“

„So aufgedunsen, wie der Leib ist, könnte ich nichts Derartiges daran erkennen“, sagte einer der Elfen mit Unbehagen in der Stimme. „Selbst die Ohren sind weggefressen.“

„Dennoch kann ich es erkennen.“

Mionas nickte. „Die Heilerin hat recht. Dies dort war ein Kämpfer.“

„Vielleicht der Kapitän eines Schiffes“, brummte Gendrion. „Die haben ja nicht viel Gelegenheit, ordentlich mit anzupacken.“

Herolas blickte seinen Steuermann an und räusperte sich. Dann bückte er sich ebenfalls und betrachtete die Unterarme des Toten. „Ein Schwertkämpfer mit Schild. Seht, man kann die Abschürfungen noch erkennen, wo er mit der Kraft seines Armes und mit seinem Schild ein paar wuchtige Hiebe abgefangen hat.“ Er sah Gendrion an. „Ein Kapitän führt keinen Schild. Nein, dies hier war ein Soldat.“

„Ein Schiff mit Soldaten an Bord.“ Mionas seufzte leise. „Es muss der alnoischen Marine angehört haben.“

„Aber was hatte es hier draußen zu suchen?“ Herolas

kratzte sich unsicher im Nacken. „Sie fahren nie weit hinaus, die Männer aus dem Reich der weißen Bäume."

„Nur im größeren Verband", brummte Gendrion.

„Dann waren es mehrere Schiffe, und es hat ein Seegefecht stattgefunden, bei dem schließlich die Männer Alnoas überwältigt wurden."

„Und dann hat man ihnen Kleidung und Rüstungen ausgezogen?", fragte Herolas zweifelnd. „Warum sollte man das tun? Die Schwärme haben wenig Verwendung für diese Dinge. Die Waffen würden sie wohl nehmen, denn sie schätzen guten Stahl, aber die Rüstungen sind ihnen viel zu unhandlich."

Elodarion sah den Kapitän mit düsterem Gesichtsausdruck an. „Die Schiffe kamen aus dem Reich der weißen Bäume, das steht wohl außer Zweifel. Wie weit ist es von hier bis Gendaneris, Kapitän?"

„Gendaneris? Nun, wohl eine knappe Tagesreise, würde ich meinen." Herolas seufzte. „Ich verstehe Euer Ansinnen, Hoher Rat Elodarion, aber wir können nicht alle diese Toten aus dem Wasser fischen und ihnen …"

„Es geht mir nicht darum, ihnen die letzte Ehre zu verweigern", knurrte Jalan-olud-Deshay, der Elodarions Gedankengängen folgte. „Unsere Wünsche mögen diese Toten hier auf den Grund der See geleiten, wohin sie bald wieder zurücksinken werden. Es geht mir vielmehr darum, zu verhindern, dass ihnen noch weitere folgen."

Herolas verstand immer noch nicht.

Jalan legte ihm die Hand auf die Schulter. „Möglicherweise sind die Bestien der See in die Kleider der toten Alnoer geschlüpft, um sich Zugang zu Gendaneris zu verschaffen."

„Man würde doch die Schiffe des Schwarms erkennen", erwiderte Herolas.

Gendrion spuckte über die Reling. „Wer sagt, dass sie nicht Schiffe der Alnoer benutzen?“

Nun wurde der Kapitän ein wenig blass. „Eine Kriegslist?“

„Möglicherweise.“ Jalan sah Elodarion forschend an. „Gendaneris darf den Korsaren nicht in die Hände fallen, denn das Gold für unsere Schiffe wird dorthin geliefert. Davon abgesehen behagt mir der Gedanke nicht, dass die Menschen dort abgeschlachtet werden.“

„Nun, vielleicht ist es noch nicht zu spät“, entgegnete Herolas rasch. „Die ‚Wellenvogel‘ ist ein schnelles Schiff.“

„Dann nehmt Kurs auf Gendaneris, Kapitän, und beeilt Euch.“

Elodarion murmelte ein paar rituelle Worte, bevor man den Toten über die Bordwand ins Wasser zurückgleiten ließ. Kurze Zeit später entfalteten sich über ihnen rauschend die großen Segel. Die „Wellenvogel“ schwang erneut herum und nahm Kurs auf Gendaneris.

Unterdessen trat Jalan neben den Gelehrten. „Weiser Mionas, wir haben nun viel von diesem schönen Schiff gesehen, und ich bin beeindruckt. Ich habe auch die Halterungen am Rumpf bemerkt und die für die Bewaffnung notwendigen Einrichtungen. Aber Schleudern, Katapulte oder Flammer selbst sind nicht an Bord.“

Mionas zuckte verlegen die Schultern. „Es war Eile geboten, Hoher Rat Jalan.“

„Nun, dann wollen wir hoffen, dass auch dieses Schiff eilen kann.“ Jalan strich nachdenklich über den Handlauf der Reling. „Denn nichts anderes vermag uns zu retten, falls wir den Korsaren begegnen.“

11

Nedeam hätte der Stadt am liebsten sofort den Rücken gekehrt, aber es gab zwei gute Gründe, dies nicht zu tun. Zum einen mussten sie herausfinden, was in Gendaneris vor sich ging, zum anderen war Garwin zusammen mit dem Händler Helderim und dessen Weib der Einladung des Hauptmanns gefolgt, die Nacht in den Gastkammern der Schenke zu verbringen. Zwar hatten sie alle inzwischen ein unbehagliches Gefühl, doch wenn sie ihre Zusage zurückgezogen hätten, hätte dies von ihrem Misstrauen gezeugt.

„Mit einem langen Ritt hinter uns und einem ebenso langen vor uns“, hatte Garwin mit erzwungenem Lächeln zu dem Hauptmann gesagt, „werden wir eine Nacht in einer weichen Bettstatt wohl zu schätzen wissen.“

Die Kammern der Schenke befanden sich im Obergeschoss, an einem kleinen Flur. Garwin und das Händlerpaar beanspruchten jeweils einen Raum für sich, und Nedeam, der ursprünglich zu den Schwertmännern hatte zurückkehren wollen, nahm eine vierte. Nedeam hätte nun gerne seinen erfahrenen Freund Dorkemunt an seiner Seite gehabt, doch der lagerte mit seiner Schar außerhalb der Stadt, sicherlich dazu bereit, auf das kleinste Anzeichen von Gefahr hin zu reagieren. Aber selbst wenn Dorkemunt von Kampflärm aufgeschreckt würde, konnte er kaum mehr tun, als davonzureiten und Hilfe zu holen. So, wie Nedeam seinen Freund und Kampfgefährten kannte, würde dieser einen Meldereiter entsenden, selbst jedoch versuchen, den eingeschlossenen Männern beizustehen. Nein, Dorkemunt würde nicht kampflos davonreiten. Keiner der Männer würde das tun, und Nedeam wusste, dass er dies verhindern musste, denn es würde ihrer aller Tod bedeuten.

Wer immer die Männer in den Rüstungen waren, sie gehörten nicht zur Garde des Königreichs der weißen Bäume, und die meisten der Stadtbewohner, die er gesehen hatte, machten nicht den Eindruck, als gehörten sie hierher. Es wurde immer deutlicher für ihn, dass die Stadt nicht im Besitz ihrer rechtmäßigen Herren war. Auch Helderim hatte die Gefahr inzwischen erkannt und versuchte sie nun vor seinem Weib zu verbergen, damit sie sich nicht beunruhigte und so die kleine Gruppe verriet.

Als Gunwyn nach frischem Wasser verlangte, hatte man eine der Frauen hinaufgeschickt. Nedeam hatte sich von ihr einen Hinweis erhofft, aber sie war in Begleitung eines stämmigen Mannes, an dessen freundlichem Lächeln die Augen keinen Anteil hatten.

Während Gunwyn ihren Körper pflegte, winkte Garwin Nedeam und Helderim zu sich auf den Gang. Der Sohn Garodems warf einen misstrauischen Blick zur Treppe und begann mit gesenkter Stimme zu sprechen. „Die Frauen haben Angst und ebenso der Schankwirt. Ich habe mir zudem die anderen Gäste in der Schenke angesehen, das sind keine Stadtbewohner. Sie bemühen sich, harmlos aufzutreten, aber ihre Gespräche verraten sie. Ich weiß, was man sich in Malvins Schenke erzählt und welche Fröhlichkeit dort herrscht, wenn die Becher kreisen. Diese Menschen hier sind anders. Sie sind angespannt, obwohl sie es zu verbergen suchen. Es ist, als erwarteten sie einen Angriff."

Helderim seufzte schwer. „Glaubt mir, Hoher Herr, ich sah einen der Männer ein Schriftstück studieren. Er war sehr vertieft darin, doch er hielt es falsch herum. Der Wirt feilscht nicht um seinen Preis, ermuntert die Gäste nicht zum Trinken, ja, er schenkt nicht einmal bereitwillig nach. So etwas habe ich nie zuvor erlebt." Er seufzte abermals. „Ich muss Euch eingestehen, dass mir die Situation ein wenig Bange macht."

„Die Stadt wurde vom Feind genommen, es kann nicht anders sein", stimmte Nedeam zu. „Er muss stark genug sein, ihre Einwohner zu unterdrücken, scheint aber ihre Mauern nicht gegen eine Kriegstruppe verteidigen zu können."

„Wir kommt Ihr darauf, guter Herr Nedeam?", fragte Garwin rasch. „Wir haben nur jene gesehen, die man uns bereitwillig zeigte. Die Häuser könnten voll von ihnen sein."

„Wenn sie so stark wären, hätten sie uns längst niedergemacht" erwiderte Nedeam schonungslos und sah Helderim erbleichen. „Sie würden sich nicht so viel Mühe geben, ihre Anwesenheit vor uns zu verbergen. Nein, sie befürchten, dass einige von uns entkommen und die Truppen des Königreichs verständigen könnten."

„Verstehe", brummte Garwin missmutig. „Deshalb wolltet Ihr und der gute Herr Dorkemunt, dass eine Schar außerhalb der Mauern bleibt. Ihr hättet mir Eure Absicht mitteilen müssen."

„Hättet Ihr mir geglaubt?"

Garwin errötete ein wenig und schwieg. „Wir müssen sehen, dass wir die Nacht gut überstehen und den Feind in dem Glauben lassen, wir seien ahnungslos. Nur so wird er uns ziehen lassen."

Nedeam sah ihn eindringlich an. „Wir müssen in Erfahrung bringen, was geschehen ist und ob die Menschen der Stadt noch leben. Und wir müssen wissen, wie viele Besatzer es sind, wo sie sich verbergen und welches ihre Schwachstellen sind. Sie werden die Bewohner sicherlich als Schilde nehmen, wenn Truppen vor der Stadt erscheinen."

„Das geht uns nichts an", brummte Garwin. „Es ist Sache des Königs von Alnoa, nicht die unsere. Wir müssen darauf achten, vollzählig und heil wieder aus der Stadt herauszukommen."

„Und was ist mit den schutzlosen Einwohnern? Den Frauen und Kindern?"

„Vielleicht sind sie ja schon alle tot."

„Den Gestank des Todes hätten sie nicht verbergen können", knurrte Nedeam. „Zudem habt Ihr unten bereits die Frauen und den Wirt gesehen."

„Was wollt Ihr also tun, Nedeam? Die Stadt erkunden?" Garwin sah in Nedeams Gesicht und schüttelte den Kopf. „Vergesst es. Ihr würdet nichts in Erfahrung bringen, aber unser aller Leben gefährden. Denkt an die Sicherheit unserer Leute, Menschen unseres Volkes."

„Auch die Bewohner von Gendaneris sind Menschen."

„Aber nicht von unserem Volk", entgegnete Garwin erregt, und Helderim zischte warnend, weil er befürchtete, man könne sie im Schankraum hören. Der Sohn des Pferdefürsten senkte seine Stimme. „Ich habe nichts dagegen, die Truppen des alnoischen Königs zu rufen. Aber erst dann, wenn die unseren in Sicherheit sind. Habt Ihr das verstanden, Nedeam?"

„Wenn Menschen in Not sind, kann ein Pferdelord nicht weichen", entgegnete Nedeam entschieden.

„So ein Unsinn", erwiderte Garwin. „Wollt Ihr unsere Männer opfern, um ein paar Weiber und Bälger aus Gendaneris zu retten?"

„Würdet Ihr zögern, Hoher Herr, wenn es Menschen des Pferdevolkes wären?"

„Das ist etwas anderes."

„Habt Ihr in die Augen der beiden Frauen und des Schankwirts geschaut, Garwin? Lassen Euch die Furcht und Pein, die darin lagen, kalt?“

„Ich werde Anteil daran nehmen, wenn die Zeit dafür gekommen ist.“ Garwin legte seine Hand auf Nedeams Schulter, doch der streifte sie verächtlich ab, worauf sich der Sohn des Pferdefürsten ein wenig versteifte. Seine Stimme klang nun eindringlich. „Ihr müsst sorgfältig abwägen, guter Herr. Ich muss mich darauf vorbereiten, die Verantwortung für eine ganze Mark und ihre vielen Menschen zu tragen. Das Leben vieler hat mehr Gewicht als das weniger.“

„Auch wenn es Euer eigenes Leben ist?“, fragte Nedeam sarkastisch.

Garwin sah ihn eindringlich an. „Auch dann.“

Es war etwas in Garwins Blick, das Nedeam die Aufrichtigkeit dieser Worte bezeugte. Auch wenn er sich Garwins Meinung nicht anschließen konnte, so musste er doch respektieren, dass der Sohn des Pferdefürsten zu seiner Auffassung stand und es ihm nicht allein um die eigene Sicherheit ging.

Garwin presste die Lippen aufeinander und überlegte. „Wenn Ihr Euch aus der Schenke schleicht und die Stadt erkunden wollt, dann bedenkt, was geschieht, wenn man Euch erwischt. Man würde uns auf der Stelle töten, und auch wenn Euer Freund Dorkemunt Hilfe brächte, käme sie für uns zu spät.“ Garwin zuckte die Schultern. „Und die Bewohner von Gendaneris würde man wohl ohnehin töten.“

„Er hat recht“, sagte Helderim leise und sah Nedeam beschwörend an. „Es ist, wie der Hohe Herr sagt.“

„Mag sein“, räumte Nedeam widerwillig ein.

„Gut, dann wäre dies ja geklärt.“ Garwin deutete die Treppe hinunter. „Wir werden diese Nacht abwechselnd wachen, Nedeam. Und morgen so rasch wie möglich aufbrechen. Dann könnt Ihr einen Reiter zu den Truppen der Alnoer entsenden. In jedem Fall werden wir uns unauffällig verhalten, guter Herr, denn sonst wird keiner von uns die Mauern dieser Stadt lebend verlassen."

Nedeam wusste nicht, wie es den Pferdelords auf dem Platz und vor der Stadt erging, aber er selbst sowie Garwin und Helderim fanden in dieser Nacht keinen Schlaf. Es blieb an Gunwyn, ihre „Gastgeber" von der Ahnungslosigkeit der Pferdemenschen zu überzeugen, und sie tat dies mit einem Schnarchen von nervtötender Intensität.

12

Kapitän Herolas hatte zu Beginn ihrer Testfahrt einen Kurs gewählt, der die „Wellenvogel" weit auf das westliche Meer hinausgeführt hatte. Nicht zu Unrecht war er davon ausgegangen, dass die Schiffe der Korsaren in Küstennähe nach Beute spähten. Der Kapitän war, für ein elfisches Wesen, noch sehr jung und fuhr erst seit rund eintausend Jahreswenden zur See. Im Gegensatz zu seinem Steuermann Gendrion konnte er sich nicht an ein freies Meer erinnern, auf dem ungestört Handel getrieben wurde. Manchmal, wenn Gendrion von den Schiffen der anderen Völker erzählte, vermutete Herolas, dass der Steuermann ein wenig übertrieb, obwohl er sicherlich zu den erfahrensten Seeelfen gehörte. Inzwischen hatte die „Wellenvogel" wieder Kurs aufs Land genommen, und sie erwarteten jeden Augenblick, die Küstenlinie zu sichten. Der Fund der treibenden Leichen hatte die Besatzung alarmiert, und so war nun die Ausgucksplattform im Vormast doppelt besetzt. Auch an der Reling standen Männer und spähten, wie die beiden Matrosen im Ausguck, auf das Meer hinaus, wenngleich ihre Chancen, etwas zu entdecken, schlechter standen als bei ihren Kameraden im Mast. Herolas war froh, dass sein Schiff im Augenblick weitaus mehr Männer an Bord hatte, als zu seiner Bedienung erforderlich waren.

Er sah zu den Segeln auf und senkte dann wieder den Blick. Jalan-olud-Deshay und Elodarion kamen soeben den vorderen Treppenaufgang herauf, blickten kurz über den Bug hinweg und schlenderten dann über das Deck zu ihm, der neben Gendrion in der Nähe des Ruders stand, herüber.

„Wir machen gute Fahrt und werden die Küste und Gendaneris sicherlich bald sichten“, rief Herolas und wies hinauf zu den Segeln. „Der Wind steht günstig.“

Gendrion wiegte den Kopf. „In Küstennähe wird er uns entgegenwehen. Dann müssen wir gegen ihn ankommen.“

„Ist das ein Problem?“, fragte Elodarion besorgt, als die beiden Ältesten sie erreicht hatten.

Herolas spürte den sanften Hauch im Nacken. „Nein. Wenn wir ein Ziel ansteuern, müssen wir oft gegen den Wind ankreuzen.“ Er bemerkte den fragenden Blick des Waldelfen und lächelte beruhigend. „In dem Fall führt uns der Weg nicht in gerader Linie über das Wasser, sondern in einem Zickzackkurs, bei dem wir den Wind jeweils schräg auffangen, die Hauptrichtung aber einhalten. Es macht uns ein wenig langsamer, aber wir erreichen dennoch unseren Bestimmungspunkt.“

„An Deck“, erschallte da der Ruf aus dem Ausguck. „Zwei Segel, rechts- und linksweisend vom Bug!“

„Verfluchte Brut“, knurrte Herolas. „Aber das war nicht anders zu erwarten. Es werden Korsaren sein, ich glaube nicht, dass alnoische Schiffe aufs offene Meer fahren.“ Er sah Parolas an der Reling stehen und legte die Hände an den Mund. „Parolas, in den Mast hinauf. Deine Augen sind die jüngsten und schärfsten. Ich will wissen, was für Schiffe das sind.“

Mit ungeheurer Geschwindigkeit enterte der Seeelf zur Plattform hinauf. „An Deck! Vier Segel! Paarweise! Suchschiffe und schwere Kampfschiffe! Sie haben uns entdeckt und laufen halb bugwärts auf uns zu.“

„Wollen uns wohl in die Zange nehmen“, sagte Gendrion. „Wahrscheinlich halten sie uns aufgrund der Größe für einen fetten und langsamen Transporter.“

Herolas nickte. „Das verschafft uns einen Vorteil.“ Er legte erneut die Hände vor den Mund. „Kürzt die Segel am Hintermast, rasch, Elfen der See!“

„Sollten wir nicht eher versuchen, möglichst schnell zwischen ihnen hindurchzugelangen?“, fragte Elodarion.

„Genau das tun wir auch.“ Herolas bemerkte zufrieden, wie die „Wellenvogel“ an Geschwindigkeit verlor, als nur noch das Segel des Vormastes den Wind einfing. „Sie kennen diesen Schiffstyp noch nicht, und wenn wir Glück haben, halten sie uns wirklich für ein langsames Transportschiff. Darauf werden sie sich einstellen, und wenn wir dann im richtigen Augenblick wieder alle Segel setzen, überraschen wir sie und schlüpfen zwischen ihnen hindurch.“

„Ich würde mich wohler fühlen, wenn wir ein paar schwere Waffen an Bord hätten“, gestand Jalan-olud-Deshay ein. „Den Kampf an Land beherrsche ich, aber ich denke, auf dem Wasser gelten andere Regeln.“

„Letztlich werden die Korsaren versuchen, an Bord zu gelangen“, brummte Herolas. „Dann ist es wie der Kampf an Land, nur der Untergrund ist bewegter.“

Jalan lächelte kalt. „Auch die Ziele an Land bewegen sich und halten nicht still. Mit Eurer Erlaubnis, Hoher Rat Elodarion und Kapitän Herolas, werde ich die Kämpfer in Bereitschaft versetzen.“

„Wartet.“ Elodarions Stimme hielt Jalan zurück. „Ihr habt die Neuen Ufer gesehen, Ältester des Hauses Deshay, daher ist Euer Leben besonders wertvoll. Also werde ich dem Feind entgegentreten.“

„Ich werde nicht zurückstehen“, erwiderte Jalan mit fester Stimme.

„Dann treten wir dem Feind gemeinsam entgegen.“

„Nichts dergleichen werdet Ihr tun“, widersprach Herolas

und stemmte die Hände in die Hüften. „Ihr Elfen des Landes seid an Bord meines Schiffes, und ich bin für Eure Sicherheit verantwortlich. Es ist Sache von uns Seeelfen, dem Feind zu begegnen."

Jalan ließ ein seltsames Knurren hören, doch Elodarion legte ihm beschwichtigend die Hand an den Arm. „Der Kapitän hat recht. Wäre er in Eurem Haus zu Gast, würdet Ihr ihn an Eurer statt kämpfen lassen?"

Herolas wartete Jalans Erwiderung nicht ab und gab seinem Steuermann einen Wink. Dieser wiederum nickte Rodas zu, der daraufhin in seine Muschel blies.

Während die Elfen der See Rüstungen und Waffen aufnahmen, wies Herolas auf die fernen Segel, die sich nur langsam zu nähern schienen. „Es ist noch genügend Zeit. Ein Zehnteltag, bevor sie auf Kampfentfernung heran sind. Auf See sieht man über große Entfernung hinweg, und es braucht Zeit, bis ein Schiff die Strecke überwunden hat. Das gibt einem Gelegenheit, sich auf den Kampf vorzubereiten." Er seufzte leise. „Wenn wir nicht schnell nach Gendaneris müssten, könnten wir aufs Meer ausweichen und ihnen einfach davonsegeln."

„Wie weit tragen ihre schweren Waffen?"

„Die großen Speerschleudern erreichen rund drei Hundertlängen, die Katapulte tragen weiter, sind aber nicht sonderlich zielsicher. Sie werfen kleine massive Geschosse, die Segel und Masten beschädigen oder das Ruder treffen sollen. Denn ist ein Schiff erst manövrierunfähig, wird es leicht zur Beute. Brandgeschosse setzen sie jedenfalls nur gegen unsere Kampfschiffe ein." Herolas strich über den Handlauf der Reling. „Auch wenn wir uns auf dem Wasser befinden, so ist alles oberhalb der Wasseroberfläche von der Sonne aufgeheizt und trocken. Die Leinen beispielsweise sind, zum Schutz gegen das Wasser, mit Fett und Öl getränkt, damit sie geschmeidig bleiben und nicht verrotten."

„Verstehe", brummte Elodarion. „Daher auch die vielen Knoten in den Leinen. An ihnen finden die Hände festen Halt."

„Auf einem Kampfsegler verbirgt sich der größte Teil der Mannschaft im Inneren des Schiffes. So ist sie vor dem Beschuss des Feindes geschützt und kann hervorstürmen, sobald er versucht, an Bord zu gelangen. Der Feind hingegen wird alles daran setzen, Mannschaft, Tauwerk und den Segeln so viel Schaden wie möglich zuzufügen." Herolas seufzte tief. „Da wir keine schweren Waffen an Bord haben, um den Feind auf Distanz zu halten, müssen wir ein paar gute Bogenschützen an der Reling postieren. Vielleicht haben wir das Glück, ihre Rudergänger zu treffen. Unsere elfischen Bogen tragen schließlich weit."

Weder Elodarion noch Jalan waren, ebenso wenig wie ihre Kinder, auf einen ernsthaften Kampf während der Reise vorbereitet. Zwar waren Lotaras und Llarana bewaffnet, aber keiner von ihnen hatte seine Rüstung mit an Bord genommen, und auch das Angebot von Herolas, die Ausrüstung der Seeelfen zu nutzen, lehnten sie ab. Denn die Krieger von den Häusern des Waldes trugen für gewöhnlich relativ starre Rüstungen aus metallenen Bändern und einen Harnisch, während die Seeelfen ein weich wirkendes Hemd aus metallenen Schuppen bevorzugten.

Lotaras und Llarana überprüften soeben Bogen und Pfeile und beäugten währenddessen misstrauisch die Schutzkleidung der Schiffsbesatzung.

„Sie tragen kein Schuhwerk und keinen Beinschutz", murmelte Lotaras, „und ich bezweifle auch, dass diese metallenen Hemden einen Pfeil aufhalten können."

Llarana prüfte die Spannung der Sehne und nickte zufrieden. „Ich weiß nicht, ob diese Hemden einen Pfeil oder einen Stoß aufhalten. Mionas behauptet es zumindest. Ich finde es wichtiger, dass wir trockenes Wetter haben. Denn bei Feuchtigkeit würden die Sehnen an Spannkraft verlieren, und wir hätten eine geringere Schussweite."

Die beiden Elfen blickten über den Bug hinweg und sahen, dass die Segel der feindlichen Schiffe näher gerückt waren.

„Es ist noch Zeit", sagte Llarana ruhig und trat an die Reling. Sie spürte, wie Lotaras ihr folgte. „Ist es nicht seltsam, wie sehr die Zeit sich auch für ein unsterbliches Wesen dehnen kann? Obwohl es eigentlich für uns so wenig von Bedeutung ist, scheint sie sich in solchen Momenten doch ins Endlose zu ziehen."

Lotaras lachte leise auf. „Das ist die Erregung vor dem Kampf, Hohe Frau Llarana. Das Warten auf den Feind."

„Und auf die Entscheidung, ob man die nächste Tageswende erleben wird." Llarana sah ihn nachdenklich an. „Es gibt nicht viel, was das Leben eines Elfen beenden kann. Eine Krankheit, ein Unfall oder die Klinge eines Feindes. Ich habe noch nicht oft gekämpft, Lotaras aus dem Hause Elodarion. Zum ersten Mal bei der Befreiung meines Hauses, des Hauses Deshay, und danach in der Schlacht um Merdonan. Es war ein … unerwartetes Gefühl, die Gegenwart des Todes zu spüren. Ihn auszuteilen und dabei zu wissen, dass er auch mich jederzeit ereilen kann."

„Hattest du Furcht? War es die Angst, zu sterben?"

Llarana zuckte die Achseln. „Ich weiß es nicht. Ich weiß nicht, wie es sich anfühlt, zu sterben. In gewisser Weise interessiert mich das."

Lotaras räusperte sich. „Ich glaube nicht, dass es ein angenehmes Gefühl ist, wenn man den Tod nahen fühlt. Während des Kampfes hat ein Krieger keine Zeit, darüber nachzudenken, und danach ist er nur froh, noch am Leben zu sein. Die Furcht vor dem Tod ist jenen Momenten vorbehalten, die dem Kampf vorangehen. Währenddessen und danach bleibt kein Raum für solche Gedanken."

„Ich frage mich, was die Menschenwesen empfinden. Nicht dann, wenn sie dem Kampf entgegengehen", sagte die junge Elfin leise, „sondern wenn sie spüren, dass ihr Leben enden wird. Es muss schrecklich für sie sein, in einem langsam verfallenden Körper gefangen zu sein."

„Sie kennen es nicht anders", erwiderte Lotaras achselzuckend.

„Doch, das tun sie", sagte plötzlich eine Stimme hinter ihnen. Beide fuhren herum und erkannten die Heilerin Leoryn, die nun zu ihnen trat. Die Schwester von Lotaras hatte den Riemen ihrer Heilertasche über die Schulter gelegt. „Wenigstens einige der Menschenwesen wissen, dass es auch anders sein kann. Und zwar jene, die uns Elfen kennen."

„Für die muss es besonders schwer sein", seufzte Llarana. „Vielleicht hat mein Vater recht, wenn er sagt, dass wir besser keine Freundschaft mit den Menschenwesen schließen. Denn sie verfallen, während wir in unserer Blüte bleiben."

„Dennoch möchte ich die Freundschaft einiger Menschenwesen nicht missen." Leoryn legte ihrem Bruder die Hand auf die Schulter. „Der Schmerz über ihr Dahinscheiden wird von der Freude aufgewogen, sie gekannt zu haben. So kurz ihr Dasein auch dauern mag, so bereichernd kann es doch für unser Leben sein."

„Ich höre mit Freude, dass meine Kinder in philosophische Betrachtungen vertieft sind", ertönte mit einem Mal eine wohlbekannte Stimme, und Elodarion trat zusammen mit Jalan neben sie. „Doch nun ist der Moment gekommen, sich auf den Kampf vorzubereiten. Herolas sagt, wir seien bald in Reichweite ihrer Fernwaffen. Er befiehlt alle, die nicht zur Bedienung des Schiffes benötigt werden, unter Deck."

Jalan bemerkte, wie Llarana widersprechen wollte, und lächelte verständnisvoll. „Er wird uns rufen, wenn wir ihm beistehen können. Aber jetzt sollten wir dem braven Kapitän nicht mehr Sorgen bereiten, als er ohnehin schon hat."

„An Deck", meldete sich in dem Moment Parolas von der Aussichtsplattform. „Der Feind dreht bei, um uns in die Zange zu nehmen."

Am Heck der „Wellenvogel" sah Herolas seinen Steuermann mit ernster Miene an. „Jetzt gilt es. Er bereitet sich auf den Beschuss vor. Lassen wir also die Segel fallen, und versuchen wir, flink zwischen ihnen hindurchzuschlüpfen. Wenn wir sie dazu zwingen können, die Verfolgung aufzunehmen, sind wir im Vorteil."

Gendrion nickte. „Wir sind mindestens so schnell wie sie, und die Bestien können nur mit den Bugwaffen feuern."

„Elfen der See, spannt jeden Fetzen Segel und zieht die Leinen straff. Jetzt gilt es, jetzt muss der Wellenvogel übers Wasser fliegen!"

Blitzartig entfaltete sich nun das Segel am Hintermast und füllte sich knatternd mit dem frischen Wind. Das muschelförmige Tuch spannte sich, und das Schiff gewann spürbar an Fahrt.

„Sie haben es bemerkt", sagte einer der Matrosen lakonisch, als von zwei der Korsarenschiffe die Abschussgeräusche schwerer Katapulte herüberklangen. Selbst über diese Distanz war zu hören, wie die Wurfbalken gegen die Auffanglager schlugen.

„Es hat sie dennoch überrascht“, sagte Herolas zufrieden, „und sie verwirrt.“

Er ließ seinen Blick über die See schweifen und sah dann, wie die Geschosse weit vor ihnen harmlos ins Wasser klatschten.

Leinen und Segel der „Wellenvogel“ waren nun straff gespannt, und der Wind stand günstig. Für ein Schiff dieser Größe war sie wirklich sehr schnell, und während die Korsaren bei ihrem Versuch, das Schiff in die Zange zu nehmen, gegen den Wind ansegeln mussten, wurde die „Wellenvogel“ rasend schnell auf den Feind zugetrieben. Auf den Korsarenschiffen war hektische Bewegung zu erkennen. Männer eilten zu den Segeln und Leinen, und bald schlugen die Schiffe einen neuen Kurs ein. Die erfahrenen Kapitäne der Schwarmschiffe erkannten sofort, dass sie nicht schnell genug waren, um den Elfen den Weg zu versperren. Also mussten sie versuchen, so rasch wie möglich einen Parallelkurs aufzunehmen und an Fahrt zu gewinnen.

„Es läuft auf ein Rennen hinaus“, brummte Gendrion, „und das wissen sie.“

„Ihre einzige Chance besteht darin, unsere Fahrt zu verlangsamen, damit sie uns einholen können. Also werden sie versuchen, unsere Segel und Taue zu beschädigen, wenn wir zwischen ihnen hindurchschlüpfen. Das wird der kritische Moment sein.“

„Aber auch der einzige Moment, in dem ihre Kampfschiffe uns zusetzen können.“ Gendrion blickte längs über das Deck zum Bug der „Wellenvogel“ und zu den beiden Paaren von Korsarenschiffen. Die zwei etwas kleineren Jagdschiffe machten ihrem Namen Ehre und hatten das Wendemanöver, das sie parallel zu dem Elfenschiff führen sollte, fast vollendet. Sie würden am ehesten mithalten und gefährlich werden können.

Allerdings hatten sie nur relativ leichte Waffen an Bord, denn ihre Aufgabe war es, Beute zu erspähen und die eigentlichen Kampfschiffe heranzuführen. Den großen Kampfseglern fiel dann die Aufgabe zu, die Beute niederzukämpfen.

Herolas sah den Kopf des Gelehrten Mionas in der Luke auftauchen. „Seid so freundlich, Hoher Herr, und begebt Euch wieder unter Deck. Wir sind in Schussweite der Korsaren."

„Ich weiß, ich weiß", erwiderte der alte Elf und nickte lächelnd, während er sich unbeirrt den Handlauf der Treppe weiter heraufzog. „Aber wie soll ich denn unter Deck ihre Schiffe beobachten, guter Kapitän?"

„Ihre Schiffe beobachten?" Herolas sah den Konstrukteur der „Wellenvogel" ratlos an.

„Aber ja, aber ja." Mionas stand nun an Deck und eilte zur rechten Seite des Schiffes hinüber, wo er aufgeregt die Hände aneinanderschlug. „Ach, seht es Euch an, Kapitän. Sie haben von uns gelernt, die Korsaren. Ah, sie sind nicht dumm, nein, das sind sie nicht."

„Gelernt? Was meint Ihr damit?" Herolas sah einen seiner Matrosen an. „Hol diesen Wahnsinnigen dort weg und schaff ihn unter Deck. Mit allem gebührenden Respekt natürlich, aber vor allem mit Nachdruck!"

„Es war klar, das konnte ihnen nicht entgangen sein", fuhr Mionas fort, während er den Handlauf der Reling fest umklammerte und die feindlichen Schiffe fasziniert ansah. „Ich kenne noch ihre alten Konstruktionen, müsst Ihr wissen. Damals war der Rumpf am Bug noch abgerundet. Das machte ihn stumpf und das Schiff langsamer und schwerfälliger. Trotz der Ramme, die sie auch damals schon hatten. Wartet, das müsste nun … ja, ich glaube, das ist nun zwei Jahrtausendwenden her." Mionas lachte auf. „Sie sind noch nicht lange auf dem

Meer, die Korsaren, aber schon haben sie sich darauf ausgebreitet. Nun, jedenfalls haben sie den spitzen Bug von unseren Schiffen übernommen."

Mionas sah sich hoffnungsvoll zu dem Kapitän um. „Wir werden ihnen doch noch näher kommen, oder? Ich möchte mir ihre Leinenführung und die Segel genauer ansehen."

„Das Alter scheint ihm zugesetzt zu haben", knurrte Gendrion bissig, während Herolas nur leise ächzte und dann wieder zu den gegnerischen Schiffen sah.

Auf der rechten Seite hatte der Kampfsegler mittlerweile die Pforten seiner Pfeilgeschütze geöffnet. Eigentlich war die „Wellenvogel" längst an diesem Schiff vorüber, aber der Korsarenkapitän ließ Ruder legen, sodass das Schiff noch stärker einschwenkte und sein Kurs wieder von den Elfen fortführte. Durch dieses Manöver würde die „Wellenvogel" für einen kurzen Moment in das Schussfeld der Geschützbatterie geraten.

„Ruder Hartlage rechts", brüllte Herolas, als er die Absicht des Korsaren erkannte. „Rasch, Gendrion, biete ihm die Breitseite!"

Unter anderen Umständen hätte der elfische Kapitän versucht, ein möglichst kleines Ziel zu bieten und zu diesem Zweck dem Feind das Heck zugewandt, was eine brauchbare Taktik war, sofern der Verfolger nur über ein einzelnes Buggeschütz verfügte. Aber dieser Feind würde eine Breitseite aus wenigstens fünfzehn Pfeilgeschützen mit Sensenklingen abfeuern. Wenn auch nur zwei oder drei dieser Geschosse der Länge nach über das Deck der „Wellenvogel" fegten, konnten sie gleich mehrere der überlebenswichtigen Halteleinen kappen. Wandte Herolas dem Feind hingegen die Breitseite zu, so bestand die Hoffnung, dass der Gegner wenigstens die Leinen verfehlte oder nur einzelne von ihnen traf.

Die „Wellenvogel“ reagierte augenblicklich, als sich Gendrion und die beiden anderen Elfen am Ruder gegen den Steuerbalken stemmten, aber es reichte nicht ganz.

Von Bord des Schwarmschiffes aus war jetzt das harte Schnalzen zu hören, mit dem die gespannten Metallsehnen die armdicken Pfeile aus den Führungen jagten. Die Korsaren hatten aus großer Entfernung und trotz der Tatsache gefeuert, dass sich ihr Schiff noch in der Drehbewegung befand. Daher legte es sich nun auf der der „Wellenvogel“ zugewandten Seite leicht über, weshalb die Sensenpfeile kaum die Leinen und Segel des Elfenschiffes treffen konnten. Dennoch sah die elfische Besatzung wie gebannt auf die funkelnden Geschosse, die über das Wasser hinweg auf sie zurasten.

Nur drei von ihnen trafen das Schiff. Eines drang mit hartem Schlag in die Bordwand, das zweite schlug unmittelbar neben Mionas in die Reling, durchdrang das dicke Holz und ragte mit seiner Klingenspitze aus dem zersplitterten Material hervor, kaum eine halbe Länge von dem Gelehrten entfernt, der die Spitze nun mit einem Ausdruck von Faszination betrachtete.

Das dritte Pfeilgeschoss jedoch traf auf fatale Weise. Es durchtrennte die rechte Stabilisierungsleine des hinteren Mastes und drang tief in dessen Holz ein. Mit einem peitschenden Knall zerfetzte die Leine, deren eines Ende dabei fast einen der Seeelfen enthauptet hätte.

Herolas hörte triumphierendes Gebrüll von dem Korsarenschiff herüberdringen, während er herumwirbelte. „Ruder Hartlage links!“, rief er seinem Steuermann zu. „Auf alten Kurs, Gendrion! Rodas, durchtrenne auch das linke Halteseil, sonst reißt es uns den Mast zur Seite! Vorwärts, Elfen der See!“

Wütend schlug Herolas auf die Reling. Wenn der hintere

Mast nur auf einer Seite von einer straff gespannten Leine gestützt wurde, bestand die Gefahr, dass der einseitige Zug zu groß wurde. Sie hätten nun eigentlich die Segel reffen müssen, um den Mast zu entlasten, doch das hätte die „Wellenvogel" langsamer gemacht. Der Kapitän sah besorgt zum Mast hinüber, aus dem der Sichelpfeil drohend herausragte. Der armdicke Bolzen zitterte unmerklich, und Herolas glaubte das Ächzen von Holz zu hören. Die Klinge hatte sich tief in den Mast gegraben, und es bestand die Gefahr, dass er bald nachgab. „Beeilt euch, Männer!"

Eine elfische Klinge hieb die Leine durch, und Herolas seufzte erleichtert. Nun hielten nur noch die längs vom Bug zum Heck gespannte Leine und der Sockel den Mast aufrecht. Immerhin ging der Zug des Segels durch die Längsachse des Schiffes. Vielleicht würden sie also Glück haben.

Das Kampfschiff auf der rechten Seite hatte mit seiner Salve die einzige und letzte Gelegenheit zum Angriff genutzt, und es würde ihm unmöglich sein, sich dem Elfenschiff erneut zu nähern. Sein Gegenstück auf der linken Seite hatte versucht, weiter zur „Wellenvogel" aufzuschließen, war jedoch chancenlos zurückgefallen. Seine frustrierte Besatzung schleuderte noch ein paar Geschosse mit dem Bugkatapult auf sie ab, die allerdings harmlos ins Wasser klatschten.

Mionas rieb mittlerweile andächtig über die Klinge, die neben ihm aus der Reling ragte. „Ein recht grober Schliff. Aber nun ja, sie dient schließlich dem Spalten von Holz. Immerhin haben die Korsaren das Metall gehärtet und eingefettet."

„Nicht viel, und dieses Metall hätte Euch das Leben gekostet", knurrte Herolas. „Geht nun wieder unter Deck, die Gefahr ist noch nicht vorüber. Noch haben wir die Suchschiffe der Bestien am Hals."

Die beiden kleineren Suchschiffe des Schwarms waren leichter und schneller als die großen Kampfschiffe, und Herolas sah mit Sorge, dass sie durchaus mit der „Wellenvogel“ mithalten konnten. Die roten Segel über den schwarzen Rümpfen schienen zum Zerreißen gespannt. Ihr Manöver hatte sie hinter das elfische Schiff geführt, dem sie nun mit einem Abstand von kaum sechshundert Längen folgten.

„Zu weit für ihre Katapulte und Pfeilgeschütze“, brummte Herolas zufrieden. „Sie werden uns nicht einholen, wenn der Mast hält und der Wind nicht abflaut.“

Gendrion wiegte den Kopf. „Ich glaube nicht, dass er halten wird, Kapitän. Das Holz ächzt bedenklich.“

„Natürlich wird er halten. Holz ächzt immer.“

„Nicht auf diese Weise, Kapitän.“ Der alte Steuermann sah besorgt zur Mastspitze hinauf. „Der Winddruck ist zu stark. Wir müssen das Hintersegel kürzen.“

„Dann kommen uns die Bestien auf den Hals“, entgegnete Herolas grimmig. „Wir müssen die Geschwindigkeit halten.“

„Wenn wir das Hintersegel etwas raffen, kommen sie zwar näher an uns heran, aber dafür bleibt der Mast stehen. Und für die großen Kampfsegler sind wir dann immer noch zu schnell.“

„Verdammt, Gendrion, sieh dir die Decks der Suchschiffe an! Sie quellen über vor kampflüsternen Korsaren!“ Herolas spuckte missmutig über die Reling. „Wir werden Mühe haben, sie zurückzuschlagen.“

„Wenn der Mast bricht, kommen auch noch die Männer der anderen Schiffe über uns“, erwiderte Gendrion erregt. „Dann brauchen wir uns gar keine Mühe mehr zu machen und können ihnen die ‚Wellenvogel‘ gleich übergeben!“

Herolas sah den Steuermann grimmig an, dann zuckte er die Schultern und wandte sich wieder den beiden Verfolgern zu, die er nachdenklich musterte. Er war der Kapitän und trug die Verantwortung für Schiff und Besatzung, niemand konnte ihm die Entscheidung abnehmen.

„Rodas", rief er über die Länge des Schiffes hinweg zum Bug, „alle Elfen der See an Deck! Der Feind wird aufschließen, und wir müssen ihn abwehren! Schick zehn Männer in den hinteren Mast! Wir müssen das Segel reffen!" Er warf einen Blick auf Mionas. „Und schafft mir endlich den gelehrten Herrn dort von Deck, und wenn er sich sträubt, bindet ihn an der Kiellast fest!"

Auf den beiden Treppen, die ins Schiffsinnere führten, erschienen Elfen in den flexiblen Panzerhemden der Häuser der See und mit den typischen hohen Helmen des elfischen Volkes, deren fein gearbeitete Strukturen die Gehäuse von Muscheln zeigten sowie an der Stirnseite das Emblem der elfischen Häuser. Die Sonne warf funkelnde Reflexe über Rüstungen und Waffen, als sich die Kämpfer entlang der Seiten des Schiffes verteilten. Alle führten die typische, leicht gekrümmte Elfenklinge und den gefürchteten Langbogen ihres Volkes. Niemand übertraf einen elfischen Bogenschützen an Reichweite, Schnelligkeit und Treffsicherheit, und so war dies die einzige Waffe, auf die Herolas nun setzen konnte.

Er nickte zufrieden, als Rodas und ein weiterer Elf den protestierenden Gelehrten endlich unter Deck gebracht hatten. Doch nun tauchten Jalan, Elodarion und deren Kinder auf. Bevor Herolas protestieren konnte, hob der Erste des Hauses Deshay beschwichtigend die Hand.

„Ich weiß, Kapitän Herolas, es geht Euch nur um unsere Sicherheit. Aber wie kann ein Krieger der Elfen zurückstehen, wenn seinesgleichen in den Kampf zieht?"

Herolas seufzte entsagungsvoll. „Nun denn, so sei es. Aber

bleibt hinter der ersten Reihe meiner Seeelfen zurück. Wenigstens so lange, bis die Männer des Schwarms heran sind."

Er hatte kaum ausgesprochen, als ein krachendes Geräusch ertönte, das ihn herumfahren ließ. Ein glücklicher Wurf aus einem der Katapulte hatte das Heck der „Wellenvogel" getroffen und ein Stück aus dessen Reling herausgeschlagen. Die Korsaren schrien vergnügt, als sie die Holzsplitter emporwirbeln sahen. Das hintere Segel der „Wellenvogel" war inzwischen gerafft und der mörderische Druck auf den angeschlagenen Mast somit verringert, aber dafür holten die beiden Suchschiffe des Schwarms immer weiter auf.

„Siehst du es, Gendrion?", rief Herolas erregt. „Das linke Schiff trägt rote Segel und das Zeichen der Dornfische, das rechte die grüne Flamme der Sternsegler! Es sind zwei verschiedene Schwärme!"

Gendrion nickte. „Sie müssen Großes vorhaben, wenn sich zwei ihrer Schwärme zusammengeschlossen haben."

„Gendaneris", knurrte Herolas grimmig. „Nur das kann es sein."

„Ein verdammt großer Bissen, auch für zwei der Schwärme." Gendrion beobachtete, wie ein weiteres Katapultgeschoss ein Stück vor dem Heck ins Wasser schlug. „Ich hoffe nur, dass wir nicht vom Sturm in den Orkan geraten, wenn wir denen dort entkommen sind und dann in ein womöglich besetztes Gendaneris einlaufen."

„Lotaras!" Elodarions Ruf nach seinem Sohn unterbrach ihr Gespräch. Der Älteste kannte Lotaras' Fertigkeiten im Umgang mit dem Bogen und beorderte ihn nun zu sich.

Der Gerufene löste sich von der Seitenreling und hastete mit wenigen Schritten zum Heck, dicht gefolgt von Llarana, die Herolas' Blick mit funkelnden Augen erwiderte. Lotaras stand jetzt dicht an der beschädigten Heckreling und spannte seinen Bogen, wobei er die Bewegungen des Schiffes mit seinem Körper ausglich. Auch für einen Elfen war es bis zum nächsten Feindschiff ein weiter Schuss, und so ließ die Besatzung der „Wellenvogel“ anerkennendes Gemurmel hören, als sich am Bug des Gegners eine Gestalt löste und kopfüber ins Wasser stürzte.

„Ein glücklicher Treffer“, sagte Llarana spöttisch. „Wahrscheinlich ist er gestolpert und deshalb ins Wasser gefallen.“

Lotaras runzelte die Stirn und spannte erneut den Bogen. Er spürte, wie die junge Elfin neben ihn trat und ebenfalls ein Ziel suchte, dann konzentrierte er sich auf seinen nächsten Schuss. Wieder stürzte ein Korsar in die Fluten.

„Mein Treffer“, sagte Llarana lakonisch.

„Nein, meiner“, behauptete Lotaras.

Gendrion blickte von einem zum anderen und räusperte sich dann. „Ich glaube, ihr beide hattet dasselbe Ziel – und habt gleichzeitig getroffen.“

„Nun gut“, sagte die Elfin leise. „Ihr rechts, Lotaras, ich schieße nach links.“ Zwei Bogen gegen ein Bugkatapult schien ein ungleicher Kampf zu sein, aber es waren elfische Bogen und elfische Schützen. Während erneut ein Geschoss von den Schwarmschiffen herüberzischte und harmlos ins Wasser klatschte, stürzten weitere Korsaren vom Bug des sich nähernden Feindschiffes.

„Wenn wir unsere Geschwindigkeit halten“, frohlockte Herolas, „dann bleiben den Bestien nicht genug Männer zum Sturm, wenn sie heran sind.“

Als sei es die Antwort auf seinen Spott, ertönte plötzlich ein vernehmliches Knacken, dem ein lang anhaltendes splitterndes Geräusch folgte. Mit Entsetzen erkannten die Elfen, dass der angeschlagene Mast sich langsam um seine Achse drehte. Faserstränge des Holzes rissen, und Splitter wirbelten über das Deck, die einige der umherstehenden Elfen trafen. Einem von ihnen hatte ein fingerdicker Holzsplint den Arm durchbohrt, und nun ließ der Mann ächzend den Bogen fallen. Ohne zu zögern, schwang Leoryn ihre Heilertasche von der Schulter und eilte auf den Verletzten zu.

„Er stürzt", stellte unterdessen Gendrion auf den Mast zeigend fest.

„Das wird er nicht", ächzte Herolas. „Er darf es nicht. Noch hält ihn die Leine."

„Das wird aber nicht reichen."

„Bei den Finsteren Abgründen, das weiß ich auch." Herolas wies auf die Stelle, an der das Holz nachgab. „Die Bruchstelle liegt dicht über den Bodenplanken. Mit etwas Glück können wir den Mast stabilisieren. Rodas, ich brauche zwanzig Männer! Nehmt Reserveplanken und bindet sie wie einen Verband um den Mast, so fest ihr es vermögt."

Es war ein Versuch, den angeschlagenen Mast zu stabilisieren. Ein Provisorium, das keiner ernstlichen Belastung standhalten konnte, aber vielleicht half es, den Zug auf den Vormast zu verringern.

„Der da hat offensichtlich nur ein Katapult am Bug." Herolas leckte sich über die Lippen und spähte zu dem Suchschiff, das sich von der anderen Seite näherte. „Normalerweise stellen die Schwärme dort ein Pfeilgeschütz auf, damit die Sichelgeschosse rasch die Leinen und Masten des Opfers kappen. Ich fürchte, bei dem dort werden wir es nicht nur mit Wurfgeschossen zu tun bekommen."

Gendrion sah zur Aussichtsplattform am Vormast hinauf. „Parolas, kannst du erkennen, welche Waffe der andere Korsar am Bug führt?“

„Pfeilwaffe!“

„Wie ich befürchtet hatte“, seufzte Herolas.

„Bogen!“, rief er dann. Das vordere Suchschiff war nun in Reichweite auch der anderen elfischen Bogenschützen, und auf den Befehl von Herolas hin zischte ein Schwarm von Pfeilen zum Bug des Feindes hinüber. Das Katapult des Korsaren erwies sich als weitaus weniger effektiv als die Geschosse der Elfen, und für die Bogenschützen der Schwarmmänner war die Entfernung noch zu groß.

„Der Mast wird brechen“, stieß Gendrion hervor. „Wir müssen eine zweite Leine vom Vormast zum Heck spannen und den Hintermast kappen, bevor er den anderen mit sich reißt.“

Herolas nickte betrübt. „Ich fürchte, du hast recht, Gendrion. Rodas! Zehn Männer an den Vormast! Spannt eine neue Leine von seiner Spitze zum Heck!“

Da ertönten Schreie an der rechten Reling. Herolas und Gendrion blickten hinüber und sahen, dass ein Sichelgeschoss in eine Gruppe Seeelfen gefahren war. Das zweite Suchschiff war nun offensichtlich auf Schussweite heran.

Rodas und eine Gruppe Elfen enterten unterdessen mit einem Tau in den Vormast hinauf. Es war eine jener starken, mehrfach in sich verdrehten Leinen, die eine weitaus höhere Belastbarkeit hatten als jene, mit denen die Segel gesetzt wurden. Diese starken Leinen wurden ausschließlich benutzt, um die Masten zu stabilisieren. Fieberhaft begannen die Matrosen, unterhalb der Aussichtsplattform, auf der Parolas und ein weiterer Ausguck standen, die Leine am Mast anzuschlagen.

An Deck lösten die Elfen der Besatzung weiterhin ihre Pfeile, nun auch auf das zweite der Korsarenschiffe, die sich unbarmherzig näherten. Obwohl die Elfen dem Feind Verluste zufügten, gerieten sie zunehmend selbst unter feindlichen Beschuss. Auch wenn die Bogen der Schwarmmänner auf diese Entfernung noch keine richtige Durchschlagskraft entwickelten, waren ihre Geschosse doch gefährlich. Zwar schützten die Panzerhemden noch, aber der ein oder andere Elf wurde im Gesicht oder am Bein getroffen und taumelte aus der Reihe zurück.

Erneut fegte ein Sichelgeschoss heran, verfehlte zwar die Elfen, schlug aber dann in das halb aufgezogene Segel des Hintermastes, das mit einem reißenden Geräusch zerfetzte. Einer der Elfen aus Rodas' Gruppe wurde von einem Pfeil getroffen, schrie auf und stürzte hinab aufs Deck. Sein Schrei endete abrupt mit dem Aufprall, und Herolas glaubte das Bersten von Knochen zu vernehmen.

Leoryn und einige leichter verletzte Elfen hatten sich mittlerweile darauf verlegt, Verwundete über das Deck zu tragen, damit sie im Schutz des Rumpfes versorgt werden konnten. Über ihren Köpfen arbeitete Rodas' Gruppe noch immer fieberhaft an der neuen Sicherungsleine, während die anderen Elfen an der Reling den Feind weiter unter Beschuss hielten.

Die Korsarenschiffe hatten nun dicht genug aufgeholt, und Herolas stieß einen grimmigen Fluch aus. „Sie werden gleich zum Entern ansetzen und versuchen, an Bord zu kommen."

Er hatte kaum ausgesprochen, da spürte er einen Schlag und bemerkte einen Pfeil, der sein Panzerhemd durchschlagen hatte, ohne jedoch den Arm zu verletzen. Erneut fluchte er und zog das Geschoss zwischen den Panzerschuppen heraus. Ein Elf an dem langen Ruderholm hatte weniger Glück: Er brach zusammen, und Gendrion sprang hastig hinzu, um dem zweiten Rudergänger zu helfen.

Endlich ließen sich nun Elfen aus Rodas' Gruppe vom Vormast herunter, entrollten die angeschlagene Leine und eilten dann zum Heck, um sie zu spannen.

„Achtung!“, brüllte Jalan plötzlich. „Sie kommen an Bord!“

Und tatsächlich erschütterte ein Stoß die „Wellenvogel“, der die Elfen zum Taumeln brachte, als die Rümpfe der Schiffe unsanft aneinanderstießen. Sofort wurden von dem Korsarenschiff mit dem Katapult Leinen mit eisernen Haken herübergeworfen. Einige verhakten sich an der Reling, wurden dann aber von Seeelfen durchtrennt, andere hingegen hielten, und die Korsaren zogen an den Leinen, um die Schiffe miteinander zu verbinden. Der angeschlagene Hintermast ächzte vernehmlich und drehte sich schließlich mit einem splitternden Geräusch.

„Er reißt den Vormast nieder“, brüllte Herolas. „Kappt ihn! Rasch, Elfen der See!“

Rodas' Gruppe hieb auf die alte Spannleine ein, die Bug und Heck über die Masten hinweg verband, und dies, obschon die zweite Leine noch nicht fest war und die Belastung für den Vormast bedenklich wurde, als er den Halt durch die Leine verlor.

Die ersten Korsaren schwangen sich unterdessen auf das Deck der Wellenvogel, wo sie von elfischen Klingen und Geschossen empfangen wurden. Schreiende Männer stürzten zwischen die Rümpfe der Schiffe, die immer enger aufeinander zugezogen wurden. Auf dem Korsarenschiff kürzte man nun in Windeseile alle Segel, damit das Schiff an Fahrt verlor und durch sein Gewicht die „Wellenvogel“ verlangsamte, um es so dem anderen Korsaren leichter zu machen, auf der gegenüberliegenden Seite anzulegen. Einige der Korsaren wurden von den aneinanderstoßenden Rümpfen zerdrückt, und Blut verschmierte die Bordwände, deren Holz immer wieder knirschend aufeinanderrieb. Der Hintermast neigte sich bereits auf das angelegte Korsarenschiff zu; er hielt zwar noch, aber sein Gewicht zerrte am Vormast und zog nun das Schiff auf die linke Seite.

Elfen fielen, von Pfeilen und Klingen getroffen, und Korsaren stießen in die sich öffnenden Lücken vor.

„Treibt sie zurück", rief Herolas erregt. „Und kappt den verfluchten Mast und die Wurfleinen! Wir müssen von ihnen freikommen, oder wir sind verloren!"

Ein Sichelgeschoss von der anderen Seite schlug jetzt in die Gruppe von Rodas, die gerade dabei war, die neue Leine zu spannen. Sofort sprangen andere Elfen hinzu, um die Erschlagenen zu ersetzen und die Leine wieder aufzunehmen, doch dünnten sie so die Linie der Kämpfer aus. Llarana fasste entschlossen ihren Bogen, drängte Herolas zur Seite und begann auf jene Korsaren zu schießen, die noch immer Wurfleinen zur „Wellenvogel" hinüberschleuderten. Lotaras schwang fluchend seinen Bogen über die Schulter, ergriff das Schwert eines toten Elfen und hastete dann zum Hintermast. Nahezu beiläufig erschlug er einen Schwarmmann, erreichte den Mast und begann, gefolgt von einem zweiten Elfen, entlang den Kerben hinaufzusteigen. Drei Wurfleinen der Korsaren hatten sich in der Mastspitze und der Spannleine verhakt, und die Männer an Bord des Schwarmschiffes bemühten sich, den Mast endgültig umzureißen. Gelang ihnen dies, bevor die alte Spannleine gekappt war, würde es auch den Vormast mitreißen.

Das zweite Suchschiff hatte inzwischen den Beschuss mit Sichelpfeilen eingestellt, um die Entermannschaft des anderen nicht zu gefährden. Nun näherte es sich bedrohlich und würde bald an der rechten Seite der „Wellenvogel" anlegen.

Gendrion schrie auf, als Herolas' Kopf plötzlich in den Nacken geworfen wurde und der Kapitän haltlos hintenüberfiel. „Verfluchte Bestien", schrie der Steuermann wütend, „mögen die Finsteren Abgründe euch alle verschlingen!"

Rodas bückte sich rasch und sah den Steuermann erleichtert an. „Das Geschoss traf nur den Helm. Er hat zwar einen mächtigen Schlag erhalten, aber er lebt."

„Den Wellen des ewigen Meeres sei Dank", seufzte Gendrion. „Rasch, macht die Spannleine fest."

Weiter vorne an der Reling fochten Elodarion und Jalan Seite an Seite. Ihre Kleider waren von Blut bespritzt, und sie kämpften mit der Entschlossenheit und Erfahrung alter Krieger. Auch wenn sie nicht gerüstet waren, hatte ihre Fertigkeit im Umgang mit den elfischen Klingen sie bislang vor einer Verwundung bewahrt.

Jalan stieß soeben einen Korsaren nieder und warf dann einen raschen Blick auf das Deck des Korsarenschiffes. Dieses war deutlich kleiner als die Wellenvogel, und sein Rumpf lag ein wenig tiefer. „Wir müssen ihre Ruderleinen durchtrennen", stieß er hastig hervor und deutete mit der blutbefleckten Klinge zum Heck des Feindes. „Dann können sie nicht mehr steuern, und wenn wir die Wurfleinen kappen, treibt er ab. Das verschafft uns Luft für den zweiten Feind."

Elodarion nickte und parierte den Schlag eines Angreifers. „Dann los, Erster des Hauses Deshay. Ihr hattet die Idee, also gebe ich Euch den Vortritt."

Die beiden Ältesten warfen sich einen kurzen Blick zu, dann stieß Jalan einen heiseren Schrei aus und stürzte mit wirbelnder Klinge vorwärts. Elodarion folgte nach, um ihm den Rücken zu decken, während eine Handvoll Seeelfen sich ihnen anschloss. Die Korsaren wurden überrascht. Hatten sie soeben noch die Elfen in die Defensive gedrängt, wurden sie nun von deren Gegenangriff zurückgeworfen.

Der größte Teil der Korsarenmannschaft war an Bord der „Wellenvogel“ gelangt, hatte aber, trotz der Übermacht, einen schweren Stand gegen den Feind. Doch das würde sich ändern, sobald das zweite Schiff auf der anderen Seite anlegte und auch dessen Mannschaft an Bord stürmte. Dann würde man die Seeelfen rasch aufreiben können. Nun aber war eine Gruppe Elfen an Bord des Schwarmschiffes gelangt und kämpfte sich entschlossen zum Heck mit dem Steuer durch. Der Korsarenkapitän schrie erregt nach Verstärkung, und die Männer der Entermannschaft folgten seinem Ruf. So wurde der Druck auf die Elfen an Bord der „Wellenvogel“ etwas reduziert, während der auf Jalans und Elodarions Gruppe wuchs.

Lotaras und der Seeelf hatten soeben die Spitze des Hintermastes erreicht. Erst eine, dann zwei der Wurfleinen waren bereits gekappt, als der Seeelf von einem Pfeil getroffen wurde. Lotaras schlug hastig auf die verbliebene Wurfleine ein und sah aus den Augenwinkeln, wie ihm gegenüber Korsaren in die Spitze ihres eigenen Mastes aufstiegen. Ihre Absicht war klar, sie wollten Lotaras daran hindern, die Leine zu durchtrennen.

Die Schiffe rollten leicht im Wellengang des Meeres, und im Takt der Wogen strebten die Mastspitzen aufeinander zu und entfernten sich wieder. Lotaras hatte keine Zeit, Übelkeit zu empfinden. Manchmal sah er die festen Planken der „Wellenvogel“ unter sich, dann wieder das Wasser des Meeres und das Deck des feindlichen Schiffes. Er klammerte sich an der Mastspitze fest und hieb erneut mit der Klinge nach der Wurfleine, er verfehlte sie und schlug abermals nach ihr.

Zwei der Korsaren waren nun an der Spitze ihres Mastes

und versuchten, Lotaras mit ihren Klingen hinabzustoßen. Der Elf knurrte wütend und schlug abwechselnd nach den Korsaren, dann wieder nach der widerspenstigen Leine, wobei er dem Takt der sich bewegenden Schiffe folgte. Einer der Schwarmmänner wurde getroffen, schrie auf und stürzte ab. Der andere sah Lotaras mit grimmig gefletschten Zähnen an, und schon schlugen die Klingen der beiden Kontrahenten Funken sprühend aneinander.

Endlich gab die Wurfleine nach, und Lotaras nahm sich die alte Spannleine zum Ziel, noch während er den Hieb des Korsaren parierte. Mit seinem nächsten Streich traf er einen der Leinenstränge, und das Schiff legte sich zur anderen Seite. Schon war auch der zweite Leinenstrang durchtrennt, und erneut neigte sich die „Wellenvogel", diesmal jedoch wieder auf den Korsaren zu, bis die Schwerter abermals aufeinandertrafen.

Unten an Deck war es Llarana unterdessen gelungen, eine Handvoll Elfen um sich zu sammeln. Das zweite Korsarenschiff war nun so nahe, dass seine Besatzung Anstalten machte, ihre Wurfleinen zu schleudern, und die Männer an der Reling kampfeslüstern mit ihren Waffen drohten.

„Zielt auf die Bestien mit den Wurfleinen", rief sie den Bogenschützen zu. „Ich kümmere mich um die Männer am Ruder."

Oben im Mast gelang es Lotaras, den Korsaren tödlich zu treffen. Während sein Gegner stumm ins Meer hinabstürzte, konnte er die Leine endlich durchtrennen. Mit vernehmlichem Splittern begann sich der Hintermast weiter zu neigen. Sein endgültiger Sturz war nicht mehr aufzuhalten. Mit elfischer Geschicklichkeit balancierte Lotaras auf dem sich immer weiter neigenden Mast auf das Deck der „Wellenvogel" hinab. Dann war ein berstendes Krachen hören; Holzsplitter lösten sich, und der Hintermast schlug endgültig um. Er zerbrach einen Teil der Reling und klatschte mit seiner Spitze vor dem Bug des Feindschiffes in die See.

Die Wirkung machte sich sofort bemerkbar.

Der halb im Wasser liegende Mast zog die „Wellenvogel" noch deutlicher auf die linke Seite, und das Deck neigte sich stark. Zugleich bremste sein Widerstand die Fahrt des elfischen Schiffes und zog es herum. Dies erwies sich gleichermaßen als tödliche Gefahr und als Segen.

Denn die „Wellenvogel" wurde nun so stark gebremst, dass die beiden großen Kampfsegler der Korsaren die Chance erhielten, doch noch zu ihr aufzuholen. Dafür wurde das zweite Suchschiff nun behindert, denn das Deck des elfischen Seglers hob sich so weit an, dass es den Schwarmmännern unmöglich wurde, an Bord der „Wellenvogel" zu gelangen.

Rodas' Gruppe hatte endlich die neue Spannleine angeschlagen und war dann zum quer liegenden Hintermast gehastet, um dort auch die letzte Verbindung zwischen Mast und Schiff zu trennen. Der Mast musste über Bord, damit das Schiff freikam und wieder manövrieren konnte. Rings um Rodas' Männer herum tobte erbittert der Kampf, während sie selbst unbeirrt auf das Holz einschlugen.

Dann brach mit einem lauten Knall die letzte Verbindung. Der Zug des eigenen Gewichts und des im Wasser treibenden Segels zog den Hintermast endgültig über Bord. Zwei unglückliche Seeelfen und ein Korsar wurden dabei mitgerissen und landeten aufschreiend im Wasser, während sich das Schiff ruckartig aufrichtete.

„Wir sind wieder frei", brüllte Gendrion triumphierend auf. „Stützt das Ruder", rief er den Männern am Ruderbalken zu. „Und dann geradlinig zwischen den Bestien hindurch."

Erst eine, dann eine zweite Wurfleine der Korsaren hielten dem Zug der vorwärtsstrebenden „Wellenvogel“ nicht stand und zerfetzten mit peitschendem Knall. Erneut schien ein Ruck durch das Schiff zu gehen, das sich nun endgültig von den Schwarmschiffen löste.

Triumphierende Seeelfen machten die verbliebenen Korsaren an Bord nieder, griffen zu den Bogen und lösten letzte Pfeile auf die Feindschiffe, die immer mehr zurückfielen.

Gendrion bückte sich erleichtert zu Herolas, der sich langsam regte. Das Symbol der Häuser der See an seinem Helm, die aufragende Muschel, war verbogen und zeugte so von der Wucht, mit der ein Korsarenpfeil es getroffen hatte. Es hätte sicher nicht viel gefehlt, und der Schlag hätte Herolas das Genick gebrochen. Gendrion nahm seinem Kapitän behutsam den Helm ab. An Herolas' Stirn begann sich eine deutliche Verfärbung zu zeigen.

„Du wirst eine Weile üble Kopfschmerzen haben“, sagte Gendrion, als Herolas die Augen aufschlug, aber die Erleichterung in seiner Stimme war unverkennbar.

Lotaras und Rodas kamen nun zum Heck des Schiffes, erschöpft vom Kampf, aber siegreich. Dennoch lag kein Triumph in ihren Blicken. Im Gegenteil, Lotaras' Stimme klang niedergeschlagen.

„Keine Sorge“, sagte Gendrion beschwichtigend. „Er wird wieder auf die Beine kommen, und niemand kann uns nun noch auf unserem Weg nach Gendaneris aufhalten. Denn ein anderer Hafen kommt nicht in Betracht, die ‚Wellenvogel‘ hat zu viel Schaden genommen.“

Lotaras nickte betrübt. „Ich fürchte, guter Herr Gendrion, den Hafen zu erreichen, ist unser geringstes Problem.“

„Ich weiß“, erwiderte der Steuermann. „Wir können nur

hoffen, dass er noch in den Händen der Alnoer ist."

„Das meine ich nicht." Lotaras sah Llarana betroffen an, die nun ebenfalls zu ihnen trat. „Jalan und Elodarion. Sie kamen nicht mit zurück. Sie sind noch an Bord des gegnerischen Seglers."

Gendrion erblasste und blickte instinktiv zu den beiden Suchschiffen der Korsaren zurück.

Die Ältesten des Hauses Elodarion und Deshay in der Hand des Feindes. Und zudem lebend, wie das triumphierende Gebrüll an Bord des einen Schiffes bewies.

13

Es standen weitaus mehr Wachen auf dem Torwall von Gendaneris als üblich, und die Helfer des Händlers Helderim, die auf dem Platz dabei waren, die letzten Frachtwagen zu entladen, ahnten wohl nicht, in welcher Gefahr sie alle schwebten. Während seine Frau Gunwyn sich über die Aussicht der langen und beschwerlichen Rückfahrt ausließ, konnte Helderim seine Furcht nur mühsam unterdrücken. Hektisch trieb er die Helfer zur Eile an und warf immer wieder nervöse Blicke auf die angeblichen Gardisten, die den Platz umringten.

„Er wird uns noch verraten, der gute Herr Helderim“, flüsterte Garwin grimmig. „Er sieht zu oft zu den Wachen hinüber.“

„Unsere Pferdelords sind bereit.“ Nedeam räusperte sich voll Unbehagen. Er war nie zuvor in einer vergleichbaren Situation gewesen: Umringt von Feinden zog doch niemand eine Waffe, denn alle waren bemüht, die Gegnerschaft voreinander zu verbergen.

„Ein falsches Wort, guter Herr Nedeam, eine falsche Geste können die Katastrophe auslösen“, sagte Garwin leise. „Wir würden den Kerlen einen guten Kampf liefern, aber der Ausgang wäre gewiss. Wir sind auf dem Platz zusammengedrängt und finden zwischen den Wagen kaum Deckung, der Feind hingegen hat sicherlich seine Bogenschützen in den Häusern am Platzrand postiert.“

„Helderims Männer sind nun beinahe fertig.“ Nedeam blickte prüfend über die Mauerkrone hinweg hinauf zur Sonne. „Einen viertel Zehnteltag noch, und wir können Gendaneris den Rücken kehren.“

Sie erblickten die schlanke Gestalt des angeblichen Hauptmanns, auf dessen Helm die beiden Federn wippten. Er schob sich durch die Menge der Arbeiter hindurch und näherte sich Nedeam und Garwin mit einem freundlichen Lächeln im Gesicht.

„Ich hasse dieses Lächeln“, zischte Garwin. „Es zeugt von Hinterlist und Hochmut.“

„Der Mann versucht nur freundlich zu sein, damit wir keinen Argwohn schöpfen“, erwiderte Nedeam ebenso leise. „Ich glaube nicht, dass er hochmütig ist. Glaubt mir, Hoher Herr Garwin, dieser Mann ist gefährlich.“

„Er wird es nicht mehr sein, wenn er erst meine Klinge spürt.“

„Beherrscht Euch, Garwin“, sagte Nedeam eindringlich, „oder niemand von uns wird Gendaneris lebend verlassen, und auch Dorkemunt wird uns nur noch ehrenvoll auf dem Ritt zu den Goldenen Wolken begleiten können.“

„Ihr habt recht“, seufzte der Sohn des Pferdefürsten. „Aber wahrhaftig, es reizt mich, die Klinge mit diesem Mann zu kreuzen.“

„Ich sehe, die Arbeit geht gut voran“, sagte der Hauptmann, als er die beiden Pferdelords erreicht hatte, und wies mit einer unbestimmten Geste über den Platz. „Noch vor dem Mittag werdet Ihr wohl fertig sein.“ Sein Lächeln vertiefte sich noch. „Ich hoffe, Ihr hattet eine angenehme Nachtruhe. Es gab ein wenig Lärm in der Stadt. Meine Gardisten haben noch einige der Korsaren gestellt. Glücklicherweise gelangten die Bestien nicht bis zu Euch.“

„Das wäre sicherlich sehr interessant geworden“, erwiderte Garwin heiser.

Vielleicht unbewusst schlug er dabei den grünen Umhang

der Pferdelords über die Schulter zurück und legte die Hand hinter den Griff seines Schwertes.

Helderim eilte herbei, warf dem Hauptmann einen nervösen Blick zu und meldete Garwin dann, dass die Arbeiten beendet seien.

„Nun, ich will nicht unhöflich erscheinen", meinte der Hauptmann, „aber es wäre am sichersten für Euch, die Stadt bald zu verlassen. Die Korsaren, Ihr versteht?"

„Ja, natürlich verstehen wir das." Garwin lächelte kalt. „Es wird sich bestimmt noch eine Gelegenheit ergeben, mit ihnen die Klingen zu kreuzen."

„Vielleicht." Der Hauptmann sah Garwin abschätzend an. „Obwohl es Euch, Hoher Herr, schwerfallen dürfte, mit dem Pferd übers Wasser zu reiten, um sie zu erreichen." Erneut erschien das Lächeln auf seinem Gesicht. „Aber wer vermag schon die Wege des Schicksals vorherzusehen? Bei dieser Gelegenheit erlaubt mir eine Frage: Welchen Weg werdet Ihr nehmen, Männer des Pferdevolkes? Ich weiß, es geht mich eigentlich nichts an, aber Ihr solltet dem Fluss Genda fernbleiben. Möglicherweise treiben sich noch immer Korsarenschiffe auf ihm herum. Schwere Kampfsegler, die Euch übel mitspielen könnten." Er lachte leise auf. „Es wird noch eine Weile dauern, bis unsere Marine den Fluss von ihnen gesäubert hat."

„Nun, wir werden wieder den Weg über die Handelsstraße von Gendaneris nehmen", erwiderte Garwin und sah Helderims erleichtertes Nicken.

„Wie ich sehe, fahren die letzten Wagen vom Platz." Der Hauptmann zuckte die Schultern. „Nochmals, Ihr Herren, verzeiht die momentane Ungastlichkeit der Stadt. Bei anderer Gelegenheit werdet Ihr uns hochwillkommen sein, dessen seid Euch gewiss."

„Ich werde Euch daran erinnern, Hauptmann“, entgegnete Garwin und betonte den Rang seines Gegenübers auf eine Weise, die bei diesem ein Stirnrunzeln hervorrief.

„Wir verstehen Eure Lage“, versicherte Nedeam rasch. „Zudem sind wir schon recht lange und sehr weit von unserer Mark entfernt. Die meisten drängt es ohnehin zurück zu ihren Familien.“

Wenig später verließen auch die letzten Pferdelords die Stadt Gendaneris. Nedeam blickte kurz zurück, als er den leichten Schlag hörte, mit dem die beiden Flügel des Tores in ihre Rahmen fielen. Er sah Garwin fragend an. „Und nun, Hoher Herr? Sollen wir der Handelsstraße folgen?“

„Warum fragt Ihr, Nedeam?“

„Ich denke an Gendaneris und den Rauch, den wir vor Tageswenden in der Richtung von Mintris aufsteigen sahen. Dieser Hauptmann warnte uns, dem Fluss zu folgen, und ich kann mir nur einen Grund dafür vorstellen.“

Garwin leckte sich unsicher über die Lippen. „Ihr meint, wenn Mintris angegriffen wurde, hat der König des Reiches Alnoa seine Truppen dorthin geschickt?“

„Wenn Mintris angegriffen wurde, und inzwischen zweifle ich kaum mehr daran, dass der Rauch, den wir sahen, genau dies bedeutete, dann können es nur Korsaren gewesen sein. Die Streitkräfte Alnoas werden dem Fluss folgen, um den Feind zu stellen, und dort, an seinen Ufern, werden wir ihnen begegnen.“

„Mit den Wagen sind wir langsam, auch wenn sie nun keine Fracht mehr tragen“, wandte Garwin ein. „Schließlich müssen sie der Straße folgen.“

„Eine Schar hingegen wäre unabhängig und schnell.“

„Schön.“ Garwin seufzte leise. „Nehmt eine Schar und

sucht nach den Truppen Alnoas. Informiert sie über unseren Verdacht und dann kehrt zur Kolonne zurück."

„Wollt Ihr nicht ebenfalls zur Befreiung der Stadt beitragen?" Nedeam wies zur Kolonne. „Der Beritt ist bereit."

„Es ist nicht unsere Stadt, und daher geht sie uns nichts an." Garwin wandte sich im Sattel um, doch Gendaneris war ihren Blicken bereits entschwunden. „Der Beritt hat den Auftrag, die Wagen zu schützen, und das wird er auch tun, guter Herr."

Nedeam erwiderte den Blick Garwins, und keiner von ihnen wollte der Erste sein, der die Augen niederschlug. Das polternde Geräusch von Hufschlag gab ihnen einen Vorwand, sich nach dem Reiter umzusehen.

Garwin stützte sich auf das Sattelhorn und sah Dorkemunt gleichmütig an, nachdem dieser sein Pferd vor ihnen gezügelt hatte. „Schön, guter Herr Dorkemunt, ich kann mir denken, was Euer Begehr ist. Sucht also mit dem guten Herrn Nedeam nach den Truppen des Königs dieses ungastlichen Reiches." Er bemerkte, wie die beiden Freunde einander ansahen. „Und anschließend, Ihr Herren, kehrt Ihr zur Kolonne zurück."

Die beiden Angesprochenen erwiderten nichts. Nedeam nickte Garwin nur kurz zu, dann zog er sein Pferd herum. Der Sohn des Pferdefürsten blickte ihnen nach, als sie, begleitet von einer kleinen Schar, in Richtung des Flusses davonritten. Er war versucht, sie zurückzurufen, aber dann unterließ er es. Er hatte die Augen der beiden erfahrenen Pferdelords gesehen, und ihm war klar geworden, dass sie ihren eigenen Weg beschreiten würden. Sein Blick fiel auf die Schwertmänner in den grünen Umhängen der Pferdelords. Er spürte ihren Widerwillen gegen diesen Rückzug. Denn sie wussten instinktiv, dass Gendaneris in Not war, und es gefiel ihnen nicht, der hilflosen Stadt den Rücken zu kehren.

14

Segu-Mar T'os war erleichtert, den Helm des Gardehauptmanns endlich abnehmen zu können. Befreit warf er ihn auf das Feld vor dem Tor von Gendaneris. Elek-Mar T'os trat neben ihn und sah nachdenklich auf die dünne Staubfahne, die in der Ferne zu erkennen war.

„Sie nehmen tatsächlich die Handelsstraße von Gendaneris", brummte der Schwarmführer der Dornfische zufrieden.

Doch Segu-Mar schüttelte den Kopf. „Ihre Wagen, ja. Aber ich möchte wetten, dass ein Teil von ihnen zum Fluss unterwegs ist."

„Wir hätten sie alle töten sollen."

„Du weißt, dass das nicht möglich war." Segu-Mar strich über die Zinne aus weißem Stein. „Zu viele der Pferdemenschen waren außerhalb der Stadt."

„Sie sind nicht dumm." Elek-Mar seufzte. „Sie ahnen, was in Gendaneris vor sich geht, und werden die Truppen Alnoas herbeirufen."

„Das werden sie", stimmte Segu-Mar zu.

Der Schwarmführer lächelte kalt. „Nun, es spielt keine Rolle mehr. Der Schwarm der Sternsegler hat seine Beute fast verladen. Sollen sie ruhig von dannen ziehen, es hat reichlich für alle gegeben. Gegen Abend werden wir ebenfalls so weit sein und können dieser Stadt den Rücken kehren. Ich bin froh, wenn wir sie endlich hinter uns lassen. Mir fehlt die Freiheit des Meeres, mein Freund. In diesen Mauern fühlt man sich gefangen, auch wenn man selbst der Wärter ist."

„In der Nacht gab es Unruhe."

Elek-Mar zuckte die Schultern. „Nichts von Belang. Zwei Stadtbewohner haben versucht, die Pferdemenschen zu warnen. Einer starb durch die Klinge einer Wache, der andere wurde gefangen. Die Dornenhand hatte ihren Spaß mit ihm."

Segu-Mar erschauerte leicht. „Die Dornenhand hat ein wenig zu viel Vergnügen an ihrer Arbeit."

„Umso abschreckender ist es für andere." Der Schwarmführer lachte erneut auf und schlug seinem Stellvertreter auf die Schulter. „Komm, lass uns die Weiber besichtigen. Die Besten heben wir uns für unseren Schwarm auf, die anderen mag der Malaquant für die Versteigerung haben."

„Was ist mit den Männern und Kindern?"

Elek-Mar warf einen Blick über die Stadt. „Eigentlich sind sie nutzlos. Vielleicht sollten wir sie einfach töten, aber ich glaube, das wäre falsch. Wenn die Stadt keine Bewohner mehr hat, lohnt es sich nicht mehr, sie erneut zu besuchen."

Der Schwarmführer lachte grob. „Lass die Überlebenden hier. Wir nehmen nur die jungen und hübschen Weiber mit und die Vorräte. Achte darauf, dass alles Metall und Gold verladen wird. Und mach den Männern ein wenig Wind unter den Segeln. Je schneller wir Gendaneris verlassen, desto besser. Ich glaube, diese verfluchten Pferdemenschen werden die Garde schnell genug heranführen."

15

Nedeam und Dorkemunt waren mit der kleinen Schar zum Ufer des Genda vorgestoßen und ritten nun stromaufwärts. Früher oder später würden sie den Truppen des Reiches der weißen Bäume begegnen, davon waren sie beide überzeugt. Schließlich sahen sie vor sich eine dünne Staubfahne aufsteigen, an deren Basis ein Gleißen und Funkeln erkennbar wurde: Sonnenlicht, das sich auf Rüstungen und Waffen spiegelte. Umrisse wurden erkennbar und gewannen zunehmend an Kontur.

„Pferdelords", murmelte einer der Schwertmänner.

Dorkemunt schüttelte den Kopf. „Sie mögen auf Pferden reiten, aber deswegen sind sie noch lange keine Pferdelords."

„Immerhin, sie reiten wie unsere Schwertmänner", stellte Nedeam fest. „Marschkolonne zu vieren, wie es nur die Besten beherrschen."

„Der König von Alnoa wird auch die Besten aufbieten müssen, wenn er Gendaneris dem Feind entreißen will." Dorkemunt seufzte leise. „Warten wir, bis sie bei uns sind, das schont unsere Pferde. Ich bin gespannt, was das Reich der weißen Bäume zu bieten hat."

Die Kolonne vor ihnen wurde immer deutlicher. Mann und Pferd waren nun gut zu unterscheiden. Über den vorderen Reitern flatterte ein grauer Wimpel mit dem Symbol der weißen Bäume Alnoas. Die Grundform des Feldzeichens war rechteckig, aber es war an der Flugseite tief eingeschnitten, sodass es fast schien, als wehten dort zwei dreieckige Tücher direkt übereinander. Aus der Kolonne ertönte ein helles Hornsignal, und Reiter schwärmten nach rechts und links aus und flankierten den Haupttrupp, der den Pferdelords der Hochmark entgegentrabte.

Die Männer trugen die volle Rüstung der Garde des Königreiches, und an ihren Helmen wehten einzelne gelbe Federn im Reitwind. Einige von ihnen, offensichtlich die Offiziere der Einheit, führten zwei Federn und trugen zusätzlich einen grauen Umhang, welcher vom Schnitt her dem der Pferdelords ähnelte. Als die Kolonne Nedeams und Dorkemunts Schar erreicht hatte, hob der Mann, der an der Spitze ritt, die Hand und ließ haltmachen.

„Männer aus dem Land des Pferdevolkes, wie ich sehe", sagte er mit angenehmer Stimme zu den beiden gewandt. „Und ein wenig vom Weg abgekommen, wie mir scheint. Die Handelsstraße liegt in jener Richtung." Er wies in einer gleichmütig wirkenden Bewegung mit der Hand in Richtung der Straße von Gendaneris.

„Wir stehen in Diensten des Pferdefürsten Garodem aus der Hochmark des Pferdevolkes", sagte Nedeam freundlich. „Ich bin Nedeam, und der gute Herr hier neben mir ist Dorkemunt, ein verdienter Pferdelord."

Der Mann hatte einen schmalen Oberlippenbart und nickte zu Nedeams Worten. Nachdenklich ließ er den Blick über die Schar gleiten und strich dabei über seinen Bart, dann seufzte er leise. „Ich bin der Hochgeborene Leth ta Valos und habe die Ehre, stellvertretender Kommandeur des fünften Regiments der Gardereiterei Ihrer Majestät zu sein. Da nun der Förmlichkeit Genüge getan ist, habt Ihr sicherlich die Freundlichkeit, mir Eure Route fernab der Straße zu erklären."

„Wir haben einen Transport nach Gendaneris begleitet", erklärte Nedeam. Der Offizier strahlte eine gewisse Überheblichkeit aus, die den jungen Pferdelord an Garwins Art erinnerte. Er unterdrückte ein unbehagliches Gefühl und bemühte sich, ein freundliches Gesicht zu machen. „Ich fürchte, wir bringen Euch schlechte Nachrichten, Hoher Herr. Gendaneris scheint in der Hand des Feindes zu sein."

Ta Valos runzelte die Stirn. „Das ist unmöglich. Die Stadt ist gut befestigt und hat eine starke Besatzung. Kein hergelaufener Barbar kann hoffen, ihren Wall zu nehmen." Er beugte sich im Sattel vor. „Erklärt mir also, wie Ihr auf einen solchen Gedanken kommt, Herr Nedeam aus der Hochmark des Pferdevolkes."

„Wir wurden ausgesprochen unfreundlich empfangen." Nedeam suchte nach den richtigen Worten, um den Offizier der Gardereiterei zu überzeugen. „Die Soldaten der Garde wirkten allesamt sehr … nun … unsoldatisch."

„Unsoldatisch?", fragte Valos lächelnd. Er deutete auf die Schar der Schwertmänner. „Etwa so, wie Eure Männer aussehen, Nedeam aus der Hochmark?"

„Wir sind keine herumstreunenden Barbaren auf Raubzug", stieß Dorkemunt heiser hervor. „Doch die Männer in Gendaneris sahen genau so aus. Wir haben auch keine der normalen Bewohner der Stadt zu sehen bekommen."

„Man ließ uns nur bis auf den Platz hinter dem Haupttor", fügte Nedeam hinzu. „Und ein angeblicher Hauptmann der Garde erzählte von einem kürzlich erfolgten Überfall der Korsaren."

„Hochgeborener, es waren möglicherweise jene Bestien, die auch Mintris heimgesucht haben", warf ein anderer Offizier ein. „Es kann durchaus ein Kampf stattgefunden haben."

Ta Valos sah den Mann verärgert an. „Ich sehe Euch Eure Unerfahrenheit und Jugend nach, Hochgeborener Tonat ta

Enderos. Aber die Tatsache, dass Euer Vater das Regiment führt, gibt Euch nicht das Recht, mir ins Wort zu fallen.“ Er schüttelte mit einer bedauernden Geste den Kopf. „Ich muss Euch auffordern, zu Eurem Beritt zurückzukehren. Dies ist eine Angelegenheit des Regiments und nicht Eures Beritts.“

Das Gesicht des jungen Hauptmanns rötete sich vor Ärger, doch er salutierte nur mit einer knappen Bewegung und zog dann sein Pferd herum. Ta Valos wandte sich wieder den Pferdelords zu. „Ihr erwähntet einen Überfall auf die Stadt? Nun, da habt Ihr wohl auch die Erklärung für den unfreundlichen Empfang. Und nehmt es mir nicht übel“, fuhr der Gardeoffizier fort, „aber auf zivilisierte Menschen wirkt ihr ein wenig … Furcht einflößend. Möglicherweise befürchteten die Männer der Garde einen Angriff aus Euren Reihen.“

„So ein verdammter Unsinn.“ Dorkemunt legte die Hand an seine Streitaxt und trieb sein Pferd neben das des Alnoers. „Ein Scharführer der Hochmark wäre mit seinem Beritt längst auf dem Weg, um in der Stadt nach dem Rechten zu sehen, statt Freunde mit Unhöflichkeiten zu überziehen.“

Ta Valos' Gesicht wurde für einen Augenblick ausdruckslos, bevor er sich leicht im Sattel verneigte. „Verzeiht, Ihr habt recht. Es gilt die Form zu wahren, und ich habe die Regeln der Höflichkeit verletzt. Seht es mir nach, Herren des Pferdevolkes.“ Erneut strich der Offizier über seinen Oberlippenbart und überlegte. „Unser Regiment hat die Korsaren in Mintris gestellt und sie auf ihre Schiffe zurückgetrieben. Ein Teil unserer Beritte bestreift nun die Handelsstraße, um sicherzugehen, dass keine Trupps der Barbaren ins Innere des Reiches vorgestoßen sind. Wir hingegen folgen einem Geschwader unserer Marine, das die Schwarmschiffe auf dem Fluss Genda zurück ins Meer treibt. Gendaneris hat sicherlich erfahren, dass Korsaren im Land sind, und wenn ein Überfall stattgefunden hat, ist ein Verhalten der dortigen Garde, wie Ihr es beschrieben habt, immerhin verständlich."

„Wir sind Verbündete und Freunde, seit den Tagen der Schlacht vor der Weißen Stadt." Dorkemunt musterte die Gardereiter. „Das wissen auch Eure Männer in Gendaneris."

Ta Valos nickte zu seinen Worten. „Wahrlich, Eure Verdienste sind im Königreich nicht vergessen, Ihr Herren."

„Dann vertraut uns und reitet nach Gendaneris", sagte Nedeam beschwörend.

„Es ist ohnehin unser Ziel." Ta Valos wies hinter sich zu der wartenden Kolonne. „Das Regiment wird sich dort wieder vereinen und sich von den Strapazen des Ritts erholen."

„Wir würden uns Euch gerne anschließen", sagte Nedeam aus einem Impuls heraus.

Ta Valos zögerte, aber dann zuckte er die Schultern. „Nun, wenn Ihr uns nicht behindert, soll es mir recht sein. Ihr müsst verstehen, das fünfte Regiment ist einen scharfen Ritt gewöhnt."

Nedeam legte Dorkemunt beschwichtigend die Hand an den Arm, denn er spürte, dass der Freund zu einer harschen Erwiderung ansetzen wollte. „Wir werden uns bemühen, Euch nicht hinderlich zu sein."

„Schön", seufzte der Offizier. „Ihr dürft Euch der Nachhut anschließen."

Die Gardereiterei trabte auf ta Valos' Kommando hin an, und die Pferdelords ließen die lange Viererkolonne passieren, um sich an deren Ende anzuschließen.

„Bei den Finsteren Abgründen", brach es nun aus Dorkemunt hervor, „dies ist ein unfreundliches Land mit schlecht erzogenen Menschen, Nedeam, mein Freund. Solche mangelnde

Umgangsformen bin ich allenfalls von Orks gewöhnt, und nun dürfen wir auch noch den Staub der alnoischen Reiter schlucken."

„Ich verstehe deinen Unmut", stimmte Nedeam zu, „und unsere braven Schwertmänner sind ebenso erbost."

„Warum folgen wir ihnen dann?" Dorkemunt spuckte aus. „Ich beginne die Meinung des Hohen Herrn Garwin zu teilen. Wir sollten diese Alnoer sich selbst überlassen."

„Ich bin einfach neugierig, wie sie sich schlagen werden", bekannte Nedeam daraufhin grinsend und lachte dann auf.

„Hm." Dorkemunt stimmte in sein Lachen ein. „Ja, das kann ich verstehen, mein Freund."

Sie ritten in schnellem Trab und bemerkten rasch die Unterschiede zwischen einem Beritt der Pferdelords und einem der Garde. Die Gardereiterei wechselte häufig vom Schritt zum Trab, saß jedoch nicht wie die Pferdelords regelmäßig ab, um die Pferde zu schonen. Auch war ihr Marsch weitaus auffälliger als jener der Schwertmänner. Obwohl auch Garodems Reiter gerüstet waren, schätzten sie einen leisen Ritt, die Garde Alnoas hingegen verursachte lautes Klappern und Klirren von Waffen und Rüstungsteilen. Jeder der Gardisten führte ein langes Schwert und eine Stoßlanze, und an den Sätteln hingen rechteckige Schilde, welche die Kämpfer im Gefecht zu Fuß schützten. Ta Valos führte drei Beritte, die mit jeweils hundert Mann genauso stark waren wie die des Pferdevolkes. Die drei Wimpel flatterten an den Spitzen ihrer Abteilungen, wurden aber nicht von den Hauptleuten selbst geführt, sondern von besonderen Bannerträgern. Dies erinnerte Nedeam auf unangenehme Weise an Garwin, der sich den Wimpel ebenfalls hinterhertragen ließ.

Einer der Schwertmänner trieb sein Pferd zu Dorkemunt

und Nedeam und wies auf die Reiter der alnoischen Nachhut. „Das sind keine wahren Pferdelords, Ihr guten Herren. Sie machen viel Lärm und schonen ihre Pferde kaum. Habt Ihr Euch das Zaumzeug angesehen? Sie haben ihren Tieren eiserne Stangen zwischen das Gebiss gelegt, an denen die Zügel befestigt sind. Jede Bewegung am Zügel führt dazu, dass die Stange am Maul des Pferdes einschneidet. Das sind Barbaren, aber keine Pferdelords, das sage ich Euch."

Die Reitpferde des Pferdevolkes trugen ledernes Zaumzeug, und ihre Tiere brauchten nur einen leichten Zug am Zügel oder etwas Schenkeldruck, um dem Willen des Reiters zu folgen. Die Zügel waren an einem leichten Kopfgeschirr befestigt, und die Kandare der alnoischen Reiter war ihnen unbekannt. Dorkemunt sah den Schwertmann ungläubig an, dann trieb er sein Pferd nach vorne, ritt einen Moment neben den hinteren Reitern der Garde her und kehrte dann zurück.

Sein Blick verriet seinen Grimm. „Der gute Herr hat recht. Sie rammen ihren Pferden Stangen zwischen die Zähne. Diese Barbaren."

„Wahrscheinlich sind sie einfach schlechtere Reiter", erwiderte Nedeam zögernd.

„Sie quälen ihre Pferde und sind unhöflich", knurrte Dorkemunt. „Wahrhaftig, Nedeam, unser Volk hat sich merkwürdige Freunde gewählt."

Vor ihnen tauchte Gendaneris auf. An der Spitze der Garde ertönte ein schmetterndes Hornsignal, und die Pferdelords erwarteten, dass die Kolonne nun halten werde. Stattdessen begann sie in raschem Trab dem Stadttor zuzustreben.

„Was macht der verfluchte Narr da?", sagte Dorkemunt erregt. „Der will doch nicht etwa mit der gesamten Reiterei in die Stadt einrücken!"

„Sieht ganz so aus“, murmelte Nedeam tonlos. Die Schar der Pferdelords verharrte und sah zu, wie sich die Reiter der Garde unverdrossen im klirrenden Trab der Stadt näherten.

„Bei den Finsteren Abgründen, er muss doch zuerst erkunden, ob der Feind die Stadt besetzt hält!“ Dorkemunt schlug wütend auf das Sattelhorn. „Stattdessen führt er seine Männer aufs offene Feld hinaus, wo sie eine Zielscheibe für den Feind abgeben.“

Auf dem Torwall von Gendaneris wurde es lebendig. Zu den wenigen Wachen, die ihn bislang besetzt hielten, strömten weitere Männer hinzu, während die wuchtigen Torflügel langsam auseinanderschwangen.

„Sie öffnen das Tor. Verfluchter Narr, er reitet wirklich ein.“ Dorkemunt schüttelte den Kopf. „Ich hätte diesen arroganten Kerl aus dem Sattel schlagen sollen, dann müssten wir nun nicht mit ansehen, wie er seine Reiter ins Verderben führt.“

„Vielleicht haben wir uns ja getäuscht?“, meinte einer der Schwertmänner hinter ihnen.

Der erste Beritt der Garde war bereits innerhalb der Stadt, der zweite folgte soeben.

„Nein, wir haben uns nicht getäuscht.“ Nedeam schüttelte den Kopf. „Glaubt mir, ich spüre es. Die Männer Alnoas reiten in eine Falle. Eine Falle, wie sie auch für uns gedacht war, die aber nicht zuschnappte, weil ein Teil von uns vor den Mauern blieb.“

„Wenn du recht hast, Nedeam, mein Freund, dann kann es die Reiter der Garde vielleicht retten, wenn wir auch diesmal vor der Mauer bleiben.“

Nedeam sah seinen Freund betrübt an. „Wir waren Fremde für die Besetzer der Stadt. Jetzt reiten Männer hinein, die Gendaneris und seine Bewohner, oder zumindest einige seiner Gardisten, kennen sollten. Schließlich kennen sich auch die Männer unserer Beritte untereinander. Nein, wer die Stadt besetzt hält, weiß, dass er nun enttarnt werden wird, und er …“

Nedeam verstummte und wurde bleich, als Schreie in der Stadt ertönten. Das Wiehern von Pferden und das Klirren von Waffen waren zu hören, und ein Großteil der Männer auf der Mauer wandte sich, plötzlich Bogen in den Händen haltend, dem Stadtinneren zu und begann Pfeile zu lösen. Auf wen sie da schossen, war den Pferdelords nur zu klar.

Glücklicherweise war ein Teil der dritten Reiterabteilung noch nicht in die Stadt eingeritten. Die Falle war zwar zugeschnappt, aber sie hatte sich nicht ganz geschlossen. Und so begannen die Gardisten der dritten Abteilung erbittert das Tor zu verteidigen, um zu verhindern, dass es geschlossen würde.

„Dieser Narr, dieser elende Narr“, stieß Nedeam grimmig hervor. Er wandte sich einem der Schwertmänner zu. „Eile wie der Wind zu unserem Beritt und berichte, was hier geschehen ist. Nun muss Garwin Hilfe für Gendaneris schicken.“

Der Schwertmann zog sein Pferd halb herum und sah Nedeam fragend an. „Und Ihr, guter Herr?“

„Was schon?“, zischte Dorkemunt und löste seine Streitaxt. „Was bleibt uns zu tun? Ein Pferdelord lässt keinen Mann in Not zurück.“

Nedeam nickte. „Vielleicht können wir ein paar Männer retten. Die Reiter der Garde haben keine Bogenschützen dabei. Sie können sich mit ihren Schilden nur mühsam schützen. Wir hingegen“, er schlug gegen seinen Bogen, „haben Bogen und werden einige der Schützen von der Mauer schießen. Das mag zumindest einem Teil der Garde ermöglichen, sich zu retten. Und jetzt reitet, Schwertmann Garodems, damit Ihr bei Eurer Rückkehr noch Leben vorfindet."

Während der Bote im gestreckten Galopp davonritt, saßen Nedeam und die anderen Männer der kleinen Schar ab, zogen die Bogen und Pfeilköcher von ihren Sätteln und hasteten in einer dünnen Linie auf die Stadtmauer zu.

Vor dem Tor der Stadt waren reiterlose Pferde zu erkennen, und einige leblose Männer in den Rüstungen der Garde lagen auf dem Boden. Andere suchten unter dem mächtigen Torbogen Schutz vor den Pfeilen oder deckten sich mit ihren Schilden. Zwar hatten manche der Soldaten ihre Lanzen nach den Bogenschützen geschleudert, aber nur wenige von ihnen hatten ihr Ziel gefunden. Auf dem Platz hinter dem Tor musste nun Chaos herrschen. Die Pferdelords kannten diesen Platz und konnten sich nur allzu gut vorstellen, in welch einer Falle eine Abteilung steckte, die auf ihm eingeschlossen war. Der Garde blieben nur drei Möglichkeiten: auf dem Platz zu sterben, in die Straßen durchzubrechen oder aus der Stadt zu fliehen. Wahrscheinlich versuchte sie alle drei Möglichkeiten gleichermaßen auszuschöpfen. Vereinzelt brachen jetzt Reiter unter dem Tor hervor und preschten in Panik fort von der Stadt, aber es waren nur wenige. Denn trotz der Überrumpelung kämpfte die Garde weiter, wenn auch offensichtlich auf verlorenem Posten. Die Bogenschützen auf der Mauer schienen der alnoischen Truppe einen hohen Blutzoll abzuverlangen.

Nedeam und seine Schar begannen nun ihre Pfeile auf die Bogenschützen zu lösen. Wachen auf der Mauer wurden auf sie aufmerksam und versuchten die eigenen Schützen auf die neue Bedrohung hinzuweisen. Immer mehr Feinde in den

Rüstungen der Garde starben, bis die restlichen zögernd reagierten.

Erneut preschte ein Pulk Reiter aus dem Tor hervor, und Nedeam erkannte jenen jungen Hauptmann, den ta Valos zuvor in ihrem Beisein gemaßregelt hatte. Als der Offizier die dünne Schützenlinie der Pferdelords erkannte, begriff er sofort ihre Absicht, zügelte sein Pferd und brüllte erregt Kommandos. Einige Gardisten ignorierten die Befehle, aber eine Reihe von ihnen saß ab, zog die Schilde von den Sätteln und hastete ihrem Hauptmann folgend zu Nedeams Männern hinüber.

Der Hauptmann grinste Nedeam verzerrt an. An seiner Wange verlief ein blutiger Kratzer, und eine der Federn an seinem Helm war geknickt, aber seine Stimme verriet keine Unsicherheit. „So, wie Eure Pfeile unsere Männer schützen, mögen nun unsere Schilde Eure Bogen decken."

Nedeam lächelte flüchtig, während Dorkemunt anerkennend nickte, als sich die Gardisten vor den Pferdelords aufbauten und sie mit ihren Schilden zu schützen begannen. Es war auch höchste Zeit, denn immer mehr Pfeile zischten von der Stadtmauer herab. Gardisten und Pferdelords wurden getroffen, ebenso Männer auf der Mauer. Dennoch zeichnete sich ab, dass sich die kleine Schützenlinie nicht lange halten würde.

„Bei den Mächten der Finsternis", schrie Dorkemunt den Offizier an. „Warum kommen Eure Männer nicht endlich heraus?"

„Ta Valos wird lieber sterben als das zuzulassen", erwiderte Tonat ta Enderos wütend. „Der verfluchte Narr hat das Herz eines Soldaten, doch den Verstand eines Kindes." Er sah angewidert zum offenen Stadttor hinüber. „Sein verfluchter Stolz lässt es nicht zu, die Niederlage einzugestehen und sich zurückzuziehen."

„Dann werden die Männer sterben."

Reiter kamen immer wieder aus dem Tor heraus, vereinzelt und in kleinen Gruppen. Aber bislang waren kaum achtzig Männer aus der Stadt entkommen, zusammen mit jenen, die von Anfang an das Tor offen gehalten hatten. Der Kampflärm verriet, dass die überlebenden Gardisten erbittert kämpften.

„Wir können sie nicht herausholen." Nedeam sah den jungen Offizier entschlossen an. „Wir müssen die Bogenschützen des Feindes beschäftigen."

„Es sind noch genug in den Häusern, die werdet ihr nicht bekämpfen können", erwiderte ta Enderos seufzend. „Ich werde versuchen, zu ta Valos durchzukommen und die Männer herauszuführen."

„Ihr sagtet soeben, er würde das nicht zulassen."

„Ich weiß." Der junge Hauptmann seufzte erneut. „Ich muss in seiner Nähe bleiben und abwarten, bis das Kommando an mich übergeht."

„Bei den Finsteren Abgründen", ächzte Dorkemunt. „Ihr wollt ihn ...?"

„Wo denkt Ihr hin", fuhr ta Enderos empört auf. „Ich bin Gardist und meinem Eid treu. Aber vielleicht haben die Männer Glück, und er stirbt vor mir. Dann kann ich sie noch herausführen."

Dorkemunt sah dem jungen Offizier nach, der mit gezücktem Schwert zur Stadt zurückeilte. „Er hat das Herz eines Pferdelords", sagte er anerkennend. „Wahrlich, der erste Alnoer, der nach meinem Geschmack ist."

Sie wussten, dass ta Enderos bereit war, sich für seine Männer zu opfern, und das erfüllte die Schwertmänner Garodems mit Achtung und Grimm. Sie waren entschlossen, auszuharren, bis auch der letzte lebende Gardist aus Gendaneris freikam oder dort seinen Tod gefunden hatte, aber es sollte anders kommen.

Dorkemunt spürte es zuerst. Das typische Vibrieren des Bodens, das anschwoll und von einem lauter werdenden Stampfen begleitet wurde, wie es nur die Hufe zahlreicher Pferde hervorrufen konnten. Ungläubig wandte sich der alte Kämpfer um und sah eine Woge aus Pferden und blitzenden Rüstungen, die sich in weiter Linie näherte. Hornsignale ertönten, und die Wimpel alnoischer Beritte flatterten hektisch im Reitwind, während die Abteilungen herandonnerten, an Nedeam und seinen Männern vorbeipreschten und sich rasend schnell dem Stadttor näherten.

Erneuter Hörnerklang war zu vernehmen, während die Pferdelords noch ungläubig zusahen, wie die Gardisten in Windeseile am Stadttor absaßen, um, mit Schilden bewehrt, zu Fuß in die Stadt einzudringen.

„Das Horn der Hochmark", ächzte Dorkemunt nahezu andächtig, als Garwin den Beritt heranführte.

Schwertmänner saßen ab, und aus Nedeams ausgedünnter Schützenlinie wurde eine feste Formation von Männern, die nun den Feinden auf der Mauer heftig zuzusetzen begannen. Garwin und der von Nedeam ausgesandte Bote traten neben Dorkemunt, der die beiden freudig angrinste.

„Ich traf die alnoische Reiterei auf der Handelsstraße", sagte Garwin heiser, „und schilderte den Männern, was wir in Gendaneris erlebt haben. Ihr Kommandeur hat nicht gezögert."

„Und Ihr seid ihm gefolgt, Hoher Herr", sagte Dorkemunt lächelnd.

„Was blieb mir übrig?", knurrte Garwin. „Ich kenne Euch und Nedeam gut genug, und der Bote hat meinen Verdacht bestätigt." Der Sohn des Pferdefürsten sah ärgerlich zur Stadt hinüber. „Diese Stadt mag mich nichts angehen, aber kein Pferdelord reitet einem anderen davon."

„Gut gesprochen, Hoher Herr." In Dorkemunts Stimme lag Anerkennung.

„Hm." Garwin spähte zur Stadt. „Wie ich sehe, nimmt die Garde soeben das Tor."

Auf der Stadtmauer verließen nun immer mehr feindliche Bogenschützen den Wall. Wahrscheinlich kämpften sich die Gardisten der Reiterei bereits auf die Mauer hinauf.

Nedeam setzte seinen Bogen ab. „Und was werden wir nun tun, Hoher Herr?"

Garwin sah ihn grimmig an. „Lasst Ihr mir denn eine Wahl, Nedeam?"

Der Angesprochene grinste kalt und zog sein Schwert. „Also, Hoher Herr, dann lasst uns beenden, was wir begonnen haben."

Garwin nickte und zog ebenfalls blank. „Was Ihr begonnen habt, guter Herr Nedeam. Vergesst das nicht."

Das Tor von Gendaneris war bereits genommen, nun galt es noch, die Stadt zu befreien.

16

Das Tor ist genommen, und sie drängen mit Macht auf den Platz. Wir werden sie nicht mehr lange aufhalten können.“ Der Korsar mit dem blutenden Schnitt am Oberarm ignorierte seine Verletzung und deutete mit der Streitaxt in Richtung des Kampflärms. „Diese verfluchten Bastarde mit den grünen Umhängen sind auch wieder da. Sie setzen unseren Schützen arg zu.“

„Ich wusste es.“ Elek-Mar T'os schlug wütend mit der Faust gegen die Hauswand. „Wir hätten die verfluchten Pferdemenschen töten sollen.“

Segu-Mar T'os sah seinen Schwarmführer ruhig an. „Es nicht zu tun, hat uns Zeit verschafft. Die Beute ist mittlerweile an Bord der Schiffe.“

„Ja, ich weiß“, knurrte Elek-Mar verärgert. „Ist wirklich alles an Bord?“

„Bis auf unsere Männer“, bestätigte Segu-Mar.

„Verflucht.“ Der Schwarmführer schlug erneut gegen die Hauswand. „Sie werden unsere Männer vor sich her treiben, wenn wir uns zu den Schiffen zurückziehen.“

„Das werden sie.“

„Nun gut.“ Der Schwarmführer rieb sich die Handkante und sah grimmig die Straße entlang. „Dann müssen wir die Alnoer beschäftigen, damit sich unsere Männer zurückziehen können. Segu-Mar, du bist mir dafür verantwortlich. Begib dich zu den Schiffen. Die Katapulte sollen Brandgeschosse auf die Stadt werfen, und zwar auf halber Strecke zwischen Stadttor und Hafen. Das wird die verdammten Landmänner aufhalten. Sie werden uns lieber entkommen lassen als zu dulden, dass ihre ganze Stadt niederbrennt."

Der Stellvertreter des Schwarmführers zögerte. „Wir haben die Stadtbewohner, die wir nicht mitnehmen, in ihre Häuser gesperrt."

„Na und? Sollen sie eben verbrennen."

„Wir sind doch keine verfluchten Elfen", stieß Segu-Mar betroffen hervor. „Die Spitzohren mögen unsere Schiffe und Leute mit ihren Flammwaffen verbrennen, aber wir? Es ist nicht richtig, Menschen dem Feuertod zu überlassen."

„Es sind Landmänner, verdammt." Elek-Mar sah seinen Stellvertreter wütend an. „Hier geht es um das Leben unserer Schwarmmänner. Soll die verfluchte Stadt mit ihren Menschen doch verbrennen, wenn wir dafür die Männer des Schwarms der Dornfische retten."

„Dann lass mich die Häuser öffnen, damit die Frauen, Kinder und Männer sich retten können."

„Nein", erwiderte der Schwarmführer mit harter Stimme. „Je mehr sie Qualen erleiden und schreien, desto mehr wird die Garde daransetzen, sie zu retten. Und jetzt geh, Segu-Mar, oder willst du mir den Gehorsam verweigern?"

„Ich habe dir noch nie die Gefolgschaft verweigert."

Sie sahen einander an, und zum ersten Mal schien etwas zwischen ihnen zu stehen. Der Schwarmführer legte seine Hand auf Segu-Mars Schulter. „Ich kann deinen Widerwillen nachvollziehen. Kein Seemann mag den Feuertod. Aber hier geht es um das Leben unserer Männer, Segu-Mar. Also, geh und erfülle deinen Auftrag."

Segu-Mar biss sich auf die Unterlippe und nickte zögernd. „Gut, ich will es tun, Schwarmführer. Dennoch halte ich es für falsch. Kein lebendes Wesen verdient den Flammentod.

Nicht einmal ein Landmann."

„Du hast deine Befehle." Elek-Mars Stimme nahm einen drohenden Unterton an. „Und nun führe sie aus."

Vom Platz her erklang Jubel, und dem Schwarmführer war sofort bewusst, dass er von den Männern der Garde und des Pferdevolkes stammen musste. Offenbar hatte man eine oder sogar mehrere der hastig aufgeschichteten Barrikaden überwunden, und nun würde man die Besatzungen der Schwarmschiffe durch die Straßen zum Hafen zurücktreiben.

Elek-Mar warf einen kurzen Blick auf seinen davonhastenden Unterführer. Segu-Mar war ein guter Mann, ein harter Kämpfer, auf den er sich verlassen konnte. Aber gelegentlich war er einfach zu weich. Der Schwarm lebte in einer gnadenlosen Welt, und man musste selbst gnadenlos sein, wollte man sich in ihr behaupten. Segu-Mar musste das noch lernen, sonst würde er nicht bestehen können, egal, wie gut er als Kämpfer war.

Aus der Richtung des Stadttores näherten sich Schritte. Eine Handvoll Schwarmmänner hastete über die gepflasterte Straße, und ihre bloßen Füße klatschten auf den steinernen Boden. Zwei von ihnen waren verwundet, einer so schwer, dass er hinter den anderen zurückblieb. Hinter den Männern wurde jetzt auch das Blitzen von Rüstungen erkennbar. Männer mit den gelben Federn der Gardereiterei am Helm erschienen und folgten den Korsaren. Der zurückgefallene Mann wurde eingeholt und mit einem raschen Schwertstreich niedergemacht; sein Tod verschaffte den anderen nicht einmal einen Zeitvorteil. Das Klirren der Rüstungen kam näher. Elek-Mar verbarg sich im Torbogen des Hauses und bedeutete seinen Begleitern mit einem Wink, sich ebenfalls zu verstecken. Die flüchtenden Korsaren erreichten das Haus und erkannten ihren Schwarmführer, der sie hastig weiterwinkte. Dann folgten die Gardisten.

„Macht sie nieder“, brüllte Elek-Mar, als die Feinde in sein Blickfeld liefen, und sprang vor.

In einer Hand eine schwere Streitaxt, in der anderen ein Schwert, sprang er von der Seite auf die überraschten Gardisten zu. Sein Schwert durchdrang klingend den Harnisch eines Mannes, und während der sich stöhnend krümmte, fuhr ihm Elek-Mars Axt in den Nacken. Rings um den Schwarmführer kämpften nun die Männer erbittert gegeneinander, aber es war nur eine kleine Gruppe der Garde, und schließlich beendete ein Axthieb das Leben des letzten Soldaten.

Elek-Mar befreite die Axt aus dem Rückenpanzer des Toten und sah schwer atmend die Straße entlang. An ihrem oberen Ende erschien eine weitere Gruppe Gardisten, die weitaus größer war als die vorherige. „Zum Hafen, Männer der See, und zu den Schiffen!“, rief er wild.

Die Sicht auf das Hafenbecken war durch Gebäude versperrt, aber Elek-Mar glaubte den leicht modrigen und fauligen Geruch wahrzunehmen, der die Nähe des Hafenwassers anzeigte. Er war nicht zu vergleichen mit dem frischen, leicht salzigen Geruch der freien See, aber er verhieß die Nähe zu den Schiffen des Schwarms.

Irgendwo ertönte ein polterndes Krachen, und Elek-Mar grunzte zufrieden. Das musste der Einschlag eines Katapultgeschosses gewesen sein. Er blickte in den Himmel und glaubte für einen flüchtigen Moment eine Rauchspur erkennen zu können. Der Schweif eines Brandgeschosses. Das würde die Garde beschäftigen.

Er sah zu den Straßenseiten. Viele der Türen standen offen, und die Gebäude waren menschenleer. Elek-Mars Schwarmmänner hatten die noch lebenden Stadtbewohner, die sie nicht benötigten, in einige der größeren Häuser gesperrt und deren Türen mit massiven Holzbalken blockiert. Auch die unteren Fenster waren verrammelt, und es würde den Menschen schwerfallen, sich aus eigener Kraft zu befreien.

Elek-Mar war sehr zufrieden. Der Überfall auf Gendaneris hatte sich für den Schwarm der Dornfische gelohnt. Geringe Verluste standen gegen einen hohen Gewinn, darunter Frauen, um das Blut des Schwarms aufzufrischen, lebenswichtige Vorräte an Getreide und vor allem Obst und noch dazu eine ungeheure Menge an Metall und Gold. Wertvolle Ressourcen für den Schwarm, denn ihre Heimat Um'briel war nicht reich an diesen Dingen.

Er rief seine Männer zusammen und rannte mit ihnen zum Hafen hinunter, gefolgt von den rachelüsternen Gardisten. Rechts über den Häusern sah er dunklen Rauch aufsteigen, und er hoffte, dass ihn die Gardisten ebenfalls sahen. Elek-Mar verfluchte die Tatsache, dass er die alnoischen Truppen und vor allem jene Männer mit den grünen Umhängen unterschätzt hatte. Er hatte geglaubt, die Reiter in eine Falle locken zu können, und nicht damit gerechnet, dass sie das verfluchte Tor offen halten würden. So hatte die Garde Verstärkung erhalten können.

Vor ihm tauchte die gewaltige Halle auf, in der die Alnoer ihre Schiffe reparierten. Er musste sich rechts halten, denn dort lag das Führungsschiff seines Schwarms. Elek-Mar spürte, wie der rasche Lauf ihn anstrengte. Auf den Schiffen rannte man nur selten über weite Strecken, und das begann sich nun zu rächen. Den Gardisten hingegen schien es nichts auszumachen, und so holten sie zusehends auf. Verfluchte Garde, warum kümmerte sie sich nicht um die brennenden Häuser? Hörte sie die Schreie der Eingeschlossenen nicht, die vom Feuertod bedroht waren?

Er glaubte, den Atem der Soldaten im Nacken zu spüren, so nah erschienen sie ihm. Doch Elek-Mar empfand keine Furcht, nur Zorn über seine Fehleinschätzung. Endlich sah er das Hafenbecken und die Schiffe des Schwarms vor sich. Von einigen Katapulten stiegen kontinuierlich Brandgeschosse mit feurigen Schweifen auf, um dann auf die Gebäude der Stadt hinabzustürzen.

Nun sah er die vertrauten Umrisse der „Wa'gosa" mit ihren vier Masten am Steg liegen. Die Reling war bereits von Männern gesäumt, und noch immer hasteten weitere über die Planken an Deck. Der Schwarmführer näherte sich einer Gruppe seiner Männer und war erleichtert, als er sie erreicht hatte. Von Deck der „Wa'gosa" und anderer Schwarmschiffe zischten Pfeile zu den Verfolgern herüber und deckten den fluchtartigen Rückzug der Korsaren.

Die Planke vibrierte unter den Schritten der Männer, als sie an Bord des Schiffes eilten. Elek-Mar sah seinen Stellvertreter in der Nähe des Bugkatapultes stehen und wandte sich ihm zu. „Der Schwarm soll ablegen und den Schutz des Meeres aufsuchen. Die verfluchte Garde wird bald die Kanonenbatterien besetzen. Wir müssen auf dem Meer sein, bevor sie auf uns schießen."

„Das werden sie nicht." Segu-Mar lachte auf. „Ich habe gestern die Brennsteinkessel der Waffen zerstören lassen."

Elek-Mar schlug ihm anerkennend auf die Schulter. „Gut gemacht. Ich hätte selber daran denken müssen. Lass uns trotzdem verschwinden. Immerhin könnten sie Brandpfeile einsetzen."

An den Masten der „Wa'gosa" stiegen bald darauf farbige

Tuchstreifen auf, die den anderen Schiffen signalisierten, den Hafen zu verlassen. Kommandos erschollen, Segel wurden gesetzt und Leinen von den Stegen gelöst. Doch eines der Schiffe war zu langsam. Bevor es die Planken einholen und losmachen konnte, stürmten die erzürnten Männer der Garde an Bord. Ein verzweifelter Kampf entbrannte, bei dem die Schwarmmänner auf verlorenem Posten standen, denn die Gardisten erhielten weitere Verstärkung.

Während über der Stadt der Rauch von Bränden aufstieg, strebten die ersten Segler der Hafeneinfahrt zu. Elek-Mar wies auf die wenigen Schiffe der alnoischen Marine, die bislang unbeschädigt geblieben waren, darunter das Dampfkanonenschiff „Shanvaar". „Verbrennt die alnoischen Schiffe", rief er.

„Zu spät", erwiderte Segu-Mar.

„Dann beschießt sie mit Brandgeschossen. Wenn wir nicht wollen, dass sie uns folgen, müssen wir sie jetzt vernichten."

Die ersten Schiffe schoben sich durch die Hafeneinfahrt hinaus aufs Meer, während immer mehr Gardisten in den Straßen und auf den Stegen erschienen und in ohnmächtigem Zorn schrien. Denn nur wenige von ihnen hatten Bogen, mit denen sie auf die Schwarmschiffe schießen konnten. Doch als Elek-Mar T'os sich wieder nach vorne wandte, sah er an der rechten Einfassungsmauer eine Gruppe von Männern mit grünen Umhängen vorwärtsstürmen, und er erkannte augenblicklich, dass diese Pferdemenschen die Decks der Schiffe unter Beschuss nehmen konnten, sobald diese die Zufahrt passierten.

„Verfluchte Pferdemenschen", knurrte er grimmig. „Wir hätten sie allesamt töten sollen."

Die „Wa'gosa" glitt als eines der letzten Schiffe auf die rettende Ausfahrt zu. Die Katapulte des Führungsschiffes schleuderten noch einige Brandgeschosse auf die Schiffe der Alnoer, aber der Erfolg war mäßig. Denn die Geschützmannschaften achteten jetzt mehr auf ihre Sicherheit als auf die Zielgenauigkeit ihrer Waffen. Das war auch verständlich, denn bei diesem Kampf gab es nichts mehr zu gewinnen. Nun galt es, das eigene Leben zu retten und die Beute in Sicherheit zu bringen. Statt also die Schiffe der Alnoer in Brand zu setzen, suchten sie Deckung vor den Pfeilen der Pferdemenschen. Nicht allen gelang dies.

Die „Wa'gosa" hatte sich gerade mit dem Bug aus dem Hafen geschoben, als ein Stück vor ihr eine Wassersäule aus dem Meer aufstieg.

„Verflucht", schrie Elek-Mar, „du sagtest doch, du hättest ihre Kanonen zerstört!"

„Das kommt nicht von den Batterien der Stadt." Segu-Mar rannte zur linken Seite des Schiffes und stieß einen erbitterten Fluch aus. „Es sind die verdammten Kanonenschiffe, die fest im Fluss verankert sind."

„Bei den Wasserwirbeln der Dunklen See, wir hätten auch sie zerstören sollen!"

„Du weißt, dass das nicht ging." Segu-Mar sah die Wolken entweichenden Dampfes an dem nächsten Kanonenschiff, und kurz darauf stiegen dicht an der Bordwand der „Wa'gosa" zwei Einschlagsfontänen auf. Wasser und einige tote Fische wurden an Deck geschleudert. „Bei unserem Angriff hielten sie die ‚Shanvaar' für ein eigenes Schiff und feuerten nicht. Als der Schwarm kam, war es zu spät, denn der Nebel war aufgestiegen, und sie konnten nichts mehr sehen. Aber nun ist Mittag, und sie wissen, was in Gendaneris geschah."

Plötzlich traf ein brutaler Schlag die „Wa'gosa". Planken der Bordwand wurden von dem Geschoss der Dampfkanone zerschlagen, das anschließend ein Pfeilgeschütz hinter seiner abdeckenden Pforte zerschmetterte und sich dann einen Weg durch die dicht gedrängten Männer unter Deck bahnte, bevor es in der gegenüberliegenden Bordwand stecken blieb.

„Ein guter Schuss“, brummte Elek-Mar anerkennend. „Viel zu gut, wenn du mich fragst.“

„Es ist heller Tag, und sie haben die Reichweiten geübt. Machen wir, dass wir hier fortkommen.“

Die Segel der „Wa'gosa“ begannen sich mit Wind zu füllen, als sie vom Hafen freikam, und die Besatzung spürte mit Erleichterung, wie das Schiff Fahrt aufnahm. Ein letzter Pfeil schlug harmlos hinter dem Heck ins Wasser, doch dann ertönte erneut das verhasste Pfeifen, und diesmal traf ein Doppelschlag den Rumpf.

Elek-Mar T'os ignorierte das Splittern von Holz und die Schreie der Getroffenen und sah starr nach vorne, als könne er das Schiff allein durch die Kraft seines Blickes von der Küste fortziehen. Vielleicht war es auch so, denn sie erreichten das offene Meer, ohne nochmals getroffen zu werden.

Segu-Mar warf einen kurzen Blick über das Heck. „Offen gesagt, Schwarmführer, bin ich erleichtert, die Stadt der Landmenschen hinter mir zu lassen.“

Elek-Mar nickte. „Aber wir haben gute Beute gemacht, Segu-Mar. Sehr gute Beute.“

17

Rauch trieb durch die Straße und ließ Nedeam husten. Instinktiv trat er mit den anderen in eine der engen Gassen, die von der breiten, zwischen Hafen und Stadttor verlaufenden Hauptstraße abzweigten. Der Qualm hatte seine Farbe verändert; er war hell geworden und ähnelte nun eher dichtem Nebel.

Ein Hauptmann der fünften Reitergarde stand neben Nedeam und nickte bedächtig. „Das Feuer erlischt. Ich bin wahrhaft froh, dass es hier nicht an Wasser mangelt."

Ein Stadtbewohner in verschmutzter Toga begleitete sie. Er war einer der Stadtältesten und hatte den Überfall und die Brände glücklich überlebt. „Die Mauern und Dachbedeckungen sind aus Stein. Aber die Stützkonstruktionen und Möbel bestehen überwiegend aus Holz. Die Gebäude brennen von innen aus, und wenn das Feuer keine Nahrung mehr findet, fällt es in sich zusammen. Zudem haben wir in Gendaneris eine wirklich gute Brandwehr und Pumpen zum Feuerlöschen." Er lächelte kläglich. „Dieselben Pumpen übrigens, die man auf den Schiffen zum Lenzen eindringenden Wassers einsetzt. Denn wenn man mit ihnen Wasser aus dem Rumpf eines Schiffes herausbefördern kann, so sind sie auch dafür geeignet, Wasser in ein Haus hineinzupumpen."

Nedeam runzelte die Stirn und sah Dorkemunt an. „Kein schlechter Gedanke, Dorkemunt, mein Freund. Vielleicht sollten wir sehen, dass wir einige dieser Pumpen für Eternas mitnehmen."

„Die Häuser sind dennoch ruiniert", seufzte der Älteste.

„Die große Hitze lässt die Steine leiden, manche sind sogar geplatzt.“

„Häuser und Möbel lassen sich ersetzen“, brummte der Hauptmann. „Nicht jedoch die Leben, die verloren gingen.“

Erneut seufzte der Älteste. „Es ist furchtbar, Ihr guten Herren. All die Männer, die von den Bestien erschlagen wurden, all die Frauen, die man von unserer Seite riss und aufs Meer verschleppte. Ein schwerer Schlag für die Familien und für Gendaneris.“ Dem Mann begannen Tränen über die schmutzbedeckten Wangen zu laufen, und er wischte sie flüchtig mit einem Stück seines Gewandes ab, wobei ein breiter Schmierfilm in seinem Gesicht zurückblieb. „Wenigstens konnten sich viele vor den Bestien verbergen, und die meisten der Eingesperrten konnten aus den Häusern gerettet werden. Diese … diese unmenschlichen Barbaren. Frauen und Kinder dem Flammentod zu überantworten, das ist unfassbar.“

„Ja, Bestien sind sie“, stimmte Dorkemunt grimmig zu. Auch er war von Ruß geschwärzt, und sein stolzer grüner Umhang war versengt und stank nach Brandrauch. Der kleine Pferdelord hatte, wie so viele andere, bis zur Erschöpfung gearbeitet, um Menschen aus den brennenden Gebäuden zu retten und beim Löschen der Brände zu helfen. Nun waren sie alle ausgelaugt und sehnten sich nach Ruhe, aber es gab noch immer viel zu tun. Zu viel für die Hände, die zur Verfügung standen.

Ein kleiner, sehr schmächtiger Mann kam, begleitet von einigen Gardisten, die Straße entlang und erkannte die Gruppe, die in der Gasse stand. Der Mann war nicht viel größer als Dorkemunt und trug die beiden Federn und den grauen Umhang eines alnoischen Offiziers. Der Umhang war weiß gesäumt und verriet den hohen Rang seines Trägers. Es handelte sich um den Hochgeborenen Daik ta Enderos, Vater des jungen Hauptmanns Tonat ta Enderos und Kommandant des fünften Regiments der Reitergarde. Wenn man Vater und Sohn, wie jetzt, nebeneinander sah, überragte der Jüngere den Älteren um gut anderthalb Kopflängen, aber die Pferdelords hatten rasch erkannt, dass man sich hüten musste, diesen Mann zu unterschätzen. Seine geringe Größe machte er durch eine doppelte Portion an Mut und Elan wett, und er hinterließ stets den Eindruck eines erfahrenen und sehr überlegt handelnden Kämpfers.

Der Regimentskommandeur nickte ihnen zu und winkte sie auf die Straße zurück. „Ich habe die Aufstellung der vorläufigen Verluste", eröffnete er mit leiser Stimme. „Sehr vorläufig, denn viele Menschen sind in der Stadt unterwegs und konnten noch nicht erfasst werden. Ich habe ta Valos angewiesen, an den großen Kreuzungen und Plätzen Gardeposten einzurichten. Alle Menschen, die jetzt nicht zur Verteidigung oder Brandwehr benötigt werden, sollen sich auf dem Großen Platz vor dem Haus des Ältestenrats versammeln. Wir müssen wissen, wie viele überlebt haben und wie viele zu versorgen sind."

Daik ta Enderos strich sich über den Oberlippenbart, den er ebenso wie sein arroganter Stellvertreter trug. Nedeam vermutete, dass dies eine Mode bei den Hochgeborenen Offizieren der Garde war. Der Kommandeur bemerkte seinen Blick und lächelte flüchtig, bevor er fortfuhr. „Der Beritt meines Sohnes, oder was von ihm übrig ist, hat die Lagerhäuser überprüft. Der verdammte Schwarm hat alles an Vorräten mitgenommen, was er finden konnte."

„Alles?", ächzte der Älteste entsetzt.

„Nun, das meiste", schränkte ta Enderos ein. „In den Häusern wird es noch das eine oder andere geben, aber nicht genug, um Bevölkerung und Garde zu versorgen. Ein Streiftrupp ist nach Mintris unterwegs, von dort kann man ein Signal nach Alneris senden, und König und Rat zusammen werden dann Truppen und Versorgungsgüter entsenden." Er seufzte leise. „Aber es wird einige Tageswenden dauern, bis sie eintreffen. Bis dahin gilt es, die Gürtel enger zu schnallen."

Wie auf ein Stichwort hin blickte sein Sohn auf eine Tontafel, in die er Zeichen geritzt hatte. „Gendaneris wird mit zwölftausenden Bürgern besteuert. So wie es aussieht, wurde ein Viertel von ihnen erschlagen oder entführt. Viele der Überlebenden sind zudem verletzt. Unser Regimentsheiler und die beiden Heiler aus Gendaneris, die wir fanden, tun, was sie können, aber sie sind völlig überlastet."

„Also sind rund neuntausend Bürger mit Lebensmitteln zu versorgen", knurrte sein Vater. „Viele Hunderte von ihnen sind an Leib oder Seele erkrankt und müssen betreut werden. Wasser ist kein Problem – ein schwacher Trost." Erneut strich er über seinen Bart. „Hinzu kommt die Garde. Tonat?"

Sein Sohn blickte erneut auf die Tafel. „Von den zweitausend Gardisten der Stadt haben siebenhundert überlebt, fünfhundert davon sind kampffähig."

„Die Bevölkerung hat schrecklich gelitten", seufzte der Älteste. „Und die Garde ebenso."

Das Gesicht von Daik ta Enderos wurde hart. „Der Kommandant der Garde von Gendaneris hat Glück, nicht überlebt zu haben. Ich hätte persönlich für seine Hinrichtung gesorgt."

„Weil er die Stadt nicht halten konnte?", fragte Nedeam leise.

Daik erwiderte seinen Blick. „Ein Schwarm Schiffe, mit

zwei Schwärmen Besatzung. Sie hatten weitaus mehr Männer an Bord als üblich. Sobald die Schiffe im Hafen waren, war die Stadt gegen diese Übermacht nicht mehr zu halten. Nein, nicht weil der Kommandant die Stadt nicht hielt, verdiente er den Tod, sondern weil er nicht mal daran dachte, einen Boten zu entsenden. Diese Zeit hätte er finden müssen."

Sein Sohn nickte zu den Worten des Vaters. „Der Stadt wäre viel Leid erspart geblieben und unserem Regiment ebenso."

„Keine Sorge, Hauptmann ta Enderos", sagte sein Vater grimmig, „auch der Hochgeborene ta Valos wird für seine Torheit zu bezahlen haben. Das fünfte Regiment hat im Ganzen drei Beritte an Toten zu beklagen und zwei weitere an Verwundeten, die nicht mehr kampffähig sind. Die Hälfte meiner Gardereiterei steht mir also nicht mehr zur Verfügung, und die Verteidigung von Gendaneris besteht praktisch nicht mehr. Denn man hat die verdammten Dampfkanonen unbrauchbar gemacht."

In Daiks Gruppe stand ein Mann mit der ledernen Kleidung eines Schmiedes, der nun betrübt nickte. „Ich kann es richten, Hochgeborener Herr, aber es wird seine Zeit dauern."

„Wie lange?"

Der Schmied zuckte hilflos die Schultern. „Die Bestien haben mit Äxten die Brennsteinkessel und die Zuleitungen zu den Kanonen zerschlagen. Ich könnte es mit genügend Helfern in fünf Tageswenden schaffen, den Schaden zu beheben. Wenn mir das Material geblieben wäre", fügte er einschränkend hinzu. „Der Schwarm hat alles Metall mitgenommen. Selbst das noch unverarbeitete Roherz."

„Die Entsatztruppe wird welches mitbringen", versicherte Daik dem Mann.

„Wir können einige Kessel aus den Schiffen ausbauen",

wandte einer der Gardisten ein.

„Zu klein für die Hafenbatterien“, erwiderte der Schmied bedauernd. „Sie erzeugen nicht genug Druck.“

Tonat sah erneut auf seine Tafel. „Den Brennstein haben sie ebenfalls mitgenommen.“

„Wahrlich, es gibt wenig, was diese Bestien nicht gebrauchen können“, fluchte sein Vater. „Immerhin, die Sperrkette vor der Hafeneinfahrt ist noch intakt, ebenso einige der Kampfschiffe, die mit ihren Batterien zumindest das Hafenbecken bestreichen können.“

Nedeam räusperte sich. „Ich denke nicht, dass dieser Schwarm so rasch zurückkehren wird. Sie haben bekommen, was sie wollten, und nun gibt es in Gendaneris nichts mehr, was für sie einen erneuten Kampf lohnen würde.“

Dorkemunt wies die Straße hinunter zum Hafen. „Auch wir haben tapfere Pferdelords verloren, Ihr guten Herren, aber wir sind noch zahlreich genug, um einen Teil der Hafenmauer zu bemannen. Wir haben gute Bogenschützen und verstehen uns darauf, Brandpfeile zu fertigen.“

„Ich danke für Euer Angebot, guter Herr, und nehme es gerne an.“ Daik lächelte kurz. „Glaubt mir, Ihr Herren Pferdelords, Eure Rolle bei der Befreiung von Gendaneris wird nicht vergessen werden. Ebenso wenig wie die ruhmreiche Attacke, die Euer Volk einst zur Befreiung von Alneris ritt.“ Sein Blick wurde ernst. „Es ist mir eine Ehre, Euch an unserer Seite zu wissen.“

Die Worte taten den Pferdelords sichtlich gut, und Dorkemunt nickte erfreut. „Wahrhaftig, Hochgeborener ta Enderos, dies sind die ersten freundlichen Worte, die ich von einem Mann Alnoas vernehme.“

Daik lächelte erneut. „Ich hörte davon. Der unfreundliche

Empfang in der Stadt ist natürlich nicht unser Verschulden, aber für das ungehobelte Verhalten von ta Valos möchte ich Euch um Nachsicht bitten. Er wird sich für einige Dinge zu verantworten haben."

Tonat räusperte sich. „Immerhin hat er gut und entschlossen gekämpft."

„Sonst hätte ich ihm auch längst die Federn geknickt", entgegnete Daik düster. „Es ehrt dich, dass du ihn verteidigst, mein Sohn. Aber hier steht mehr auf dem Spiel als die Ehre eines Hochgeborenen. Er ist, in meiner Abwesenheit, für das Regiment verantwortlich und hat es unüberlegt geführt."

Nedeam und die anderen Pferdelords waren derselben Meinung, aber sie schwiegen. Dies war eine Angelegenheit der Alnoer, und Daik ta Enderos machte den Eindruck, als könne er selbst damit fertig werden.

„Ihr Herren, ich will Euch nicht weiter von Euren Aufgaben abhalten", sagte der Regimentskommandeur schließlich. „Wir haben noch viel zu erledigen, und es mangelt uns an Händen. Sagt, wo steckt eigentlich der Hohe Herr Garwin?"

„Er führt unseren Wagenzug auf Mintris zu. Nachdem er erfahren hatte, dass Ihr eine Streife dorthin schicktet, schlug unser Händler Helderim vor, die Wagen zum Transport der Hilfsgüter zur Verfügung zu stellen."

Daik grinste breit. „Ihr seid praktische Menschen, Ihr Pferdelords, das gefällt mir. Aber nun entschuldigt mich, ich will nach den Verletzten sehen."

Nachdem der Kommandeur sich verabschiedet hatte, schlenderten Nedeam, Dorkemunt und eine Handvoll Pferdelords eher ziellos und unbewusst zum Hafen hinunter. In den Straßen war geschäftiges Treiben. Gardisten und Bewohner durchsuchten die Häuser nach Überlebenden oder Toten und nach Vorräten, mit denen die Lebenden versorgt werden konnten. Die Brände waren nun alle erloschen, aber noch immer hing Brandgeruch über der Stadt, und der würde sich wohl auch noch lange halten.

„Gendaneris hat, alles in allem betrachtet, eine Menge Glück gehabt“, sinnierte Dorkemunt. „Ich kann mich an so manchen Ort erinnern, der von den Orks berannt wurde und weitaus schlimmer zu leiden hatte.“ Er räusperte sich. „Von den Verlusten an Leben einmal abgesehen.“

„Kein Wort über die Frauen.“ Nedeam schüttelte nachdenklich den Kopf. „Ist es dir aufgefallen? Hunderte von Frauen wurden auf die Schiffe des Schwarms entführt, aber sie erwähnen es mit kaum einem Wort. Als wären die Frauen bereits tot.“

„Ihnen steht Schlimmeres bevor“, meldete sich einer der Schwertmänner zu Wort. „Wahrhaftig, wenn Derartiges in der Hochmark geschähe, würde Garodem nicht zögern, die Losung zu geben und mit der Streitmacht der Pferdelords dafür einzustehen, dass die Frauen in Freiheit gelangen.“

„Oder bei dem Versuch sterben“, brummte ein anderer. „Aber das wäre immer noch ehrenhafter, als das Schicksal der Entführten einfach zu akzeptieren.“

„Dass ihr Schicksal einen Mann wie ta Valos nicht berührt, kann ich mir vorstellen.“ Dorkemunt sah Nedeam nachdenklich an. „Aber ta Enderos macht auf mich einen anderen Eindruck. Er scheint mir ein Kämpfer zu sein.“

„Ja, es ist seltsam.“ Nedeam sah auf die überlebenden Stadtbewohner. „Sie trauern um ihren Verlust, aber sie scheinen ihn hinzunehmen. Ich hörte keinen von ihnen ta Enderos anflehen, etwas zur Rettung der Frauen zu versuchen.“

Dorkemunt spuckte aus und sah dann zu zwei Stadtbewohnern hinüber, die mit einem Korb aus einem der Häuser traten. Ein paar Vorräte lagen darin und sollten wohl zu einem der Sammelplätze gebracht werden. „Wenn sich erst herumspricht, dass es kaum Nahrungsmittel in Gendaneris gibt, wird der Korb nicht mehr zu den anderen gelangen“, meinte er. „Dann werden sie erst den eigenen Hunger stillen, bevor sie an die Mägen anderer denken.“

„He, guter Herr“, rief Nedeam einen der Männer an. „Sorgt Ihr Euch nicht um Eure Frauen?“

Der Angesprochene schüttelte den Kopf. „Ich habe das Glück, ungebunden zu sein. Aber hier, mein Nachbar, der sorgt sich um sein Weib.“

Der andere Mann nickte. „Wir schaffen alles Essbare zu den Plätzen, Ihr Herren Pferdelords. Mein Weib ist guter Hoffnung, und es wird nicht hungern müssen.“

„Dann ist Euer Weib in Sicherheit?“

„Und unverletzt.“ Der Mann nickte mit erleichtertem Gesichtsausdruck. „Die Bestien haben uns verschont. Wir konnten uns in einem der Häuser vor ihnen verbergen. Wie auch so viele andere es taten.“

„Und was ist mit den anderen?“

„Die anderen? Welche anderen?“ Der Mann kratzte sich unsicher im Nacken. „Oh, ich verstehe. Nun, die, die weniger Glück hatten, werden bestens versorgt, ganz gewiss. Viele werden wir bestatten müssen. Ein Elend ist das und eine schwere Prüfung für Gendaneris.“

„Ich meine jene, die der Schwarm mit sich nahm“, beharrte Nedeam mit harter Stimme.

„Jene, die der Schwarm …?“ Der Mann seufzte schwer. „Nun, sie sind tot, Ihr guten Herren. Oder wenigstens so gut wie tot.“

„Die Bestien schleppen Eure Frauen nicht auf ihre Schiffe, um sie dann zu töten“, warf ein Schwertmann ein. „Sie leben noch, das wisst Ihr genau. Warum unternehmt Ihr nichts zu ihrer Befreiung?“

„Welchen Sinn sollte das haben?“, fragte der andere Stadtbewohner verwundert. „Wer ihnen aufs Meer hinaus folgt, wird nichts finden außer dem Tod. Warum also weitere Leben verschwenden?“

Der Mann der schwangeren Frau nickte hastig. „Ihr müsst das verstehen, Ihr guten Herren Pferdelords. Die Korsaren überfallen immer wieder einmal die Küste. Meist kleinere Dörfer, die kaum geschützt sind. Sie holen sich Vorräte und Weiber und verschwinden wieder, bevor die Garde sie stellen kann. Es stehen Wachen entlang der Flussufer, die uns warnen sollen, aber oftmals schlüpfen die Bestien in der Nacht durch die Kette der Posten hindurch, und man erkennt sie nicht rechtzeitig. Diejenigen, die von den Männern des Schwarms verschleppt werden, sind verloren.“

„Ihr kennt die Schwärme nicht, Ihr Männer des Pferdevolkes.“ Der andere blickte ungeduldig die Straße hinauf. „Sie sind zahlreich und bedecken das Meer. Niemand kommt gegen ihre Macht an.“

„Auch die verfluchten Orks des Schwarzen Lords sind zahlreich, und sie bedecken das Land“, versetzte Dorkemunt grimmig, „und doch weichen sie vor den Lanzen von uns Pferdelords zurück.“

„Mag sein. Aber übers Wasser könnt Ihr nicht mit Euren Lanzen reiten, Ihr Pferdelords.“ Der Mann zuckte die Schultern und stieß den anderen mit der freien Hand an. „Und nun seht es uns nach, Ihr guten Herren, wir müssen die Vorräte zum Sammelplatz bringen.“

Die beiden Männer wollten sich abwenden, aber Dorkemunt hielt sie zurück. „Eine Frage noch … Hat sich je ein Weib aus den Fängen des Schwarms befreien können?“

„Nein“, erwiderte der ungebundene Mann schroff.

„Doch, eine kam zurück“, berichtigte der andere. Er lächelte gequält. „So sagt man wenigstens. Eines Tages soll sie an dem Pass erschienen sein, den wir die ‚Südliche Pforte‘ nennen. In der Nähe der Stadt Eolaneris. Ein Streiftrupp der Garde fand sie dort, halb verhungert und verdurstet.“

„So behauptet man zumindest“, sagte sein Partner und zerrte am Griff des Korbes. „Und nun komm endlich.“

„Warte doch einen Moment.“ Der Mann sah den anderen Korbträger erbost an. „Ich hörte es von einem der Gardisten, in der Schenke in unserer Straße.“

„Gardisten erzählen viel. Und sie erzählen noch mehr, wenn sie in einer Schenke saufen. Jetzt komm endlich, wir müssen noch mehr Häuser durchsuchen.“

„Man brachte die Frau nach Alneris, so sagt man“, fuhr der verheiratete Mann unbeirrt fort. „Fragt die Gardisten, die von dort kommen. Sie können euch sicherlich mehr dazu sagen.“

Nedeam nickte und sah zu, wie die beiden Männer die Straße hinuntergingen. Die Hast des ungebundenen Mannes verriet, dass ihm das Gespräch und die Nähe der Pferdelords unangenehm waren.

Dorkemunt strich nachdenklich seinen grünen Umhang glatt und betrachtete seufzend ein paar Brandlöcher in dem dicken Wollstoff. „Ich glaube, sie schämen sich, weil sie nichts zur Rettung ihrer Frauen unternehmen. Es ist ihnen unangenehm.“ Er schob einen Finger durch eines der Löcher. „Ich werde es stopfen müssen, Nedeam, mein Freund. Glaubst du, in Gendaneris lässt sich noch gutes grünes Garn auftreiben?“

„Lenk nicht ab“, sagte Nedeam lächelnd. „Wir kennen uns lange genug, und ich ahne, welche Gedanken dich bewegen.“

„Nun ja, es behagt mir nicht, die Frauen in den Klauen dieses Schwarms zu wissen“, gestand der kleine Pferdelord. Zustimmendes Gemurmel war von den anderen Männern zu hören.

„Es behagt keinem von uns“, bestätigte Nedeam. „Aber in einem hatte der gute Herr sicherlich recht ... Wir können mit unseren Pferden nicht übers Wasser reiten.“

„Aber die Alnoer können es, mit ihren Schiffen.“

„Sie wagen es nicht, gegen die Macht der Schwärme anzutreten.“

„Diesem Hochgeborenen Daik traue ich es durchaus zu“, sagte Dorkemunt leise. „Er könnte den Willen dazu aufbringen.“

„Das mag sein.“ Sie bogen nun in die Straße ein, die um den Hafen herumführte, und sahen die Schiffe im Hafenbecken liegen. „Aber auch er kann nicht übers Meer reiten und würde Schiffe benötigen.“ Nedeam wies über das Wasser. „Ich habe wenig Vertrauen zu den Schiffen der Alnoer. Sieh sie dir an, Dorkemunt, alter Freund. Viele sind gesunken oder in erbärmlichem Zustand.“

„Wie jenes dort“, sagte einer der Schwertmänner unvermittelt und wies zur Hafenzufahrt. „Aber das ist kein alnoisches Schiff.“

Das Sonnenlicht spiegelte sich auf dem Wasser, und sie mussten die Augen beschatten, um den Segler besser erkennen zu können, der langsam zwischen den Mauern der Einfahrt hindurch in den Hafen einlief.

„Nein, kein Schiff des Reiches der weißen Bäume“, murmelte Nedeam, dem die Form des Rumpfes fremd war. „Ich sehe Männer an Bord. Aber es sind keine Schwarmmänner, wie mir scheint."

Dorkemunt stieß plötzlich ein heiseres Lachen aus und knuffte Nedeam in die Rippen. „Ich sehe sogar ihre spitzen Ohren. Es ist ein Schiff der Elfen, und ich glaube gar, der junge Mann, der dort so heftig winkt, ist unser Freund Lotaras."

Langsam schob sich das Schiff näher, und die Schäden, die es erlitten hatte, wurden deutlich.

„Mir scheint", seufzte Nedeam, „auch unsere elfischen Freunde haben Bekanntschaft mit dem Schwarm gemacht."

Dorkemunt nickte beklommen, dann machte sich die Gruppe auf den Weg zu dem Steg, auf den die „Wellenvogel" zusteuerte. Sie ahnten alle, dass das elfische Schiff schlechte Botschaft bringen würde.

18

Wenn man vom Haupttor der Stadt Gendaneris eine gerade Linie zum Zentrum des Hafens zog, dann lag am Anfang dieser Linie, direkt hinter dem Stadttor, jener Platz, auf dem die Transportwagen das Gold entladen hatten, und am Endpunkt die große Halle der Werft. Genau auf halber Strecke befand sich der große Platz von Gendaneris mit dem Gebäude des Ältestenrates.

Der Platz maß fast hundertfünfzig Längen im Durchmesser und diente dem Handel und dem Feiern, aber auch der Rechtsprechung, wenn der Rat öffentlich einen Streit zu schlichten hatte. Im Zentrum des Platzes befand sich ein Brunnen in Form eines großen Achtecks. Er wurde aus einer aufstrebenden Säule mit Wasser gefüllt, welches dann über unterirdische Rohre abfloss. Der Platz selbst war mit den typischen weißen Steinplatten bedeckt und am Rand mit Bäumen und Blumen bepflanzt. In regelmäßigen Abständen erhoben sich achteckige Säulen aus schwarzem Stein. Auf den Spitzen der Säulen hatten sich vor dem Überfall der Korsaren metallene Ausleger befunden, über die breite Stoffbahnen zu den Seiten gezogen werden konnten, um den Besuchern des großen Platzes an Sonnentagen Schatten zu spenden. Doch nun waren viele der Säulen beschädigt oder sogar umgestürzt, denn die Männer des Schwarms hatten wenig Rücksicht genommen, als sie die metallenen Ausleger aus dem Stein herausgebrochen hatten.

Die Häuser, die den Platz säumten, wirkten nahezu unversehrt, wenn man einmal davon absah, dass auch die metallenen

Gitter der zierlichen Balkone entfernt worden waren. Auch das hohe Gebäude des Rates war davon nicht verschont geblieben. Breite Stufen führten unter das Vordach, das von einem riesigen Balkon gebildet wurde. Auch hier waren Gitter rücksichtslos entfernt worden, mitsamt jenen Halterungen, an denen zu besonderen Ehrentagen die Fahnen des Königreiches von Alnoa befestigt wurden. Zwei Lanzen waren nun provisorisch aufgestellt worden, von denen das Banner des Reiches der weißen Bäume schlaff herabhing.

Die Hitze hing drückend über Gendaneris, und der schwache Wind vom Meer, der bislang etwas Linderung verschafft hatte, hatte sich gelegt. Daik ta Enderos hatte seinen Gardisten gestattet, die schweren Rüstungen abzulegen, da die Männer in ihnen unnötig gelitten hätten. Nur die Wachen auf den Mauern mussten sich unter ihren metallenen Panzern quälen, aber sie beneideten die anderen Männer nicht, die unermüdlich bei der Beseitigung der Schäden und der Versorgung der Bevölkerung halfen.

Daik und die Offiziere seines Regiments erwiesen sich als vorzügliche Organisatoren, und mithilfe der überlebenden Ältesten und Gildeführer der Handwerker und Händler gelang es in überraschend kurzer Zeit, das Chaos zu ordnen.

Vor wenigen Zehnteltagen war ein langer Wagenzug aus Mintris angekommen, der noch von Frachtwagen aus Alneris verstärkt wurde. Angeführt von Garwin und Helderim waren so Versorgungsgüter und Truppen in die Stadt gelangt. Ein volles Regiment Gardereiter und ein halbes Regiment Fußgardisten hatten auf den Fahrzeugen Platz gefunden. Der Rest ihres Regiments sowie zwei weitere folgten zu Fuß und wurden erst am kommenden Tag erwartet.

Zunächst hatte man sich um die gerechte Verteilung von

Nahrung und Waren gekümmert, bevor man sich im Gebäude der Ältesten zusammenfand. Anwesend waren die drei Mitglieder des Ältestenrates, Daik ta Enderos und seine wichtigsten Offiziere, die Elfen Lotaras, Herolas und Llarana sowie Mionas und, natürlich, Garwin mit Nedeam und Dorkemunt.

Als Nedeam zusammen mit den beiden anderen Pferdelords die Stufen zum Eingang emporschritt, dachte er an die zurückliegenden Zehnteltage und an die Verzweiflung, die er bei seinen elfischen Freunden verspürt hatte und die sogar den Augenblick des Wiedersehens mit Llarana überschattet hatte.

Als er ihr unvermutet am Anlegeplatz der „Wellenvogel" begegnet war, hatten ihn für einen Moment die gegensätzlichsten Gefühle erfüllt. Da war zunächst einmal eine unbändige Freude über die unerwartete Begegnung. Begleitet von einem heißen Gefühl, das in ihm aufstieg und ihm einen seltsamen Schauder durch den Leib jagte. Dann aber auch Enttäuschung, als er ihr ernstes Gesicht sah, und schließlich Schrecken, als sie ihm mit schlichten Worten mitteilte, ihr Vater Jalan sei Gefangener der Korsaren.

Es gab keine Gelegenheit, mehr als nur ein paar Worte zu wechseln, denn Nedeam wurde in der Stadt gebraucht. Ein Teil der Elfen stand den Pferdelords zur Seite, während Herolas und der Konstrukteur Mionas sich bemühten, die „Wellenvogel" so rasch wie möglich zu reparieren. Erst mit dem Eintreffen Garwins und der Verstärkung hatte sich die Lage entspannt, und nun traf man sich zum ersten Mal, um zu beraten, wie man weiter verfahren wolle.

Die Schritte der drei Pferdelords hallten hohl zwischen den steinernen Wänden des großen Vorraums im Ratsgebäude wider. Statuen vergangener Könige waren von ihren Podesten gestürzt und zerschlagen worden. Ein metallener Wasserspender, der hier in einem kleinen Brunnen gestanden hatte, war herausgerissen worden und befand sich nun wahrscheinlich an Bord eines der Schwarmschiffe. An der Decke, die mit farbigen Malereien überzogen war, haftete Ruß von einem Brand, der aber offensichtlich rasch gelöscht worden war, sodass sich die Männer der Hochmark ein Bild von der einstigen Pracht des Raumes machen konnten.

Am Kopfende des Vorraums salutierten die wachhabenden Gardisten in ihren vollen Rüstungen und öffneten den Neuankömmlingen die Doppeltür, die in die Ratshalle führte. Sofort waren die erregten Stimmen der Anwesenden zu hören, die auf zierlich wirkenden Schemeln saßen. Zwei Bedienstete eilten umher, um frisches Wasser oder kühlen Wein zu reichen. Auch dieser Raum hatte Schaden genommen, doch war dieser rasch durch Malerarbeiten und Stoffbespannungen verdeckt worden, und so wirkten die Halle und die darin befindlichen Personen fremdartig in ihrer Sauberkeit.

„Ah, unsere Freunde aus der Hochmark“, grüßte Daik ta Enderos freundlich und nickte den Eintretenden zu. „Kommt zu uns, wir haben bereits mit den Beratungen über das weitere Vorgehen begonnen.“

„Und wir sind uns keineswegs einig“, warf Kapitän Herolas ein.

„Der Rat muss zum Besten von Gendaneris entscheiden“, brummte Volon, einer der drei überlebenden Räte der Stadt. „Darin bin ich mit dem Hochgeborenen Rat Mank ta Heros und auch dem Ältesten Anavar einig.“

Der Hochgeborene Mank ta Heros erinnerte die Pferdelords in seiner Erscheinung sofort an den arroganten Gardeoffizier Leth ta Valos, welcher der Versammlung nicht beiwohnte. Der Hochgeborene sah den Pferdelords reserviert entgegen.

„Nehmt in unserem Kreise Platz", sagte er und wies auf freie Schemel, aber ein Unterton in seiner Stimme verriet, dass ihm die Menschen aus der Hochmark nicht sonderlich willkommen waren, und seine weiteren Worte bestätigten dies. „Obschon ich nicht zu sagen wüsste, was Ihr in den Angelegenheiten der Stadt beitragen könntet."

Der schmächtige Regimentskommandeur ta Enderos versteifte sich ein wenig. „Vergesst nicht, Hochgeborener Rat ta Heros, welchen Beitrag die braven Pferdelords zur Befreiung von Gendaneris geleistet haben. Sie haben alles Recht dazu, in unserer Mitte Platz zu nehmen und ihre Meinung einzubringen."

Ta Heros und ta Enderos sahen sich einen Moment lang schweigend an, und man spürte, dass hier ein stummer Kampf zwischen zwei Männern ausgetragen wurde. Doch schließlich lenkte der Rat ein. „Schön, das will ich anerkennen." Er lächelte kurz. „Nehmt denn Platz, Ihr guten Herren."

Nedeam und Dorkemunt flankierten Garwin, als sie sich auf die Schemel setzten. Mit leisem Klingen stieß Dorkemunts Streitaxt auf den steinernen Boden.

„Es ist nicht üblich, in der Halle des Rats eine Waffe zu führen", sagte einer der Bediensteten hastig und beugte sich zu dem kleinen Pferdelord hinunter. „Ich kann sie für Euch in Verwahrung nehmen."

„Keiner von uns führt seine Waffen an einem Ort, an dem man ihm mit Freundlichkeit und Wärme im Herzen begegnet", erwiderte Dorkemunt und wischte die ausgestreckte Hand des Mannes zur Seite. „Ich bin mir nicht sicher, ob dies ein solcher Ort ist."

Ta Heros wollte zu einer empörten Erwiderung ansetzen, aber Daik kam ihm zuvor. „Wohl gesprochen, guter Herr

Pferdelord. Euch ist noch nicht viel Freundlichkeit widerfahren. Dennoch seid Ihr an diesem Ort unter Freunden, das versichere ich Euch."

Dorkemunt erwiderte den Blick des Offiziers und nickte dann leicht. „Euch will ich das wohl glauben."

Volon, der im Rang offensichtlich etwas niedriger stand als der Hochgeborene, hüstelte diskret. „Im Falle unserer Freunde mit den grünen Umhängen wäre es wohl angemessen, ihnen als Gunst- und Vertrauensbeweis das Tragen der Waffen zu erlauben."

Man sah Dorkemunt an, dass ihm jeglicher Gunstbeweis gleichgültig war, und auch Garwins Gesicht verriet Unmut. Abermals warf ta Heros einen Blick auf den Regimentskommandeur und nickte erneut. „So sei es."

„Gut, nachdem dies geklärt ist", sagte Daik mit gespielter Fröhlichkeit, „sollten wir in unserer Beratung fortfahren. Gendaneris ist nun gesichert. Ein weiterer Transport mit Nahrungsmitteln ist auf dem Weg, und die Felder der Stadt wurden nicht geschädigt. Die Gefahr einer Hungersnot ist abgewendet, und die Garde der Stadt steht nun stärker als je zuvor. Bis Gendaneris wieder über ausreichende eigene Streitkräfte verfügt, werden die beiden Regimenter der Fußgarde seine Mauern bewachen. Die Behebung der Schäden schreitet voran, und mit dem Eisen, das die Transporte mitbrachten, werden auch die Kanonenbatterien bald wieder hergerichtet sein."

Der dritte Älteste, Anavar, deutete ein Nicken an. „Das kann ich bestätigen. Die Männer sind schon an der Arbeit. Auch die beschädigten Schiffe werden bald repariert sein, bis auf jene, die gesunken sind und die wir erst vom Grund des Hafenbeckens heben müssen."

„Gut, dann gebt uns Schiffe zum Geleit", meldete sich der

elfische Kapitän Herolas zu Wort, „und wir werden die Bestien der See verfolgen und ihre Gefangenen befreien."

Ta Heros sah ihn kopfschüttelnd an. „Guter Herr Elf, ich kann Euer Begehren verstehen, aber eine solche Torheit kommt nicht infrage."

„Es geht um Hunderte Eurer Frauen, Hochgeborener Rat", wandte Lotaras ein. „Und es geht um zwei Hohe Räte des elfischen Volkes. Wir müssen etwas zu ihrer Befreiung unternehmen."

„Es mag sein, dass Ihr das müsst", erwiderte der Hochgeborene Rat. „Für Gendaneris sehe ich dazu aber keine Veranlassung."

„Die Häuser der Elfen sind mit denen der Menschen verbunden", sagte Lotaras eindringlich. Er erhob sich und sah den Rat ernst an. „Ich, Lotaras aus dem Hause Elodarion, spreche hier im Namen meines Hauses und ersuche Euch um die Waffenbrüderschaft, die der Bund gewährt."

„Und auch ich", ertönte eine weibliche Stimme, „Llarana aus dem Hause Deshay, spreche im Namen meines Hauses und schließe mich dem Ersuchen meines elfischen Bruders an."

„Das ist ein formelles Ersuchen, und es steht im Einklang mit dem geschlossenen Pakt", antwortete Daik leise. „Der Bund zwischen den Häusern der Elfen und dem Königreich der weißen Bäume gibt Euch das Recht dazu und", er sah ta Heros an und erhob seine Stimme, „verpflichtet das Königreich von Alnoa, dem Ersuchen zu entsprechen. Von Waffenbruder zu Waffenbruder."

Der Hochgeborene Rat schien unsicher zu werden.

Nedeam, der dies erkannte, beugte sich zu Garwin und senkte seine Stimme. „Schließt Euch dem Ersuchen an, Hoher Herr. Das gebietet die Ehre."

„Warum sollte ich das tun?“, raunte Garwin zurück. „Dies ist eine Angelegenheit der elfischen Häuser.“

„Es ist ein Ersuchen im Rahmen der Waffenbrüderschaft, wie sie im Bund geschlossen wurde“, drängte Nedeam mit leiser Stimme. Er bemerkte den forschenden Blick, den Daik ihnen zuwarf, und lächelte den Offizier freundlich an, dann neigte er sich wieder an Garwins Ohr. „Es würde Eindruck auf die Alnoer machen, wenn sie sähen, dass wir zu unseren elfischen Freunden stehen.“ Er senkte die Stimme noch etwas weiter, bis sie kaum noch zu verstehen war. „Denkt an die Schlacht von Merdonan und wie das Haus Deshay uns damals beistand.“

„Dies ist keine Angelegenheit des Pferdevolkes.“ Garwin versteifte sich leicht. „Noch weniger eine der Hochmark.“ Er bemerkte Nedeams betroffenen Blick und lächelte kalt. „Ich würde anders urteilen, wenn eines der Reiche des Bündnisses bedroht wäre. Wahrhaftig, ich würde sicherlich nicht zögern. Aber hier sind weder die Alnoer noch die Häuser der Elfen bedroht. Und schon gar nicht unsere Hochmark.“

„Es geht um die Hohen Räte der beiden ältesten elfischen Häuser“, stieß Nedeam erregt hervor. „Und um Hunderte unschuldiger Frauen aus Gendaneris.“

„Ihr vergesst Euch, guter Herr Nedeam!“ Garwin warf ihm einen finsteren Blick zu. „Bedenkt gut, mit wem Ihr sprecht und wo Ihr Euch befindet!“

Nedeam fühlte sein Blut wallen und wollte zu einer scharfen Entgegnung ansetzen, als er bemerkte, dass sein Gespräch mit Garwin die ungeteilte Aufmerksamkeit aller Anwesenden auf sich gezogen hatte. Errötend sah er zu ta Heros, der ihn anlächelte und dann zufrieden nickte.

„Das Wort des Hohen Herrn Garwin wiegt schwer“, sagte

der Hochgeborene mit ernstem Gesicht. „Wie er erwähnt, ist keines der Reiche direkt bedroht, sodass ich den Bündnisfall nicht sehen kann, Ihr ehrenwerten Herren."

Llarana schob sich mit zornig blitzenden Augen vor. „So verweigert Ihr dem Hause Deshay Eure Hilfe?"

Lotaras trat neben sie. „Und ebenso dem Hause Elodarion?"

Daik ta Enderos bemerkte, wie Kapitän Herolas unbewusst die Hand an jene Stelle legte, wo sich normalerweise der Griff des Schwertes befunden hätte. Er hob beschwichtigend die Hände und bat um Ruhe. „Ich kann den Unmut in diesem Raum verstehen, Hochgeborene und Herren, aber als alter Soldat der Garde bitte ich Euch, ein paar Dinge zu überdenken."

Der Kommandant der Gardereiter erhob sich und trat in die Mitte des Halbkreises, in dem die anderen saßen oder standen. „Ich bin nicht bereit, den Verlust von vielen unschuldigen Frauen einfach hinzunehmen. Ebenso wenig, wie ich bereit bin, zwei Mitglieder des Hohen Rates der elfischen Häuser in den Händen der Schwärme zu belassen." Er sah die anderen beschwörend an. „Aber bedenkt, was ich nun sage. Die Marine des Reiches der weißen Bäume verfügt nicht über die Schlagkraft, um den Schwärmen der See entgegentreten zu können."

„Aber vereint mit den Flammschiffen unserer Häuser hätten sie diese Schlagkraft", tönte Herolas' Stimme durch den Raum.

„Ja, vielleicht", räumte Daik ein. „Aber mit welchen Folgen, Ihr Räte und Herren? Mit welchen Folgen? Männer würden sterben, sehr viele Männer, und ihre Schiffe würden auf den Grund der See sinken! Würde dies die Rettung der Entführten bewirken? Ich sage Euch, das würde es nicht. Jeder Schwarmmann würde die Gefangenen lieber töten als sie wieder herauszugeben.“ Er ließ seine Worte einige Augenblicke wirken. „Mit Macht gegen die Schwärme aufzutreten, würde nichts bewirken außer vielfachem Tod.“

„Ich werde meinen Vater nicht der Mordlust der Korsaren überlassen“, entgegnete Llarana grimmig.

„Und ich ebenso wenig“, stimmte Lotaras zu.

Kapitän Herolas nickte stumm und sah zu Nedeam und den Pferdelords. Seine Augen verengten sich, als sich nun auch Garwin erhob. Vielleicht hegte der elfische Kapitän für einen Moment die Hoffnung, der Sohn des Pferdefürsten werde den Elfen beistehen, doch Garwins Worte belehrten ihn eines anderen.

„Ich sehe keinen Sinn darin, den Schwärmen aufs Meer zu folgen“, sagte Garwin in bestimmtem Ton. „Wie der Hochgeborene Daik ta Enderos schon sagte, würde dies nur zusätzliche Tote bedeuten und den Gefangenen keine Freiheit bringen. Da es das Pferdevolk ohnehin nicht vermag, übers Wasser zu reiten, und die Stadt Gendaneris nun außer Gefahr ist, werde ich mit den meinen zurück in die Hochmark ziehen.“

„Das könnt Ihr nicht tun!“ Nedeam sprang erregt auf. „Sie standen Seite an Seite mit uns. Lotaras und Leoryn kämpften auf dem Wall von Eternas, als er von den Orks berannt wurde, und das Haus Deshay focht tapfer vor Merdonan um die Freiheit des Pferdevolkes.“

„Doch wohl auch um die eigene“, wandte Garwin ein.

Dorkemunt war schneller als sein Freund und hielt dessen Hand zurück. „Nicht, Nedeam, mein Freund. Er ist der Sohn Garodems.“

Nedeam und Garwin sahen einander starr an, der eine gewillt, den herausfordernden Schlag zu tun, der andere bereit, ihn entgegenzunehmen und zu erwidern. Schweigen lag über dem Raum, und man hörte das heftige Atmen Nedeams, der schließlich Dorkemunts Hand von sich stieß.

„Verzeiht einem sehr, sehr alten Mann, wenn er sich in die heißblütigen Zwistigkeiten der Jugend mischt“, ertönte überraschend die Stimme von Mionas. Der gebeugte Gelehrte lächelte sanftmütig. „Männer und Schiffe in den Tod zu schicken, mag für einen Krieger ehrenhaft erscheinen, aber für ein Volk ist es sinnlos ... Nein, nein, hört mir zu, bevor Ihr Eure Köpfe schüttelt. Vielleicht können die vereinten Schiffe unserer Völker die Macht der Schwärme brechen, aber auch ich glaube, dass dies das Leben der Entführten nur gefährden würde. Nein, Ihr Männer der Elfen und Menschenwesen, mit Gewalt kommen wir hier nicht weiter, aber wo sie nichts bewirkt, mag womöglich eine List zum Ziel führen.“

„Eine List?“ Daik runzelte die Stirn. Er sah, dass Nedeam und Garwin sich noch immer feindselig anstarrten. „Ich bitte Euch, Ihr guten Herren, nehmt wieder Platz. Lasst uns die Worte eines weisen alten Mannes anhören.“

Mionas nickte Daik dankbar zu und fuhr dann fort. „Wo viele Schiffe nichts bewirken, können vielleicht einige wenige durch die Reihen des Feindes hindurchschlüpfen und die Gefangenen befreien. Für meinen Plan genügen zwei Schiffe, die sich gegenseitig schützen können, aber dennoch unerkannt bleiben. Eines davon sollte ein Schiff der Korsaren sein, doch müssen beide sehr schnell und wendig sein. Zunächst müssten wir also ein Schiff der Korsaren aufbringen und es für unsere Belange umrüsten.“

„Die ‚Wellenvogel‘ ist schnell, und sie ist zum Auslaufen bereit“, versicherte Herolas sofort.

„Ja, wir werden sie dafür einsetzen, eines der Schwarmschiffe in unsere Hand zu bringen“, sagte der alte Elf. „Doch für den Vorstoß zum Haus der Schwärme wird sie nicht geeignet sein. Zumindest nicht, wenn wir nach meinem Plan verfahren. Dafür braucht es ein gänzlich anderes Schiff.“ Er sah ta Heros freundlich an. „Und die Unterstützung der Stadt Gendaneris mit ihrer Werft.“

„Nun … selbstverständlich werden wir behilflich sein“, brummte der Hochgeborene. „Was Gendaneris beitragen kann, wird es leisten.“ Der Hochgeborene erwiderte das Lächeln des Elfen. „Doch Ihr werdet Euer Schiff nicht zerteilen können, Hoher Elf, und Ihr spracht zudem von einem gänzlich anderen Schiff. Bedauerlicherweise sind die Schiffe von Gendaneris …“

„Es liegt ein Schiff im Hafen, das nicht zu Gendaneris gehört“, warf Daik ein, der ahnte, dass sein Vorredner die gemachte Zusage gleich wieder einschränken wollte. „Und bei allem Respekt, Hoher Rat, es ist ein Schiff der alnoischen Marine.“

„Ihr meint dieses Dampfkanonenschiff, Hochgeborener ta Enderos? Nun, ich will Euch nicht beleidigen, gewiss nicht, aber Ihr seid ein Reiter und kein Seemann“, erwiderte der Hochgeborene.

„Aber der höchste Offizier der Garde in Gendaneris, und daher untersteht es meinem Befehl, Hochgeborener ta Heros.“

„Das ist wahr.“

„Nun, dann hätten wir also zwei Schiffe“, stellte Mionas fest. „Die ‚Wellenvogel‘, mit der wir einen Korsaren aufbringen werden, und jenes Schiff der Garde, das den erbeuteten Segler beim Vorstoß auf das Haus der Schwärme begleiten wird.“

„Schön, nachdem das geklärt wäre“, wandte Garwin ungeduldig ein, „will ich Euch nicht länger bei den Vorbereitungen für Euer Abenteuer stören. Wir Pferdelords werden nun jedenfalls in die Hochmark zurückkehren."

„Unsere besten Wünsche begleiten Euch dabei", versicherte ta Heros.

„Nicht alle werden reiten", warf Nedeam mit entschlossener Stimme ein.

Garwin fuhr herum und errötete, während er den Pferdelord fixierte. „Was soll das heißen?"

„Ihr habt gesagt, kein Reich des Bundes sei vom Feind bedroht, nicht wahr, Hoher Herr?"

Der Sohn des Pferdefürsten kniff die Augen zusammen. „So sagte ich, ja."

„Dann gilt auch nicht die Losung."

„Natürlich nicht. Verdammt, was soll das?"

„Damit bin ich ein freier Pferdelord und kann als solcher entscheiden." Nedeam trat von Garwin zurück und gesellte sich zu den Elfen. „Mein Schild und meine Lanze werden unseren elfischen Freunden beistehen."

„Ihr seid ein Schwertmann der Hochmark", brüllte Garwin erregt. „Und kein freier Pferdelord mehr, der auf die Losung hin zum Banner meines Vaters eilt! Ihr seid ihm zu bedingungslosem Gehorsam verpflichtet!"

„Das ist er nicht." Dorkemunt stieß den Stiel seiner Axt mit vernehmlichem Krachen auf den Boden. „Er hat den Eid der Pferdelords abgelegt, aber noch nicht den Schwur der Schwertmänner Garodems. Noch ist er Eurem Willen nicht unterworfen, Garwin, Sohn unseres Pferdefürsten. Noch ist er ein freier Mann, der seine Freunde frei wählen kann." Dorkemunt sah Garwin geringschätzig an und trat zu Nedeam. „So, wie auch ich ein freier Mann bin."

„Verfluchte Narren", zischte Garwin. Seine Hände öffneten und schlossen sich. „Schön, dann bleibt also hier, bei Euren elfischen Freunden. Doch der Beritt der Schwertmänner hat den Schwur getan und wird mir in die Hochmark folgen. So, wie es Ehre und Tradition der Schwertmänner verlangen."

„Sprecht nicht von Ehre und Tradition." Nedeam sah Garwin verächtlich an. „Sprecht erst mit Garodem, bevor Ihr solche Worte in den Mund nehmt."

„Ich hörte oft, die Menschen des Pferdevolkes seien von heißblütiger Natur." Daik ta Enderos schob sich zwischen sie. „Aber die Häuser der Elfen werden sicherlich erfreut sein, dass ihnen zwei so bewährte Vertreter der Pferdelords zur Seite stehen." Er lächelte liebenswürdig und legte dann eine Hand auf Garwins Schulter. „Und Euch, Hoher Herr Garwin, wünsche ich samt Eurem Gefolge eine glückliche Heimkehr in die Hochmark."

Es war ein Hinauswurf. Er mochte in freundlichem Ton ausgesprochen worden sein, aber dennoch war es ein Hinauswurf.

Garwin atmete mehrmals tief durch und nickte dann. Schweigend wandte er sich um und stapfte aus dem Saal.

Mionas lächelte bedauernd. „Es ist nicht gut, wenn Zorn zwischen Männern steht, die Freunde sein sollten. Aber vielleicht liegt es in der Art von sterblichen Wesen, das Leben auf intensivere Weise leben zu müssen, sodass Euch Harmonie eintönig erscheint." Er seufzte leise. „Vielleicht war Euer Hoher Herr der Klügere von Euch beiden, Nedeam. Denn was ich Euch nun vorschlagen werde, ist voller Gefahren."

Die Anwesenden nahmen wieder Platz, und Nedeam warf einen kurzen Blick zu Lotaras und Llarana, deren Freude über das Dableiben der beiden Pferdelords unverkennbar war.

Doch Mionas nahm ihre Aufmerksamkeit sofort wieder in Anspruch.

„Ich kenne die Schwärme der Korsaren schon seit der Zeit, als sie nur vereinzelt auftraten“, begann der alte Gelehrte. „Ich weiß, mit welchem Hass sie dem elfischen Volk begegnen.“ Er seufzte erneut und bat einen der Diener mit einem Wink um einen Becher mit Wasser. „Ich kann nicht mit Bestimmtheit sagen, was sie mit den Frauen von Gendaneris vorhaben. Ein Teil wird vermutlich auf ihren Schiffen verbleiben, um frisches Blut in ihren Nachwuchs zu bringen, und ein anderer Teil wird sicherlich an die übrigen Schwärme versteigert werden, denn Frauen sind eine seltene und kostbare Beute.“ Mionas stillte seinen Durst und sah dann die Anwesenden betrübt an. „Doch wohin man Jalan und Elodarion bringen wird, wenn sie überhaupt noch leben, daran habe ich keinen Zweifel. Man wird sie vor den Malaquant der Schwärme schaffen, um sie dort zu Tode zu quälen.“

Betroffenes Schweigen herrschte.

Daik ta Enderos musterte den alten Elfen. „Wer ist der Malaquant, und wo findet man ihn? Wenn ich Euch richtig verstehe, werden wir ihn aufsuchen müssen, um die Gefangenen zu befreien.“

„Wahrscheinlich müssen wir das. Nein, ich bin mir dessen sogar sicher“, sagte Mionas. „Der Malaquant ist der Führer aller Schwärme der Meere; er residiert in seiner Burg auf der Insel Um’briel.“

„Um’briel?“ Herolas kratzte sich im Nacken. „Ich bin lange zur See gefahren, doch eine Insel dieses Namens kenne ich nicht.“

„Es gibt Gewässer, die wir seit Langem nicht mehr befahren.“ Mionas sah den Kapitän lächelnd an. „Die Insel Um’briel liegt weit unten, im Südmeer. Es ist sehr, sehr lange her, dass ich sie sah, aber ich kenne noch den Weg dorthin und ich werde sie finden. Sie wird gut bewacht sein."

Herolas nickte. „Dann lasst mich die Flammschiffe der elfischen Flotte rufen, und wir brennen uns einen Weg durch die Schwärme hindurch, bis zu diesem Malaquant."

„Nein, das würde den sicheren Tod Elodarions und Jalans bedeuten", wehrte der Gelehrte ab. „Die Flammschiffe können erst eingesetzt werden, wenn wir die beiden befreit haben. Doch dies kann nur mit List erfolgen. Wir sind auf die Hohen Räte angewiesen, vergesst das nicht, Kapitän."

Die anderen bemerkten den eindringlichen Blick, den die beiden Elfen untereinander austauschten, und ihnen wurde bewusst, von welch besonderer Bedeutung Elodarion und Jalan für die elfischen Häuser waren, als Herolas zustimmend nickte.

„Schön, dann wenden wir also eine List an und brennen sie später nieder", brummte der elfische Kapitän.

„Die Strecke ist weit, und es wird eine Weile dauern, bis der Schwarm Um'briel erreicht hat", sinnierte Mionas. „Das gibt uns Zeit, die beiden Schiffe vorzubereiten. Sie müssen stärker und schneller sein als jedes andere Gefährt, das die Meere je befuhr."

Der Älteste Anavar meldete sich zu Wort. „Ich bin als Rat auch Rüstmeister der Stadt und ihrer Werft. Ich kenne die neuen Dampfkanonenschiffe Alnoas, und ich versichere Euch, sie sind sehr gut und auch recht stark. Aber sie sind nicht schnell. Jeder Kampfsegler fährt ihnen bei mäßigem Wind davon. Wenn Ihr neben Eurer ‚Wellenvogel' auch eines unserer Schiffe stärker und schneller machen wollt, so solltet Ihr dafür eher einen Segler nehmen."

„Ihr habt den Hochgeborenen ta Heros vernommen. Die Segler gehören der Stadt“, wandte Daik ta Enderos ein. „Das Dampfkanonenschiff ‚Shanvaar‘ hingegen ist Eigentum der Garde und steht uns als Einziges zur Verfügung.“ Er warf dem Hochgeborenen einen feindseligen Blick zu.

„Ich denke, es ließe sich verbessern.“ Mionas erhob sich und ächzte dabei leise. „Wenn Ihr so gut sein wollt, Hoher Rat Anavar, mir Eure Werft und die ‚Shanvaar‘ zu zeigen, dann kann ich Euch bald sagen, was an der Konstruktion zu verbessern ist.“

„Mehr als drei Hundertschaften Männer kann die ‚Shanvaar‘ nicht tragen“, sagte Daik. „Ich werde die Besten aussuchen. Gardisten, die sich auf den Umgang mit Schwert und Bogen verstehen.“

„Die ‚Wellenvogel‘ kann weitere dreihundert Gardisten aufnehmen.“ Herolas überlegte kurz. „Vorausgesetzt, wir müssen nicht allzu viele Vorräte mitnehmen.“

Mionas schüttelte den Kopf. „Das wird nicht nötig sein. Aber zunächst einmal müssen wir rasch eines der Schwarmschiffe aufbringen. Innerhalb der kommenden drei, höchstens vier Tageswenden.“ Mionas räusperte sich. „Außerdem schlage ich vor, einen Boten zu den Häusern der Elfen zu entsenden, der ihnen berichtet, was geschehen ist. Er sollte schnell übers Land reiten. Der Seeweg mag zwar kürzer sein, ist aber im Augenblick zu gefährlich. Die Schwärme werden Jagdschiffe und Kampfsegler in Küstennähe kreuzen lassen, um sich zu vergewissern, dass ihnen niemand folgt.“

Lotaras erhob sich. „Wir werden Leoryn entsenden, sie ist eine gute Reiterin.“

„Die fünfte Gardereiterei wird Euch die besten Pferde zur Verfügung stellen“, versicherte Daik.

„Gut, dann lasst uns an die Arbeit gehen.“ Mionas klatschte auffordernd in die Hände.

Die Versammlung löste sich in einzelne Gruppen auf. Während Mionas, Herolas und der Rüstmeister der Stadt den Saal verließen, rief Daik nach einigen seiner Offiziere, und Lotaras, Llarana, Dorkemunt und Nedeam schritten durch die Vorhalle und traten auf den großen Platz hinaus.

„Es tut wohl, Euch an unserer Seite zu wissen“, sagte Lotaras schlicht, doch in diesen Worten lag all die Verbundenheit seiner tiefen Freundschaft.

„Ich wollte, Garodem wäre hier gewesen“, sagte Dorkemunt grimmig. „Wahrlich, dann wären andere Worte gefallen. Er hätte nicht gezögert, Euch mit der gesamten Streitmacht der Hochmark zur Seite zu stehen. Ebenso Bulldemut. Ah, der kernige Bursche und sein Erster Schwertmann Mor würden jeden Mann der Ostmark aufbieten, um Euch beizustehen.“ Der kleine Pferdelord spuckte aus. „Garwin allerdings scheint mir den grünen Umhang nicht wert.“

Lotaras sah Nedeam unbewusst nicken und lächelte besänftigend. „Bedenkt, er ist der Sohn Eures Pferdefürsten und wird wohl eines Tages dessen Banner führen. Er ist noch jung und unerfahren, und ich denke, er braucht ein wenig Hilfe, um den rechten Weg zu erkennen.“

„Solche Worte aus dem Mund eines jungen Elfen, der gerade einmal fünfhundert Jahreswenden zählt, sind bemerkenswert“, lachte Llarana auf, um sofort wieder ernst zu werden. „Wie dem auch sei, die beiden Besten der Pferdelords werden mit uns sein.“

Dorkemunt verzog das Gesicht zu einem breiten Lächeln und umklammerte den Griff seiner Axt. „Wohl gesprochen, junge Elfenfrau, wohl gesprochen.“ Er schlug Lotaras auf die

Schulter. „Wir beide sollten uns nun einmal darüber unterhalten, welche Waffen an Bord eines Schiffes wohl praktischer sind. Was meint Ihr, Freund Lotaras, Axt oder Bogen?"

Der Elf sah den kleinen Pferdelord verwirrt an, bis dieser ihm mit den Augen einen Wink gab. Ein verständiges Lächeln glitt über das Gesicht des Elfen. „Welche Frage", sagte er grinsend und legte einen Arm um Dorkemunts Schultern. „Nichts gleicht einem elfischen Bogen."

Llarana wollte den beiden automatisch folgen, aber dann bemerkte sie Nedeams Zögern und blieb stehen. Fragend sah sie ihn an. „Was ist, guter Nedeam? Du siehst mich so merkwürdig an."

Der junge Pferdelord räusperte sich verlegen. „Nun, ich, hm ..."

Er verstummte und suchte unbeholfen nach Worten, während ihm das Blut ins Gesicht stieg. Llaranas Blick wurde forschend. „Ich spüre, dass in dir etwas vor sich geht. Um was sorgst du dich, Nedeam?" Sie lächelte. „Scheust du etwa, wie Lotaras, die Fahrt übers Wasser?"

„Äh, nein", stammelte er verlegen.

Seine Röte vertiefte sich. Was sollte er der schönen Elfin sagen? Wie sollte er ihr begreiflich machen, was er empfand? Dieses hitzige Gefühl erklären, das ihn durchströmte? Wie die naive Sehnsucht schildern, dieses scheinbar so zarte Wesen, das ihm dort gegenüberstand, zu beschützen? Dieses Wesen, das, wie er wusste, keinem Krieger in seiner Wehrhaftigkeit nachstand.

Llarana trat mit einem besorgten Gesichtsausdruck an ihn heran und legte ihre Hand an die seine. Die flüchtige Berührung ließ heiße Wellen durch Nedeams Körper rollen. „Du hast einen seltsamen Schimmer in deinen Augen, Nedeam. Einen Blick, den ich sonst nur von meinem Vater kenne."

„Ich bin nicht dein Vater", murmelte er.

„Nein, gewiss nicht." Ihr Lächeln vertiefte sich. „Du bist mein Freund, und das bedeutet mir viel."

„Ja … mir auch." Nedeam zwang sich zu einem Lächeln.

Empfand er Freundschaft für Llarana? Ja, aber es war noch weitaus mehr. Je länger er in ihre Augen sah, desto deutlicher wurde es ihm. Zum ersten Mal hatte er die Empfindung, im Blick eines anderen Wesens zu versinken. Ein Gefühl der Hilflosigkeit überkam ihn.

„Wir sollten den anderen folgen", sagte Llarana leise. „Sie sind uns schon ein Stück voraus."

Nedeam nickte benommen und verfluchte sein Unvermögen, seine Gefühle zu erklären oder auch nur mitzuteilen. Er empfand Enttäuschung darüber und war zugleich erleichtert, dass ihn die Schritte hinüber zu Dorkemunt und Lotaras ein wenig ablenkten. Als er aufsah, bemerkte er den forschenden Blick, den der Freund ihm zuwarf.

„Du siehst aus, als wärest du gerade einer Horde Orks entkommen", murmelte Dorkemunt. „Ich glaube, mein Freund, dich hat es schlimm getroffen."

„Was sollte mich getroffen haben?", erwiderte Nedeam barsch.

Dorkemunt lachte leise auf und warf einen Blick hinüber zu den beiden Elfen, die ein Stück weitergegangen waren und nun an dem großen Brunnen auf dem Platz standen, um etwas Wasser zu schöpfen. „Ich kenne diesen Blick, Nedeam. Ich habe ihn schon oft bei Männern gesehen. Aber zum ersten Mal finde ich ihn in deinen Augen. Ich denke, Nedeam, mein Freund, du hast mehr als nur ein Auge auf die schöne Elfin geworfen."

„Unsinn.“

Dorkemunt legte die Hand auf die Schulter seines Freundes und sah ihn mitfühlend an. „Ich kenne solche Gefühle, Nedeam, glaube mir. Mein Leben ist reich an Jahreswenden und an Begegnungen mit dem anderen Geschlecht. Oft habe ich ein Weib begehrt und mit ihm auf der Bettstatt geknarrzt.“ Er grinste breit. „Und es musste nicht einmal immer die Bettstatt sein, wenn du verstehst.“

„Verdammt, Dorkemunt, darum geht es nicht.“

Der kleine Pferdelord wiegte den Kopf. „Zwischen dir und Llarana spinnt sich ein seltsames Band, mein Freund. Das konnte ich schon bei Merdonan spüren. Es mag mit eurem Kampf gegen das Graue Wesen im Haus des Urbaums zusammenhängen … Ich weiß es nicht. Aber zwischen euch ist ein Bund geschlossen, den ihr beide vielleicht noch nicht zu deuten wisst. Glaube einem erfahrenen Freund, Nedeam, ich kann das spüren. Begehrst du sie?“

Die Frage kam für Nedeam nicht unerwartet, und doch wusste er nicht, was er antworten sollte.

Dorkemunt nickte bedächtig, als sein Freund weiter schwieg. „Ah, du tust es. Nein, schüttle jetzt nicht den Kopf, dein Blick und die Röte deines Gesichts verraten dich.“ Er drückte kurz Nedeams Schulter und zog dann seine Hand zurück. „Sie ist ein unsterbliches elfisches Wesen, Nedeam, und du bist ein sterblicher Mensch. Zugleich ist Llarana unbestreitbar ein begehrenswertes Weib. Aber eine solche Bindung hätte keine Zukunft, und zudem“, er lächelte aufmunternd, „gibt es noch viele andere begehrenswerte Weiber.“

„Keines wie Llarana“, seufzte Nedeam.

„Bei den Finsteren Abgründen“, knurrte Dorkemunt, „dich hat es wahrlich schwer getroffen. Nun, ich weiß nicht, ob es jemals eine Verbindung zwischen Elf und Mensch gegeben hat. Man erzählt sich durchaus, dass es dergleichen schon gegeben habe, aber ich kann mir das nicht vorstellen. Eine solche Beziehung wäre wohl zu schrecklich. Glaube mir, Nedeam, wenn ihr euch miteinander verbinden würdet, müsste Llarana dem unausweichlichen Verfall deines Leibes zusehen. Würdest du ihr das zumuten wollen?"

Nedeam schüttelte seufzend den Kopf.

Nach einer Weile zuckte Dorkemunt entsagungsvoll die Schultern. „Ich habe gelegentlich ein Weib begehrt, das mein Empfinden nicht erwiderte. Das kann eine schreckliche Erfahrung sein, mein Freund. Doch in diesem Fall solltest du froh sein, dass die junge Elfin nur einen guten Freund in dir sieht. Es ist besser so, ich weiß es."

Nedeam machte einen missmutigen Laut, und Dorkemunt stieß ihm auffordernd gegen den Arm. „Nun lass den Kopf nicht so hängen. Folgen wir unseren beiden elfischen Freunden. Komm, es gibt viel zu tun, und ich bin gespannt, was dieser elfische Herr Mionas wohl noch ausbrüten mag. Ich glaube, wir sind auf dem besten Weg, in ein Abenteuer zu reiten, von dem man bei den Pferdelords noch lange singen wird."

„Wir werden nicht reiten, sondern uns übers Wasser bewegen." Nedeam lachte halbherzig.

Dorkemunt grinste. „Wie auch immer. In jedem Fall wird es ein großes Abenteuer werden."

19

„Der Segelführer ist tot. Die Verletzung war zu schwer." Der Korsar mit der blutroten Narbe an der Stirn warf einen finsteren Blick auf die Gefangenen. „Wir sollten ihm diese dort direkt hinterherschicken. Sie sind doch nur unnütze Fresser."

Der bisherige Stellvertreter des Kapitäns, der nun der neue Segelführer war, schüttelte den Kopf. „Es sind Elfen, und du weißt, welchen Wert der Malaquant darauf legt, diese Wesen kennenzulernen."

Das Suchschiff des Schwarms lief mit langsamer Fahrt von der Küste ab und steuerte auf einen zuvor verabredeten Punkt zu, an dem sich die Schiffe des Schwarms wieder treffen sollten. Die beiden großen Kampfsegler kreuzten noch vor der Küstenregion, und das kleine Suchschiff wurde von jenem Segler begleitet, der am Kampf gegen die „Wellenvogel" teilgenommen hatte.

Elodarion und Jalan waren zusammen mit einer Handvoll Elfen der See überwältigt und gefangen genommen worden. Jeder von ihnen hatte zumindest kleinere Verletzungen davongetragen, aber die Korsaren gaben sich keine Mühe, ihre Wunden zu versorgen. Sie hatten die Gefangenen in der Mitte des Decks zusammengedrängt und sie dort unter Bewachung gestellt. Die Elfen waren sich nicht sicher, ob die Wachen einen Fluchtversuch verhindern sollten oder ihrem Schutz dienten, denn die Männer der Besatzung warfen ihnen immer wieder hasserfüllte Blicke zu. Im Grunde war das verständlich, denn die Besatzung des kleinen Schwarmschiffes hatte unter der erbitterten Gegenwehr der Elfen schwer gelitten. Aus dem Unterdeck war das Stöhnen und Schreien der Verwundeten zu hören, und es war offensichtlich, dass nun zu viele Hände fehlten, um das Schiff in gewohnter Weise bedienen zu können.

Der neue Segelführer hatte daher nur eines der Segel setzen lassen, denn für die wenigen verbliebenen Korsaren gab es mehr als reichlich zu tun. Das Segel musste bedient und das Schiff gesteuert werden. Zugleich galt es, die erlittenen Schäden auszubessern. Der kurze, aber heftige Aufprall auf das größere elfische Schiff und das Aneinanderscheuern ihrer Rümpfe hatten dem Korsarensegler hart zugesetzt. Einige der Planken waren aus ihrem Verbund gelöst und eingedrückt worden. Nun strömte Wasser durch Ritzen ins Innere des Schiffes, und man hörte ständig das Quietschen der hektisch arbeitenden Handpumpen. Auch die Leinenführung und der Sockel des Vormastes waren stark mitgenommen und mussten ausgebessert werden. Weitere Männer bemühten sich darum, das Los der Verwundeten zu erleichtern.

Jalan blickte mit ausdruckslosem Gesicht auf einen Korsaren, der soeben aus dem Niedergang hervorkam und einen Eimer voller blutigem Wasser und abgetrennten Gliedmaßen mit sich trug. Der Mann sah die Elfen finster an und schüttete dann den Inhalt über Bord. Bevor er wieder im Rumpf verschwand, spuckte er demonstrativ vor den Gefangenen aus.

„Man kann es verstehen“, murmelte Elodarion kaum hörbar. „Im Kampf zu sterben, ist eine ehrenvolle Sache, doch verkrüppelt zu überleben, bleibt ein elendes Schicksal.“

„Ich stimme dir zu, Elodarion.“ Jalan musterte die beiden Korsaren, die zur Bewachung der Elfen abgestellt waren. „Und wie mir scheint, leiden die Korsaren auch noch unter Verkrüppelungen anderer Art.“

Er spielte auf ihre Bewacher an, die unverkennbar Brüder waren. Stämmige Männer in grober Kleidung und mit den bloßen Füßen eines Seemanns. Sie wirkten kraftvoll und durchtrainiert, aber ihre Gesichter waren seltsam verzerrt und zeigten einen stumpfsinnigen Ausdruck. Die beiden verständigten sich untereinander und mit den anderen Mannschaftsmitgliedern mittels einer Folge schwer zu deutender Grunzlaute, wobei ihnen der Speichel über das Kinn sickerte.

„Zu wenige Frauen für zu viele Männer", flüsterte Elodarion. „Zudem erhöhen ihre hohen Verluste den Bedarf an Kindern. Es ist die Folge der Inzucht, die wir hier zu sehen bekommen. Kein Wunder, dass die Korsaren Jagd nach Frauen machen, um ihr Blut aufzufrischen. Dennoch dürfen wir sie nicht unterschätzen."

„Ich weiß." Jalan versuchte sich zu entspannen, was ihm jedoch schwerfiel. Man hatte ihnen die Hände auf den Rücken gebunden, und die Leinen schnitten ins Gewebe ein und verhinderten die freie Zirkulation des Blutes. „Die Schwärme dulden keine unnützen Fresser, dazu haben sie einfach zu wenig Nahrung. Diese beiden Burschen dort, mit den spitzen Zähnen, müssen zumindest zum Kampf taugen, sonst hätte man sie längst getötet."

Die beiden Korsaren hatten ihre Zähne spitz gefeilt, was ihrem Gebiss einen mörderischen Ausdruck verlieh und sicher eine ebensolche Wirkung im Kampf zeigte. Die Männer wiegten schwere Keulen mit metallenen Dornen in ihren herabhängenden Händen, und einer von ihnen hatte blutige Schrammen am Bein, da die Keule gelegentlich dagegenschlug. Er aber schien es kaum zu bemerken.

Das Schiff glitt soeben wieder in ein Wellental, und die Elfen suchten nach Halt, während der Rumpf tief eintauchte und sich dann zögernd wieder aufrichtete.

„Sie nehmen viel Wasser auf. Der Rumpf wird immer schwerer“, murmelte einer der Seeelfen. „Die Pumpen haben Mühe, dagegen anzukommen. Wenn die See rauer wird, dann wird das Schiff sinken.“

„Vielleicht wäre das sogar ein gnädiges Schicksal für uns“, sagte ein anderer. „Denn sie werden uns sicherlich keinen leichten Tod bescheren, die Bestien der See.“

„Lasst die Hoffnung nicht fahren.“ Jalan lächelte halbherzig. „Unsere Häuser werden nach uns suchen.“

„Das werden sie“, stimmte Elodarion zu.

„Aber das Leben ist uns Elfen zu kostbar“, wandte ein anderer Seeelf ein, „man würde es kaum riskieren, bei dem Versuch, uns zu befreien, die Leben vieler anderer zu opfern.“

„Wenn es hier nur um meine Person ginge, würde ich Euch zustimmen, Elf der See.“ Elodarion musterte vorsichtig die beiden Wächter, um sicherzugehen, dass sie von dem geflüsterten Gespräch nichts mitbekamen. „Aber im Falle Jalan-olud-Deshays ist das anders. Die Häuser sind auf seine Kenntnis der Neuen Ufer angewiesen. Sie werden alles daransetzen, ihn und uns zu befreien.“

„Keiner von uns wird die Neuen Ufer jemals zu Gesicht bekommen“, entgegnete ein anderer Elf. „Diese Bestien werden uns zu ihrer verfluchten Insel bringen, um uns dort einen langsamen Tod sterben zu lassen.“

„Noch ist Leben in uns“, erwiderte Jalan, „und solange das der Fall ist, besteht auch Hoffnung.“

Elodarion stieß einen leisen Fluch aus, als das Schiff erneut in ein Wellental glitt. Während es sich schwerfällig wieder aufrichtete, brüllte der Segelführer Kommandos.

„Es wird schwerer und schwerer.“ Elodarion blickte auf

die Planken, auf denen noch Blutflecke zu erkennen waren. „Ich glaube, es wird bald sinken."

„Gut so", knurrte ein Elf der See, „dann nehmen wir noch einige der Schwarmmänner mit in den Tod."

So hektisch die Pumpen auch arbeiteten, es drang immer mehr Wasser in den Rumpf. Das Suchschiff reagierte immer träger auf die Steuerkommandos des Ruders. Erneut rief der Kapitän des Schiffes Kommandos, und Männer enterten in den Vormast auf, um auch das letzte Segel zu reffen.

„Lasst gerade noch genug Steuerdruck", rief der Segelführer grimmig, „sonst schlägt sie quer."

Das andere Suchschiff näherte sich mit voll gesetzten Segeln, um dem bedrängten Partnerschiff zu Hilfe zu eilen. Als es längsseits ging, wurde deutlich, wie tief das beschädigte Schiff bereits im Wasser lag.

„Hinüber auf die ‚Nar'asta', ihr verfluchten Elfen", befahl der Kapitän und sah die beiden Wächter an. „Stoßt die Spitzohren bloß nicht in die See, der Malaquant will sich noch mit ihnen befassen."

Einer der beiden Brüder gab daraufhin eine Folge undeutlicher Laute von sich, und der Kapitän schüttelte den Kopf. „Nur wenn sie zu fliehen versuchen. Aber hier gibt es nichts, wohin sie fliehen könnten. Außer dem Grund der See." Er sah die Elfen drohend an. „Segelführer für ein paar lächerliche Zehnteltage. Das habe ich euch zu verdanken, ihr verfluchten Elfen. Sie war ein feines Schiff, und ihr habt sie vernichtet."

Grob zupackend, half man den Gefangenen an Bord der „Nar'asta", während das sinkende Schiff beständig tiefer sackte. Hastig wurden Verwundete und Vorräte geborgen, soweit das rasch steigende Wasser es zuließ. Schließlich standen die Elfen mit den Männern des Schwarms an der Reling und sahen zu, wie das geräumte Suchschiff langsam unterschnitt. Das Wasser überspülte erst den Bug, dann das Deck des Havaristen, und loses Tauwerk und Stückgut trieben auf den Wellen, die sich rasend schnell dem Heck näherten, welches immer steiler aus dem Wasser ragte. Dann plötzlich sank das Schiff mit unvermuteter Schnelligkeit endgültig ins Meer hinab. Blasen stiegen für einen Moment über wirbelndem Wasser auf, dann beruhigte sich die See wieder, und es schien, als habe es das gesunkene Schiff nie gegeben.

„Das war ein kurzes Kommando", sagte der Segelführer der „Nar'asta" zu dem Korsaren, der das verschwundene Schiff für wenige Zehnteltage befehligt hatte. „Doch keine Sorge, deine Rolle beim Kampf gegen die Elfen wird nicht vergessen werden. Du wirst schon bald ein neues Schiff erhalten." Er sah Elodarion und die anderen abschätzend an. „Bringt nun die Spitzohren unter Deck und haltet sie dort, bis wir den Schwarm erreicht haben. Ich will ihre hässlichen Fratzen nicht länger vor Augen haben."

Die Gefangenen wurden in die Enge des Rumpfes hinabgeführt, wo es nach schlechtem Atem, Schweiß und fauligem Wasser stank. Zu diesen üblichen Gerüchen eines Schiffes gesellte sich hier noch der Gestank von Blut, Erbrochenem und Eiter. Auch hier arbeitete eine Pumpe, aber sie förderte nur das in jedem Schiff übliche Leckwasser nach außen. Dieser Segler und seine Besatzung hatten im Kampf gegen die „Wellenvogel" kaum Schaden genommen, aber auch hier war der Hass spürbar, als man die Elfen zu einer Kammer hinüberstieß, die mit hölzernen Trennwänden abgesperrt war und in der die Elfen kaum Platz zum Stehen fanden.

Immerhin konnten sie sich nun abwechselnd an die gekrümmte Bordwand des Schiffes lehnen und so etwas Erholung finden, während die anderen versuchten, einander die Gliedmaßen zu massieren, so gut es in den beengten Verhältnissen eben ging.

Immer wieder hörten sie Kommandos und das Trappeln von Füßen; Masten knarrten, straff gespannte Leinen summten und das Wasser klatschte von außen gegen den Rumpf der „Nar'asta". Das Schiff schien alle Segel gesetzt zu haben und gute Fahrt zu machen.

Unter Deck war es dunkel. Eine einzelne, gut abgeschirmte Lampe spendete ein wenig trübes Licht, und auch wenn es zu schwach war, um viel erkennen zu können, reichte es aus, um sich zu orientieren. Wahrscheinlich diente das Licht den wenigen hier diensthabenden Korsaren dazu, die Wunden der Verletzten zu versorgen, die man nach unten gebracht hatte. Wahrscheinlich war es eine einfache Brennstein- oder Fettlampe, die man sorgsam im Auge behalten musste, denn Feuer an Bord eines Schiffes konnte rasch zur tödlichen Gefahr werden.

Niemand kümmerte sich um die Elfen, die versuchten, ihr Blut in Zirkulation zu halten und die eigenen Verletzungen zu versorgen. Sie konnten froh sein, dass keiner von ihnen eine schwere Wunde davongetragen hatte, die man hätte nähen müssen. Hier unten war es ihnen ja nicht einmal möglich, einen Verband anzulegen oder die Wunden mit dem salzigen Wasser der See auszuwaschen, denn sie hatten nur das faulige Bilgenwasser und kannten die Gefahr einer Infektion, die von ihm ausging.

Sie verloren jegliches Zeitgefühl. Hunger und Durst, vor allem letzterer, begannen ihre Gedanken zu bestimmen, aber ihr Stolz ließ es nicht zu, die Korsaren um Abhilfe zu bitten. So versuchten sie zu dösen und sich zu entspannen oder wenigstens so zu tun, als gelänge es ihnen.

Jalan-olud-Deshay schreckte auf, als über ihnen mal wieder das hektische Getrappel von Füßen erklang. Er stieß den dösenden Elodarion an und blickte nach oben. „Sie reffen die Segel. Entweder droht ein Sturm oder sie sind am Ziel."

„Meinst du, wir haben die Heimat der Korsaren erreicht?"

„Nein, sie leben hauptsächlich auf einer großen Insel im Südmeer. Und ich glaube nicht, dass wir die schon erreicht haben." Jalan lauschte angestrengt.

Einer der Seeelfen tat es ihm gleich und nickte dann. „Sie drehen bei. Mir scheint, sie treffen sich mit einem anderen Schiff." Er sah zu seinen Mitgefangenen. In der nahezu vollkommenen Dunkelheit waren ihre Gesichter nicht zu erkennen, nur die Umrisse der Gestalten hoben sich schwach vor dem Hintergrund ab. „Ich frage mich, wie die Elfen der Häuser uns finden sollen, selbst wenn sie nach uns suchen. Sie wissen ja nicht einmal, auf welchem Schiff wir uns befinden."

„Das brauchen sie auch nicht", seufzte Jalan. „Letztlich werden sie uns zu der Insel ihres Malaquant schaffen, und eben dort wird man uns suchen."

Die anderen schwiegen. Was sollten sie auf diese Worte erwidern? Selbst wenn die Häuser sie suchen ließen und ihre Flammschiffe entsendeten, so war doch fraglich, ob man sie würde retten können. Aber immerhin gab es einen Funken von Hoffnung, und nicht selten genügte ja ein solcher, um Leben zu bewahren.

Ein leichter Stoß ging durch die „Nar'asta".

„Wir liegen an einem anderen Schiff", sagte einer der Seeelfen.

„Dann werden wir bald erfahren, wo wir sind und was sie mit uns vorhaben." Jalan blickte in Richtung des undeutlichen Lichtschimmers, den die kleine Lampe aussandte. „Ich glaube, dort kommt jemand. Es scheinen die beiden Brüder mit den spitzen Zähnen zu sein."

Er hatte recht. Die beiden Wächter öffneten den Verschlag, zerrten die Elfen einen nach dem anderen heraus und stießen sie durch den Rumpf zu der Treppe, die hinauf aufs Deck des Suchschiffes führte. Geblendet schlossen sie, oben angelangt, die Augen. Die Sonne stand hoch am Himmel und brannte gnadenlos herab, aber die Elfen vergaßen Durst und Hunger, als sie erkannten, was sich vor ihren Augen erstreckte.

„Beeindruckend", stieß Jalan instinktiv hervor. „Ich habe schon viel zu sehen bekommen, aber nichts davon lässt sich mit diesem Anblick vergleichen."

„Die Schwärme der See", murmelte Elodarion betroffen. „Dennoch, sie bedecken die See nicht, wie man behauptet."

Ein Korsar, der hinter ihnen stand, lachte grob. „Dies ist der Schwarm der Dornfische, ihr verdammten Spitzohren. Nur einer der vielen Schwärme, die es gibt."

Von ihrem Standpunkt auf dem Deck des relativ kleinen Suchschiffes „Nar'asta" aus konnten sie nicht viele Details erkennen, aber der Korsar hinter ihnen schien redselig zu sein und zugleich stolz auf das, was sich ihnen darbot.

„Es ist eine Stadt auf dem Wasser, ihr Spitzohren, eine richtige Stadt. Fast zweihundert Schiffe liegen dort vor euren Augen, alle miteinander vertäut und umgeben von einem Wall aus hundert weiteren Schiffen, die jederzeit kampfbereit sind. Sehr es euch nur an, ihr verfluchten Spitzohren, aber glaubt nicht, dass ihr jemals einem anderen davon werdet berichten können."

Es mochten durchaus zweihundert Schiffe sein. Ihre Zahl war schwer zu schätzen, aber der Schwarmmann hatte kaum einen Grund zu übertreiben.

„Auf einigen Schiffen haben wir guten Boden, auf dem sich sogar Getreide ziehen lässt“, erklärte der Korsar stolz. „Auf anderen halten wir Hornvieh und andere Nutztiere. Meist müssen wir jedoch mit Fisch vorliebnehmen, da das andere nicht reicht. Wenn uns nicht mehr genug in die Netze geht, lösen sich die Schiffe voneinander, und der Schwarm zieht in ein neues Revier, wo er sich erneut vereinigt.“

„Genug geschwatzt.“ Der Segelführer des gesunkenen Jagdschiffes trat zu ihnen. „Wir haben eben Signal von der ‚Wa'gosa‘ erhalten. Die Gefangenen sollen an Bord des Führungsschiffes.“

Erneut lachte der Schwarmmann. „Da steht den Spitzohren ja einiges bevor. Ich wette, Elek-Mar T'os wird die Dornenhand auf sie loslassen. Schade, da wäre ich gerne dabei.“

„Wenn du weiter so faul herumstehst, kann dir das durchaus passieren“, knurrte der Segelführer. „Aber nicht als Zuschauer.“

Der Korsar nickte hastig und wandte sich dann irgendeiner Arbeit zu, während der Segelführer und die beiden unvermeidlichen Wächter die Elfen zu einem kleinen Boot führten, das längsseits der „Nar'asta“ angelegt hatte.

In dem engen Boot, eingekeilt zwischen Wächtern und Ruderern, konnten die Elfen die Fahrt kaum genießen. Dennoch waren sie erleichtert, nach dem Gestank im Inneren des Schiffes die frische Seeluft im Gesicht zu spüren.

Ein Ring von Kampfschiffen umgab die schwimmende Stadt, und zwischen ihr und den einsatzbereiten Großseglern bewegten sich in Gruppen jene Boote, die Fische fingen und ihren Fang dann zu den vertäuten Schiffen brachten, wo er rasch verarbeitet wurde. Auch die Elfen der See fingen und verzehrten Fisch, aber sie waren überrascht, mit welcher Effizienz die Korsaren der See diese Arbeit ausübten. Von den meisten der Boote aus wurden runde Netze von wenigen Längen Durchmesser ins Wasser geschleudert. Der werfende Fischer hielt eine Leine fest, die mit dem Netz verbunden war, und zog nach einer Weile an ihr. Die Elfen kannten diese Methode, bei der die Leine unter Wasser das Netz zusammenschnürte, sodass man es wie einen Beutel mit dem Fang darin an Bord des Bootes ziehen konnte.

„Ich mag eigentlich keinen rohen Fisch", seufzte einer der Elfen entsagungsvoll, „doch im Augenblick könnte ich ihn mitsamt der Schuppen vertilgen."

Auch die anderen spürten nun ihren Hunger. Einer der Seeelfen deutete mit dem Kopf zu einem Boot hinüber, das dicht an ihnen vorbeiruderte. Ein kräftiger Korsar stand dort im Bug, spähte aufmerksam ins Wasser und schleuderte dann einen Speer ins salzige Nass, der eine mörderisch gezackte Spitze hatte. Die Jagdwaffe war mittels einer Leine am Boot befestigt, und der Grund dafür wurde rasch ersichtlich. Denn vor dem Boot schäumte nun das Wasser auf. Es war blutig-rot gefärbt, und für Momente war der weißliche Leib eines Rundfisches zu erkennen, der mit wilder Gewalt um sein Leben kämpfte. Korsaren sprangen an die Leine und begannen sie Hand über Hand einzuholen, wobei sie erregte Schreie ausstießen, denn der riesige Fisch machte es ihnen nicht leicht. Stangen mit gebogenen Haken schlugen nach dem Rundfisch und verhakten sich in seinem Leib. Mit vereinten Kräften wurde er schließlich in das Boot gewuchtet, das unter dem Gewicht und dem verzweifelten Kampf des Fisches heftig schwankte. Der Körper des Tieres maß gut zwei Längen im Durchmesser und hatte die Form einer sehr flachen Schüssel; Maul und Augen befanden sich an seiner Unterseite, und ihnen gegenüber bewegte sich ein langer, stachelartiger Schwanz, der mit zwei kräftigen Querflossen versehen war. Einer der Korsaren wäre beinahe über Bord gestürzt, dann hob ein anderer eine schwere Axt und hieb zweimal mit aller Kraft zu. Letzte Zuckungen liefen durch den Leib des Rundfisches, und Blut bespritzte die Männer, dann war es vorbei.

„Ihr zieht große Mengen an Fisch aus dem Meer", sprach Jalan den Segelführer des gesunkenen Suchschiffes an. „Wie ich sehe, ist es ein recht blutiges Handwerk."

Der Segelführer schien zunächst nicht darauf eingehen zu wollen, aber dann musterte er Jalan. „Du bist kein Seeelf, nicht wahr?"

Jalan verfluchte seine leichtfertige Bemerkung, denn bislang schien es den Korsaren noch nicht aufgefallen zu sein, dass er und Elodarion nicht zu den Häusern der See gehörten. Zögernd bejahte er.

Der Segelführer nickte bedächtig. „Ja, es ist ein blutiges Handwerk, Elfenwesen. Und Blut lockt die Räuber der Meere an, die Dornfische." Er lachte leise auf. „Ebenjene, die unserem Schwarm den Namen gaben. Somit haben die Fische hier, ob über oder unter Wasser, stets die Dornfische am Hals." Er lachte erneut. „Das Blut im Wasser macht diese Räuber wild und lässt sie ihre gefräßige Spur durch die Schwärme der anderen Fische ziehen. Es dauert nicht lange, und diese Stelle ist abgefischt."

„Aber ihr braucht den Fisch zum Leben."

Der Korsar nickte gleichmütig. „Sobald der Ertrag sinkt, zieht unser Schwarm zu einem anderen Fanggrund. Die Bestände erholen sich rasch, denn das Meer ist voller Leben."

Das Boot mit den Elfen und ihren Wachen näherte sich einem der vor Anker liegenden Schiffe und legte an einer hölzernen Plattform an, die an dessen Seite festgemacht war. Während man die Gefangenen auf das Schiff trieb, versuchten die Elfen, sich so viel wie möglich von ihrer Umgebung einzuprägen.

Auf dem Deck des Schiffes tollten Kinder unterschiedlichsten Alters umher, einige Frauen warfen den Elfen neugierige Blicke zu, während die Männer sie finster musterten. Unordnung und Chaos schienen auf dem Schiff zu herrschen, aber die Elfen wussten, dass dieser flüchtige Eindruck täuschte. Auch hier herrschte emsige Betriebsamkeit, von der nur die kleineren Kinder ausgenommen waren.

Triefende Netze mit gefangenen Fischen wurden an Bord gehievt, der Inhalt aufs Deck entlassen und die leeren Netze wieder zu den Booten hinuntergeworfen. Kleine Kinder versuchten vergnügt, die springenden Fische zu fangen, während die Älteren zielstrebig nach der Beute griffen, sie gegen hölzerne Rahmen schlugen und sofort an die wartenden Männer weiterreichten. Entlang der Außenreling standen hölzerne Bänke, an denen die Schuppen entfernt und die Köpfe und Flossen der Fische abgetrennt wurden, bevor man ihnen die Eingeweide entnahm. Die Abfälle wanderten in Eimer, denn auch sie wurden verwertet, um daraus Köder, Schmier- und Brennmittel oder Schmuck zu fertigen. Die Leiber der Fische gelangten zu den Frauen, welche das Fleisch mit sicheren Bewegungen portionierten und die Stücke dann in wassergefüllte Bottiche warfen.

Ein kleines Korsarenmädchen sah die Elfen mit großen Augen an, ging vor ihnen in die Hocke und erleichterte sich, bis ihre Mutter, wenn sie es denn war, hinzukam und das Kind hastig anhob, um es über die Reling zu halten. Unterdessen war ein Knabe herbeigeeilt und begann das Deck mit Meerwasser und Bürste zu säubern.

Elodarion nickte unbewusst. Jeder Seemann war bestrebt, sein Schiff so sauber wie möglich zu halten. Wo viele Menschen auf engstem Raum zusammenlebten, war Sauberkeit sehr wichtig. Die Menschen des Schwarms mochten ungepflegt wirken, aber sie waren es nicht. Sie konnten es sich einfach nicht leisten, wenn Krankheit und Tod nicht reiche Ernte halten sollten.

Man führte die Elfen weiter zu einem Steg, der zwischen diesem und dem nächsten Schiff ausgelegt war. Während sie über die schwankenden Planken schritten, hatten die Elfen Gelegenheit, zwischen den Schwarmschiffen hindurchzusehen. Die Schiffe lagen Bug an Heck und Seite an Seite. Zehn Reihen zu jeweils zwanzig Schiffen nebeneinander. Die Querhölzer an ihren Masten waren allesamt längs zur Schiffsachse gedreht und wie die Segel fest vertäut. Die Rümpfe lagen dicht aneinander, nur durch lederne Säcke geschützt, in denen sich wohl ein weiches Material befand, das einen möglichen Anprall dämpfte und die Reibung milderte, die durch die Bewegungen des Wassers und der Schiffe entstand. Straff gespannte Leinen und feste Plankenstege verbanden die einzelnen Schiffe mit ihren jeweiligen Nachbarn, sodass man bequem von einem zum nächsten gelangen konnte. Außen lagen die kleineren Schiffe, zur Mitte hin solche von enormer Größe.

Elodarion schnupperte verwirrt, als sie über das nächste Schiff hinweggeführt wurden. „Das sind Gras und Wildkraut", murmelte er zu Jalan. „Der Geruch des Landes."

„Ja, und das sind die Laute von Hornvieh", bestätigte Jalan.

„Der Schwarmmann an Bord der ‚Nar'asta' hat davon erzählt." Elodarion schärfte seine Sinne. „Der Geruch von Erdreich und Pflanzen ist unverkennbar. Ebenso der des Hornviehs. Sie halten wirklich Vieh auf diesem Schiff."

„Nicht nur auf diesem." Der Segelführer blieb kurz stehen und wies auf das Deck des Schiffes. „Den Schwarm zu ernähren, ist nicht leicht. Viele Münder gilt es zu füttern. Der Fisch reicht dazu nicht aus. Oh, er macht satt, ohne Zweifel, aber wir brauchen mehr als einen vollen Magen."

„Ihr meint die Stoffe, die nur in Fleisch und Pflanzen zu finden sind", meinte Jalan verständnisvoll. „Auch Obst und Gemüse, nehme ich an."

„So ist es, Landelf." Der Segelführer biss sich auf die Unterlippe und schien zu überlegen, was er den Gefangenen mitteilen durfte und was er besser verschwieg. Offensichtlich gelangte er zu dem Schluss, dass sie ohnehin keine Gelegenheit mehr haben würden, ihr Wissen weiterzugeben, denn er lächelte und wies dann in einer ausholenden Geste über die schwimmende Stadt.

„Jedes dieser Schiffe hat seine Aufgabe zu erfüllen. Außen werden die Fische verarbeitet, dann kommen die Schiffe, auf denen Getreide und Vieh gezüchtet werden. Wir ziehen auch Gelbfrüchte mit ihrem sauren Saft. Sie sind wichtig, denn der Saft verhindert, dass uns die Zähne verloren gehen. Aber solche Früchte sind schwer anzubauen, und oft reicht ihre Zahl nicht aus."

„Überfallt Ihr deshalb das Reich der weißen Bäume?"

Der Segelführer zuckte die Schultern. „Um'briel bietet uns viel, eigentlich sogar alles, doch nicht in der Menge, in der wir es brauchen." Er seufzte leise. „Unsere Schwärme sind wohl zu groß geworden." Er sah die Elfen ernst an. „Ja, wir müssen uns von den Landmännern holen, was uns Um'briel oder die Meere nicht geben können. Eisen und andere Metalle, Steine, Getreide, Früchte …"

„… und Frauen“, fügte Elodarion hinzu.

Der Korsar lachte auf. „Ja, auch Frauen.“ Er wies auf die beiden Brüder mit den zugespitzten Zähnen. „Die beiden sind gute Kämpfer, aber mehr nicht. Es reicht nicht aus, wenn ein Schwarmmann stark ist und kämpfen kann. Es gibt viel zu planen und zu bedenken, wenn ein Schwarm sich behaupten will. Die beiden dort sind dazu nicht in der Lage.“ Erneut zuckte er die Schultern. „Die Weiber des Landes gewöhnen sich rasch an das Leben auf dem Meer. Letztlich ist es ohnehin ihre Bestimmung, Kinder zu bekommen.“

Jalan runzelte die Stirn, als er einen der Seeelfen nicken sah. „Ich bin anderer Meinung, Mann der See. Sie sind die Gefährten eines Mannes und stehen an seiner Seite.“

„Dafür haben wir nicht genug Weiber“, knurrte einer der sie begleitenden Korsaren. „Viele Männer und nur wenige Weiber. Da ist es doch egal, von wem das Kind ist.“ Er lachte auf. „Solange es groß und stark wird und ein rechter Mann des Schwarms.“

„Weiter jetzt“, befahl der Segelführer schließlich. „Man erwartet uns an Bord der ‚Wa’gosa‘. Sie hat an der anderen Seite der Stadt festgemacht.“

Man hätte die Elfen wesentlich schneller zum Ziel bringen können, indem man sie mit dem Boot gerudert hätte, aber Elodarion und Jalan begriffen, warum dies nicht geschehen war. Die gefangenen Elfen sollten den Bewohnern der Stadt vorgeführt werden. Als Zeichen dafür, dass der Schwarm einen Sieg errungen hatte. Das war gut für die Moral des Schwarms und eine Mahnung an alle, die vielleicht den Gedanken hegten, sich gegen ihn zu stellen.

20

Vollmond, wir werden gute Sicht haben.“ Kapitän Herolas stand mit verschränkten Armen neben dem Ruder der „Wellenvogel“.

„Die Schwarmmänner ebenso“, brummte Gendrion.

Das Schiff hatte den Hafen von Gendaneris vor einem Zehnteltag verlassen. Zu jener Stunde, da die Sonne bereits versunken war und der Mond noch nicht hoch genug stand, um eine weite Sicht zu ermöglichen. Zudem war es im Augenblick leicht bewölkt, ein Umstand, der das Vorhaben zusätzlich begünstigte.

„Wir könnten ein wenig mehr Wind gebrauchen.“ Herolas glich die leicht wiegenden Bewegungen des Rumpfes aus und blickte das Deck entlang.

„Wir werden ihn bald bekommen, Kapitän.“ Gendrion sah übellaunig auf die großen Segel der „Wellenvogel“. Die ursprünglich hellen, muschelförmigen Segel waren durch dunkelgraue Leinwand ersetzt worden, und der Rumpf war tiefschwarz gestrichen, um ihn, zumindest für einen flüchtigen Blick, einem Schwarmschiff anzugleichen. Zu diesem Zweck hatte man auch die Attrappe eines Rammsporns am Bug befestigt. Ein Provisorium, das keinem ernsthaften Stoß standhalten würde. Aber die Rammsporne der Schwarmschiffe ragten teilweise über die Wasseroberfläche auf, und es wäre dem Feind sofort aufgefallen, wenn die „Wellenvogel“ nicht die typischen Konturen gezeigt hätte. „Der Wind wird die wenigen Wolken rasch vertreiben und unsere Segel endlich füllen. Oder besser diese Lappen dort, die wir nun an ihrer Stelle führen.“

„Unsere eigenen Segel wären zu verräterisch“, erwiderte Herolas. „Wir müssen uns dem Feind dicht annähern, um sein Schiff entern zu können. Er darf uns so lange nicht erkennen, bis es für ihn zu spät ist. Ich hoffe nur, wir finden ihn auch.“

Unter Deck war ein leichtes Klirren zu vernehmen, und Herolas beugte sich verärgert vor. „Ruhe dort unten“, zischte er.

Zwei Federn und ein behelmter Kopf wurden undeutlich sichtbar. „Ist der Feind in der Nähe?“, erklang Daik ta Enderos’ gedämpfte Stimme. „Verflucht, Kapitän, es ist arg beengt, hier unten. Fünfhundert Männer brauchen ihren Raum.“

„Wenn wir Euch an Deck ließen, würde uns das Blitzen und Funkeln Eurer Rüstungen schon auf große Entfernung an die Schwarmmänner verraten.“ Herolas wies hinauf zum nächtlichen Himmel. „Es kommt Wind auf, und das Licht der Sterne und des Mondes tritt hervor.“

Daik stieß ein missmutiges Knurren aus, aber er wusste selbst, wie weit man nachts die metallischen Rüstungen erkennen konnte, wenn Mond oder Sterne ihre Reflexe darauf warfen. „Ich hoffe nur, wir finden diese Bastarde bald. Wir stehen hier wie die Fische im Fass, und uns schlafen die Glieder ein.“

Herolas nickte verständnisvoll. „Wenn der Feind nah ist, werden sie schon erwachen.“

Es war sicherlich nicht angenehm dort unter Deck. Obwohl die „Wellenvogel“ ein sehr großes Schiff war, schließlich hatte man sie für die lange Reise der Elfen zu den Neuen Ufern konstruiert, war es für die fünfhundert Männer in ihrem Inneren arg beengt, zumal sie alle gerüstet und bewaffnet waren. Zu den rund hundertzwanzig Seeelfen kamen die Gardisten hinzu, die Daik, wie er sagte, handverlesen hatte. Ausgewählte Kämpfer waren es, die mit Bogen und Schwert gleichermaßen umgehen konnten. Das Schiff war vollgestopft mit Kriegern, die begierig darauf waren, der Enge zu entkommen und an Deck zu stürmen, um ein feindliches Schiff zu entern.

Den Tag über hatte man von der Hafenmauer der Stadt Gendaneris aus zwei Suchschiffe des Feindes am fernen Horizont kreuzen sehen. Weit dahinter mussten sich ein paar der großen Kampfsegler befinden, und einen solchen wollten sie aufbringen. Denn nur ein großes Schiff würde genug Raum für Besatzung und Vorräte bieten.

Herolas spürte einen leichten Hauch im Nacken und blickte hinauf zu den Segeln. „Wind kommt auf“, murmelte er.

„Gut“, brummte Gendrion. „Zwischen den beiden Streifschiffen sind wir recht mühsam hindurchgeschlüpft. Mir ist wohler, wenn wir mehr Wind in den Segeln haben.“

„Parolas“, rief Herolas halblaut zur Ausgucksplattform hinauf, „was kannst du sehen?“

Parolas und Lotaras, die wohl die besten Augen von allen hatten, hockten nebeneinander auf der kleinen Plattform und spähten aufmerksam nach Schiffen des Schwarms. Ihren scharfen Augen und einer kleinen Prise Glück war es zu verdanken gewesen, dass sie unerkannt zwischen den Suchschiffen hindurchgeschlüpft waren.

„Nichts“, meldete Parolas.

„Haltet die Augen weiterhin offen“, erwiderte der Kapitän enttäuscht. „Es muss sich doch wenigstens eines ihrer Kampfschiffe in der Nähe befinden.

Man hoffte, dass die Korsaren nach ihrem erfolgreichen Überfall auf Gendaneris ihre übliche Taktik anwendeten. Suchschiffe, welche die Küste beobachteten, und dahinter schwere Kampfsegler, die sich auf jede Beute stürzten, die von den kleineren Schiffen gemeldet wurde. Die Kampfsegler würden weit verstreut sein, denn es war nicht erforderlich, dass sie in größeren Gruppen unterwegs waren, da sie sich rasch sammeln konnten, wenn ein Feind sie bedrohte.

„Segel, rechtsweisend, zehn Grad voraus“, erklang plötzlich der erlösende Ruf vom Ausguck. „Knapp über dem Horizont!“

„Endlich.“ Herolas klatschte erfreut in die Hände, und das Geräusch hallte unnatürlich laut in die Nacht, denn außer dem leichten Schlag des Wassers, das am Rumpf vorbeistrich, bewegte sich die „Wellenvogel“ nahezu lautlos. „Ruder rechtsweisend zehn“, befahl er.

„Ruder rechtsweisend zehn“, bestätigte der Seeelf am Ruderbalken. „Liegt an.“

„Gerade drauf zu“, frohlockte Herolas. „Den schnappen wir uns.“ Er sah zum Ausguck hoch. „Was kannst du erkennen, Parolas? Ist es ein Kampfsegler?“ Er sah seinen Steuermann an. „Sonst lohnt es die Mühe nicht.“

„Viermaster mit gerefften Segeln. Hat nur zwei Schlechtwettersegel gesetzt. Hält wahrscheinlich Nachtruhe“, meldete Parolas. In seiner Stimme schwang Erregung mit. „Kein Licht zu sehen.“

„Wir erwischen sie im Schlaf.“

Gendrion wiegte den Kopf. „Zumindest die Wachen werden die Augen offen halten.“

„Sie werden uns für einen der ihren halten“, erwiderte Herolas zuversichtlich.

„Wir sind ein wenig zu groß für einen ihrer Zweimaster.“

„Wir halten aber auf sie zu. Sie sehen nur unsere kurze Linie. Da wird es ihnen schwerfallen, unsere Größe und die Anzahl der Masten zu bestimmen.“ Er blickte in die straff gebauschten Segel. „Ein Zehnteltag noch, und wir werden heran sein.“

Es brauchte Zeit, sich auf See und nur mit der Kraft des Windes einem anderen Schiff zu nähern. Da es auf freier Wasserfläche im Normalfall keine Sichtbehinderung gab, sah man ein Schiff, sobald es am Horizont erschien. Sich ihm zu nähern, erforderte, je nach vorherrschendem Wind, eine Vielzahl von Zehnteltagen. Diese langsame Annäherung ließ den Besatzungen viel Zeit, sich auf einen Kampf vorzubereiten, und das zehrte an den Nerven der Männer.

Offenbar ging dies auch den Kämpfern der Garde so, denn Herolas hörte ein leises Summen, das zu einem Lied anschwoll, als es von immer mehr Kehlen aufgenommen wurde. Erst wollte er es unterbinden, aber dann zuckte er die Schultern. Noch war Zeit, und die Gardisten sollten ruhig singen, wenn es ihnen half, die Zeit zu vertreiben.

Herolas sah einen im Wind auswehenden Umhang an der vorderen Treppe und wusste, dass es der hochgewachsene der beiden Pferdelords war, die er mit an Bord gekommen hatte. Neben ihm stand eine zierliche Gestalt, deren lange schwarze Haare sich sanft im Wind bewegten. Es war die Elfin Llarana, die sich durch nichts von der Teilnahme an der Kaperfahrt hatte abhalten lassen.

Nedeam genoss die frische Brise, die über das Meer strich und die Wolken vertrieben hatte, und er genoss die Gegenwart Llaranas, die ihren Bogen, so wie er, über die Schulter gelegt hatte. Gedankenverloren glitten die Finger seiner Hand über die Befiederung der Pfeile, die in seinem prall gefüllten Köcher steckten.

„Du bist ein Freund des Bogens, nicht wahr?“, sagte Llarana leise. „Wie der Hohe Herr Lotaras.“

„Ebenso bin ich ein Freund des Schwertes und der Lanze“, bekannte er. „Aber du hast recht, der Bogen liegt mir unter allen Waffen besonders.“

„Mir ebenfalls. Aber ich kann auch ganz ordentlich mit einer Klinge umgehen."

„Ich weiß." Er sah sie an und lächelte. „Ich konnte es in Merdonan beobachten."

Sie traten Seite an Seite an den Bug des Schiffes und blickten dem fernen Feind entgegen, der langsam näher rückte. Llarana stützte sich auf dem Handlauf ab, und Nedeam war versucht, dies ebenfalls zu tun, nur um ihrer Hand näher zu sein, sie vielleicht sogar flüchtig zu berühren. Es fiel ihm schwer, es nicht zu versuchen, aber er fürchtete sich davor, dass sie ihm ihre Hand entziehen könnte.

Sie standen schweigend nebeneinander, und Nedeam sah sie von der Seite an. Der Wind drückte das dünne Gewand an ihren Leib, und die langen Haare wehten aus wie der Schweif eines galoppierenden Pferdes. Sie war eine verlockende junge Frau und wirkte auf Nedeam stark und zerbrechlich zugleich.

Plötzlich wandte sie den Kopf und sah ihn unverwandt an. „Ich spüre deine Unruhe, Nedeam, Pferdelord. Ist es die Nähe des Feindes?"

Er wich dem Blick ihrer Augen aus. „Nein."

„Es ist meine Nähe, nicht wahr?" Ihre Stimme war sanft.

„Hm." Nedeam hielt den Atem an, als ihre Hand, wenn auch nur für einen kurzen, viel zu vergänglichen Augenblick, die seine berührte. Unmerklich und zart, und zugleich schien es, als habe ein glühendes Eisen ihn gestreift.

„Der gute Herr Dorkemunt hat es mir gesagt", kamen ihre Worte, so leise, dass er sie kaum verstehen konnte.

Nedeam errötete. „Dorkemunt? Wie kann er ..."

„Schsch..." Der Laut verwehte im Wind, und Llaranas Finger glitten an Nedeams Wange und zogen sein Gesicht herum, sodass er ihrem Blick nicht ausweichen konnte. „Sei ihm nicht böse, Nedeam. Er ist ein guter Freund, und das wohl für uns beide.“ Sie lächelte ihn sanftmütig an, und ihre Augen schienen ihn gefangen zu nehmen. „Du fühlst dich mir verbunden. Mehr, als es sein darf, Nedeam, Pferdelord. Ich bin ein elfisches Wesen, und du bist ein Mensch. Daher dürfen wir nur Freunde sein. Nicht mehr, Nedeam, nicht mehr.“

„Aber ich empfinde nun einmal mehr“, brach es aus ihm hervor. Er hob seine Hand und spürte, wie sie sich seinem Griff entziehen wollte.

„Es tut mir leid, Nedeam.“ Sie sah ihn mit sanftem Lächeln an, löste sich von ihm und trat einen Schritt zurück. „Du bist ein sterbliches Wesen, und ich bin es nicht.“

„Der Tod kann uns alle ereilen“, entgegnete er hastig. „Du weißt es ebenso wie ich.“

„Ja, das stimmt. Aber die Möglichkeit ewigen Lebens ist nur uns Elfen auferlegt.“

„Ich kann mich nicht damit abfinden.“ Seine Stimme klang verzweifelt.

„Du wirst es müssen.“

„Und du?“ Er suchte ihren Blick, und diesmal war sie es, die ihm auswich. „Willst du dich damit abfinden, Llarana?“

„Auch ich muss es tun“, erwiderte sie.

Für einen kostbaren Augenblick begegneten sich erneut ihre Augen, aber dann wandte sich die junge Elfin abrupt ab und schritt eilig über das Deck davon.

Nedeam war versucht, ihr zu folgen, und wollte schon vorstürzen, doch da erschien Dorkemunt auf der Treppe und hielt ihn auf. „Nimm es hin, mein Freund. Es muss sein.“

„Ich will es aber nicht hinnehmen. Ich liebe sie.“

Dorkemunt war von dem schlichten Geständnis des Freundes erschüttert. „Ich weiß. Das heißt, ich habe es befürchtet,

Nedeam, mein Freund."

„Du hast mit ihr gesprochen!"

„Ich musste es tun." Dorkemunt packte Nedeam am Arm und zerrte ihn zurück an die Reling. „Soll ich denn tatenlos zusehen, wie du unentwegt leidest? Du quälst dich, du quälst Llarana. Und bei den Finsteren Abgründen, du quälst auch mich, oder meinst du, ich sehe dich gerne in trüber Stimmung und schaue dabei zu, wie dir das Herz zerreißt? Du musst darüber hinwegkommen, Nedeam, und das, was uns in den nächsten Tageswenden bevorsteht, ist wohl das beste Mittel dafür. Du musst wieder einen klaren Kopf bekommen, und ich kenne nichts, was die Gedanken schneller reinigt als ein bevorstehender Kampf."

Dorkemunt wies auf die See hinaus in Richtung Schwarmschiff, das nun schon deutlich größer geworden war. „Wenn du mit dem Kopf bei Llarana weilst, wirst du denselben rasch verlieren. Die dort werden ihn dir mit Vergnügen abschlagen, glaube mir. Komm endlich zu dir, Nedeam, diese Liebe hat keine Zukunft."

Der Jüngere krallte die Hände in den Handlauf der Reling und biss die Zähne aufeinander. „Auch ihr ist es nicht gleichgültig", presste er mühsam hervor.

„Mag sein." Dorkemunt legte ihm die Hand auf die Schulter. „Aber auch sie muss es akzeptieren, und das wird sie tun. Ebenso wie du."

„Niemals."

„Glaube mir, ich kenne dieses Gefühl." Dorkemunt seufzte schwer. „Das Gefühl, das so stark ist, dass man glaubt, nie wieder auf diese Weise empfinden zu können. Das Gefühl, dass einem das Herz herausgerissen und zerfetzt wird. Mach es also dir und ihr nicht noch schwerer, mein Junge." Er klopfte Nedeam auf die Schulter. „Du brauchst einen klaren Kopf und eine scharfe Klinge." Erneut deutete er über das Wasser. „Und du brauchst beides sehr bald."

Das Schwarmschiff der Korsaren war nun in seinen Einzelheiten zu erkennen.

Es war tatsächlich einer der großen Kampfsegler. Fast alle Segel an den vier Masten waren säuberlich aufgezogen und festgemacht, nur die oberen Tücher des Vor- und Hintermastes verliehen dem Schiff ein wenig Fahrt und genug Steuerfähigkeit, um es auf Kurs halten zu können. An Deck war kaum Bewegung zu erkennen. Vorne am Bug standen zwei Wachtposten und sahen der „Wellenvogel" entgegen. Hinten am Heck, wo sich das Steuer befand, waren vier weitere Schwarmmänner auszumachen. Der schwarze Rumpf wirkte drohend, und in der Nacht erschienen auch die roten Segel nahezu schwarz. Die seitlichen Pforten des Schiffes, hinter denen die Pfeilgeschütze standen, waren weit geöffnet, aber es war nicht zu erkennen, ob die Waffen dahinter bemannt und kampfbereit waren. Vielleicht dienten die offenen Lukendeckel nur der besseren Belüftung des Rumpfes.

„Welches Schiff und welcher Schwarm?", kam der halblaute Ruf herüber.

„Dornfische", antwortete Dorkemunt und hoffte, diese Kennung werde ausreichen, den Feind lange genug zu täuschen. Denn viel mehr wusste man nicht von den Korsaren, die Gendaneris überfallen hatten.

„Bleibt auf Distanz", kam die Erwiderung. „Ich kenne die Schiffe des Schwarms gut, und eures gehört nicht zu den Dornfischen! Nennt Schiff und Schwarm, oder ich gebe Alarm, und ihr sinkt auf den Grund des Meeres."

„Dornfische", rief Dorkemunt erneut hinüber. Vielleicht

wäre es besser gewesen, einen anderen Schwarm zu nennen, aber sie kannten deren Namen nicht. „Wir haben ein Schiff der Alnoer erbeutet und bringen es dem Schwarm."

Nedeam erkannte, wie der Korsar drüben zusammenzuckte. „Ich glaube, Dorkemunt, mein Freund, du hättest Landmänner und nicht Alnoer sagen sollen."

Der Mann am Heck des Schwarmschiffes legte die Hände vor den Mund und wollte offensichtlich einen Alarmschrei ausstoßen. Doch da fuhr ihm Lotaras' Pfeil zwischen den gekrümmten Fingern hindurch in den Schlund und warf ihn lautlos nach hinten. Schon war der zweite Pfeil des Elfen von der Plattform der „Wellenvogel" aus unterwegs, und einen Lidschlag später zischte auch Nedeams Pfeil zeitgleich mit Lotaras' drittem über das Wasser. Dennoch war der Alarm nicht mehr zu verhindern.

„Landmänner!", gellte der Ruf eines Korsaren. „Ihr Männer des Schwarms zu den Waffen! Landmänner wollen die ‚Melan'tasta' entern!"

Der Schrei verstummte jäh, und der Mann stürzte mit einem vernehmlichen Klatschen ins Wasser. Doch unter Deck des Schwarmschiffes wurde es nun lebendig, und aufgeregtes Rufen war zu hören.

Herolas legte die Hände an den Mund. „Ihr Elfen der See, Ihr Männer der Garde! Schlagt sie!"

Es war ein Wettrennen auf die Decks, das die Korsaren verlieren mussten. Die meisten von ihnen hatten wohl geschlafen, und obwohl sie rasch bereitstanden, waren sie doch langsamer als jene Männer, die im Rumpf der „Wellenvogel" nur auf den Befehl gewartet hatten.

Gardisten und Elfen strömten jetzt über die Treppen an Deck, während Gendrion das Schiff mit einem unglaublichen

Gespür für den richtigen Zeitpunkt längsseits an den Feind legte.

„Die Segel einholen!“, brüllte Herolas. „Werft die Wurfanker!“

Diesmal waren es elfische Haken, die sich in die Reling des feindlichen Schiffes krallten, und elfische Hände, die mit eifrigen, kraftvollen Bewegungen die beiden Schiffe zueinander zogen und die Leinen festlegten, damit sich der Gegner nicht mehr lösen konnte. Rodas und seine Matrosen enterten in die Masten auf und kürzten die Segel, sodass die „Wellenvogel“ an Fahrt verlor. Zugleich sprangen die Elfen, gefolgt von den Gardisten, auf das Deck des Schwarmschiffes hinüber.

Dessen Mannschaft mochte überrumpelt worden sein, doch war sie deshalb noch nicht überwältigt. Auch die Korsaren eilten die Treppen ihres Schiffes empor und schwangen ihre Waffen, um sich dem Feind entgegenzustellen. Aber viele der Schwarmmänner fielen den Pfeilen elfischer Bogen zum Opfer. Manche von ihnen stürzten rücklings die Treppen hinab und rissen dabei nachdrängende Kämpfer mit sich, was zur Folge hatte, dass sich der Segelführer des Korsarenschiffes bereits einer beachtlichen Streitmacht an Elfen und Gardisten gegenübersah, bevor er überhaupt eine wehrhafte Verteidigung an Deck formieren konnte. Dennoch war er nicht bereit aufzugeben.

„Schlagt sie zurück!“, befahl er. „Lasst sie unseren Zorn spüren und treibt sie hinab auf den Grund der See!“

„Ich zeige dir gleich, wer hier wessen Zorn zu spüren bekommt“, knurrte Dorkemunt grimmig und hieb mit seiner Streitaxt eine blutige Schneise in den Pulk der Korsaren.

Nedeam ließ daraufhin seinen Bogen fallen, zog sein Schwert und folgte dem Freund. Um sie herum tobte der

Kampf, der von beiden Seiten mit aller Erbitterung geführt wurde. Die Korsaren fochten verzweifelt um das Schiff, das ihnen Heimat war, die Elfen waren wiederum beseelt vom Zorn auf die Entführer ihrer Ältesten. Und die Gardisten standen dem in nichts nach. Obwohl die meisten Männer der alnoischen Garde keine Seeleute waren und während der Fahrt an Seekrankheit gelitten hatten, ließ sie das wilde Schlagen jede Übelkeit vergessen.

Gnade wurde nicht gewährt und nicht erwartet. Klingen prallten Funken sprühend aufeinander, drangen mit leisem Schmatzen in Leiber oder mit hellem Klirren in Rüstungen. Männer starben schweigend oder unter schrecklichen Schreien, und Blut bespritzte die Kämpfer und das Deck und machte es schlüpfrig.

Nedeam parierte soeben den Axthieb eines Korsaren und spürte, wie der Hieb seinen Arm bis zur Schulter erschütterte. Mit einer raschen Körperdrehung schwang er sich und sein Schwert herum und rammte die Klinge in den Leib des Angreifers. Ein anderer wollte die Gelegenheit nutzen und Nedeam mit einem langen Spieß fällen, doch ein elfischer Krieger kam dem zuvor. Es gab keine Ordnung mehr an Deck der „Melan'tasta“. Alles schien in einem tödlichen Reigen durcheinanderzuwirbeln, und noch immer drängten weitere Korsaren aus dem Rumpf des Schiffes nach, ebenso wie auf der anderen Seite ein Gardist nach dem anderen auf Deck kletterte.

Es mussten Hunderte von Korsaren auf dem Schiff leben; wie viele genau, ließ sich kaum abschätzen. Immerhin wurden diese großen Segler eingesetzt, um andere, stark bemannte Schiffe zu entern. Dennoch war bald abzusehen, dass die Angreifer die Überhand gewannen. Der Gewandtheit der elfischen Schwertkämpfer hatten die Korsaren nur wenig entgegenzusetzen, und die Gardisten ihrerseits begannen sich zu tödlichen Gruppen zu formieren, bei denen sich mehrere Männer eng zusammenschlossen. Sie deckten sich gegenseitig mit den Schilden und öffneten diesen Wall nur, um mit ihren Schwertern zuzuschlagen. Zwar erlitten sie dabei Verluste, aber diese waren nicht zu vergleichen mit denen der kaum gerüsteten Schwarmmänner.

„Lasst ein paar am Leben!“, erhob sich Daik ta Enderos’ Stimme über dem Getümmel, das immer mehr in ein Gemetzel ausartete. „Wir brauchen ihr Wissen!“

„Schön“, brummte Dorkemunt und drehte, mitten im Hieb, das Blatt seiner Axt, sodass es flach gegen den Schädel seines Gegners knallte. „Den da kann er haben.“

Nedeam versuchte es ihm nachzutun. Er drückte die Klinge eines Korsaren zur Seite, um ihm dann die Faust unters Kinn zu schlagen, sodass der Mann rücklings nach hinten stürzte. Doch die Wucht des Schlags war so groß, dass sich der Getroffene ein beträchtliches Stück Zunge abbiss. Nedeam zuckte die Schultern, drehte die Klinge und stieß sie von oben in den aufgerissenen Mund des Mannes, dann befreite er sie wieder mit einer leichten Drehung.

„Er hätte ohnehin nicht mehr viel erzählen können“, meinte Dorkemunt lakonisch. „Lass uns den Kapitän ihres Schiffes nehmen. Wenn jemand etwas zu erzählen hat, dann der.“

Auch andere waren schon auf diesen Gedanken gekommen. Die Kämpfenden begannen sich mittlerweile in drei Gruppen zu spalten. Zwei davon fochten an den Niedergängen des Schwarmschiffes, die dritte drang gegen das erbittert verteidigte Heck vor. Einer der Korsaren dort versuchte eine Lampe zu entzünden, vielleicht, um das Schiff in Brand zu setzen. Doch ein Pfeil zischte von der „Wellenvogel“ herüber und beendete sein Leben.

Für einen flüchtigen Augenblick erkannte Nedeam Llarana, die einen weiteren Pfeil auflegte. In diesem Augenblick schmerzte ihn ihr Anblick nicht. Vielleicht hatte Dorkemunt recht damit, dass nur ein richtiger Kampf ihn ablenken konnte. Nedeam sah zum Heck der „Melan'tasta" und stieß dann einen heiseren Schrei aus. „Schneller Ritt ..."

„... und scharfer Tod", nahm Dorkemunt instinktiv die Losung der Pferdelords auf, und beide grinsten einander an, um sich dann weiter zum Heck vorzukämpfen.

Augenblicke später zerrte etwas an Nedeams grünem Umhang. Er hörte ein reißendes Geräusch und sofort darauf einen dumpfen Schlag, dann sah er Daik mit zufriedenem Gesicht neben sich treten. Nun schlugen sie sich zu dritt durch den Pulk der Verteidiger hindurch zum Heck, und es war in der Tat nichts anderes als ein brutales Aufeinandereinschlagen und Zustechen. Keiner der Kämpfer hatte noch die Kraft für Finten oder elegante Fechtkunst. Vielmehr entschieden nun Ausdauer und Wut über Leben und Tod. Das Zeitgefühl war verloren, entscheidend war das Ziel, und wer sich dem entgegenstellte, wurde fortgewischt.

Der Kampflärm auf dem Deck hinter Nedeams Gruppe war verstummt, dafür drangen nun das Klirren von Schwertern und Geschrei dumpf vom Unterdeck zu ihnen herauf, wo der Widerstand der letzten Schwarmmänner, in der Enge zwischen Vorräten, Kammern und Pfeilgeschützen, gebrochen wurde. Blut rann aus einer der offenen Waffenpforten der „Melan'tasta", aus einer anderen hing der Oberkörper eines Elfen heraus, dessen gebrochene Augen wie anklagend zum Mond emporblickten.

Nur eine Handvoll Männer war dem Segelführer des Schiffes geblieben, der sich somit einer erdrückenden Übermacht gegenübersah.

„Gebt auf, Schwarmmann", rief Dorkemunt ihm zu. „Es ist vorbei."

„Wozu sollten wir aufgeben?", erwiderte der Korsar trotzig. „Es ist erst dann vorbei, wenn kein Leben mehr in uns ist. Wir erwarten keine Gnade von Landmännern, und wir gewähren sie auch nicht."

„Gesprochen wie ein wahrer Krieger", murmelte Dorkemunt und sah den Gegner bedauernd an. „Aber wir brauchen den Bastard lebend, damit wir ihn befragen können."

„Er wird es uns nicht leicht machen", seufzte Nedeam.

„Nein, das wird er nicht. Offen gesagt, würde es mich auch enttäuschen." Dorkemunt trat einen Schritt vor und ließ dann seine bluttriefende Axt am Handgelenk schwingen. „Nun, Mann des Schwarms, wollt Ihr es mit einem Mann des Pferdevolkes aufnehmen oder versteckt Ihr Euch lieber hinter Euren Männern?"

„Du bist nur ein halber Mann", knurrte der Segelführer und deutete mit seinem Schwert auf Nedeam. „Gib mir den da zum Kampf, und ich will zufrieden sein."

Dorkemunt errötete. „Nur ein halber Mann? Wahrhaftig, ich zeige dir, was ein halber Mann mit einer ganzen Axt vermag!"

Er sprang vor, und der Segelführer hatte Mühe, den Hieb der Streitaxt mit dem Schwert zu parieren. Funken sprangen von den Klingen auf, als beide Kämpfer in einen blitzschnellen Schlagabtausch übergingen. Der Korsar überragte Dorkemunt und hatte eine größere Reichweite, aber es gelang ihm dennoch nicht, die Deckung des Pferdelords zu durchbrechen. In kurzen Kreisbögen ließ Dorkemunt die Streitaxt wirbeln, die mal nach links, mal nach rechts ausschwang, während der Korsar immer weiter zurückgedrängt wurde.

Einer der anderen Schwarmmänner wollte die günstige Gelegenheit nutzen und Dorkemunt von der Seite angreifen. Doch Daik machte einen raschen Ausfall und bohrte ihm sein Schwert in den Leib. Mit dem Fuß stieß er den Sterbenden zurück, ohne dabei einen Blick von Dorkemunt und dessen Gegner zu wenden.

Die Spitze vom Schwert des Segelführers verhakte sich für einen Augenblick hinter einer der Schneiden von Dorkemunts Axt. Doch der kleine Pferdelord drückte die Klinge weiter nach außen und drängte den Feind zurück, der dabei gegen den Handlauf der Reling stieß. Mit der freien Hand versuchte der Bedrängte Dorkemunts Kehle zu packen, aber der wich ruckartig zurück. Dabei löste sich die goldene Spange mit dem Zeichen des Pferdevolkes von seinem Umhang, der ihm daraufhin von den Schultern rutschte. Dorkemunt stieß einen wütenden Schrei aus, sprang erneut vor und rammte diesmal seine Faust gegen den Schädel des Korsaren. Noch zwei, drei harte Schläge folgten, die den Segelführer taumeln und schließlich zusammenbrechen ließen. Der Mann rang nach Atem, doch noch immer umkrampfte seine Hand das Schwert, und noch immer musste Dorkemunt es mit der Axt zur Seite drücken. Beide Kämpfer schienen vom gleichen Siegeswillen beseelt zu sein, nicht dazu bereit, nachzugeben und dem Gegner den Sieg zu überlassen.

Entschlossen, dem ein Ende zu setzen, trat Daik mit zwei raschen Schritten hinzu, drehte sein Schwert, packte es an der Klinge und hieb dem Segelführer den wuchtigen Knauf gegen den Schädel. Mit einem leisen Ächzen sank der Segelführer endlich zur Seite und blieb reglos liegen.

Mit dem Fall ihres Kapitäns schien auch die letzten Schwarmmänner der Mut zu verlassen. Klirrend fielen ihre Waffen auf das Deck, und die „Melan'tasta“ war endgültig in den Händen der Verbündeten.

„Den da fesselt gut“, befahl Daik ta Enderos mit kalter Stimme und wies auf den Segelführer. „Er wird uns manches zu beantworten haben.“

„Und die anderen?“

„Sie wollten keine Gnade gewähren und keine Gnade empfangen.“ Daik sah seine Gardisten schulterzuckend an. „Ihr kennt also die Antwort.“

Nedeam wollte einschreiten, aber es war zu spät. Ohne Zögern schnitten die Gardisten den anderen Schwarmmännern die Hälse durch. Empört sah er Daik an, während dessen Soldaten die Leichen über Bord warfen.

„Sie hatten sich ergeben.“

„Sie haben viele meiner Männer getötet, ohne Gnade zu gewähren.“ Daik strich über seinen blutverschmierten Schnurrbart. „Und sie haben viele Frauen und Alte getötet, die völlig wehrlos waren. Nein, guter Herr Nedeam von den Pferdelords, solche Brut verschone ich nicht.“

Neben dem Schiff begann das Wasser zu brodeln, als auch die anderen Schwarmmänner über Bord geworfen wurden. Allerdings entstand dies Wallen nicht nur durch die leblosen Körper, die ins Meer klatschten, sondern durch schlanke Fische, die sich gierig auf die Toten stürzten.

Einer der Gardisten sah gleichmütig hinunter. „Sie nennen sich Schwarm der Dornfische. Nun, so sind sie jetzt bei ihresgleichen.“

„Hört auf mit dem Unfug“, ertönte Herolas' Stimme von Bord der „Wellenvogel“. „Niemand soll erfahren, dass wir das

Schiff genommen haben. Bindet ihnen wenigstens Eisen oder Steine an die Füße, damit sie nicht an der Oberfläche treiben und verraten, was geschehen ist."

Daik zuckte die Achseln. „Zu spät, Kapitän Herolas. Ich denke nicht, dass wir sie nun wieder herausfischen können. Zudem sind die Dornfische schnell und gründlich."

„Na schön", ließ Herolas hören und wandte sich dann seinem Steuermann zu. „Ich schicke Rodas hinüber. Er wird das Schiff zurück nach Gendaneris steuern. Beeilt euch nun. Wir müssen im Hafen liegen, bevor jemand die ‚Melan'tasta' vermisst."

„Er hat recht", sagte Nedeam, der den Worten des Kapitäns zugehört hatte, und wies über das Deck. „Wir sollten hier verschwinden. Die Elfen der See müssen sich nun um beide Schiffe kümmern. Hochgeborener ta Enderos, Eure Männer können unterdessen die Verwundeten versorgen."

„Wir schaffen sie hinüber an Bord des elfischen Schiffes", stimmte der Reiterkommandant zu. „Den Gestank hier hält ja niemand aus."

Sofort setzte emsige Betriebsamkeit ein. Verwundete wurden versorgt und leblos daliegende Körper darauf untersucht, ob man noch helfen konnte. Die Toten wurden zur Seite getragen und dann unter Deck gebracht, damit man sie in Gendaneris bestatten konnte. Unterdessen enterten Elfen an den Masten empor und ordneten Segel und Leinen, während der Steuermann Gendrion stirnrunzelnd das Ruder der „Melan'tasta" prüfte.

Schließlich wurden die Wurfleinen gelöst, und die beiden Schiffe drifteten auseinander. Majestätisch begann sich die „Wellenvogel" in den Wind zu drehen.

„Der Wind kommt von der Seite", brummte Gendrion, der

das Kommando über das erbeutete Schiff übernommen hatte. „Wir werden kreuzen müssen, das kostet Zeit.“ Er sah hinauf zum Mond. „Aber wir müssten Gendaneris erreichen, bevor es hell wird und bevor der Schwarm bemerkt, dass ihm nun ein Schiff fehlt.“

Daik ta Enderos, der ebenfalls an Bord des Korsarenschiffes geblieben war, nickte zufrieden und schritt dann gedankenversunken über das Deck.

Vorne am Bug waren Dorkemunt und Nedeam an die Reling getreten. Sie spürten, wie das Schiff auf Wind und Ruder reagierte und langsam auf den Kurs des elfischen Schiffes einschwenkte.

„Sie haben sie einfach getötet“, sagte Nedeam mit Unbehagen in der Stimme. „Obwohl sie sich ergeben hatten.“

„Orks hättest du ebenso getötet.“

„Dies waren aber keine Orks.“ Nedeam stützte sich auf den Handlauf und starrte zum Elfenschiff hinüber. „Es waren Schwarmmänner. Menschen wie wir.“

„Nicht wie wir“, korrigierte der kleine Pferdelord. Er dachte an den Kampf gegen den Segelführer. „Aber sie sind uns ähnlich, das will ich einräumen.“

Nedeam sah auf dem Schiff gegenüber eine schlanke Gestalt neben Herolas stehen, deren langes Haar im Wind wehte, und spürte einen Stich im Herzen, denn er wusste, dass es Llarana war. Vielleicht war es gut so, dass sie nun durch das Wasser getrennt waren.

Dorkemunt bemerkte Nedeams Kummer. „Nun gräme dich nicht, mein Freund. Es waren nur Schwarmmänner.“

„Wie?“ Nedeam sah ihn kurz und mit resignierendem Blick an, bevor er sich wieder der schlanken Gestalt zuwandte. „Ja, ich weiß.“

Sein Gefährte folgte seinem Blick und unterdrückte einen Fluch. „Nun ja, mein Freund, wir haben nun ein Schiff des Schwarms. Ich bin gespannt, was der weise elfische Herr Mionas in Gendaneris daraus machen wird."

Nedeam gab keine Antwort, sondern seufzte nur leise. Der kleine Pferdelord legte nachdenklich den zerrissenen grünen Umhang über seinen Arm, sah dann Nedeam kurz an und starrte wieder schweigend aufs Meer hinaus. So hing nun jeder seinen eigenen Gedanken nach, während die beiden Schiffe ihrem Ziel, der Stadt Gendaneris, entgegenstrebten.

21

Garodem, der Pferdefürst der Hochmark, und sein Freund und Erster Schwertmann Tasmund standen in dem offenen Tor des Stalls, der dem bogenförmigen Verlauf der nördlichen Wehrmauer der Burg Eternas folgte. Vor einigen Tageswenden hatte ein Streiftrupp der Schwertmänner neue Pferde gebracht, die aus den Zuchten der Weiler und Gehöfte stammten.

„Schon ausreichend stark, um einen Pferdelord zu tragen", stellte Garodem zufrieden fest, „und noch jung und temperamentvoll genug, es dem Reiter nicht allzu leicht zu machen. Die Schar hat gute Tiere ausgewählt, Tasmund, das muss ich schon sagen."

Der Schmied der Burg hatte Verstärkung durch den alten Schmied Guntram erhalten, und nun waren die beiden Männer mit einigen Gehilfen dabei, den Pferden erstmals Hufeisen anzupassen. Die Tiere waren von der Nähe des Feuers und dem Schlagen der Hämmer verängstigt und ließen sich nur schwer beruhigen.

„Zunächst müssen sie an ihren Reiter gewöhnt werden." Garodem strich sich nachdenklich über das Kinn. „Dann an Lärm und Feuer. Sie dürfen in der Schlacht nicht erschrecken und zurückweichen."

„Es wird Zeit brauchen, bis sie richtig ausgebildet sind." Tasmund wich einen Schritt zurück, als eines der Pferde nach hinten auskeilte. „Sie müssen lernen, auf ihre Weise anzugreifen und mit Hufen und Gebissen den Feind zu treffen."

„Eine anstrengende und doch schöne Aufgabe", stimmte

Garodem zu. „Ich kann mich noch gut daran erinnern, welche Freude es mir machte, selbst einen jungen Hengst zuzureiten."

Die beiden Freunde wandten die Köpfe, als vom Signalturm der Burg ein Hornsignal erscholl, dessen Ton von einem anderen, weiter entfernten aufgenommen wurde. „Eine Schar nähert sich der Feste", meldete der Wachtposten von der Turmplattform. „Schwertmänner der Hochmark."

„Die beiden Scharen, die im Augenblick die Mark bestreifen, können es noch nicht sein." Garodem runzelte die Stirn. „Es sei denn, es wäre etwas geschehen, was es zu melden gäbe."

„Vielleicht ist es Nedeams Beritt?"

„Der Posten hat eine Schar gemeldet und keinen Beritt. Zudem ist es noch zu früh für ihre Rückkehr. Nedeam und der Transport werden erst in einem Zehntag erwartet. Die Wagen werden sie behindern, selbst wenn sie auf der Rückfahrt leer sind."

„Wie ich den Händler Helderim einschätze, wird er nichts vergeuden und auf der Rückfahrt Waren aus Gendaneris mitführen."

Garodem schlug Tasmund auffordernd an den Arm. „Wie dem auch sei, eine Schar hat immer etwas zu berichten. Lass uns zum vorderen Innenhof gehen und die Männer empfangen."

Sie nickten den beiden Schmieden und deren Helfern zu, die kaum bemerkten, dass die beiden ranghöchsten Männer der Hochmark den Stall verließen, und schoben sich lächelnd durch eine Gruppe Kinder hindurch, die neugierig in den Stall hineinstarrte, um beim Beschlagen der Pferde zuzusehen.

An einer der beiden Treppen, die auf die nördliche Mauer hinaufführten, stand ein kleiner Wagen, und zwei Schwertmänner schaufelten Mist auf dessen Ladefläche. Bis auf Beinkleid und Schuhe waren sie nackt, und der Schweiß rann über ihre Oberkörper und zog schimmernde Bahnen durch den Schmutz, der an ihrer Haut haftete.

Aus dem Vorratshaus an der Ostmauer waren Flüche zu hören. „Barus jagt wieder Nager“, meinte Tasmund lächelnd. „Er ist noch immer stark und schnell, aber ich habe das Gefühl, sein Augenlicht lässt nach. Er trifft nicht mehr so leicht wie noch vor Jahreswenden, aber er will es einfach nicht zugeben. Er sagt, die Nager seien schneller geworden.“

Garodem lachte auf. „So wie mir mein Pferd höher geworden ist.“

Sie traten durch eines der drei Tore in der Mittelmauer und sahen eine Gruppe Reiter in der geordneten Formation der Schwertmänner durchs Haupttor reiten. Die Hufe klapperten über den gepflasterten Hof, und ein Berittwimpel flappte schwach an seiner Lanze.

„Garwin“, murmelte Garodem überrascht.

„Ein wenig früh und nur mit einer kleinen Schar“, stellte Tasmund mit Unbehagen fest. „Die Pferde sind rasch getrieben worden. Sieh dir den Schweiß an ihren Flanken an.“

„Das gilt auch für die Männer“, murmelte der Pferdefürst. „Sie müssen rasch und rücksichtslos geritten sein, um uns schnell zu erreichen.“

„Ja, das bedeutet üble Neuigkeiten, Garodem, mein Freund. Denn gute Kunde lässt sich Zeit.“

Garwin erkannte seinen Vater und Tasmund und winkte ihnen zu, während der kleine Trupp einschwenkte und mit Front zum Brunnen hielt. „Sitzt ab, Schwertmänner der Hochmark“, befahl er mit heiserer Stimme. „Erfrischt erst eure Pferde und dann euch selbst. Ich erstatte dem Pferdefürsten Bericht.“

Die Männer saßen ab, und der Träger der Wimpellanze schien für einen Augenblick unschlüssig. Seine Verlegenheit war durchaus gerechtfertigt, denn nur der Führer einer Schar oder eines Beritts hatte das Recht, einen Wimpel zu führen. Allein die Bannerträger der Pferdefürsten und des Königs bildeten darin eine Ausnahme. Garwin nahm rasch die Lanze an sich und entließ den Mann.

Der Pferdefürst trat lächelnd zu seinem Sohn und legte ihm zur Begrüßung beide Arme auf die Schulter. „Es tut gut, dich wiederzusehen. Ich hatte nicht so rasch damit gerechnet. Wir haben euch erst in einem Zehntag zurückerwartet."

„Es gab einen Kampf in Gendaneris, Vater", entgegnete Garwin. „Ich bin mit einem Teil des Beritts vorausgeeilt, um dir zu berichten."

Garodem nickte. „Ich kann Nedeam nicht sehen. Auch Dorkemunt fehlt. Sind sie wohlauf? Begleiten sie die Männer des Transports?"

Die Sorge in der Stimme des Pferdefürsten war unverkennbar. Garwin schüttelte den Kopf. „Sie verweigerten mir den Gehorsam, Vater, und blieben in Gendaneris."

„Sie verweigerten ...?" Garodem schüttelte den Kopf. „Das verstehe ich nicht, Garwin. Sie sind die besten Pferdelords, die man sich nur wünschen kann. Was ist geschehen, mein Sohn?"

„Sie verweigerten mir die Gefolgschaft."

„Ich sehe Zorn in deinen Augen." Der Pferdefürst sah seinen Sohn forschend an. „Besteht etwa Gefahr für die Mark?"

„Nein, Vater."

„Gut." Garodem seufzte leise. „Dann erfrische dich zunächst und komm anschließend hinauf in meinen Amtsraum. Ich bin neugierig auf das, was du zu berichten hast."

„Ich werde zunächst mein Pferd versorgen."

„Wie es sich für einen Pferdelord gebührt." Garodem lächelte schwach. „Ich erwarte dich dann oben."

Garwin nickte und führte sein Pferd am Zügel hinter den anderen her. Vor dem Stall wurden die Sättel und Lasten abgenommen und anschließend die Tiere ein wenig geführt, bevor man sie tränkte und abrieb.

„Es missfällt mir, was Garwin da angedeutet hat", brummte Garodem. „Ich kann mir kaum vorstellen, dass ihm Nedeam und Dorkemunt die Gefolgschaft verweigerten. Sie haben dem grünen Umhang der Pferdelords stets Ehre getan."

„Sie müssen ihre Gründe gehabt haben, Garodem, mein Freund", murmelte Tasmund. „Wir beide kennen Nedeam und auch Dorkemunt gut genug, um das zu wissen."

„Als Schwertmann hat Nedeam nicht das Recht …" Garodem verstummte, als Tasmund sich räusperte. „Was ist? Sprich es frei aus, Tasmund."

„Nedeam hat den Eid noch nicht geleistet. Nicht als Schwertmann der Mark."

„Haarspalterei", stieß Garodem missmutig hervor. „Er kannte meinen Willen."

„Lass uns erst anhören, was dein Sohn zu berichten hat." Tasmund lächelte hintergründig und deutete einen Ehrensalut an. „Wenn der Hohe Lord erlauben, werde ich mich für einen Moment zurückziehen."

„Tut das, Hoher Herr Tasmund", erwiderte Garodem förmlich, und die beiden alten Freunde grinsten einander an.

Der Pferdefürst ahnte, warum der Erste Schwertmann sich zurückzog. Tasmund hatte ein Gespür dafür, die richtigen Dinge zu tun. Es war eine Schande, dass sie beide nicht mehr Seite an Seite in die Schlacht reiten konnten.

Unterdessen war Garwin an den Brunnen getreten und ließ sich nun auf dessen breite Einfassung sinken. Er legte die Lanze in die Armbeuge und schöpfte, nachdem er den Helm abgelegt hatte, etwas Wasser. Garodem nickte ihm zu und schritt dann die Stufen hinauf, die ihn ins Haupthaus der Burg von Eternas führten. Wenig später erreichte er seinen Amtsraum und erblickte seine Gemahlin Larwyn, die gerade aus dem hinteren Trakt trat.

„Ich hörte, Garwin ist zurück?"

„Ja." Garodem trat hinter seinen Schreibtisch und ließ sich in seinen Stuhl sinken.

Larwyns fröhliches Gesicht wurde unvermittelt ernst. Stirnrunzelnd sah sie ihn an. „Du scheinst mir aber nicht sonderlich erfreut. Bei den Abgründen, habt ihr euch schon wieder gestritten?"

„Unsinn." Garodem klopfte mit einem Finger auf die Tischplatte. „Es gab wohl einen Kampf. In Gendaneris, der Stadt, in die der Transport führen sollte. Nedeam und Dorkemunt sind angeblich noch dort. Es klingt mir ganz danach, als habe es Zwist zwischen ihnen und Garwin gegeben."

„Dorkemunt hat ein gutes Herz", meinte Larwyn zögernd, „aber er kann recht aufbrausend sein."

„Nicht jedoch Nedeam. Der hat ein ruhiges Wesen." Garodem lächelte flüchtig. „Außer im Kampf, natürlich."

„Gut, dann will ich ebenfalls hören, was Garwin zu berichten hat."

„Unser Sohn ist alt genug", brummte der Pferdefürst. „Du brauchst ihn nicht zu umstreifen wie eine Stute ihr hilfloses Fohlen."

„Vielleicht muss ich ja dich umstreifen, mein geliebter Gemahl."

Sie lachten beide auf, und Garodem ergriff ihre Hand, um Larwyn an sich zu ziehen, und für einen Moment genossen sie ihre Nähe. Erst als es vor der Tür polterte, lösten sie sich wieder voneinander.

„Die Hohen Herren Garwin und Tasmund", meldete die Wache und schloss die Tür wieder, nachdem die beiden Männer eingetreten waren.

Während sich Larwyn und ihr Sohn herzlich begrüßten, nickte Tasmund dem Pferdefürsten zu. Sein Gesichtsausdruck war schwer zu deuten, aber Garodem spürte, dass der Erste Schwertmann mit einigen der heimgekehrten Pferdelords gesprochen und unangenehme Dinge erfahren hatte.

„Nun, Garwin, dann berichte, was sich zugetragen hat." Garodem lehnte sich zurück und lauschte konzentriert den Schilderungen seines Sohnes. Mit fester und sicherer Stimme berichtete dieser von dem Transport nach Gendaneris, ihrem Verdacht, dass die Stadt in Feindeshand sei, und dem Kampf zu ihrer Befreiung.

„Unsere Verluste waren gering", endete Garwin. „Wir selbst verloren zwanzig Schwertmänner, bei den Männern des Händlers Helderim gab es natürlich keine Verluste. Fünfzehn Mann wurden verletzt, aber nicht schwer. Sie kommen mit den Wagen des Transports, der in einer oder zwei Tageswenden eintreffen wird. Ich habe den größten Teil der waffenfähigen Männer beim Beritt gelassen und bin nur mit einer kleinen Schar vorausgeritten."

„Ihr seid ungewöhnlich rasch vorangekommen." Garodem blickte auf die Karte an der Wand. Nachdenklich erhob er sich, trat an die Karte heran und fuhr, wie es seine Angewohnheit war, mit dem Finger die Linien entlang.

„Wir legten nur die notwendige Rast ein und ritten schnell."

Garodem nickte und sah seinen Sohn ernst an. „Es gilt Mensch und Tier zu schonen, wenn die Umstände es zulassen. Bestand denn Grund zu besonderer Eile?“

Bevor Garwin antworten konnte, meldete sich Larwyn zu Wort. „Erzähle von den guten Herren Nedeam und Dorkemunt. Warum sind sie zurückgeblieben?“

Garodem sah an Garwin vorbei und bemerkte, wie sich Tasmund mit gespanntem Gesichtsausdruck ein wenig vorneigte. Offensichtlich ging es nun um Dinge, von denen der Erste Schwertmann bereits durch die Pferdelords erfahren hatte.

„Wegen der Elfen“, sagte Garwin knapp. „Sie fühlen sich ihnen verpflichtet.“

„Welche Elfen?“ Auch Garodem beugte sich nun vor. „Du hast unsere elfischen Freunde bisher nicht erwähnt.“

„Sie erschienen erst, als alles längst entschieden war. Es ist nicht von Belang, Vater.“

„Wenn Nedeam und Dorkemunt ihretwegen in Gendaneris geblieben sind, muss es wohl von Belang sein.“ Garodems Blick war ernst. „Also, berichte mir von den Elfen und erkläre mir, warum unsere beiden besten Pferdelords in Gendaneris zurückblieben.“

Garwin errötete ein wenig und legte ihnen dann seine Sicht der Vorkommnisse dar. Als Garodem schließlich nickte, war sein Gesichtsausdruck schwer zu deuten.

„Ich danke dir für deine Worte, Garwin. Nun will ich mit dem Hohen Herrn Tasmund beraten, was zu tun ist.“

„Was sollte schon zu tun sein?“, fragte Garwin spöttisch.

„Das fragt Ihr noch?“ Tasmunds Stimme klang empört.

Doch Garodem hob beschwichtigend die Hand. „Lass uns nun zur Beratung allein, Garwin. Dies ist eine Angelegenheit zwischen dem Pferdefürsten und seinem Ersten Schwertmann.“

Sein Sohn wollte protestieren, aber Larwyn trat vor und ergriff seine Hand. „Komm, Garwin, nach dem schnellen und langen Ritt musst du ordentlichen Hunger haben. Lass uns nachsehen, was die Küche noch zu bieten hat."

Garwin folgte ihr mit düsterer Miene, während Garodems Gesicht ausdruckslos blieb, bis die Tür hinter den beiden zugefallen war. „Bei allen Finsteren Abgründen", knurrte er dann und schlug wütend auf den Tisch. „Er ist mein Sohn, und doch ähnelt er mir erschreckend wenig."

„Oder aber sehr stark." Tasmund lächelte knapp. „Du sollst früher auch nicht leicht zu führen gewesen sein, alter Freund."

„Verdammt, Tasmund, die Elfen sind in Not. Ich kenne Elodarion und auch diesen Jalan. Es sind gute Männer, die für die Häuser der Elfen von hoher Bedeutung sind." Garodem trat erneut an die Karte. „Die Elfen werden alles versuchen, die beiden Männer zu retten, und nach dem, was Garwin erzählt hat, habe ich nicht viel Zutrauen zu den Männern von Alnoa. Kein Wunder, dass Nedeam und Dorkemunt unseren Freunden beistehen wollen. Garwin hätte den Beritt in Gendaneris lassen müssen und mir einen Boten senden sollen." Der Pferdefürst seufzte betrübt. „Er muss noch viel über Treue und Waffenbrüderschaft lernen, mein Herr Sohn. Immerhin zauderte er nicht, den Angriff gegen Gendaneris zu führen." Er sah Tasmund an. „Was ist? Was willst du mir noch sagen, alter Freund?"

Der Erste Schwertmann rang mit sich. Sollte er seinem Freund und Pferdefürsten anvertrauen, dass nicht Garwin den Angriff geführt hatte, sondern dieser lediglich Nedeams Vorbild gefolgt war? Besser nicht. Es spielte keine große Rolle und würde Garodems Betrübnis nur vergrößern.

Tasmund räusperte sich. „Ich frage mich, ob wir etwas tun sollten.“

„Das steht außer Frage“, knurrte Garodem. „Es geht allein darum, was wir tun können.“ Er musterte die Karte. „Nun denn, mein Freund, lass uns abwägen zwischen dem, was die Pferdelords der Hochmark tun sollten, und dem, was sie tun können. Mittlerweile sind also nicht nur unsere elfischen Verbündeten in Gefahr, sondern auch Nedeam und Dorkemunt, die ihnen beistehen – Pferdelords der Hochmark. Hinzu kommen unschuldige Kinder und Frauen. Wir können nicht abseitsstehen, wenn es um deren aller Leben geht.“

22

Man hatte die elfischen Gefangenen an Bord der „Wa'gosa" gebracht. Das Führungsschiff des Schwarms der Dornfische entsprach in seiner Bauart den typischen Kampfseglern der Korsaren, war aber ungleich größer. Im Gegensatz zu anderen Viermastern verfügte es über ein Deck unterhalb und zwei Decks oberhalb der Wasserlinie, das Freideck nicht mitgezählt, auf dem sich ein flacher Heckaufbau erhob, der als Hütte bezeichnet wurde, einer solchen aber keineswegs ähnelte.

Mit ihrem tiefschwarzen Rumpf und den flammend roten Segeln bot die „Wa'gosa" einen düsteren Anblick, zumal hier eine weitaus strengere Disziplin herrschte als auf den Schiffen der schwimmenden Stadt. Aber das war sicherlich auch der Grund, warum man die Elfen hier gefangen hielt.

Unter den strengen Blicken eines stattlichen Wachkommandos und der beiden offenbar unvermeidlichen Brüder mit den spitz gefeilten Zähnen wurden die Elfen über die Niedergänge ins Unterwasserdeck dirigiert. Dessen Boden war nicht mit Planken ausgelegt, und man erkannte den Ballast des Schiffes, der das Gewicht des Überwasserschiffes mit seinen hoch aufragenden Masten übersteigen musste, um der „Wa'gosa" auch bei Sturm eine stabile Lage zu verleihen. Selbst Elodarion und Jalan, die keine Seeelfen waren, erkannten, wie zusammengesucht der Ballast erschien. Statt des glatt gegossenen Bodens aus Gold, der bei den elfischen Schiffen üblich war, erkannte man hier Platten aus geschmolzenem Gold oder Eisen, die durch massige Steinflächen ergänzt wurden. Da die

„Wa'gosa" immerhin das Schiff des Schwarmführers war, ließ sich an diesem Notbehelf der Mangel ablesen, unter dem die Korsaren litten. So war es also kein Wunder, wenn sie versuchten, ihre ungenügenden Ressourcen durch Überfälle an Land zu ergänzen.

Im Gegensatz zu den Überwasserdecks, die meist durchgängig und nicht in Kammern unterteilt waren, gab es im Unterwasserdeck kleine Abteile, die durch hölzerne Türen verschlossen werden konnten. Diese Türen schienen nicht besonders stabil zu sein, aber das machte wenig, da die Wachen ihre Gefangenen zu keiner Zeit aus den Augen ließen.

Ein schlanker Korsar trat zu den Gefangenen und sah sie abschätzend an. „Ich hoffe, das sind die letzten", stieß er unwirsch hervor. „Wir haben schon einen Teil der Ladung umgelastet, damit das Schiff im Trimm bleibt. Noch mehr Gefangene, und wir können wieder von vorne beginnen."

Der Mann hielt eine kleine Brennsteinlampe hoch, die mit Klarstein abgeschirmt war, um die Feuergefahr zu verringern. „Bringt die Spitzohren in die rechte Mittellast. Die linke ist schon mit den verfluchten Weibern vollgestopft."

„Ich dachte, du magst Weiber", sagte eine der Wachen auflachend.

„Nicht, wenn sie so zetern und schreien", knurrte der Mann mit der Laterne zurück. „Man sollte ihnen Futter und Wasser verweigern, dann würden sie bald schwach und ruhiger werden. Aber der Schwarmführer will, dass sie körperlich in guter Verfassung sind, wenn wir nach Um'briel kommen.

„Dann hau ihnen doch einfach aufs Maul, das wird sie schon ruhigstellen", sagte ein anderer grob.

„Elek-Mar T'os will sie unversehrt auf dem Markt sehen." Der Mann mit der Lampe kratzte sich ausgiebig. „Sag ihm deine Meinung, aber ich glaube, er wird eher dir aufs Maul hauen, als einen Kratzer an den Weibern zuzulassen." Er grinste breit. „Sind ein paar sehr hübsche dabei."

„Von denen werdet ihr schön die Finger und andere Gliedmaßen lassen", ermahnte der Führer der Wachen sofort, als er das Murmeln der Männer hörte. „Sind ihre Bäuche erst dick, sind sie wertlos auf dem Markt, das wisst ihr. Also, haltet euch zurück, Männer der See. Wir haben genug andere Weiber aus Gendaneris mitgebracht. Vergnügt euch mit denen."

Die Elfen wurden weitergeschoben, fast bis zur Mitte des Rumpfes. Je weiter sie kamen, desto deutlicher wurde das Schluchzen und Jammern der weiblichen Gefangenen, die man linker Hand in einer großen Kammer untergebracht hatte.

„Lasst eure Hoffnung nicht fahren", rief Elodarion ihnen zu.

„Halt dein Maul, Spitzohr." Ein heftiger Schlag traf den Elfen, dessen Stolz es nicht zuließ, seinen Schmerz zu zeigen. „Da rein mit euch."

Auch die rechte Kammer war groß und geräumig. Auf dem feuchten Boden waren die Abdrücke von Fässern und Kisten zu erkennen, die offenbar noch vor Kurzem hier gestanden hatten. Ein paar Decken lagen dort, inzwischen von Nässe durchdrungen.

Der Wachführer wies in den finsteren Raum. „Wir werden euch nun die Fesseln abnehmen, denn der Malaquant schätzt es, wenn man die Spitzohren in guter Verfassung zu ihm bringt." Er grinste breit. „Was jedoch niemals lange währt, das könnt ihr mir glauben." Er gab seinen Männern einen Wink, und man knotete sorgfältig die Leinen auf, die zu kostbar waren, um sie sinnlos zu zerschneiden. „Versucht gar nicht erst, Unfrieden zu stiften. Wir geben auf euch Acht, besonders Bogo und Balga haben ein Auge auf euch, nicht wahr?“ Er sah die beiden Brüder an, die eifrig nickten und endlich auch Namen hatten.

Die Gefangenen spürten den Schmerz, als das Blut wieder durch ihre Glieder zu zirkulieren begann. So gut es ging, massierten sie sich gegenseitig und versuchten ihr leidvolles Stöhnen zu unterdrücken. Sie führten stehend die Entspannungsübungen des elfischen Volkes aus, bei denen die verschiedenen Muskeln in einem bestimmten Rhythmus gestrafft und entspannt wurden. Wie glühende Nadeln stach es ihnen dabei ins Fleisch, aber der Schmerz gab ihnen die Gewissheit, dass die Fesselung keine gravierenden Schäden hinterlassen hatte.

„Wenn ihr uns zu Eurem Malaquant bringen wollt“, sagte Elodarion leise zu dem Wachführer, „wird er nicht begeistert sein, wenn wir ausgemergelt und kraftlos vor ihm erscheinen.“ Er zwang sich zu einem Lächeln. „Er wird uns sicher in guter Verfassung sehen wollen, um möglichst lange seinen Spaß an uns zu haben, nicht wahr?“

„Ganz gewiss, Spitzohr, aber darauf solltest du dich nicht freuen.“

„Wir haben Hunger und Durst“, bekannte Elodarion.

„Dann bückt euch“, knurrte eine der Wachen. „Es sickert genug Wasser über den Boden.“

„Ruhig da hinten.“ Der Anführer der Wachen leckte sich nachdenklich über die Lippen. „Warum sollten wir ihnen Wasser und Nahrung verweigern? Das Spitzohr hat recht, der Malaquant will sie bei Kräften sehen. Je länger sie durchhalten, desto besser. Schön, ihr Elfen, ihr bekommt etwas.“

Der Mann befahl zweien der Wachen, Wasser und Nahrung heranzuschaffen. „Bringt bei der Gelegenheit auch etwas für die Weiber. Dann sind sie für eine Weile mit etwas anderem als Jammern beschäftigt.“

Man brachte einen Eimer mit Wasser, das ein wenig modrig roch, und getrockneten Fisch, dazu ein Brot, das zwar frisch gebacken war, aber völlig fade schmeckte. Die Frauen in der gegenüberliegenden Kammer erhielten die gleiche Verpflegung. Die Elfen schienen es gierig hinunterzuschlingen, und keinem der Korsaren fiel auf, dass sie, trotz ihres Hungers, einen Teil der Mahlzeit aufhoben und vor den Wächtern verbargen.

Die Nacht – zumindest gingen die Elfen davon aus, dass es Nacht war – verlief ungemütlich. Auf dem Schiff war es ruhig geworden, nur gelegentlich waren Schnarchen oder geflüsterte Wortfetzen zu vernehmen, und über den Köpfen der Elfen waren die regelmäßigen Schritte der Wachen zu hören. Obwohl die Kammer groß genug gewesen wäre, um sich am Boden auszustrecken und sich zu entspannen, scheuten sie davor zurück. Ihre Erschöpfung war noch nicht vollständig genug, um sich auf einem feuchten Boden zur Ruhe zu begeben.

Elodarion blickte zu der verschlossenen Tür hinüber. Durch einige Ritzen zwischen den Holzbrettern fiel ein klein wenig Licht herein, das von einer Brennsteinlampe im Gang zwischen den Kammern stammen musste, die wohl den Wachen ausreichende Sicht verschaffen sollte. Vorsichtig schlich er an Jalan und den anderen vorbei zur Tür und versuchte etwas zu erkennen.

Er spürte, wie Jalan hinter ihn trat und seine Hand ausstreckte. Die Finger der beiden Ältesten berührten sich im Rhythmus jener geheimen und lautlosen Sprache, die nur die Häuser der Elfen beherrschten.

„Zwei Wachen, scharfe Zähne, schlafen“, meldete Elodarion.

„Mehr Wachen?“, kam die lautlose Frage zurück.

„Nichts in Sicht."

„Beratung."

Sie traten von der Tür zurück, und die Elfen sammelten sich in einem engen Kreis. Ihre Stimmen waren kaum zu vernehmen, als sie über ihre Lage berieten.

„Bogo und Balga stehen vor der Tür. Sie scheinen zu schlafen, aber ich bin mir sicher, dass sie beim geringsten Lärm erwachen. Wir könnten die Tür aufbrechen und sie überwältigen, aber das würde uns keinen Vorteil bringen."

Jalan nickte zu Elodarions Worten. „Die Besatzung würde uns leicht überwältigen. Außerdem würde ein Versuch, ihnen zu entkommen, vermutlich ihren Zorn entfachen, und das sollten wir unbedingt verhindern. Wir müssen unsere Kräften schonen für den Augenblick, in dem wir das Ziel des Schwarms erreichen. Auf diesem Schiff gibt es keinen Ort, an dem wir uns verstecken können. Doch auf der Insel Um'briel mag das ganz anders aussehen."

„Wir müssen jedenfalls einen Teil der Nahrungsmittel für die Flucht verbergen, und wir brauchen Waffen und Wasser."

„Waffen können wir irgendwie fertigen, aber mit dem Wasser sieht es schlecht aus", raunte einer der Seeelfen. „Wir brauchen Gefäße, in denen wir es aufbewahren können."

„Es wird wohl noch eine Weile dauern, bis wir die Heimat der Schwärme erreichen", sagte Elodarion. „In dieser Zeit müssen wir uns völlig unauffällig verhalten. Je argloser sie sind und je stärker ihre Wachsamkeit nachlässt, desto höher ist unsere Chance, ihnen später zu entwischen."

„Gut, dann ist es so beschlossen." Jalan sah die anderen an. „Elodarion und ich werden geschwächt und kränklich auftreten. Nicht zu sehr, denn das würde ihr Misstrauen erwecken. Aber sie wissen, dass wir keine Elfen der See sind, und werden vielleicht annehmen, dass wir die Bewegungen des Wassers nicht vertragen."

„Wir sollten auch versuchen, Verbindung zu den gefangenen Frauen aufzunehmen."

„Es sind Menschenfrauen", murmelte ein Seeelf. „Welchen Nutzen sollte das haben?"

„Auch die Männer des Schwarms sind Menschen." Elodarion lächelte schwach. „Wenn wir die Frauen dazu bewegen können, uns zu helfen, mag das sogar sehr nützlich sein. Ihr wisst, wie die Männer der Menschen sind. Sobald sie ein hübsches Weib sehen, verlieren sie die Fähigkeit zum klaren Denken. Die Frauen können vielleicht an Gegenstände und Informationen herankommen, die uns vorenthalten sind, denn sie wird man kaum für gefährlich halten."

„Aber für die Menschenfrauen wird es gefährlich."

„Wir alle sind in Gefahr", seufzte Elodarion. „Und wir alle müssen unseren Beitrag leisten, wenn wir ihr entkommen wollen."

23

Es war das zweite Mal, dass ein Schiff der Korsarenschwärme in den Hafen von Gendaneris einlief, ohne dass ihm Widerstand entgegengesetzt wurde. Viele Menschen beobachteten mit Unbehagen, wie der schwarze Rumpf der „Melan'tasta“ dem Steg entgegenglitt, der zur Werft der Stadt gehörte. Dicht dahinter folgte die „Wellenvogel“, die an einer anderen Anlegestelle festmachte.

Der Morgen dämmerte heran, und am Horizont war der erste Schimmer zu erkennen, der die Mastspitzen der größeren Schiffe und die Türme der Stadtmauer in ein rötliches Licht tauchte. Sie hatten es geschafft. Das eroberte Schwarmschiff befand sich sicher im Hafen von Gendaneris, ohne dass die streifenden Segler der Korsaren es gesichtet hätten. Der erste Teil des Planes zur Befreiung der Entführten war geglückt. Man hatte ein feindliches Schiff, mit dem man sich, so hoffte man, unerkannt unter den Feinden bewegen konnte. Nun galt es, dieses Schiff und seine künftige Besatzung auf die bevorstehende Aufgabe vorzubereiten.

Der elfische Konstrukteur Mionas und der gendanerische Rüstmeister Anavar standen nebeneinander am wasserseitigen Ende der Werfthalle, als die „Melan'tasta“ langsam in das Gebäude hineinglitt. Dieses hatte eine atemberaubende Größe, wenn man bedachte, dass die gesamte Konstruktion ohne innere Stützen auskam und eine Höhe von fast zwanzig Längen besaß. Dennoch hätte dies nicht gereicht, die großen Segler aufzunehmen, da deren Masten in der Regel noch höher aufragten. Aber die Erbauer der Halle hatten dies bedacht und es so eingerichtet, dass das Dach in der Mitte beinahe über seine gesamte Länge in einer Breite von fünf Längen geöffnet werden konnte. Nur auf der Landseite blieb ein Teil der Konstruktion ohne Durchbruch. Auf diesem schmalen Stück fußte die gesamte Stabilität der Konstruktion, und es war kein Wunder, dass die Konstrukteure hierzu den besten Stahl und den härtesten Stein verwendet hatten.

„Dieses Schiff lässt mich erschaudern“, meinte ein Werftarbeiter, der hinter Mionas und Anavar stand. „Ich kann die Anwesenheit der Schwarmmänner förmlich spüren.“

Mionas wandte sich ihm halb zu und lächelte. „Das ist gut so, Menschenwesen. Ich hoffe nur, auch die Korsaren werden ihresgleichen auf dem Schiff erwarten. Doch seid beruhigt, es befindet sich nur noch einer von ihnen an Bord, und der wird uns bald Rede und Antwort stehen.“

Gendrion dirigierte unterdessen das Anlegemanöver mit kritischem Blick. Aber die Seeelfen beherrschten ihr Handwerk, und auch wenn die Leinen- und Segelführung des Korsarenschiffes ein wenig anders war als bei den elfischen Schiffen, so war das grundlegende Steuerungsprinzip dasselbe. Mit einem kaum merklichen Ruck stieß schließlich die rechte Seite der „Melan’tasta“ an den Steg der Werft.

„Zieht die Segel ein und zurrt sie fest“, rief Gendrion erleichtert. „Macht die Ankerleinen am Steg fest und legt die Planken aus.“ Während die Segel des Korsarenschiffes wie durch Zauberhand zusammensanken und an den Querauslegern festgemacht wurden, führten andere Seeelfen die Befehle des Steuermanns aus. Erleichtert fixierte er das Ruder und ließ es los. „Gut so, Elfen der See, nun geht von Bord und ruht euch aus. Rodas’ Mannschaft wird sich bereithalten, Mionas zur Hand zu gehen.“

Als Gendrion an die Reling trat, kamen ihm der Gelehrte und der Rüstmeister entgegen. Mionas' Blicke huschten über das Schiff und schienen dabei jedes Detail in sich aufzusaugen. „Sagt dem Hohen Kapitän Herolas Bescheid, dass ich ihn an Bord dieses Schiffes zu sehen wünsche. Ich muss mit ihm besprechen, auf welche Weise wir es verändern."

„Es wird geschehen", bestätigte der Steuermann, der schon gespannt war, was sich der alte Gelehrte wohl würde einfallen lassen.

Mionas zog indes den Rüstmeister Anavar mit sich über das Deck. „Wir müssen uns die Konstruktion dieses Schiffes genau ansehen, Hoher Rat Anavar. Als Rüstmeister von Gendaneris werdet Ihr all das beschaffen und herstellen, was wir zur Veränderung des Schiffes benötigen. Wir müssen es verbessern, ohne dass man die Veränderungen von außen rasch erkennen kann. Und was noch wichtiger ist, wir müssen einen Teil der Veränderungen auch für die ‚Shanvaar' übernehmen. Wenn die beiden Schiffe den Hafen von Gendaneris verlassen, werden sie einzigartig sein."

„Und wie wollt Ihr das bewerkstelligen, Hoher Herr Mionas? Was wollt Ihr überhaupt verändern? Was könnt Ihr verändern?"

„Alles. Die Schnelligkeit, die Kampfkraft und die Panzerung des Schiffes." Mionas zuckte die Achseln. „Natürlich setzen mir die Größe und Beschaffenheit des Rumpfes gewisse Grenzen. Zudem", er seufzte leise, „dürfen die Veränderungen äußerlich ja nicht sofort erkennbar sein. Ein Jammer eigentlich, denn ich bin mir sicher, ich könnte die Linien des Schiffes und seine Segelführung entscheidend verbessern, aber das kommt hier nicht in Betracht."

„Und wie wollt Ihr es schneller werden lassen, wenn Ihr an

den Segeln nichts verändert?“

„Mithilfe Eurer Brennsteinmaschinen, Hoher Rat Anavar. Und mithilfe der Schnecken. Wobei ich mir sicher bin, dass ich Eure Brennsteinmaschinen entscheidend verbessern kann.“

„Schnecken?“ Anavar sah den Elfen verständnislos an. „Ich verstehe nicht.“

Mionas runzelte nun seinerseits die Stirn, lachte dann aber leise auf. „Kennt Ihr die Schnecken, die in den Mündungen der Flüsse leben? In dem Bereich, wo Süß- und Salzwasser aufeinandertreffen? Nur dort können sie gedeihen.“

„Ja, diese Schnecken kenne ich. Äh, wollt Ihr Euch mit ihnen stärken? Man behauptet, sie seien essbar und …“

„Unsinn, Unsinn.“ Mionas schüttelte ärgerlich den Kopf. „Auch wenn ich wahrhaft alt bin, schätze ich noch immer Fleisch, in das hineinzubeißen sich lohnt.“

„Nun, mit etwas Saft von der sauren Gelbfrucht sollen sie recht gut munden.“

Mionas lächelte. „Esst Ihr sie bevorzugt mit oder ohne Schale?“

„Wie? Nun, natürlich ohne. Warum fragt Ihr?“

„Mich interessiert die Schale, Hoher Rat. Genauer gesagt deren Form. Habt Ihr Euch eine solche Schnecke einmal genauer angesehen? Lebend, meine ich.“

„Sie werden vorm Verzehr …“

„Ich rede nicht vom Verzehr.“ Mionas seufzte ungeduldig. „Nun, ich will es Euch erklären, denn für die Arbeiten, die vor uns liegen, müsst Ihr es genau verstehen. Das Gehäuse der Schnecke ist kegelförmig und dabei in sich gedreht. Vorne befindet sich eine winzige Öffnung, durch welche die Schnecke Wasser ansaugt. Verteilt auf dem Gehäuse befinden sich weitere Öffnungen, durch die sie das Wasser wieder ausstößt und so das Gehäuse in eine Drehbewegung versetzt. Versteht Ihr, Hoher Rat? Die Schnecke dreht sich durchs Wasser hindurch, und sie tut dies erstaunlich schnell."

Anavar glaubte zu verstehen. „Ihr wollt ein solches Gehäuse als Antrieb nachbauen, Hoher Herr Elf. Aber dafür müsste es sehr groß sein. So groß, dass es sich kaum im Schiff befestigen ließe, und außerdem kenne ich keine Pumpe, die genug Wasser ansaugen könnte, um ein solches Monstrum in Bewegung zu versetzen."

„Nein, natürlich nicht. Obwohl … Nein, es muss schnell gehen, und ich muss die Möglichkeiten nutzen, die Eure Werft mir bietet. Versteht mich nicht falsch, Hoher Rat Anavar, sie ist wahrhaftig beeindruckend, aber … Nun, wie dem auch sei, ich plane anderes."

Erneut zog Mionas den Rüstmeister und Rat mit sich, diesmal zum Heck der „Melan'tasta". „Auf Eurem Dampfkanonenboot bewegt die Brennsteinmaschine ein großes Schaufelrad am Heck. Die Kraft der Maschine wird außen am Schiff über große Stangen zum Rad hin übertragen, nicht wahr? Stangen und Rad sind jedoch empfindlich und können leicht beschädigt werden. Zudem lässt ihre Wirksamkeit zu wünschen übrig. Nichts gegen Eure Maschinen, Hoher Rat, sie sind vorzüglich, aber …"

„Schon gut, ich verstehe", brummte Anavar. „Sie ließen sich verbessern."

„So ist es", sagte Mionas strahlend. „So ist es. Grämt Euch nicht, Ihr müsst bedenken, wie viele Menschenalter ich und mein Volk Zeit hatten, über solche Dinge nachzudenken."

„Schön, nur wenn Ihr so viel über die Dinge nachdenkt und so zahlreiche Verbesserungen wisst, warum nutzt Ihr sie dann nicht für Eure eigenen Schiffe?"

Mionas spürte, dass seine Worte den Menschen verletzt hatten, obwohl das nicht seine Absicht gewesen war. „Seht mir meine Worte nach, Hoher Rat. Wir Elfen haben Kenntnis von vielen Dingen, die wir nicht nutzen und von denen wir glauben, dass sie besser im Verborgenen bleiben." Er zuckte in einer entschuldigend wirkenden Geste die schmalen Schultern. „Dies ist jedoch ein besonderer Fall, bei dem es um die Befreiung zweier sehr wichtiger elfischer Räte geht. Nur deshalb werde ich einen Teil meines Wissens nutzen. Glaubt mir, Anavar, ich erkenne an, welche Leistungen Ihr Menschen vollbringt, besonders wenn man bedenkt, wie kurz Eure Lebensspanne ist."

„Hm." Anavar nickte zögernd. „Wie wollt Ihr nun das Gehäuse der Schnecke nutzen, Hoher Rat Mionas?"

Während der elfische Gelehrte es ihm erklärte, sah ihn Anavar mit wachsender Verblüffung an. Und seine Ausführungen waren nicht die einzige Überraschung, die der Elf für ihn bereithielt.

„Kommt, Hoher Rat Anavar, lasst uns sehen, was davon wir bewerkstelligen können, mit der vereinten Kraft unseres Geistes und unserer Arme."

Während die beiden Männer, in ihre Überlegungen vertieft, durch jeden Raum der „Melan'tasta" gingen und jedes Bauteil genau untersuchten, brachten Gardisten den gefangenen Segelführer des Schiffes zum Haus des Ältestenrates.

Entlang des Weges von der Werft zum großen Platz standen die überlebenden Bewohner der Stadt, und als sie erkannten, wen man dort zum Rat führte, wurden Flüche und Drohungen laut. Einige Männer und Frauen versuchten sich dem Segelführer zu nähern und ihn zu schlagen, und die Gardisten hatten zunehmend Mühe, den Mann vor dem Zorn der Bevölkerung zu schützen. Immer mehr Menschen liefen zusammen, und der offene Ausbruch von Gewalt drohte. Erst als ein Beritt zu Pferd auftauchte und die Menge zerstreute, gelang es, den Korsaren, wenn auch leicht lädiert, ins Gebäude des Rates von Gendaneris zu schaffen.

Trotz seiner wenig beneidenswerten Lage gab sich der Mann keineswegs unterwürfig. Im Gegenteil, mit hoch erhobenem Haupt und durchaus selbstbewusst trat er, flankiert von zwei Gardisten, in den Raum, in dem der Rat sowie Daik ta Enderos, einige Elfen und Nedeam und Dorkemunt saßen. Man hatte sich Zeit gelassen, den Segelführer vorzuführen, um sich auf die Fragen vorzubereiten, die man ihm stellen wollte.

„Ich bin Mank ta Heros, Hochgeborener und Ältester von Gendaneris", stellte der Hochgeborene sich vor und sah den Korsaren hochmütig an. „Ich erwarte, dass Ihr unsere Fragen rasch und getreulich beantwortet."

Der Segelführer sah den Hochgeborenen, der den Vorsitz bei dem Verhör führen sollte, spöttisch an. „Ich bin Bilun-Mar T'os, Segelführer des Kampfschiffes ‚Melan'tasta' vom Schwarm der Dornfische. Warum sollte ich deine Fragen beantworten, Landmann? Ich weiß, dass ich nicht mit Gnade zu rechnen habe, und würdest du mir solche versprechen, so würde ich dir nicht glauben. Also werdet ihr nicht mehr von mir erfahren, als ich euch soeben gesagt habe."

Mank ta Heros wurde bleich. „Ihr widersetzt Euch meiner Forderung?"

„Was habe ich zu verlieren?"

Der Hochgeborene fuhr herum, als Dorkemunt leise auflachte.

„Entschuldigt, Hochgeborener", sagte der kleine Pferdelord achselzuckend, „aber dieser Schwarmmann hat recht. Er weiß, dass sein Leben verwirkt ist. Warum sollte er Euch, seinem Feind, mit Informationen nützlich sein?“

Ta Heros’ Augen verengten sich. „Weil es einen Unterschied für diese Bestie bedeutet, auf welche Weise sie sterben wird. Wir können ihm einen langen und schmerzhaften Tod bereiten.“ Er sah den Korsaren drohend an. „Sehr lang und sehr schmerzhaft.“

„Tu mit mir, was immer du willst“, erwiderte Bilun-Mar und spuckte aus. Umgehend traf ihn der Schlag eines Gardisten ins Gesicht. Er sah ihn kommen, doch er wich nicht aus und nahm ihn hin. Blut tropfte von seiner aufgeplatzten Lippe auf den Boden.

Bei diesem Anblick erhob sich Dorkemunt und stieß den Stiel seiner Axt mit hartem Schlag auf den Boden. Auch diesmal hatten weder er noch Nedeam auf ihre Waffen verzichtet. „Was soll das?“, sagte er mit harter Stimme. „Einen Feind im Kampf zu töten, das ist ehrenhaft. Es danach zu tun, mag manchmal ebenfalls erforderlich sein. Aber ihn dabei sinnlos zu quälen, das tun nicht einmal die blutrünstigen Orks.“

„Seid kein Narr, Pferdelord“, erwiderte ta Heros aufbrausend. „Diese Bestie ist kein Mensch und verdient keinerlei Schonung. Bedenkt, was der Schwarm unserer Stadt Gendaneris angetan hat. Denkt an die Männer, Frauen und Kinder, die von ihm abgeschlachtet wurden, und an die Frauen, die nun in der Hand der Bestien sind! Nein! Diese Kreatur verdient kein Erbarmen!“

„Das mag sein.“ Erneut stieß Dorkemunt seine Axt auf den Boden. „Aber keine Kreatur verdient es, sinnlos gequält zu werden. Auch wenn sie den Tod vielleicht verdient hat.“

„Beruhigt Euch, guter Herr Dorkemunt“, meldete sich der Hochgeborene Daik ta Enderos zu Wort. „Auf andere Weise wird uns diese Bestie mit Sicherheit nichts verraten.“

„Und wenn“, brummte der kleine Pferdelord, „mag er doch sein Wissen für sich behalten.“

„Unmöglich, wir sind darauf angewiesen.“ Ta Heros deutete auf den gefesselten Schwarmmann. „Legt ihm den Augengurt an, dann wird er schon sprechen.“

„Was, bei den Finsteren Abgründen, hat es mit dem Gurt auf sich?“ Dorkemunt wies mit der Axt auf einen der Gardisten, der einen ledernen Riemen hervorholte, in dem sich zwei Knoten befanden.

„Er wird ihm über die Augen gebunden“, erklärte Daik mit leiser Stimme. „Die Knoten liegen direkt über den Augäpfeln. Verdrillt man die Schnur ein wenig, pressen sich die Knoten immer fester gegen die Augen. Bis sie platzen. Es ist sehr schmerzhaft, guter Herr Dorkemunt.“

Dorkemunt erbleichte ein wenig, und nun erhob sich auch Nedeam und trat mit entschlossenem Gesichtsausdruck neben den Freund. „Niemals. Einen Feind sinnlos zu quälen, ist nicht die Art des Pferdevolkes.“

„Dann entfernt Euch“, entgegnete ta Heros gleichmütig. „Ihr braucht ja nicht zuzusehen.“

Der gefesselte Korsar versuchte, den Kopf zur Seite zu drehen, aber zwei weitere Gardisten sprangen hinzu und hielten den Mann unbarmherzig fest.

„Halt!“ Auch Lotaras erhob sich, als der Gardist den Augengurt anhob. „Dieser Mann ist ein Mensch, behandelt ihn als solchen.“

Daik räusperte sich. „Was wollt Ihr, Herr Elf? Es ist ein durchaus übliches Verfahren, Verbrecher zu bestrafen. Diebe, Mörder und anderes Gesindel.“

In den Marken des Pferdevolkes gab es weder Diebstahl

noch Mord. Sicher, es hatte immer wieder Streit unter Betrunkenen und dabei auch schon Tote gegeben, aber das geschah unabsichtlich, und der Täter musste für den Rest seines Lebens mit der Schande leben und für die Hinterbliebenen des Toten sorgen. Vermochte er dies nicht, kam der Pferdefürst dafür auf. Kein Mensch des Pferdevolkes nahm einem anderen absichtsvoll Besitz oder Leben, dergleichen war unvorstellbar. Für Nedeam und Dorkemunt waren solche Taten daher schwer nachzuvollziehen, ebenso wie die Strafe, die im Reich der weißen Bäume dafür offenbar üblich war.

„Was für ein Volk müssen die Alnoer sein, dass sie einander nach Eigentum und Leben trachten?“, raunte Nedeam bedrückt zu Dorkemunt gewandt. „Es hieß, sie seien ein stolzes, freundliches und ehrenhaftes Volk. Ich kann nur wenig davon entdecken.“

Die anderen hatten seine leisen Worte vernommen, und Daik ta Enderos erhob sich nun ebenfalls. „Eine Bestie der See soll nicht der Grund sein, dass Groll zwischen uns entsteht. Wenn es der Tradition des Pferdevolkes widerspricht, Qual mit Qual zu vergelten, so will ich in diesem Fall lieber auf die Befragung des Schwarmmannes verzichten.“ Er sah die Gardisten an. „Tötet ihn.“

„Halt!“ Diesmal war es ta Heros, der protestierte und gebieterisch die Hand hob. „Erst soll diese Kreatur uns sagen, was wir wissen wollen.“

„Ihr wollt es nicht begreifen, nicht wahr?“ Dorkemunt schüttelte den Kopf. „Dieser Mann ist ein Krieger, ta Heros, auch wenn Ihr das nicht akzeptieren mögt. Er hat in Ehren gekämpft und so das Recht erworben, auch in Ehren zu sterben. Er wird den Tod hinnehmen, Euch aber nichts verraten.“

„Ihr könnt mich töten“, fluchte der Segelführer grimmig.

„Doch ihr werdet nichts erfahren, was ihr nicht schon wisst. So wie ihr eure Stadt und euer verfluchtes Land schützen wollt, werde ich für meinen Schwarm eintreten."

„Wohl gesprochen", brummte Dorkemunt.

Lotaras räusperte sich. „Es wäre schändlich, diesen Mann zu quälen. Der Augengurt ist ein barbarisches Werkzeug, und auch wenn unsere Ältesten und mein Vater in Gefahr sind, kann ich seine Anwendung nicht billigen."

„Wir brauchen Auskunft über die Heimat der Korsaren, und nur dieser Mann kann sie uns geben", schrie ta Heros erregt, der nun die Fassung verlor. „Gendaneris hat schwer gelitten, das ganze Reich Alnoa leidet beständig unter den Überfällen dieser Brut! Es ist unser Recht …"

„Schweigt." Daiks ruhige Stimme brachte den Hochgeborenen zum Verstummen. „Nur vereint können wir gegen die Schwärme angehen. Dieser Gefangene darf keinen Zwist zwischen uns säen, versteht das bitte, Hochgeborener ta Heros. Eure Stadt hat gelitten, das ist wahr. Doch dieser Mann wurde von den beiden Kriegern des Pferdevolkes überwältigt. Ich denke, es ist ihr Recht, ihrer Tradition gemäß über sein Schicksal zu bestimmen."

Ta Heros wollte wütend widersprechen, aber etwas in Daiks Augen veranlasste ihn einzulenken. Sich mühsam beruhigend, wies er auf die beiden Pferdelords. „Euer Gefangener. Eure Entscheidung."

Daik gab den Gardisten einen Wink, worauf diese den Augengurt abnahmen und den Korsaren auf die Beine stellten. Der Blick, den er nun den beiden Pferdelords zuwarf, verriet Verwirrung und Erleichterung, aber auch die Unbeugsamkeit seines Willens.

Dorkemunt und Nedeam erkannten, dass nicht Arroganz

ihn leitete, wie es etwa bei ta Heros oder dem stellvertretenden Reiterkommandeur ta Valos der Fall war, sondern jener unnachgiebige Stolz, den auch die Pferdelords empfanden.

„Er ist uns ähnlich“, flüsterte Nedeam.

„Ich hoffe, nicht zu sehr“, erwiderte Dorkemunt ebenso leise. „Sonst wird es ein verflucht harter Ritt gegen die Korsaren.“

„Wir werden nicht reiten, mein Freund, sondern mit den Schiffen fahren müssen.“

„Ja, aber glaube mir, ich würde mich wohler fühlen, wenn ich meinen alten Wallach unter mir spüren könnte.“

„Eure Entscheidung?“ Ta Heros’ Stimme war kalt und hart.

„Wir sollten ihn am Leben lassen“, sagte Dorkemunt zögernd.

„Schön, dann schafft ihn fort“, wies Daik die Wachen an.

Als sie den Segelführer mit sich zerren wollten, warf dieser Dorkemunt einen forschenden Blick zu und befreite sich dann mit einem Ruck. Sofort stürzten sich die Gardisten wieder auf ihn, aber auf einen Wink des kleinen Pferdelords hin traten sie zurück.

„Ihr wolltet uns hier doch etwas mitteilen, Segelführer der ‚Melan’tasta‘?“

„Ja, das will ich.“ Der Korsar schien einen Augenblick zu überlegen und lächelte dann unmerklich. „Ich werde euch Landmännern nichts verraten, was die Schwärme schädigen könnte. Aber du, Mann mit dem zerrissenen Umhang, du hast in Ehre gekämpft, und dir will ich in der Tat etwas anvertrauen. Vielleicht euch allen. Man wird einen Teil der Frauen und die gefangenen Elfen auf die Insel Um’briel bringen. Um’briel ist stark, ihr Landmänner. Stärker, als ihr es euch vorstellen könnt. Wenn ihr versucht, es mit Gewalt zu nehmen, findet ihr den Tod. Die Frauen wird man auf dem Markt der Insel versteigern, denn alle Schwärme brauchen frisches Blut. Aber es gibt auch noch andere Dinge, die ein Schwarm benötigt. Vielleicht könnt ihr die eine oder andere Frau dagegen eintauschen. Aber hütet euch. Was man mit Gewalt genommen hat, mag man leichter wieder opfern."

Dorkemunt nickte bedächtig. „Ich danke Euch für diese Worte, Bilun-Mar."

Nachdem der Gefangene hinausgebracht worden war, begannen erregte Stimmen durcheinanderzuschwirren. Vor allem zwischen Daik ta Enderos und Mank ta Heros fielen unfreundliche Worte. Ihre Sätze waren mit Höflichkeiten gespickt, aber es war unverkennbar, dass beide Männer einen kaum verhohlenen Streit miteinander austrugen, den Daik am Ende für sich entscheiden konnte.

Schließlich verließ der Hochgeborene ta Heros mit mühsam unterdrücktem Zorn den Saal des Rates. Daik blickte ihm hinterher, bis die Tür wieder zufiel, dann zuckte er die Schultern. „Seht es ihm nach, Ihr Herren und Hohe Frau", er verneigte sich kurz in Llaranas Richtung, „der Hochgeborene ist kein Mann des Schwertes und kann unser Denken nicht nachempfinden. Auch mir fällt es schwer, einen Mann des Schwarms zu verschonen. Die Bestien der See unterscheiden sich nicht sonderlich von den Orks des Schwarzen Lords, die unsere Grenzen bedrohen."

„Wir gewähren den Orks keine Gnade", entgegnete Dorkemunt leise. „Aber sie sind auch keine Menschen. Seht, Kommandeur Daik, vor etlichen Jahreswenden ritten mein Freund Nedeam und ich gemeinsam ins Dünenland. Dort trafen wir auf alte Feinde, die Clans der Wüste. Einst haben sie unser

Volk aus seiner angestammten Heimat vertrieben. Wir haben gegen sie, die Turiks des Sandvolkes, gekämpft, und sie erwiesen sich als ehrenhafte Krieger."

„Was wollt Ihr damit sagen, guter Herr Dorkemunt?" Daik sah den Pferdelord forschend an.

„Nun, die Turiks sind ebenfalls Menschen wie wir. Auch sie wollen letztlich nicht mehr als in Sicherheit zu leben. Heute treiben wir Handel mit ihnen. Wir sind keine Freunde, aber wir respektieren einander, und der Handel bringt beiden Seiten Nutzen."

„Seltsame Worte aus dem Mund eines Kriegers", brummte Daik.

„Im Kampf ist es die Aufgabe eines Kriegers, zu töten." Dorkemunt lächelte gutmütig. „Aber das heißt nicht, dass er das Leben nicht schätzt."

„Worauf wollt Ihr hinaus? Auf einen Handel mit den Bestien?"

„Ich meine nur", Dorkemunt sah Daik und die anderen eindringlich an, „wir sollten auf alles vorbereitet sein. Auf wirklich alles."

24

Aus Richtung der Werft waren Hämmern und Sägen zu hören. Gelegentlich hallte der Ruf einer Wache von den Wehranlagen oder aus den Straßen der Stadt durch die Nacht herüber, aber ansonsten herrschten Dunkelheit und Stille. Nur an den Straßenkreuzungen warfen Brennsteinlampen einen matten Schein, die Wege und Häuser der Stadt Gendaneris hingegen lagen im Dunkeln. Selbst der Mond und die Sterne waren verdeckt, denn der nächtliche Himmel war von Wolken verhangen und ein leichter Nieselregen fiel.

Die Streifen, die in den stillen Straßen nach möglichen Bränden spähten, mochten den Regen als angenehm empfinden, aber sie waren sicher die Einzigen, denn die Nässe ließ die Kleidung der Menschen feucht werden, die jetzt noch unterwegs waren.

Rolwart wischte missmutig mit der Hand über seinen feuchten Harnisch. „Verfluchtes Wetter“, brummte er. „Am Ende meiner Wache werde ich froh sein, endlich wieder ins Trockene zu kommen.“

Heinrod nickte und stützte sich auf seinen Schild. „Diese Nässe ist übel. Wir werden Zehnteltage brauchen, um den Rost von unseren Rüstungen zu schaben und sie wieder zu polieren. Du kennst ja den Hauptmann, er legt Wert auf blitzendes Metall.“

„Der muss auch nicht in der Nacht draußen stehen, um diesen verfluchten Schwarmmann zu beschirmen.“ Rolwart spuckte aus. „Da haben es die beiden Wachen im Haus besser getroffen.“

Heinrod seufzte und blickte die Gasse hinunter in Richtung Hafen. „Wenigstens sind wir nicht die Einzigen, die in dieser Nacht keinen Schlaf finden. In der Werft geht es hoch her. Die haben alle Lampen angezündet und arbeiten unentwegt an diesen Schiffen."

„Vergebliche Mühe, wenn du mich fragst." Rolwart wischte erneut Wasser von seiner Rüstung und fluchte dabei. „Unsere ganze Marine wäre nicht in der Lage, mit den Schwärmen fertig zu werden. Nicht einmal mit einem Schwarm. Was sollen da schon zwei Schiffe vollbringen? Ich sage dir, die Weiber und diese Elfen sind verloren. Es hat keinen Sinn, ihnen weitere Seelen folgen zu lassen."

„Ja, ebenso wenig wie diesen Schwarmmann am Leben zu lassen. Wozu soll das nutzen? Er ist ein Korsar, eine Bestie der See. Ich sage dir, Rolwart, ich kann verstehen, wenn die guten Leute von Gendaneris ihm den Schädel einschlagen wollen. Ich hätte selbst nicht übel Lust dazu."

„Wenigstens bräuchten wir uns dann nicht mehr die Beine in den Bauch zu stehen." Rolwart sah den anderen Gardisten nachdenklich an. „Dieser Daik sucht nach Männern, die die Schiffe bemannen. Er braucht Freiwillige. Wirst du dich melden?"

„Ich bin schon lange bei der Stadtgarde von Gendaneris, wie du weißt. Und das Erste, was ich hier lernte, war, mich zu keinem Dienst freiwillig zu melden. Er ist auch so schwer genug."

„Diese Reiter und Fußgarden aus Alneris sind anders. Sie sind begierig auf einen Kampf."

Heinrod nickte. „Die städtischen Garden schützen die Wälle einer Stadt, die Garde des Königs muss die Grenzen und das ganze Land sichern. Eine schwere Aufgabe und sicherlich undankbar. Man hört ja immer wieder von kleinen Scharmützeln mit den Orks und den südlichen Barbaren. Die königliche Garde ist es gewöhnt, umherzustreifen, aber ich bin ein Gardist der Stadt Gendaneris. Meine Aufgabe ist es, unsere Mauern zu schützen, und nicht, mich auf ferne Abenteuer einzulassen."

„Da kommt jemand." Rolwart richtete sich ein wenig auf und spähte in die Dunkelheit der Gasse. „Ich kann Schritte hören."

„Vielleicht hat der Hauptmann bei diesem Wetter ein Einsehen und lässt uns ablösen", sagte Heinrod hoffnungsvoll.

Das Haus, in dem der gefangene Segelführer Bilun-Mar bewacht wurde, lag in einer kleinen Gasse, die unmittelbar in die Hauptstraße mündete. Es hatte in dem Haus gebrannt, aber die Schäden hielten sich in Grenzen. Da jedoch seine Einrichtung zerstört war, war es im Augenblick unbewohnt, und so hatte man es gewählt, um den Gefangenen darin unterzubringen. Das Gebäude war nicht weit vom Großen Platz entfernt und relativ klein, zudem ließ es sich leicht bewachen. Bilun-Mar war in Ketten gelegt, und die Wachen glaubten nicht, dass er einen Fluchtversuch wagen würde. Wohin sollte er auch fliehen?

„Verfluchte Finsternis." Heinrod sah in die Richtung, aus der die Schritte nun ganz nah klangen. „Wer nähert sich dort?", rief er mit gedämpfter Stimme. „Gebt Euch zu erkennen."

„Ich bringe einen heißen Trunk für die Männer der Garde", war eine angenehme Stimme zu hören, und die beiden Gardisten blinzelten erfreut, als sie ihre Besitzerin erblickten, die nun mit einem dampfenden, zum Schutz gegen die Nässe abgedeckten Krug in Händen neben sie trat.

„Ihr habt Glück gehabt, schöne Frau, dass Euch die Bestien nicht entdeckt haben", sagte Heinrod plump. „Sie schätzen prachtvolle Weiber."

Die junge Frau lachte leise. „Die tapfere Garde von Gendaneris hat mich wohl behütet."

„Ein Glück für diese Stadt." Rolwart leckte sich über die Lippen und sah zu, wie die Frau zwei Becher unter ihrem Umhang hervorholte. „Ich habe Euch noch nie gesehen, gute Frau. Ein Weib von solch wohlgeformter Gestalt wäre mir wohl aufgefallen."

Sie drückte den beiden Wachen die Becher in die Hand und schenkte heißen Tee ein. Die Gardisten fühlten dankbar die Wärme, die von dem Getränk ausging.

„Ich bin noch nicht lange in Gendaneris", bekannte sie lächelnd. „Ich stamme aus einem Dorf in der Nähe von Mintris. Aber ich hatte immer davon geträumt, in eine große Stadt zu ziehen." Die junge Frau setzte den Krug ab. „Gibt es noch weitere Wachen, die uns vor der Bestie der See schützen und einen heißen Trank zu schätzen wissen?"

„Es sind noch zwei im Haus."

„Dann will ich auch ihnen etwas bringen, wenn Ihr nichts dagegen habt, Ihr braven Gardisten."

„Rolwart, stets zu Euren Diensten, schöne Frau." Er grinste breit und nippte an dem Tee, während die Frau mit dem Krug ins Haus trat. Für einen flüchtigen Augenblick wurde der matte Schimmer einer Lampe sichtbar, als sich die Tür öffnete und wieder schloss.

„Prachtvolles Weib", knurrte Rolwart anerkennend. „Bildschön. Hast du ihr liebliches Gesicht gesehen und die langen schwarzen Haare?"

„Bin ja nicht blind", brummte Heinrod. „Mit der könnte man eine Menge Spaß haben."

„Das will ich meinen."

„Du machst mir beinahe den Eindruck, als wolltest du dich

an ihr versuchen."

„Warum auch nicht? Sie scheint allein zu sein, und ich habe eine gute Position in der Garde. So etwas macht Eindruck auf die Frauen, das sage ich dir. Außerdem sehe ich gut aus, auch das gefällt ihnen."

Heinrod grinste. „Die Tage sind vorbei, mein Freund. Du bist zwar im Rang vorangekommen, das ist wahr, aber das gilt auch für deinen Bauch. Denke nur daran, wie du dich morgens quälst, um deine Rüstung anzulegen."

Rolwart wollte etwas erwidern, als er aus dem Haus ein leises Klirren hörte. Er hob den Kopf und horchte. „Hast du das gehört?"

„Was gehört?"

„Na, das Klirren."

Heinrod schüttelte den Kopf. „Ich habe nichts gehört."

Rolwart leckte sich über die Lippen und schmeckte noch immer den süßlichen Tee. „Ich will lieber einmal nachsehen."

„Wozu? Wenn etwas wäre, hätten die Wachen im Haus längst Lärm geschlagen."

Rolwart gähnte herzhaft. „Dennoch, ich will nachsehen. Ich bin der Wachführer und verantwortlich."

„Alles ist ruhig." Heinrod grinste. „Das ist doch nur ein Vorwand, um nach diesem Weib zu sehen."

Rolwart gähnte erneut und machte eine abwehrende Handbewegung. Er lehnte den schweren Schild an die Hauswand, dann ging er zur Tür, öffnete sie und spähte in den Flur, einen schmalen, kurzen Gang, von dem drei Räume abzweigten. Den Schwarmmann hielt man in dem größten von ihnen gefangen. Die Tür zu der provisorischen Zelle stand halb offen, und aus dem Spalt drang das schwache Licht der Brennsteinlampe in den Flur.

„Alles in Ordnung?", fragte Rolwart und unterdrückte mühsam ein Gähnen.

Irritiert runzelte er die Stirn, als keine Antwort kam. Er glaubte abermals ein schwaches Geräusch zu vernehmen, war sich aber nicht sicher. Unentschlossen strich er sich über das Kinn, dann ging er durch den Flur. „Männer der Garde?"

Das Schweigen beunruhigte ihn. Eher unbewusst legte er die Hand an den Griff seines Schwertes, bevor er sich am Türrahmen abstützte und vorsichtig ins Zimmer sah.

Sein erster Blick fiel auf den Krug, der zerbrochen am Boden lag. Er drückte die Tür ganz auf und starrte benommen auf die junge Frau, die unmittelbar vor ihm stand. Ihr schönes Gesicht war mit Blut bespritzt, und Rolwart sah entsetzt die leblosen Körper der beiden Gardisten am Boden liegen und ein Stück abseits, auf der Bettstatt, den gefangenen Korsaren, gefesselt und mit durchschnittener Kehle.

Rolwart wollte einen Alarmschrei ausstoßen und sein Schwert ziehen, aber er fühlte sich auf einmal seltsam schwach und brachte nur ein hilfloses Krächzen hervor. Die schöne Frau lächelte kalt, und das Blut auf ihrem Gesicht ließ ihre Züge zu einer verzerrten Fratze werden. Rolwarts Beine gaben nach, er sackte, begleitet vom leisen Scheppern der Rüstung, auf die Knie und starrte die Frau entsetzt an.

„Ich würde dir gerne mehr Zeit widmen", sagte sie mit ihrer angenehmen Stimme. „Aber ich bin leider ein wenig in Eile."

Sie griff unter sein Kinn, drückte seinen Kopf zurück, und Rolwart spürte einen heißen Schmerz und warme Nässe, die an seinen Hals herabsickerte. Er wusste, dass sie ihm die Kehle durchtrennt hatte, und sah sie fassungslos an, während das Leben aus seinem Körper wich.

Die schöne Frau mit den langen schwarzen Haaren ließ

seine Leiche langsam nach vorne sinken, um unnötigen Lärm zu vermeiden. Sie warf einen letzten Blick auf den toten Schwarmmann und lachte leise. „Du warst immer schon scharf auf mich, Bilun-Mar T'os. Nun hast du die Schärfe der Dornenhand kennengelernt. Ich hoffe, du hast es zu schätzen gewusst."

Dann wandte sie sich um, huschte durch den Flur zur Tür und öffnete sie.

Heinrod war an der Hauswand zu Boden gesunken. Die Dornenhand beugte sich zu ihm hinab, durchtrennte auch seinen Hals und betrachtete dann missmutig das Blut, das sie bedeckte. Glücklicherweise war es dunkel. Sie würde rasch das Haus aufsuchen, das sie als Unterkunft genommen hatte, und sich dort säubern.

Bislang war sie unerkannt geblieben. Als die Garde Gendaneris zurückerobert hatte, war es ihr nicht mehr gelungen, rechtzeitig auf die Schiffe des Schwarms zu gelangen. Sie hatte eine junge Frau getötet, um ihre verräterische Schwarmkleidung gegen die ihres Opfers zu tauschen, und so konnte sie sich nun relativ frei in der Stadt bewegen. Mit den Wagenzügen waren auch Heiler und Hilfskräfte nach Gendaneris gekommen, sodass niemand Anstoß daran nahm, dass ihr Gesicht unbekannt war.

Sie hatte Bilun-Mar erkannt, als man ihn vom Hafen zum Haus des Rates brachte, und sie kannte ihre Pflicht dem Schwarm gegenüber. Sie wusste auch schon, was die Landmänner planten, denn die Mitglieder der Garde wurden geschwätzig, wenn sie ein hübsches Weib erblickten, und waren dann völlig arglos.

Doch Bejad-Maru, die Dornenhand, würde sie rasch belehren, dass es keine Sicherheit innerhalb der Mauern von Gendaneris gab.

25

Elodarion stützte sich leicht auf einen der Seeelfen. Er brauchte sein Unwohlsein gar nicht zu spielen, denn die See war ziemlich unruhig. Wind und Wellengang waren stärker geworden, und die Elfen der See versicherten, dass ein schwerer Sturm im Anmarsch war. Die „Wa'gosa", das Führungsschiff des Schwarms der Dornfische, wiegte sich in der Dünung und war schon mehrfach gegen das benachbarte Schiff der schwimmenden Stadt gestoßen. Einmal sogar so stark, dass zwei der Plankenstege aus ihren Verankerungen gerissen worden waren.

Soeben hatte man die elfischen Gefangenen in zwei getrennten Gruppen an Deck geführt. Sie sollten Um'briel in guter Verfassung erreichen, und die Männer des Schwarms wollten vermeiden, dass die elfischen Wesen zu sehr unter der Enge des Gefängnisses und der stickigen Luft dort litten. Jalan und Elodarion hatten es geschafft, in derselben Gruppe zu bleiben, und befanden sich nun zwischen den beiden vorderen und hinteren Masten des riesigen Schwarmschiffes. Um sie herum herrschte hektische Betriebsamkeit, und man beachtete die Elfen kaum. Allerdings hätten sie auch keine Möglichkeit zur Flucht gehabt. Die Verbindungen zur Stadt waren unterbrochen, und deren Bewohner waren den Elfen ebenso feindlich gesinnt wie das Meer, das sie umgab.

Elek-Mar war aus dem Heckaufbau der „Wa'gosa" hervorgetreten und über eine der beiden kleinen Treppen zum Ruder seines Schiffes geschritten. Die Arme in die Seiten gestemmt, glich er die Bewegungen des Rumpfes aus und musterte kritisch das Meer und die schwimmende Stadt. Elodarion und Jalan schritten langsam weiter zum Heck hinüber, zwischen Gruppen von Korsaren hindurch, die an Leinen und Segeln bereitstanden und auf Elek-Mars Kommandos warteten.

Segu-Mar, Stellvertreter des Schwarmführers, kam vom Bug zum Heck gelaufen und trat neben Elek-Mar, den er ernst ansah. „Die Leinen werden dem Druck nicht lange standhalten. Wir müssen uns ganz von der Stadt lösen, sonst brechen sie, oder die ‚Wa'gosa' wird so heftig gegen die ‚Miniat'tasta' geworfen, dass einer von uns Schaden erleidet."

Die „Miniat'tasta" war der Kampfsegler, der längsseits lag und zur äußeren Begrenzung der Stadt gehörte. Sie war etwas kleiner als das Führungsschiff, und vor wenigen Augenblicken war eines der Querhölzer von ihrem zweiten Vordermast herabgebrochen und mitsamt Segeln, Leinen und Rollen auf das Deck des Schiffes geschlagen. Dabei hatte es Tote und Verletzte gegeben.

„Du hast recht", stimmte Elek-Mar zu. „Der Wind wird immer stärker. Es dürfte einen schweren Sturm geben, etwas ungewöhnlich für diese Jahreszeit und Meeresgegend. Wir werden die Leinen lösen und von der Stadt freikommen müssen."

Der Schwarmführer sah auf das schwimmende Mosaik aus Schiffen. Vor wenigen Zehnteltagen noch hatte es wie eine feste Plattform im Meer gewirkt, über der die Masten der einzelnen Segler emporragten. Der zunehmende Wellengang hob und senkte diese nun in seinem Rhythmus, sodass sich die Decks der Schiffe im einen Moment hoch über denen ihrer Nachbarn befanden, um im nächsten dann tief unter sie in ein Wellental hinabzusacken.

„Wir müssen auch die Stadt auflösen", meinte Segu-Mar. „Noch reitet sie auf den Wellen, aber wenn der Sturm erst richtig einsetzt, wird er die Schiffe gegeneinanderschmettern."

Elek-Mar nickte. „Gebt das Signal an den Schwarm! Wir lösen die Stadt auf! Und setzt die Flaggen für den Kurs auf Um'briel, die Insel ist ohnehin unser Ziel."

Am hinteren Mast wurden mehrere farbige Tuchstreifen entrollt, die lang im Wind auswehten. Ihre verschiedenen Farben hatten für die benachbarten Schiffe offensichtlich eine bestimmte Bedeutung, denn nun wurden auch an anderen Masten identische Tücher gehisst.

„Der Schwarm bestätigt", meldete Segu-Mar. „Hoffentlich ist er rasch genug."

Der Wind war ungeheuer plötzlich angeschwollen und hatte die erfahrenen Korsaren überrascht. Noch immer waren mehrere der kleinen Fischfangboote draußen, die nun hastig auf die schwimmende Stadt zugerudert kamen. Doch gegen den Wellengang hatten die Besatzungen schwer anzukämpfen.

Vor allem die Elfen der See konnten sich gut vorstellen, was nun auf den Schiffen des Schwarms vor sich ging, und es sprach für die Erfahrung und Disziplin der Korsaren, wie schnell die erforderlichen Handlungen durchgeführt wurden.

Überall enterten nun Matrosen in die Masten auf. Da die Schiffe eng aneinander vertäut lagen, hatte man die Querhölzer der Masten längs zur Schiffsrichtung fixiert, sodass sie bei den unvermeidbaren Bewegungen der Rümpfe keinen Schaden nahmen. Nun mussten sie wieder quer zum Rumpf ausgerichtet werden, zudem mussten die Segel gelöst und gesetzt und durch die Rollen und Leinen so bewegt werden, dass sie den Wind einfingen. Um zu vermeiden, dass man sich dabei gegenseitig behinderte, wurden diese Arbeiten zunächst von den außen liegenden Schiffen durchgeführt. Sobald sich diese dann von der Stadt gelöst hatten, konnten die nächsten beginnen. Für die innen liegenden Schiffe bedeutete dies eine unangenehme, ja sogar gefährliche Verzögerung.

Mit dem Setzen der Segel und dem Aufnehmen der Fahrt war es jedoch nicht getan.

Frauen und Kinder mussten unter Deck gebracht werden, ebenso alle Dinge, die sich auf den Decks befanden und nicht zur Schiffsführung benötigt wurden. Alle Fracht, das Vieh und lose Gegenstände mussten gesichert oder beaufsichtigt werden. Die offenen Luken in den Getreideschiffen und Viehschiffen wurden bedeckt und fest verschlossen, während die Stadt langsam zerfiel und sich immer mehr Schiffe aus dem festen Verbund lösten.

„Der Sturm kommt von Südwesten", stellte Segu-Mar fest.

Elek-Mar leckte sich über die Lippen und starrte auf die Segel und bunten Stoffstreifen am Mast. „Wir müssen neuen Kurs legen. Er darf uns nicht von der Seite packen. Wir müssen ihn hinter unseren Segeln sammeln und abreiten."

„Aber so wenig Segel wie möglich. Er wird stark."

Die „Miniat'tasta" war ebenfalls freigekommen und folgte jetzt dem Kurs des Führungsschiffes. Auf den Querhölzern ihrer Masten waren Korsaren zu erkennen, die gegen die störrischen Segel ankämpften. Der Wind begann nun Regen mitzuführen, der die Leinwand durchnässte. Es war bestimmt kein Vergnügen, hoch oben in den Masten gegen Wind und Tuch zugleich anzukämpfen. Die Männer des Schwarms standen mit nackten Füßen auf den Leinen, die unterhalb der Querhölzer gespannt waren, beugten sich weit über die Hölzer und versuchten dabei, die vom Wind bewegten feuchten Tücher in den Griff zu bekommen. Einer der Männer schaffte es nicht. Der starke Wind drückte das Segel überraschend gegen ihn, und er verlor den Halt und stürzte aus beträchtlicher

Höhe auf das Deck seines Schiffes.

„Eine Hand für das Schiff und eine Hand für dich selbst“, murmelte einer der Seeelfen.

„Auch zwei Hände hätten ihn nicht retten können“, erwiderte ein anderer. „Die Böe war zu stark und der Sturz zu tief. Selbst wenn er ins Wasser gefallen wäre, hätte es ihm die Knochen gebrochen.“

Hinter den Schiffen türmte sich eine dunkle Wolkenwand, die beständig schwärzer wurde, über der See auf. Sie näherte sich rasend schnell und hüllte die Schiffe in immer dichteren Regen, der die Planken und Leinen schlüpfrig machte. Die Rümpfe der Schiffe schimmerten nass und wirkten seltsam metallisch. Auf den Wellen bildete sich nun schaumige Gischt, und die Schiffe tauchten in zunehmend tiefe Wellentäler und richteten sich schwerfällig wieder auf, bevor sie den nächsten Wellenkamm nahmen. Spritzwasser klatschte dabei immer wieder in dichtem Schwall über die Männer.

Elodarions leichte Übelkeit war verschwunden. Er war fasziniert von dem ungewohnten Schauspiel, das sich ihm darbot. Er kannte die schweren Gewitterstürme des Landes, aber er hatte dergleichen noch nie auf dem Meer erlebt. Die Holzverbände der „Wa'gosa“ schienen zu beben, wenn das Schiff in ein tiefes Wellental eintauchte. Man hörte das wuchtige Klatschen, mit dem der Bug ins Wasser sackte, das Knarren des Holzes und das seltsame Summen der bis zum Äußersten beanspruchten Leinen.

„Das Ruder der ‚Miniat'tasta‘ ist gebrochen!“, brüllte ein Korsar und wies auf das andere Schiff.

Automatisch blickten sie zu dem Kampfsegler hinüber, der ihnen folgte und zuvor bereits leichten Schaden erlitten hatte. Nun schien auch noch die Verbindung zwischen dem Ruderbalken und dem breiten Ruderblatt gebrochen zu sein, denn die Korsaren auf dem Heck der „Miniat'tasta" waren in wildem Durcheinander gestürzt, und nun wiesen Balken und Ruder in verschiedene Richtungen. Doch ohne den Gegendruck des Ruders drehte sich das Schiff sofort quer zum Sturm.

Elek-Mar schlug erbittert auf den Handlauf der Heckreling. „Sie wird es nicht schaffen. Der Sturm ist zu stark. Sie müssen Segel bergen, sonst sind sie verloren."

„Sie sind schon dabei." Segu-Mar rannte auf die Seite, die dem in Not geratenen Schiff zugewandt war.

Verzweifelt versuchten die Männer auf der „Miniat'tasta" die Segel einzuholen, damit der Wind das Schiff nicht auf die Seite drückte. Der Sturm kam nicht gleichmäßig, sondern in unregelmäßigen Böen, und jede von ihnen schien den Rumpf erzittern zu lassen. Die Geschützluken der einen Seite befanden sich mal weit über dem Wasser und tauchten dann wieder tief ein. Was nicht befestigt war, musste sich bei diesem Auf und Ab wie ein Geschoss durch den Rumpf bewegen; kaum ein Mann konnte noch festen Halt finden. Dennoch waren Männer in den Masten und kämpften verzweifelt um das Schiff und um ihr Leben. Einige stürzten hinab, nachdem die heftigen Schwankungen sie förmlich von den Querhölzern geschleudert hatten, aber andere enterten sofort auf und warfen ihr Leben in die Waagschale.

„Vorsicht an Deck", erscholl es unvermittelt aus dem hinteren Vordermast der „Wa'gosa".

Dann war durch das Tosen des Sturms hindurch ein splitterndes Geräusch zu vernehmen, und die obere Hälfte des Mastes knickte ein, während Leinen mit peitschendem Knall zerrissen.

„Fällt den Mast", brüllte Elek-Mar gegen die Kraft des

Sturms an. „Macht rasch, sonst nimmt er den Vormast mit sich!“

Der abgeknickte Teil des Mastes drehte sich, traf mit seinem Querholz das große Segel des Vormastes und schlitzte es auf. Korsaren kämpften sich bereits nach vorne. Den Wind im Rücken, mussten sie um ihren Halt ringen, und die Bewegungen der „Wa'gosa“ machten es ihnen nicht gerade leichter. Einige rutschten weg und versuchten verzweifelt, sich an der Reling, einer Leine oder einem anderen Schwarmmann festzuhalten. Doch zwei der Männer wurden von einem Schwall Wasser erfasst und einfach über Bord gespült.

Die Handvoll Seeelfen reagierte wie ein Mann. Die „Wa'gosa“ war zwar nicht ihr Schiff, aber wenn sie auf den Grund des Meeres sank, würde sie sie alle mitnehmen. Plötzlich kämpften Elfen und Korsaren Seite an Seite um das Schiff. Erfahrung und Reflexe der Elfen machten ihre Hilfe doppelt wertvoll. Gemeinsam mit den Männern des Schwarms enterten sie in den angeschlagenen Mast auf und versuchten, das Querholz zu kappen. Ein Seeelf verlor dabei den Halt und wurde weit vom Schiff entfernt ins Wasser geschleudert.

Mit peitschendem Schlag lösten sich zwei Leinen, der Mast neigte sich noch weiter und gab schließlich mit einem unheimlichen Krachen nach. Das Querholz schlitzte nun auch das untere Vorsegel auf, dann schlug der massige Mast seitlich auf die Reling und zertrümmerte sie. Sein Gewicht und die Tuchfetzen wirkten als Bremse und zogen die „Wa'gosa“ unmerklich, aber verhängnisvoll herum. Erneut arbeiteten Elfen und Korsaren Hand in Hand. Das Schiff drehte sich zunehmend. Männer stürzten zum Ruder, und auch Segu-Mar stemmte sich in den Ruderbalken, um zu versuchen, dem Druck des Sturmes den Ruderdruck entgegenzusetzen.

„Kappt den verfluchten Mast!“, brüllte Elek-Mar. „Über Bord mit ihm!“

Holzsplitter wirbelten durch die Luft, als die beiden Mastteile endgültig auseinanderglitten. Zwei Schwarmmänner wurden von umherpeitschenden Leinen erfasst und mit über Bord gezogen. Einer von ihnen trieb nun direkt an der Bordwand entlang und schrie um Hilfe.

Elodarion war ein Mann der Vernunft, doch hier regierten nur noch seine Instinkte. Er nahm eine der Leinen, mit denen die Rudergänger sich beim Sturm sicherten, schlang sie um die Reling und stürzte sich dann ohne Zögern, das andere Ende in Händen haltend, ins Wasser.

Der Aufprall nahm ihm für einen Augenblick den Atem, und er war überrascht, wie hart und eisig sich das Nass anfühlte. Aber er hatte seinen Sprung gut berechnet, und so sah er unmittelbar neben sich den Korsaren, der verzweifelt mit Armen und Beinen strampelte. Die Bewegungen waren unkoordiniert und entsprangen der nackten Todesangst.

Elodarion erreichte den Mann. „Haltet Euch an mir und der Leine fest“, schrie er und schluckte dann Wasser, als eine Welle sie beide begrub.

Der Mann ging unter, aber Elodarion konnte seinen Arm ergreifen und hielt eisern fest. An einer Hand den Ertrinkenden, in der anderen die Leine haltend, tauchte der Elf wieder aus dem Wasser auf. Die „Wa'gosa“ war ein Stück weitergetrieben, und die Leine spannte sich nun. Aber es erforderte Elodarions ganze Kraft, sie zu halten, während der Korsar an seinem anderen Arm zerrte.

„Hört auf, so zu zappeln“, keuchte Elodarion. „Bewahrt Ruhe, Ihr seid noch nicht verloren.“

Dann hob er den Blick und sah entsetzt einen massigen Gegenstand unvermittelt vor ihm auftauchen, der gefährlich schnell auf ihn zuschoss. Gesplittertes Holz, dicker als drei Männer: Es war der gekappte Mast des Schiffes, der nun an dessen Längsseite entlangtrieb.

Elodarion hatte keine Chance zu reagieren. Der Zug der straff gespannten Leine nahm ihm die Möglichkeit, unter dem sich nähernden Mast hindurchzutauchen, und wenn er die Leine losließ, waren er und der Mann verloren. Der Elf schloss für einen Moment die Augen und spürte dabei einen leichten Ruck. Als er die Augen wieder öffnete, sah er den Maststumpf an sich vorbeitreiben, der ihn verschont, den Korsaren aber mitgerissen hatte.

Erneut war Zug an der Leine zu spüren, und mit letzter Anstrengung hob Elodarion den Kopf und erkannte Männer am Heck des Schiffes, die sich bemühten, die Leine einzuholen. Denn das Schiff, von seiner zerrenden Last befreit, reagierte nun wieder auf den Druck des Ruders. Der Elf umklammerte das Ende der Leine mit beiden Händen und spürte, wie die klamme Kälte seinen Körper durchdrang und ihn langsam taub werden ließ. Die Kräfte würden ihn bald völlig verlassen, aber noch war Lebenswillen in ihm.

Zwei Seeelfen sprangen nun, mit dem Schiff durch Leinen verbunden, über Bord; sie erreichten den Erschöpften, und irgendwie gelang es, ihn zu retten.

Als Elodarion keuchend wieder an der Heckreling der „Wa'gosa“ lehnte, beugte sich der stellvertretende Schwarmführer Segu-Mar T'os zu ihm und sah ihn nachdenklich an. „Warum hast du das getan, Elf? Es war eine tapfere Tat, aber er war ein Mann des Schwarms und somit dein Feind.“

„Kein Mann, ob Mensch oder Elf, sollte auf diese Weise

sterben", ächzte Elodarion. „Im Wasser treibend, dem Tode geweiht, und als letzten Blick das Schiff vor Augen, das ihm Rettung verspricht und sie ihm doch nicht geben kann." Elodarion schüttelte schwach den Kopf. „Nein, Schwarmmann, an Land zu sterben, umgeben von Mitstreitern im Kampf, das will ich hinnehmen. Aber der einsame Tod im Wasser, der ist nichts für mich und auch nichts für euresgleichen."

„Dennoch hast du soeben genau das riskiert und dein Leben für ihn eingesetzt." Segu-Mar legte dem Elfen in einem flüchtigen Augenblick der Verbundenheit die Hand auf die Schulter, bis ein Ruf Elek-Mars ihn hochfahren ließ.

„Sie schlägt um, sie kentert", brüllte der Schwarmführer. Er deutete auf die „Miniat'tasta", die sie aus den Augen verloren hatten, während sie um ihr eigenes Schiff kämpfen mussten.

Der andere Segler hatte sich erneut weit auf die Seite gelegt, aber diesmal richtete er sich nicht wieder auf. Die Querhölzer der Masten mussten wohl auf der anderen Seite schon das Wasser berühren, denn vom Unterwasserschiff war bereits ein gutes Stück zu sehen. Und dennoch legte sich die „Miniat'tasta" immer weiter über.

Elodarion zog sich mühsam auf die Beine. Zwei Männer stützten ihn dabei, und er erkannte überrascht, dass einer von ihnen ein Korsar war. Mit unsicheren Schritten gelangte er hinüber zur anderen Seite des Hecks und sah, wie der Kampfsegler tiefer und tiefer sackte. Er war froh, nicht die Schreie hören zu müssen, welche die todgeweihte Besatzung sicherlich ausstieß, während das Schiff immer stärker vom Wasser überspült wurde. Überraschend schnell sackte es nun über die linke Seite des Bugs hinweg ab, und das Heck hob sich an, bis es fast senkrecht aus dem Wasser ragte, um schließlich, begleitet vom gurgelnden Geräusch entweichender Luft, in einem Wirbel aufschäumenden Wassers zu verschwinden, in dem schon bald Trümmer und Leichen trieben.

Elodarion erschauerte. Das also war der Tod auf See.

Segu-Mar starrte auf die Untergangsstelle. „Ein gutes Schiff und gute Männer. Verschlungen vom Meer."

„Vorwärts, Korsaren des Schwarms", befahl dann Elek-Mar. „Wir müssen neue Leinen spannen und den Vormast sichern. Den will ich nicht auch noch verlieren. Neue Segel müssen angeschlagen werden. Auf, ihr Männer der Dornfische, es ist noch nicht vorbei. Packt an, wenn ihr der ‚Miniat'tasta' nicht folgen wollt."

Noch immer toste der Sturm, obwohl er Elodarion mittlerweile ein wenig schwächer erschien. Aber das mochte täuschen. Erneut tauchte die „Wa'gosa" in ein Wellental hinab und ihr mächtiger Rumpf erzitterte. Elodarion spürte noch, wie er zur Seite kippte und Hände nach ihm griffen, dann wurde ihm schwarz vor Augen.

26

Der Mann war stämmig und sah robust aus. Die Muskeln seiner Oberarme und die Schwielen an seinen Händen verrieten, dass er schwere Arbeit gewöhnt war. Naral war der Schmied der Werft von Gendaneris, und er trug die schwere Lederkleidung seiner Zunft. Wo andere Schmiede noch mit freiem Oberkörper arbeiteten, mussten die Männer von Gendaneris in der Schmiedehalle zusätzlichen Schutz tragen. Denn hier herrschten Enge und Hitze und wurde glühendes Eisen herumgeschwungen, das unter den Schlägen der Hämmer und durch das Wissen der Handwerker zu Stahl wurde und die gewünschte Form annahm. Doch wurden hier keine Scheren und Schwerter, keine Haken oder Türangeln geschmiedet, sondern schwere Brennsteinkessel, Beschläge und Anker sowie jene metallenen Teile, die für den Bau eines Schiffes erforderlich waren.

„Ich bin mancherlei gewöhnt, Ihr guten Herren“, brummte Naral und wich einigen Männern aus, die einen Bottich mit glühendem Eisen vorbeischleppten, „und ich stelle Euch hervorragende Antriebsstangen für die Räder der Dampfkanonenschiffe her. Ihr wisst, Ihr Herren, wie schlank und lang diese Stangen sind und welcher Belastung sie standhalten müssen. Eine schwere Arbeit, Ihr Herren, und eine große Aufgabe, die ich und meine Männer stets erfüllt haben.“ Der Leiter der Schmiede zuckte zusammen, als Funken aufstoben, und wischte hastig über seine Haare, wobei er einen weiteren Schritt zurückwich. „Aber was Ihr hier verlangt, übersteigt meine Fertigkeiten, das muss ich zugeben.“

Die anderen Männer schwiegen, während Naral auf die Zeichnung starrte, die Mionas ihm gereicht hatte. „Diese Antriebsstange hier …"

„… Achse", korrigierte Mionas eifrig.

„Schön, also diese Antriebsachse, sie verläuft ein gutes Stück durch den Rumpf des Schiffes, und zwar in einer Neigung vom Deck zum Heck. Sie muss sorgsam gelagert sein, Ihr Herren, und auch gut geschmiert. Der Brennsteinkessel mit dem Antriebsrad sitzt ungewöhnlich weit hinten und viel zu weit oben, Ihr Herren. Nehmt es mir nicht übel, ich selbst fahre nicht auf dem Wasser herum, aber das Schiff wird nicht stabil sein und bei der kleinsten Welle kippen."

Mionas' spitze elfische Ohren zuckten kurz, als er die Kritik vernahm. Dennoch lächelte er freundlich und wies dann auf andere Stellen in der Zeichnung. „Eure Sorgen sind unbegründet, guter Herr Schmied. Seht Ihr, hier und hier? Zwei zusätzliche Brennsteinkessel, die deutlich tiefer gelagert sind. Zudem gleicht das Gewicht der Schnecke die Schwerpunktverlagerung durch den hinteren Kessel aus."

„Auch kann der Ballast verlagert werden", ergänzte Steuermann Gendrion, der mit Kapitän Herolas in der Gruppe stand.

„Aber warum so viele Kessel?", seufzte der Schmied. „Die benötigen enorm viel Platz. Denkt auch an den Brennstein, der für ihren Betrieb erforderlich ist."

„Ja, das ist wirklich ein Problem", gestand Mionas ein. „Daher wird die ‚Shanvaar' auch weitaus weniger Kämpfer transportieren als die ‚Melan'tasta'. Aber glaubt mir, die Konstruktion ist durchdacht."

Herolas stieß ein leises Knurren aus. Der elfische Kapitän fand es überflüssig, dass sich der Gelehrte mit dem gendanerischen Schmied auf ein solches Gespräch einließ. „Der Mann soll tun, was Mionas ihm sagt“, flüsterte er seinem Steuermann zu. „Mehr wird nicht von ihm erwartet.“

Gendrion wiegte den Kopf. „Er muss zunächst verstehen, welchen Sinn all die neuen Einrichtungen haben. Nur so wird er sein Bestes geben können.“

„Durch all diese Erklärungen verlieren wir Zeit“, murmelte Herolas.

„Wenn die Arbeit des Schmieds nichts taugt, verlieren wir weitaus mehr als das.“

„Nun, wir können eine solche Antriebsachse fertigen“, sagte Naral schließlich. „Auch die Kessel sind kein Problem, denn inzwischen haben wir genug Rohmetall erhalten. Nur diese Schnecke ... drei Längen lang und zwei Längen im Durchmesser. Dazu die Steigung im Gehäusegang, die zudem sehr stark ist, und die leichte Wölbung nach außen ...“

„Und sie muss vollkommen glatt sein“, fügte Mionas hinzu. „Keine Unebenheit darf zu spüren sein. Und durch ihre Mitte muss eine Bohrung verlaufen, damit wir sie auf der Antriebsachse befestigen können.“

Der gendanerische Schmied sah den elfischen Gelehrten nachdenklich an. „Diese Schnecke hier übersteigt meine Fähigkeiten, fürchte ich. Nein, ich kann sie nicht schmieden. Eine solche Form muss gegossen werden, und es braucht Tage, die Gussform herzustellen.“

„Der Hohe Herr Konarolas hat Kenntnisse, die Euch vielleicht nützen können, guter Herr Naral.“ Mionas wies auf einen Elfen, der schweigend in der Gruppe stand und nun andeutungsweise nickte. „Er ist einer unserer erfahrensten Rüstmeister und versteht sich auf die Bearbeitung jeden Metalls.“ Mionas lächelte sanft. „Und darauf, ihm jede erdenkliche Form zu geben.“

Naral warf dem elfischen Rüstmeister einen Blick zu und nickte dann zögernd. „Die Fertigkeiten des elfischen Volkes sind weit über seine Grenzen bekannt. Nun denn, wenn der Herr Konarolas mir zur Hand geht, will ich es gerne versuchen."

Auf ein kurzes Nicken von Mionas hin trat Konarolas vor, und schon wenige Augenblicke später waren die beiden Schmiede in ein intensives Gespräch vertieft.

Die anderen Männer der Gruppe zogen sich zurück und betraten durch eine Doppeltür die eigentliche Werfthalle. Hier lagen inzwischen die „Shanvaar" und die erbeutete „Melan'tasta" nebeneinander vertäut, nur voneinander getrennt durch den breiten Montagesteg. Obwohl auch an dem Korsarenschiff eifrig gearbeitet wurde, schien es äußerlich unverändert. Anders verhielt es sich mit dem Dampfkanonenschiff der alnoischen Marine. Die Masten mit den Segeln, die dem Schiff Antrieb geben sollten, wenn die Brennsteinmaschine nicht arbeitete, waren verschwunden. An ihrer Stellen ragten nun zwei stählerne Rohre auf, die Schornsteine für die Brennsteinkessel, die man im Rumpf des Schiffes montieren wollte. Statt über einen einzigen großen Kessel sollte die „Shanvaar" künftig über deren drei verfügen.

„Der Mann hat recht, Gelehrter Mionas", sagte Herolas und wies auf das alnoische Schiff. „Es ist nicht für die drei Kessel konstruiert worden."

„Vertraut auf mich und die Fähigkeiten der alnoischen Konstrukteure." Mionas sah sichtlich zufrieden auf den Rumpf, der ohne die Masten und Segel seltsam nackt wirkte. „Ich habe alles genau berechnet, es wird sicherlich gelingen. Meine Bedenken gelten eher dem alnoischen Metall. Es ist nicht so robust wie das unsere. Aber Konarolas wird all sein Können einsetzen."

Mit Schaudern hörte Herolas das Splittern, als man rücksichtslos Planken aus dem Oberdeck des Schiffes herausbrach. Mionas sah ihn von der Seite an und lachte leise auf. „Der alte Kessel muss heraus, Kapitän. Die Alnoer haben die richtigen Ideen, aber sie setzen sie auf schauderhafte Weise um. Nun, ein paar Jahre an Erfahrung mehr, und sie werden sich entwickeln. Ich bin allerdings überrascht, dass sie erst jetzt den Brennsteinantrieb entdeckt haben. Wahrscheinlich war es irgendein alltäglicher Vorgang, der einem von ihnen den richtigen Gedanken eingab. Vielleicht ein Topf mit kochendem Wasser, dessen Deckel sich hob ... Wer weiß das schon zu sagen? Aber die Umsetzung? Schrecklich, Kapitän Herolas, einfach schrecklich. Ich habe mir die Führung der Kolben angesehen. Einen ganzen Finger konnte ich zwischen Kolben und Gehäuse schieben. Welcher Verlust an Energie, welche Vergeudung von Kraft." Mionas schüttelte seufzend den Kopf. „Nun, die neuen Brennsteinmaschinen werden sehr viel besser sein. Die Kraft für den Antrieb wird deutlich steigen."

„Und für die Dampfkanonen?"

„Ebenso, Kapitän, für die ebenso." Mionas packte Herolas am Arm und zog ihn mit sich zum Steg, worauf ihnen die Gruppe automatisch folgte. „Vorher hatte man nur einen einzigen Kessel, und man musste dessen Kraft zwischen Antrieb und Waffe umleiten. Das entfällt künftig. Nun gibt es einen Kessel für den Antrieb, einen für die Hauptwaffe und den dritten für den Notfall. Offen gesagt", er seufzte abermals, „erscheint mir das sicherer. Auch wenn Konarolas mitarbeitet, alnoisches Metall ist nun einmal kein elfischer Stahl. Falls ein Kessel versagt, will ich eine Reserve haben."

„Falls ein solcher Kessel platzt, braucht man keine Reserve mehr", brummte Gendrion. „Dann zerfetzt es das ganze Schiff."

„Das wird nicht geschehen, dafür sind die Ventilhebel da. Aber eine Naht kann sich öffnen, ein Kolben Schaden nehmen und der Kessel Druck verlieren. Nein, ich will sicherstellen, auch dann reagieren zu können."

„Ihr wollt also mitfahren?"

Mionas blinzelte überrascht. „Selbstverständlich. Wie könnte ich mir ein solches Abenteuer entgehen lassen?"

Gendrion wies auf das leer wirkende Oberdeck. „Das Schiff wird blind sein, Gelehrter."

Sein Gegenüber sah ihn fragend an. „Ich verstehe nicht."

„Ohne Mast gibt es keinen Ausguck und ohne Ausguck keine frühzeitige Entdeckung von Gefahr."

„Oh." Mionas kratzte sich verlegen. „Verzeiht, guter Herr Gendrion. Das habe ich nicht bedacht. Ich habe hauptsächlich auf Schnelligkeit und Kraft geachtet." Der Gelehrte zog eine Tontafel aus seinem Gewand, nahm einen kleinen Metallstift und ritzte Zeichen in das weiche Material. Dann runzelte er die Stirn, drückte den Ton mit dem Finger wieder glatt und setzte erneut seine Zeichen, bis er zufrieden schien. „Wir platzieren den Mast zwischen die beiden Schornsteine. Am besten fertigen wir ihn aus Holz, das macht ihn leichter, und das der weißen Bäume taugt gut dafür. Ich werde ihn höher machen als üblich. Wäre Euch das recht, Herr Gendrion?"

„Je höher er ist, desto besser wird die Aussicht sein."

„Gut." Mionas machte sich nochmals Notizen, ließ den Blick ein letztes Mal über den Rumpf der „Shanvaar" schweifen und wies dann zu dem Korsarenschiff hinüber. „Auch dieses Schiff werde ich verbessern lassen, wenn auch nicht in dem Maße wie das alnoische. Lasst uns hinübergehen, dann zeige ich euch, was ich damit vorhabe."

Die Zeit drängte, aber die Umbauarbeiten würden noch

einige Tageswenden erfordern. Viele der Kämpfer drängte es, rasch in See zu stechen. Denn je länger man damit wartete, desto geringer wurden die Aussichten, Elfen und Frauen aus den Händen der Korsaren befreien zu können.

Nedeam und Dorkemunt erging es nicht anders. Im Augenblick gab es nichts, wobei sie hätten helfen können. Sie mussten also warten, bis die Rettungsexpedition bereit war, den Hafen zu verlassen, und da die beiden Pferdelords nun keine rechte Aufgabe hatten, langweilten sie sich. Mittlerweile hatten sie von Gendaneris alles gesehen, was einen Blick lohnte, und in der Werft schienen sie nur zu stören, zumal sie kaum etwas von den merkwürdigen Wasserfahrzeugen verstanden, an denen Alnoer und Elfen so eifrig arbeiteten.

Zunächst hatten sie sich an der Suche nach dem Mörder beteiligt, der vier Gardisten und den Segelführer Bilun-Mar geschlachtet hatte, aber ihre Erfolgsaussichten waren gering.

„Zweifelsfrei ein Mann aus Gendaneris", hatte Reiterführer Daik ta Enderos vermutet, „der sich unerkannt in der Stadt bewegen kann. Vermutlich einer, dessen Familie den Bestien der See zum Opfer gefallen ist und den der Kummer krank gemacht hat. Ich bedauere den Tod dieses Schwarmmannes nicht, aber für den Mord an vier braven Gardisten wird der Täter büßen müssen."

Dorkemunt und Nedeam hatten ihre Zweifel geäußert. „Es muss ein sehr entschlossener und starker Mann gewesen sein, wenn er vier Gardisten töten konnte."

„Wenn der Geist verwirrt ist", hatte Daik erwidert, „erlangt der Körper oft außergewöhnliche Kraft. Wir werden nach dem Täter suchen, seid beruhigt, Ihr guten Herren Pferdelords."

Doch sie waren keineswegs beruhigt. „Vier Gardisten

ermordet und dazu Bilun-Mar." Dorkemunt hatte seinen Freund Nedeam ernst angesehen. „Ich denke nicht, dass ein einzelner Mann dies bewerkstelligt hat, eher eine Gruppe. Und da ich nicht an gemeinsamen Wahn glaube, bin ich überzeugt, dass man den Schwarmmann töten wollte und außerdem einen guten Grund hatte, dabei noch vier andere Männer umzubringen."

„Ein Gestaltwandler des Schwarzen Lords könnte das vollbringen", entgegnete Nedeam nachdenklich. „Und er bliebe auch unerkannt."

„Ein Graues Wesen? Hier in Gendaneris?" Der kleine Pferdelord schüttelte den Kopf. „Die Bestien der Finsternis und die Orks stehen an den Grenzen des Landes. Im Osten und Süden. Aber hier haben sie nichts verloren, Wasser ist nicht ihr Element."

„Kannst du das so bestimmt sagen?" Nedeam lächelte. „Immerhin sind auch wir Pferdelords hier, obwohl Wasser nicht unser Element ist."

„Deine Gedanken verderben mir die Laune", brummte Dorkemunt. „Das fehlte noch, dass sich hier plötzlich Orks und Graue Wesen herumtreiben. Da ist mir eine Gruppe vom Wahn Befallener schon lieber."

Nedeam lachte. „Ich bin froh, wenn wir wieder in unserer Mark sind und ich den Rücken meines Pferdes bedecken kann."

„Ja, ein Trunk in Malvins Schenke, vielleicht einer kleinen Handgreiflichkeit mit der blonden Schuhmacherin Esyne zusehen … Verdammt, ich bin genauso froh, wenn wir Gendaneris den Rücken kehren können."

Sie gingen über eine der vielen Treppen auf die Wehrmauer hinauf und schlenderten in Richtung Hafenzufahrt. Dorkemunt betastete misstrauisch die Verschlussspange seines grünen Umhangs. Er hatte den langen Riss am Rücken wieder zugenäht und auch die gelöste Lederschlaufe, die am goldenen Symbol des Pferdevolkes verhakt wurde, wieder befestigt. Er schien jedoch seinen groben Stichen, was die Haltbarkeit anging, nicht recht zu trauen.

Die beiden Freunde erreichten eine der Batterien, die den Hafen nun wieder schützten, und Nedeam fuhr nachdenklich über das enorme Rohr der Dampfkanone. „Ich mag solche Waffen nicht."

Dorkemunt nickte. „Sie sollen allerdings recht wirksam sein und auf sehr große Entfernung töten."

„Ich führe lieber Lanze oder Schwert und sehe dem Feind ins Auge."

„Auch dein Bogen tötet auf große Entfernung."

„Mag sein. Dennoch muss ich den Ork sehen, wenn ich den Pfeil in seinen Leib senken will. Aber bei diesem Ding hier", er klopfte leicht gegen den Lauf, „sieht man den Mann nicht mehr, der durch den Schuss getötet wird." Er sah auf das Meer hinaus. „Man sieht nur das Schiff, auf dem er fährt."

„Vielleicht macht es das Töten leichter, wenn man nicht sieht, wen man erschlägt." Dorkemunt sah Nedeam an und lächelte sanft. „Orks zu erschlagen, macht mir nichts aus. Und bis vor Kurzem hätte ich gedacht, dass Gleiches auch für die Korsaren gilt. Aber Bilun-Mar hat das verändert. Natürlich ist er ein Feind, aber er ist auch ein Mensch, ein Krieger und darin uns sehr ähnlich."

„Wie die Turiks der Wüste."

„Ja, wie die Turiks der Wüste." Dorkemunt trat neben Nedeam und legte ihm die Hand auf die Schulter. „Es gibt da etwas, über das ich nie mit dir gesprochen habe, und Bilun-Mar erinnerte mich daran. Kannst du dich noch an Merdonan erinnern, Nedeam, mein Freund?“

„Wer könnte diese Schlacht vergessen?“, seufzte der. „Wir haben viele gute Männer verloren, als die Stadt von den Legionen der Orks befreit wurde.“

„Ja, das ist wahr.“ Dorkemunts Blick schien in die Ferne zu schweifen. „An jenem Tag wäre auch ich beinahe gestorben. Ich kämpfte gegen ein Rundohr, einen riesigen Vertreter dieser schwarzen Brut. Er trug die beiden Kämme eines Legionsführers auf dem Helm.“

Nedeam runzelte die Stirn, als Dorkemunt kurz schwieg. „Und weiter?“

„Wir stürzten, als das Dach einer Schmiede nachgab, und ich verlor meine Axt.“ Der kleine Pferdelord sah seinen Freund ernst an. „Dieses Rundohr hatte mich praktisch besiegt, verstehst du? Aber er wartete, bis ich die Axt wieder in Händen hielt.“

„Und hast du ihn getötet?“

„Nein, wir wurden getrennt. Wir verloren uns im Getümmel des Kampfes aus den Augen.“ Dorkemunt trat an eine Zinne der Wehrmauer heran und blickte aufs Meer. „Auch dieses Rundohr war ein Krieger. Ein Krieger mit Ehre, meine ich. Keine der üblichen blutrünstigen Bestien. Obwohl die Schlacht tobte, wollte er mich in einem fairen Kampf besiegen und hätte es wohl auch geschafft.“

„Dann bin ich doppelt froh, dass ihr getrennt wurdet, Dorkemunt.“ Diesmal war es Nedeam, der die Hand auf die Schulter seines Gefährten legte.

„Was ich damit sagen will, ist, dass ich mir manchmal nicht mehr sicher bin, wer unsere Freunde und wer die Feinde sind. Ich fühlte mich dem Schwarmmann Bilun-Mar weitaus mehr verbunden, als ich es je mit diesem arroganten ta Heros sein werde."

Nedeam wusste nicht recht, was er antworten sollte. Aber erwartete Dorkemunt überhaupt eine Antwort? In der letzten Zeit wurde der alte Pferdelord ein wenig sonderlich und grüblerisch. Vielleicht plagte ihn der Gedanke, dass er irgendwann einmal nicht mehr würde reiten und seine Axt führen können?

Sie standen schweigend nebeneinander, bis sie einen leisen Pfiff vernahmen und herumfuhren. Am Südwall der Stadt war Bewegung zu erkennen. Gardisten strömten auf die Mauer, und im ersten Moment dachten die beiden Pferdelords an einen Angriff. Aber dann waren auch Frauen und Kinder auf dem Wall zu sehen, und ein Schwall erregter Stimmen pflanzte sich die Mauer entlang in Richtung Hafenzufahrt fort.

„Dort, auf dem Fluss Genda", rief Nedeam und deutete in die Richtung. „Dort kommen Schiffe."

„Wohl keine der Schwärme", stellte Dorkemunt fest. „Sonst würden ihnen die Menschen hier nicht so fröhlich entgegensehen."

„Nein, keine Korsaren. Die Rümpfe der Schiffe sind aus dem Holz der weißen Bäume." Nedeam reckte sich und konnte so weitaus besser als der kleine Dorkemunt erkennen, was auf dem Fluss vor sich ging. „Es sind sehr viele."

„Die Schiffe des Königs", sagte Dorkemunt und nickte bedächtig. „Das wurde auch Zeit."

Die Anzahl der Schiffe ließ sich schwer schätzen, aber es war sicher eine ganze Flotte. Große Kampfsegler waren darunter, mit ihren drei hoch aufragenden Masten, an deren Breitseiten die Geschütze aufgestellt waren. Hinter den geschlossenen Pforten lauerten die Pfeilwerfer, und darüber, auf dem Deck, standen die Reihen der Katapulte. Entlang der Reling der Schiffe blitzten die Rüstungen von Gardisten. Eine kleinere Gruppe bestand aus Dampfkanonenschiffen vom Typ der „Shanvaar". Die Rümpfe besaßen die charakteristische weiße Färbung, da sie aus dem Holz der weißen Bäume gefertigt waren, und die sauberen Segel reflektierten das volle Sonnenlicht.

Eines dieser Schiffe war außergewöhnlich groß. Ebenfalls mit Dampfkanonen bewaffnet, war sein Rumpf deutlich länger und breiter als bei den anderen Kanonenschiffen und hatte ein mächtiges Schaufelrad am Heck, das die Reling der kleinen Suchschiffe, welche die Flotte wie Herdenwächter umgaben, deutlich überragte. Es nahm als einziges Schiff Kurs auf die Hafeneinfahrt, während die anderen in der Bucht von Gendaneris zu ankern begannen. Das sonst graue Wappen am Bug des Riesen war golden eingefasst, und von seinen beiden Masten, die keine Segel führten, wehten zwei große Banner, welche die drei weißen Bäume auf grauem Grund zeigten, das Symbol des Königreiches Alnoa. Das Klatschen des gewaltigen Schaufelrades und das Zischen der Brennsteinmaschine kamen näher und überlagerten nach und nach alle anderen Geräusche.

Eine Abteilung der Garde hatte sich mittlerweile zu Nedeam und Dorkemunt auf die Mauer gesellt. „Das muss die ‚Deredenaar' sein", sagte ihr Hauptmann, „das Bannerschiff des Königs. Ich habe schon von ihr gehört, aber ich hätte nicht gedacht, dass sie so gewaltig sein könnte."

„Euer König kommt nach Gendaneris?"

Der Hauptmann schüttelte den Kopf. „Natürlich nicht. Aber er entsendet den Befehlshaber der königlichen Marine, Admiral ta Hodin. Ein Mann, der sich schon oft bewährt hat."

Von der Hafenzufahrt konnte man die Annäherung des

Schiffes gut verfolgen. Es würde den Ankerplatz von zwei mittleren Schiffen einnehmen, was ersichtlich wurde, als es zum Hafen einschwenkte und dabei seine ungewöhnliche Breite offenbarte. Nun konnte man auch sehen, dass auf seinem Deck gleich zwei der Dampfkanonentürme montiert waren, die sich direkt nebeneinander befanden. Gardisten standen in drei Reihen an den Seiten, und am Heck war ein schlanker Mann zu erkennen, der an seinem Helm drei hohe Federn führte.

„Wort und Arm des Königs", murmelte ein Gardist. Er bemerkte Nedeams ratlosen Blick. „So nennt man ta Hodin. Er überbringt die Worte des Königs und ist die Verlängerung seines Arms."

Dorkemunt nickte. „Dann wollen wir hoffen, dass es kraftvolle Worte und ein starker Arm sind."

27

Liegt still“, sagte Meowyn eindringlich. „Ich weiß, dass es schmerzt, aber wenn Ihr Euch zu sehr bewegt, kann ich Euch nicht helfen.“

Dass der Mann Schmerzen hatte, war verständlich. Das Horn eines durchgehenden Bullen hatte seinen Leib von der Hüfte bis zur gegenüberliegenden Brustseite aufgeschlitzt und eine klaffende Wunde hinterlassen. Dennoch hatte der Herdenhüter viel Glück gehabt, denn er war bereits in der Drehbewegung gewesen, und so hatte das zustoßende Horn kein Organ verletzt. Während die Axt eines anderen Hüters den Schädel des Tieres gespalten hatte, waren andere Helfer mit dem Verletzten zum Horngrundweiler aufgebrochen. Dort hatte man die Wunde vernäht, da man sich zu Recht gesagt hatte, der Mann dürfe nicht noch mehr Blut verlieren.

„Ihr hättet gleich nach mir schicken sollen“, seufzte die blonde Heilerin, während sie die Wunde untersuchte. „Ich hoffe, es ist noch nicht zu spät.“

„Ich habe die Naht selbst gemacht“, meinte einer der Männer, die um den Tisch herumstanden, auf den man den Verletzten gelegt hatte. Es war ein kleines Haus im zweiten Ring des Weilers, und Meowyn hatte Mühe gehabt, die Neugierigen hinauszuschicken, die zusehen wollten, was die Heilerin dort tat. Die Leute nahmen Anteil am Schicksal ihrer Mitmenschen, und es gab mehr hilfsbereite Hände, als Meowyn gebrauchen konnte.

„Die Naht ist gut“, bestätigte Meowyn. „Ich hätte es kaum besser machen können.“ Genau genommen war sie nicht perfekt, aber immerhin eng und haltbar genug, und der Pferdelord nickte und war erfreut über das Lob. Die Hände der Heilerin glitten über den Leib des Mannes. Im Bereich der Wunde war das Gewebe stark gerötet und geschwollen, an einer Stelle schimmerte es jedoch gelblich. Sie beugte sich vor, schnupperte kurz und nickte dann betrübt. „Er hat den Wundbrand oder steht zumindest dicht davor."

„Bei den Finsteren Abgründen", murmelte der Mann betroffen, der die Naht gesetzt hatte. „Alles sah sauber aus, Hohe Frau Heilerin. Wir taten auch etwas Eisenmoos in die Wunde, damit sie sich nicht entzündet."

„Dennoch ist Schmutz darin, und es hat sich entzündet." Meowyn sah den Verwundeten mitfühlend an. „Es tut mir leid, guter Herr, aber ich werde einen Teil der Wunde nochmals öffnen müssen."

Dem Mann stand Schweiß auf der nackten Haut, und er nickte mühsam. „Ich bin in guten Händen, Hohe Frau Meowyn."

„In den besten", versicherte sie.

„Heißes Wasser und saubere Tücher", ordnete sie dann an, und sofort rannten zwei Frauen des Weilers davon. „Und ich brauche mehr Licht und Hände, die den guten Herrn sorgsam festhalten."

Es begann dunkel zu werden, und das Licht wurde trübe. Nicht mehr lange, und die Sonne würde versinken. Also wurden Brennsteine in Schalen gegeben und entzündet, während die Frauen in Begleitung zurückkehrten und Kessel mit heißem Wasser sowie saubere Tuchstreifen brachten.

„War ein Stück des Horns abgebrochen?", fragte Meowyn.

Die Männer sahen sich ratlos an und blickten dann zu einem der Pferdelords, der in der Nähe der Tür stand. Der schüttelte den Kopf. „Als ich ihn tötete, waren seine Hörner noch vollständig."

Meowyn nickte. „Dann muss Kleidung in die Wunde geraten sein. Manchmal reichen wenige Fäden aus, um schwere Entzündungen hervorzurufen." Sie rollte die Ledertasche auseinander, in der sich die Instrumente befanden, die sie nun benötigte. Mehrere scharfe Klingen unterschiedlicher Stärke und Länge, eine kleine Säge, Pinzetten sowie Sonden, Nadeln und kräftiger Nähfaden. „Haltet ihn gut fest, Männer des Horngrundes, er darf sich nicht bewegen."

„Hier, Welmar, nimm das Leder." Ein Mann schob dem Verletzten ein gepresstes Lederstück zwischen die Zähne. „Besser das Leder als deine Zunge, nicht wahr?"

Der Verletzte krallte die Finger in die Tischplatte, während Meowyn ihre Hände nochmals wusch und dann den Männern zunickte. Sie traten näher heran und hielten Arme und Beine des Mannes fest, während Meowyn die Klinge ansetzte und den Faden in dem Wundbereich, der sich gelblich verfärbt hatte, durchtrennte. Augenblicklich begann Flüssigkeit hervorzutreten, und es stank nach Eiter und Blut.

„Ihr werdet eine stattliche Narbe behalten", sagte Meowyn, während sie die Wunde weiter öffnete. „Und wenn Stürme heranziehen, werdet Ihr sie spüren."

Der Verletzte konnte nicht sprechen, nickte aber keuchend. Er hatte die Zähne fest auf das Leder gebissen, und seine Nasenflügel bebten.

Meowyn arbeitete so sorgfältig und schnell, wie sie konnte. Eine Wunde erneut zu öffnen, bedeutete für den Patienten stets eine zusätzliche Qual und Gefahr. Gewebe, das gerade zu heilen begonnen hatte, wurde wieder auseinandergezogen, Blut und noch mehr Eiter quollen hervor. Die Heilerin nahm eine lange Pinzette und spürte förmlich die Schmerzen des Mannes, der unter dem Knebel stöhnte. Dann führte sie sie in die Wunde und zog ein winziges Stück Leder daraus hervor, das wohl von der Hose des Mannes stammte. Behutsam drückte sie die Wundränder weiter auseinander und fand noch einen dicken Wollfaden. Erneut schnupperte sie und nickte dann.

„Ihr könnt beruhigt sein, ich habe es gefunden." Sie beobachtete die Blutung. „Das Eisenmoos ist schon aufgelöst. Das ist gut, nichts darf in der Wunde zurückbleiben."

„Der hört Euch wohl nicht mehr", sagte einer der anderen. „Er ist ohnmächtig geworden."

Meowyn sah forschend in Welmars Gesicht. Sein Mund war halb geöffnet. „Nehmt den Knebel und haltet ihn fest. Er darf nicht in seinen Hals rutschen, aber belasst ihn zwischen seinen Zähnen. Es kann sein, dass er sehr rasch wieder erwacht, und ich bin noch nicht fertig. Er könnte im Schmerz zubeißen."

„Keine Sorge, Hohe Frau, verlasst Euch auf uns."

Sie konnte verstehen, dass die Helfer Fehler gemacht hatten. Einen schreienden Mann zu versorgen, der mit einer schrecklichen Wunde und blutend vor einem lag, war nicht jedermanns Sache. Mit kleineren Verletzungen gingen die Pferdelords nicht gerade zimperlich um, aber diese hier war schwer. Selbst Meowyn konnte nicht garantieren, dass der Mann überleben würde, aber seine Chancen standen nun deutlich besser.

Mit geschickten Händen säuberte sie abermals den Wundbereich, schnitt fauliges Gewebe heraus und drückte anschließend die Wundränder zusammen, um sie dann erneut zu vernähen.

„Ihr legt es auf die Wunde?" Einer der Helfer deutete auf das Eisenmoos.

„Stets von außen auf die Haut, und bei einer kleinen Schnittwunde könnt Ihr es auch direkt über die Wunde decken“, erklärte Meowyn, während sie saubere Tuchstreifen über die Naht legte. „Doch niemals in eine Wunde hinein. Und nun gebt mir bitte den kleinen Topf dort. Ja, genau, den.“

Sorgsam bestrich sie die Ränder des Verbands mit frischem Harz. „Ich will jetzt keinen Druck auf die Wunde ausüben. Eigentlich würde ich die Tücher nur auflegen, aber ich kenne Euch Pferdelords. Es wird dem guten Herrn schwerfallen, sich ruhig zu verhalten. Achtet darauf, dass er sich nicht bewegt und der Verband jeden Tag erneuert wird. Und zwar nur der Verband, Ihr Herren.“

Eine der Frauen nickte. „Ich werde darauf achten, Hohe Frau, seid unbesorgt.“

„Wenn es sich erneut entzündet, dann scheut euch nicht, mich sofort zu holen.“ Die Heilerin der Hochmark hielt ihre Instrumente in das heiße Wasser, danach in die Flamme eines Brennsteinbeckens und wickelte sie dann wieder in das Leder ein.

Als sie durch die Tür hinausblickte, sah Meowyn, dass die Silhouetten der Männer und Frauen vor der Hütte in einen rötlichen Schein getaucht waren.

„Ihr seid uns willkommen, Hohe Frau Heilerin“, sagte der Weilerälteste und lächelte. „Ihr würdet erst spät in der Nacht nach Eternas kommen. Nächtigt im Weiler und reitet morgen.“

Meowyn nickte. „Dann kann ich in der Früh noch einmal nach dem guten Herrn Welmar sehen. Ich nehme Euer Angebot gerne an, Ältester.“

Am frühen Morgen sah sie noch einmal nach dem Verletzten und war zufrieden, als sie keine Anzeichen einer erneuten

Entzündung erkannte. Von den guten Wünschen der Bewohner begleitet, machte sich Meowyn auf den Rückweg. Am späten Nachmittag erreichte sie Eternas und ritt im Schritt die Hauptstraße entlang, auf der sie zur Burg gelangte.

Als sie zum Übungsplatz der Pferdelords hinüberblickte, bemerkte sie eine ungewöhnliche Betriebsamkeit. Normalerweise übte dort nur einer der Beritte der Schwertmänner, und diese Übungen wurden meist morgens abgehalten, wenn die Tageshitze noch nicht so groß war. Aber jetzt schienen alle verfügbaren Schwertmänner der Hochmark dort versammelt zu sein, mit Ausnahme jener, die auf Streifritt waren oder Wachdienst in der Stadt oder auf der Burg hatten. Meowyn sah, wie sorgfältig Pferde und Ausrüstung der Männer überprüft wurden, und sie kannte die Vorbereitungen, die einem Kampf vorangingen. Extrapferde standen bereit, schon mit Proviant und zusätzlichen Pfeilköchern beladen, und Scharführer eilten zwischen den Männern ihrer Gruppen umher, um Waffen und Rüstungen zu prüfen.

Es waren die Extrapferde, die Meowyn verrieten, dass sich die Männer auf weitaus mehr als eine Übung oder einen Streifritt vorbereiteten. Aber ihr war kein Bote des Pferdefürsten begegnet, daher konnte die Losung, welche die Pferdelords der Hochmark zu den Waffen rief, nicht gegeben worden sein. Demnach drohte der Mark keine Gefahr, und doch bereiteten sich die Männer auf einen Kampf vor.

Die Heilerin zog ihr Pferd herum und trieb es zu schnellerer Gangart an. Während sie auf den Übungsplatz und die Unterkünfte der Schwertmänner zutrabte, erkannte sie auch Garodem und ihren Mann Tasmund. Garodem war voll gerüstet, und dieser Anblick erschreckte sie noch mehr als die Vorbereitungen der Schwertmänner. Garodems Zeit im Sattel war eigentlich vorbei, und der Pferdefürst war klug genug, dies auch zu erkennen. Es musste also einen ernsten Grund haben, wenn er die Mühsal auf sich nahm, mit seinen Schwertmännern auszurücken. Es war ihr nur ein schwacher Trost, dass Tasmund offensichtlich in Eternas bleiben würde, was sie daraus schloss, dass er keinen Harnisch trug.

Meowyn warf einen raschen Blick zur Burg hinüber und erkannte die schlanke Gestalt der Hohen Dame Larwyn auf dem Turm des Signalfeuers. Für einen Moment begegneten sich ihre Blicke, und die beiden Freundinnen nickten einander zu, vereint in ihrer Sorge über das, was die Zukunft bringen würde. Larwyn wusste sicherlich schon, was vor sich ging, und als Meowyn sah, wie die Beritte sich formierten, erkannte sie auch den Sohn des Pferdefürsten. Garwin hatte die Begleitmannschaft des Handelszuges führen sollen. Anscheinend war sie schon zurückgekehrt, aber wo waren dann ihr Sohn Nedeam und der gute Herr Dorkemunt?

Aus Meowyns Sorge erwuchs Angst, als sie beide nicht fand. Was ging da vor sich?

Die drei Beritte hatten sich im offenen Karree formiert, mit Garodem und Tasmund an der offenen Seite, sodass sie von allen Männern gleichermaßen gut zu sehen und zu hören waren. Garodem sprach zu den Reitern, aber Meowyn konnte seine Worte erst verstehen, als sie näher kam.

„… so ist keine Mark des Pferdevolkes in Gefahr. Und auch seitens der elfischen Häuser wurde nicht zur Waffenbruderschaft aufgerufen. Damit habe ich auch kein Recht, die Losung zu geben und die Pferdelords der Hochmark zu den Waffen zu rufen. Ich habe nicht das Recht, das Leben von Männern zu riskieren, weil zwei der unseren einem ungewissen Schicksal entgegensehen."

„Zwei der unseren sind in Gefahr!" Es war unzweifelhaft der Pferdelord Mortwin, von dem der erregte Zwischenruf kam.

„Ich denke ebenfalls, dass sie das sind", bekannte Garodem. „Wir alle kennen Dorkemunt und Nedeam gut genug und wissen, dass sie keine Gefahr scheuen, wenn es gilt, Freunden in der Not beizustehen."

Bei der Nennung der Namen zuckte Meowyn zusammen, obwohl sie es bereits geahnt hatte. Trotz ihrer Sorge bemerkte sie die kleine Pause, die Garodem einlegte. Sie kannte den Pferdefürsten gut genug, um zu erkennen, dass er auf die Reaktionen der Schwertmänner wartete. Garodem war ein kluger Mann und wusste, dass er nicht das Recht hatte, die Schwertmänner auf einen Ritt zu führen, von dem sie möglicherweise nicht zurückkehren würden. Zumindest dann nicht, wenn die Hochmark oder das Pferdevolk nicht direkt gefährdet waren. Meowyn kannte die Reiter Garodems und wusste, dass keiner von ihnen gezögert hätte, dem Befehl des Hohen Lords Folge zu leisten. Aber Garodem wollte nicht ihren Gehorsam, er wollte und brauchte ihre Herzen.

„Kein Pferdelord reitet einem anderen davon", kam prompt der Ruf eines Reiters.

Einer der Scharführer reckte seinen Berittwimpel empor, um so auf sich aufmerksam zu machen. „Dorkemunt und Nedeam stehen den Elfen bei. Es mag sein, dass die elfischen Häuser nicht um unseren Beistand ersuchten. Aber das Haus Deshay kam uns in Merdonan zu Hilfe, auch ohne dass wir sie gerufen haben. Sie haben nicht gefragt und nicht gezögert, Ihr Schwertmänner der Hochmark. Sie sahen uns in Not und standen uns zur Seite. Jetzt sind es die Elfen, die unsere Hilfe brauchen. Jetzt sind wir gefordert."

„Worauf warten wir noch, Garodem, mein Pferdefürst?" Ein anderer Reiter schlug seine Lanze an den Rundschild, der am Sattel hing. „Es ist nicht eine Frage der Losung, sondern eine Frage der Ehre. Freunde sind in Not, und wir vergeuden nur Zeit."

„Besser Zeit vergeuden als Eure Leben, Ihr Schwertmänner der Mark." Garodem reckte sich leicht im Sattel, und Meowyn glaubte die Schmerzen, die dies dem Pferdefürsten bereiten musste, beinahe körperlich zu spüren.

„Kein Mann reitet dem anderen davon", schrie ein Reiter aus der hinteren Reihe.

„Ja, selbst wenn es ein Elf ist", stimmte Mortwin zu, und einige Männer lachten.

„Ich werde Euch keinen Befehl geben, denn keine Not und kein Ruf zwingen uns in den Kampf." Garodem bemerkte nun die Heilerin und stockte einen Augenblick, dann redete er weiter. „Aber wie ein jeder von Euch bin ich der Tradition des Pferdevolkes verbunden, und auch wenn ich in diesem Moment nur für mich selbst sprechen kann, so sage ich es mit aller Macht: Kein Mann des Pferdevolkes steht jemals allein, solange noch ein anderer im Sattel sitzt. Das macht die Kraft unseres Volkes aus. Ich werde reiten, um Dorkemunt und Nedeam und auch unseren elfischen Freunden beizustehen. Die Grenzen der Mark sind sicher, und der vierte Beritt sowie die Pferdelords der Weiler werden sie beschützen. Ich jedoch werde die ganze Kraft meines Körpers für unsere Freunde einsetzen, und wer mich begleiten will, ist mir willkommen."

Garodem nickte Tasmund kurz zu und zog dann sein Pferd herum. Ohne sich umzusehen, trabte er an, und Bannerträger und Hornbläser folgten ohne Zögern. Keine Kommandos wurden gegeben, und im ersten Augenblick herrschte ein wenig Unordnung auf dem Übungsplatz, da die drei Beritte beinahe gleichzeitig antrabten, um Garodem zu folgen. Doch in kürzester Zeit gewannen Übung und Disziplin die Oberhand, und die dreihundert Reiter bildeten die typische Viererkolonne der Schwertmänner.

Garodem lächelte Meowyn freundlich an, die ihr Pferd ein wenig zur Seite lenkte, als die Kolonne der Reiter auf die Straße einschwenkte, die hinüber nach Eternas und dann aus der Mark hinausführte. Ein seltsames Schweigen lag über der Formation; nur das Pochen der Hufe, das Knarren der Sättel und das Schnauben der Pferde waren zu vernehmen, begleitet von dem leisen Klirren, wenn Waffen und Rüstungen aneinanderschlugen.

Am Ende der Kolonne ritten die Männer, welche die Zusatzpferde führten, dann folgte, in einigem Abstand, der Erste Schwertmann Tasmund.

Meowyn war froh, dass ihr Mann die Beritte nicht begleitete, und sie schämte sich einen Moment für dieses Gefühl, denn Tasmund war ein wahrer Pferdelord, und es fiel ihm sicherlich schwer, nicht an der Seite seiner Männer und seines Pferdefürsten zu stehen.

Sein Lächeln wirkte daher auch eher kläglich, als er sie erreichte. Der von der Reiterkolonne aufgewirbelte Staub hatte Mann und Pferd leicht gepudert, und Tasmund hustete unterdrückt, als er seine Frau begrüßte. Obwohl sie den Ernst der Situation begriff, musste sie doch lachen, worauf sich Tasmund mit einem erleichterten Seufzen im Sattel zurücklehnte.

„Es gibt vieles zu berichten, geliebtes Weib“, begann er und schilderte ihr dann die Ereignisse um Gendaneris. „Du kennst Nedeam und Dorkemunt“, schloss er seufzend. „Sie konnten ihre elfischen Freunde nicht im Stich lassen.“

Meowyn nickte, halb von Kummer, halb von Stolz erfüllt. „Sie sind nun einmal Pferdelords, das lässt sich nicht leugnen."

„Mit jeder Faser ihres Körpers", bekräftigte Tasmund, warf einen Blick über die Schulter und spuckte dann aus. „Weitaus mehr, als jener dort es jemals sein wird."

Nun sah auch Meowyn den Reiter, der seltsam verlassen auf dem Übungsfeld zurückgeblieben war.

Garodem, der Pferdefürst der Hochmark, war mit seinen Schwertmännern ausgerückt und hatte seinen Sohn Garwin zurückgelassen. „Was ist geschehen, Tasmund?"

„Ich habe mit den Männern gesprochen, die zum Begleitberitt des Handelszuges gehörten." Der Erste Schwertmann seufzte schwer. „Ihrem Bericht zufolge hat Garwin gut gekämpft, und das will ich gerne glauben."

„Aber?" Ihr Blick war eindringlich. „Tasmund, mein geliebter Mann, du musst es mir sagen. Herrscht Streit zwischen Garodem und seinem Sohn?"

„Nedeam und Dorkemunt haben die Männer dort geführt, wo Garwin zögerte. Der Sohn Garodems hat den Mut eines Pferdelords, aber er muss noch vieles lernen. Den Wortlaut des Eids hat er befolgt, und man kann ihm keinen Vorwurf machen. Dennoch hat er die wichtigste Regel der Pferdelords außer Acht gelassen."

„Keiner lässt den anderen zurück."

Tasmund nickte. „So ist es. Und dies gilt nicht nur für die Träger des grünen Umhangs, wie du weißt. Ehre umfasst mehr, als nur den Traditionen zu folgen und den Eid zu erfüllen. Der Wert eines Kämpfers erweist sich darin, ob er bereit ist, denen beizustehen, die seine Hilfe benötigen. Wir haben Freunde, die uns in der Not halfen und die nun selbst unsere Hilfe brauchen. Auch wenn sie nicht dem Pferdevolk angehören, das Band der Freundschaft steht dem Eid der Pferdelords gleich.“ Tasmund räusperte sich und wies zur Burg hinüber. „Garodem hat Boten ausgeschickt. Sie werden über die Nordmark zur Ostmark Bulldemuts eilen. Der Pferdefürst in Merdonan hat Ehre im Leib. Seine Mark ist zwar noch immer geschwächt und muss zudem die Ostgrenze an den Weißen Sümpfen bewachen, aber ich habe keinen Zweifel, dass er an Schwertmännern entsenden wird, was er entbehren kann.“

Tasmund reckte sich leise ächzend im Sattel und verzog dabei schmerzlich das Gesicht. „Aber nun lass uns zur Hohen Dame Larwyn reiten. Ich gebe zu, ich freue mich darauf, vom Pferd steigen zu können. Die alten Wunden plagen mich, ich denke, das Wetter wird bald umschlagen. Ein heftiger Regensturm braut sich über der Mark zusammen.“

Meowyn sah das unbewegte Gesicht des jungen Pferdelords Garwin, als dieser ihren Blick erwiderte und dann sein Pferd herumzog, um zu den Unterkünften zu reiten.

Egal wie schwer das Unwetter auch werden mochte, es würde nichts sein im Vergleich zu jener Düsternis, die nun zwischen Garodem und seinem Sohn herrschte.

28

Dorkemunt beugte sich ein wenig näher zu dem Brennsteinbecken. Missmutig betrachtete er die grobe Naht, mit der er seinen Umhang geflickt hatte. „Früher konnte ich die Stiche feiner setzen", seufzte er leise. „Inzwischen werden meine Finger bei solchen Arbeiten zu kurz und die Fäden zu lang."

„Ich hörte, auch Garodem weiß mittlerweile Helderims Vergrößerungssteine zu schätzen." Nedeam saß auf der Einfassung des Brunnens auf dem großen Platz und ließ die Beine baumeln.

„Was, meinst du, Nedeam, mein Freund, wird Garwin seinem Vater berichten?"

Nedeam sah nachdenklich über den dunkel daliegenden Platz. Der letzte Streifen des Abendrots wich nun endgültig der Nacht, und ein prachtvoller Sternenhimmel stand über der Hafenstadt, in deren Häusern Brennsteinbecken und Lampen einen warmen Lichtschein auf die Gassen warfen. Wären der leichte Brandgeruch, der noch immer in der Luft hing, und die Schritte der Wachtposten nicht gewesen, so hätte es kaum ein friedvolleres Bild geben können. Stadtbewohner waren unterwegs und machten letzte Besorgungen oder Besuche; die Hektik der vergangenen Tageswenden machte zunehmend wieder dem Alltag Platz.

„Ich weiß nicht, was Garwin berichten wird", sagte Nedeam schließlich.

„Er ist im Zorn davongeritten und wird schwerlich freundliche Worte finden."

„Denkst du dabei an die Alnoer oder an uns?“

Dorkemunt biss das Ende des Fadens ab und lächelte halbherzig. „Sein Bericht über die Alnoer wird wohl kaum herzlich ausfallen. Ich würde sie ebenso wenig schonen, von dem braven ta Enderos einmal abgesehen.“ Dorkemunts Lächeln vertiefte sich. „Aber ich denke, auch über uns wird Garwin nichts Gutes zu sagen wissen.“

Nedeam zuckte mit den Schultern. „Wir haben richtig gehandelt.“

„Ja, das haben wir.“ Dorkemunt zog behutsam an dem Verschluss seines grünen Umhangs. Das goldene Symbol des doppelten Pferdekopfes hielt, und er nickte erfreut. „Zudem kennst du unsere Schwertmänner. Sie werden sich mit ihrer Meinung nicht zurückhalten und sie dem Pferdefürsten kundtun.“

„Meinst du, Garodem wird uns Verstärkung senden?“

Dorkemunt sah seinen Freund kopfschüttelnd an. „Was für eine Frage. Natürlich wird er Männer entsenden. Garodem ist der Hohe Lord und Pferdefürst der Hochmark. Er ist ein Pferdelord, durch und durch.“ Dorkemunt nickte entschlossen. „Er wird Männer schicken, daran gibt es keinen Zweifel.“ Der kleinwüchsige Pferdelord wies über den Platz. „Es fragt sich nur, wann sie eintreffen.“

Nedeam langte in sein Wams und zog ein Stück Süßwurzel hervor, das er tagsüber erstanden hatte. Eher lustlos kaute er darauf herum. Die Wurzel war schon älter und schmeckte ausgelaugt. „Wie es aussieht, würden die Männer wohl so oder so rechtzeitig eintreffen.“

„Ja, ich weiß, was du meinst.“ Dorkemunt warf einen verächtlichen Blick in Richtung der Ratshalle von Gendaneris. „Die Reiter von ta Enderos verstehen es zu kämpfen. Aber ansonsten scheinen sich die Herren gerne in Geschwätzigkeit zu ergehen. Tageswende um Tageswende sitzen sie in der Halle und beratschlagen. Ich glaube, selbst die unsterblichen Elfen werden langsam ungeduldig."

„Ich hoffe, dass Leoryn den Rat der elfischen Häuser überzeugen kann. Du weißt, diese unsterblichen Wesen lieben ausschweifende Reden und viele schöne Worte. Leoryn muss ihnen begreiflich machen, dass die Zeit nun drängt."

Dorkemunt leckte sich über die Lippen. Während er den Umhang wieder über seine Schultern warf und den Verschluss einhakte, schüttelte er abermals den Kopf. „Du kennst unsere elfischen Freunde. Wenn es sein muss, können sie verdammt schnell sein. Denk an Merdonan. Nun sind ihre wichtigsten Ältesten in Gefahr. Nein, die Häuser der Elfen werden rasch handeln." Dorkemunt lachte bitter und wies zur Ältestenhalle hinüber. „Im Gegensatz zu jenen dort."

Nedeam empfand dieselbe hilflose Wut wie Dorkemunt.

Nachdem Beslon ta Hodin, Admiral der Flotte Alnoas, mit seinen Schiffen gekommen war, schien es nur noch eine Frage der Zeit, bis man sich aufmachen würde, die Gefangenen aus den Händen der Schwarmmänner zu befreien. Man müsse, so dachte man, nur noch die Umbauten der beiden Schiffe abschließen, dann könne es losgehen. Nun waren die Schiffe fertig, aber die Gespräche zwischen den hohen Offizieren des alnoischen Reiches fanden kein Ende. Offensichtlich hatte Admiral ta Hodin einen höheren Rang als der Reiterkommandant ta Enderos, dessen Gesichtsausdruck in den letzten Tageswenden immer unzufriedener geworden war.

„Vertreten wir uns ein wenig die Beine", schlug Dorkemunt schließlich vor. „Dieses tatenlose Herumsitzen drückt mir aufs Gemüt. Lass uns zur Werft hinuntergehen, vielleicht treffen wir dort Lotaras und Llarana." Er warf seinem Freund einen abschätzenden Blick zu.

Nedeam spürte die unausgesprochene Frage und zuckte die Schultern. „Mag sein."

Sie gingen schweigend die lange Straße zum Hafen hinunter. Die Bewohner der Stadt hatten sich mittlerweile an den Anblick der beiden Männer mit den grünen Umhängen gewöhnt und beachteten sie kaum noch. Einige der Gardisten nickten ihnen grüßend zu. Jenen mit den Helmen von ta Enderos' Reiterei nickte Dorkemunt einen Gruß zurück, die Männer der Garde von Gendaneris ignorierte er. Der kleinwüchsige Pferdelord empfand zunehmend Verachtung für die Soldaten der Hafenstadt. Vielleicht tat er ihnen Unrecht, aber die Bereitwilligkeit, mit der man in der Stadt das Schicksal der Entführten akzeptierte, widerte ihn zutiefst an.

Der Lärm an der Werft hatte sich gelegt. Das alnoische Dampfkanonenschiff „Shanvaar" und die elfische „Wellenvogel" waren fertig und bereit zum Auslaufen. Alle Ausrüstung war verstaut, auch bei dem gekaperten Schwarmschiff „Melan'tasta". Aber bis auf einige Wachen war niemand an Bord der Schiffe. Einige Brennsteinbecken brannten im Umfeld der Werft, und die meisten Posten hatten sich in ihrem schwachen Lichtschein versammelt.

„Diesen Stadtgardisten von Gendaneris ist es nur eine lästige Pflicht", knurrte Dorkemunt. „Sie schwatzen ununterbrochen miteinander. Fehlt nur noch, dass sie die Würfel auspacken."

„Eine ganze Flotte liegt im Hafen und vor der Stadt", erwiderte Nedeam. „Sie wähnen sich in Sicherheit."

„Die Hand eines Mörders wird durch eine Flotte nicht aufgehalten", gab Dorkemunt bissig zurück.

„Du denkst an den ermordeten Segelführer des Schwarms?"

„Er hatte einen Namen." Dorkemunt sah seinen Freund wütend an. „Auf seine Weise war Bilun-Mar ein Mann von Ehre." Er spuckte aus. „Und ich sage dir, dieser Schwarmmann hatte sogar mehr Ehre im Leib als mancher der Alnoer hier."

Nedeam musterte die Wachtposten der Garde von Gendaneris. „Es ist schon seltsam, wie verschieden diese Menschen des Königreiches von Alnoa sind. Einige von ihnen, wie ta Enderos, haben Ehre. Andere hingegen scheinen nur an sich selbst zu denken."

„Dieses Königreich ist zu satt und zu zufrieden." Dorkemunt stieß mit dem Fuß einen kleinen Stein von der Straße. „Sicher, seine Grenzen sind bedroht, und die Männer, die sie beschützen, haben Ehre und verstehen es zu kämpfen. Aber die meisten Städte und Weiler liegen weitab der Gefahr. Ihre Bewohner hören nur aus Berichten von den fernen Scharmützeln mit den Orks oder Barbaren. Bestimmt sind sie begeistert, wenn die siegreichen Truppen dann vor ihnen paradieren. Aber selbst die Klinge zu führen und ihr Leben einzusetzen …" Dorkemunt spuckte erneut aus.

„Vielleicht war es ein Fehler, hierzubleiben."

„Unsinn. Es war richtig. Wenn Freunde in Not sind, kann ein Pferdelord nicht zurückstehen, das weißt du. Ich sage dir, Nedeam, mein Freund, wir hätten mit unseren elfischen Freunden die ‚Wellenvogel' besteigen und einfach losfahren sollen. Irgendwie hätten wir die Entführten gefunden und auch befreit. Bis die Alnoer mit ihrem Geschwätz fertig sind, sind die Entführten längst zu Staub zerfallen."

„Die Schwärme waren immerhin stark genug, eine Stadt wie Gendaneris einzunehmen."

„Mit einer List, mein Freund, mit einer List." Dorkemunt wies zur Hafenzufahrt. „Genau genommen mit einer Hinterlist. Es hat wenig Ehre, in die Rüstung des Feindes zu schlüpfen, um sich in seine Reihen zu schleichen. Ein Pferdelord würde dergleichen niemals tun."

Nedeam räusperte sich. „Nun, ich denke, mit der ‚Melan'tasta' haben wir Gleiches vor, nicht wahr?"

Dorkemunt zuckte die Schultern. „Hm, ein Schiff ist keine Rüstung, denke ich."

„Dennoch planen auch wir eine List."

„Nun ja, mag sein."

Erneut schwiegen sie und hingen ihren Gedanken nach.

Für Nedeam war diese Situation neu. Er war schon oft mit den Pferdelords ausgerückt und hatte tapfer gekämpft. Aber er hatte dabei immer unter dem Kommando eines erfahrenen Berittführers oder sogar dem des Pferdefürsten Garodem gestanden. Im Kampf wusste er instinktiv, wie er sich zu verhalten hatte, doch nun gab es keine Losung, der er folgte, vielmehr handelte er aus reiner Verbundenheit zu seinen elfischen Freunden. Eigentlich handelte er gar nicht als Pferdelord der Hochmark, sondern als … ja, als was eigentlich? Als Freund? Als freier und ungebundener Mann? Waren es Freundschaft und Ehrgefühl, die ihn antrieben, oder war es Abenteuerlust? Vielleicht war von allem etwas dabei. Nedeam hätte es nicht mit Bestimmtheit zu sagen vermocht. Er fühlte nur instinktiv, dass er nicht anders handeln konnte, und seinem Freund Dorkemunt erging es wohl ebenso.

Er spürte einen leichten Stoß und schreckte aus seinen Gedanken auf. Dorkemunts Haltung wirkte angespannt, als er zur Werft hinüberwies. „Was ist?"

„Ich weiß nicht genau." Der kleinwüchsige Pferdelord leckte sich unsicher über die Lippen und strich dann über seinen üppigen Vollbart. „Ich meine gerade einen Schatten gesehen zu haben. Dort, an dem kleinen Tor, das an der Seite in die Werft hineinführt.“

„Bist du dir sicher?“

„Nein.“ Dorkemunt kratzte sich am Kopf und spähte angestrengt zu dem kleinen Tor hinüber. Es war einer der Seiteneingänge der Werft, der nun im Dunkeln lag, da die Lichter der Brennsteinbecken ihn nicht beleuchteten und das Dach des Gebäudes ihn vom Sternenlicht abschirmte. „Dennoch, mein Instinkt … Warte, hast du das gehört?“

Nedeam nickte. Es war ein leises, kaum wahrnehmbares Klirren gewesen, das von der Werft herübergedrungen war. So leise, dass keine der Wachen es bemerkt hatte. Zumindest reagierten sie nicht, und da sich das Geräusch nicht wiederholte, zuckte Nedeam die Schultern. „Es wird wohl nichts gewesen sein.“

„Aber du hast es ebenfalls gehört.“

„Ja, habe ich. Vielleicht ist ein Werkzeug zu Boden gefallen.“ Nedeam rieb sich die Augen und schaute wieder hinüber, aber es war nichts Auffälliges zu sehen.

„Dort arbeitet jetzt niemand mehr.“ Dorkemunt legte seine Hand eher unbewusst um den Griff seiner Kampfaxt.

„Dann hat der Wind eine der Ketten bewegt.“

„Es weht auch kein Wind.“

„Dann war es vielleicht eine der Wachen an Bord der Schiffe. Diese alnoischen Rüstungen scheppern ja ständig.“ Auch Nedeam wurde nun unruhig. Er warf eine Seite seines Umhangs über die Schulter zurück, um das Schwert rasch ziehen zu können.

„Dann sind wir uns einig?“ Dorkemunt grinste wie ein Raubtier.

„Ja, sind wir.“

Die Gardisten beachteten die beiden Pferdelords zunächst

nicht, als diese auf die Werfthalle zugingen. Erst als sie sahen, wie die beiden Männer die Hände an die Waffen legten, löste sich der Wachführer aus der Gruppe.

„Verzeiht, Ihr guten Herren, aber um diese Zeit herrscht Nachtruhe in Gendaneris."

„Dessen wollen wir uns gerade vergewissern", erwiderte Nedeam. Er deutete zu dem kleinen Tor, das nun, aus der Nähe, etwas deutlicher zu erkennen war. „Sollte dort nicht eine Wache stehen?"

Der Truppführer räusperte sich. „Wir haben unser Auge darauf, seid unbesorgt."

„Vielleicht ist es Euch entgangen, guter Herr Gardist, aber wir vernahmen Geräusche aus der Werft."

Der Truppführer zuckte die Schultern. „Mag sein. Unser Hauptmann ist hineingegangen, um die Wachen auf den Schiffen zu kontrollieren."

Das konnte die Erklärung sein, aber das Misstrauen der beiden Pferdelords war geweckt.

„Wie ich bereits erwähnte, Nedeam, mein Freund, diese Gardisten von Gendaneris haben nicht den Instinkt von Kämpfern", murmelte Dorkemunt.

Der Gardist errötete ein wenig und legte die Hand an den Griff seines Schwertes. „Was wollt Ihr damit sagen?"

Doch die beiden Freunde ließen den Mann einfach stehen und erreichten das Tor. Der Gardist folgte ihnen zögernd. „Ihr habt kein Recht, um diese nachtschlafende Zeit … Verdammt, wenn der Hauptmann erfährt, dass ich Euch in die …"

Nedeam gebot ihm mit einer barschen Geste zu schweigen, denn Dorkemunt hatte sich soeben neben der Tür gebückt und hob nun etwas vom Boden auf. Das Gesicht des kleinwüchsigen Pferdelords verfinsterte sich. „Wie ich hörte, legt

Ihr Männer von Alnoa großen Wert auf Eure Federn, nicht wahr?" Er richtete sich wieder auf und hielt die Helmfeder eines gendanerischen Offiziers in der Hand. Sie war geknickt und offensichtlich gewaltsam aus dem Helm gelöst worden. „Oder meint Ihr, sie gefiel Eurem Hauptmann nicht mehr? Denn dem gehört sie doch sicher, oder?"

Die Instinkte des Truppführers mochten nicht die besten sein, aber seine Reaktionen waren schnell. Er wandte sich seinen Männern zu, stieß ein leises Zischen aus und gab Zeichen mit der Hand. Die Gardisten schreckten aus ihrer Beschaulichkeit auf und hasteten, unter dem leisen Klirren ihrer Rüstungen, heran, bis Dorkemunt ihnen verzweifelt Zeichen gab, leise zu sein.

„Vielleicht täusche ich mich", raunte er dem Truppführer zu, „aber ich fürchte, Eurem Hauptmann ist etwas zugestoßen. Wenn das der Fall ist, muss der Täter noch in der Halle sein. Nehmt es mir nicht übel, guter Herr Truppführer, aber mit dem Lärmen Eurer Rüstungen würdet Ihr ihn nur warnen, und er könnte vielleicht entkommen."

Der Truppführer nickte und schien auf gewisse Weise erleichtert, dass der erfahrene Pferdelord das Kommando übernahm. „Sagt, was wir tun können, guter Herr, und es wird geschehen."

„Umstellt das Gebäude, aber seid dabei möglichst leise. Nedeam und ich können uns geräuschloser bewegen als Ihr Gardisten. Wir werden also nach dem Verbleib Eures Hauptmanns forschen und sehen, was mit den anderen Wachen geschehen ist." Nachdem er geendet hatte, drückte Dorkemunt dem verdutzten Truppführer die Feder in die Hand und zog seine Kampfaxt.

Nedeams Schwert glitt mit leisem Schaben aus der Scheide,

und der Gardist sah überrascht auf die elfische Klinge, die der Pferdelord führte. „Ihr … Ihr habt eine elfische Klinge?“

Nedeam nickte nur und stieß dann seinen Freund auffordernd an. Während sich die Gardisten überraschend leise um das Gebäude verteilten und dabei auch andere Posten alarmierten, drückte Dorkemunt gegen das kleine Tor, das lautlos in gut gefetteten Angeln aufschwang.

In der Werft war es ein wenig heller als im Freien, denn hier brannten einige große Brennsteinbecken, und es gab viel Metall, welches das Licht reflektierte. Das Licht war schwach, aber es reichte, um sich orientieren zu können.

Schon mit dem ersten Schritt stieß Nedeams Fuß gegen etwas Nachgiebiges, und als er nach unten blickte, erkannte er den Hauptmann der Gardisten. Er lag auf dem Bauch, und obwohl der Pferdelord keinen Zweifel hatte, bückte er sich, um den Toten herumzudrehen. Als er an die Seite des Mannes griff, spürte er einen heißen Schmerz und stieß ein leises Zischen aus.

„Was ist?“ Die Stimme Dorkemunts war kaum mehr als ein Hauch. Er achtete nicht auf Nedeam, sondern auf eine mögliche Gefahr, die in der riesigen Halle lauern mochte.

„Ich habe mir die Finger zerschnitten“, flüsterte Nedeam und zog den Hauptmann endgültig auf den Rücken. „Bei den finsteren Abgründen, tut das weh.“

Der Tote lag auf einem geborstenen Krug, und Nedeam hatte in eine scharfkantige Scherbe gegriffen. Mehrere Finger waren zerschnitten und bluteten stark. Der junge Pferdelord verbiss sich den Schmerz und schlang hastig einen Tuchstreifen um die verletzte Hand.

„Wenigstens nicht die Schwerthand“, hauchte Dorkemunt. „Dem da ist es weitaus schlechter ergangen.“

Dem Offizier war die Kehle aufgeschlitzt worden, und da sie das Klirren aus der Werft erst vor Kurzem gehört hatten, musste sich der Mörder noch hier aufhalten.

„Er kann noch nicht weit gekommen sein." Dorkemunt wies durch die Halle. „Ich glaube nicht, dass er durch die Haupttore entwischt ist. Das hätten wir von der Straße aus sehen müssen."

„Nein, er ist gewiss noch hier. Außerdem wird er hier nicht nur eingedrungen sein, um den Hauptmann zu töten. Das hätte er in einer dunklen Gasse leichter tun können."

Die beiden sahen einander an und blickten dann gleichzeitig auf den gewaltigen Rumpf der „Shanvaar", die unmittelbar vor ihnen am Werftsteg lag. Dahinter waren die Aufbauten der „Wellenvogel" zu erkennen.

„Bei den Finsteren Abgründen, meinst du, er ist wegen der Schiffe gekommen?"

„Was könnte sonst der Grund sein?" Nedeam wies mit der Spitze der Elfenklinge auf die „Shanvaar". „Ich weiß nicht, was der Mörder bezweckt, aber es muss den Schiffen gelten."

„Vielleicht will er ein Loch hineinschneiden, damit sie sinken?"

„Was auch immer seine Absicht ist, wir werden sie durchkreuzen."

Dorkemunt schüttelte den Kopf. „Hier durch die Halle schleichen und den Mörder stellen, das ist eine Sache, Nedeam. Aber wenn wir die Schiffe durchsuchen wollen, gibt es zu viele Möglichkeiten für den Täter, zu entwischen, und ich will nicht, dass er uns entkommt. Wir müssen die Gardisten hinzuholen."

In dem Moment hörten sie einen gedämpften metallischen Schlag, dem mehrere weitere folgten.

„Das kam von dem alnoischen Schiff“, knurrte Dorkemunt. „Genauer gesagt, es kam aus seinem Bauch.“

Der Vorsatz, die Gardisten zur Verstärkung zu rufen, war mit einem Mal vergessen. Die Schläge verrieten, dass sich der Mörder an Bord der „Shanvaar“ aufhielt, und wenn sie sich beeilten, würden sie ihn stellen können. Über die Laufplanke hasteten sie an Deck und fanden dort einen weiteren Gardisten, dem ebenfalls der Hals durchtrennt worden war.

„Ich verstehe das nicht“, murmelte Dorkemunt. „Der Mann muss vollkommen überrascht worden sein. Er machte nicht einmal den Versuch, seine Waffe zu zücken.“

„Wir dagegen werden uns nicht überraschen lassen“, erwiderte Nedeam grimmig. „Ich fürchte, in dieser Werft gibt es nichts Lebendes mehr außer uns und dem Mörder.“

„Keine Sorge“, stieß Dorkemunt grimmig hervor. „Was sich außer uns bewegt, hat sein Leben verwirkt.“

Im Kampf zu sterben, war etwas anderes, als heimtückisch ermordet zu werden, und diese Morde hier erfüllten die beiden Pferdelords mit neuem Zorn. Auf dem Dampfkanonenschiff gab es zwei Niedergänge, die in den Rumpf hinabführten, und so teilten sie sich auf und versuchten, so wenig Lärm wie möglich zu verursachen. Nedeam setzte seine Füße vorsichtig und möglichst nahe der seitlichen Aufhängung auf die Stufen und belastete sie nur allmählich, damit die hölzerne Treppe nicht verräterisch knarrte. Bald hatte er den unteren Abschnitt der Treppe erreicht. Hier war das Licht wieder schlechter, aber er konnte schemenhaft einen Gang erkennen, an dessen Ende ein trübes Schimmern zu sehen war. Es musste von einer Lampe stammen und kam aus ebenjenem Bereich, aus dem die Schlaggeräusche noch immer zu hören waren.

Als er sich weiterbewegte, stieß sein Fuß gegen einen Gegenstand, und er musste einen erbitterten Fluch unterdrücken. Einer der Werftarbeiter hatte offenbar sein Werkzeug auf einer der unteren Stufen liegen lassen, und nun polterte es Stufe für Stufe hinab auf den Boden des Gangs. Nedeam kamen die Geräusche unnatürlich laut vor; er hielt den Atem an und erstarrte in seinen Bewegungen.

Die Schläge aus dem Inneren des Schiffes verstummten.

Der Mörder hatte den Lärm zweifellos gehört. Wie würde er sich nun verhalten? Würde er angreifen oder zu fliehen versuchen? Wahrscheinlich Letzteres. Jemand, der einem Mann heimtückisch den Hals durchschnitt, würde kaum den Mut haben, sich einem offenen Kampf zu stellen, sondern versuchen, sich verborgen zu halten. Nedeam packte den Griff des elfischen Schwertes fester und bewegte sich entschlossen auf den Raum zu, aus dem die Schläge erklungen waren.

Mit einem Mal war ein wütender Schrei von dort zu hören. Unzweifelhaft war es die Stimme Dorkemunts, der sich von der anderen Seite her näherte. Wie es schien, hatte er den Mörder gestellt. Nedeam begann zu laufen. Der schwache Lichtschein wurde deutlicher, und nun sah der junge Pferdelord, dass er aus einer offen stehenden Tür hervordrang, die allem Anschein nach in den Kesselraum der „Shanvaar“ führte. Nedeam beeilte sich, denn Dorkemunts Fluchen klang besorgniserregend, und so stieß er nun selbst einen grimmigen Fluch aus, da ihm der Gang plötzlich endlos lang erschien.

Von weiter vorne hörte er ein Poltern und dann das typische Geräusch, mit dem eine Axt mit großer Wucht in Holz drang. „Hierher, Nedeam, der Bastard will entkommen“, brüllte der kleinwüchsige Pferdelord. „Beeil dich!“

Dann war ein reißendes Geräusch zu hören und ein erneuter Aufschrei Dorkemunts. Nedeam war unterdessen an der

Tür zum Maschinenraum vorbeigelaufen und sah nun endlich die andere Treppe am Ende des Ganges. Durch die geöffnete Decksluke fiel schwaches Licht nach unten, und man sah Dorkemunt mit einer anderen Gestalt ringen, die ein wenig höher auf der Treppe stand.

Nedeam erreichte in dem Moment die Treppe, als sein Freund den Halt verlor und hintenüberkippte. Der junge Pferdelord konnte gerade noch seine Klinge zur Seite ziehen, sonst wäre Dorkemunt von ihr aufgespießt worden. Von ihrer beider grimmigen Flüchen begleitet, stürzten sie rücklings die Stufen hinab.

„Verfluchter Bastard." Dorkemunt rappelte sich vom Boden auf, packte den Handlauf der Treppe und hastete erneut die Stufen empor. „Der Bursche ist glatt und flink wie eine Schlange."

Nedeam folgte ihm. „Bist du verletzt?"

„Nur in meiner Ehre."

Endlich standen sie wieder an Deck des alnoischen Schiffes. „Wo ist der verdammte Kerl?"

Ein Klatschen gab ihnen die Antwort. Sie fuhren herum und blickten zum Heck des Schiffes. „Verflucht, er ist ins Wasser gesprungen. Da stehen keine Posten", knurrte Dorkemunt. „Ich konnte nicht einmal sein Gesicht erkennen, da es verhüllt war."

Sie eilten hinüber zur Heckreling, und Nedeam glaubte für einen Moment Kopf und Schultern eines Mannes zu erkennen, der rasch durch das Hallenbecken ins Freie schwamm. „Den kriegen wir nicht mehr", seufzte er enttäuscht und stützte sich schwer atmend auf dem Handlauf ab, wobei er erneut den Schmerz der Schnittwunden an seiner Hand spürte. „Lass uns die Wachen rufen und den Rüstmeister der Werft. Jemand muss nachsehen, was der Mörder auf der ‚Shanvaar' angerichtet hat."

In kürzester Zeit war die Werfthalle von hektischem Treiben erfüllt. Übereifrige Gardisten durchstöberten jeden Winkel, als verberge sich der Mörder noch in dem Gebäude, und Rüstmeister Anavar und der elfische Weise Mionas eilten herbei, um zu sehen, ob der Unbekannte einen Schaden verursacht hatte.

Schmiedemeister Naral stieß erbitterte Flüche aus, als er den Raum mit den Brennsteinkesseln betrat und sah, was die Schläge bewirkt hatten. „Diese verfluchte Bestie! Dieser elende Bastard! Seht euch an, was er meinen Brennsteinkesseln angetan hat! Ah, wenn ich diese Ausgeburt der Finsteren Abgründe in die Finger bekomme, ich sage Euch, ich …"

Der elfische Schmied Konarolas unterbrach den aufgebrachten Mann mit ruhiger Stimme. „Der Schaden mag groß aussehen, aber das ist er nicht. Es lässt sich alles wieder richten."

Der Mörder hatte nicht nur mehrere Wachen umgebracht, sondern auch mithilfe eines schweren Hammers und eines Meißels mehrere Löcher und Risse in die drei Brennsteinkessel geschlagen. Die Stahlkonstruktionen schienen so stark zerstört, dass sich die „Shanvaar" wohl auf absehbare Zeit nicht mehr aus eigener Kraft würde bewegen können.

„Wie soll man das wieder richten?" Naral schlug wütend gegen einen der Kessel. „Ich kann solche Löcher nicht einfach mit Platten bedecken. Die Kessel mag man so zwar wieder dicht bekommen, wenn man viele Metallstifte setzt, aber die Kolben, die den Druck aufnehmen, können dann nicht mehr gleiten."

Die hohen Zylinder der Kolbenführungen waren arg mitgenommen, und der Schmied sah keine Möglichkeit, die Risse und Löcher mit Platten zu bedecken, da sie durch Nieten befestigt werden mussten, die den Bewegungsablauf der Kolben hemmen würden.

„Natürlich könnte ich die Kolben dünner schleifen", sagte der Schmied wütend. „Aber wie der Hohe Herr Mionas mir erklärte, verlieren sie dann wieder an Kraft."

Mionas nickte betrübt. „Konarolas, du sagtest, der Schaden sei nicht so schwer, was meintest du damit?"

Der elfische Schmied nickte. „Hätte der Mann die Ventile und Zuleitungen zerschlagen, dann hätten wir mehr Probleme." Er machte eine beschwichtigende Geste zu dem aufgebrachten Schmied der Werft. „Die Kessel lassen sich flicken. Sie werden nicht mehr so elegant sein, aber noch genauso gut funktionieren. Bei der Führung der Kolben muss ich dem guten Herrn Naral recht geben. Dennoch können wir uns behelfen." Er lächelte sanft. „Die Zylinder haben genau die Maße der Dampfkanonen."

„Oh." Naral sah den Elfen überrascht an, und ein verstehendes Lächeln glitt über sein Gesicht. „Ha, den Lauf einer Dampfkanone haben wir vorrätig. Wenn wir ihn in Stücke schneiden …"

„… können die Kolben wieder glatt laufen", bestätigte Konarolas.

Mionas nickte erleichtert. „Das lässt sich tatsächlich rasch bewerkstelligen."

Rüstmeister Anavar klatschte in die Hände. „Dann werden wir mit dem ersten Tageslicht beginnen."

„Nein, Ihr werdet sofort beginnen." Der Hochgeborene Daik ta Enderos schob sich zusammen mit dem elfischen Kapitän Herolas nach vorne. „Der Mörder hat fünf gute Männer getötet, um die ‚Shanvaar' zu beschädigen. Er ist entkommen und wird es vielleicht erneut versuchen. Solange wir nicht wissen, wer der Täter ist, gibt es für unsere Schiffe nur einen sicheren Ort, und das ist die See."

„Dort sind die Schwärme", gab Anavar zu bedenken.

„Aber die sind ein Feind, den man erkennt und bekämpfen kann." Ta Enderos wippte leicht auf seinen Absätzen. „Hier in der Stadt jedoch vermag ich nicht zu sagen, wer einen Dolch in seinem Gewand verbirgt."

„Er hat recht." Kapitän Herolas nickte und sah den gendanerischen Rüstmeister ernst an. „Bis die Hochgeborenen Alnoas zu einem Entschluss gekommen sind, werden die Schiffe zu Staub zerfallen sein. Wir sollten nicht noch mehr Zeit verlieren und daher aufbrechen, sobald es geht."

Ta Enderos nickte. „Die ‚Shanvaar' untersteht der Garde. Der Admiral ta Hodin mag mit seiner Flotte tun, was immer ihm beliebt. Aber wir laufen aus, sobald dieses Schiff wieder bereit ist."

Dorkemunt stieß einen zufriedenen Seufzer aus. „Erwähnte ich schon, Nedeam, mein Freund, dass mir die berittene Garde durchaus gefällt?"

Sein Freund lächelte. „Ja, du erwähntest etwas Derartiges."

„Es wird noch ein wenig dauern, bis das Schiff hier wieder fahren kann", meldete sich Lotaras zu Wort und trat zu den Freunden. „Wir sollten die Zeit nutzen und uns überlegen, wie man den Mörder fangen kann."

„Die Männer von Gendaneris versuchen es schon seit Tageswenden", brummte Dorkemunt. „Auch die fünf Wachen wussten, dass ein Mörder in der Stadt umgeht. Geholfen hat es ihnen nicht. Sie wurden abgeschlachtet wie der arme Bilun-Mar."

„Bilun-Mar ..." Nedeam leckte sich unbewusst über die

Lippen. „Bilun-Mar ... Da fällt mir etwas ein. Als wir den toten Hauptmann entdeckten, schnitt ich mich an den Scherben eines Kruges. Ich kann mich entsinnen, dass man auch bei den toten Gardisten, die Bilun-Mar bewachte, einen zerbrochenen Krug gefunden hat."

„Bei den Finsteren Abgründen, du hast recht." Dorkemunts Augen verengten sich. „Ich ahne, worauf du hinauswillst."

Nedeam nickte. „Die Gardisten waren völlig arglos, als der Mörder sich ihnen näherte – mit dem Krug eines willkommenen Getränkes."

„Sie mussten ihre Augen auf etwas anderes gerichtet haben als auf die Hände des Mörders, sonst wären sie nicht so überrascht worden." Dorkemunt stieß einen leisen Fluch aus. „Wahrhaftig, die ganze Stadt sucht einen Mörder, aber ich fürchte, wir haben es mit einem weiblichen Wesen zu tun. Ah, diese Niedertracht. Wer rechnet schon damit, dass ein Weib, womöglich ein hübsches, Morde begeht?"

Nedeam sah seinen Freund für einen Moment schweigend an. „Auch unsere Frauen verstehen es, eine Klinge zu führen. Und denk an die Weiber des Sandvolkes. Sie sind ebenfalls wehrhaft."

„Verdammt, du glaubst, es handelt sich bei ihr um ein Weib der Schwärme?"

„Wer sonst sollte ein Interesse daran haben, einen gefangenen Segelführer zu ermorden und die ‚Shanvaar' zu beschädigen?"

„Mögen die Abgründe dieses elende Weib verschlingen." Dorkemunt wies auf Nedeams verletzte Hand. „Was macht die Wunde? Soll ein Heiler danach sehen? Wenn wir gegen die Schwärme antreten, wirst du beide Hände brauchen."

„Es schmerzt kaum noch", entgegnete er und löste behutsam den Tuchstreifen, den er um die Hand gewickelt hatte.

Dorkemunt stieß ein leises Grunzen aus. „Das will ich meinen. Einen solchen Kratzer nennst du Wunde?"

Nedeam starrte benommen auf seine Hand. Die schwere Schnittwunde, die sich über drei der Finger sowie den Daumenansatz gezogen hatte, begann sich bereits zu schließen und blutete kaum noch. Wie war das möglich? Er hatte die Wunde zuvor gesehen, sie konnte nicht so rasch heilen. Dennoch schien es so.

Dieser Anblick erschreckte den jungen Pferdelord weitaus mehr als die Aussicht, sich einem blutgierigen Korsarenschwarm zu stellen.

29

Es war ein scharfer Ritt gewesen, und Leoryn hatte weder sich noch ihre Pferde geschont. Sie hatte nur die notwendigste Rast eingelegt, um die Reittiere zu versorgen und sie zu wechseln. Sie war über die zentrale Handelsroute an Enderonas vorbeigeritten, war schließlich zu den Furten des Eisen gelangt und hatte dann die nördliche Route genommen, die kurz vor dem Südpass der Hochmark Garodems nach Westen abbog. Sie war versucht gewesen, auch dem Pferdefürsten Nachricht zu geben, aber dann sagte sie sich, dass der Berittführer Garwin dies ja tun werde. Ihre Aufgabe war es, die Häuser der Elfen zu benachrichtigen, und so war sie erleichtert, als sie die nördlichen Ausläufer des Dünenlandes passierte und vor ihr die heimatlichen Wälder auftauchten.

Die Späher des Hauses Estarion erkannten sie sofort, und Leoryn zügelte kurz ihr Pferd. „Der Rat der Häuser muss einberufen werden“, stieß sie hastig hervor. „Die Ältesten des Hauses Elodarion und Deshay sind in Gefahr, und wir brauchen die gesamte Streitmacht des Volkes.“

Der Truppführer der Elfen zögerte nicht. „Zwei Häuser sind betroffen, doch das Elodarions liegt näher. Die Schwingen werden die Nachricht verbreiten, Hohe Frau. Reitet Ihr inzwischen zur Ratshalle Elodarions, dort werden die Ältesten sich zusammenfinden.“

Leoryn trieb ihre Pferde erneut an, denn sie wusste ihre Botschaft in guten Händen.

Der Truppführer gab unterdessen mit knappen Worten die erforderlichen Anweisungen. Einer seiner Männer stieg in den Baum hinauf, in dem sich einer der kleinen Wachtposten befand, von dem aus die Grenzen des Elfenreiches gesichert wurden. Sie waren nur von wenigen Männern besetzt, denn ihre Aufgabe bestand nicht darin, einen Feind zu bekämpfen oder aufzuhalten, sondern die Häuser zu alarmieren, wenn Gefahr drohte.

Gelegentlich drangen die Turiks des Sandvolkes gegen das Reich der Elfen vor, um das für sie kostbare Holz zu erbeuten und Ehre zu erlangen, indem sie die Schädel elfischer Krieger nahmen. Doch das war selten, denn die Männer des Sandvolkes hatten auf schmerzhafte Weise gelernt, dass sie mehr Schädel zurückließen, als sie mit heimwärts nahmen. So hatten sich die Barbaren des Dünenlandes darauf verlegt, in das Land der Pferdelords einzudringen. Doch es gab Gerüchte unter den Elfen, dass es zwischen den Völkern des Sandes und der Pferdelords zu einer Übereinkunft gekommen sei. Zwar schien es gelegentlich noch immer Überfälle kleiner Turiktrupps auf die Westmark des Pferdevolkes zu geben, aber ihre Zahl hatte abgenommen, und wie es aussah, hatte man sogar begonnen, Handel zu treiben. Die elfischen Häuser berührte das wenig, solange ihr eigenes Gebiet und ihre Handelswege nicht betroffen waren.

Der kleine elfische Vorposten bestand aus drei Männern, perfekt geschult im Umgang mit allen Waffen und ebenso vollkommen in der Tarnung. Der Mann, der in die Krone des gewaltigen Baumes hinaufgestiegen war, hatte inzwischen die dortige Signalplattform erreicht.

Nachts wurden Signale mit Licht übermittelt, wofür die Elfen spezielle Lampen benutzten, die abgeschirmt werden konnten. Dennoch bestand immer die Möglichkeit, dass dieses Licht dem Feind die Position des Postens verriet. Die Elfen bevorzugten daher die Schwingen, um ihre Botschaften zu übermitteln. Die einen bestanden aus der Befiederung der elfischen Pfeile, die anderen waren tatsächlich Schwingen und gehörten zu den Fluginsekten, welche die Elfen seit Urzeiten züchteten und als Boten einsetzten.

Der Elf streifte einen metallenen Ring über einen seiner Pfeile und ritzte ein Zeichen in den Schaft. Dann nahm er Maß, spannte seinen Bogen und ließ den Pfeil davonschnellen. Ein leises Pfeifen war zu hören, während das Geschoss steil aufstieg, seinen Weg nahm und sich dann langsam wieder senkte. Mehrere Hundertlängen entfernt schnellte es mit traumwandlerischer Sicherheit einem anderen Baum entgegen und schlug mit vernehmlichem Pochen in eine an dessen Spitze montierte hölzerne Scheibe.

Der dortige Elf zog den Pfeil heraus. Er hatte nicht exakt die Mitte getroffen, dennoch war es ohne Frage ein meisterlicher Schuss. Doch das war bei einem Elfen auch nicht anders zu erwarten. Dieses unsterbliche Volk beherrschte es instinktiv, Wind, Luftfeuchtigkeit und andere Faktoren in die jeweiligen Berechnungen einzubeziehen. Erneut stieg nun das Geschoss mit leisem Pfeifen von dem Zwischenposten aus in den Himmel.

Unterdessen stieg an dem Posten, von dem die Pfeilbotschaft ausgegangen war, der Truppführer zu dem anderen Elfen auf die Signalplattform. „Wenn der Älteste des Hauses Deshay in Gefahr ist und nicht am Rat teilnehmen kann, müssen wir Theon-olud-Deshay erreichen. Er ist der Waffenmeister des Hauses."

Der andere Elf nickte. „Der Schwingenkäfer ist auch schon unterwegs. Einen zweiten habe ich zu den Häusern der See entsandt."

„Gut. Theon-olud-Deshay wird einige Tageswenden benötigen, bis er den Rat erreicht. Es muss etwas Außergewöhnliches geschehen sein, wenn das Haus Elodarion den Rat einberuft. Zwei der Ältesten in Gefahr. Was mag das bedeuten? Ob die Orks ihre hässlichen Häupter wieder recken?“

Der Bogenschütze machte ein nachdenkliches Gesicht. „Ich denke nicht. Wären die Grenzen von den Legionen des Schwarzen Lords bedroht, würden die Signalfeuer brennen.“

„Du hast recht. Ich bin wahrhaftig gespannt, was es zu beraten gibt.“

Es war das Land der Bäume. Das Land der elfischen Häuser des Waldes, das von seinen Bewohnern Neshaar genannt wurde. Endlose Wälder erstreckten sich hier, und das Dach der Blätter schien unendlich. Nur an den Ufern der Flüsse Sam und Onijah zogen sich ausgedehnte Felder entlang, auf denen die Elfen Getreide und andere Nutzpflanzen anbauen konnten. Im Norden teilte der Westausläufer des Nordgebirges das Land und bildete die Grenze zu den Häusern der Elfen der See, welche das nördliche Gebiet und die Weißen Sände für sich beanspruchten.

So schnell Leoryn auch durch die Wälder ritt, sie wusste, dass ihre Botschaft ihr nun vorauseilte. Einmal hörte sie das leise Pfeifen eines Signalpfeils, und sie dachte daran, welche Sorge die Nachricht bei ihrer Mutter Eolyn auslösen musste. Daher war sie erleichtert, als sie endlich die Lichtung erreichte, über der sich die Baumhäuser des Hauses Elodarion erhoben.

Sie wurde bereits erwartet.

Eolyn und eine Reihe weiterer Elfen standen auf der Lichtung und sahen ihr entgegen. Ihre Gesichter wirkten beherrscht, fast unbewegt, aber Leoryn wusste, dass dieser äußere Eindruck täuschte. Die Elfen der Häuser waren einander auf besondere Weise verbunden. Den unsterblichen Wesen waren nur selten Kinder vergönnt, und so war ihnen jedes Leben kostbar. Zudem war ihre Unsterblichkeit relativ, denn Krankheit und Gewalt konnten ihr ein Ende bereiten. Aber dennoch setzten sie bedenkenlos ihr Leben ein, wenn die Häuser des Volkes bedroht waren.

Leoryn sprang aus dem Sattel des Reitpferdes und bemühte sich um Haltung, aber dann eilte sie doch in die Arme ihrer Mutter und konnte ein Schluchzen nicht unterdrücken. Wie musste es erst Eolyn ergehen, wenn sie nun erfuhr, dass ihr geliebter Gemahl in die Hände der Wasserbarbaren gefallen war?

Anat-olud-Elodarion, Waffenmeister des Hauses Elodarion, hielt sich im Hintergrund und wartete, bis sich Mutter und Tochter wieder voneinander lösten. Dann trat er einen Schritt vor, und seine Stimme war sanft und ruhig, als er zu sprechen begann. „Die Pfeilschwinge brachte die Kunde, Leoryn, Tochter des Elodarion. Wir sind in großer Sorge und neugierig darauf, was du uns zu berichten hast. Aber das hat Zeit, bis der Rat versammelt ist. Es wird nicht lange dauern." Er sah sie freundlich an. „Ich denke, es ist angemessen, dir und deiner Mutter nun ein wenig Zeit zu geben, damit ihr euch austauschen könnt. Und vertraue darauf", seine Augen blickten sie voller Verständnis an, „dass ihr nicht allein seid. Alle elfischen Brüder und Schwestern sind an eurer Seite."

In dieser Nacht standen Eolyn und Leoryn noch lange Zeit auf der Aussichtsplattform des Hauses und sahen hinauf zu den Sternen und nach Westen, dorthin, wo sie Elodarion in den Händen der Schwärme vermuteten. Sie brauchten keine Worte, um Schmerz und Sorge miteinander zu teilen. Erst spät in der Nacht begaben sie sich zur Ruhe. Leoryn konnte keinen

Schlaf finden und wälzte sich unruhig hin und her, bis sie, fast zur Zeit der Morgendämmerung, doch noch einschlief.

Sie erwachte, als sie das Pochen von Hufen auf der Lichtung hörte. Noch ein wenig benommen trat sie auf den kleinen Balkon vor ihrem Schlafgemach und stützte sich auf den zierlichen Handlauf. Mehrere Reiter waren eingetroffen, und sie erkannte einige der Ältesten darunter. Offenbar hatten sie keine Zeit versäumt und waren sofort aufgebrochen und die Nacht hindurch geritten, denn sie trafen sehr früh hier ein.

„Leoryn?“, erklang plötzlich eine Stimme in ihrem Rücken.

Sie drehte sich um und erkannte ihre Mutter, die bereits fertig angekleidet war. „Anat-olud-Elodarion empfängt gerade die Ältesten der Häuser.“

„Ich habe ihre Pferde gehört.“ Leoryn zog ihr Gewand fröstelnd enger um die Schultern. Aber es war nicht die Kälte des frühen Morgens, sondern die Bedeutung der Zusammenkunft, die sie schaudern ließ. „Soll der Rat sofort zusammentreten?“

„Anat hat es vorgeschlagen, und ich habe dem zugestimmt.“ Eolyn lächelte sanft. „Auch wenn das Haus Deshay noch nicht vertreten ist, so scheint mir doch Eile geboten. Stimmst du mir zu?“

Leoryn trat zu ihrer Mutter und legte ihr sanft die Hand an den Arm. „Das tue ich.“

Da auch die Räte die Nacht hindurch unterwegs gewesen waren, bereiteten die Frauen ein Frühstück, um die hohen Vertreter der Häuser willkommen zu heißen. Wie es dem Brauch des Volkes entsprach, wurden während der kurzen Mahlzeit nur Belanglosigkeiten ausgetauscht. Es wäre unhöflich gewesen, bei solch wichtigen Angelegenheiten die Aufmerksamkeit zwischen dem Inhalt des Mundes und dem der Worte aufzuteilen.

Anat-olud-Elodarion war ein Mann, der etliche Jahrtausendwenden jünger war als Elodarion, sich aber zum Aussehen eines bejahrten Weisen hatte altern lassen. Unendliche Zeitalter wurden durch die Ältesten der Häuser und ihre Waffenmeister repräsentiert, und doch ließ sich dies an ihrem äußeren Erscheinungsbild kaum feststellen. Grundsätzlich konnte ein Elf selbst bestimmen, wann er körperlich zu altern aufhörte, es sei denn, die Anzahl seiner Schröpfungen war zu hoch, dann forderten sie ihren Tribut. Aus diesem Grund wirkten einige der Ältesten wie junge Männer, andere wiederum wie würdige Greise. Anat schob seinen Teller von sich und leerte seinen Becher, der mit frischem Quellwasser gefüllt war. Dann drehte er ihn herum und stellte ihn, mit der Öffnung nach unten, auf den Tisch zurück, als Zeichen dafür, dass er nun zu sprechen beabsichtigte. Die anderen gaben ihm Gehör, indem sie seiner Geste folgten.

„Ihr Ältesten der Häuser, die Häuser Deshay und Elodarion sind betroffen, und da das Haus Deshay noch nicht vertreten ist, werde ich, als der Waffenmeister des Hauses Elodarion, in Abwesenheit des Ältesten Elodarion sprechen und handeln." Anat-olud-Elodarion verneigte sich leicht zu Eolyn und ihrer Tochter. „Ich tue dies im Einvernehmen und mit der Stimme des Hauses."

„Das Haus Estarion aus dem Geblüt des Waldes stimmt dem zu", sagte Estarion leise.

„Das Haus Tenadan aus dem Geblüt des Waldes stimmt dem zu", bestätigte dessen Vertreter ebenfalls, und der Älteste des Hauses Kinaar folgte.

„Das Haus Eneotaar aus dem Geblüt der See stimmt dem zu", versicherte Eneotaar.

„Das Haus Sal-Eatnar aus dem Geblüt der See stimmt dem

zu und bittet um das Wort."

Anat nickte, und der schlanke Seeelf Sal-Eatnar, in ein schillerndes Gewand aus Fischschuppen gehüllt, erhob sich und sah Leoryn an. „Die Botschaft der Schwingen rief uns, weil die Ältesten der Häuser Deshay und Elodarion in großer Gefahr sind. Das Symbol auf dem Pfeil verweist auf die Wasserbarbaren. Demnach sind die Ältesten in die Hände der Schwärme gefallen."

Es war eine simple Feststellung, denn die Umstände ließen keinen anderen Schluss zu. Tote wären schließlich nicht mehr in Gefahr. Als Leoryn automatisch nickte, sah der Seeelf die anderen Ältesten der Reihe nach an, bis er seinen Blick auf Anat ruhen ließ. „Die Bedeutung dieses Vorfalls beunruhigt mich. Es geht nicht allein um das Leben zweier Ältester, sondern auch um das Wissen des Ältesten Deshay. Da dieses Haus noch nicht vertreten ist, brauche ich Antwort auf die Frage, ob der Ehrenwerte Jalan-olud-Deshay das Wissen um die Neuen Ufer bereits mitgeteilt oder ob er sich vor Kurzem der Schröpfung unterzogen hat."

Die Ältesten und der Waffenmeister sahen einander ratlos an, aber Leoryn erhob sich. „Ich sprach mit Jalans Tochter und kann beides verneinen."

„Das beunruhigt mich noch weitaus mehr", gab Sal-Eatnar zu. „So ist es noch immer Jalan-olud-Deshay, der als Einziger das Wissen über die Neuen Ufer besitzt."

„Alles Wissen kann neu erlangt werden", warf Kinaar ein.

Tenadan schüttelte den Kopf. „Unter anderen Umständen würde ich dem beipflichten. Doch es war eine glückliche Fügung des Schicksals, dass Jalan die Neuen Ufer entdeckte und erkundete. Wir haben nur eine ungefähre Vorstellung davon, wo er sie fand. Es wird schon einer weiteren Fügung bedürfen, um die neue Heimat ein zweites Mal zu finden. Und zudem Zeit kosten, die wir nicht haben."

„Das Haus Estarion stimmt dem zu." Der Waldelf hob bedauernd die Hände. „Auch wenn uns unsterblichen Wesen die Zeit belanglos erscheinen mag, ist es in diesem Falle anders. Ihr alle kennt den Grund: Uns bleibt nur noch wenig Zeit, dieses Land zu verlassen und uns zu den Neuen Ufern zu retten."

„Dann müssen wir die Ältesten aus den Händen der Barbaren befreien." Sal-Eatnar sank seufzend in seinen Stuhl zurück. „Auch wenn unsere Möglichkeiten dazu gering sind. Wir wissen nicht, wo die Ältesten sind, und die Schlagkraft unserer Flammschiffe ist begrenzt."

„Die Flammschiffe der Elfen stehen in diesem Kampf nicht allein", sagte Leoryn entschlossen. „Der Weise Mionas und Freunde von uns haben einen Plan ausgearbeitet, der Erfolg verspricht."

Die junge Elfin berichtete, was sich in Gendaneris ereignet hatte und welches Vorhaben man dort verfolgte. Der Rat der Ältesten unterbrach sie nicht, aber die Skepsis in den Gesichtern war nicht zu übersehen.

Als Leoryn geendet hatte, räusperte sich Anat-olud-Elodarion. „Ein gewagter Plan mit wenig Aussicht auf Erfolg." Er lächelte sanft. „Doch das sollte uns nicht schrecken, Ihr Ehrenwerten Ältesten."

Kinaar nickte. „Gar nicht zu handeln, nähme uns jegliche Chance."

„Das Haus Eneotaar stimmt dem zu." Der Seeelf schloss kurz die Augen, und wer ihn kannte, wusste, dass er dies immer dann tat, wenn er sehr konzentriert nachdachte. Er verschränkte die Arme vor der Brust und schien zu schlummern, aber die anderen schwiegen, wie es der Respekt vor ihresgleichen verlangte. Nach wenigen Momenten öffnete der Elf die Augen wieder. „Das Haus Deshay ist noch nicht vertreten, doch ich glaube, in diesem Fall kann der Rat auch in seinem Namen handeln. Das Wissen Jalan-olud-Deshays darf nicht verloren gehen. Die Zukunft der elfischen Häuser rechtfertigt das Risiko, bei einem Rettungsversuch viele Leben zu riskieren. Tun wir dies nicht, werden wir die Neuen Ufer möglicherweise nicht mehr rechtzeitig finden, und alle Häuser werden untergehen. Es steht also außer Frage, dass wir handeln müssen."

Der Waffenmeister und die anderen Ältesten nickten, und Eneotaar lächelte sanft. „Die Häuser des Waldes und der See können zusammen zwölftausend Bogen und Klingen stellen. Von vierzig Flammschiffen sollen diese Kämpfer transportiert werden, wenn unser Volk zu den Neuen Ufern aufbricht. Dreihundert auf jedem Schiff. Das ist nicht gerade eine große Macht, wenn man es mit den Schwärmen der See aufnehmen muss, aber wir haben schon unter schlechteren Voraussetzungen gekämpft."

„Das Haus Elodarion stimmt dem zu", knurrte Anat und bat um das Wort. „Aber wir werden nicht alle zwölftausend Kämpfer auf die Schiffe bringen. Das Haus Deshay ist weit entfernt, und seine Krieger könnten erst in zwei Zehntagen eintreffen. Wir müssen jedoch früher aufbrechen, denn jede verstrichene Tageswende bringt die Ältesten dem Tod näher."

„Also werden uns fünfunddreißig Hundertschaften fehlen", stellte Eneotaar fest.

„Und das sind nicht die einzigen", fügte Kinaar hinzu. „Die Grenze zu den Barbaren des Dünenlandes im Süden muss gesichert bleiben. Dies gilt ebenso für die Grenze zur nördlichen

Ödnis und dem Land Rushan. Das Volk des Eises ist oft genug zu uns vorgedrungen."

„Unsere Späher berichten, dass sie ausreichend Probleme in ihrem eigenen Land haben", warf Tenadan ein. „Dort sollen grauenvolle Wesen herumstreifen. Es heißt, der Tag gehöre dort den Lebenden und die Nacht den Toten."

Kinaar schürzte die Lippen. „Ein Grund mehr, auch die nördliche Grenze bewacht zu halten."

Eneotaar nickte. „Wir müssen abwägen. Ohne Jalans Wissen können wir das elfische Volk nicht rechtzeitig in Sicherheit bringen. Somit sollten wir alles tun, um ihn und Elodarion zu retten. Andererseits müssen wir die Grenzen hüten und die Häuser bewahren, damit uns Jalans Wissen auch von Nutzen ist und überhaupt noch Häuser bleiben, die wir retten können."

Für einen Moment herrschte Schweigen, und die Ältesten und der Waffenmeister hingen ihren Gedanken nach.

„Blut ist kostbar", sagte Eneotaar unvermittelt. „Verlorenes Leben ist verloren. Schiffe hingegen lassen sich ersetzen. Das Haus Eneotaar schlägt daher vor, alle vierzig Flammschiffe gegen die Schwärme zu entsenden, sie aber nur mit der Hälfte unserer Krieger zu bemannen."

„Das Haus Sal-Eatnar aus dem Geblüt der See stimmt dem zu."

Ein kurzes Zögern. „Das Haus Tenadan aus dem Geblüt des Waldes stimmt dem zu."

Auch die anderen verkündeten ihre Zustimmung, bis die Reihe an Anat war. Der Waffenmeister sah Eolyn und Leoryn kurz an.

„Da das Haus Deshay und das Haus Elodarion betroffen sind und das Haus Deshay noch nicht vertreten ist, werde ich, als der Waffenmeister des Hauses Elodarion, in Abwesenheit des Ältesten Elodarion sprechen und handeln." Abermals verneigte sich Anat-olud-Elodarion leicht vor den beiden Elfinnen. „Ich tue dies im Einvernehmen und mit der Stimme des Hauses." Seine Stimme war fest und entschlossen. „Das Haus Elodarion aus dem Geblüt des Waldes stimmt zu, und so ist es beschlossen."

Die Ältesten ergriffen ihre Becher und drehten sie herum. „So ist es beschlossen", sagten sie wie mit einer Stimme.

Die Häuser der Elfen befanden sich nun im Krieg mit den Schwärmen der See.

30

Der Schwarm der Dornfische war auf dem Weg. Und zwar nicht nur seine Jagdschiffe und Kampfsegler, sondern die gesamte Stadt. Seit drei Tageswenden segelten sie nach Südwesten, und ihre Schiffe schienen die See zu bedecken. Die Stadt hatte sich in ihre Einzelschiffe aufgelöst, die, in lockeren Gruppen zusammengefasst, von Kampfschiffen behütet wurden, denen wiederum die schnellen Jagdschiffe gleichsam als wachsame Augen beigestellt waren. Die Stadt würde nicht rasten, bis sie ihr Ziel erreicht und sich erneut verbunden hatte, denn auf dem Marsch war sie verwundbar. Boote eilten am Tag und in der Nacht zwischen den großen Schiffen umher, um deren Bewohner und Besatzungen zu versorgen. Das langsamste Schiff bestimmte die Geschwindigkeit, und so war es für die schnelleren Einheiten des Schwarms ein quälend zähes Vorankommen.

Elodarion, Jalan und zwei Elfen der See befanden sich auf dem Oberdeck der „Wa'gosa". Unter den misstrauischen Blicken der unvermeidlichen Wächter Bogo und Balga standen sie am Bug des Führungsschiffes der Dornfische. Die See war ruhig, und es blies ein stetiger Wind, sehr zur Frustration der Mannschaft.

„Segel reffen, Segel reffen", hörte Elodarion einen der Schwarmmänner knurren. „Unser Schatten ist ja schon jetzt schneller als wir, und nun sollen wir immer noch mehr Segel reffen. Verdammt, ich wollte, ich wäre auf einem der Jagdschiffe."

Die „Augen des Schwarms", wie die Jagdschiffe auch genannt wurden, waren weitaus unabhängiger als die großen

Kampfsegler. Ihre Wachsamkeit war nun, da die Stadt über eine große Wasserfläche verstreut war, besonders wichtig. Sie mussten einen Feind früh genug erspähen, damit sich die Kampfschiffe formieren und sich ihm entgegenstellen konnten, und so huschten die kleinen Zweimaster, Herdenhütern gleich, beständig hin und her.

„Hör auf zu murren." Ein anderer Korsar drückte dem Schwarmmann eine Leine in die Hand. „Wir können nicht vorauseilen, das weißt du. Der Schwarm ist nun verwundbar, und wir müssen zum Kampf bereit sein, bis wir die Zone des Seefriedens erreichen."

Obwohl die „Wa'gosa" ein großes und schweres Schiff war, fuhr sie mit minimaler Besegelung. Die Sonne brannte unbarmherzig vom Himmel herunter, und alle wären über mehr Segelfläche froh gewesen, denn zusätzliches Tuch hätte etwas Schatten gespendet und der Fahrtwind etwas Abkühlung verschafft. Aber das Schiff schien über seinem Spiegelbild dahinzukriechen, und der gewaltige Rammsporn am Bug zerteilte das Wasser auf gemächliche Weise. Ein Schwarm Silberfische wechselte spielerisch die Seiten, und eine Walkuh glitt mit ihrem Jungen unter dem Schiff hervor, wobei ihre mächtige Fluke den Rumpf nur um wenige Längen zu verfehlen schien. Das Wasser war glasklar, und man konnte ein gutes Stück in dessen Tiefen hinabsehen und dabei die Vielfalt des Lebens beobachten. An den meisten Stellen verlor sich das Licht in der bodenlosen Schwärze des Meeres, doch an anderen ragten Felsen und Korallenstöcke bis dicht unter die Oberfläche auf, sodass es Elodarion unbehaglich zumute wurde.

Jalan bemerkte den Blick des Landelfen und lächelte sanft. „Lass dich nicht täuschen, Bruder des Waldes. Das Schiff ist sicher, und die Schwärme kennen den Weg. Weiter südlich gibt es allerdings ein verborgenes Riff, das in der Nacht sehr tückisch ist. Es hat schon manchem Schiff den Rumpf aufgerissen." Sein Lächeln vertiefte sich. „Keinem elfischen Schiff, das sei angemerkt."

„An Deck! Segel linksweisend über dem Bug!", erscholl plötzlich eine Stimme hoch über ihnen.

Köpfe ruckten herum, und Jalan-olud-Deshay und Elodarion sahen zum Ausguck der „Wa'gosa" hinauf.

Am Heck des Schiffes standen der Schwarmführer Elek-Mar T'os und sein Stellvertreter Segu-Mar T'os neben dem Steuer. Der Schwarmführer kniff die Augen zusammen und beschattete sie mit der Hand, um in die angegebene Richtung zu sehen. „Unsere Pfeilschiffe hätten die Segel viel früher melden müssen. Man sollte ihre Ausgucke der Dornenhand überlassen. Das würde den Blick der anderen schärfen."

Sein Stellvertreter Segu-Mar T'os zuckte die Schultern. „Ihre Masten sind nicht so hoch wie die unseren, und unser Ausguck ist erfahrener. Zudem verfügen wir im Augenblick nicht über die Dienste der Dornenhand."

„Hm." Elek-Mar stieß ein leises Schnauben aus. „Mag sein." Er blickte zur Ausgucksplattform hinauf. „Was kannst du erkennen?"

„Grüne Segel. Ich glaube, sie haben uns gesehen. Sie setzen alle Tücher und ändern den Kurs."

„Grüne Segel? Ha, ein Schiff der Grünklauen. Unsere Spähschiffe haben gemeldet, dass ihre Stadt weit im Westen ankert. Kein Wunder, dass sie zu entkommen versuchen. Es kann nur eine kleine Streife sein, und die Bastarde sind sicherlich überrascht, uns hier zu begegnen." Elek-Mar wippte sichtlich erfreut auf den Fersen. „Aber der Wind steht günstig für uns. Wir sind im Vorteil und werden sie einholen können."

„Willst du sie etwa aufbringen, Schwarmführer?“

Elek-Mar lachte auf. „Natürlich. Es bringt ein wenig Abwechslung von dieser Kriecherei, und ihr Schiff könnte eine Bereicherung für den Schwarm sein.“ Der Schwarmführer straffte das kleine Band, das seine langen schwarzen Haare im Nacken zusammenhielt. „Oh ja, wir werden sie uns holen. Die Zone des Seefriedens ist noch nicht erreicht.“

„Sie müssen unsere Anzahl erkannt haben und wollen nun dem Kampf ausweichen“, brummte Segu-Mar.

„Den sie nur verlieren können.“ Elek-Mar legte die Hände als Schalltrichter an den Mund. „Setzt alle Segel und nehmt direkten Kurs! Wir haben den Wind im Rücken. Das wird eine feine Verfolgungsjagd.“

Auf dem Deck ertönte das zustimmende Gebrüll von Schwarmmännern. Korsaren enterten in die Masten auf, lösten die Segel und holten Leinen straff. Nahezu gleichzeitig entfalteten sich die mächtigen Tücher und füllten sich knallend mit Wind. Holz knarrte und Leinen summten, als der Winddruck die „Wa'gosa“ spürbar beschleunigte.

Das Sonnenlicht warf schillernde Reflexe auf die Kehlhaut des Dornfisches an Elek-Mars Brustpanzer, als der Schwarmführer zu den benachbarten Schiffen spähte. „Gib Signal an die anderen. Der erste Keil soll der ‚Wa'gosa‘ folgen.“

Segu-Mar nickte und gab die Weisung an zwei Männer weiter, welche die Signalleinen des Führungsschiffes bedienten. Bunte Tuchstreifen wurden in einer bestimmten Abfolge an eine Leine gesteckt und zur Spitze des Hintermastes emporgezogen, wo sie sich im Wind entfalteten.“

„Der erste Keil bestätigt“, meldete einer der Männer nach wenigen Augenblicken, als auf den benachbarten Schiffen gleichartige Tücher aufstiegen.

Der blonde Segu-Mar grinste. „Auch sie sind froh, sich endlich bewegen zu können."

Zwei Jagdschiffe und zwei Kampfsegler folgten der „Wa'gosa", welche die Spitze übernommen hatte. Die beiden Jagdschiffe wären weitaus schneller gewesen, aber ihre Segelführer wollten dem Schwarmführer die Ehre der ersten Begegnung überlassen. Der Angriffskeil der kleinen Flottille hatte den Windvorteil, und das Schiff der Grünklauen würde nicht entkommen, wenn der Wind hielt.

Niemand schien sich im Augenblick um die Elfen an Deck zu kümmern, wenn man einmal von den beiden Brüdern mit den spitz gefeilten Zähnen absah. Die Elfen sahen den Vorbereitungen der Besatzung mit Interesse zu. Immerhin konnten sie hier den Feind in aller Ruhe bei seinen Kampfvorbereitungen studieren.

Es würde eine ganze Weile dauern, bis sich die Schiffe auf Gefechtsentfernung angenähert hatten, und so gingen die Korsaren mit bemerkenswerter Ruhe vor. Männer überprüften die Sehnen der Pfeilgeschütze und Katapulte und spannten sie nach, wo sie nicht den Anforderungen entsprachen. Einige zogen Schärfsteine über die Sichelklingen der Pfeile, während andere Wurfladungen zu den Waffen brachten. Eimer mit Sand wurden an Deck getragen, aber Elek-Mars Stimme hielt die Männer zurück.

„Bringt sie wieder nach unten. Die Einzigen, die heute Sand brauchen werden, sind die Männer der Grünklauen."

Lachen ertönte, und die Elfen erkannten den Sinn der Worte. Der Sand sollte verhindern, dass das Deck des Schiffes vom Blut schlüpfrig wurde und die Männer ihren sicheren Stand verloren. Elek-Mar glaubte jedoch nicht, dass der Gegner an Bord seines Schiffes gelangen oder dessen Geschosse seiner Mannschaft zusetzen könnten. Und da man den Sand nach einem Kampf wieder entfernen musste, wollte der Schwarmführer seinen Männern die Mühsal ersparen.

„Es scheint, als wären es die Schwärme der See gewohnt, auch untereinander zu kämpfen“, murmelte Jalan.

„Auch die Reiche der Menschen haben schon untereinander gekämpft“, wandte Elodarion ein. „Aus Machthunger oder Habgier. Warum sollten die Menschen der See in dieser Hinsicht anders sein?“

„Es schwächt sie.“

„Sie sind stark genug.“ Elodarion legte die Hände auf den aufgeheizten Handlauf der Reling. „Niemand macht ihnen die Herrschaft über die See streitig. Auch die Flammschiffe unseres Volkes nicht.“

„Meinst du, ehrenwerter Freund, sie werden kommen?“

„Die Flammschiffe?“ Elodarion nickte unmerklich. „Ich bin davon überzeugt. Aber ich setze mehr Hoffnung auf den Weisen Mionas und den guten Kapitän Herolas. Sie beide sind auf ihre Weise sehr einfallsreich, und wenn jemand einen Weg findet, uns zu retten, dann diese beiden. Die Flammen mögen stark sein und viele Schiffe der Schwärme verbrennen, aber um uns aus den Händen der Seebarbaren zu befreien, braucht es mehr als grobe Gewalt.“

„Die ‚Wellenvogel‘ ist ein gutes Schiff, aber sie wird nicht ausreichen. Zudem müssen sie uns erst einmal finden.“

Elodarion blickte zu den grünen Segeln, die nun langsam näher kamen. „Mionas kennt die Schwärme der See. Er wird wissen, was man mit uns beabsichtigt.“

Jalan lachte leise auf. „Und der gute Kapitän Herolas ist der rechte Elf, um entsprechend zu handeln.“

„An Deck“, ertönte da der Ruf des Ausgucks. „Zwei Schiffe.

Ein Kampfsegler und ein Transporter. Dicht beieinander."

Elek-Mar T'os lachte gut gelaunt. „Leichte und fette Beute, ihr Männer des Schwarms."

Elodarion schüttelte den Kopf. „Warum töten sie ihresgleichen nur?"

Einer der Schwarmmänner, der gerade ein Pfeilgeschütz schussbereit machte, hörte seine Frage und richtete sich auf. „Warum sollten wir das nicht tun? Wir brauchen ihre Vorräte. Ihre Weiber bereiten uns Vergnügen, und ihre Kinder stärken unsere Reihen."

Nun wurde auch Elek-Mar auf die Elfen am Bug der „Wa'gosa" aufmerksam. „Schafft die Spitzohren unter Deck! Ich will nicht, dass sie beschädigt werden, bevor ich sie dem Malaquant übergeben habe!" Er wandte sich an seinen Stellvertreter. „Sorge dafür. Ihnen darf vorerst nichts geschehen."

Segu-Mar nickte und schritt über das Deck zu den Elfen hinüber. „Folgt mir unter Deck."

Bogo und Balga sabberten ein wenig und sahen die Elfen hoffnungsvoll an. Aber die Gefangenen gaben ihnen keinen Anlass, die gefährlichen Keulen oder ihre Zähne einzusetzen, und folgten Segu-Mar bereitwillig. Während sie in den bauchigen Rumpf hinabstiegen, wandte sich Elodarion an den stellvertretenden Schwarmführer. „Warum kämpft Ihr gegeneinander, Schwarmmann? Geht es wirklich nur um Schiffe und Weiber?"

„Es geht immer um Schiffe und Weiber", erwiderte Segu-Mar lakonisch. „Und um die Ladung eines Schiffes. Ein Schwarm hat Bedarf für vieles, Elfenmann. Man muss nehmen, was man bekommt und was die See einem gewährt." Er zuckte die Schultern. „Nur wenn wirklich große Beute winkt, halten wir Seefrieden. Dann vereinigen sich die Schwärme für kurze Zeit. Es gibt nur einen Ort, an dem die Waffen ruhen.

Der Ort, an dem wir handeln und tauschen."

„Um'briel?"

Segu-Mar nickte. „Die Insel des Malaquant. Ihr werdet sie bald kennenlernen. Aber ich glaube nicht, das sie euch sonderlich gefallen wird."

Die Gefangenen wurden wieder zu den anderen gebracht, und die beiden Brüder, die sie bewachen mussten, wirkten unruhig und enttäuscht. Immer wieder hoben sie lauschend die Köpfe und versuchten die Befehle und Geräusche zu deuten, die von oben herabtönten. Den Elfen erging es nicht anders, und sie hatten keinen Zweifel am Ausgang des Kampfes.

Sie waren auf ihre Ohren angewiesen, die ihnen jedoch genug verrieten.

Zunächst die langsame Annäherung der Schiffe und die zunehmende Erregung der Mannschaft, als man auf Gefechtsentfernung heran war. Dann trafen ein oder zwei Schläge die „Wa'gosa", gefolgt von einem Stoß, als sich der große Kampfsegler längsseits an ein anderes Schiff legte. Gebrüll und Waffenlärm erklangen, dann wechselten die Geräusche vom Deck ihres Schiffes auf das des anderen und gingen kurz darauf in Jubel über. Schließlich war erregtes Stimmengewirr zu hören und das Klatschen, mit dem leblose Leiber ins Wasser schlugen.

Nein, am Ausgang des Kampfes gab es keinen Zweifel.

„Sie sind Bestien, Barbaren des Wassers", murmelte ein Seeelf.

Elodarion nickte und lehnte sich an die gewölbte Bordwand. „Ich bin auf das Wesen gespannt, das in der Lage ist, diese Schwärme der See im Zaum zu halten. Es muss eine beachtenswerte Person sein."

„Wohl eher eine noch größere Bestie."

„Das zweifellos."

31

Die Stadt Gendaneris hatte es schon zu Zeiten des Ersten Bundes gegeben, als die elfischen Häuser an die Seite der menschlichen Reiche traten. Schon damals hatte der Hafen als wichtiger Umschlagplatz für Waren und Truppen gedient, und die schützende Mauer, die Gendaneris damals umgeben hatte, stand noch heute, nur war sie mittlerweile stärker befestigt; die Plattformen der Dampfkanonen waren neu, und die Häuser, die sie umschloss, waren höher geworden. Aber es war noch die gleiche Mauer, denn obwohl die Bevölkerung in den Jahrtausendwenden gewachsen war, hatte sich die Stadt nicht ausgedehnt. Entlang den Hauptstraßen und Plätzen merkte man dies kaum, aber wenn man die kleineren Seitenstraßen und Gassen betrat, wurde die Enge spürbar. Die Häuser waren in die Höhe gewachsen, die Fassaden jedoch waren glatt, und die oberen Stockwerke ragten nicht über die unteren hervor. Die beiden Männer, die nun durch eine der Gassen schlenderten, interessierten sich jedoch nicht für die Probleme der Abfallbeseitigung in Gendaneris. Ihre Sorge galt einem mörderischen Wesen, das noch immer unerkannt durch die Straßen der Stadt schlich.

„Wir sollten am Tage ruhen und uns auf die Nacht konzentrieren“, murmelte Dorkemunt. „Man sagt, Mörder bevorzugten die Schatten der Finsternis.“

„Ich weiß es nicht“, gestand Nedeam ein. „Aber warum sollte er sich verbergen, wenn niemand sein Gesicht kennt? Er hat nichts zu befürchten.“

„Sie hat nichts zu befürchten, Nedeam. Sie.“ Dorkemunt

sah seinen Freund forschend an. „Ich dachte, wir wären uns da einig?“

„Nun, ich denke ja auch, dass es eine Frau ist. Die zerbrochenen Krüge und die Arglosigkeit der ermordeten Wachen deuten darauf hin. Aber sicher sein können wir uns da nicht.“

Dorkemunt lächelte. „Ich kenne die Gebräuche dieser alnoischen Herren nicht besonders gut, doch ich denke, ihre Kämpfer“, er betonte das Wort auf spöttische Weise, „begegnen lieber einem Weib als einem wehrhaften Feind. Aber du hast recht, Genaues wissen wir nicht.“ Der kleinwüchsige Pferdelord blickte misstrauisch nach oben. Irgendwie mussten sich die Bewohner von Gendaneris doch erleichtern, und es verlangte ihn nicht danach, unvermittelt eine Ladung Dung auf den Kopf geschüttet zu bekommen. „Verdammt.“ Bei Dorkemunts Fluch sprang Nedeam instinktiv zur Seite, aber der Freund hatte ihn nicht vor Dung warnen wollen. „Diese Stadt und ihre Menschen missfallen mir.“

Wahrscheinlich hatte es wenig Sinn, durch die Stadt zu schlendern und nach einem Mörder Ausschau zu halten, von dem man nichts Genaues wusste. Aber die beiden Pferdelords hielten es nicht mehr aus, untätig abzuwarten.

„Die Hochgeborenen halten wahrscheinlich wieder eine ihrer Sitzungen ab.“ Dorkemunt spähte die Gasse entlang und musterte dabei die vorbeieilenden Stadtbewohner und die beiden Gardisten, die an der Kreuzung Wache standen. „Immerhin, der Hochgeborene ta Enderos ist bereit, an Bord der ‚Shanvaar‘ zu gehen, sobald sie repariert ist.“

„Er hat das Warten satt.“

„Wie wir auch. Der kleine Mann gefällt mir“, sagte Dorkemunt mit einem Lächeln. Aufgrund der Narbe in seinem Gesicht wirkte es ein wenig sardonisch, und ein Stadtbewohner wich erschrocken zur Seite, doch der kleine Pferdelord bemerkte dies nicht einmal. „Der gute ta Enderos hat befohlen, die Wachen von Gendaneris, die an der Werft stehen, durch seine eigenen Gardisten zu ersetzen. Ein paar der Gendanerier waren darüber gar nicht glücklich."

„Und wie ist es ausgegangen?"

„Ta Enderos' Sohn und ein paar seiner Reiter haben sich mit den Gendaneriern unterhalten. Jetzt sind sie glücklich."

„Er hat das Herz eines Kämpfers, der Hochgeborene, und das gilt auch für seinen Sohn. Lotaras erzählte mir, die Elfen seien alle an Bord der ‚Wellenvogel' und des erbeuteten Schwarmschiffes. Ich denke, den Schiffen kann nun nichts mehr passieren."

„Ja, und genau das bereitet mir Sorgen, Nedeam, mein Freund."

„Dass der Mörder nicht mehr an die Schiffe herankommt?"

„So ist es. Ich wette, er gehört zu den Korsaren und will unseren Plan zunichtemachen."

„Schön, das kann ihm nun nicht mehr gelingen. An die Schiffe kommt er nur noch auf Sicht- und Pfeilschussweite heran. Und unsere elfischen Freunde haben gute Augen und treffsichere Pfeile."

Sie bogen in eine andere Gasse ein, ziellos und ohne Plan. Einer der Waffenschmiede von Gendaneris hatte hier seinen Laden, und so blieben sie stehen und betrachteten die Auslagen. Es gab ein beeindruckendes Sortiment von Dolchen, Schwertern und Äxten zu bestaunen. Waffen von beachtlichen Abmessungen, mit zahllosen Ecken, Vorsprüngen, Schneiden und zusätzlichen Klingen.

„Sie sehen Furcht einflößend aus", sagte Nedeam und lächelte seinen Freund an.

Dorkemunt grinste breit. „Ja, und sie haben Furcht einflößende Namen. Dämonenklinge, Todesdolch, Qualklinge der Schwarzen Reiter … Aber, Nedeam, mein Freund, eines ist ihnen allen gemeinsam … Nicht eine von ihnen taugt zum Kampf. Die Fantasie der Schöpfer sollte besser praktischen Erwägungen folgen. Ich fürchte, in diesem Reich der weißen Bäume legt man mehr Wert auf den äußeren Schein als auf guten Stahl."

Leises Klirren und Scheppern in der Gasse unterbrach sie; unzweifelhaft stammte es von einem voll gerüsteten Gardisten, der es eilig hatte. Sie sahen sich um und erkannten einen von ta Enderos' Reitern, der sie im selben Augenblick ebenfalls wahrnahm und sich nun rasch näherte.

„Ich bringe Nachricht von Hauptmann ta Enderos", sagte der Gardist, nachdem er sie ehrenvoll gegrüßt hatte. „Er ist mit seinem Hochgeborenen Vater an der Werft. Ihr mögt zu ihnen stoßen, wenn es Euch beliebt. Es gab einen … Zwischenfall."

„Wurde wieder jemand ermordet?"

Der Gardist sah Nedeam an und schüttelte den Kopf. „Nein. Der Hochgeborene sagte, es sei noch weitaus schlimmer."

Nedeam und Dorkemunt zögerten nicht und eilten im Laufschritt zum Hafen hinunter. Der Gardist folgte ihnen, und als sie gerade die Werfthalle betreten wollten, dirigierte er sie mit einem Zuruf zu einer anderen, kleineren Halle, die sie bislang nicht weiter beachtet hatten. Die beiden Pferdelords beschlich ein ungutes Gefühl, als sie ta Enderos, den Weisen Mionas sowie Herolas und weitere hochgestellte Personen dort stehen sahen.

Lotaras und Llarana lösten sich aus der Gruppe, als sie die Pferdelords erkannten, und eilten ihnen entgegen.

„Dafür, dass niemand getötet wurde, herrscht hier eine ziemliche Aufregung“, knurrte Dorkemunt.

„Ja, es sieht nach schlechten Nachrichten aus.“ Nedeam blickte den beiden Elfen entgegen. Vor allem Lotaras machte ein finsteres Gesicht.

„Es wurde kein Blut vergossen“, eröffnete er grimmig, „nur Wasser. Aber das ist vielleicht bedeutend schlimmer.“

Erst vor einigen Jahren waren die Dampfmaschinen entwickelt worden, die inzwischen zum Antrieb von Schiffen und anderen Maschinen eingesetzt wurden. Für ihre ewig hungrigen Kessel benötigte man große Mengen an Brennstein, dessen Vorräte viel Platz beanspruchten. Da die meisten Dampfmaschinen in Schiffe eingebaut wurden, hatte man nach einer Möglichkeit gesucht, die Brennsteinvorräte in der Nähe des Hafens zu lagern, und war schließlich auf das Gebäude gekommen, vor dem die Versammelten nun standen. Es war die alte Werfthalle, die man nach dem Bau der neuen nicht mehr nutzte. Sie bot, ebenso wie ihre Nachfolgerin, die Möglichkeit, ein Schiff einfahren zu lassen und das Wasser anschließend herauszupumpen, sodass man ungehindert am Unterwasserschiff arbeiten konnte. Diese gewaltige Grube war ein ideales Lager für die Brennsteinvorräte. Vor allem, da man durch ein Fluten der Halle einen möglichen Brand der Vorräte rasch bekämpfen konnte.

„Es hat keinen Brand gegeben“, sagte Lotaras grimmig, „aber dennoch wurde die Halle geflutet. Nahezu der gesamte Brennsteinvorrat von Gendaneris ist nun durchweicht und nass.“

„Bei den Finsteren Abgründen.“ Nedeam starrte betroffen über das Hafenbecken. „Die Kessel brauchen trockenen Brennstein, nehme ich an.“

„So ist es."

„Kann man ihn nicht einfach trocknen?", fragte Dorkemunt pragmatisch. „Notfalls schiebt man ihn feucht ins Feuer. Die Flammen werden das Wasser schon heraustreiben."

„Nasser Brennstein wird weich und verdichtet sich. Er verliert seine poröse Struktur und brennt dann nicht mehr richtig", wandte Llarana ein.

„Na schön", seufzte Nedeam, „dann soll man die Brennsteinvorräte der anderen Schiffe einsammeln und auf die unseren schaffen. Hier liegen doch genug nutzlose Kähne vor Anker."

Der Hochgeborene ta Enderos hatte seine Worte vernommen. „Glaubt mir, guter Herr Pferdelord, ich würde das mit Vergnügen tun. Aber die anderen Schiffe gehören zur Flotte und unterstehen dem Hochgeborenen Admiral ta Hodin. Sie, ihre Besatzungen und ihr Brennstein sind mir somit nicht verfügbar."

„Ah, verflucht sei der Augenblick, in dem ich diese Stadt betreten habe", schrie Dorkemunt wütend auf. „Wahrhaftig, in den Marken des Pferdevolkes stehen wir alle zusammen, wenn Gefahr droht. Aber Ihr Männer aus dem Reich der weißen Bäume, Ihr redet noch über die Zierde Eurer Umhänge, wenn die Feinde ihre Klingen schon in Eure Leiber stoßen."

Ta Enderos errötete ein wenig, doch er konnte den Zorn des Pferdelords gut verstehen.

Nedeam hob indes beschwichtigend eine Hand. „Dieser Ausbruch gilt nicht Euch, Hochgeborener. Euer Mut steht außer Frage. Doch wegen der endlosen Gespräche und der hinterhältigen Taten des Mörders läuft uns die Zeit davon. Was ist nun zu tun?"

Ta Enderos zuckte entsagungsvoll die Schultern. „Ich gebe

Nachricht nach Alneris. Man wird, so schnell es geht, neuen Brennstein schicken."

Niemand brauchte den Pferdelords zu sagen, dass dabei weitere Zehntage verloren gehen würden.

„Offensichtlich hat der verfluchte Mörder eine weitere Möglichkeit gefunden, uns zu schaden", stellte Dorkemunt leise fest.

Nedeam sah die Anwesenden ernst an. „Und es mag ihm noch mehr einfallen. Ich denke, es ist an der Zeit, diesen hinterhältigen Burschen ausfindig zu machen."

Dorkemunt lachte spöttisch. „Freiwillig wird er sich nicht zu erkennen geben."

„Nein, wir brauchen ein Mittel, mit dem wir ihn hervorlocken können." Nedeam lächelte seinen Freund an. „Da muss ich an unseren guten Herrn Barus denken." Er sah die fragenden Blicke der anderen, und sein Lächeln vertiefte sich. „Der beste Nagerjäger der Hochmark. Er erschlägt die Nager mit seiner Keule. Nun, manchmal wirft er sie auch", schränkte er ein. „Wie dem auch sei, die Nager kommen ihm natürlich nicht zufällig vor die Keule. Er muss sie zunächst hervorlocken."

„Ja, ich verstehe." Dorkemunt legte eine Hand auf den Griff seiner Axt. „Eine passende Keule ließe sich wohl finden. Es fehlt nur noch das dazugehörende Stückchen Käse."

32

Die Nacht hatte sich über die See gesenkt, und der Sternenhimmel stand mit all seiner Pracht über den Schiffen der Dornfische. In den vorangegangenen Nächten hatte man nur die notwendigsten Lichter gesetzt, Brennsteinlampen an Bug und Heck, die nur einen schwachen Schimmer in die Dunkelheit entsandten, um so vor Kollisionen zu schützen. Dies war nötig gewesen, denn in den letzten Nächten war der Himmel oft bedeckt gewesen, und dennoch hatte der Schwarm nicht geankert, denn er wollte sein Ziel schnell erreichen.

Segu-Mar T'os lehnte am Handlauf der „Wa'gosa" und genoss die schwache Brise, welche die Schiffe stetig vorantrieb. In der letzten Zeit suchte er öfter die Gesellschaft von Elodarion und Jalan. Von Frauen und Kindern abgesehen, machten die Schwärme keine Gefangenen, und Elfen in ihre Gewalt zu bekommen, war ein sehr seltenes Ereignis. Segu-Mar war ein wissbegieriger Mensch, und das elfische Volk war seit Urzeiten von Legenden umwoben. Die unvermeidlichen Aufpasser der Elfen, die Brüder Bogo und Balga, hielten sich auf Segu-Mars Befehl hin im Hintergrund. Sie beobachteten die Ältesten misstrauisch, und gelegentlich war das leise Pochen zu hören, mit dem eine ihrer Keulen das Deck berührte. Doch dieses Pochen war nicht willkürlich, sondern folgte dem Rhythmus einer Melodie, die wie eine Glocke aus Tönen über den Schiffen des Schwarms lag. Irgendwann in der Nacht hatte es begonnen, auf irgendeinem Schiff des Schwarms. Es war eine schwermütige und doch aufpeitschende Melodie, die sich langsam von

Schiff zu Schiff ausge[illegible]et hatte und nun selbst die Elfen in ihren Bann zog. Flöten und Streichinstrumente waren zu hören und wurden von den Stimmen der Schwarmmänner und ihrer Frauen begleitet.

„Ich hätte nicht erwartet, in der Düsternis eines Schwarms auf solche Schönheit zu stoßen", sagte Jalan-olud-Deshay nachdenklich.

Segu-Mar sah den Ältesten mit schmalem Lächeln an. Der sanfte Wind ließ seine langen blonden Haare auswehen. „Für euch sind wir nur Bestien, nicht wahr? Dabei versteht ihr nichts von unserer Lebensweise."

Vielleicht war es die Ballade, die Jalan versöhnlich stimmte, vielleicht aber auch dieselbe Neugier, die Segu-Mar erfüllte. „All die Tageswenden, die wir nun an Bord dieses Schiffes sind, spürte man nur die Nähe des Todes. In dieser Nacht fühle ich jedoch, wie eine ungewohnte Lebensfreude die Männer und Frauen des Schwarms erfüllt."

„Ihr Spitzohren in eurer Überheblichkeit! Meint ihr, das Leben der Schwärme bestünde nur aus Kampf und Tod? Meint ihr, wir würden nicht auch Trauer und Liebe empfinden? Wir kennen beileibe nicht nur Hass, und ein jeder von uns lebt ebenso gerne wie ein Mann des Landes. Aber die See gönnt uns nicht viel, und auch das wenige müssen wir ihr abringen und oft genug mit unserem Blut bezahlen." Der Stellvertreter des Schwarmführers wies über die nächtliche See und die Silhouetten der Schwarmschiffe, deren Anzahl endlos erschien. „Wenn die Stadt verankert und wehrhaft ist, dann gibt es auch die Augenblicke der Freude. Über ein gutes Mahl, ein gutes Weib, über die Geburt eines Kindes oder, natürlich, in der Erinnerung an einen guten Kampf. Aber wenn die Stadt ihren Ankergrund verlässt und auf dem Weg ist, dann ist sie verwundbar." Segu-Mar wies erneut über die See. „Dieses Lied trägt weit über das Meer, ihr elfischen Wesen. Ein Spähschiff kann es schon aus großer Entfernung hören."

„Das Meer hat seine eigenen Laute", warf Elodarion ein.

Segu-Mar lachte auf. „Oh ja, das hat es. Aber das gilt auch für dieses Lied, das wir seit Bestehen der Schwärme singen. Sein Rhythmus ist anders als derjenige der Wellen. Glaubt mir, man kann es über viele Tausendlängen hören."

Jalan nickte. „Es kann einen Feind zu Euch führen."

„So ist es." Der blonde Schwarmmann wies über den Bug der „Wa'gosa" hinweg in die Ferne. „Doch dort gibt es keinen Feind. Mit Einbruch der Nacht haben wir die Zone des ewigen Seefriedens erreicht. Kein Mann der Schwärme wird hier einem anderen ein Leid zufügen. Es sei denn", schränkte er ein, „es geht um einen Ehrenhandel. Aber dies ist die Zeit des Friedens und des Handels, denn mit Anbruch des Tages wird Um'briel in Sicht sein."

Von einem benachbarten Schiff drang das Lachen eines Kindes herüber. Elodarion sah den Korsaren forschend an. „Und dieser Seefrieden wird eingehalten?"

„Ein einziges Mal wurde er gebrochen." Segu-Mars Blick wurde für einen Augenblick hart. „So sagt man wenigstens. Es gibt eine Ballade darüber, aber der Name des verräterischen Schwarms wurde getilgt. Das Gesetz der Schwärme ist hart, aber es ist die Grundlage unseres Lebens."

„Diese Insel, Um'briel, sie muss sehr groß sein."

Segu-Mar grinste. „Groß genug, Spitzohr."

Jalan nahm die abfällige Bemerkung scheinbar gleichmütig hin. „Auf Euren Schiffen gibt es Vieh und Getreide, es wird Obst gezogen, aber es gibt auch Mangel."

Segu-Mar strich über den Handlauf und blickte zu einem

der dickbauchigen Transportschiffe hinüber. „An manchen Dingen herrscht Mangel, das will ich zugeben. Vieles holen wir uns von den verschiedenen Inseln. Manchmal handeln wir mit den Eingeborenen, manchmal nehmen wir uns, was wir brauchen.“

„Und wenn die Eingeborenen damit nicht einverstanden sind?“

Der Korsar lachte leise. „Wer sollte sich einem Schwarm der See widersetzen?“

„Bietet Um’briel Euch, was Ihr sonst entbehren müsstet?“

Segu-Mars Gesichtsausdruck wurde ernst, und er schwieg. Jalan sah ihn forschend an, dann nickte er. „Es gibt etwas, was Ihr nur auf Um’briel erhalten könnt, nicht wahr? Etwas, was dem Malaquant Macht über die Schwärme gibt.“

Offensichtlich hatte Jalan einen empfindlichen Punkt berührt, denn Segu-Mar gab keine Antwort. Sein Gesicht verriet jedoch, dass der Elf recht hatte. Jalan hätte gerne mehr erfahren, aber er spürte, dass der Schwarmmann nicht weiter Auskunft geben würde, wenn er jetzt nachhakte.

„An Deck“, ertönte plötzlich der Ruf des Ausgucks. „Das östliche Leitfeuer ist zu sehen!“

„Dann werden wir bei Tagesanbruch einlaufen“, rief Segu-Mar sichtlich erfreut.

Von Deck aus war noch nichts zu erkennen, obwohl Elodarion und Jalan nach Westen blickten. Sie glaubten am Horizont einen schwachen grünlichen Schimmer zu erkennen, aber Genaues konnten auch ihre elfischen Augen nicht ausmachen.

Anscheinend hatten auch andere das Leitfeuer gesichtet, oder die Nachricht machte in Windeseile die Runde, denn der Gesang schien ein wenig anzuschwellen und mehr Freude und Erwartung auszustrahlen.

„Mit dem ersten Tageslicht werden sie alle heiser und müde sein“, sagte Elodarion leise. „Fast die ganze Nacht über haben sie gesungen, und ich denke, niemand an Bord der Schiffe hat Ruhe gefunden.“

„Dieses Um'briel hat große Bedeutung für Euch Schwärme, nicht wahr?“ Jalan versuchte erneut, dem stellvertretenden Schwarmführer ein paar Informationen zu entlocken. Alles konnte von Bedeutung sein, wenn es darum ging, den Korsaren zu entkommen.

„Mag sein.“

„Ein sicherer Hafen, in dem Ihr Eure Schiffe bauen und reparieren könnt. Ein sicherer Handelsplatz, auf dem Ihr wertvolle Waren tauscht.“ Jalan strich über den Handlauf. „Und der Malaquant, der über allem wacht, nicht wahr?“

„Mag sein.“

Jalan sah Segu-Mar freundlich an. „Ihr seid ein wenig wortkarg, Segu-Mar T'os. Befürchtet Ihr, wir, die wir in Ketten liegen, könnten Euch Schwärmen die Insel streitig machen?“

Sie lagen nicht in Ketten und konnten sich sogar erstaunlich frei bewegen, aber die Symbolik war leicht verständlich, und Segu-Mar lachte leise auf. Es klang keineswegs unfreundlich. Eigentlich schien er ein sehr umgänglicher Mann zu sein, und er wirkte keineswegs bösartig. Elek-Mar, der Führer des Schwarms, war da ein entschieden anderer Charakter.

„Es gibt nie genug Weiber und nie genug Gelbfrüchte für die Schwärme“, sagte Segu-Mar und wies in Richtung des fernen Leitfeuers. „Wir brauchen den Saft der Gelbfrucht, um der Schwarzfleckkrankheit vorzubeugen. Bricht sie aus, kann es die gesamte Besatzung eines Schiffes in wenigen Tageswenden dahinraffen. Bemerkt man die Gefahr zu spät und springt die Krankheit auf andere Schiffe über, kann sie sogar einen ganzen Schwarm vernichten. Das ist schon mehrfach geschehen."

Elodarion nickte. „Von dieser Schwarzfleckkrankheit habe ich gehört. An Land sind die Früchte nicht selten, und ich hörte, dass sie zudem auf vielen Inseln wachsen."

„Es gibt aber auch viele Schwärme", brummte Segu-Mar. „Außerdem kann man nicht alle Früchte einer Insel ernten. Sie brauchen Zeit, um nachzuwachsen." Er seufzte leise. „Wir versuchen natürlich, sie auf den Schiffen zu ziehen, aber das ist sehr schwierig."

„Auf Um'briel gibt es demnach die Gelbfrucht?"

„Unmengen davon. Aber der Malaquant hat ein wachsames Auge darauf."

„Ich verstehe." Jalan zwinkerte Elodarion unmerklich zu. Es hätte ihn auch gewundert, wenn der Herr der Schwärme nicht über ein Druckmittel verfügt hätte, auf dem seine Macht basierte. „Und die Weiber?"

„Weiber, Gold, Metalle, Kristalle … Ein Schwarm hat Bedarf an vielen Dingen, so genügsam wir auch sind. Es gibt nie genug Männer, und es fehlen immer Weiber, sie zu zeugen. Manchmal müssen wir kämpfen, um unser Blut aufzufrischen."

„Was Euch zugleich Blut kostet." Elodarion seufzte. „Vielleicht müsstet Ihr nicht so viele Kinder zeugen, wenn Ihr weniger untereinander kämpfen und Euch nicht gegenseitig töten würdet."

„Ein Ring, der sich schließt", meinte Jalan. „Männer sterben, also braucht Ihr Kinder. Ohne Frauen könnt Ihr sie nicht bekommen. Also sterben weitere Männer, damit Ihr an die Frauen herankommt. Ein ewiger Kreislauf aus Bedürftigkeit und Tod."

„Auf Um'briel gibt es den großen Markt. Dort tauschen

und handeln wir alles, was wir brauchen und die See uns nicht geben kann."

„Werden dort auch die Frauen aus Gendaneris gehandelt, die hier an Bord der ‚Wa'gosa' sind?"

„Die meisten von ihnen. Einige wird der Malaquant für sich und seine Männer beanspruchen, aber Gendaneris brachte uns große Beute und viele Weiber. Manche werden das Blut unseres Schwarms auffrischen, andere das der anderen Schwärme. Es wird allen guten Gewinn bringen."

„Ja, das wird es sicherlich", sagte Jalan mit neutraler Stimme.

„Und welchen Gewinn werden wir Elfen Euch bringen?"

Segu-Mar zögerte einen Moment. „Das Wohlwollen des Malaquant."

„Nun, das ist bestimmt erstrebenswert." Der leise Spott in Jalans Stimme war nicht zu überhören.

„Sonnenaufgang", rief unvermittelt einer der Steuermänner. „Und Um'briel, bugweisend voraus."

Es war ein atemberaubender Sonnenaufgang, und die Elfen genossen den Anblick. Niemand konnte sagen, wie oft ihnen dies noch vergönnt sein würde.

In dem rötlichen Schimmer, der sich rasch zu einem warmen Goldgelb wandelte, tauchten nun die Konturen der Insel auf. Sie hatte die Form eines sanft ansteigenden Kegels, dessen Spitze deutlich nach links verschoben war.

Segu-Mar schien zu dem Entschluss gekommen zu sein, dass die gefangenen Elfen ihr Wissen ohnehin nicht zum Schaden der Schwärme nutzen oder weitergeben konnten, und er deutete in Richtung Um'briel. „Es ist eine recht große Insel. Sie misst fast vierzig Tausendlängen von Nord nach Süd und knapp dreißig von West nach Ost. In der Mitte erhebt sich ein Berg … Eigentlich ist es eher eine Kette von großen Hügeln. Sie bilden ungefähr die Form eines Sichelpfeils, weshalb wir sie das Sichelpfeilgebirge nennen." Segu-Mar lächelte. „Was Berge angeht, wird man auf See bescheiden. Die Öffnung der Sichel liegt im Süden, und dort erhebt sich auch die Festung des Malaquant über der Stadt und dem Hafen. Beides ist gut befestigt, das könnt ihr mir glauben. An den Berghängen wachsen dichte Wälder, die gutes Holz erbringen, über dessen Nutzung der Malaquant allein verfügt. Im Süden und Osten gibt es fruchtbaren Ackerboden, auf dem Getreide und Gelbfrucht gedeihen. Und im Norden und Westen erstrecken sich die Wälder bis fast an die Küste. Außerdem zieht sich ein Strand um die gesamte Insel herum, der aus feinem weißen Sand besteht."

„Wie bei uns an den Weißen Sänden", murmelte Elodarion vor sich hin.

„Mag sein." Segu-Mar zuckte die Schultern. „Ich kenne sie nicht." Sein Blick wurde kalt. „Wir schätzen eure Flammschiffe nicht sonderlich."

„Wenn sich die Stadt und die Festung im Süden befinden, dann müsste es doch leicht sein, die Insel vom Norden her anzugreifen", meinte Jalan. „Man könnte dort Truppen anlanden und dann über Land marschieren."

Segu-Mar schüttelte den Kopf. „Das würde auch euch Elfen nicht gelingen. Die Insel ist von Riffen umgeben, die wahrhaft tückisch sind. Selbst die Schwärme haben keine Passage gefunden. Von Norden und Westen kann Um'briel nicht erreicht werden. Jedes Schiff, das es versucht, wird sich den Rumpf aufreißen, und die Dornfische, die in diesen Gewässern zahlreich sind, würden sich der Besatzung annehmen. Im Osten steht das Leitfeuer von Jat'laar. Es erhebt sich über einem steilen

Felsen, der aus dem Wasser aufragt. Ein sehr wichtiger und bei den Bewohnern der Insel ebenso unbeliebter Vorposten. Meist dienen dort Männer, die sich bewähren müssen."

Hinter ihnen waren auf einmal Schritte zu hören, dann trat Elek-Mar T'os zu ihnen. „Ruder linksweisend", befahl er den Rudergängern. „Trimmt die Segel neu, wir folgen dem Küstenverlauf. Setzt Zeichen für den Schwarm. Die Stadt geht hier vor Anker. Nur die ausgewählten Schiffe folgen der ‚Wa'gosa' zum Hafen."

Einige Tausendlängen querab waren die Schiffe eines anderen Schwarms zu erkennen, die dort friedlich ankerten. Tücher stiegen nun an den Masten von dessen vorderen Schiffen empor.

„Der Schwarm der Blauen Seekoralle schickt seine Grüße und wünscht uns gute Beute."

Elek-Mar sah zum Ausguck hinauf und lachte breit. „Erwidere den Gruß und teile ihnen mit, dass wir zufrieden sind." Er sah seinen Stellvertreter an. „Sie wollen nur wissen, ob wir gute Weiber an Bord haben. Es werden interessante und ergiebige Markttage sein."

Korsaren eilten nun an Segel und Leinen, und der Schwarmführer sah seinen Stellvertreter und die beiden Ältesten der Elfen grinsend an. „Ich hoffe sehr, ihr elfischen Spitzohren genießt diese Reise und den Anblick von Um'briel. Leider werdet ihr keine Gelegenheit haben, darüber zu berichten."

Er lachte auf und schritt zum Bug, um mit einigen der Männer zu sprechen.

Jalan war entschlossen, die Gesinnung des stellvertretenden Schwarmführers zu testen, und sah diesen freundlich an. „Bei Euch, Segu-Mar, habe ich das Gefühl, dass Ihr das Leben zu schätzen wisst. Ihr tötet nur, wenn es notwendig erscheint. Euer

Herr hingegen genießt es offenbar, Blut fließen zu sehen."

Segu-Mar lächelte kühl. „Beginnst du nun eines eurer elfischen Ränkespiele, Spitzohr? Lass dir gesagt sein, dass Elek-Mar ein guter Schwarmführer ist. Es wird dir nicht gelingen, Zwietracht zwischen uns zu säen."

Segu-Mar spuckte verächtlich aus und trat dann demonstrativ zu seinem Schwarmführer.

Jalan zuckte bedauernd die Schultern. „Einen Versuch war es immerhin wert."

Elodarion nickte unmerklich. „Dennoch glaube ich, dass die beiden bei Weitem nicht so einmütig sind, wie es nach außen hin scheint. Segu-Mar zeigt Ehre und Gefühl, wo Elek-Mar beides vermissen lässt."

Die „Wa'gosa" war unterdessen herumgeschwungen, und die ausgesuchten Schiffe des Schwarms der Dornfische folgten ihr. Die Insel lag nun rechts von ihnen, und die Elfen erkannten eine Felsklippe, auf der sich ein hoher, massiger Turm erhob. An dessen Spitze befand sich eine riesige Metallschale, von der ein grünes Glühen ausging, das selbst noch bei Tage zu erkennen war.

„Das ist kein herkömmlicher Brennstein", stellte Jalan fest. „Dieses grüne Leuchten ist ungewöhnlich."

Elodarion nickte und wies über die Insel. „Sieh dir ihre Form an. Ich möchte wetten, dieser südliche, etwas abgeflacht wirkende Kegel, an dem sich Stadt und Festung befinden sollen, ist der Überrest eines Vulkans. Und ich glaube, der Hafen, auf den wir zufahren, ist ein Krater, der offenen Zugang zur See hat."

„Wie die alnoische Stadt Alneris."

„Wie Alneris." Elodarion deutete auf das Leitfeuer. „Und ich wage die Behauptung, dass dort, wo das Feuer brennt, vulkanische Gase austreten. Die Barbaren der See machen sie sich als Leitfeuer zunutze. Sie mögen Barbaren sein, aber sie sind nicht dumm.“

„An Deck“, rief der Ausguck von oben herab. „Festung und Südspitze voraus!“

Bislang hatte der Küstenstrich der Insel ein gleichförmiges Bild geboten. Zunächst weißer Sand, dem ein Streifen saftigen Grüns folgte, über welchem sich dann die steilen Kuppen zahlreicher Hügel erhoben. Nun wichen Sand und Grün zurück und machten einer Steilküste Platz, deren Klippen kaum zu ersteigen waren. Sie waren nur wenige Zehnlängen hoch, aber wohl ebenso unbezwingbar wie die Festung, die sich über ihnen auf einem Plateau erhob.

„Sie ist nicht sonderlich groß, aber durchaus beeindruckend“, murmelte Elodarion, während er und Jalan den Verlauf der Mauern und Türme musterten. „Es ist der weiße Stein des Reiches Alnoa. Ob dies hier einer der früheren Inselposten war?“

„Nein, das Reich der weißen Bäume hat diese Festung nicht errichtet. Sieh dir die dreieckigen Fensteröffnungen an und das fast fugenlose Mauerwerk.“ Jalan seufzte leise. „Dieses Bollwerk stammt aus den Zeiten des Ersten Bundes. Und es muss schon damals alt gewesen sein. Offenbar wurde es von jenen errichtet, deren Zuflucht nun zwischen den Sternen liegt.“

„Jedenfalls eine Anlage, die man nicht leicht einnehmen kann. Ich wette, dort stehen Katapulte, mit denen man den Hafen und die Stadt bestreichen kann. Dieser Malaquant wird sich nicht allein auf die Macht der Gelbfrüchte stützen.“

Die Schiffe umrundeten nun langsam die Südspitze der Insel. Unterhalb der Festung, auf einem Felsvorsprung, erhob sich ein weiteres Leitfeuer, von dessen Becken ebenfalls ein grünliches Flackern ausging.

„Vorsichtig und langsam“, knurrte Elek-Mar. „Ich will mir nicht den Kiel aufreißen!“

Die Sorge des Schwarmführers war verständlich. Rechts befand sich die Steilküste mit ihren schroffen Felsen, und links erhoben sich weitere Felszacken aus dem Meer. Es wurde offensichtlich, dass es nur eine schmale Fahrrinne gab, die sicher zum Hafen führte.

Elodarions zuvor geäußerte Vermutung war richtig.

Als sich die Zufahrt des Hafens vor ihnen öffnete, erkannten sie, dass es sich tatsächlich um den Krater eines alten Vulkans handelte. Allerdings stiegen seine Wände eher sanft an und waren an einigen Stellen durchbrochen. Die Eruption musste vor Urzeiten erfolgt sein und hatte wohl den oberen Bereich des Kegels und einen wesentlichen Teil der Kraterwände fortgesprengt.

„Kein Wunder, dass sie hier fruchtbaren Boden haben“, brummte Jalan.

Rechts von der Hafeneinfahrt erhob sich die Festung des Malaquant, links davon befand sich ein kleineres Bollwerk, dessen Katapulte und Pfeilwaffen die Zufahrt schützten. Der Meeresgrund stieg zum Hafen hin steil an, sodass die Wassertiefe hier nur noch wenige Längen betrug. Gerade genug, dass die Schiffe den Grund nicht berührten. Der Hafen bestand aus einer riesigen Bucht, die einige Tausendlängen im Durchmesser maß und nahezu kreisförmig war. Im Nordosten waren die Gebäude der Stadt zu sehen. Von dort führten lange gemauerte Stege ins Wasser hinein, an denen dicht an dicht und in ihrer Zahl kaum abzuschätzen die Schiffe der Schwärme lagen.

„Schiffe der Grünklauen vor Anker“, meldete der Ausguck.

„Sie werden nicht erfreut sein, die ‚Ayat'tarasta' zu erkennen“, brummte Segu-Mar.

So hieß der Kampfsegler, den der Schwarm zuvor aufgebracht hatte und der nun unter dem Zeichen der Dornfische segelte.

Elek-Mar stieß ein leises Grunzen aus. „Hier gilt der Seefrieden. Sie werden den Bissen schlucken müssen, auch wenn sie daran ersticken.“

Die Elfen wussten nicht, wie viele Schwärme der See es gab. Anhand der unterschiedlichen Einfärbungen der Segel und der verschiedenen Wappen schätzten sie, dass hier mindestens fünf Schwärme vertreten waren. Doch sie konnten es nicht genau sagen, da einige der Schiffe ähnlich wie der Schwarm der Dornfische rote Segel führten, welche aber sorgfältig eingeholt und festgebunden waren, sodass man ihre Symbole nicht erkennen konnte. Anscheinend durfte jeder Schwarm nur mit einer bestimmten Anzahl an Schiffen in den Hafen einlaufen, aufmerksam beobachtet von den Wachen des Herrn von Um'briel.

Dessen Männer waren leicht auszumachen.

Die Schwärme der See nutzten, was ihnen an Kleidung zur Verfügung stand, und boten ein entsprechend vielfältiges und buntes Bild. Das war grundsätzlich auch bei den Männern des Malaquant der Fall, aber sie hatten blaue Tuchstreifen um Kopf und Oberarme gebunden, die sie aus der Masse der anderen Schwarmmänner heraushoben. Auch über den Batterien der beiden Vorwerke und der Festung wehten blaue Tuchstreifen. Kein Symbol war auf ihnen zu erkennen, aber die Farbe Blau schien dem Malaquant und seinen Männern vorbehalten zu sein, denn selbst in der Bekleidung der Bewohner Um'briels war sie kaum zu sehen, obwohl ansonsten jeder Farbton zu finden war.

Die „Wa'gosa“ und drei weitere Schiffe der Dornfische glitten langsam in die Bucht hinein und näherten sich einem der Stege. Ein kleines Boot, an dessen Heck ein blauer Tuchstreifen flatterte, wies ihnen die Ankerplätze zu, und Elodarion und Jalan lauschten mit gemischten Gefühlen den Kommandos, mit denen die Segel gerefft und die Halteleinen an den Stegen festgemacht wurden.

„Wir halten die anderen Spitzohren noch unter Deck“, entschied Elek-Mar T'os und wies auf die beiden Ältesten. „Die dort werden wir ein wenig durch die Stadt führen und dann dem Malaquant präsentieren. Bindet den Elfen Tücher um die Köpfe. Es soll eine Überraschung für den Oberherrn der Schwärme sein.“

Segu-Mar gab zwei Männern einen Wink, die daraufhin braune Tuchstreifen hervorholten, und sah die beiden Elfen dann an. In seinem Blick lag nicht Zufriedenheit, sondern eher Mitgefühl, als er den Schwarmmännern bedeutete, die Tücher um die Köpfe der Elfen zu knoten, sodass ihre spitzen Ohren verborgen waren. „Es geschieht zu eurer eigenen Sicherheit“, murmelte er. „Spitzohren sind nicht sonderlich beliebt bei den Schwärmen, und auf Um'briel gilt dies besonders. Legt auch eure Umhänge ab. Sie sind zu verräterisch. Ich werde euch andere geben. Und achtet darauf, dass die Muster eurer Gewänder nicht zu sehen sind.“

Jalan-olud-Deshay schob trotzig sein Kinn vor. „Das Haus Deshay versteckt sich nicht.“

„Ich darf nur mit wenigen Männern an Land gehen“, erwiderte Segu-Mar. „Aber es gibt sehr viele Menschen in der Stadt. Glaubt mir, ihr werdet nicht lebend zum Malaquant gelangen, wenn eure elfische Herkunft entdeckt wird.“

„Vielleicht wäre das auch besser“, seufzte Elodarion, der

die Unruhe des blonden Mannes spürte. War es die Angst, zur Verantwortung gezogen zu werden, wenn die Gefangenen nicht wohlbehalten beim Malaquant ankamen? Oder war es die ernstliche Sorge um das Wohl der Elfen? Der Stellvertreter des Schwarmführers war schwer einzuschätzen.

„Ihr werdet nicht gefesselt", sagte Segu-Mar, ohne auf Elodarions Bemerkung einzugehen. „Aber glaubt nicht, dass ihr entkommen könnt. Dies ist die Insel des Malaquant, und ihr werdet euch nirgends vor ihm verbergen können. Jeder würde nach euch suchen, und wem ihr in die Hände fielet, würde euch einfach den Hals durchschneiden, trotz der hohen Belohnung, die der Oberherr auf euch aussetzen würde."

„Was macht es für einen Unterschied?" Elodarion sah den Schwarmmann mit unbewegtem Gesicht an. „So oder so sind wir dem Tod geweiht, nicht wahr?"

„Manchmal macht es einen Unterschied, auf welche Weise man stirbt", erwiderte Segu-Mar und wies auf die beiden Brüder Bogo und Balga. „Sie werden euch das bestätigen können."

Elodarion sah die beiden Wächter an. Ihre Münder waren halb geöffnet, und Speichel sickerte aus ihnen hervor. „Sie wissen zu wenig vom Leben, um die Bedeutung des Todes zu erkennen."

„Sie können nichts dafür." Segu-Mars Augen verrieten Mitgefühl. „Sie haben nicht darum gebeten, auf diese Welt geboren zu werden. Und glaubt mir, auch wenn es euch nicht so erscheint, Bogo und Balga können sehr wohl Freude und Leid empfinden."

Segu-Mar stieß ein paar grunzende Laute aus, und die Gesichter der beiden Brüder verzogen sich zur Karikatur eines Lächelns. Elodarion nickte. Der blonde Schwarmmann hatte vermutlich recht. Eine solche Betrachtungsweise hätte er ihm gar nicht zugetraut, doch Segu-Mar schien tatsächlich feinfühliger zu sein, als es zunächst den Anschein hatte.

„Seid ihr endlich so weit?“ Elek-Mar T’os sah ungeduldig zur Stadt hinüber. „Unsere Ankunft ist nicht unbemerkt geblieben, und die Menschen sind begierig auf Neuigkeiten und wollen wissen, welche Beute wir zu bieten haben. Je länger wir warten, desto schwieriger wird es, die Spitzohren unauffällig zur Festung zu bringen.“

„Wir sind bereit“, versicherte Segu-Mar.

Der Schwarmführer ging voraus, gefolgt von zwei kräftigen Männern und den beiden Elfen mit Segu-Mar sowie den unvermeidlichen Brüdern. Hinter ihnen folgte eine Gruppe weiterer Männer und Frauen von der „Wa’gosa“. „Sie werden sich auf dem Markt umsehen und erkunden, was dort angeboten wird“, raunte Segu-Mar den Elfen zu. „Noch kennt man den Umfang unserer Beute nicht. Wir werden bei der Versteigerung mit den hässlicheren Weibern beginnen.“ Er lachte leise. „Sie bringen ein besseres Gebot, wenn man die anderen Frauen noch nicht zu Gesicht bekommen hat.“

Von der „Wa’gosa“ war mittlerweile eine Planke auf den steinernen Steg gelegt worden. Als die Gruppe diesen betrat, empfing sie der widerliche Gestank der Verwesung. Die Ursache war rasch gefunden. Auf halber Strecke zum Land erhoben sich drei Pfähle, auf denen die verrottenden Leiber dreier Menschen steckten. Ein paar Seevögel pickten an den Überresten und ließen sich durch die Menschen auf dem Steg nicht stören.

Elodarion erkannte in einer der sterblichen Hüllen eine Frau und fragte sich, was sie getan haben mochte, dass sie auf solche Weise bestraft worden war. „Haben sie noch gelebt, als man sie …?“

Elek-Mar hatte seine leise ausgesprochene Frage gehört und wandte sich mit grobem Lachen zu ihm um. „Selbstverständlich haben sie noch gelebt. Wo bliebe denn sonst das Vergnügen?"

„Wie ich es mir dachte", murmelte Jalan. „Er ist zweifellos die Bestie, für die ich ihn gehalten habe."

„Haltet die Zungen still", knurrte der Schwarmführer. „Sonst lasse ich sie herausschneiden. Eure Sprechweise könnte euch verraten, und ich will keinen unnötigen Ärger."

Auf den langen Stegen wimmelte es von Schwarmmännern und -frauen, die geschäftig zwischen den Schiffen und der Stadt hin und her eilten. Waren wurden zur Stadt getragen oder von dort herübergebracht, und man sah Früchte und Getreide, Metall in Barrenform und Tuchballen. An einem Schiff war Unruhe, denn dort trieb man einige Nutztiere an Bord. Die Tiere hatten offensichtlich Angst, vom festen Boden des steinernen Steges auf die schwankende Planke zu treten, die an Deck des Schiffes führte. Eines der Tiere ließ, vielleicht aus Furcht, einen gewaltigen Haufen Dung fallen, und ein Schwarmmann, der es antreiben wollte, rutschte darauf aus und stürzte unter dem Gejohle der Umstehenden ins Wasser.

Die steinernen Stege bestanden aus großen Platten, die auf Säulen ruhten. Es waren keine massiven Mauern, wie man sie vielleicht in einem Hafen erwartet hätte. Holz gab es hier zwar reichlich, aber wahrscheinlich hatten die Erbauer des Hafens befürchtet, es würde zu rasch verrotten. Die massiven Steinplatten zu behauen, musste hingegen viel Arbeit gekostet haben, vielleicht hatte man aus diesem Grund den Kompromiss mit den Säulen gewählt.

Auf Elodarions hierzu im Flüsterton gestellte Frage hin schüttelte Segu-Mar den Kopf. „Der Steg ist aus Steinplatten, weil der Malaquant nicht will, dass er beschädigt wird, falls er ein Schiff im Hafen verbrennen muss." Er deutete zur Festung hinauf. „Glaubt mir, es gibt keine besseren Katapultschützen als die des Malaquant. Sie können jedes Schiff im Hafen mit ihren Brandgeschossen erreichen." Er deutete auf die Außenkanten der Stegplatten. „Seht ihr dort die Ringe und Bolzen und die Art und Weise, wie sie mit Ketten verbunden sind? Zieht man an ihnen, löst sich die Verankerung der Platten und der ganze Steg kippt zur Seite. Wer dann an Land stürmen will, muss durch das Wasser waten und über den Sandstrand." Er lächelte. „Das kostet Zeit und somit viele Leben."

„Ein Mensch von großer Herzensgüte, dieser Malaquant", murmelte Jalan. „Er sorgt sich sichtlich um das Wohl seiner Untertanen."

Segu-Mar reagierte nicht auf den Spott des Elfen. Stattdessen deutete er zum Ende des Steges. „Seine Wachen. Sie werden uns sicheres Geleit zum Oberherrn geben."

Einige Männer mit den blauen Tuchstreifen des Malaquant sahen ihnen entgegen. Sie waren nicht allein wegen dieser Binden auffällig. Man merkte, dass die anderen Männer und Frauen eine gewisse Distanz zu den Wachen hielten. Offenbar waren sie nicht sonderlich beliebt, und Elodarion hoffte, dass dies auch für ihren Oberherrn galt. Denn selbst einfache Rivalitäten zwischen den Männern der Schwärme konnten ihm und den anderen Elfen nützlich sein, wenn es darum ging, einen Fluchtweg zu finden. Schließlich hatte keiner der Elfen die Hoffnung aufgegeben, sein Schicksal doch noch wenden zu können.

„Der Schwarm der Dornfische ist uns willkommen, wenn er den Seefrieden hält", sagte der Truppführer und wies mit dem Daumen zum Liegeplatz der Schiffe der Grünklauen.

„Schwarmführer Narut-Mar T'areat ist nicht sonderlich gut auf euch zu sprechen. Ihr habt den Grünklauen einen Segler abgenommen, wie ich hörte?"

„Die ‚Ayat'tarasta'", bestätigte Elek-Mar und grinste kalt.

„Ich kenne sie." Der Truppführer hakte die Daumen hinter seinen Waffengurt. „Ein hervorragendes Schiff. Sie hat den Grünklauen gut gedient. Zweifellos eine Bereicherung für den Schwarm der Dornfische."

„Zweifellos."

„Ihr seid mit eurer Beute zufrieden?"

Elek-Mar lächelte sanft. „Sehr zufrieden."

„Schön zu hören. Der Malaquant ist gespannt auf seinen Anteil."

„Er wird mehr als zufrieden sein." Elek-Mar beugte sich ein wenig vor und näherte seinen Mund dem Ohr des Soldaten.

Die Worte waren nicht zu verstehen, aber der Truppführer sah Elodarion und Jalan überrascht an, bevor ein breites Grinsen über sein Gesicht glitt. „Das wird ihn in der Tat erfreuen. Und gleich zwei von der Sorte. Ein seltener Fang. Hervorragende Beute", räumte er ein. „Der Oberherr wird euch reichlich entschädigen. Was immer ihr wollt. Metall, Früchte oder Weiber?"

„Weiber haben wir mehr als genug", warf einer der Schwarmmänner ein.

Elek-Mar warf dem Mann einen scharfen Blick zu. „Die See hat uns reich beschenkt." Er sah die Wache wieder an, und ein Beutel Schüsselchen wechselte seinen Besitzer. „Wir haben Gendaneris unsere Aufwartung gemacht. Aber es muss nicht jeder wissen, du verstehst? Nicht vor der Versteigerung."

Die Wache nickte. „Wer will sich schon die Preise ruinieren lassen?" Er sah seine Soldaten an, die sicherlich einen kleinen Anteil am Inhalt des Beutels erhalten würden. „Ihr werdet das Maul halten, oder ich finde eine neue Verwendung für eure Zungen." Dann räusperte er sich und musterte erneut die beiden Elfen. „Es ist besser, wenn meine Männer und ich euch zur Festung begleiten. Zwar gilt hier der Seefrieden, doch die Krieger der Grünklauen sind ziemlich erregt. Sie kennen natürlich die Strafe für Ungehorsam, aber ich denke, die Anwesenheit meiner Leute wird hilfreich sein."

„Das wird sie in der Tat."

Erneut wechselte eine Handvoll Schüsselchen den Besitzer. Elek-Mar war ungewöhnlich großzügig, aber das konnte er sich nach dem Überfall auf Gendaneris offenbar auch erlauben. Die Wachen waren jedenfalls reichlich beeindruckt, und während Elek-Mar und der Wachführer vorausgingen, schlossen sich die Soldaten des Malaquant der Gruppe an.

Die steinernen Stege führten parallel auf den Strand im Nordosten der Bucht zu. Auch hier waren Wege aus sorgfältig behauenen Platten im Sand verlegt, die bis zum Rand der Stadt und dort auf einen großen, quadratischen Platz führten. Dieser war auf drei Seiten von den Gebäuden der Stadt umgeben und diente dem Handel der Schwärme. Das steinerne Pflaster war von Verkaufsständen bedeckt, an denen die Angehörigen der verschiedenen Schwärme und die Bewohner der Stadt miteinander handelten. In einigen Fällen wurde getauscht, aber den Elfen fiel auf, dass die meisten Geschäfte mittels der goldenen Schüsselchen getätigt wurden. Offensichtlich maß man ihnen bei den Schwärmen große Bedeutung zu. Die Goldfracht aus der Hochmark musste den Dornfischen also zu weitaus mehr als nur zum Ballast nützlich sein. In der Mitte des Platzes erhob sich eine steinerne Pyramide, deren Spitze fehlte. Die so gebildete Plattform hatte ein Kantenmaß von gut zehn Längen und lag etwa zwei Längen über dem Boden. Eine eckige und massig wirkende Konstruktion, deren Bedeutung niemand erklären musste. Hier auf der Pyramide würde die lebende Ware präsentiert werden, damit die Bieter sie begutachten konnten, bevor sie ihr Gebot machten. Danach würde man die unglücklichen Frauen sofort über die Stege an Bord ihrer künftigen Heimatschiffe bringen.

„Los, haltet euch nicht auf“, knurrte einer der Soldaten und stieß Elodarion auffordernd an. „Seid froh, dass wir euch nicht auf dem Platz versteigern. Obwohl ihr sicher hohe Gebote erzielen würdet. Aber das Vergnügen eurer Bekanntschaft lässt sich der Malaquant bestimmt nicht entgehen.“

Die beiden Elfen wurden durch die Straßen geleitet, wobei die Wachen dafür sorgten, dass niemand die Gruppe behelligte. Die neugierigen Fragen der Leute wurden von Elek-Mar einsilbig beantwortet. Irgendwann erkannten ein paar Männer des Schwarms der Grünklauen die Angehörigen der Dornfische und vertraten ihnen den Weg, um dann abfällige Bemerkungen zu machen.

Doch der grimmige Blick des Truppführers hielt sie im Zaum. „Der Seefrieden gilt“, knurrte er. „Wer ihn nicht hält, dem wird die See keine Heimat mehr sein.“

Die Männer der Grünklauen murmelten beschwichtigende Worte und machten Platz, um die Gruppe passieren zu lassen.

„Wenn ihr die Zone des Seefriedens verlasst“, murmelte der Truppführer Elek-Mar zu, „dann solltet ihr auf Wind und Segel achten. Die Grünklauen werden es nicht auf sich beruhen lassen.“

Der Schwarmführer der Dornfische lachte kalt. „Sie haben noch einige Schiffe, die mir und meinen Leuten von Nutzen sein könnten.“

„Unterschätzt sie nicht“, warnte der Soldat. „Sie sind hinterhältige Bastarde und gute Kämpfer.“

Die Größe der Stadt war schwer einzuschätzen. Sie bestand aus einer kaum überschaubaren Anzahl unterschiedlichster Häuser. Einige von ihnen waren vollständig aus Holz errichtet, andere aus Stein oder gebranntem Sand, wieder andere bestanden aus verschiedenen Materialien. Manche hatten Vordächer, andere glatte Fassaden oder kleine Erker und Türme. So uneinheitlich wie die Bekleidung der Bewohner war auch das Erscheinungsbild ihrer Bauten. Die Stadt mochte fünftausend oder auch zehntausend Menschen beherbergen. In jedem Fall erschien es Elodarion als Meisterleistung, die Einwohner mit allem Lebensnotwendigen zu versorgen, zumal sich hier auch die Schwärme der See mit wichtigen Gütern eindeckten.

„Die Schwärme können nicht allein von den Ressourcen Um'briels leben“, murmelte Jalan seinem Leidensgefährten zu. „Wahrscheinlich ist das der Grund, warum die Insel ihr wichtigster Umschlagplatz ist.“

Elodarion nickte unmerklich. „Je stärker die Schwärme wachsen, desto höher ist ihr Bedarf. Kein Wunder, dass sie dazu übergehen, das Festland heimzusuchen. Doch selbst das scheint ihnen nicht auszureichen, sonst würden sie sich nicht untereinander bekämpfen.“

„Sie bräuchten Siedlungsraum und müssten ein friedliches Leben als Bauern und Viehzüchter führen“, meinte Jalan. „Dann hätten sie eine Zukunft.“

Segu-Mar hatte ihre geflüsterten Worte verstanden und schob sich unmerklich näher. Seine Stimme war ebenso leise wie die ihren. „Kein Mann der See wird jemals an Land siedeln. Wer einmal Seefüße hat, der gibt das Meer nicht mehr auf.“

Elodarion lächelte unmerklich. „Ein guter Freund von mir,

Kapitän Herolas, hat einmal etwas Ähnliches gesagt. Ihr Seemenschen seid wirklich mit dem Wasser verbunden."

„Es ist unser Leben."

„Wenn Ihr Euer Leben nicht ändert, wird das Wasser Eurem Volk zum Grab."

„Ihr solltet euch nicht um unser Leben sorgen", sagte Segu-Mar nachdenklich. „Bald werdet ihr dem Malaquant begegnen, und dann geht es um das eure."

Sie hatten die Stadt nun hinter sich gelassen, und eine schmale, mit Steinplatten belegte Straße führte in sanftem Bogen hinauf zum rechten Ausläufer des ehemaligen Kraterwalls, wo sich die Festung auf dem Plateau erhob. Der Weg zog sich zunächst durch einen Wald, der ruhig und idyllisch wirkte, aber die Elfen wussten, dass jeder Schritt und jede Steinplatte sie dem Malaquant näher brachte. Dem Oberherrn der Schwärme und Vollstrecker ihres unabwendbaren Todes.

33

Nedeam und Dorkemunt hatten sich zur Ruhe begeben. In den letzten Tagen hatten sie dazu kaum Gelegenheit gehabt, denn unablässig waren sie auf der Suche nach einem Mörder gewesen, dessen Gesicht sie nicht kannten. Nun waren sie entschlossen, dem heimtückischen Wesen eine Falle zu stellen, hatten aber für diese das passende Stück Käse, wie Dorkemunt es ausdrückte, noch nicht gefunden.

Es war früher Nachmittag, und während die Stadt Gendaneris von Geschäftigkeit erfüllt war, nutzten die beiden Pferdelords die bequeme Bettstatt, die man ihnen zur Verfügung gestellt hatte. Man hatte in dem hafennah gelegenen Haus auch die Elfen unterbringen wollen, aber diese bevorzugten es nach den Ereignissen der letzten Tage, an Bord der Schiffe zu bleiben, und verließen diese nur, wenn es unbedingt erforderlich war. Dorkemunt schnarchte leise vor sich hin, während Nedeam die Hände im Nacken verschränkt hatte und über die Bedeutung von Käse für die Nagerjagd nachdachte.

Wer immer auch die Morde und die Anschläge gegen die Schiffe verübt hatte, besaß die feste Absicht, den gemeinsamen Rettungsversuch zu verhindern oder zumindest zu verzögern. Für die beiden Pferdelords und die Elfen stand fest, dass es sich um einen Angehörigen der Schwärme handeln musste, der beim Rückzug der Schwarmschiffe nicht mehr rechtzeitig an Bord gelangt war. Trotz der Hinterlist der feigen Morde musste Nedeam anerkennen, dass die unbekannte Person auch Mut bewiesen hatte. Denn statt sich einfach verborgen zu halten, versuchte sie noch immer, ihren Schwarm zu unterstützen. Sie musste wissen, dass ihre Taten die Aufmerksamkeit des Feindes erregt hatten, und es konnte ihr auch nicht verborgen geblieben sein, dass man nach ihr suchte. Dennoch würde sie nicht zögern, erneut aktiv zu werden, wenn sich eine Möglichkeit bot, die das Risiko lohnte.

Was aber würde den Schwarmmenschen dazu bewegen, erneut ein Risiko einzugehen? Es musste ein wahrhaft lohnendes Ziel sein, aber die Schiffe wurden nun mit Argusaugen behütet und waren für den Mörder unerreichbar. Ein Transport mit Brennstein war aus Mintris angefordert, und der Hochgeborene ta Enderos hatte ihm seinen Sohn mit einer Hundertschaft entgegengeschickt. Dieser würde die Ladung bedingungslos verteidigen, daran hatte Nedeam keinen Zweifel. Der Hauptmann vertraute nur noch den Männern, die er gut kannte, und so hatte er jeden einzelnen Reiter persönlich ausgesucht.

Welche Möglichkeit blieb dem Mörder nun noch, den Rettungsversuch zu verhindern?

„Das braucht er gar nicht."

Nedeam schreckte aus seinen Gedanken und sah zu Dorkemunt hinüber. „Ich dachte, du schläfst."

„So laut, wie du denkst, Nedeam, mein Freund?" Der kleine Pferdelord richtete sich ächzend auf und schwang die Beine von der Bettstatt. „Ich dachte erst, du sprichst im Schlaf."

„Tut mir leid", erwiderte Nedeam zerknirscht. „Ich wollte dich nicht wecken."

„Schon gut. Eigentlich finde ich ohnehin keinen Schlaf. Ich werde auch erst dann ruhen können, wenn wir den Mörder gestellt haben."

„Was meintest du vorhin damit, er brauche nichts zu verhindern?" Er sah seinen Freund gespannt an.

Dorkemunt lachte spöttisch auf. „Er braucht nur die Hochgeborenen in Ruhe weitermachen zu lassen. Deren endloses Geschwätz verhindert jeden Rettungsversuch zuverlässiger als die Hand eines Mörders."

Nedeam nickte betrübt.

Der kleine Pferdelord wies auf die Hand seines Freundes. „Was macht die Wunde?"

„Sie ist fast verheilt." Nedeam betrachtete seine Finger. Von der Schnittverletzung war kaum noch etwas zu erkennen. Die Wunde hatte sich nahezu vollständig geschlossen, etwas, was er sich nicht recht erklären konnte. Vielleicht hatte er die Verletzung in seiner Aufregung ja falsch eingeschätzt. Oft genug waren es gerade kleine Schnitte, die unverhältnismäßig stark schmerzten, während tödliche Wunden nahezu schmerzfrei sein konnten.

Nedeam folgte dem Beispiel des Freundes und richtete sich ebenfalls auf. In dem Moment, als er sich erheben wollte, spürte er ein seltsames Vibrieren. Es erinnerte ein wenig an das Beben des Bodens, wenn eine starke Truppe Pferdelords in vollem Galopp an einem vorüberritt. Aber es war kein Beritt in den Straßen unterwegs, und das merkwürdige Zittern schien immer stärker zu werden. Dorkemunt spürte es ebenfalls und sah seinen Freund verwirrt an, während unten auf der Straße aufgeregte Rufe hörbar wurden.

„Was geht da vor sich?" Nedeam erhob sich. Überrascht sah er auf eine Schüssel mit Wasser, die auf einem kleinen Tisch stand. Das Wasser bewegte sich in ringförmigen Wellen, die immer größer wurden. Selbst die Schüssel geriet nun in Bewegung, und noch bevor Nedeam reagieren konnte, stürzte sie herab und zerbarst.

„Bei den Finsteren Abgründen", keuchte Dorkemunt. „Welcher Zauber geht hier vor sich?“

Die Schwingungen wurden heftiger und immer härter, und schließlich begann das gesamte Gebäude bedrohlich zu wanken. Mit aufgerissenen Augen sah Nedeam, wie sich Farbe und Putz von Wänden und Decke lösten. Er war wie erstarrt, bis ein beachtliches Stück von der Decke herabfiel und auf dem Boden zerbrach.

„Raus hier“, keuchte Dorkemunt. „Was immer es ist, es bekommt dem Haus nicht, und wenn das in sich zusammenfällt, wird es uns ebenso wenig bekommen.“

Der kleine Pferdelord machte Anstalten, Nedeam am Arm zu packen, aber die Schwankungen wurden so stark, dass sie beide sich kaum noch auf den Füßen halten konnten. Erneut lösten sich Teile von der Decke, und jetzt war auch noch ein Rumoren zu hören, ein tiefes Grollen, so, als öffneten sich die Schlünde der Feurigen Abgründe des Zwergenvolkes. Von draußen drangen nun panische Schreie herein. Das Bersten von Mauerwerk war zu hören, und irgendwo ertönte ein Signalhorn der Garde.

Ein Schlag schien plötzlich den Boden zu treffen und riss die beiden Pferdelords von den Füßen. Staub löste sich von den Wänden und nahm ihnen den Atem; sie husteten und versuchten verzweifelt, wieder auf die Beine zu kommen. Nedeam fühlte sich angehoben und wieder zu Boden geworfen. Furcht packte ihn, denn er konnte sich nicht erklären, was hier vor sich ging.

Dann, mit einem Mal, war es wieder vorbei. So unvermittelt geschah dies, dass sie es im ersten Augenblick kaum wahrhaben mochten. Noch immer waren die Schreie und das Poltern stürzenden Mauerwerks zu hören, aber der Boden fühlte sich wieder normal an, und so richteten sie sich auf, packten ihre Waffen und hasteten aus dem Haus. Auf das Bild, das sich ihnen hier bot, waren sie in keiner Weise vorbereitet.

Entlang der Straße, in der sie sich befanden, waren zwei Häuser in sich zusammengestürzt, bei anderen klafften breite Risse im Mauerwerk. Ein Dach war halb abgesackt und drohte auf die Straße zu rutschen. Dachabdeckungen hatten sich gelöst und beim Herabfallen einige Menschen verletzt, und über allem hing eine dichte Staubwolke, aus der das Schreien verängstigter oder verwundeter Bewohner drang.

„Was, bei allen Mächten der Finsternis, ist hier geschehen?" Dorkemunt starrte fassungslos auf das Chaos.

„Ich weiß es nicht", ächzte Nedeam. „Was immer das war, es muss ein mächtiger Zauber gewesen sein. So etwas habe ich noch nie erlebt."

„Ja, Menschenwerk war das sicher nicht", stellte Dorkemunt fest. „Selbst die Grauen Wesen werden kaum die Macht haben, ein solches Unheil anzurichten."

„Ihr Wuchtzauber ist stark", entgegnete Nedeam zögernd.

„Aber nicht stark genug, um eine ganze Stadt ins Verderben zu stürzen."

Sie sahen einander an und hatten den gleichen Gedanken. „Die Werft", keuchte Nedeam. „Die Schiffe."

„Und unsere Pferde!"

„Unsere Freunde gehen vor. Wir müssen zum Hafen."

Irgendwo hinter ihnen ertönten Schritte, begleitet von leisem metallischem Klirren, und sie wussten, dass es ein Trupp der Garde war, der heraneilte, um Hilfe zu leisten. Sicherlich hätten Dorkemunt und Nedeam auch hier in der Straße gute Dienste leisten können, aber die Sorge um ihre elfischen Freunde trieb sie hinunter zur Werft.

„Vielleicht war es auf dem Wasser nicht so schlimm", keuchte

Nedeam. Der schnelle Lauf und der Staub in der Luft nahmen ihnen den Atem.

„Du hast gesehen, was mit der Wasserschüssel geschehen ist“, erwiderte Dorkemunt. „Ich will hoffen, dass es den Schiffen nicht ebenso erging.“

Überall um sie herum kamen Menschen aus den Gebäuden. Einigen stand die blanke Furcht im Gesicht, andere waren einfach nur ratlos. Aber es gab auch beherzte Männer und Frauen, die zupackten und versuchten, den Verletzten zu helfen. Viele Menschen mussten unter Trümmern begraben sein, und die Zeit drängte, wenn man noch eine Chance haben wollte, ihnen zu helfen.

Nedeam stöhnte leise auf, als sie endlich die große Werfthalle von Gendaneris erblickten.

Aus dem stolzen Wahrzeichen des Hafens war ein Trümmerhaufen geworden. Eine der Längswände war in sich zusammengebrochen und die Dachkonstruktion daraufhin nach innen gestürzt. Sie musste die „Shanvaar“ und das erbeutete Korsarenschiff unter sich begraben haben und mit ihnen all jene, die sich in der Halle und an Bord der Schiffe befunden hatten.

Die beiden Pferdelords hatten keinen Blick für die übrigen Schäden oder die umhereilenden Menschen, sondern hasteten auf die zerstörte Werfthalle zu, an deren Schmalseite einige Gardisten verzweifelt versuchten, einen Zugang in das Gebäude freizulegen.

„Dort, Nedeam! Sieh nur, dort!“, rief Dorkemunt plötzlich und schlug seinem Freund ekstatisch an den Arm, während er mit der anderen Hand auf das Hafenbecken deutete. „Dort sind sie! Bei den Goldenen Wolken, ihnen ist nichts geschehen. Ah, was für ein prachtvoller Anblick. Nie sah mein

Auge etwas so Wundervolles.“

Nedeam konnte Dorkemunts Begeisterung nachvollziehen. Wie unberührt von dem herrschenden Chaos lagen drei Schiffe in der Mitte des Hafenbeckens. Seite an Seite ankerten dort die „Shanvaar“, die „Melan'tasta“ und die „Wellenvogel“, deren Decks voller Menschen und Elfen waren. Herolas und sein Steuermann Gendrion waren zu erkennen, die auf diese Entfernung nicht mehr verständliche Kommandos brüllten, während der Rumpf der „Wellenvogel“ langsam herumschwang, obwohl das Schiff keine Segel gesetzt hatte, und sich der Anlegestelle neben der Werft näherte.

Anderen Schiffen war es schlechter ergangen. Einige waren gegen die Kaimauern gedrückt worden und hatten Schäden erlitten, eines von ihnen neigte sich bereits; seine Bordwand war offenbar eingedrückt, und Wasser strömte nun in den Rumpf.

Dorkemunt und Nedeam schrien sich die Kehlen heiser und winkten aufgeregt, während das große Elfenschiff heranglitt und mit einem leisen Stoß am Steg anlegte. Schon wurden die Planken ausgelegt, und Elfen hasteten an Land.

„Wahrhaftig“, ächzte Dorkemunt ein wenig später, „ich bin froh, Euch alle gesund und munter zu sehen.“

Herolas lächelte kurz, doch dann verfinsterte sich sein Gesicht. „Nicht alle, guter Pferdelord Dorkemunt. Nicht alle. Der Weise Mionas war in der Halle, als die Erde zu beben begann.“

„Bei den Finsteren Abgründen.“ Nedeam sah betroffen zu dem schwer beschädigten Gebäude.

Herolas seufzte gramvoll. „Es ist nicht vollends eingestürzt. Es mag Hohlräume zwischen den Trümmern geben, und vielleicht ist der Weise verschont geblieben. In jedem Fall müssen wir uns vergewissern. Wenn ihm etwas geschehen ist … es wäre nicht auszudenken."

„Wir brauchen sein Wissen, wenn wir Erfolg haben wollen", fügte Llarana hinzu.

Nedeam empfand unsägliche Erleichterung, die elfische Frau unverletzt zu sehen. Doch nun war nicht die Zeit, seinen Gefühlen nachzuhängen. Lebte der Weise Mionas noch? Plötzlich wurde dem jungen Pferdelord bewusst, wie viel von dem alten elfischen Gelehrten abhing. Er war der Einzige von ihnen, der wusste, wo die Heimat der Korsaren lag, und auch der Einzige, der den Umbau der Schiffe zu Ende bringen konnte. Mionas war für die Rettung der Ältesten von entscheidender Bedeutung.

„Das passende Stück Käse", murmelte er geistesabwesend und erntete dafür einen verständnislosen Blick von Lotaras.

„Was zum Henker macht Ihr da?", rief plötzlich Gendrion den Gardisten zu, die angefangen hatten, die Trümmer zur Seite zu räumen.

„Es sind Leute in der Halle", rief einer der Soldaten zurück. „Wir können sie doch nicht drinnen lassen. Vielleicht leben sie noch."

„Ich will es hoffen", brüllte der Steuermann der „Wellenvogel" und rannte auf die Männer zu. „Aber wenn Ihr ihnen helfen wollt, müsst Ihr es anders machen. Wartet, Ihr guten Herren, ich werde es Euch zeigen."

Sie folgten Gendrion, der einen beachtlichen Spurt hinlegte. „Was ist eigentlich geschehen?", fragte Nedeam keuchend seinen Freund Lotaras. „Wisst Ihr elfischen Wesen, was hier geschah?"

„Ein Erdbeben", erwiderte Lotaras knapp.

Sie erreichten die Gardisten, und Lotaras fühlte sich nun

offenbar berufen, den verwirrten Pferdelords und Gardisten ein paar erklärende Worte zu geben. „Die Bücher der Elfen berichten von solchen Erdstößen. Wir kennen ihre Ursache nicht, doch wir wissen, dass sie vorkommen. Es gibt Gebiete, in denen dies häufiger geschieht, und andere, die davon verschont bleiben. Zur Zeit der alten Königreiche hat die Erde oft gebebt. Vor allem in diesen Provinzen des Reiches Alnoa."

Einer der Gardisten nickte. „Davon hat mir auch mein Vater erzählt. Einst soll es eine mächtige Erdwelle gegeben haben, die von Alneris bis nach Gendaneris lief. Die Städte wurden schwer getroffen und viele Menschen getötet. Damals soll auch eine mächtige Flutwelle den Genda hinaufgerollt sein."

„Es muss ein mächtiger Zauber sein, der so etwas bewirkt", murmelte ein Mann.

„Es ist kein Zauber, eher ein Fluch", erwiderte Dorkemunt ganz aufmerksam.

„Dieser Erdstoß war kraftvoll." Lotaras wies über die leidgeprüfte Stadt. „Und es werden weitere folgen, wenn auch schwächere."

„Weitere?"

„So sagen es die alten Schriften."

„Dann wird es wohl stimmen." Nedeam wies auf die Werft. „Wir sollten uns also beeilen. Falls jetzt noch jemand in der Halle lebt, wird ein weiterer Erdstoß ihn mit Sicherheit umbringen."

„Ich wollte, wir hätten nun den guten König Balruk und ein paar seiner Axtschläger hier", knurrte Dorkemunt. „Die wüssten sicher, was jetzt zu tun ist."

„Das kann ich Euch ebenso gut sagen." Gendrion musterte die halb zerstörte Werfthalle. „Wir müssen die Trümmer auf eine Weise abtragen, dass die beschädigte Wand nicht vollends nachgibt und auf uns herabstürzt. Dazu brauchen wir Holz. Gutes, starkes Holz. Solide Balken und ein paar Bohlen. Und wir brauchen ein paar ordentliche Hebel."

„Ich weiß, wo wir das finden", meldete sich einer der Gardisten.

„Gut, dann schafft es herbei, und beeilt Euch", brummte Gendrion.

Die Gardisten hasteten davon, und Herolas schickte noch einige seiner Elfen hinterher. Der Steuermann trat indes an die Trümmer heran und wiegte nachdenklich den Kopf. In gleicher Weise, wie er ansonsten Wind, Segel und Leinen seines Schiffes einschätzte, schien er nun Stein, Metall und Lastverteilung abzuwägen.

„Können wir nicht einfach von der anderen Seite herangehen?" Dorkemunt wies zu jenem Teil der Werfthalle, der noch halbwegs intakt schien.

„Nein." Gendrion schüttelte entschieden den Kopf. „Das Dach ist größtenteils herabgestürzt und liegt nun dort an der Wand an. Wenn wir sie schwächen, wird sie dem Druck nachgeben, und alles stürzt in sich zusammen. Wir müssen von dieser Seite oder von einer der Schmalseiten aus vordringen. Ja, ich denke, die Schmalseite ist die richtige. Mit den Balken können wir versuchen, das Dach und die anderen größeren Trümmerteile vor dem Nachrutschen zu bewahren. Die kleinen Trümmer müssen wir behutsam zur Seite herausziehen. Kommt, sehen wir es uns einmal an."

Während sie um das Trümmerfeld herumgingen, wies Nedeam zu den Schiffen. „Wir haben schon befürchtet, sie wären unter den Trümmern der Halle begraben worden."

„Mionas war mit den meisten Umbauten fertig und wollte

die Antriebsschnecken der Schiffe erproben. Dafür reichte der geringe Brennsteinvorrat noch aus. Eine wahrhaft glückliche Fügung des Schicksals."

„Wohl nicht für den Herrn Mionas", sinnierte Nedeam, dann wandte er sich um und blickte zum Hafenbecken hinüber.

Auf dessen gegenüberliegender Seite war ein Teil der Wehrmauer abgesackt. Eine der Dampfkanonen war umgestürzt und das Oberteil eines Turms eingebrochen. Und über allem lagen das Poltern nachrutschender Trümmer und die Schreie und Rufe der Menschen.

Die Gruppe stand nun vor der Stirnseite der Werfthalle. Noch immer war die Luft von Unmengen an Staub durchsetzt, der sich nur langsam senkte. Er verklebte Augen, Mund und Nase und machte das Atmen schwer. Vielleicht wäre es hilfreich gewesen, sich Tuchstreifen vor Nase und Mund zu binden, aber sie hatten keinen Stoff verfügbar, und für Nedeam wäre es unvorstellbar gewesen, zu diesem Zweck seinen grünen Umhang zu zerschneiden.

Die Wand der Stirnseite war ebenfalls deutlich angeschlagen. An ihrer linken Seite war Mauerwerk geborsten und eingestürzt, und dort, wo sich das große Tor befand, war einer der Torflügel durch die Wucht der Erschütterung herausgeschlagen worden. Der metallene Rahmen hatte sich verzogen, aber den endgültigen Sturz der Wand hatte er verhindert.

„Der Druck des Daches ist groß", seufzte Gendrion. „Könnt Ihr erkennen, wie sich die Wand leicht auf uns zuneigt? Wir werden sie abstützen müssen, sonst bricht alles zusammen."

Genau in dem Moment kamen die Gardisten und Elfen zurück. Sie schleppten schwere Balken und Bohlen heran und hatten auch das erforderliche Werkzeug dabei.

„Wir haben genommen, was wir tragen konnten", sagte der Wortführer der Gardisten. „Als die anderen uns gesehen haben, sind sie gleich über das Holzlager hergefallen. Da dürfte nun kein Span mehr zu finden sein. Ich hoffe, was wir gebracht haben, reicht aus."

Herolas warf einen finsteren Blick auf ein Schiff der Flotte Alnoas, das dem Hochgeborenen Admiral ta Hodin unterstand. „Notfalls reiße ich das Holz aus einem dieser nutzlosen Kähne dort heraus."

Nedeam grinste. „Das würde den Hochgeborenen wenig erfreuen."

„Es mag dich verwundern, Pferdelord, aber die Befindlichkeit des Hochgeborenen kümmert mich wenig. Die des Weisen Mionas dagegen umso mehr."

„Wir müssen die Balken schräg an der Wand ansetzen. In einem halben rechten Winkel. Sägt die oberen Enden entsprechend ab, damit sie glatt anliegen." Gendrion wies auf mehrere Stellen am Boden. „Dort grabt Mulden und legt Bohlen hinein. Sie müssen im halben rechten Winkel zur Wand weisen und sollen den Balken als Widerlager dienen. Und schneidet Pflöcke, mit denen wir ein Abrutschen verhindern. Außerdem brauche ich Leinen."

Herolas gab zwei Elfen einen Wink, die daraufhin an Bord der „Wellenvogel" eilten, um das Benötigte zu besorgen. „Was brauchst du sonst noch, Gendrion?"

„Mut und Kraft von vielen Männern", erwiderte der Steuermann.

„Daran wird es nicht fehlen."

Sie wussten, dass die Zeit drängte, und so entstand in kürzester Zeit die stützende Konstruktion. „Legt die Balken gut an der Wand an, aber rammt sie nicht dagegen. Sie sollen keinen Druck ausüben, sondern ihn aufnehmen." Schließlich nickte Gendrion. „Wollen wir hoffen, dass der Weise in der rechten Hälfte der Halle war. Dort gibt es Hohlräume, die ihn vielleicht schützen konnten. Beginnt nun die Trümmer herauszuholen, aber behutsam und mit Gefühl. Liegen mehrere Lasten übereinander, so tragt sie von oben her ab. Und gebt Acht, dass nichts nachrutscht und euch unter sich begräbt."

Bald arbeiteten Menschen und Elfen Hand in Hand. Sie bildeten zwei nebeneinanderstehende Ketten, in denen die Trümmerteile von vorne nach hinten durchgereicht wurden. Manche Stücke waren so groß und unhandlich, dass ein Hebel und die Kraft mehrerer Männer nötig waren. Sie arbeiteten rasch, aber mit der gebotenen Vorsicht. Gendrion schien überall zu sein und gab seine Anweisungen. Jeder fügte sich seinen Worten, ohne Fragen zu stellen. Wahrscheinlich waren sie einfach nur froh, dass jemand genau zu wissen schien, was zu tun war und wie die Aufgabe bewältigt werden konnte.

„Wartet!" Einer der Elfen, der gerade vorne arbeitete, verharrte und hob die Hand. „Ich habe etwas gehört."

Eigentlich war immer etwas zu hören: der angestrengte Atem der Männer oder die Geräusche, die ihre Arbeit begleiteten. Aber sie wussten sofort, was der Elf meinte, und jeder von ihnen schien mitten in der Bewegung zu erstarren.

Gendrion schob sich nach vorne, um näher an den Trümmern zu sein. „Weiser Herr Mionas, seid Ihr das? Gebt uns ein Zeichen!"

„Nichts", murmelte ein Mann enttäuscht.

„Ruhe!" Gendrion legte sich flach auf den Schutt und näherte sein Ohr dem Gestein. „Gebt mir eine Klinge. Einen Dolch oder einen Hammer. Rasch."

Ein Gardist reichte dem Steuermann seinen Dolch, und Gendrion fand zwischen den Trümmern das abgeknickte Rohr einer Dampfleitung. Er schlug mit der Klinge dagegen, und ein durchdringender metallischer Ton war zu hören. Dann hämmerte er in wechselndem Rhythmus an das Rohr, pausierte und schob sein Ohr wieder dichter an die Trümmer.

„Nichts." Diesmal war es Nedeam, der seiner Enttäuschung Luft machte.

„Da. Ich habe etwas gehört. Ganz leise, aber ich habe es gehört." Ein Elfenkrieger wies zwischen die Trümmer. „Ein schwacher Laut, aus dieser Richtung dort."

Gendrion schlug nochmals im Wechselrhythmus an das Rohr, richtete sich dann auf und reichte dem Gardisten den Dolch zurück. „Das Metall leitet die Laute sehr weit. Wer immer auch unter den Trümmern liegt und noch hören kann, er weiß nun, dass Hilfe naht."

„Schade, dass er nicht ebenfalls an das Rohr klopfen kann." Dorkemunt seufzte. „Dann bräuchten wir nur der Leitung zu folgen und würden ihn finden."

„Mag sein", räumte Gendrion ein. „Aber das Metall hat sich verbogen, und wer weiß, auf welchem Weg wir uns durch die Trümmer wühlen müssten. Nein, es ist sicherer, weiter wie bisher vorzugehen. Wer auch immer dort ist, wir werden auf ihn stoßen."

„Ich hoffe, es ist Mionas", knurrte Herolas.

Das hofften sie alle.

Immerhin gab es ein Lebenszeichen von dem Unbekannten, und das erhöhte ihren Eifer und ihre Zuversicht. Neue Kraft schien die Männer zu durchströmen, und Trümmerteil auf Trümmerteil wurde hervorgezogen und nach hinten geschafft. Alle arbeiteten Hand in Hand.

„Ha, wie ich es sagte. Ein Hohlraum." Gendrion ging triumphierend in die Hocke.

Ein Teil des Daches war so abgesackt, dass es auf Mauerresten auflag und sich darunter der erhoffte Hohlraum gebildet hatte. Natürlich lagen auch dort Trümmer und die Überreste von Maschinen, Werkzeugen und Einrichtungsteilen, aber hier bestand die Hoffnung, auf Überlebende zu stoßen, und wenigstens einer musste den Einsturz überstanden haben.

„Dort hat jemand gerufen. Sehr schwach. Ich meine, es waren elfische Klänge", rief einer von Herolas' Männern.

„Dicht an der Wand entlang müsste man sich vorarbeiten können." Gendrion leckte sich über die trockenen Lippen. „Es ist sehr eng, wir brauchen eine kleine Person."

Dorkemunt nickte. „Schön, klein genug bin ich wohl."

Gendrion musterte den kleinen Pferdelord. „Nehmt es mir nicht übel, guter Freund. Ihr mögt klein sein, aber Ihr habt ein wenig zu breite Schultern."

Nedeam lächelte. „Dann ist es an mir."

„Unsinn." Die weibliche Stimme in ihrem Rücken ließ sie herumfahren. Llarana schüttelte den Kopf und schob Nedeam zur Seite. „Ich bin sicherlich am schmalsten von uns allen."

„Ich kann nicht zulassen, dass sich eine Frau in solche Gefahr begibt", wandte Nedeam ein.

Llarana lachte leise auf. „Habe ich mich im Kampf bewährt?"

„Ja, sicherlich", räumte Nedeam ein.

„Nun, ich habe auch keine Bedenken, mir die Hände zu beschmutzen." Erneut lächelte sie sanft. „Zudem sind wir inzwischen alle von Schmutz und Staub bedeckt. Also, lasst mich es machen."

Die junge Elfin duldete keinen Widerspruch, und außerdem hatte sie wirklich die zierlichste Gestalt von allen. Sie ließ sich auf die Knie nieder und spähte in die tunnelartige Öffnung, die sich an der rechten Längswand der Halle auftat. „Es fällt ein wenig Licht ein, das ist ein gutes Zeichen."

Llarana streckte auffordernd eine Hand aus, und Nedeam kratzte sich verwirrt im Nacken. Sollte er ihr folgen?

„Eine Leine", seufzte sie dann ungeduldig. „Gebt mir eine Leine."

„Gebt ihr, was sie verlangt", bestimmte Kapitän Herolas.

Llarana schlang sich das Leinenende um die schlanke Taille, dann verschwand sie in der Öffnung. Die anderen lauschten angespannt den Geräuschen, die vom Vordringen der Elfin kündeten.

„Geht es voran?", fragte Herolas schließlich besorgt.

Die Antwort Llaranas klang undeutlich und war schwer verständlich, aber es schien sich um einen elfischen Fluch zu handeln.

„Wie viel hat sie zurückgelegt?", raunte Nedeam und musterte die Leine, die Gendrion persönlich führte.

„Sechs Längen." Die Stimme des Steuermanns klang sorgenvoll. „Wenn etwas nachrutscht ..."

Nedeam starrte in die Öffnung, in der die Elfin verschwunden war, und es fiel ihm schwer, abzuwarten. Am liebsten wäre er ihr gefolgt, um ihr beizustehen, aber er wusste, dass er sie damit nur in Gefahr gebracht hätte. Zu seiner Sorge um Mionas gesellte sich nun die nackte Furcht, Llarana könnte etwas zustoßen.

Aus der Öffnung war plötzlich ein Schrei zu hören, und Nedeam erblasste.

Gendrion beugte sich hastig vor. „Was ist geschehen? Antworte, Llarana!"

„Alles in Ordnung." Die leise Antwort löste eine Folge erleichterter Seufzer aus. „Es ist Mionas, und er lebt. Aber sein Bein ist gebrochen, und er ist sehr schwach."

„Kannst du ihn herausziehen?"

„Dazu fehlt mir die Kraft. Er wurde durch eine Metallplatte geschützt, ich kann ihn wohl darunter hervorholen. Aber ich werde es nicht schaffen, ihn zu euch zu ziehen."

„Binde die Leine um seine Hände", entschied Herolas. „Es mag dem Weisen Schmerzen verursachen, aber irgendwie müssen wir ihn da herausholen."

„So reißt ihr ihm allerdings den Rücken auf. Hier liegt allerlei Zeug auf dem Boden, und es hat Ecken und scharfe Kanten."

„Eine Bohle." Nedeam deutete hinter sich. „Wir müssen ihn auf eines der Bretter legen, wie auf eine Bettstatt."

„Nehmt eines der Bretter und bohrt ein Loch an einem Ende, groß genug, um eine Leine hindurchzufädeln." Herolas klatschte auffordernd in die Hände. „Los, Männer, beeilt euch."

Nedeam schaffte es, sich in die Öffnung zu zwängen und das Brett vor sich her zu schieben. Er spürte die Kanten der Trümmer schmerzhaft an Händen und Knien und kam nur langsam voran. Aber vor sich erkannte er nun einen schwachen Lichtschein und die undeutliche Kontur von Llarana. Irgendwie gelang es ihnen, in der Enge des Hohlraums den verletzten Weisen auf das Brett zu ziehen. Mionas war bei Bewusstsein und stöhnte vor Schmerzen, aber er half mit, so gut es ihm möglich war.

Als er auf dem Brett lag, musste Nedeam erst wieder aus dem engen Gang heraus. Dann begannen die Männer auf Llaranas Weisung hin an der Leine zu ziehen, und die Elfin kroch langsam mit dem Brett und dem daraufliegenden Mionas aus den Trümmern hervor.

Als der Weise schließlich ins Freie gelangte, war er unter all dem Schmutz und Staub kaum zu erkennen. Seine Augen und sein offener Mund wirkten fremd in der Maske des Gesichts, aber er lächelte dankbar, als er die anderen erkannte, und die Männer machten ihrer Erleichterung durch begeisterte Rufe Luft.

„Gebt dem Weisen Mionas etwas Wasser“, befahl Herolas, „und dann müssen wir sein Bein versorgen. Wahrhaftig, Herr Mionas, Ihr habt unsere Herzen mit großer Sorge erfüllt.“

Doch bevor der Weise antworten konnte, war erneut das Beben des Bodens zu spüren. Die Männer schrien entsetzt auf. Aber wie von Gendrion vorhergesagt, waren die Stöße diesmal deutlich schwächer und verebbten schon nach wenigen Augenblicken.

Mionas, der gerade aus einer Schale Wasser trank, sah Kapitän Herolas an. Auf seinen Wink hin beugte sich der elfische Kapitän vor, und der Weise senkte seine Stimme. „Wir müssen die Ältesten retten, Kapitän. Wir brauchen Jalans Wissen. Es bleibt nicht viel Zeit, Herolas, nicht viel Zeit. Die Häuser müssen aufbrechen. Früher, als wir es erwartet haben. Die Zeichen mehren sich.“

Herolas nickte mit ernstem Gesicht. „Bringt den Weisen zu einem Heiler. Verflucht, ausgerechnet jetzt fehlt uns die Schwester des Waldes Leoryn.“

Mionas lächelte verzerrt. „Wenn mir ein paar hilfreiche Hände zur Seite stehen, kann ich auch selbst sagen, was zu tun ist.“

„Bringt ihn an Bord der ‚Wellenvogel‘“, entschied Herolas und machte Anstalten, vorzugehen.

Nedeam biss sich auf die Unterlippe und trat dann vor. „Wartet."

Die anderen sahen ihn überrascht an, als er sich zu Mionas hinabbeugte. „Weiser Herr Mionas, die Frage mag Euch seltsam erscheinen, aber versteht Ihr etwas von Nagern? Ich meine, von der Jagd auf Nager?"

34

Elodarion und Jalan atmeten Frieden. Anders konnte man es kaum beschreiben. Der Weg durch den Wald ließ Gedanken an Gewalt und Tod in unendliche Ferne rücken. Sanft strich der Wind durch die Bäume, deren Blätter ein wenig fremdartig wirkten und doch so vertraut waren. Die Stämme waren rau und sahen aus, als seien sie aus einer unendlichen Folge von übereinandergeschichteten Schildsegmenten aufgebaut. Die Blätter begannen erst im oberen Bereich zu sprießen und waren ungewöhnlich groß und weit ausladend. Dichte Trauben von Nüssen waren in den Baumkronen zu erkennen, deren sattes Violett sich vom Grün der Blätter abhob. Zwischen den Bäumen wucherte schilfartiges Gras, dessen tiefgrüne Halme hoch und scharfkantig waren. Es wäre sicherlich nicht ratsam gewesen, sich ohne festes Schuhwerk darin zu bewegen. Dennoch war es ein schöner Anblick, denn an den Spitzen der Gräser schillerten zarte Blüten in verschiedensten Farben. Lockrufe von Vögeln mischten sich unter das vernehmliche Atmen der Männer und das gedämpfte Geräusch ihrer Schritte. Selbst die Männer des Schwarms und des Malaquant schienen diese Augenblicke des Idylls zu genießen.

Der Wald war nicht besonders groß, aber er erinnerte Elodarion trotz der offenkundigen Unterschiede an die grünen Wälder von Neshaar, und er empfand ein wenig Wehmut. Der Weg, eher eine mit Platten bedeckte Straße, zog sich in sanftem Bogen von der Stadt nach Südosten und stieg beständig an. Bald würden sie wohl das Plateau erreichen, auf dem sich die Festung des Malaquant über Um'briel erhob.

Als sie an den Rand dieses Plateaus gelangten, wandelte sich das Bild. Bäume und Pflanzen wichen zurück, und vor ihnen öffnete sich eine felsige Fläche, die schroff und unwirtlich wirkte. Das Braun und Grau von Stein überwog, und es gab nur wenige Stellen, an denen sich einige Gräser festgesetzt hatten und nun ein karges Dasein fristeten. Inmitten dieser Einöde, die in so großem Gegensatz zum Rest der Insel stand, erhob sich die Festung des Malaquant.

Sie war ein trutzig wirkender Steinquader aus sorgfältig behauenen Blöcken. Was zunächst fugenlos wirkte, erwies sich jedoch aus der Nähe als alt und verwittert. Die einst scharfen Kanten waren von Wind und Wetter abgeschliffen, und an einigen Stellen hatte sich Moos angesiedelt, das sich nun langsam ausbreitete. Die Anlage bestand aus einer rechteckig angeordneten Wehrmauer, über der ein mächtiger Turm aufragte. In der Mauer selbst gab es keine Wehrtürme, nur einen massig vorspringenden Torbau, in dem zwei mächtige Gittertore zu erkennen waren. Obwohl die Anlage aus hellem Stein errichtet war, wirkte sie düster und drohend.

Einst mochte sie einem guten Zweck gedient und den Bewohnern der Insel Schutz geboten haben, doch nun strahlte sie Gewalt und Unterdrückung aus. Wer immer sie erbaut hatte, war schon lange vergangen, und der neue Herr hatte sie unverkennbar zum Instrument seiner Macht erhoben. Über der Mauer waren die langen Wurfarme großer Katapulte zu erkennen, von denen viele in Richtung Stadt und Hafen wiesen, eine Mahnung für jeden, der sich gegen die Herrschaft des Malaquant aufzulehnen wagte. Über dem zentralen Turm erhob sich eine lange Stange, an welcher der blaue Tuchstreifen auswehte, und zwischen den dreieckigen Zinnen waren die Köpfe einiger Wachen zu erkennen.

Auch vor dem Tor stand eine Gruppe von Männern des Oberherrn. Sie wirkten durchtrainiert und wachsam und sahen den Ankömmlingen aufmerksam entgegen. Einige legten die Hände an die Griffe ihrer Waffen, während der Truppführer vortrat und Halt gebot.

„Wie ich sehe, bringst du Männer der Dornfische", sagte der Mann und musterte Elek-Mar T'os und die Mitglieder seiner Gruppe. „Wir sahen den Schwarm vor Anker gehen. Haben die Grünklauen Ärger gemacht?"

Der Führer des Soldatentrupps, der die Schwarmmänner und Elfen begleitete, schüttelte grinsend den Kopf. „Sie haben ein wenig die Muskeln spielen lassen, um ihr Gesicht zu wahren. Aber sie werden den Seefrieden halten. Der Schwarmführer der Dornfische will beim Malaquant vorsprechen."

„Der Oberherr mischt sich nicht in die Angelegenheiten der Schwärme", brummte der Wachführer. „Ihn interessiert nur sein Anteil. Die Streitigkeiten mit den Grünklauen müssen die Dornfische schon selbst ausfechten."

„Es geht ihnen eher um Ohren." Elek-Mars Begleiter trat zu Elodarion und Jalan und zog ihnen die Tuchstreifen von den Köpfen. „Um Spitzohren, genauer gesagt."

Die Augen des Wachführers verengten sich für einen Moment. Dann ging ein erfreutes Lächeln über sein Gesicht. „Das ist eine sehr angenehme Überraschung. Der Oberherr wird hocherfreut sein. Er hat nicht oft das Vergnügen, sich solch prächtigen Ohren zu widmen."

Ein paar der Männer lachten grob, und ihre Haltung entspannte sich sichtlich. Schließlich wandte sich der Wachführer halb um und legte eine Hand an den Mund. „Öffnet das Tor. Der Malaquant hat heute ganz besondere Gäste."

Ein Ruf war im Innern der Festung zu vernehmen, dann

setzte ein Klirren und Quietschen ein, und das vordere Gittertor begann sich zu bewegen. Doch anstatt sich zur Seite zu öffnen, wurde es nach oben gezogen und verschwand schließlich im Vorsprung des Torbaus.

„Tretet näher und bereitet dem Oberherrn Freude“, sagte der Wachführer und sah die beiden Elfen spöttisch an. „Ich hoffe, ihr Spitzohren seid in guter Verfassung, damit der Malaquant auch lange seinen Spaß mit euch hat.“

Sie wurden nach vorne geschubst und traten unter den Torbau, während sich das Gitter wieder zu schließen begann. Erst als es in seine Bettung gesunken war, begann sich das innere Torgitter zu heben.

„Sie lassen nur kleine Gruppen in die Anlage“, flüsterte Elodarion.

Jalan nickte unmerklich. „Offenbar fürchten sie einen Aufstand. Vielleicht ergibt sich die Möglichkeit ...“

„Maul halten, ihr verfluchten Spitzohren“, brüllte der Wachführer. „Ihr sprecht nur, wenn man euch dazu auffordert. Der Malaquant schätzt keine vorlauten Zungen.“

Eine seiner Wachen grinste breit, und Elodarion sah mit leichtem Schauder, dass diesem Mann die Zunge fehlte. Möglicherweise hatte er einmal etwas gesagt, was dem Oberherrn missfiel. Elodarion stieß Jalan unmerklich an, und der nickte, als er die Verstümmelung der Wache bemerkte.

Als auch das Gittertor heraufgezogen war, wurden sie in den Innenhof der Anlage geschoben, die überraschend groß erschien. An den Innenseiten der Mauern zogen sich die Unterkünfte und Wirtschaftsgebäude entlang, an denen alles gepflegt wirkte und in tadelloser Ordnung war. Der Turm, der in der Mitte des Hofes aufragte, beherrschte die Festung. Er hatte eine viereckige Grundform und in den unteren Ebenen keinerlei Öffnung, wenn man einmal von dem Eingang absah. Dieser lag einige Schritte über dem Boden und war nur über eine winzige Zugbrücke zu erreichen, die auf den Stufen einer Treppe endete, im Moment aber hochgezogen war. Eine Burg innerhalb einer Burg, dachte Elodarion, und es schien ihm, als sei diese Konstruktion nachträglich errichtet worden. In den oberen Ebenen des Turms waren die dreieckigen Öffnungen der Schießscharten zu erkennen, die für das vergangene Reich so typisch gewesen waren. In der obersten Ebene hingegen schien man die Scharten erweitert zu haben. Offenbar waren dort Steinquader herausgeschlagen worden, um größere Öffnungen zu erhalten. Elodarion vermutete, dass sich hinter diesen Öffnungen die Räume des Oberherrn der Schwärme befanden.

Die bisherigen Anzeichen ließen den Ältesten Böses ahnen. Die Elfen hatten den Niedergang der alten Reiche erlebt und wussten, was ein machtgieriger Despot seinem Volk anzutun vermochte. Solche Herrscher stützten ihre Macht auf Truppen und persönliche Wachen. Sie waren sicher nicht beliebt beim Volk, und so konnte ein Aufstand zur Gefahr werden. Daher achteten die meisten Gewaltherrscher darauf, dass ihre eigenen Männer gut versorgt waren und loyal blieben. Ihre Wachen mussten wissen, dass ihr eigenes Wohl an das ihres Herrn geknüpft war. Nur dies gab dem Despoten die Sicherheit, dass seine Männer auch zu ihm standen. Natürlich würde er seine Untergebenen immer mit Vorsicht, ja sogar mit Argwohn beäugen, das lag in der Natur eines Gewaltherrschers. Der Malaquant passte nicht ganz in dieses Bild, denn er schien auch die eigenen Männer zu unterdrücken. Warum ließen sie sich das gefallen? Warum erhoben sie sich nicht gegen ihren Oberherrn? Welche Macht übte der Malaquant über sie aus?

Im Innenhof der Anlage und auf den Mauern waren weitere Wachen zu erkennen, doch gab es nirgendwo Anzeichen, dass in der Festung auch Frauen und Kinder lebten. Nur Männer sah man hier, und jeder von ihnen war im besten Alter. Es schien ein besonderes Auswahlverfahren für die Wachen des Oberherrn zu geben. Nur was geschah mit jenen, die seinen Anforderungen nicht mehr genügten?

Das erneute Klirren von Ketten riss den Elfen aus seinen Gedanken, und er sah, wie sich die kleine Zugbrücke senkte und schließlich auf die Auflagen der Treppenstufen schlug. Der Wachführer gab dem Schwarmführer und seinen Männern einen Wink. „Geht hinein. Ich muss wieder auf meinen Posten. Folgt einfach den Stufen und beeilt euch. Der Malaquant mag es nicht, wenn man ihn warten lässt."

Die Männer der Dornfische und die beiden Elfen betraten den Turm ohne die Begleitung von Wachen. Auch im Inneren des Gebäudes waren keine Soldaten zu sehen, obwohl es sie sicherlich gab. Immerhin standen Männer oben auf der Plattform.

In der unteren Ebene des Turms gab es einige Tische und Bänke, und die Einfassung eines Brunnens war zu sehen. Seltsamerweise stand niemand an der Winde der kleinen Zugbrücke, die soeben erst bewegt worden war. Die Stufen einer steinernen Treppe führten nach oben, und Elek-Mar schien einen Augenblick zu zögern, bevor er sie betrat. Die Treppe war schmal, und sie mussten hintereinander gehen, um in die oberen Ebenen zu gelangen.

Dort zweigten jeweils Türen ab, die jedoch geschlossen waren. Hinter einer von ihnen schien ein leises Stöhnen hervorzudringen, aber niemand war neugierig genug, sie zu öffnen und nach der Ursache zu forschen. Höher und höher ging es hinauf, bis sie die obere Ebene erreichten, die sich unmittelbar unterhalb der Plattform befand. Auch hier versperrte eine massive Tür den Zutritt, die jedoch aufschwang, bevor Elek-Mar sie berühren konnte.

Dahinter tat sich ein überraschend großer, heller Raum auf.

Die steinernen Wände waren mit Hölzern getäfelt, und auf dem Boden lagen dicke bunte Tücher, die den Schritt dämpften. Ein Regal mit Schriftrollen und Büchern war zu sehen, vor dem ein massiger Tisch mit mehreren hochlehnigen Stühlen stand. Die vergrößerten Fenster waren mit Klarstein versehen, der freien Ausblick bot und zugleich vor Wind und Wetter schützte. Von der Decke hing ein großer Brennsteinleuchter herab, und zwei weitere standen auf metallenen Stangen am gegenüberliegenden Ende des Raumes. Dort war ein leicht erhöhter Stuhl zu erkennen, der kaum Zierrat aufwies, und neben ihm, in der Wand, eine weitere Tür.

Niemand war zu sehen, und die Abwesenheit von Wachen und Oberherr wirkte geheimnisvoll und düster. Die beiden Brüder Bogo und Balga stierten mit aufgerissenen Augen und Mündern um sich, und ihre Hände krampften sich um die gefährlichen Keulen, während der Speichel aus ihren Mündern troff.

Jalan stieß Elodarion sanft an. Seine Blicke deuteten zu dem Regal mit den Schriftrollen, und Elodarion nickte unmerklich. Die meisten der Rollen schienen ungeheuer alt zu sein. Was die Elfen jedoch beunruhigte, war die Tatsache, dass einige der Schriftrollen und Bücher mit elfischen Zeichen versehen waren. Es gab nicht viele Menschen, welche die Zeichen der Schrift zu deuten oder zu setzen wussten, und davon kannte sich bestimmt kaum eine Handvoll mit den elfischen

Zeichen aus. Der Malaquant mochte ein Gewaltmensch sein, aber er war sicherlich nicht dumm.

Die Tür im Hintergrund öffnete sich nun beinahe lautlos, und ein Mann von ungewöhnlich großer und kräftiger Statur trat ein. Sein Haar war kurz geschnitten, sodass er fast kahl wirkte. Er trug leichte Stiefel, die ihm bis unter das Knie reichten, eine eng geschnittene Hose und eine offene Weste, alles aus weichem schwarzem Leder gefertigt. Seine Haut war sehr dunkel, und die Gesichtszüge wirkten ein wenig fremdartig. Er war unbewaffnet und warf den Männern einen forschenden Blick zu, bevor er sich dann neben dem einzelnen Stuhl aufstellte. Mit leicht gespreizten Beinen und verschränkten Armen blieb er dort stehen, völlig unbewegt. Nur seine Augen wanderten ruhelos umher und schienen jede Einzelheit in sich aufzusaugen.

Dann erschien ein Schatten in der offen stehenden Tür.

Der Malaquant.

Jalan-olud-Deshay war fassungslos. Er starrte das Wesen an, und sein Blick verriet blankes Entsetzen.

„Es kann nicht sein", keuchte er. „Das kann einfach nicht sein."

35

Man trug den Weisen Mionas auf einem gepolsterten Brett zum Haus des Heilers. Trotz der vorsichtigen Bewegungen der Träger stöhnte Mionas vernehmlich und verdrehte schmerzerfüllt die Augen. Eine Handvoll Elfen und Gardisten umschwärmten die Träger und warfen jedem drohende Blicke zu, der sich zu nahe heranwagte. Die elfische Frau Llarana schritt mit besorgtem Gesicht neben dem Weisen einher und tupfte dessen schweißfeuchte Stirn immer wieder mit einem kühlenden Tuch ab.

„Es ist bald geschafft, Weiser Mionas“, sagte der Hochgeborene ta Enderos. „Wir haben das Haus des Heilers erreicht, nun seid Ihr in guten Händen. Ihr werdet bald wieder gesund sein.“ Ta Enderos warf einen Blick um sich. „Und die Garde wird dafür Sorge tragen, dass man Euch dabei nicht stört.“ Der Kommandant der Gardereiter hatte seine Männer für diese Mission nach zwei Gesichtspunkten ausgewählt: die kraftvolle Statur und der finster drohende Blick. Aber auch die Gesichter der elfischen Krieger wirkten unbewegt, wenngleich ihren Augen nichts entging.

Das Haus, in dem der Heiler Neastos seine Stube und Unterkunft hatte, stand ein wenig abgesetzt von den übrigen Häusern. Es war von einem kleinen Garten umgeben, in dem einige Bäume und Sträucher wuchsen, die etwas Schutz vor neugierigen Blicken und vor zu viel Sonne boten.

Während man die Trage die Stufen hinaufhob, unterdrückte Llarana nur mühsam ein Schluchzen.

Direkt hinter dem Eingang befand sich der kleine Behandlungsraum des Heilers, in dem ein Mann mit dick verbundenem Kopf stöhnend in einem Stuhl lehnte. Eine alte Frau, eingehüllt in ihren Kapuzenumhang, folgte der Gruppe ins Haus und trug einen Eimer Wasser mit hinein. Als die Tür des Hauses geschlossen wurde, bezogen zwei Gardisten davor Posten.

Die Alte stellte den Eimer erleichtert ab und schob sich die Kapuze vom Kopf. „Ihr könnt nun aufhören zu stöhnen, guter Herr Mionas“, knurrte der unter der Kapuze zum Vorschein kommende Dorkemunt, „und Ihr, Llarana, übertreibt es nicht mit dem Schluchzen. Man könnte meinen, der weise Herr liege bereits im Sterben.“

Mionas richtete sich ächzend auf der Trage auf und sah den kleinen Pferdelord an. „Wie war ich, guter Herr Pferdelord? War es überzeugend?“

„Ihr wart überwältigend, Weiser. Jede gute Seele muss Erbarmen mit Euch empfunden haben.“ Dorkemunt lächelte, als er das zufriedene Gesicht des Gelehrten sah. „Ich hoffe nur, es war nicht zu überzeugend. Wenn der Mörder glaubt, dass Ihr dem Tode nahe seid, wird er vielleicht noch abwarten wollen.“

„Ich weiß, ich weiß“, seufzte Mionas. „Ich bin der Käse.“

„So ist es.“ Der Mann mit dem Kopfverband, dessen Gesichtszüge vollständig verdeckt waren, richtete sich auf und begann die Binden abzunehmen. „Verflucht, unter diesen Stoffmassen schwitzt man mörderisch.“

Der Heiler Neastos hatte sich bislang im Hintergrund gehalten, und man sah ihm an, dass ihn die Ereignisse verwirrten. „Ihr guten Herren und Hohe Frau, wenn ich mich nun um den armen Herrn Mionas kümmern dürfte? Schließlich leidet er, und ich will keine Zeit verlieren.“

„Oh, keine Sorge, mir geht es gut“, versicherte Mionas eifrig. „Sehr gut sogar. Ah, es ist ein wundervolles Abenteuer, Ihr Herren.“ Er sah Dorkemunt und die anderen lächelnd an. „Wahrhaftig, ein elfisches Leben währt zwar lange, doch meist ist es eher beschaulich. Da beginnt man ein kleines Abenteuer sehr zu schätzen, das könnt Ihr sicherlich verstehen.“

„Denkt daran, Weiser Mionas, Ihr seid, wie die Pferdelords es so trefflich formulierten, das Stück Käse.“ Llarana lächelte nicht, denn ihr war der Ernst der Situation vollkommen bewusst. „Auch wenn Ihr Euch im Moment sicher fühlt, so sieht es der Plan doch vor, Euch der Gefahr auszusetzen.“

Unterdessen hatte Nedeam die Binden endlich abgewickelt und seufzte erleichtert, während er sich Blut und Schweiß aus dem Gesicht wischte. Er hatte sich in den Arm geritzt und mit dem Blut den Verband getränkt, damit er ordentlich Eindruck machte. In diesem Kostüm war er dann den anderen vorausgeeilt und hatte sich vergewissert, dass im Haus des Heilers keine Gefahr drohte. Inzwischen hatte dieser mehrere Verletzte behandelt, denn nach dem Beben waren viele Menschen zu versorgen. Gendaneris war eine leidgeprüfte Stadt, aber die Schäden wirkten weitaus schlimmer, als sie tatsächlich waren.

„Euer Plan, Ihr Herren Pferdelords, gefällt mir.“ Mionas seufzte leise und betrachtete die Vorrichtung, mit welcher der Heiler sein gebrochenes Bein geschient hatte. „Wenn er gelingt, werden wir den heimtückischen Mörder fangen und dabei ein wundervolles Abenteuer erleben.“

Konnten auch Elfen Langeweile empfinden und derart begierig auf Abwechslung sein, dass sie die Gefahr für ihr Leben sogar genossen? Bei Mionas schien dies jedenfalls der Fall zu sein.

Nedeam sah Llarana eindringlich an. „Wenn Ihr gleich das Haus verlasst, so gebt Euch zuversichtlich und schluchzt nicht zu viel. Der Mörder muss glauben, dass der weise Herr genesen wird, sonst wird er nicht zuschlagen."

Die Elfin schien ein wenig eingeschnappt zu sein, da man ihren schauspielerischen Fähigkeiten offenbar so wenig traute. „Ich werde meinen Teil zum Gelingen beitragen. Hoffentlich gilt das auch für die anderen."

„Auf die Garde von Gendaneris können wir bauen." Dorkemunt lächelte. „Womit ich deren Geschwätzigkeit meine. Die bewährten Kämpfer unseres hochgeborenen Freundes nehme ich dabei natürlich aus."

Dorkemunt deutete eine Verneigung gegenüber ta Enderos an, der mit breitem Lächeln zurücknickte.

„Wir haben den Wachen an der Werft mitgeteilt, dass der weise Elfenherr ernstlich verletzt sei und das Schlimmste zwar nicht zu befürchten stünde, wir uns aber dennoch Sorgen machen müssten." Ta Enderos wippte leicht auf seinen Fersen und schien sich zu amüsieren. „Vor allem deshalb, so erzählten wir ihnen, weil wir die Schiffe nicht würden fertigstellen können, wenn uns das Wissen des Weisen Mionas fehle. Wie ich die Redseligkeit der Stadtgarde einschätze, dürfte das Gerücht bereits durch alle Gassen eilen."

Nedeam trat zum Heiler Neastos, der sichtlich nervös wirkte. „Der Mörder wird davon erfahren und wissen, welche Bedeutung der Herr Mionas für unseren Erfolg hat. Gelänge es ihm, den Weisen zu ermorden, wäre dies ein hervorragender Dienst für seinen Schwarm. Wir werden ihm die Möglichkeit dazu bieten, und dann, wenn er seine Klinge in Mionas' Körper bohren will, schnappt die Falle zu."

Der Weise nickte vergnügt, während der Heiler sichtlich erbleichte.

„Seid ohne Sorge, Hoher Herr Heiler", brummte Dorkemunt. „Euch wird nichts geschehen. Niemandem wird etwas geschehen. Außer dem verfluchten Mörder."

„Wenn der Plan gelingt", schränkte Nedeam ein.

„Das wird er", versicherte ta Enderos. „Alles ist vorbereitet, und ich habe meine besten Gardisten für den Einsatz ausgewählt. Niemand wird Verdacht schöpfen."

„Wir müssen noch bis zur Nacht warten." Nedeam blickte zum Fenster hinüber, trat aber nicht näher heran. Denn im Augenblick trug er keinen Verband, und man durfte sein Gesicht nicht erkennen. Wenn der, dem die Falle galt, ahnte, was geplant war, würde er sich hüten, sich dem Haus zu nähern.

Bis auf Mionas, den Heiler und die beiden Pferdelords verließen die anderen das Gebäude, und nur noch die beiden Gardisten vor dem Eingang wiesen auf die Bedeutung von Neastos' Patienten hin. Die beiden ausgesuchten Wachen waren fähige Männer, die weder sonderlich gelangweilt noch allzu aufmerksam wirkten. Sie machten vielmehr den Eindruck, als würden sie einen ungeliebten Dienst versehen, dabei ihre Pflichten aber ernst nehmen.

„Ihr könnt Euch nun wieder Eurer Arbeit widmen, Hoher Herr Heiler", wandte sich Nedeam an Neastos. „Aber lasst Euch zu keiner Zeit anmerken, dass es dem Herrn Mionas keineswegs so schlecht geht wie behauptet. Und vor allem", er sah den nervösen Mann eindringlich an, „verratet Dorkemunts und meine Gegenwart nicht. Dorkemunt, du solltest dich wieder in den Umhang hüllen."

„Es missfällt mir, mich mit dem Gewand eines Weibes zu tarnen", knurrte der kleine Pferdelord. „Zumal ich meine Axt vermisse." Dann deutete er auf die Binden, die Nedeam achtlos auf einen Tisch geworfen hatte. „Und du solltest dein Gesicht wieder bedecken. Falls jemand hereinkommt …"

„Schon gut“, seufzte Nedeam. „Allmählich bekomme ich eine Vorstellung davon, wie schwer es ist, einen Nager zu fangen.“

„Zumindest dann, wenn er auf zwei Beinen läuft“, bestätigte sein Freund.

„Ein wundervolles Abenteuer“, sagte Mionas erneut und lächelte selig. „Es wird eine Geschichte für lange Abende, und wir Elfen erleben viele Abende, denn unser Leben währt lang.“

„Das erwähntet Ihr schon“, brummte Dorkemunt griesgrämig. Er hüllte sich wieder in den Kapuzenumhang und empfand eine gewisse Schadenfreude, als Nedeam sich von Neastos die Binden erneut anlegen ließ.

Die Tarnung war erforderlich, denn immer wieder kamen Verletzte herein, um sich von dem Heiler versorgen zu lassen. Nedeam und die anderen hatten überlegt, ob man Hilfesuchenden generell den Zutritt verwehren sollte, aber mehrere Gründe sprachen dagegen. Zum einen gab es nach dem Beben zu viele Menschen, welche die Hilfe von Neastos und den anderen Heilern benötigten, zum anderen musste man ja dem Mörder eine Möglichkeit lassen, an sein Opfer heranzukommen.

„Ich glaube, er wird nicht auftauchen“, murmelte Dorkemunt, als sie für einen Moment unter sich waren.

„Vielleicht scheut er vor den Menschenmengen zurück“, überlegte Nedeam. „Aber es beginnt bereits zu dunkeln, und wenn ta Enderos den Plan richtig umsetzt, werden die Massen sich bald verlaufen.“

Mit Einbruch der Nacht wurde es spürbar ruhiger. Der Heiler verteilte ein bescheidenes Mahl und machte sich daran, die Brennsteinlampen in seinem Haus zu entzünden.

„Nur eine je Raum“, mahnte Nedeam. „Es sollte nicht zu hell sein. Vielleicht scheut der Mörder das Licht, aber vor allem will ich nicht, dass er zu viel von dem erkennt, was hier vor sich geht.“

„Eigentlich müsste es bald so weit sein.“ Dorkemunt zupfte mit Unbehagen an seinem Gewand. „Dieses Warten zerrt an meinen Nerven.“

Mionas kaute zufrieden an einem Stück Käse und lächelte den Pferdelord freundlich an. „Ihr Menschenwesen habt so wenig Geduld. Eine Folge Eures kurzen Lebens. Glaubt mir, wenn Ihr ein so langes …“

„Ihr spracht bereits von Eurer Langlebigkeit“, knurrte Dorkemunt und sah Mionas nicht gerade freundlich an. „Bedenkt, weiser Elf, dass wir hier sind, um sie Euch zu erhalten.“

„Ich glaube, es geht los“, sagte Nedeam plötzlich und hob lauschend den Kopf. „Ich höre Rufe.“

„Endlich.“ Dieses Mal klang Dorkemunts Seufzer erleichtert. „Ich hoffe, ta Enderos hat alles richtig gemacht.“

Das hatte der Hochgeborene.

Nur drei Häuser entfernt ertönten Schreie aus einem Haus. Dunkler Rauch quoll unter dem Dach hervor, und an den oberen Fensteröffnungen waren züngelnde Flammen zu erkennen. Entsetzte Hausbewohner rannten aus dem Eingang auf die Straße und schrien um Hilfe. Andere eilten herbei, und kurz darauf war der schwere Schritt gerüsteter Gardisten zu hören.

Nur Augenblicke später öffnete eine der beiden Wachen die Tür zu Neastos’ Haus und blickte herein. „Ein furchtbares Feuer, ein Stück die Straße hinunter, Hoher Herr Neastos. Es gibt viele Verletzte, und Eure Hilfe wird gebraucht. Rasch, beeilt Euch!“

Die Aufregung war verständlich, denn der Brand war nah und konnte sich rasch ausweiten. Auf der Straße herrschte wachsende Unruhe, als immer mehr Menschen herbeikamen, um bei der Brandbekämpfung zu helfen oder ihre Neugier zu stillen. Verletzte schrien erbärmlich, und die beiden nervösen Wachen ergriffen Neastos und zerrten ihn mit sich die Straße hinunter.

Ta Enderos hielt sich unterdessen mit einer ausgesuchten Gruppe Gardisten und Elfen verborgen und hoffte, dass niemandem der Herbeiströmenden auffiel, dass all die Verletzten durchtrainierte Männer waren, die man mit viel Schmutz, Ruß und Farbe bemalt hatte. Er hoffte ebenso, dass der überstürzte Abzug der Wachen der allgemeinen Aufregung zugeschrieben wurde und der Mörder die Falle nicht erkannte, die nun weit geöffnet war.

Bejad-Maru hielt es für eine Fügung des Schicksals. Sie konnte sich frei und unerkannt unter den Bewohnern von Gendaneris bewegen, und ihre Schönheit erleichterte es ihr, den Gardisten Auskünfte zu entlocken. Mancher versuchte dabei, um sie zu werben, und prahlte mit seinen Kenntnissen, um so seine Chancen zu verbessern. Bejad-Maru, die Dornenhand, erfuhr auf diese Weise manche Belanglosigkeit, aber auch Dinge, die für sie höchst interessant waren.

Als sie gehört hatte, was dem Weisen Mionas zugestoßen war, hatte sie frohlockt. Die Götter der Schöpfung mussten diesen furchtbaren Erdstoß gesandt haben, um den Schwärmen der Meere beizustehen. Jetzt musste sie nur noch sicherstellen, dass der Weise die Schiffe auf keinen Fall mehr fertigstellen konnte. Vielleicht ließ sich der Schlag gegen die Schwärme nicht verhindern, aber der Tod des Weisen würde ihn wesentlich erschweren. So wenig ihr das Leben anderer Wesen galt, so unbekümmert gab sie auch das eigene hin, wenn dieses Opfer für die Zukunft des Schwarms der Dornfische erforderlich war. Andererseits waren ihre Fähigkeiten dem Schwarm sehr nützlich, und wenn es eine Möglichkeit gab, ihr eigenes Leben zu erhalten, so würde sie diese nutzen.

Das Feuer gab ihr nun die unverhoffte Chance, den Weisen Mionas zu seinen Ahnen zu schicken und dabei selbst unerkannt zu bleiben. Zufrieden beobachtete sie, wie die Wachen und der Heiler aus dem Haus stürmten. Neben dem Herrn Mionas mochten noch andere im Haus zurückgeblieben sein, aber das waren bestimmt keine Gardisten, und sie würden sicherlich auch nicht bewaffnet sein. Denn wer die Hilfe eines Heilers suchte, hatte andere Sorgen, als an Selbstverteidigung zu denken.

Sie zog den Umhang enger um ihre Schulter, beugte sich leicht vor und passte sich in Gang und Haltung den anderen Menschen an, welche die Straße entlang zum Brandherd eilten. Vorsichtig näherte sie sich dem Haus des Heilers. Auf der Straße waren einige Gardisten zu sehen, doch diese kümmerten sich kaum um die Frau, die in der Menge der anderen Menschen unterging. Auch als Bejad-Maru den kurzen Plattenweg betrat, der zwischen zwei Bäumen hindurch zum Hauseingang führte, nahm niemand Notiz von ihr.

Die Sinne der Dornenhand waren geschärft, sie achtete auf jeden Laut und jede Bewegung und witterte wie ein Raubtier nach Beute oder Gefahr. Aus dem Inneren des Hauses war ein leises Jammern zu hören und eine missmutige Stimme, die dem Stöhnenden zurief, er möge den anderen in ihrem Leid etwas Ruhe gönnen. Es waren also mindestens zwei, wahrscheinlich mehr Personen dort, die jedoch durch Verletzungen behindert und bestimmt unbewaffnet waren. Das sollte kein Problem sein. Sie musste nur darauf achten, dass niemand überlebte, der von ihr berichten konnte.

Bejad-Maru öffnete die Tür und sah in dem schwachen Licht einer einsamen Brennsteinlampe einen Mann auf einem Stuhl sitzen, dessen Kopfverband von Blut durchtränkt war. Daneben hockte auf einer Bank eine alte Frau, die wohl eingeschlafen war. Im Hintergrund konnte sie eine offene Tür erkennen, aus der leises Stöhnen drang. Mionas, es konnte niemand anders sein.

Sie schob die Kapuze ihres Umhangs zurück und führte die rechte Hand in den Nacken. Dort spürte sie das dicke Leder des Handschuhs und den leichten Druck, den die Dorne auf die Haut ihrer Finger ausübten. Ein sanftes Lächeln glitt über ihr Gesicht, als sie die Dornenhand hervorzog und überstreifte. Der Mann mit dem Kopfverband war nach hinten gesunken und bot ihr auf verlockende Weise die Kehle dar. Er würde als Erster sterben, dann die Frau und anschließend würde sie sich dem Elfen widmen. Schade, dass sie sich bei dem Spitzohr keine Zeit nehmen konnte.

Das Licht der einzigen Lampe ließ die beiden ungleichen Dorne auf dem Rücken des Handschuhs wie polierte Knochen blitzen. Bejad-Maru öffnete und schloss ihre Finger zur Probe. Alles saß richtig, die Kraft ihres Arms würde sich perfekt auf den Handschuh und dessen tödliche Waffen übertragen. Der mit dem Kopfverband würde kaum etwas spüren, so schnell würde der Tod ihn ereilen.

Das Lächeln verwandelte ihr Antlitz in ein Bildnis betörender Schönheit, als sie mit zwei Schritten näher trat und dabei den rechten Arm leicht zurückzog. Eine einzige, kreisförmige Bewegung des Armes würde genügen. Der Mann würde einmal kurz seufzen, dieses nasse, gurgelnde Geräusch, wenn das Blut in den durchschnittenen Hals sickerte und den Atem nahm. Das Blut würde bis zur Tür spritzen, aber die Reinlichkeit des Raumes dürfte die geringste Sorge der Landfüße sein, wenn sie die Bluttat entdeckten.

Sie spürte die Erregung, die sie immer überkam, wenn sie dabei war, ein Leben zu nehmen. Dann hielt sie den Atem an und schwang ihre Hand herum.

Doch urplötzlich kippte der Mann zur Seite; sein zuvor noch schlaff herabhängender Arm fuhr blitzschnell hoch, und eine stahlharte Hand packte Bejad-Marus Handgelenk, zog daran und zwang die Schwarmfrau so, ihre Bewegung weitaus schneller und ausladender zu Ende zu führen, als sie es beabsichtigt hatte. Die Kraft des Griffes zog sie herum, ließ sie straucheln und als sie dann zu Boden stürzte, stieß sie ein grimmiges Keuchen aus.

Der Mann folgte ihrer Bewegung, wobei er sich vom Stuhl erhob, und wollte sich auf ihren Rücken werfen. „Pack sie, Dorkemunt, jetzt gilt es!"

Doch Bejad-Maru verstand sich nicht nur darauf, wehrlose Männer zu töten.

Sie rollte sich zur Seite, und diesmal war es Nedeam, der den Halt verlor und strauchelte. Instinktiv versuchte er, ihren Arm weiterhin festzuhalten, denn er spürte die tödliche Gefahr, die von den Dornen ausging.

Eng umklammert rollten sie nun über den Boden und strampelten beide mit den Füßen, um einen Halt zu finden und wieder auf die Beine zu kommen. Einer dieser Tritte traf Dorkemunt, der herbeigesprungen war und gerade nach der Korsarin greifen wollte, so unglücklich, dass er zurückgeworfen wurde und mit schmerzerfülltem Gesicht zu Boden sackte. Nur langsam kam er wieder zu Besinnung.

Unterdessen schabten die Dorne des Handschuhs über die Bodendielen und hinterließen dort zwei beeindruckende Kratzer, bevor es Bejad-Maru gelang, ihren Arm wieder freizubekommen. Nedeam schrie auf, als die Spitzen der Dorne über sein Gesicht wischten und dabei die Binden zerfetzten und zwei blutende Schrammen auf seiner Wange hinterließen.

„Verfluchtes Weib", keuchte er grimmig, ohne seine Aufmerksamkeit von der Waffe zu nehmen.

Ein weiterer Tritt traf Nedeams Unterleib und nahm ihm den Atem, dann drückte Bejad-Maru sich hoch und warf sich gegen ihn, sodass der junge Pferdelord auf den Rücken fiel. Während die Frau nachsetzte, versuchte Dorkemunt verzweifelt, wieder auf die Beine zu kommen, und stöhnte schmerzerfüllt.

Plötzlich gab es einen seltsam hohl klingenden Schlag.

Bejad-Maru, die sich darauf konzentriert hatte, Nedeam die Dorne in die Kehle zu rammen, während sie zugleich Dorkemunt abwehren musste, wurde völlig überrascht. Ihre verdutzten Augen weiteten sich, dann erschlaffte ihr Körper und fiel über Nedeam, der erneut ächzte, als die Dorne sich neben seinem Hals in den Boden bohrten.

Mionas beugte sich besorgt über den Pferdelord. „Ich hoffe, junger Freund, es geht Euch gut?"

Nedeam nickte atemlos und schaffte es, den schlanken Körper von sich herunterzuschieben. Hastig erhob er sich und starrte angewidert auf die reglos daliegende Gestalt.

Auch Dorkemunt kam wieder auf die Beine und stützte sich, das Gesicht noch immer schmerzverzerrt, auf den Tisch. „Tatsächlich ein Weib. Ah, nur ein Weib kann einem Mann mit solcher Hinterlist begegnen." Er ächzte vernehmlich. „Sie keilt wie ein wilder Bulle. Wahrhaftig, Nedeam, wir sollten nicht nur auf ihre Hände achten."

Nedeam hörte das leise Stöhnen der Frau, drehte sie rasch auf den Bauch und zog ihre Arme auf den Rücken. Der Anblick der beiden Dorne ließ ihn erschaudern. „Gebt mir ein paar Binden, rasch."

Sie lösten den tödlichen Handschuh von der Hand und fesselten Bejad-Maru die Arme auf den Rücken. Dann richtete Nedeam sich auf und legte dem elfischen Gelehrten die Hand auf die Schulter. „Wahrhaftig, Weiser Herr Mionas, ich habe Euch zu danken. Wie habt Ihr das bewerkstelligt, so ganz ohne Waffe?"

Mionas lächelte vergnügt. „Nun, ganz unbewaffnet war ich nicht. Der Heiler Neastos gab mir diese metallene Flasche, damit ich mich erleichtern könne. Ah, ich gebe zu, ich fühle mich nun in der Tat erleichtert."

Die metallene Flasche wies eine beachtliche Delle auf, ebenso beachtlich wie die Beule, die nun an Bejad-Marus Hinterkopf heranwuchs.

36

Die Erleichterung darüber, dass der geheimnisvolle Mörder gefasst war, ließ sich überall in Gendaneris spüren. Nur die Elfen nahmen die Neuigkeit mit gewohntem Gleichmut hin, abgesehen von dem Weisen Mionas, der nicht müde wurde, bei passenden und unpassenden Gelegenheiten von der Bedeutung von Käse für die Nagerjagd zu schwärmen. In diesem Eifer erinnerte er die Pferdelords an den Wirt Malvin aus ihrer Hochmark. Allerdings verfügte der weise Elf auch über ausreichend Zeit, denn alle Vorbereitungen waren abgeschlossen. Die drei Schiffe waren bereit, und nun wartete man nur noch auf den Transport, der den notwendigen Brennstein bringen sollte.

Die beiden Pferdelords standen mit dem Hochgeborenen ta Enderos und ihren elfischen Freunden Lotaras und Llarana über dem Tor von Gendaneris und starrten sehnsüchtig nach Nordosten, von wo sich der Transport nähern musste.

„Viel hat diese Dornenhand nicht von sich gegeben“, sagte Dorkemunt missmutig und strich mit der Hand über eine der Zinnen. „So fleißig sie mit ihrer Hand ist, so faul ist sie mit ihrer Zunge. Wäre sie kein weibliches Wesen, so würde ich schon eine Möglichkeit finden, sie ihr zu lösen.“

Ta Enderos nickte. „Sie ist ohnehin dem Tod geweiht. Der Anzahl und Schwere ihrer Verbrechen nach hat sie ihn mehrfach verdient. Sie wird auf dem Großen Platz öffentlich erdrosselt werden.“

„Möge sie dabei einen langen Atem haben und viel erleiden.“ Llarana lächelte kalt. „Auch ich bin für ihren Tod.“

„Sie hat ihn zweifellos verdient." Nedeam drehte sich und lehnte sich gegen die Mauer. Es war später Mittag und der Stein war heiß, aber es ließ sich noch aushalten. Vier Tageswenden waren nun seit dem Beben vergangen, und die meisten Schäden in der Stadt waren behoben. Zumindest äußerlich ließ sich kaum noch erkennen, was die Stadt erlitten hatte. Selbst die beschädigte Wehrmauer und der Turm waren in unglaublicher Schnelligkeit repariert worden. „Dennoch ist sie vielleicht ein kostbares Pfand."

„Ein Pfand?"

„Vielleicht lässt sich mit ihr handeln." Nedeam warf Llarana einen forschenden Blick zu. „Wenn unsere Kräfte nicht ausreichen, um Jalan und Elodarion zu befreien, können wir vielleicht einen Handel schließen."

„Drei Schiffe, wir Elfen und ta Enderos' Gardisten", sinnierte Lotaras. „Das ist nicht einmal dann eine beeindruckende Streitmacht, wenn wir nur einem einzigen Schwarm gegenüberstehen, wir aber werden zum Herzen der Schwärme vorstoßen müssen."

„Mögen die Finsteren Abgründe den Hochgeborenen Admiral ta Hodin und seine verdammten Schiffe verschlingen." Dorkemunt schlug wütend gegen die Mauer. „Eine ganze Flotte liegt nutzlos vor der Stadt, und dieser verdammte Bastard macht keine Anstalten, sein Gesäß zu bewegen. Das Einzige, was sich bei dem Herrn bewegt, ist sein Mundwerk."

„Die Flammschiffe werden uns beistehen."

Llarana sah Lotaras mit wehmütigem Lächeln an. „Das werden sie. Aber auch deren Zahl ist begrenzt."

Ein schmetterndes Hornsignal ließ sie aufhorchen. Es klang noch weit entfernt und war dennoch unverwechselbar, denn ta Enderos blickte erregt zur Handelsstraße. „Sie kommen. Es ist der Beritt meines Sohnes“, brach es aus ihm hervor.

„Wenigstens werden wir nun endlich den Brennstein erhalten, den ta Hodin uns verweigert.“

Nun fiel noch ein anderer Klang in das Signal ein, und Nedeam fuhr herum. „Das glaube ich nicht.“

„Glaub es nur! Glaub es nur!“, rief Dorkemunt und sprang dabei von einem Bein aufs andere. „Das Horn der Hochmark! Ah, verflucht, wie habe ich seinen Klang vermisst!“

Lotaras blinzelte überrascht. „Eure Pferdelords?“

„Keine Frage.“ Nedeam lächelte breit. „Keiner reitet dem anderen davon. Keiner lässt einen anderen Pferdelord zurück.“

„Garwin hat mehr Ehre, als ich ihm zutraute“, räumte Dorkemunt freimütig ein.

Zwischen den Bäumen war nun Bewegung zu erkennen. Der Beritt des Hauptmanns ta Enderos trabte mit wehendem Wimpel und blitzenden Rüstungen heran. Direkt dahinter folgte eine weitere Gruppe, über der ein grünes rechteckiges Banner wehte. Die unnachahmliche Präzision der Formation verriet, dass es sich nur um Schwertmänner handeln konnte, was sich bestätigte, als Rosshaarschweife und Farben erkennbar wurden.

„Das ist nicht Garwin“, sagte Nedeam leise. „Das dort ist ein Mann von unvergleichlichem Ehrgefühl.“ Er sah ta Enderos’ fragenden Blick. „Garodem, Pferdefürst und Herr der Hochmark, und er bringt die Besten der Mark mit sich.“

Während die Beritte der Garde und der Pferdelords herantrabten und schließlich das Tor der Stadt passierten, bemerkte Nedeam, wie sehr ihm die Gesellschaft der anderen Pferdelords gefehlt hatte und wie eng die Bande zu ihnen waren.

Man rief einander Begrüßungsworte zu, und dann hastete die Gruppe die Stufen zum Platz hinunter, um die Ankömmlinge gebührend willkommen zu heißen.

„Garodem aus der Hochmark des Pferdevolkes bietet all jenen Schild und Lanze, die seiner Hilfe bedürfen“, sagte der Pferdefürst würdevoll und schwang sich dann aus dem Sattel. Er nickte dem Hochgeborenen ta Enderos kurz zu, ging aber zunächst zu Lotaras und Llarana und legte ihnen demonstrativ die Hände auf die Schultern. „Ich erfuhr von Eurer misslichen Lage, elfische Freunde. Kein Mann von Ehre und kein Pferdelord wird zurückstehen, wenn es gilt, Euch zur Seite zu treten.“

Nedeam und Dorkemunt grinsten breit, und sie beide bemerkten sehr wohl, dass Garwin nicht unter den Männern der Beritte war.

Die Begrüßung war herzlich, und ta Enderos behandelte Garodem mit jener Seelenverbundenheit, die geborene Kämpfer untereinander spüren. Der alnoische Reiterkommandant benutzte einige fein gedrechselte Redensarten, aber die Herzlichkeit seiner Worte war unverkennbar. Als er sich seinem Sohn zuwandte, trat ein schlanker Mann neben den jungen Anführer des ausgesandten Trupps. Er trug das einfache Gewand eines Bürgers und blinzelte gegen das grelle Sonnenlicht. Eigentlich wirkte er unscheinbar, aber ta Enderos stockte sichtlich in der Bewegung, als er ihn erkannte.

Nedeam wurde erst auf den Fremden aufmerksam, als er die ehrerbietige Haltung des Hochgeborenen dem Unbekannten gegenüber bemerkte. Der Mann musste von einiger Bedeutung sein, wenn ta Enderos ihm solchen Respekt entgegenbrachte. Denn den Ältesten der Stadt und dem Admiral ta Hodin begegnete der Kommandeur lediglich mit einem Mindestmaß an Höflichkeit. Die beiden wechselten leise ein paar Worte, dann trat ta Enderos in Begleitung des Fremden zu

Garodem und den Elfen. Da Nedeam in unmittelbarer Nähe stand, bekam er diesmal die Worte mit, und was er hörte, ließ ihn hoffen.

„Ich war in Mintris, um die Schäden zu begutachten, die der Überfall der Korsaren an Stadt und Ernte verursacht hat“, sagte der Mann mit freundlicher Stimme. „Meine Reise hätte mich zwar erst etwas später nach Gendaneris geführt. Aber dann bin ich Eurem Sohn begegnet, Hochgeborener. Er schilderte mir die Lage in der Stadt, und ich entschloss mich, sofort hierherzukommen. Da ich den Hochgeborenen ta Hodin recht gut kenne, vermute ich, dass sich noch nicht viel an der Situation geändert hat.“

Der Mann machte den Eindruck eines Gelehrten oder Heilers und wirkte weder kriegerisch noch sonderlich elegant. Er bemerkte Nedeam und nickte ihm zu. „Einer der Pferdelords, die von Anfang an in Gendaneris waren, nehme ich an?“ Ta Enderos flüsterte ihm ein paar Worte zu, und der Mann nickte erneut. Er gab Nedeam einen Wink. „Kommt her, guter Mann, ich schätze die offene Art eines Kämpfers, und wer nicht zögert, einer unserer Städte beizustehen, findet mein offenes Ohr. Nun kommt schon, zögert nicht.“

Nedeam trat näher und machte instinktiv eine Ehrenbezeugung.

„Ihr seid also Nedeam, ein Pferdelord der Hochmark?“

„Nedeam, der Erste Schwertmann der Hochmark“, korrigierte Garodem und sah den Pferdelord dabei freundlich an. „Der Träger meines Banners und Ehrenzeichens.“

Nedeam wollte protestieren, doch Dorkemunt, der hinter ihm stand, stieß ihn unmerklich an. „Nimm es hin, Nedeam. Du bist soeben befördert worden, und Garodem tat recht daran.“ Er war stolz auf seinen Freund.

Nedeam fühlte sich überrumpelt, denn er hatte sich noch nicht entschieden, das Angebot anzunehmen. Der Fremde schien Nedeams Zögern bemerkt zu haben, und sein Lächeln vertiefte sich.

„Verzeiht meine Unhöflichkeit“, sagte er leise. „Ich heiße Venval ta Ajonas und bin Euch Pferdelords zu Dank verpflichtet. Ihr habt das Tor von Gendaneris offen gehalten und entscheidend zur Befreiung der Stadt beigetragen. Damit möchte ich natürlich nicht“, er nickte ta Enderos freundlich zu, „die Verdienste der fünften Reitergarde und ihres verehrten Kommandeurs schmälern.“

Ta Enderos strich sich über den Oberlippenbart und schien hocherfreut über dieses Lob.

„Ich möchte nun ein paar Worte mit dem Hochgeborenen ta Hodin wechseln“, fuhr ta Ajonas fort und sah dabei ta Enderos auffordernd an. „Würde es Euch belieben, mich zu begleiten?“ Er wartete die Erwiderung des Hochgeborenen nicht ab, sondern wandte sich sogleich Garodem und den anderen zu. „Es würde mich freuen, wenn Ihr in einem halben Zehnteltag nachfolgen wolltet.“

Garodem und die Elfen nickten, dann schritten die beiden Männer davon und bogen, gefolgt von einem Trupp Gardisten, in die Straße ein, die zur Ratshalle von Gendaneris führte.

Nedeam sah den Sohn des Hochgeborenen ta Enderos fragend an. „Ein Herr von Bedeutung?“

Der junge Hauptmann grinste vergnügt. „Venval ta Ajonas, Ajon von Alnoa, König des Reiches und seiner Provinzen. Und glaubt mir, Ihre Majestät wird dem Admiral jetzt eine Menge Feuer unter dem Gesäß machen.“

37

Jalan-olud-Deshay war noch immer fassungslos. Mit geweiteten Augen und halb geöffnetem Mund beobachtete er, wie der Malaquant von der Tür zu dem Stuhl hinüberschritt, neben dem sein Leibwächter verharrte.

„Du kennst ihn“, raunte Elodarion und erhielt sofort einen brutalen Stoß von Elek-Mar.

„Halt dein Maul, Spitzohr“, zischte der Schwarmführer. „Sprich gefälligst nur, wenn du gefragt wirst.“

Der Malaquant war ein schlanker Mann, dessen Alter schwer zu bestimmen war. Sein Gesicht wirkte gleichermaßen jung und alt, und die ebenmäßigen Züge waren auf seltsame Weise verzerrt. Elodarion konnte sich diesen widersprüchlichen Eindruck zunächst nicht erklären, bis er erkannte, dass er von den Altersfalten rührte, die auf einer Gesichtshälfte deutlich stärker ausgeprägt waren als auf der anderen. Der Oberherr der Schwärme trug ein weich fallendes Gewand, das reichhaltig mit Gold, Silber und kostbaren Kristallen bestickt war. Der Stoff war schwer und schmiegte sich an die Konturen des Körpers. Er hatte die blaue Farbe, in der auch die Tuchstreifen der Wachen und die Fahne des Oberherrn gehalten waren. Um den Kopf trug er einen ebensolchen Tuchstreifen, der an der Stirn jedoch mit goldenen Fäden durchwirkt war. Für einen Moment schien sich unter dem Gewand der Griff einer Waffe abzuheben, als der Malaquant sich umwandte und sich dann in seinen Stuhl fallen ließ.

Von seinen Augen schien ein seltsames Feuer auszustrahlen, als er die Gruppe ansah. „Verschwindet“, sagte er dann an den Schwarmführer gewandt.

Elek-Mar räusperte sich sichtlich nervös. „Verzeiht, Oberherr, aber …"

Der Malaquant sah sein Gegenüber gelangweilt an. „Du und die anderen deines Schwarmes, ihr werdet nun gehen. Die dort, mit den spitzen Ohren, bleiben hier."

Es gab keinen Widerspruch. Man merkte Elek-Mar zwar an, wie gerne er sich widersetzt hätte, aber er wagte es nicht, und das konnte nicht allein an dem beeindruckenden Leibwächter liegen. Segu-Mar warf den beiden Elfen einen mitleidigen Blick zu, dann drehte er sich um und folgte den anderen.

Es mochte merkwürdig klingen, doch die Gegenwart der Schwarmmänner, ja selbst von Bogo und Balga, hatte Elodarion noch ein schwaches Gefühl von Sicherheit gegeben. Doch nun fühlte er sich schutzlos, und das sonderbare Verhalten Jalans an seiner Seite verstärkte diese Empfindung noch.

„Was geht hier vor sich?", fragte Elodarion. Auch wenn er damit riskierte, von diesem Ungetüm von Leibwächter die Zunge herausgeschnitten zu bekommen, musste er doch erfahren, was das Erschrecken seines Gefährten zu bedeuten hatte. „Jalan, kennst du diesen Mann?"

Der Malaquant sah Elodarion an und lachte auf.

Es war ein schrilles Lachen, das eher zu einem weiblichen Wesen gepasst hätte und sich immer mehr steigerte, während die Gestalt auf dem Stuhl sich krümmte und mit den Fäusten auf die Armstützen schlug. „Antworte ihm doch, antworte", keuchte der Malaquant und deutete mit einem Finger auf den wie erstarrt dastehenden Jalan. „Nun, was ist? Scheust du die Antwort, Erster des Hauses Deshay? Scheust du sie, du verfluchtes Wesen?"

Jalan-olud-Deshay starrte den Mann an, und ein unmerklicher Schauder schien durch seinen Körper zu gehen. „So lange liegt es zurück. So lange.“

„So lange liegt es zurück“, ahmte der Malaquant Jalan nach. „So lange. Hast du verfluchtes Wesen eine Vorstellung davon, was du mir angetan hast? Was das ganze verfluchte Haus Deshay mir angetan hat?“ Der Malaquant sprang auf, und Hass verzerrte nun sein Gesicht. „Was die ganzen verfluchten elfischen Häuser mir angetan haben? Ah, ich wollte, ich könnte jedem Einzelnen von euch die Seele aus dem Leib reißen.“

Jalan schien nun endlich aus seiner Benommenheit zu erwachen. „Du selbst warst ein Glied des Hauses Deshay. Du selbst …“

„Ich gehöre nicht deiner verfluchten Art an“, schrie der Malaquant. „Schon lange nicht mehr, Erster des Hauses Deshay.“ Der Mann ließ sich wieder in den Stuhl zurücksinken, erschöpft von seinem Ausbruch, aber noch immer von unstillbarem Hass erfüllt. „Schon lange nicht mehr. Nun jage ich die Wesen deiner Art und werde nicht ruhen, bis ich den Letzten von euch gefunden und getötet habe. Und es wird ein qualvolles Sterben sein, Jalan-olud-Deshay, ein wirklich qualvolles Sterben.“

„Deadenem-olud …“

Bevor er den Namen aussprechen konnte, gab der Malaquant ein Zeichen, und der Leibwächter sprang vor und schlug so rasch zu, dass Jalan keine Chance zur Gegenwehr hatte. Der Schlag ließ ihn haltlos nach hinten stürzen, wo er bewusstlos am Boden liegen blieb.

Elodarion spannte seinen Körper an. Seine elfischen Reflexe mochten ihm helfen, eine Weile gegen den Leibwächter zu bestehen und Jalan zu schützen, bis dieser wieder zu Sinnen kam. Aber plötzlich trat der stumme Wächter zurück.

Der Malaquant starrte Elodarion an, doch seine Augen schienen durch ihn hindurchzusehen. „Mit dem dort werde ich mich in Ruhe befassen. Du hingegen wirst der Obhut des Schwarms der Dornfische überstellt. Sie werden gut über dich wachen, denn sie wissen, was mit ihnen geschieht, wenn du zu der bestimmten Zeit nicht vor mir erscheinst."

„Ich bin Elodarion aus dem Hause Elodarion und …"

„Es spielt keine Rolle, wer, sondern nur was du bist", sagte der Malaquant herrisch. „Und als elfisches Wesen erwartet dich der Tod. Aber wann er vollstreckt wird, liegt allein in meiner Macht, du verfluchtes Wesen. Keinen Augenblick mehr kannst du dir deines Lebens sicher sein, und in jedem Moment soll dich die Frage quälen, wie es deinem Gefährten hier ergehen mag." Er wies auf die Tür, durch die Elek-Mars Gruppe vor Kurzem gegangen war. „Und nun hinaus, verfluchte Ausgeburt eines ewigen Volkes."

Benommen wandte Elodarion sich ab und schritt zur Tür. Als er sie öffnete, hielt ihn die hasserfüllte Stimme noch einmal für einen Moment zurück. „Ah, ich kenne diesen da und seine verfluchte Art. Lange Zeit habe ich über euresgleichen nachdenken können. Sehr lange. Viel zu lange, Verfluchter."

Die Stimme verstummte, und Elodarion verharrte in der halb geöffneten Tür. Aber der Malaquant schwieg, und so zerrten die Wachen, die sich draußen vor der Tür versammelt hatten, den Elfen aus dem Raum. Mit einem dumpfen Pochen schlug die Tür hinter ihnen zu, und Elodarion erschauderte, als er das Lachen des Malaquant hörte und an den hilflosen Jalan dachte, der nun diesem entsetzlichen Wesen ausgeliefert war.

38

Die letzten Säcke mit Brennstein verschwanden in den Rümpfen der bereitliegenden Schiffe. An Bord der elfischen „Wellenvogel“ war lautes Hämmern zu hören. In ihrem Rumpf wurden Trennwände errichtet, und Männer schafften Säcke mit Stroh und Futter an Bord. Die Elfen der See würden ein wenig zusammenrücken müssen, denn Garodem hatte es durchgesetzt, einen vollen Beritt samt Pferden mit an Bord bringen zu können.

„Die Insel der Schwärme dürfte groß genug sein, und die Korsaren benutzen keine Pferde. Es würde sie mächtig überraschen, wenn auf Um'briel plötzlich ein voller Beritt zu Pferde auftauchen würde“, hatte der Pferdefürst auf der Versammlung zu bedenken gegeben.

„Die Reiter der fünften Garde sind bereit“, hatte ta Enderos daraufhin prompt gesagt.

Ihre Majestät Venval ta Ajonas blickte zwischen den beiden Reiterführern hin und her und lächelte dann sanft. „Die Reitkünste der fünften Garde stehen außer Frage, verehrter ta Enderos. Doch ich kann mich auch an die Schlacht von Alneris erinnern, in der die Beritte des Pferdevolkes dem Reich der weißen Bäume zu Hilfe eilten. Ohne Euch, ta Enderos, und Eurer Garde Unrecht tun zu wollen – Ihr versteht es sehr wohl, vom Pferde aus zu kämpfen –, aber es gibt nur ein Volk, das hierzu geboren wurde.“

Ta Enderos blickte kurz zu Garodem und nickte dann. „Dem kann ich nicht widersprechen, Majestät.“ Er reckte sich ein wenig. „Doch wenn Ihr mir und meinen Männern verweigert, an diesem Kampf teilzuhaben, dann muss ich Euch mein gebrochenes Schwert überreichen."

Der König legte dem Reiterkommandeur die Hand an den Arm. „Könnte es je einen Zweifel daran geben, dass die Garde kämpfen wird? Aber wir haben nicht viel Raum für Pferde. Einen Beritt nur, mehr kann der elfische Kapitän nicht unterbringen. Ihr werdet also zu Fuß kämpfen müssen, verehrter ta Enderos."

Garodem lächelte mitfühlend. „Es ist den Pferdelords eine Ehre, Seite an Seite mit den Männern der fünften Reitergarde zu kämpfen. Ob mit oder ohne Pferd. Man hat mir berichtet, wie Ihr das Tor genommen und die Stadt befreit habt. Ihr seid wahrhaftige Pferdelords."

Garodem und ta Enderos grinsten einander an. Zwischen diesen beiden Männern gab es keinen Zwist oder Neid. Sie waren Waffenbrüder, und nichts würde sie auseinanderbringen können.

„Auch so wird es auf der ‚Wellenvogel' recht unbequem sein, für Mann *und* Pferd", warf Herolas ein. „Ich hoffe, sie alle überstehen die Fahrt und werden in der Lage sein zu kämpfen, wenn sie gebraucht werden."

„Das werden sie", entgegnete der Pferdefürst mit mehr Sicherheit, als er empfand. Es ließ sich nicht sagen, wie lange sie auf See sein würden und wie das Schaukeln der Schiffe den Pferdelords und ihren Reittieren bekommen würde. Aber man war bereit, dieses Risiko einzugehen, denn der Schock für die Schwarmmänner konnte beachtlich sein.

„Die ‚Malan'tasta' wird vorausfahren. Mit je einer Hundertschaft elfischer Bogen, Schwertmännern und Gardisten an Bord. Die ‚Shanvaar' und die ‚Wellenvogel' folgen ihr in Sichtweite, damit sie notfalls rasch aufschließen können. Die ‚Shanvaar‘ bietet weniger Raum. Ihre Aufgabe wird es sein, einzelne Feindschiffe, die uns erspähen, anzugreifen und zu versenken, bevor sie die Schwärme alarmieren können. Wird der Feind zu übermächtig, müssen wir die Mission abbrechen, und die drei Schiffe werden sich zur Flotte des verehrten Admirals ta Hodin zurückfallen lassen.“

„Die Flotte wird ihre Aufgabe erfüllen“, versicherte der Hochgeborene ta Hodin steif. „Wir werden den Feind auf Pfählen durch Alneris tragen.“

„Nun, es reicht, wenn wir ihn zurückschlagen.“ Der König warf einen langen Blick auf die elfische Karte, auf der die ungefähre Lage der Insel Um’briel eingezeichnet war. Mionas hatte sie aus dem Gedächtnis hingezeichnet, und seine Erinnerungen waren ausgezeichnet, stammten aber leider auch aus einer alten Zeit. Es konnte durchaus sein, dass sich die Anlagen der Insel inzwischen verändert hatten.

Nedeam und die Unterführer der Elfen und Beritte hielten sich ein wenig im Hintergrund. Die Einsilbigkeit des alnoischen Admirals war auffällig. Niemand außer ta Enderos wusste, welche Worte zwischen dem König und dem Flottenkommandanten gefallen waren. Aber von dessen einstiger Überheblichkeit war nichts geblieben.

Als ta Hodin sich zu Wort meldete, wies er über den Hafen und auf die Bucht von Gendaneris. „Ich gebe nochmals zu bedenken, dass die Stärke der alnoischen Flotte nicht ausreicht, um die Schwärme der Meere zu bezwingen. Wir gehen ein großes Risiko ein, wenn wir sie leichtfertig aufs Spiel setzen.“

„Ich gebe Euch recht, verehrter Admiral“, stimmte der König zu. „Leichtfertig sollten wir sie nicht einsetzen.“ Er beugte sich ein wenig vor und berührte mit dem Finger nacheinander verschiedene Punkte auf der Karte, während er weitersprach. „Hier, im Süden des Reiches, an der Pforte von Alnoa. Und hier, im toten Reich Jalanne und bei den Barbaren, überall scheint es Probleme zu geben. Die Grenzfeste Maratnan hat in den letzten Monden mehrere Kundschafter in diese Regionen gesandt, doch keiner von ihnen kehrte zurück. Dann hier, im Südosten: das Gebirge von Ta mit dem großen Pass. Von dort sind orkische Legionen gemeldet worden. Die Grenzen sind unruhig, Ihr Herren." Der König richtete sich auf. „Der Überfall der Schwärme auf Mintris hat zudem gezeigt, wie leicht unsere Versorgungslage bedroht sein kann. Vorräte für einen ganzen Winter wurden geraubt oder vernichtet. Zwar haben wir unsere Lager gefüllt, aber wenn die Schwärme bis tief ins Reich eindringen, während unsere Truppen an den Grenzen gebunden sind, dann ist die Gefahr für das Reich der weißen Bäume groß." Der König sah die Führer entschlossen an. „Es ist an der Zeit, dieser Gefahr zu begegnen. Mit aller Entschlossenheit. Auch wenn wir die Schwärme nicht vernichten können, so ist es schon ein Gewinn, wenn wir ihnen etwas Respekt einflößen. Vielleicht werden sie uns so eine Weile in Ruhe lassen."

„Und wenn nicht, Majestät?" Ta Hodin deutete erneut über den Hafen. „Was, wenn die gesamte Flotte vernichtet wird und sich kein Schiff mehr den Schwärmen entgegenstellen kann?"

„Um zu rauben, müssen die Schwärme an Land", sagte ta Enderos grimmig. „Aber dort wird die Garde bereitstehen."

„Und sie wird nicht allein stehen, wenn Ihr uns ruft", versicherte Garodem.

Auf der westlichen Wehrmauer entstand plötzlich Unruhe. Undeutliche Rufe waren zu vernehmen, und schließlich eilte ein Hauptmann der gendanerischen Garde heran. „Schiffe. Sie nähern sich der Bucht."

Es waren nicht sehr viele, aber jedes einzelne von ihnen war beeindruckend.

Die Flammschiffe der Seeelfen waren eingetroffen.

39

Elek-Mar und seine Begleiter führten Elodarion zur Stadt zurück. Der Älteste trug wieder den Tuchstreifen, der seine elfischen Ohren verbarg. Er sorgte sich um Jalan, und Elek-Mar, der offensichtlich wegen der Behandlung durch den Malaquant frustriert war, überzog ihn deswegen mit Hohn und Spott. Segu-Mar hingegen schien Mitgefühl zu empfinden. „Du kannst nichts tun, Spitzohr. Nimm es hin, es geht nicht anders. Sei dankbar für jeden Augenblick, den du vor dem verschont bleibst, was dein Gefährte nun zu erleiden hat."

Ein Trost war Elodarion dies nicht, auch wenn der stellvertretende Schwarmführer es gut gemeint hatte.

„Normalerweise würden wir in Um'briel Quartier nehmen", raunte der blonde Schwarmmann. „Denn in den Schenken erfährt man, was in den anderen Schwärmen vorgeht und wo vielleicht Beute lockt. Aber deiner spitzen Ohren wegen werden wir das heute nicht tun. Wenn man dich als Elf erkennt, wirst du deines Lebens nicht mehr sicher sein."

„Das überrascht mich, wo der Malaquant doch selbst ein Elf ist", erwiderte Elodarion.

„Der Malaquant?" Segu-Mar lachte leise auf. „Der trägt keine spitzen Ohren, der schneidet sie euch höchstens ab."

Sie erreichten den Stadtrand, und die Wachtruppe des Malaquant, die sie getreulich von der Stadt zur Burg und wieder zurück eskortiert hatte, verschwand in einer der Seitenstraßen. Elek-Mar spuckte auf den Boden und rieb sich die Hände. „Wenn wir schon mal hier sind, werden wir auch das ‚Fass' aufsuchen. Der alte Malek würde es uns übel nehmen, wenn wir nicht wenigstens vorbeischauten."

Segu-Mar räusperte sich. „Das ist nicht ohne Risiko. Wir haben den Elfen dabei, und außerdem verkehren im ‚Fass' auch die Männer der Grünklauen."

„Sie werden sich hüten, etwas zu unternehmen", knurrte Elek-Mar. „Hier gilt der Seefrieden. Und das verfluchte Spitzohr soll einfach das Maul halten und darauf achten, dass sein Tuchstreifen nicht verrutscht."

Bogo und Balga war es offenbar gleichgültig, sie trotteten hinter Elodarion her, der nun, da Jalan fehlte, ihre ungeteilte Aufmerksamkeit hatte. Die Gruppe drängte sich durch eine geschäftige Menschenmenge, die auf der Hauptstraße zum Hafen unterwegs war, und bog dann in eine enge Seitengasse ein. Der Anblick erinnerte Elodarion durchaus an eine beliebige Straße in einer beliebigen Menschenstadt. Straßenhändler und Bettler, Mütter mit ihren Kindern und Männer, die ihren Geschäften nachgingen oder einfach nur die vorbeimarschierende Gruppe taxierten. Ein buntes Gemisch, aber niemand schien ernstliche Not zu leiden, und alles wirkte unerwartet gepflegt und reinlich. Aber warum auch nicht? Die Menschen der Schwärme waren sicher ebenso empfindlich gegen Krankheiten wie die Menschen anderer Reiche. Sie würden schon darauf achten, dass keine Seuche über sie hereinbrach.

Ungefähr auf halber Länge der Gasse lag das „Fass". Es erwies sich als große Schenke, in der reger Betrieb herrschte. Es wurde viel getrunken und gelacht, und in einer Ecke spielten Musikanten auf. An einem Tisch rauften zwei Männer miteinander, aber es schien kein ernsthafter Streit zu sein. Der Grund für die Zurückhaltung war leicht zu erraten: An einem anderen Tisch saß eine Gruppe von Männern mit den blauen

Tuchstreifen der Wachen des Malaquant.

„Männer der Grünklauen“, murmelte Segu-Mar warnend. „Dort rechts, neben dem Tresen.“

„Sie werden Seefrieden halten“, knurrte Elek-Mar. „Die Männer des Malaquant werden darüber wachen.“

„Sie könnten auf einen Schwerthandel bestehen.“

Der Schwarmführer der Dornfische zuckte die Schultern. „Den Mut bringen die Grünklauen nicht auf.“

Elek-Mar sah offensichtlich keinen Grund, die Ankunft seiner Gruppe zu verheimlichen. Mitten im Eingang blieb er stehen und breitete theatralisch die Arme aus. „Platz für den Schwarm der Dornfische! Die schnellsten Jäger und besten Beutegreifer der Meere!“

Es gab sowohl freundliche als auch spöttische Rufe, aber Elodarion achtete vor allem auf die Gruppe neben dem Tresen. Auf sie hatten die lautstarken Bemerkungen des Schwarmführers eine eindeutige Wirkung. Köpfe ruckten herum, Schemel wurden nach hinten geschoben, und die Männer dort erhoben sich, der kleinen Gruppe um Elek-Mar grimmig entgegensehend.

„Ja, macht Platz für die heimtückischsten Feiglinge der Meere“, rief ein spindeldürrer Bursche mit flammend rotem Haar. „Für die tapferen Meerfüße der Dornfische, die sich nur in großer Übermacht an wehrlose Frauen heranwagen.“

Einige der Gäste lachten, aber an den meisten Tischen verstummten die Gespräche, und auch die Männer des Malaquant unterbrachen ihr Würfelspiel, um ihre Blicke nun zwischen beiden Gruppen pendeln zu lassen.

Neben dem rothaarigen Mann schob sich ein anderer nach vorne. Er war schlank und mit schlichtem schmucklosem Tuch gekleidet, aber er strahlte Autorität aus. „Ich, Narut-

Mar T'areat, Schwarmführer der Grünklauen, fordere dich zum Schwerthandel."

„Ich habe es geahnt", zischte Segu-Mar. „Wir hätten das ‚Fass' meiden sollen."

„Unsinn." Elek-Mar reckte sich und rollte mit den Schultern. Seine Erscheinung war weitaus beeindruckender als die des anderen Schwarmführers. „Die Grünklauen sind sonst nur im großen Schwarm stark." Er trat ein wenig vor und sah den Gegner herausfordernd an. „Woher dieser Mut, Grünklaue? Macht der Gerstensaft dich so stark?"

Einer der Männer des Malaquant erhob sich nun. „Der Seefrieden gilt. Haltet Ruhe."

„Der Seefrieden gilt", knurrte Narut-Mar. „Aber ich habe den Schwerthandel gefordert."

„Das ist wahr." Der Wachführer sah Elek-Mar an. „Du hast es gehört. Nimmst du die Forderung an?"

Elek-Mar spuckte aus. „In einem Schwerthandel mit dieser schwächlichen Grünklaue dort liegt wenig Ruhm, aber nun ja, ich nehme an."

„Ein Schwerthandel ist vereinbart", rief der Wachführer daraufhin mit lauter Stimme und hob einen Arm. „Zwischen dem Schwarmführer der Grünklauen und dem der Dornfische. Wer außer diesen beiden die Waffe berührt, bricht den Seefrieden und ist des Todes. Macht Platz, damit der Handel ausgetragen werden kann."

Die Gäste stoben auseinander, Tische und Bänke wurden gerückt, Schemel zur Seite geschoben, und in der Mitte der Schenke entstand ein großer Kreis. Elek-Mar und Narut-Mar, gefolgt von ihren Männern, traten an den Rand, und drohendes Gemurmel war zu hören, während die beiden Schwarmführer noch weiter vortraten und sich nun unmittelbar gegenüberstanden. Elodarion hielt sich im Hintergrund und sah, wie Segu-Mar beruhigend auf Bogo und Balga einsprach, die sabbernd und ohne Verständnis dastanden und nervös ihre Keulen befingerten.

Dann trat der Wachführer des Malaquant vor. „Schwertkampf zwischen den Grünklauen und den Dornfischen. Was ist der Gegenstand des Kampfes?"

„Die ‚Ayat'tarasta', ein Schiff der Grünklauen."

Elek-Mar lachte auf. „Jetzt ist sie ein Schiff der Dornfische."

„In jedem Fall ein gutes Schiff", sagte der Wachführer. „Da lohnt sich ein Kampf. Wessen Schwert siegt, dem gehört das Schiff, so will es das Gesetz. Wer den Kreis verlässt, wenn der andere noch kämpfen kann, verliert Ehre und Schiff. Macht euch bereit. Mein Zeichen gilt."

Es schien kein streng geregeltes Duell zu sein. Offenbar gab es keine Bestimmungen für die Art der Bekleidung oder der Waffen, und Elodarion vermutete, dass der Schwertkampf eingeführt worden war, damit die Korsaren an Land eine Möglichkeit hatten, aufgestauten Zorn abzulassen. So konnten sie sich untereinander bekämpfen und ihre Kraft nicht gegen den Malaquant wenden.

Die blutrote Narbe in Elek-Mars Gesicht verzog sich und schien aufzuleuchten, als der Schwarmführer den Gegner taxierte und dabei raubtierhaft grinste. Mit leisem Schaben glitt die Klinge aus der Scheide, und aus dem Kreis der Gäste erklangen umgehend anfeuernde Schreie. Narut-Mar griff in den Nacken und zog von dort ein Messer hervor. Es war ein außergewöhnliches Instrument, das eher dem Beil eines Schlachters ähnelte. Ein ausgeformter Griff mit einer kurzen Parierstange und einer Klinge, die eine Hand breit und etwa doppelt so lang war. Ein wuchtiges Stück Metall also, grob und für blutige Arbeit bestimmt.

Elek-Mar hatte mit seinem Schwert sicherlich die größere Reichweite, doch Narut-Mar schien beweglicher zu sein.

Der Wachführer des Malaquant trat an den Rand des Kreises. „Seid ihr bereit? Gut. Dann soll der Handel beginnen. Schlagt euch!“

Mit dem letzten Wort des Wachführers sprang Elek-Mar vor, und der andere Schwarmführer entkam der blitzartig vorstoßenden Klinge nur mit Glück. Mit erregten Schreien begannen die Zuschauer nun ihren Favoriten anzufeuern. Erneut stieß der Schwarmführer der Dornfische zu, doch diesmal parierte Narut-Mar mit der eigenen Waffe. Körperteile und Waffen begannen nun durcheinanderzuwirbeln, und die Gegner umkreisten sich, stießen oder schlugen zu, parierten und griffen an und suchten nach der Lücke in der Deckung des anderen.

Der Kampf zog die Gäste in seinen Bann. Selbst Bogo und Balga, die sonst kaum ein Auge von Elodarion ließen, starrten in den Kreis und beachteten den Elfen gar nicht mehr.

Eine günstigere Gelegenheit konnte Elodarion wohl nicht erhoffen.

Erst war es nur ein einzelner, zögernder Schritt, mit dem er sich ein wenig tiefer zwischen die Zuschauer schob. Es folgten ein zweiter und ein dritter. Niemand scherte sich um Elodarion, und wo er Platz machte, drängten sich bereitwillig andere vor, um eine bessere Sicht auf den Kampf zu finden.

Elodarion konnte es kaum fassen. Er war jetzt am Eingang der Schenke, und niemand beachtete ihn. Nach wenigen Schritten stand er in der Gasse, und schon tauchte er ins Gewühl der Menschen ein.

Er zwang sich zu langsamen Schritten, auch wenn ihn alles

zur Eile drängte. Jeden Moment könnte einer aus Elek-Mars Gruppe im Eingang der Schenke erscheinen und nach ihm Ausschau halten. Aber er durfte sich nicht schneller bewegen als die anderen Menschen. Immerhin kam ihm nun zugute, dass Elek-Mar großen Wert darauf gelegt hatte, Elodarions elfisches Wesen zu verschleiern. Der Tuchstreifen um seinen Kopf und der schlichte Umhang machten es leicht, sich unauffällig unter den anderen zu bewegen.

Zum Schiff konnte er nicht zurück, obwohl sich dort die anderen gefangenen Elfen befanden. Die Männer der Dornfische würden ihn sofort erkennen und überwältigen. Hilfe hatte er an diesem Ort nicht zu erwarten; sobald man ihn als Elf erkannte, würde man ihn einfangen und, wenn man ihn nicht gleich tötete, zum Malaquant bringen. Immerhin bot Um'briel gewisse Möglichkeiten; bestimmt gab es Stellen, an denen man sich für eine Weile verbergen konnte.

Er ging zwischen den Ständen entlang und tat, als lausche er dem ein oder anderen Handel, während seine elfischen Reflexe dafür sorgten, dass einige Dinge unbemerkt in seinen Besitz übergingen.

Dann beschleunigte Elodarion seine Schritte wieder und hielt Ausschau nach bekannten Gesichtern. Die Gruppe, die Elek-Mar zur Burg und zurück begleitet hatte, war irgendwo in der Stadt unterwegs. Sie würde ihn fraglos erkennen.

Was war mit Jalan? Lebte er noch? Weidete sich der Malaquant am Leid des Gefährten? Vielleicht sollte er der Festung des Oberherrn einen erneuten Besuch abstatten?

Wenn die Dornfische Elodarions Flucht bemerkten, würden sie vermutlich annehmen, dass er sich verborgen hielt, um dem Feind möglichst aus dem Weg zu gehen. Niemand würde damit rechnen, dass er sich stattdessen in die Höhle des Pelzbeißers wagte.

Der Elf hatte sich den Aufbau der Festung und den Weg dorthin eingeprägt. Er traute sich zu, unbemerkt eindringen zu können, aber das Problem war, Jalan zu finden und zu befreien. Elodarion würde mit einer oder zwei Wachen fertig werden, aber wenn jemand Alarm auslöste, war die Sache verloren.

Er ging die leicht gebogene Straße entlang, die aus der Stadt herausführte. Von ihr zweigten, noch vor dem Wald, ein paar Pfade zu den Getreidefeldern ab. Mit einem kurzen Rundblick vergewisserte sich Elodarion, dass niemand ihn beobachtete, dann huschte er flink zwischen die Bäume des Waldes und war verschwunden.

Wegen der eigentümlichen Beschaffenheit der Baumstämme bot der Wald keinen besonderen Sichtschutz, und das Knüppelholz der heimischen Wälder fehlte. Aber immerhin konnte er sich hinter einen der Stämme kauern. Die unangenehmen Berührungen der scharfen Grashalme ignorierend, zog er einen Apfel und ein kleines Brot aus seinem Gewand und nahm einige Bissen. Nur so viel, bis das gröbste Hungergefühl verschwunden war. Den Rest verbarg er wieder in den Taschen des Gewandes. Dann betrachtete er seine restliche Beute.

Da war eine Schere, die eigentlich dem Teilen von Stoff diente. Sie war die einzige Waffe, die er sich unauffällig hatte aneignen können. Ein kümmerliches Ding zwar, aber sie konnte von großem Nutzen sein. Die Mauer der Festung war nicht hoch, und zwischen ihren Steinen klafften Fugen und Ritzen, an denen er sich Halt verschaffen konnte. Elodarion hatte seiner Tochter Leoryn einst beigebracht, wie man steile Felsen erklimmt. Das elfische Volk nutzte hierfür üblicherweise spezielle Stahlkrallen und Klingen, die man mit Riemen an die Hände band, sodass man sie nicht verlieren konnte. Bester elfischer Stahl, der hohen Belastungen standhielt. Die Schere hingegen war aus einfachem Eisen, das zwar sorgfältig geschmiedet war, aber nur einen kümmerlichen Ersatz für eine elfische Kletterausrüstung darstellte. Doch sie war das einzige Hilfsmittel, das ihm nun zur Verfügung stand.

Während Elodarion auf den Einbruch der Nacht wartete, bereitete er sich vor. Er trennte die beiden Teile der Schere voneinander und schnitt dann zwei lange Tuchstreifen aus seinem Umhang, um damit die Klingenteile an seine Handgelenke zu binden. Zwischendurch lauschte er auf die Geräusche. Weder von der Burg noch aus der Stadt war ungewöhnlicher Lärm zu hören. Sicherlich würde man ihn inzwischen vermissen, unabhängig davon, wer den Schwerthandel gewonnen hatte. Offenbar wollte man keine Hetzjagd veranstalten, um seine Flucht nicht öffentlich zu machen. Aber das konnte noch kommen, wenn die Männer der Dornfische und des Malaquant ihn nicht bald finden würden.

Elodarion hob den Kopf, als er bemerkte, wie sich die Dunkelheit über die Insel senkte. Es wäre seinem Vorhaben entgegengekommen, wäre der Himmel bedeckt gewesen, doch leider war Vollmond, und ein prachtvoller Sternenhimmel wölbte sich über ihm. Keine besonders guten Voraussetzungen, um unbemerkt in die Festung einzudringen, aber er setzte darauf, dass niemand mit solchem Wagemut rechnete.

Er richtete sich auf, machte die elfischen Muskelübungen, um seine steif gewordenen Glieder zu lockern, biss nochmals in Apfel und Brot und machte sich dann auf den Weg.

Er schlich am Rand des Waldes entlang, immer wieder darauf lauschend, ob sich Männer des Malaquant näherten. Elodarion wollte zur Ostseite der Festung, wo sich die Steilküste befand. Da sich die Anlage relativ dicht am Kliff erhob, würde man von dort wohl am wenigsten einen Eindringling erwarten.

Dank der Erfahrungen eines langen Lebens konnte Elodarion seine Absicht umzusetzen.

Seine Füße glitten über das Geröll des Plateaus, als ahnten sie, wo ein Stein nachgeben und verräterische Geräusche hervorrufen konnte. Tastend arbeitete Elodarion sich vor und belastete den Boden immer erst mit den Zehen, bevor er sein Gewicht ganz verlagerte. Es war ein langsames Vorankommen, bei dem der Elf mit der Umgebung zu verschwimmen schien. Er bedauerte, keinen Tarnumhang seines Volkes zu tragen, der sich stets den Farben des Hintergrundes anpasste. Aber diese Umhänge aus den Zeiten des Ersten Bundes waren selten geworden. Die Elfen, die den besonderen Stoff hatten weben können, waren in den Schlachten gefallen und hatten ihr Wissen nicht weitergegeben. So vertraute Elodarion auf seine langsamen Bewegungen und die Pausen, die er immer wieder einlegte. Denn eine schnelle Bewegung konnte auffallen, wohingegen er, wenn er zögernd wie eine Schnecke über das Gelände glitt, bei flüchtigem Hinschauen für einen der zahllosen Felsblöcke gehalten werden mochte, die hier verstreut lagen.

Kein Alarmschrei rief die Männer des Malaquant zu den Waffen.

Der Älteste des Hauses Elodarion war erleichtert, als er endlich die Festungsmauer vor sich aufragen sah. Der nächtliche Sternenhimmel gab mehr als genug Licht, um die Fugen zwischen den Steinblöcken zu erkennen. Er würde also nicht mit den Klingen tasten und sich blind an der Mauer emporarbeiten müssen. Dennoch würde es nicht leicht werden. Er traute den Scherenteilen nicht sonderlich und musste außerdem nahezu senkrecht aufsteigen und sich dabei flach ans Mauerwerk pressen, denn sobald er sein Gewicht zu sehr nach hinten verlagerte, würde er abstürzen.

Elodarion lauschte, aber außer dem Rauschen des Meeres und dem Schrei eines Nachtvogels war nichts zu hören. Es mussten Wachen auf der Mauer sein. Vielleicht waren sie eingeschlafen, vielleicht lauerten sie gerade in diesem Augenblick hinter den Zinnen und warteten darauf, ihre Klingen in Elodarions Leib zu senken.

Er glaubte ein leises Klirren aus dem Innenhof der Anlage zu hören und ein paar undeutliche, leise gemurmelte Wortfetzen. Er stand so dicht an der Mauer, dass er den Turm des Malaquant nicht erkennen konnte. Aber auf dem Weg hatte er gesehen, dass die großen Fensteröffnungen im Oberteil des Mauerwerks nicht erleuchtet gewesen waren. Elodarion durfte also hoffen, dass der Oberherr, wie auch die meisten seiner Wachen, tief und fest schlief.

Mit leisem Schaben glitt ein Scherenteil über Stein, als Elodarion nach dem ersten Halt suchte.

Er fand eine Fuge und drückte die Klinge tiefer hinein. Vorsichtig belastete er den provisorischen Steighaken und war zufrieden. Die andere Hand glitt empor und fand den zweiten Halt.

Einem Spinnentier gleich, tastete sich der Älteste so behutsam an der Mauer empor. Zehntellänge um Zehntellänge, Hand über Hand. Vielleicht wäre es besser gewesen, mit bloßen Füßen aufzusteigen, so hätte er hier und da die Zehen in die Fugen pressen können, aber Elodarion hatte das nicht bedacht.

Leoryn hätte die Aufgabe sicher in kürzester Zeitspanne bewältigt, aber er war zufrieden, es überhaupt zu schaffen, und als er dicht unter einer Schießscharte an der Mauer hing, stieß er einen erleichterten Seufzer aus. Er sammelte seine Kräfte und lauschte erneut. Aus der Richtung des Tores glaubte er ein undeutliches Flüstern zu hören. Und irgendwo, ein Stück neben ihm, ertönte ein leises Scharren. So, als verlagere ein Mann sein Gewicht. Und da, ein leises Klingen. Eine metallene Waffe hatte Stein berührt. Es schien aus der südöstlichen Ecke zu kommen.

Er zog sich nach oben und konnte nun über den Rand spähen. Der Blick nach rechts und links war ihm durch die Zinnen verwehrt, aber er konnte den Turm und einen Teil der gegenüberliegenden Mauer erkennen. Der Turm war dunkel, kein Licht war zu sehen, und der Tuchstreifen auf seiner Spitze wehte lustlos im schwachen Wind. Er erkannte den Kopf einer Wache, und ein anderer Mann des Malaquant lehnte drüben an der Mauer und spähte zur Stadt hinunter. Elodarion sorgte sich eher vor jenen Männern, die seinen Blicken verborgen waren.

Er biss die Zähne zusammen, als er sich weiter nach oben zog und seine Füße für einen Moment den Halt verloren. Erneut war leises Schaben zu hören, während er verzweifelt nach einem Halt tastete. Schließlich konnte er sich mit dem Oberkörper zwischen die Zinnen ziehen, und nun lag er halb auf dem kühlen Stein der Scharte. Vorsichtig schob er den Kopf vor. Ja, dort an der Mauerecke stand ein weiterer Posten. Er stützte sich auf eine Lanze und schien eingenickt zu sein.

Der Elf sammelte seine Kräfte, dann glitt er wie ein Schemen auf den Wehrgang der Mauer und kauerte sich kurz zusammen. Nun konnte er auch einen Teil des Innenhofes einsehen. Er frohlockte. Das Schicksal schien aufseiten des elfischen Volkes zu sein.

Denn dicht neben dem Turm war ein Pfahl aufgestellt, an den man Jalan-olud-Deshay gebunden hatte. Er hing schlaff in den Fesseln, aber sein Kopf bewegte sich gelegentlich und verriet, dass er noch am Leben war. Elodarion empfand bei diesem Anblick Erleichterung, aber zugleich fragte er sich, ob es ihm überhaupt gelingen konnte, Jalan zu befreien und vor allem ihn aus der Festung herauszubekommen. Wenn Jalan zu sehr verletzt oder geschwächt war, würde Elodarions Befreiungsversuch scheitern. Er musste sich zuvor vergewissern. Denn einfach zurücklassen konnte er den Gefährten nicht.

Elodarion ließ sich auf den Bauch sinken und robbte zum Rand des Wehrgangs hinüber. Ein Stück unterhalb befand sich das Dach eines der Gebäude, die direkt an die Mauer gesetzt waren. Er schwang die Beine über die Brüstung und verlagerte sein Gewicht. Seine Füße berührten jetzt das Dach, und er belastete sie vorsichtig. Es war mit Steinplatten gedeckt. Hoffentlich waren sie fest gefügt und verrutschten nun nicht. Ganz langsam ging er auf dem Dach in die Hocke. Neben ihm erhob sich ein gemauerter Rauchabzug. Er spürte die Wärme, die davon ausging. Die Nächte waren mild, es würde also kaum ein Heizfeuer sein. Vielleicht befand sich unter ihm die Küche der Burg.

Einem Schatten gleich, glitt er weiter voran zum Rand des Daches. Schließlich spürte er die Kante und sah sich vorsichtig um. Der Untergrund war weich, und Elodarion riskierte es, sich einfach fallen zu lassen. Niemand hörte das schwache Geräusch des Aufpralls. Er verharrte in der Hocke und starrte zu dem Pfahl hinüber, an den sein Gefährte gefesselt war. Jalans Kopf hatte sich erneut bewegt, und nun sah Elodarion direkt in die Augen des Gefährten, die ihn wahrnahmen und erkannten. Jalan musste Schmerzen haben, dennoch straffte sich seine

Gestalt ein wenig. Er machte Bewegungen mit dem Kopf und mit den Augen, öffnete und schloss die Lider in einem bestimmten Rhythmus, und Elodarion erfasste sofort die Botschaft, die Jalan ihm signalisierte, in der lautlosen Sprache des elfischen Volkes, die sich im Kampf schon oft bewährt hatte.

Jalan-olud-Deshay mochte sich kaum bewegen können und geschwächt sein, aber sein Geist und seine Sinne waren hellwach. So erfuhr Elodarion von einer weiteren Wache, die sich im Moment auf der Rückseite des Turms befand und ihn langsam umrundete. Sie würde am ehesten zu einer Gefahr werden. Von links. Die Wache würde von links kommen.

Elodarion glitt zu Jalan und dem Pfahl hinüber, mit deren Schatten er zu verschmelzen schien, und lauschte. Die Wache würde nicht damit rechnen, dass sich ein zweiter Elf am Pfahl befand. Oft genug ließen sich die Sinne der Menschenwesen täuschen, denn ihre Augen erblickten nur, was sie zu sehen erwarteten. Die Wache würde nur einen flüchtigen Blick auf den Pfahl werfen, Jalan sehen und ihre Aufmerksamkeit dann wieder in eine andere Richtung lenken, aus der sie eher Gefahr befürchtete. Dass diese direkt am Pfahl lauerte, damit würde der Mann nicht rechnen.

Das leise Geräusch von Schritten war zu hören. Wie Jalan signalisiert hatte, näherten sie sich von links. Elodarion stand am Pfahl, verborgen hinter Jalans Rücken, und hielt in seiner Hand eines der Scherenteile. Abwartend wiegte er es zwischen den Fingern. Die Schere hatte sich bislang unerwartet gut bewährt, und nun würde sie es erneut tun.

Die Wache kam um die Ecke des Turms gebogen, und Elodarion stellte erleichtert fest, dass auch er, wie die anderen Männer des Malaquant, keine schwere Rüstung trug. Ihr Scheppern hätte die übrigen Wachen bei einem Sturz aufgeschreckt.

Der Mann merkte nicht einmal, dass ihn etwas traf. Er hatte mit gleichgültiger Miene zum Pfahl herübergeblickt, als das Scherenteil in seine Kehle schlug. Ein leises, schlürfendes Geräusch war zu hören, als der Mann in sich zusammensank. Elodarion hechtete vor, konnte den Sturz noch dämpfen und zerrte dann den reglosen Körper in den Schatten des Turms. Er zog das Scherenteil aus dem Hals des Toten und griff sich dessen Schwert. Auch wenn es keine elfische Klinge war, gab sie ihm doch ein Gefühl von Stärke und Sicherheit.

„Es tut gut, dich zu sehen, Bruder des Waldes“, flüsterte Jalan. Seiner Stimme war anzumerken, dass er Schmerzen hatte.

„Versuche dich zu entspannen und mache die Muskelübungen“, raunte Elodarion. „Ich will versuchen, die Fesseln zu lösen.“

„Es wird dir nicht schnell genug gelingen.“ Jalans Stimme war schwach. Er sah Elodarion ernst an. „Du musst entkommen und die Häuser warnen. Wir sind in großer Gefahr.“

„Du und dieser Malaquant kennt euch“, sagte Elodarion leise. „Er gehörte zu deinem Haus?“

„Ja.“ Jalan biss die Zähne auf die Unterlippe. „Er gehörte zur Besatzung des Schiffes, mit dem ich die Neuen Ufer fand und erkundete.“

„Was ist geschehen?“

„Auf der Rückfahrt griff uns eine Meeresbestie an. Unser Schiff versank, und nur wenige von uns konnten sich in ein kleines Boot retten. Wenig Wasser und wenig Proviant. Und wir waren weit, sehr weit von der Heimat entfernt. Wir erreichten eine Insel, auf der wir unsere Vorräte auffüllen wollten.“ Jalan ächzte leise, als es Elodarion gelang, eine der Handfesseln zu durchtrennen. Der Älteste musste große Schmerzen empfinden, als das

Blut wieder frei strömte. Da halfen auch die Muskelübungen nur wenig. „Es gab Eingeborene auf der Insel. Nur Deadenem-olud-Deshay und ich entkamen aufs Meer."

„Der Malaquant."

„Ja, der Malaquant." Jalan seufzte schwer. „Wir hatten Glück, denn langsam näherten wir uns heimischen Gewässern. Doch dann kam der Sturm. Ein schwerer Sturm, mein Freund, und als er vorbei war, war Deadenem verschwunden. Eine Woge hatte ihn über Bord gerissen, und ich hatte nichts tun können. Ich hielt ihn für tot, verstehst du?"

„Ich verstehe." Elodarion fluchte leise. Die dicken Fesseln mit dem Scherenteil zu durchtrennen, erwies sich als äußerst mühsam. Vielleicht hätte er die Stricke besser mit dem Schwert durchschlagen, aber das hätte Lärm gemacht.

„Irgendwie, nach ungezählten Monden, erreichte ich das Kaltland. Du weißt, seine Bewohner sind uns nicht wohlgesinnt. Aber ich kannte die Schlupflöcher und es gelang mir, einen Pfad durch das Nordgebirge zu finden. Es war ein qualvoller Weg, mein Freund, und er war einsam. Aber schließlich erreichte ich das Haus Deshay."

„Zur Zeit des Ersten Bundes."

„Ja, inmitten der Vorbereitungen auf den Kampf. So konnte ich dem Rat der Ältesten nicht berichten, sondern musste mich und meine Krieger auf den Kampf vorbereiten. Jenen Kampf, in dem das Haus des Urbaums dem Vergessen anheimfiel."

„Ihr wurdet nie vergessen, Jalan, mein Freund."

„Ja, verzeih, du hast recht. Ich werde niemals vergessen, was das Haus Elodarion und die Pferdemenschen der Hochmark für uns taten."

„Und Deadenem wurde ebenfalls gerettet, denn er überlebte." Er wurde nachdenklich.

„Sein Schicksal muss grausam gewesen sein." Jalan wandte den Kopf und blickte zum Turm. „Ich weiß nicht, wer ihn fand. Vielleicht waren es die Schwärme, vielleicht ein anderes Schiff. Damals gab es noch begrenzten Handel über die Meere. Aber offenbar konnte er nicht mehr zu den Häusern der Elfen zurückkehren. Kannst du dir vorstellen, was das zur Folge hatte?"

Elodarion nickte. „Die Schröpfung. Er konnte sie nicht durchleben. Bei allen Mächten, sein Geist hat sich unter dem Druck der angesammelten Erinnerungen verwirrt. Kein Wunder, dass er dem Wahnsinn zum Opfer fiel."

Das relativ unsterbliche Leben eines Elfen konnte Äonen dauern, wenn es nicht durch Gewalt oder Krankheit beendet wurde. Mit der Unsterblichkeit war die Gefahr eines Übermaßes an Erfahrungen verbunden. Eindrücke, Erlebnisse und Empfindungen, die sich ansammelten und den Geist eines Elfen erschöpfen konnten. Nur die Schröpfung, eine Zeremonie, die im Kreis der Familie und Vertrauten durchgeführt wurde, bewahrte die Elfen vor dem Wahnsinn. Doch bevor er sich der Schröpfung unterzog, schrieb er zuvor seine Erfahrungen nieder, damit kein Wissen verloren ging. Dieses Wissen wurde in den Schriften der Elfen bewahrt. Erst dann leerte sich der Geist des Elfen, und alles ging verloren, bis auf jene Empfindungen und Erinnerungen, die sein individuelles Wesen ausmachten und seine sozialen Bindungen formten. Diese Schröpfungen mussten alle fünfhundert Jahreswenden vollzogen werden.

„Mindestens neun Schröpfungen hat er versäumt", ächzte Jalan. „In seinem Geist herrscht reiner Wahnsinn – und ein unstillbarer Hass auf das eigene Volk, dem er in seiner Verwirrung die Schuld an seinem Unglück gibt." Jalan sah den Freund ernst an. „Er kennt die Neuen Ufer, Elodarion, ebenso wie ich. In seinem Hass auf die elfischen Häuser wird er nicht zulassen wollen, dass wir die neue Heimat erreichen. Ich glaube, deswegen hat er die Schwärme vereint. Wenn die Häuser des Volkes aufbrechen, wird der Malaquant sich ihnen mit den Schwärmen der See entgegenstellen. Er kennt unser Ziel, Elodarion. Er weiß, wo er zuschlagen muss, und er wird es tun."

„Und die Schwärme sind zu stark, als dass wir gegen sie bestehen könnten", murmelte Elodarion betroffen.

„So ist es." Jalans Stimme wurde eindringlich. „Die Häuser müssen davon erfahren. Egal wie. Du musst mich zurücklassen, damit du selbst entkommen kannst, Elodarion. Das ist nun deine Pflicht, den Häusern unseres Volkes gegenüber."

Elodarion wollte antworten, aber da tönte ein Schrei vom Tor herüber. „He, was geht da vor sich? Wachen, jemand ist bei dem Spitzohr! Wachen, zu den Waffen, ein Eindringling ist in der Burg!"

Elodarion fuhr herum, aber es war zu spät, um zu entkommen.

Die Wachen stürzten sich auf ihn, und als er unter ihren Schlägen zu Boden ging, empfand er Trauer um das elfische Volk, dessen Zukunft er entschwinden sah.

40

Das eroberte Schwarmschiff „Melan'tasta“ hatte alle Segel gesetzt und nutzte die guten Winde, die es nach Südwesten führten, dorthin, wo die Insel der Schwärme liegen sollte. Nedeam stand am Heck des Schiffes und blickte hinüber zur „Shanvaar“ und zur „Wellenvogel“, die in der Ferne kaum zu erkennen waren, da sie keine Segel gesetzt hatten. Das brauchten sie auch nicht, denn sie fuhren unter der Kraft der Antriebsschnecken, die der Weise Mionas konstruiert hatte. Weißliche Wölkchen von Wasserdampf und schwarzer Brennsteinrauch stiegen aus den dünnen Schloten der metallenen Schornsteine auf. Mionas befand sich an Bord des alnoischen Dampfkanonenbootes, auf dessen Umbau er besonders stolz war, und der stoßweise aufsteigende Dampf verriet, dass die beiden umgebauten Schiffe nur mit einem Teil ihrer Kraft fuhren. Wahrscheinlich konnten sie dem Schwarmschiff mühelos davonfahren, wenn die Umstände es erforderten.

Dorkemunt kam aus einem der Niedergänge herauf und gesellte sich zu seinem Freund. „Diese Schaukelei bekommt mir nicht sonderlich gut, Nedeam, mein Freund. Einige der unseren und auch manch ein Gardist sind reichlich blass und würgen heftig. Wenn es so weitergeht, werden wir keinen kampffähigen Mann an Land bringen können. Mit Ausnahme der Elfen natürlich. Diese wunderlichen Wesen scheinen mit dem Wasser auf die gleiche Art verbunden zu sein wie wir mit unseren Pferden.“

Nedeam lächelte unmerklich und wies zum Bug des Schiffes. „Es gibt Ausnahmen.“

Dorkemunt folgte seinem Blick. „Der gute Herr Lotaras. Ja, wahrhaftig, auch er scheint mehr den Pferden als der See verbunden. Offen gesagt, ist mir das ein tröstlicher Anblick. Sie sind also doch nicht ganz ohne Schwächen, unsere elfischen Freunde.“

„Ich frage mich, wie es unseren Pferden an Bord der ‚Wellenvogel‘ ergeht.“ Nedeam musterte Kapitän Herolas. Der Elf führte das Kommando über das Schwarmschiff und hatte den Befehl über die „Wellenvogel“ an seinen Steuermann Gendrion abgegeben.

„Sie haben zwei Beine mehr als wir armen Pferdelords“, seufzte Dorkemunt. „Vielleicht können sie sich so ein wenig besser halten.“

Weiter vorne, am zweiten Niedergang, erschienen zwei schlanke Gestalten an Deck.

„Eine wahrhaftige Schönheit“, murmelte einer der Rudergänger.

„Welche von ihnen meint Ihr?“, fragte Dorkemunt.

„Ah, beide sind reizend.“ Der Matrose grinste. „Die eine wie die andere.“

„Ja, sie sind beide schön, aber auch gefährlich“, knurrte der kleine Pferdelord.

Sie hatten Bejad-Maru mit an Bord genommen, und die schöne Elfin Llarana ließ die Dornenhand der Korsaren keinen Augenblick unbewacht. Wenn man beide Frauen nebeneinander sah, waren sie sich in ihrer unvergleichlichen Schönheit sogar ähnlich.

„Solche Gefahr will ich gerne auf mich nehmen“, lachte der Steuermann.

Dorkemunt sah ihn verächtlich an. „Denkt mit dem Kopf

und nicht mit dem, was sich in eurem Beinkleid befindet. Diese Schwarmfrau mag die ebenmäßige Schönheit der Elfen haben, aber ihre Seele ist schwarz wie die eines Orks." Er lachte kalt. „Sie hat Euch die Kehle durchschnitten, noch bevor Eure Männlichkeit sich ernstlich regen kann."

Als Dorkemunt wieder zu Nedeam trat, nickte dieser ihm zu. „Es war richtig, dieses Weib mitzunehmen. Ich wette, wenn wir sie in Gendaneris zurückgelassen hätten, hätte sie einen Weg gefunden zu entkommen. Sie ist gefährlich und verschlagen."

Dorkemunt lächelte freudlos. „Wir hätten sie auf der Stelle töten sollen." Er sah zum Bug hinüber. „Und ich schwöre dir, Nedeam, mein Freund, wenn diese Dornenhand uns Schwierigkeiten macht, werde ich nicht zögern, es doch noch zu tun."

„Garodem hat mich ziemlich überrumpelt", sagte Nedeam, um das Thema zu wechseln. Denn auf eine verhängnisvolle Weise erinnerte ihn Bejad-Maru an Llarana. Beide waren schön, gefährlich und ihrer Aufgabe völlig ergeben. In gewisser Hinsicht empfand Nedeam sogar Achtung vor der Korsarin. Sie kämpfte mit ihren Mitteln und Möglichkeiten, auch wenn diese allem entgegenstanden, was Nedeam als ehrenvoll empfunden hätte. Aber gab es einen großen Unterschied zwischen einer Frau, die heimtückisch mit dem Dolch zustieß, und einem Soldaten, der sich nachts an einen ahnungslosen Gegner heranschlich, um diesem die Kehle zu durchtrennen?

„Dich überrumpelt?" Dorkemunt grinste vergnügt. „Glaube mir, Nedeam, es war der einzig richtige Schritt. Hast du bemerkt, wie sehr Garodem im Sattel leidet? Sein Geist ist noch stark, aber sein Körper wird zusehends schwach. Er weiß, dass er sein Banner bald in gute Hände geben muss. Ich kann mir keinen besseren Ersten Schwertmann für die Hochmark wünschen als dich."

„Dennoch hätte ich gerne …"

Ein Ruf unterbrach ihn. „An Deck! Segel bugweisend voraus!" Alle Köpfe richteten sich auf den Elfen im Ausguck. „Zwei Segel!"

„Früher oder später musste das geschehen", brummte Herolas. „Was für Schiffe?", rief er zur Plattform hinauf.

„Jagdschiffe mit blauen Segeln."

„Verfluchte Brut", murmelte der Steuermann, der eben noch die Schönheit der mitreisenden Frauen bewundert hatte. „Die sind wirklich überall."

„Das war nicht anders zu erwarten." Herolas leckte sich über die Lippen und schätzte die Windverhältnisse ein. „Sicherlich die Streife eines Schwarms auf der Suche nach Beute. Ich denke, dieses Schiff wird ihnen ein zu großer Bissen sein."

„Ja, das fürchte ich auch", stimmte Nedeam zu. Er bemerkte Herolas' Irritation und wies zu den fernen Segeln. „Die beiden werden sich wohl nicht mit einem großen Kampfsegler wie der ‚Melan'tasta' anlegen. Aber sie können andere alarmieren, die das übernehmen."

Herolas fluchte grimmig. „Ich hätte selber draufkommen können. Ah, verflucht, da erklärt mir ein Mann der Pferde das Wesen der See." Er grinste Nedeam an. „Dann hoffe ich, dass sie beide herankommen und uns näher in Augenschein nehmen. Und dass wir sie erwischen. Denn andernfalls haben wir sehr schnell einen Schwarm an der Kehle."

Immerhin war die „Melan'tasta" ein Schwarmschiff, und äußerlich wies nichts darauf hin, dass sie sich nun in gänzlich anderen Händen befand. Aber das bedeutete keinen Schutz, denn vielleicht hofften die Korsaren mit den blauen Segeln auf Zuwachs für ihren Schwarm.

Herolas wandte sich um. „Die beiden Jagdschiffe nähern sich direkt von vorne. Natürlich werden sie sich später teilen, um uns in die Zange zu nehmen, aber bis dahin ist noch Zeit. Gebt Winksignal an die ‚Shanvaar'. Sie soll sich hinter unser Heck setzen und aufkommen. Es mag sein, dass unser Rumpf sie für eine Weile verdeckt."

„Sie werden sicher nicht versuchen, uns zu entern." Nedeam strich sich über das Kinn und überlegte. „Sie haben zu wenige Männer, um die Besatzung eines großen Kampfseglers zu überwältigen. Zudem ist unsere Besatzung weitaus stärker, was eine böse Überraschung für sie sein würde."

„Sie könnten versuchen, auf große Entfernung unsere Segel und Leinen zu zerstören. Diese Sichelpfeile sind wirklich gemeingefährlich."

„Nein, Dorkemunt. Unser Schiff hat mehr Waffen und eine größere Reichweite. Herolas, was meint Ihr?"

„Einer wird nahe herankommen und uns genau beobachten. Der andere bleibt in sicherem Abstand. Dann werden sie sich entschließen, unser Schiff zu nehmen. Aber dafür müssen sie ihre eigenen Kampfsegler holen, also wird einer davonfahren, während der andere uns im Auge behält." Herolas lächelte sanft. „Das können sie ohne Risiko tun, denn kein Kampfsegler holt ein Jagdschiff ein. Gemessen an der Masse des Rumpfes hat ein Jagdschiff eine ungleich größere Segelfläche und kann weitaus mehr Wind einfangen."

„Schön, was sollen wir also tun?"

„Warten, bis sie Blut geleckt haben." Herolas nickte. „Ihr habt recht, Pferdelord Nedeam, wir müssen ihnen eine Falle stellen." Er wandte sich an den Mann mit den beiden großen

Winkflaggen. „Signalisiert der ‚Shanvaar', sie soll sich weiter zurückfallen lassen."

Der Gardist sah den elfischen Kapitän verständnislos an, aber seine Disziplin ließ ihn nicken und er gab den Befehl weiter.

Die beiden Schiffe des fremden Schwarms waren nun deutlich näher herangekommen und änderten ihren Kurs. Bei einem von ihnen verkürzten sich die Linien sehr schnell, und Herolas nickte unwillkürlich. „Ohne Zweifel, der da eilt nun davon, um die anderen heranzuführen. Sie haben Blut geleckt und wollen die ‚Melan'tasta' kapern. Der andere wird uns im Auge behalten und sich dazu hinter uns setzen. Zwar sind wir dann zwischen ihm und seinem Schwarm, aber er hat den Windvorteil und ist schneller. Wir könnten ihn niemals erwischen. Allerdings wird er nur auf uns achten und ahnt nicht, was sich hinter ihm befindet."

Das andere blaue Segel verschwand am Horizont, und das zweite Jagdschiff begann die erhoffte Beute in einem eleganten Bogen zu umkreisen. Wie Herolas vorausgesagt hatte, setzte sich das Schwarmschiff hinter die „Melan'tasta".

„Wir müssen ihn ein wenig beschäftigen", knurrte Herolas. „Ein nettes Schauspiel, damit er gut auf uns achtet und unsere Nachhut nicht bemerkt."

Auf einem elfischen Schiff wäre es kaum möglich gewesen, den Ausguck derart hinters Licht zu führen. Jeder elfische Kapitän hätte wenigstens einen zweiten Mann auf die Plattform geschickt, damit jede Gefahrenquelle entdeckt würde. Aber die Besatzung des Korsaren war wohl zu begierig auf die scheinbar leichte Beute. Als sie das alnoische Dampfkanonenschiff entdeckten, war es bereits zu spät.

Natürlich versuchten sie zu entkommen. Alle Segel waren gesetzt, und das kleine Jagdschiff machte seinem Namen Ehre, als es über das Wasser schnellte. Vielleicht wäre es sogar einem Pfeilschiff der Elfen entkommen, obwohl Herolas das später energisch bestritt. Die „Shanvaar" fuhr nun jedoch unter der vereinten Kraft ihrer Brennsteinkessel und der Antriebsschnecke. Hinter ihrem Heck schäumte die See, und am Bug spritzte das Wasser hoch auf.

Nedeam sah das weiße Dampfwölkchen, das für einen Moment über dem runden Geschützturm aufstieg, dann war ein Pfeifen zu hören. Hinter dem Jagdschiff und ein wenig seitlich versetzt stieg eine Wasserfontäne auf. Nach kürzester Zeit ertönte das Pfeifen erneut, ohne dass die „Shanvaar" ihre Fahrt verlangsamt hätte. Dieses Mal konnte man erkennen, wie Holzsplitter am Heck des Schwarmschiffes emporgewirbelt wurden.

„Sie können nicht mehr entkommen", sagte Herolas zufrieden.

Die Korsaren schienen zu dem gleichen Schluss gekommen zu sein, denn die Linien des Schiffes verkürzten sich, als es den Kurs änderte. Vielleicht wollten sie das Dampfkanonenschiff rammen oder es mit ihren Waffen angreifen, aber niemand würde je den tatsächlichen Grund für das Manöver erfahren.

Denn mitten in der Drehbewegung wurde das Schiff von einem glücklichen Schuss der Dampfkanone getroffen. Das Projektil riss die Bordwand des Seglers auf etlichen Längen auf, und durch die zertrümmerten Planken drang die See ein. Es ging so rasch, dass die „Shanvaar" ihre Fahrt kaum hatte verlangsamen können, als die Masten des Jagdschiffes bereits ins Wasser schlugen. Nur Augenblicke später versank der Rumpf gurgelnd im Meer. Eine Handvoll Korsaren kämpfte im Wasser um ihr Überleben, doch die Gardisten an Bord des Schiffes waren nicht gewillt, ihnen Gnade zu gewähren.

Dorkemunt stieß ein missbilligendes Knurren aus. „Das ist nicht ehrenhaft."

Bejad-Maru und Llarana, welche die ganze Zeit am Bug gestanden hatten, kamen langsam zum Heck herüber. Der Blick der Korsarin war spöttisch. „Ihr sprecht von Ehre und lasst hilflose Männer zum Grund des Meeres sinken?"

„Sprich du nicht von Ehre", zischte Llarana. „Ihr hättet nicht anders gehandelt."

Bejad-Maru lachte leise. „Nein, sicherlich nicht. Aber wir behaupten auch nicht, besonders ehrenhaft zu kämpfen."

„Für euch Schwärme ist jedes Schiff nur Beute, nicht wahr?" Nedeam schüttelte bedauernd den Kopf. „Ihr seid wie eine Krankheit, die sich ungehindert ausbreitet und alles verschlingt. Es gibt wohl nichts, was euch davon abhält, andere und euch selbst abzuschlachten."

„Nein, nicht viel." Bejad-Maru blickte zur Untergangsstelle hinüber. „Allenfalls …"

Nedeam bemerkte ihr Zögern. „Allenfalls?"

Llarana lachte leise auf. „Sie wird es dir nicht sagen, Nedeam. Aber das braucht sie auch nicht. Ich weiß es und du ebenso."

41

Die Wache lehnte sich zwischen den Zinnen des Turms vor und blickte in den Innenhof hinunter. Eine Gruppe übte sich dort im Schwertkampf, und der Lärm hallte von den Mauern wider. Die Männer schonten sich nicht, denn der Malaquant hatte ein Auge auf sie, und so würde es Schrammen und Beulen geben. Sie fürchteten den Oberherrn der Schwärme, und doch hatte er ihnen als Erster ein Gefühl von Zusammengehörigkeit und Stolz gegeben. Vor vielen Menschenleben hatte er die Schwärme zusammengeführt und ihnen mit der Insel Um'briel eine Zuflucht geschaffen, die von der See unabhängig war und in der sie ihre Zusammenkünfte abhalten konnten. Der Malaquant war von Geheimnissen umgeben, denn seine Herkunft lag im Dunkeln und würde es wohl auch bleiben, denn wer sich danach erkundigte, erhielt eine ausweichende Antwort oder die Klinge in den Leib.

Es gab Gerüchte, er sei ein unsterbliches Wesen, den Elfen ähnlich und doch anders. Andere behaupteten, er sei von einem Fluch oder Zauber belegt, der ihm den Tod verweigerte. Vielleicht hatte der Malaquant einst den Unwillen eines der großen Weißen Zauberer erregt, die nun schon so lange verschwunden waren.

Aber eigentlich spielte es keine Rolle.

Ja, der Malaquant regierte mit eiserner Hand über die Schwärme. Aber diese Hand schützte sie zugleich und verlieh ihnen Macht. Einst waren sie wenige gewesen. Sie hatten verstreut auf einzelnen Schiffen gelebt und sich von der Beute der

See ernährt. Allein war es kaum möglich gewesen, ein Handelsschiff aufzubringen, und so hatten sich gelegentlich Korsarenschiffe zusammengetan, um gemeinsam auf Jagd zu gehen. Sie waren erfolgreich gewesen. So erfolgreich, dass die großen Reiche ihre Handelsschiffe schließlich von Kriegsschiffen begleiten ließen. Also schlossen sich die Korsaren in größeren Gruppen zusammen, und die ersten Schwärme waren entstanden. Noch unorganisiert und weit verstreut, breiteten sie sich immer stärker aus und begannen die Meere zu bedecken. Doch Handelsschiffe sah man nur noch selten, sehr selten, und in ihrer Not begannen die Schwärme untereinander zu kämpfen. Auch hierin waren sie erfolgreich, und es hätte nicht viel gefehlt, und sie hätten sich selbst vernichtet.

Der Malaquant war es gewesen, der sie wieder vereinte. Er vergoss viel Blut und gab ihnen seine Gesetze, die nicht jeder billigte. Aber die Schwärme gediehen, und auch Um'briel erblühte unter der Herrschaft des Oberherrn. Es hatte Versuche gegeben, sich seiner zu entledigen. Damals, vor unendlich vielen Jahreswenden. Die es gewagt hatten, existierten schon lange nicht mehr, und ihre Knochen waren zu Staub zerfallen. Der Malaquant hingegen hatte Bestand.

Der Wächter hörte unten im Hof einen Aufschrei und sah einen der dortigen Kämpfer zu Boden gehen. Blut quoll aus einer tiefen Schnittwunde am Bein. Neben ihm trat eine andere Wache vor. „Er hätte schneller sein müssen. Nun wird er eine Weile humpeln."

Man übte nicht mit hölzernen Waffen. Der Malaquant ließ es nicht zu. „Nur die scharfe Waffe schärft auch den Verstand und die Reflexe", war die Regel der Wachen, und sie befolgten sie.

Sie waren zu dritt auf der Plattform des Turmes, und der

plötzliche Ruf des zur Seeseite gewandten Kameraden ließ die anderen beiden herumfahren. „Ein Schiff in Nordost. Es hält auf das Leitfeuer von Jat'laar zu."

„Welcher Schwarm? Kannst du es schon erkennen?"

„Es hat schwarze Segel. Aber es scheint mir kein Schiff der Blutkrallen zu sein."

Sie traten zu ihm an die Zinnen und musterten den fernen Segler. Unzweifelhaft eines der großen Kampfschiffe.

„Es ist allein. Ich kann keine Jagd- oder anderen Schwarmschiffe erkennen", meinte der ältere von ihnen. „Eigentlich kommen sie immer zu mehreren, wenn sie Handel treiben wollen. Vielleicht haben sie Schaden erlitten und wollen ihn im Hafen ausbessern."

„Möglich." Der Mann beschattete seine Augen. „Wartet, ich kann ein Tuch erkennen." Der Wächter stieß einen leisen Fluch aus. „Verflucht, er hat das Signal für Schwarzflecken gesetzt."

„Schwarzflecken?" Die Männer sahen sich erschrocken an. „Verdammt, das fehlte noch. Wenn sie die Schwarzflecken haben, sind sie dem Tod geweiht."

„Sie werden versuchen, Gelbfrüchte zu bekommen. Sind ihnen wahrscheinlich ausgegangen, und jetzt sind alle krank."

„Dann kann ihnen die Gelbfrucht auch nicht mehr helfen."

„Das ist nicht gesagt. Vielleicht sind einige verschont geblieben."

„Unsinn. Niemand bleibt verschont, der nicht rechtzeitig den Saft der Gelbfrucht nimmt." Der Wächter blickte zu den Katapulten auf der Wehrmauer. „Nummer zwei und drei können es erreichen."

„Wäre schade um das Schiff", sagte der Ältere. „Nein, sollen sie ruhig in den Hafen einlaufen. Sie dürfen nur nirgends anlegen. Lass sie im Hafenbecken ankern, weit genug von den anderen Schiffen entfernt. Ist die Mannschaft erst tot, vergeht auch die Gefahr der Schwarzflecken." Er zuckte die Schultern. „Dauert ja nicht lange. Einen Zehntag oder zwei, und das Schiff kann versteigert werden. Es dürfte eine hübsche Summe Schüsselchen bringen."

„Ja, da hast du recht."

Der Ältere beugte sich vor. „Schickt einen Boten zum Hafen hinunter. Ein Schiff mit Schwarzflecken läuft ein. Lasst es ankern, aber niemand darf an Bord und niemand von dort an Land!"

Einer der Männer nickte und hastete zum Tor.

Der Wortführer sah auf den großen Segler hinunter. „Schönes Schiff. Einen oder zwei Zehntage noch, und es wird einen ordentlichen Preis erzielen."

42

Ufer und Anlegestellen des Hafens waren voller Menschen, und unzählige Augen beobachteten den großen Kampfsegler, der langsam über seinem Spiegelbild dahinkroch. Unter den Neugierigen waren viele Bewaffnete, und eine Reihe kleiner Boote begleitete die „Melan'tasta".

In einem von ihnen – es führte einen blauen Tuchstreifen an einer langen Heckstange – stand ein stämmiger Mann, der jede Bewegung an Deck des Seglers argwöhnisch beäugte. „Ankert genau dort, wo das kleine Boot liegt. Darin werdet ihr Gelbfrüchte finden. Ein Geschenk des Malaquant", rief der Mann. „Aber wenn ihr woanders festmacht oder euch dem Land nähert, werdet ihr ganz andere Geschenke erhalten."

Herolas, dessen Gesicht ungewöhnlich blass wirkte und durch schwarze Flecke entstellt war, hob müde seinen Arm. Seine Stimme klang schwach und brüchig. „Wir werden tun, was du sagst."

Es waren nicht viele Männer an Deck der „Melan'tasta", und sie alle wirkten geschwächt. Nur wenige waren nicht durch die Flecke entstellt. Es gab kaum genug Männer, um die Segel des Schiffes einzuholen, und so wurden sie erst allmählich, eines nach dem anderen gerefft, während die Anker bereits gesetzt waren, was dazu führte, dass der mächtige Rumpf noch eine Weile an den Trossen zerrte. Drei Männer in der bunten Kleidung der Korsaren kletterten unterdessen mühsam eine Strickleiter herab und erreichten den Rammsporn, neben dem ein kleines, mit Gelbfrüchten beladenes Boot vor Anker lag. Einer der Männer verlor den Halt und stürzte entkräftet ins Wasser. Die anderen hatten Mühe, ihn herauszufischen, und es bedurfte einer ganzen Gruppe, um ihm eine Leine um den Körper zu legen und ihn wieder an Deck zu ziehen.

Die beiden anderen Männer schafften es schließlich, die Gelbfrüchte in ein Ladenetz zu heben, und kletterten dann, sichtlich erschöpft, wieder an Deck.

„Niemand von euch wird das Schiff verlassen", rief der Mann im Wachboot des Malaquant. „Wer es versucht, ist des Todes."

Herolas nickte nur, ihm fehlte die Kraft für eine Antwort. Er sackte langsam am großen Steuerruder des Schiffes auf die Knie, und zwei Matrosen kamen herbei, um ihn unter Deck zu bringen.

Kaum war er dort angekommen und den wachsamen Blicken der Korsaren entzogen, straffte sich seine Gestalt, und er sah Nedeam und die anderen fragend an. „Meint Ihr, ich war überzeugend?"

„Ich denke schon." Nedeam litt wie die anderen unter der Hitze, die sich im Rumpf der „Melan'tasta" staute. Die Männer waren hier unten zusammengepfercht, doch man hielt die Pforten geschlossen, damit kein neugieriges Auge sehen konnte, was sich im Bauch des Kampfseglers abspielte. „Vor allem die hübschen Flecke aus Brennsteinstaub haben die Burschen wohl überzeugt."

Herolas grinste. „Dafür juckt das Zeug auch entsetzlich. Ich bin froh, wenn ich mir diesen Dreck endlich abwaschen kann."

„Da werdet Ihr noch etwas warten müssen, guter Kapitän." Llarana sah Herolas mitfühlend an. „Die Wachen werden das Schiff nicht aus den Augen lassen, und ich fürchte, Euer prachtvolles Antlitz wird noch einmal benötigt werden."

Herolas' Gesichtszüge verfinsterten sich. „Es juckt wahrhaft mörderisch. Irgendetwas ist in dem Staub, was ich nicht vertrage."

„Niemand kann einen Erkrankten so überzeugend spielen wie Ihr, Kapitän", versicherte Dorkemunt.

Herolas war sich nicht sicher, wie er das breite Grinsen des Pferdelords deuten sollte. „Ihr hättet es sicherlich ebenso gut gemacht", brummte er schließlich.

„Ah, ich bin von kleiner Statur und hätte die Schwarmmänner kaum so beeindrucken können", entgegnete Dorkemunt treuherzig.

Nedeam schmunzelte, dann sah er den Niedergang hinauf, wo einer der Matrosen stand. „Wie sieht es aus? Sind sie misstrauisch geworden?", fragte er nach oben.

„Ich denke nicht. Diese Boote rudern um uns herum, und man behält uns im Auge. Aber sie scheinen keinen Verdacht geschöpft zu haben."

Herolas nickte. „Sonst hätten die schweren Katapulte der Festung schon ihre Ladungen auf uns geschleudert. Kein gutes Gefühl, hier so hilflos vor Anker zu liegen."

„Nun, wir sind immerhin im Hafen von Um'briel, und niemand ahnt, was hier an Bord vor sich geht. Sobald es dunkel ist, werden ich und Lotaras an Land schwimmen und …"

„Oh, nein, daraus wird nichts", unterbrach ihn der Elf. „Sich auf dem Wasser zu bewegen, ist schon arg genug. Aber auch noch darin zu schwimmen … Nein, Nedeam, mein Freund, dafür sucht Euch einen anderen."

„Schön, dann Dorkemunt."

Dieser nickte erfreut, doch nun erhob Llarana Einspruch. „Ich kann sehr gut schwimmen. Könnt Ihr es auch, guter Herr Pferdelord?"

„Ich kann es lernen“, versicherte Dorkemunt. „Zudem ist die Strecke nur kurz. Notfalls kann ich sie laufen.“

„Dafür wird Euer Atem nicht reichen“, warf ein Seeelf ein.

„Wir müssen uns unauffällig unter den Schwarmleuten bewegen.“ Llarana stemmte die Hände in die Hüften. „Niemand wird in einer Frau einen Feind sehen. Also werde ich den Herrn Nedeam begleiten.“

„Wer die Dornenhand kennengelernt hat, wird niemals mehr ein Weib als harmlos bezeichnen“, murmelte Herolas.

„Wie dem auch sei, wir müssen erkunden, was an Land vor sich geht, und in Erfahrung bringen, wo man Jalan und Elodarion gefangen hält.“ Nedeam sah die anderen ernst an. „Wir wissen ja nicht einmal, ob sie wirklich auf der Insel sind.“

„Sie sind hier.“ Herolas deutete mit dem Daumen hinter sich. „Einige der Schiffe tragen die gleichen Zeichen wie diejenigen, welche die beiden Ältesten gefangen nahmen.“

„Jedenfalls sollten wir keine Zeit verlieren. Wir wissen nicht, ob sie noch leben und wo sie sind. Aber jeder Zehnteltag, der verstreicht, bringt sie dem Tod näher.“ Llaranas Stimme wurde dunkel. „Wenn man sie nicht schon längst ermordet hat.“

Für einen Moment legte Nedeam seine Hand an ihren Arm, und er fühlte sich eng mit ihr verbunden. Aber dieser Augenblick der Vertrautheit verlor sich jäh, als Lotaras einen tiefen Seufzer ausstieß. „Die Dornenhand. Wo ist dieses verfluchte Weib?“

„Keine Sorge, sie ist gut behütet“, brummte Dorkemunt. „Ich habe durchaus bedacht, dass sie versuchen könnte zu entkommen. Immerhin liegen wir im Hafen der Schwärme, das wird sie besonders reizen, es zu versuchen. Sie wird von elfischen Kriegern bewacht.“ Er lächelte verschmitzt. „Die sind nicht anfällig für ihre Reize."

Nedeam nickte versonnen. „Ich hoffe, es wird bald dunkel", sagte er dann. Er lüftete eine der Waffenpforten und spähte durch den Spalt. Sofort schloss er sie wieder. Ein Ruderboot mit Männern des Malaquant war unangenehm nahe vorbeigeglitten. „Wir müssen durch eine der Pforten ins Wasser klettern und an Land schwimmen."

„Das wird nicht einfach sein." Herolas schloss kurz die Augen und dachte nach. „Ihr müsst am Heck hinaus. Sie werden wohl erwarten, dass jemand an Land schwimmen will. Der würde natürlich den kürzesten Weg durchs Wasser wählen, und genau da werden die Wachen auch lauern. Wenn ihr aber zum Heck hinausgeht und erst zu dem Bollwerk an der Landzunge schwimmt, habt ihr zwar einen langen Weg, doch aus dieser Richtung werden sie nicht mit euch rechnen."

„Der gute Kapitän Herolas hat wohl recht", stimmte Dorkemunt zu.

Nedeam seufzte leise. Bisher hatte er die Fahrt über das Wasser recht gut vertragen, doch er wusste nicht, ob er sich nun auch darin zu halten vermochte. Wenigstens konnte Llarana gut schwimmen – wenn sie es denn nicht nur behauptet hatte, um mitkommen zu dürfen.

Gelegentlich ging einer der mit Flecken bemalten Männer nach oben, damit man an Land Bewegung an Bord sah. Die Zuschauer an Land schienen sich zerstreut zu haben und gingen nun wieder ihrem Tagesgeschäft nach. Nur die Wachen des Malaquant und die Bordwachen der Schiffe beäugten die „Melan'tasta" noch immer. Doch auch ihre Aufmerksamkeit würde nachlassen, wenn sich weiterhin nichts ereignete.

Für die Leute an Bord des Schiffes verstrich die Zeit quälend langsam. Die angestaute Hitze im Rumpf zehrte an den

Kräften, und sie mussten reichlich Wasser trinken. Da sie sich jedoch nur unter Deck erleichtern konnten, stank es bald nach Schweiß und Exkrementen, und Nedeam sehnte den Augenblick herbei, an dem er das Schiff verlassen durfte.

Als es endlich dämmerte, trat Dorkemunt zu seinem Freund und reichte ihm ein Kleiderbündel. „Zieh es an. Buntes Korsarenzeug, und es ist ziemlich sauber. Llarana wird das Kleid der Dornenhand tragen, es dürfte ihr passen."

Es behagte Nedeam nicht, aus seinen gewohnten Kleidern zu schlüpfen und den geliebten grünen Umhang der Pferdelords zurückzulassen, aber Dorkemunt hatte recht. Sie durften unter den Bewohnern der Insel nicht auffallen. Also zog er die Sachen eines fremden Mannes an, die ihm leidlich passten. Als er sein Schwert einstecken wollte, schüttelte der Freund den Kopf. „Es ist eine Elfenklinge, zu auffällig für diesen Anlass. Nimm ein Gardistenschwert, sie sind bei den Schwärmen weit verbreitet."

Llarana sah ungewohnt aus in dem neuen Gewand. Sie hatte sich ein bemerkenswertes Messer in den Gürtel geschoben und nickte Nedeam zu. „Wenn du so weit bist, Pferdelord Nedeam?"

Dorkemunt räusperte sich und lächelte verlegen. „Ich weiß, es klingt wenig schicklich, aber ihr solltet bedenken, dass ihr später nicht in nassen Kleidern durch die Stadt gehen könnt. Man würde rasch vermuten, dass ihr geschwommen seid, nicht wahr?"

„Verflucht."

Nacktheit war etwas Natürliches, dennoch behagte es Nedeam keineswegs, dass er sich vor den Augen der anderen entblößen musste. Verlegen rollte er seine Kleider zu einem Bündel zusammen, in dessen Mitte er schließlich das Schwert schob. Llarana hingegen schien keine Probleme mit dieser Situation zu haben. Das elfische Volk sah die Blöße des Leibes offenbar weitaus pragmatischer als die Menschen. Einer der Seeelfen brachte nun zwei ölgetränkte Tücher, mit denen die Korsaren ihre Deckswaffen vor Nässe schützten. Sorgfältig wurden nun Kleider und Waffen darin eingehüllt.

Unterdessen öffneten Dorkemunt und Lotaras eine der hinteren Waffenpforten und spähten vorsichtig hinaus. „Gut", flüsterte der kleine Pferdelord. „Das Wachboot ist gerade ein Stück entfernt. Lasst euch behutsam ins Wasser gleiten, damit es nicht zu sehr spritzt. Und dann rasch hinüber zur Landzunge."

Nedeam ließ sich durch die Pforte gleiten und spürte, wie seine Füße das Wasser berührten. Er ließ sich weiter nach unten sinken und tauchte in die erfrischende Kühle des Meeres, wobei sein Bauch den gerundeten Rumpf des Schiffes berührte. Neben ihm war ein leises Plätschern zu hören, als Llarana ihm folgte. Es war dunkel geworden, und im sternklaren Licht der Nacht schimmerten ihrer beider Leiber.

„Leise", raunte Lotaras und warf ihnen die Bündel zu. „An Deck steht ein Mann bereit. Sollte das Wachboot die Richtung ändern und Gefahr für euch bestehen, wird er so tun, als stürze er ins Wasser. Das wird die Wachen hoffentlich ablenken."

Nedeam trat instinktiv Wasser und wusste eigentlich nicht richtig, was er zu tun hatte. Wenn er ehrlich zu sich war, hielt ihn nur die im Kleiderbündel eingeschlossene Luft über Wasser. Er prustete, als eine Welle seinen Mund mit Meerwasser füllte. Llarana sah ihn mahnend an und deutete mit einer Hand zum Bollwerk an der Landzunge. Dann drehte sie sich elegant im Wasser herum und begann mit ihren Beinen rhythmische Bewegungen auszuführen, ihr Bündel dabei vor sich her schiebend. Für Nedeam war es ein wundervoller Anblick, vor allem, da sich die Elfin tatsächlich im Wasser vorwärtsschob. Er ahmte ihre Bewegungen nach, so gut es ging, und tatsächlich konnte er ihr folgen. Langsamer zwar und mit deutlich mehr Geplätscher, aber er folgte ihr.

Nedeam konzentrierte sich darauf, immer hinter Llarana herzuschwimmen, was nicht ganz einfach war. Denn die schwankende Bewegung des Wassers war nicht gerade hilfreich, und oft genug versperrte ihm das Kleiderbündel den Blick, sodass er die Elfin nicht sehen konnte. Aber die tauchte immer wieder in seinem Blickfeld auf, und einige Male, so schien es Nedeam, trat sie Wasser, um auf ihn zu warten.

Einmal spürte der Pferdelord eine Berührung an seinem Bein und hätte beinahe aufgeschrien. Irgendetwas war da im Wasser, und es war ziemlich groß. Er hatte schon von Meeresungetümen gehört, die ganze Schiffe verschlangen, und hoffte inbrünstig, dass sich keines von ihnen in die Bucht von Um'briel verirrt hatte.

Aber kein Tentakel umfing ihn und zog ihn in die Tiefe, und keine Zähne schlugen sich in seinen Leib, um ihn zu verschlingen.

Nedeam wusste nicht zu sagen, wie lange sie schon im Wasser schwammen, aber plötzlich spürte er ein unangenehmes Schaben an Bauch und Ellbogen, und Llarana bückte sich über ihn und lächelte auf ihn herab. „Du kannst nun aufhören, mit den Beinen zu strampeln, Pferdelord. Wir sind am Ufer, und wenn du weiter so zappelst, wirst du noch einen Graben bis zum Bollwerk ziehen.“

Er errötete und richtete sich auf, um sich dann vorsichtig umzusehen. Das Bollwerk, das die westliche Seite der Hafenzufahrt schützte, lag einige Hundertlängen entfernt. Es war ein düster wirkender Klotz, an dem kein Licht zu erkennen war. Nedeam spürte Steine unter seinen Füßen und feinen Sand, und er war erleichtert, endlich wieder auf festem Boden zu stehen.

„Ich hoffe, die Kleider sind trocken geblieben“, raunte Llarana. „Dorkemunt hat völlig recht. Wenn sie nass sind, haben wir ein Problem.“

Sie waren trocken geblieben. Lediglich in einen von Nedeams Stiefeln war etwas Wasser gelaufen, doch damit ließ sich leben. Sie kleideten sich an und schoben die öligen Tücher in eine rasch gegrabene Mulde, die sie mit Sand wieder bedeckten.

„Hier gibt es nicht viele Versteckmöglichkeiten“, sagte Nedeam. „Der Strand führt zwar von hier bis zur Stadt hinüber. Aber wenn wir vermeiden wollen, dass man uns sieht, werden wir einen weiten Umweg machen müssen.“

„Unsinn. Mach es nicht zu schwierig.“ Llarana hakte sich lächelnd bei ihm unter. „Schließlich gibt es Gelegenheiten, bei denen Menschenwesen ein wenig für sich sein und spazieren gehen wollen.“

„Äh, ja, wahrscheinlich“, erwiderte Nedeam verlegen.

Llarana sah ihn freundlich an. „Hast du das noch nie getan? Oh, ich vergaß, als Pferdelord wirst du wohl kaum zu Fuß gehen, sondern reiten, nicht wahr? Reiten Menschenpaare dabei auf einem Pferd oder auf zweien?“

„Ich … nun … ich verstehe nicht ganz.“

Die Elfin lachte ungezwungen und schien sich nicht darum zu scheren, dass man sie hören könnte. „Ich glaube, Pferdelord Nedeam, du bist ein sehr erfahrener Kämpfer. Aber dein Freund Dorkemunt hat offenbar recht, wenn er sagt, dass du in anderen Dingen weniger bewandert bist.“

„Er ist ein alter Schwätzer“, knurrte er errötend.

„Schön, dann ist Dorkemunt also ein Schwätzer. Aber er ist auch dein Freund, nicht wahr?“

„Es gibt keinen besseren.“

Sie trat etwas Sand mit ihrem Fuß, und ihre Zähne blitzten, als sie ihn anlächelte. „Stimmt das mit deiner Wunde?“

„Mit meiner Wunde?“

Sie nickte, und ihr Gesicht wurde ernst. „Dorkemunt berichtete von einem schlimmen Schnitt an deiner Hand.“

„Oh, der ist verheilt.“

„Ja, das sagte dein Freund auch.“ Sie verharrte kurz, und Nedeam knurrte, als sie ihn damit ins Stolpern brachte. „Er ist sehr schnell verheilt, wie er sagte.“

„Mag sein.“

Plötzlich hob sie lauschend den Kopf. „Da kommt jemand.“

„Verdammt. Wo?“

„Dort vorne, eine Streife. Aus dem Bollwerk, nehme ich an.“ Llarana vergewisserte sich, dass das Tuch ihre spitzen Ohren verbarg, und hängte sich dann erneut in Nedeams Arm. „Los, Pferdelord, berühre meine Lippen.“

„Wie?“

Unversehens zog sie seinen Kopf herum und küsste ihn.

Nedeam hörte die gemächlichen Schritte zweier Männer, die herankamen, und glaubte ihr eindeutiges Grinsen zu sehen, während sie ebenso eindeutige Bemerkungen machten. Als die beiden Wächter vorbei waren und Llarana sich von ihm löste, atmete der Pferdelord schwer.

Warum, verflucht, mussten diese Wachen immer so schnell laufen?

43

Langsame Fahrt, langsame Fahrt! Die Schnecke nur ganz wenige Umdrehungen." Gendrion sah angespannt zum Bug der „Wellenvogel" und versuchte Rodas und Parolas gleichermaßen im Auge zu behalten. Parolas hielt den Ausguck besetzt, während Rodas sich weit über den Bug gebeugt hatte. Zwei Seeelfen hielten ihn an einem Gurt, und er selbst spähte angespannt ins Wasser.

„So etwas wurde noch nie zuvor versucht", murmelte Garodem, der die gleiche Anspannung spürte wie die anderen Menschen und Elfen an Bord. Unter Deck war das Wiehern eines verstörten Pferdes zu hören.

„Es heißt, es wurde schon versucht", raunte der Hochgeborene Daik ta Enderos. „Und es heißt auch, alle seien gescheitert."

„Seid so gut, Ihr Herren, und haltet Ruhe", knurrte Gendrion verdrießlich. „Ich will gerne versuchen, uns an Land zu bringen, aber Eure Worte machen die Menschen nervös."

Bis auf die Männer, welche die Pferde beruhigen sollten, waren alle an Deck. Zum einen waren sie neugierig, ob es den Elfen gelingen würde, die „Wellenvogel" an die Nordküste Um'briels zu bringen, und zum anderen wollte niemand unter Deck sein, falls der Versuch missglückte und der Rumpf des Schiffes aufgerissen wurde.

„Es muss schon bei Tag sehr schwierig sein", räumte ta Enderos ein. „Doch nun, in der Nacht und nur beim Licht des Mondes und der Sterne …"

Der Hochgeborene zog entschuldigend die Schultern hoch,

als Gendrion ihn drohend ansah. Der frisch gebackene elfische Kapitän stieß ein seltsames Knurren aus und ließ einen Schwall elfischer Worte folgen, der zweifelsohne einen Fluch oder eine Verwünschung beinhaltete und ebenso fraglos den Menschenwesen galt.

„Rodas hat gute Augen, und das Licht wird ihm genügen, um die Felsen unter Wasser erkennen zu können“, sagte Gendrion eindringlich. „Parolas hingegen sieht von oben jede Verwirbelung im Wasser und jeden Schimmer der Wellen. Er wird uns warnen, wenn Untiefen drohen. Es kommt nur auf die richtige Geschwindigkeit an. Dieses Fahrwasser ist tückisch, Ihr Menschen, ausgesprochen tückisch.“

Es galt als unmöglich, die Ufer Um'briels von Norden oder Westen her zu erreichen. Ein steter, aber unberechenbarer Wind blies von der Insel her, und ein Segelschiff musste gegen ihn ankreuzen. Zudem gab es eine kräftige Unterwasserströmung, und beides zusammen war ein unüberwindliches Hindernis für einen Segler. Aber die „Wellenvogel“ war weitaus mehr als nur ein Segler, denn der Weise Mionas hatte auch bei ihr eine seiner Antriebsschnecken eingebaut. Sie machte das elfische Schiff vom Wind unabhängig und war stark genug, um gegen die Strömung anzukommen.

Es mochte ein Wagnis sein, doch wenn es gelang, war es das Risiko wert. Kein Schwarmmann würde damit rechnen, dass ein Schiff im Norden Um'briels Truppen anlanden könnte. Hier gab es kein Leitfeuer und keinen Wachturm, nicht einmal einen Strandwächter. Sondern nur einen tückischen Wind, eine gefährliche Strömung und ein elfisches Schiff, das sich langsam und beharrlich dem lockenden Strand näherte.

Einer der Elfen am Bug hob seinen Arm und gab Signale. Auch Gendrion musste über hervorragende Augen verfügen, denn er konnte die Bewegungen der einzelnen Finger sofort deuten. „Zwanzig Umdrehungen mehr auf die Schnecke und das Ruder linksweisend. Etwas stärker, Endas, ja, so ist es gut. Kurs halten.“

Sie glaubten ein leises Schaben und Knirschen zu hören, das seinen Ursprung unter dem Schiff hatte, aber kein verhängnisvoller Ruck war zu spüren, und kein Schrei erscholl aus dem Unterdeck. Gendrion wippte leicht auf den Fersen und nickte. „Gute Augen hat er, gute Augen. Genau das rechte Maß.“

Garodem und ta Enderos waren ein wenig blass geworden, unterdrückten ihr Unbehagen jedoch, um den anderen Menschen ein Beispiel zu sein.

„Ich bin wahrhaft froh, wenn ich meinen Fuß wieder auf festen Boden setzen kann“, flüsterte Garodem und lächelte Gendrion freundlich an.

„Untiefe eine Hundertlänge voraus“, meldete in dem Moment Parolas von der Ausgucksplattform. „Zwei Fingerbreit links über dem Bug.“

„Schnecke halt und zurück, maximale Drehzahl“, rief Gendrion mit gedämpfter Stimme. „Ruder hart rechtsweisend. Das wird eng, Freunde der See.“

Diesmal war das Knirschen laut, und ein leichter Stoß ging durch die „Wellenvogel“. Sie legte sich sogar merklich über, und Menschen und Elfen hielten gleichermaßen den Atem an. Ein kollektives Aufatmen ging über das Deck, als sich das Schiff wieder aufrichtete.

„Gegenruder“, befahl Gendrion und beobachtete die Elfen am Bug. „Schnecke auf langsame Umdrehungen, Fahrt voraus. Wir sind fast durch.“

Sie konnten jetzt den weißen Strand sehen, der schon so verlockend nah wirkte und an dem sich Wellen brachen. Darüber war undeutlich die dunkle Kontur eines Höhenzuges zu erkennen.

„Wie dicht können wir heran?“

Gendrion warf Garodem einen kurzen Blick zu, bevor er wieder zum Bug sah. „Der Meeresgrund fällt hier rasch ab. Wir müssten eigentlich bis auf wenige Längen an den Strand herankommen. Ist eine Eigenheit der Strömung hier. Der ganze Sand dort vorne liegt im Grunde auf einer riesigen Klippe, die von der Strömung unterspült wurde. Oh, keine Sorge, sie wird nicht ausgerechnet jetzt einstürzen. Dort vorne also wird die ‚Wellenvogel‘ ankern. Die Stege sollten lang genug sein, um uns an Land zu führen.“

„Und wenn Ihr Euch täuscht, Gendrion?“

Der Kapitän zuckte die Schultern. „Dann müssen wir unverrichteter Dinge wieder zurück. Aber glaubt mir, Ihr Herren, damit warte ich dann, bis wir Tageslicht haben.“

Offensichtlich war auch der erfahrene Steuermann erleichtert, dass sie das Ziel nun fast erreicht hatten. Das Schiff bewegte sich mittlerweile etwas stärker, da es in die Wellen geriet, die am Strand auf und ab liefen.

„Recht so“, knurrte Gendrion. „Ruder Hartlage rechts, Schnecke auf zehn, das hält uns gegen die Strömung, bis wir Anker geworfen haben.“

Die „Wellenvogel“ schwang sanft herum, und es schien, als müsse sie jeden Moment mit der Seite den Strand berühren und umgeworfen werden. Aber Gendrion behielt recht. Nur Augenblicke später klatschten die beiden Anker an Bug und Heck ins Wasser, und elfische Hände drehten die Winden und holten die Ketten straff, bis das Schiff gesichert war.

„Löscht das Brennsteinfeuer.“ Gendrion grinste breit. Die Zufriedenheit über die Leistung des Schiffes und seiner

Mannschaft stand ihm ins Gesicht geschrieben. „Legt die Stege aus. Nun gilt es, die Pferde und ihre Reiter an Land zu setzen."

Garodem legte dem Elfen die Hand auf die Schulter. „Ich verstehe kaum etwas von der See und ihren Geheimnissen, guter Herr Elf. Aber ich erkenne, wenn etwas Herausragendes geleistet wurde. Wenn die Pferdelords Um'briel erstürmen sollten, so wäre dies auch Euer Verdienst, Kapitän Gendrion, und der Eurer Mannschaft. Habt Dank für diese Reise, sie wird mir unvergesslich bleiben."

Für einen Moment schien an Deck der „Wellenvogel" eine kleine Sonne zu erstrahlen. Die Freude des Elfen war unverkennbar.

Unterdessen wurden Stege über die Bordwand geschoben und klatschten in den nassen Sand des Strandes. Wiehern war aus dem Rumpf zu hören, als die Pferde des Beritts über die umgebauten Niedergänge an Deck geführt wurden. Viele der Tiere scheuten vor den schmalen und schwankenden Planken der Stege, andere hingegen schienen es kaum erwarten zu können, endlich an Land zu gelangen.

Gardisten schwärmten am Strand aus und bezogen Posten entlang dem Baumgürtel, während die Pferdelords sich um ihre Reittiere bemühten und die elfischen Krieger mit unbewegten Gesichtern und im Gleichtakt ihrer Schritte an Land marschierten.

„Wenn es nach unseren elfischen Freunden geht, könnten wir sofort losschlagen", stellte ta Enderos fest. „Meinen Männern geht es jedoch nicht so gut. Die Schaukelei ist ihnen ordentlich auf den Magen geschlagen."

„Auch meine Männer und ihre Pferde brauchen eine Rast. Aber noch vor Tagesanbruch werden wir uns aufmachen.

Glaubt mir, ta Enderos, mein Freund und Waffenbruder, die Schwärme der See werden nun bald erfahren, dass Pferdelords auf ihrer Insel sind."

„Wie weit ist es bis zur Stadt und Festung?"

„Keine vierzig Tausendlängen." Garodem lächelte kalt. „Gerade ausreichend, damit die Pferde für einen Angriff warm genug sind."

Ta Enderos räusperte sich, und der Pferdefürst der Hochmark zuckte verlegen die Schultern. „Nun, Euren Füßen wird es bestimmt auch warm genug werden."

44

Llarana und Nedeam erreichten unbehelligt den Strandabschnitt, der sich zwischen den Anlegestellen und der Stadt erstreckte. Es war ein freundliches und friedliches Bild, das sich ihren Blicken darbot. Brennsteinbecken und Kerzenlampen brannten, und ihr warmes Licht strahlte in den klaren Sternenhimmel, der blitzende Reflexe über das Wasser warf. Die Schiffe hatten ihre Ankerlichter gesetzt, ebenso wie die „Melan'tasta", die abseits und wie ein Fremdkörper vor Anker lag. Die Anzahl der Ruderboote, die sie umgab, war nicht geringer geworden, aber Nedeam erkannte, dass einige Boote und Besatzungen abgelöst worden waren. Sie fuhren nun relativ dicht an dem unter Quarantäne stehenden Schiff entlang und hatten große Brennsteinlampen im Bug, die ihren Schein über das Wasser und den Rumpf des Schiffes warfen.

„Komm, wir müssen in die Stadt hinein", drängte Llarana. „Hier werden wir nichts über meinen Vater und Elodarion erfahren."

„Oder über die anderen Gefangenen."

„Sicher, auch nicht über die anderen Gefangenen." Llarana schien das Schicksal der entführten Frauen nicht sonderlich zu bewegen. Vielleicht war das verständlich, wenn man bedachte, dass es sich bei Jalan immerhin um ihren Vater handelte, der für die Zukunft der elfischen Häuser so wichtig war. Nedeam schätzte Jalan ebenso wie Elodarion, aber der Anblick von Frauen und Kindern in der Stadt der Korsaren erinnerte ihn auch an die Entführten aus Gendaneris.

Der Pferdelord war überrascht, wie unbeschwert das Leben auf Um'briel erschien. Er hatte ein wahres Barbarennest erwartet, einen Hort des Bösen und der Niedertracht, der von Gewalt beherrscht wurde. Doch nun, da er hier war, erinnerte ihn die Stadt beinahe an Eternas.

Llarana wirkte vollkommen entspannt und glücklich, so, wie sie bei Nedeam eingehakt war. Aber er spürte den harten Griff ihrer Finger und erkannte die Sorge hinter der Maske ihres fröhlichen Gesichts. „Wir sollten vielleicht in eine Schenke gehen", meinte die junge Elfin. „Gerstensaft und Wein lösen die Zungen, und es könnte sein, dass wir dort Wichtiges erfahren."

Nedeam nickte, dann sah er den forschenden Blick eines Mannes mit blauen Tuchstreifen und drückte einen Kuss auf Llaranas Wange. Die Elfin schien für einen Augenblick irritiert, dann sah auch sie den Bewaffneten, und schon schmolz sie förmlich in Nedeams Arm dahin. Er spürte ihren weichen, nachgiebigen Körper und verfluchte die Tatsache, dass ihre Anschmiegsamkeit nur einer List geschuldet war. Er hätte sich gerne der Illusion hingegeben, Llarana zeige ihm durch ihre Nähe ihre wirklichen Gefühle, doch er war in diesem Augenblick nur Mittel zum Zweck und musste dies akzeptieren.

Sie schlenderten über den weißen Sand und erreichten schließlich die steinernen Platten des Marktplatzes. Die Stände waren geschlossen, aber dennoch herrschte überraschend reger Betrieb.

„Hier wird mehr als nur ein einfacher Markt vorbereitet", flüsterte Llarana. „Sieh, dort wird eine Tribüne errichtet, direkt gegenüber dieser seltsamen Pyramide. Das sieht mehr nach einer Vorführung aus."

„An der eine bedeutsame Persönlichkeit teilnimmt." Nedeam hielt die Elfin im Arm und beobachtete die Männer, die im Licht besonderer Lampen an einer hölzernen Tribüne arbeiteten. „Da hinten, kannst du es sehen? Das sieht wie einer jener Pferche aus, die wir beim Verkauf von Schafen und Hornvieh benutzen."

„Sie werden hier wohl weder Schafe noch Hornvieh anbieten." Llaranas Stimme wurde für einen Moment kalt. „Sondern die geraubten Frauen aus Gendaneris."

„Gut möglich." Nedeam biss sich auf die Unterlippe. „Dann ist morgen der Tag, an dem es geschehen wird."

Llarana blickte hinauf zu den Sternen und schätzte den Stand des Mondes. „Heute. Heute ist der Tag."

Nedeam unterdrückte einen grimmigen Fluch. Es blieben ihnen nur noch wenige Zehnteltage bis zum Tagesanbruch. Die Zeit wurde knapp. Sie mussten zuschlagen, während die Frauen versteigert wurden. Denn wenn sie erst verkauft und auf die Schiffe verschleppt waren, würde es zu spät sein. Aber zuvor mussten sie noch die gefangenen Elfen finden und befreien, sonst wären sie ohnehin gescheitert.

Fest aneinandergeschmiegt wie ein Liebespaar, lauschten sie den Bemerkungen der Männer, die über ihre Arbeit fluchten und zugleich neugierig waren, was der kommende Tag bringen würde.

„Die Zeit wird knapp", murmelte Nedeam.

Llarana blickte zur „Melan'tasta" hinüber. Dort waren viele gute Kämpfer an Bord, die nur darauf warteten, zuzuschlagen. Weitere Männer würden sich, wenn alles gelang, von Norden her nähern. Aber keiner von ihnen durfte die Waffe zeigen, bevor die Ältesten nicht in Sicherheit waren.

„Ich muss zurück."

Nedeam sah sie verwirrt an. „Zum Schiff? Aber wir haben noch nicht genug erfahren."

„Ich gehe allein. Ich kann besser und schneller schwimmen als du, Pferdelord. Du wirst am Strand auf uns warten. Noch in dieser Nacht müssen wir Männer an Land bringen. Nicht viele, aber genug, um die Ältesten zu befreien. Sie müssen schwimmen können und die Kleidung der Schwärme tragen. Komm, beeilen wir uns."

Sie zerrte Nedeam mit sich in Richtung Strand, und schließlich liefen sie über den weißen Sand. Wer sie beobachtete, mochte meinen, sie wären begierig darauf, ihre Liebe zu teilen. Doch der Grund war ein anderer. So schnell ihre Füße auch sein mochten, die Zeit lief ihnen davon.

45

Wasser sammelte sich zu Llaranas Füßen und bildete eine Pfütze auf den Planken des Unterdecks. Noch immer staute sich die Wärme im Rumpf der „Melan'tasta", dennoch fröstelte die junge Elfin ein wenig, während sie den Männern von ihren Beobachtungen berichtete. „Wir konnten einige der Wachen belauschen", sagte sie und sah Lotaras und Herolas eindringlich an. Hinter den beiden Elfen stand ta Enderos' Sohn Tonat, der die Gardisten an Bord befehligte. „Wir konnten nicht viel erfahren, aber das wenige zwingt uns, sofort zu handeln."

Die Männer schwiegen. Dorkemunt, der an der halb geöffneten Waffenpforte kauerte, räusperte sich. „Die junge Elfin hat recht. Wenn man heute die gefangenen Frauen versteigert, wird dieser Malaquant wohl dabei sein. Diese Tribüne, die man dort errichtet, kann nichts anderes bedeuten. Er wird dem Schauspiel beiwohnen wollen und darauf achten, dass man ihm Tribut zollt." Er richtete sich auf und sah Llarana eindringlich an. „Erwähnte man die Ältesten?"

Sie seufzte schwer. „Nur beiläufig. Die Wachen fragten sich, ob der Malaquant sie bei der Versteigerung öffentlich vorführen werde."

„Ein gutes Zeichen", brummte der kleine Pferdelord. „Zumindest leben sie noch."

Herolas lehnte sich an die Bordwand und hakte die Daumen hinter seinen Waffengurt. Durch die Wärme unter Deck hatte der Schweiß die aufgemalten Flecke in seinem Gesicht und an seinen Armen verschmiert, und er erinnerte Dorkemunt in diesem Moment ein wenig an die Fleckbeißer, denen er im Dünenland des Sandvolkes begegnet war.

„Sie sind in der Gewalt des Malaquant. Entweder wird der sie mit sich führen, wenn er die Versteigerung besucht, oder er wird sie bewacht halten. Und zwar auf seiner Burg, denke ich."

„Wie Llarana von den Wachen erfahren konnte, ist der Malaquant kein leichtfertiger Bursche. Er weiß, dass er nicht nur Anhänger unter den Schwärmen hat. Eine starke Leibwache wird ihn begleiten, während die Schwarmführer, die zur Versteigerung kommen, nur wenige bewaffnete Männer mitbringen dürfen. So wenige, dass sie, selbst wenn sie sich gegen den Malaquant verschwören, nicht stark genug wären, um seine Wachen zu überwinden." Herolas lächelte freudlos. „Ein Vorteil für uns. Sie rechnen nicht mit unserem Eingreifen."

„Es muss aber schnell gehen", wandte Hauptmann Tonat ta Enderos ein. „Sie dürfen keine Verstärkung von der Burg oder den Schiffen erhalten. Wir müssen also wie ein Gewittersturm über sie hinwegfegen, die Gefangenen befreien und uns anschließend auf die ‚Melan'tasta' zurückziehen. Dann liegt es an Kapitän Herolas, ob wir mit heiler Haut aus dem Hafen entkommen."

Herolas nickte. „Es wird bestimmt ein heißes Rennen werden."

„Und die Ältesten?" Llarana sah die Männer mit blitzenden Augen an. „Wir werden sie keinesfalls zurücklassen."

„Natürlich nicht", beruhigte Herolas sie. „Niemand vergisst sie, Schwester des Waldes. Aber wenn man sie in der Burg zurücklässt, können wir sie nicht mit Gewalt befreien."

„Dann eben mit einer List", stieß die Elfin erregt hervor.

Dorkemunt lächelte. „So ist es. Hier hilft nur eine List." Er sah die Elfen freundlich an. „Eine List und spitze Ohren."

46

„Haltet die Pferde ruhig.“ Scharführer Mortwin schritt langsam die Reihe der Männer entlang. „Achtet darauf, dass Rüstung und Waffen nicht klappern. Der Wind weht auf die Stadt zu und kann Geräusche weit tragen. Denkt daran, Ihr Männer der Hochmark und der Garde, die Stadt ist nicht fern, und wir müssen uns noch verborgen halten.“

Garodems Truppe hatte den Ritt über die Insel in überraschend kurzer Zeit bewältigt. Seine Schwertmänner hatten je einen der Gardisten hinter sich aufs Pferd genommen, nicht unbedingt eine leichte Last für die Tiere. Die Elfen hingegen hatten sich im schnellen Marschschritt ihres Volkes bewegt und waren um einiges später eingetroffen. Jetzt warteten dreihundert Männer am westlichen Ausläufer des Sichelpfeilgebirges. Die Sonne war soeben aufgegangen, und die Truppe lagerte noch im tiefen Schatten.

Garodem, ta Enderos und der Führer der elfischen Bogen waren den steilen Hang hinaufgestiegen und beobachteten nun, in der Deckung einiger Felsen liegend, Hafen, Stadt und Festung.

„Alles scheint ruhig zu sein“, murmelte Garodem. „Das dort vorne muss die ‚Melan'tasta‘ sein. Auch dort ist kaum Bewegung zu erkennen. Wenigstens wissen wir nun, dass sie im Hafen sind. Und wie es aussieht, haben die Korsaren bislang keinen Verdacht geschöpft.“

Der Hochgeborene ta Enderos drehte sich ein wenig zur Seite; der steinige Untergrund war keine angenehme Liegefläche. „Nun müssen wir auf ein Zeichen warten, bevor wir zuschlagen. Geduld ist gefragt.“

„Dieses Zeichen kann nur vom Schiff kommen." Garodem blinzelte in die tief stehende Morgensonne, die ihn für einen Moment blendete, bis er die Augen beschattete. „Die Katapulte machen mir Sorgen. Wenn wir uns auf der ‚Melan'tasta' zusammendrängen, bieten wir ihnen ein leichtes Ziel."

„Nicht, wenn die Schwarmmänner anderweitig beschäftigt sind." Ta Enderos lächelte freudlos. „Gegen die Festung kommen wir nicht an. Aber wir können die beiden Bollwerke nehmen und deren Katapulte zerstören. Seht Ihr, wie die Anlagen beschaffen sind?"

Garodem nickte. „Stark gegen die See und schwach zum Land hin."

Der Hochgeborene wies zur Burg hinüber. „Dieser Malaquant traut seinen eigenen Leuten nicht. Die Bauweise ermöglicht es ihm, gegen die Hafenbollwerke vorzugehen, falls sie sich gegen ihn erheben."

„Gut, dann können wir die Katapulte an der Hafenzufahrt nehmen. Das mindert die Gefahr für die ‚Melan'tasta'. Die Geschütze der Burg werden ihr noch genug zu schaffen machen."

„Wir sind sehr schnell über die Insel gelangt", sagte ta Enderos nachdenklich. „Könnt Ihr Pferdelords dies noch einmal bewerkstelligen? Ich meine, nach dem Angriff?"

Garodem strich sich nachdenklich über das Kinn. „Ihr meint, wir sollten die Burschen noch ein wenig beschäftigen, während die ‚Melan'tasta' ausläuft und die Gefangenen in Sicherheit bringt?"

Ta Enderos lächelte. „Und uns dann über Land zur ‚Wellenvogel' zurückziehen."

„Wir werden weitaus schneller sein als die Schwarmmänner zu Fuß. Auch wenn wir Verwundete und Tote dabeihaben werden, die uns behindern."

„Ja, ich kenne Eure Ehre, Pferdelord. Keiner bleibt zurück.“

„Nein, keiner.“ Sie grinsten einander an wie zwei Verschwörer. Garodem verlagerte sein Gewicht und ächzte leise. Der Gewaltritt und der anschließende Aufstieg zu diesem Aussichtspunkt ließen ihn alle Knochen spüren. „Die ‚Wellenvogel‘ könnte bereits fort sein.“

„Auch Gendrion würde niemanden zurücklassen. Er würde wiederkommen, um uns aufzunehmen. Aber er muss ohnehin warten, da er überhaupt nicht wissen kann, wann wir zuschlagen.“

Garodem seufzte. „Ich werde einen Mann zurückschicken, der ihn über unseren Plan informiert. Dann wird er in jedem Fall auf uns warten.“

„Das wird Eurem Mann aber nicht gefallen. Jeder einzelne Eurer Reiter ist begierig auf den Kampf.“

„Ja. Wir alle warten auf das Zeichen, dass es losgeht.“

Sie blickten hinunter zur Stadt und dann zum Schiff. So warteten sie auf das Signal zum Angriff und hofften, dass es bald kommen werde.

Garodem ließ sich auf den Rücken sinken und sah in den Himmel. „Es wird ein heißer Tag werden.“

Ta Enderos nickte. „Das wird es.“

47

Am nordwestlichen Ende des Strandes erhob sich ein kleiner Hügel frisch aufgeschütteten Sandes. Nedeam und die anderen hofften, dass er niemandem auffiel und keiner nachsah, was sich darunter verbarg. Ebenso wenig durfte jemand merken, dass eines der Wachboote fehlte. Es war zu dicht an der „Melan'tasta“ gewesen und hatte verhindert, dass sich die Kämpfer von Bord schleichen konnten. Die Fertigkeit elfischer Bogen und etwas Gold aus dem Ballast des Schiffes hatten schließlich dafür gesorgt, dass das Ruderboot mitsamt seiner Besatzung auf den Grund der Bucht sank. So wie auch hier am Strand zwei Männer mit den blauen Tuchstreifen unter einem Haufen Sand verschwunden waren.

Insgesamt konnten sie von Glück reden, denn Llarana hatte immerhin knapp dreißig Männer an Land geführt. Eben jene, die zu schwimmen vermochten und für die Kleidung verfügbar war, welche unter den Korsaren nicht auffallen würde. Auch Dorkemunt befand sich unter ihnen. Er konnte zwar nicht schwimmen, aber er hatte geflucht und gedroht, bis zwei Elfen ihn schließlich mit sich durchs Wasser zogen. Nun stand er, nass und glücklich, neben seinem Freund Nedeam in den ersten wärmenden Strahlen der Morgensonne.

Sie hielten sich in einem der Gelbfruchtfelder im Nordwesten der Stadt verborgen. Die hohen und dicht wachsenden Pflanzen boten einen guten Sichtschutz, und die Menschen und Elfen prüften ihre Kleidung und Waffen. Die Anspannung der Männer war beinahe körperlich spürbar.

„Je länger wir warten müssen, desto wagemutiger kommt

mir der Plan vor“, knurrte der kleine Pferdelord und sah Nedeam ernst an. „Wahrhaftig, mein Freund, ich scheue mich nicht, in die Stadt zu stürmen und mich mit den Schwärmen zu schlagen, aber was der brave Kapitän Herolas beabsichtigt, ist nicht ungefährlich.“

„Nichts an diesem Tag ist ungefährlich“, entgegnete Llarana. „Es geht nicht anders. Der Großteil unserer Kämpfer ist an Bord des Schiffes. Außerdem muss Herolas es näher ans Ufer heranbringen, damit wir die befreiten Gefangenen an Bord schaffen können. Die Schwärme werden das natürlich verhindern wollen. Aber es geht nicht anders. Herolas wird alle Waffen der ‚Melan’tasta‘ gegen die Segel der Schwarmschiffe einsetzen. Das wird sie beschäftigen.“

„Sie werden es nicht hinnehmen“, brummte Dorkemunt. „Sie werden der ‚Melan’tasta‘ übel zusetzen. Sehr übel. Und ohne Schiff wird es schwer sein, der Rache der Schwärme zu entgehen.“

„Wir sind nicht allein.“ Nedeam legte seinem Freund tröstend die Hand auf die Schulter.

„Wir müssen uns nun aufteilen.“ Llarana deutete zur Stadt. „Der Marktplatz beginnt sich zu füllen. Vermutlich wird der Malaquant bald von der Burg herunterkommen. Und zwar über diese Straße dort. Das ist die beste Stelle, um ihn zu überwältigen.“

„Aber keine gute Stelle, um sich zu verbergen.“ Nedeam schüttelte den Kopf. „Einzelne Schafe fallen inmitten der Herde am wenigsten auf. Wir müssen uns unter die Menschen der Stadt mischen. Aber bevor wir losschlagen, sollten wir abwarten, ob der Malaquant die Ältesten auch dabeihat. Wenn nicht, sind sie sicherlich noch in der Burg. Für diesen Fall müssen wir uns etwas ausdenken.“

„Die spitzen Ohren“, warf Dorkemunt grinsend ein.

Die Stadt Um'briel schlief eigentlich nie. Stets waren Menschen in ihren Straßen unterwegs, auch wenn es in der Nacht deutlich weniger waren. Nun begannen sich die Straßen zu füllen, und viele Menschen strebten dem großen Marktplatz entgegen. Auch oben an der Burg war jetzt Bewegung zu erkennen.

„Ich glaube, es geht los.“ Lotaras wies zur Festung. „Männer kommen durchs Tor, wohl eine Hundertschaft von ihnen. Das wird der Malaquant mit seiner Leibwache sein.“

„Haben sie die Ältesten dabei?“

„Das kann ich nicht erkennen.“

„Wir müssen uns vorbereiten.“ Nedeam sah seinen Freund Dorkemunt auffordernd an. „Nimm die Hälfte der Männer und geh mit ihnen auf den Marktplatz. Dort verteilt ihr euch, aber haltet euch bedeckt. Du weißt, was auf dem Spiel steht.“

Der kleine Pferdelord legte die Hand an den Griff seiner geliebten Kampfaxt. Im Gegensatz zu Nedeam hatte er nicht auf seinen grünen Umhang verzichten wollen. „Er ist arg verschlissen und ausgebleicht“, hatte er gemurmelt. „Man mag ihn für ein Beutestück halten. Außerdem glaube ich nicht, dass die Schwärme schon Bekanntschaft mit uns Pferdelords gemacht haben.“

„Denk an jene, die Gendaneris überfallen haben.“

„Ich werde ihnen aus dem Weg gehen.“ Dorkemunt ließ sich nicht dazu bewegen, das Wahrzeichen der Pferdelords abzulegen, und so ließ man ihm schließlich seinen Willen. Zwar fiel es auch den anderen Pferdelords nicht leicht, ohne den Umhang anzutreten, sie jedoch fügten sich.

„Lotaras und Llarana“, wandte sich Nedeam an die beiden

Elfen. „Wir schleichen zum Stadtrand hinüber. Wenn wir uns nahe der Straße postieren, über die der Malaquant kommt, werden wir schon erfahren, ob die Ältesten bei ihm sind."

Die Kämpfer teilten sich auf, und während Dorkemunt mit der einen Hälfte in die Stadt einsickerte, indem sich die Männer einzeln oder zu zweit unters Volk mischten, huschten die anderen in kleinen Gruppen mit Nedeam, Lotaras und Llarana an der Spitze hinter der Stadt entlang. Sie waren nur zehn Kämpfer, und auch wenn es sich um die Besten unter den Schwimmern handelte, waren sie zu wenige, um mit Gewalt gegen den Malaquant oder die Festung vorzugehen. Aber zumindest hatten sie das Moment der Überraschung auf ihrer Seite, denn niemand ahnte von ihrer Anwesenheit.

Nedeam und Llarana übernahmen es, am Stadtrand von Um'briel auf die Kolonne des Malaquant zu warten. Führte man die Ältesten zum Marktplatz, dann würden sie alles daransetzen, Elodarion und Jalan zu befreien und in Sicherheit zu bringen. Den Malaquant und seine Wachen zu vernichten, war dagegen nicht ihr Ziel.

Die Männer des Malaquant warfen Nedeam und Llarana ein paar beiläufige Blicke zu, und einige pfiffen anerkennend, als sie die Schönheit der Elfin bemerkten. Aber die Disziplin hielt sie in der engen Marschformation, die sie um den Malaquant geschlossen hatten. Er war inmitten seiner Männer kaum angreifbar, obwohl ein elfischer Pfeil ihn bestimmt hätte töten können. Doch solange die Gefangenen nicht in Sicherheit waren, konnte man die Waffen nicht erheben.

„Sie müssen in der Burg sein", raunte Llarana, die weder ihren Vater noch Elodarion unter den Schwarmmännern ausmachen konnte.

„Dann lass uns warten, bis Dorkemunt das Spiel eröffnet."

Ein wenig später war auf dem Marktplatz der Klang eines Muschelhorns zu hören.

Der Malaquant und seine Leibwache waren soeben angekommen. Die Männer der Stadtwache schufen Raum und achteten genau auf die zahlreichen Menschen, die den Platz umstanden und auf die Eröffnung der Versteigerung warteten. Die Schwarmführer und ihre „Ware“ würden erst nach dem Oberherrn der Schwärme eintreffen, denn so konnten dieser und seine Soldaten ihre Positionen einnehmen, bevor sich der Platz mit Leben füllte.

Hier und da wurden Männer von Wachen des Malaquant abgetastet und einer von ihnen vom Platz gewiesen, bevor der Oberherr zu seinem erhöhten Sitz schritt und sich darauf niederließ. Nachdem seine Männer auf Posten waren, nickte er seinem Leibwächter zu. Der stumme Nasquar hob sich in seiner schwarzen Lederkleidung auffällig von den bunten Gewändern der anderen ab. Er hob einen Arm, und erneut ertönte der Klang des Horns.

Nun entstand Bewegung auf den Schiffen und an den Anlegestellen. Die Schwarmführer, begleitet von einigen wenigen Leibwächtern, brachten ihre Beute zur Versteigerung.

Dorkemunt, der in der Menge am Platzrand stand, erkannte in einem der Anführer den blonden Hauptmann, der ihn und Nedeam in Gendaneris empfangen hatte. Im Gefolge des Mannes wurde eine große Gruppe Frauen und Mädchen vorwärtsgetrieben. Doch konnte dies nur ein kleiner Teil der Entführten sein. Die anderen mussten sich noch an Bord des Schwarmschiffes „Wa’gosa“ befinden.

Neben Dorkemunt beugte sich ein Stadtbewohner vor und musterte die Ankömmlinge. „Frisches Blut für die Schwärme“, raunte der Mann. „Es heißt, die Dornfische hätten noch weitaus mehr zu bieten." Er sah den kleinen Pferdelord an und grinste. „Sicher will man die Preise nach oben treiben."

„Sicher", knurrte Dorkemunt einsilbig.

„Von welchem Schwarm bist du?" Der Stadtbewohner sah sein Gegenüber forschend an. „Ich habe dich hier noch nie gesehen, du wärst mir sicher aufgefallen. Sonderlich groß bist du ja nicht."

„Dafür ist meine Axt umso schärfer."

Der Stadtbewohner runzelte die Stirn und lachte dann verlegen. „Nun, sicher. Zu welchem Schwarm also?"

„Axtschläger."

„Habe ich noch nie gehört."

„Ist ein neuer Schwarm." Dorkemunt überlegte, wie er den Neugierigen unauffällig zum Schweigen bringen konnte, aber ihm fiel nichts ein.

Der Mann nickte. „Ja, die Schwärme breiten sich aus. Suchst du ein Weib für dich oder für deine Axtschläger? Sind ein paar sehr hübsche dabei. Das wird nicht billig."

Abermals ertönte das Muschelhorn, und diesmal war Dorkemunt dankbar dafür, denn sofort ruckten alle Köpfe herum, und die Menschen starrten gebannt zur Mitte des Platzes, wo sich die Pyramide erhob. Dort war ein Mann des Malaquant zu sehen, der die blauen Tuchstreifen trug, aber ungewöhnlich kostbar gekleidet war. Er machte eher den Eindruck eines Händlers als den eines Kriegers, was noch dadurch verstärkt wurde, dass er eine Schriftrolle in Händen hielt, die er nun entrollte. Er schien sich seiner Bedeutung bewusst zu sein, denn er musterte die Menge auffordernd. Schweigen senkte sich über den Platz, und schließlich nickte der Mann.

Seine Stimme war angenehm und trug mühelos über den Platz. „Der Friede der See sei mit den Schwärmen. Der Oberherr und Um'briel heißen willkommen, wer den Frieden hält und die Beute mehrt. Obwohl noch nicht die Zeit der Zusammenkunft ist, zu der sich alle Schwärme der Meere versammeln, hat der Oberherr den Markt ausgerufen. Der Schwarm der Dornfische hat die Stadt Gendaneris von den Landfüßen genommen und große Beute gemacht: frisches Blut für die Herrschaft der Meere. Es wird eure Reihen stärken und euch Vergnügen bereiten, denn nie sah man frisches Blut in schönerer Form."

Es gab einiges Gelächter in der Menge und ein paar obszöne Rufe, die der Mann des Malaquant zuließ und sogar mit einem Lächeln quittierte. „Bevor wir uns der Beute zuwenden, gilt es zu verkünden, dass es einen Schwerthandel gab zwischen dem Schwarm der Grünklauen und dem der Dornfische. Die Dornfische werden nun von Segu-Mar T'os geführt, einem bewährten Mann und harten Kämpfer, der stets gute Beute macht. Er hat den Handel bestätigt und dessen Gegenstand, das Schiff ‚Ayat'tarasta', dem Schwarm der Grünklauen übergeben. Der Handel hat die Zustimmung des Oberherrn und gilt als geschlossen. Die ‚Ayat'tarasta' ist damit kein Gegenstand des Handels mehr."

„Wen interessiert schon ein verdammtes Schiff?", brüllte ein Schwarmmann. „Zeig uns endlich die Weiber!"

Der Redner blickte kurz zum Malaquant hinüber und nickte dann. „Der Schwarm der Dornfische wird euch nun das frische Blut für die Schwärme vorführen. Begutachtet es wohlgefällig und macht eure Gebote. Wer Ware beschädigt, muss sie erwerben und zahlen, was der Eigentümer verlangt. Jedes Gebot gilt und muss sofort beglichen werden."

Der Mann gab Segu-Mar T'os einen Wink, und Dorkemunt sah zwei merkwürdige Korsaren mit mächtigen Keulen und spitzgefeilten Zähnen, die eine Gruppe junger Frauen zur Pyramide hinübertrieben. Die Frauen wirkten verängstigt und zögerten, die Stufen hinaufzusteigen, aber die beiden Wächter entblößten ihre Gebisse, und so traten die Gefangenen oben auf der kleinen Plattform zusammen.

„He, wer kauft schon verpackte Ware?“, schrie ein Schwarmmann. „Sie sollen zeigen, was sie zu bieten haben.“

Der Mann, der Dorkemunt schon zuvor angesprochen hatte, grinste. „Erst zeigen sie uns die alten Weiber. Na ja, sind ein paar ansehnliche dabei. Aber warte noch ein wenig, dann bringen sie die Jungfrauen.“ Er zwinkerte dem kleinen Pferdelord zu. „Du solltest deine Schüsselchen aufsparen, bis es so weit ist. Wenn das wirklich frische Blut vorgeführt wird, gehen die Preise rasch nach oben.“

Dorkemunt sah mitfühlend zu den Frauen und Mädchen hinüber. Es war höchste Zeit, diesem grausamen Schauspiel ein Ende zu setzen. Dann wandte er den Blick zu Segu-Mar T'os, dem neuen Schwarmführer der Dornfische. Plötzlich stieß er einen grimmigen Fluch aus.

„Was ist? Gefallen dir die Weiber nicht?“, fragte der Mann neben ihm verwundert. „Sie sind nicht eben hässlich.“

Doch Dorkemunt achtete nicht auf den Mann. Er hatte in diesem Moment nur Augen für die Frau, die soeben neben Segu-Mar getreten war. Ohne Zweifel, es war die Dornenhand Bejad-Maru, und er fragte sich, wie es diesem hinterlistigen Weib gelungen war, ihre Wachen zu überlisten und von Bord der „Melan'tasta“ zu fliehen.

So oder so, es gab keine Zeit mehr zu verlieren, denn die Mörderin wusste sicherlich, was geplant war.

Dorkemunt warf seinen Umhang über die Schulter zurück, dann zog er seine Kampfaxt hervor.

48

Vorwärts, du verfluchtes Wesen." Nedeam stieß Lotaras grob nach vorne. Der Elf stöhnte auf. Seine Hände waren schmerzhaft fest auf den Rücken gebunden, und die anderen Männer schlugen immer wieder auf ihn ein.

Am vorderen Gitter des Burgtors wurden Männer des Malaquant auf die Gruppe aufmerksam.

„Zwei Gitter", raunte Nedeam. „Das ist schlecht. Wir müssen durch beide hindurch."

„Nur Mut, es wird gelingen", flüsterte Llarana zurück.

Erneut stießen sie Lotaras voran und lachten grob. Die Wachen befingerten ihre Waffen. Sie waren angespannt, aber keineswegs nervös. Diese Männer waren darauf vorbereitet, einen Anschlag auf den Malaquant zu verhindern, und würden sich nicht so leicht übertölpeln lassen.

Ihr Anführer trat vor und hob gebieterisch die Hand. „Halt. Keinen Schritt weiter. Was wollt ihr?"

Nedeam packte Lotaras am Arm und zerrte ihn einen Schritt vor. „Wir haben ein Geschenk für den Malaquant."

„Ein Geschenk?" Der Wachführer trat noch einen Schritt näher und musterte Lotaras. „Der Malaquant interessiert sich nicht sonderlich für gewöhnliche Gefangene."

„Der hier ist nicht gewöhnlich." Nedeam riss den Tuchstreifen von Lotaras' Kopf und entblößte dessen elfische Ohren.

„Verdammt." Der Soldat starrte Lotaras an und leckte sich unschlüssig über die Lippen. „In letzter Zeit scheint es hier wahrhaftig von Spitzohren zu wimmeln. Schön, ihr könnt mir den Burschen übergeben."

„Er ist nicht umsonst", sagte Nedeam entschieden. „Wir hatten etwas Mühe, ihn zu fangen. Das hat seinen Preis."

„Ihr werdet schon zufrieden sein. Und nun gebt ihn her."

„Gib mir Schüsselchen, und du kannst ihn haben."

Der Wächter musterte Nedeam von Kopf bis Fuß. „Du weißt, dass der Malaquant für ein Spitzohr gut zahlt. Du wirst deine Schüsselchen schon bekommen."

„Für den Malaquant mag das gelten, aber der ist in der Stadt."

Die Augen des Wachführers verengten sich. „Traust du mir nicht? Dann geh doch hinunter in die Stadt und bring ihn dem Oberherrn persönlich. Er ist auf dem Markt."

War der Wachmann wirklich so hartgesotten? Oder wollte er die Begleiter des Gefangenen einfach nicht in die Burg lassen?

Nedeam spähte möglichst unauffällig zur Wehrmauer. Nur eine Handvoll Männer waren am Tor und auf der Mauer zu sehen. Aber wie viele mehr mochten sich noch in der Burg aufhalten?

„Da geht etwas vor sich in der Stadt." Eine der Wachen auf der Mauer beugte sich vor und deutete zum Hafen hinunter. „Bei den Wasserfluten von Irveel, seht dort, am Rand der Stadt, auf dem Strand!"

Die Stimme des Mannes verriet Überraschung, genauer gesagt aufkommende Panik. Der Wachführer fuhr herum. „Was siehst du?"

„Männer auf Pferden! Jede Menge davon, und sie kommen auf die Stadt zu. Und da folgen noch andere!"

„Ein Überfall?!" Der Wachführer starrte ungläubig zur Stadt hinunter. Aber schon nach wenigen Augenblicken hatte er sich gefangen. Er sah Nedeam an. „Ihr verschwindet hier, und zwar sofort." Dann wandte er sich zum Tor um. „Alle Mann raus! Wir müssen dem Oberherrn beistehen! Los, alle Mann, bis auf die Torwache!"

Er sah Nedeam und die Gruppe wütend an. „Ihr seid ja immer noch da."

„Wenn wir zusammen zur Stadt eilen, sind wir stärker", stieß Nedeam hastig hervor.

Der Wachführer nickte. „Ja, das stimmt. Schön, dann wartet einen Moment."

Klirren und Rasseln ertönten, und die Gitter des Eingangs bewegten sich. Gleichzeitig! Beide Gitter glitten nach oben, und Männer des Malaquant sammelten sich am Tor. Es mochten zwanzig oder dreißig von ihnen sein, und vielleicht waren noch einige in der Burg, aber sie konnten nicht länger warten.

„Schneller Ritt …", schrie Nedeam nun und zog die alnoische Klinge.

„… und scharfer Tod", erwiderten die drei Pferdelords, die sich in der Gruppe befanden.

Schwerter glitten aus den Scheiden, und die Männer stürmten vor, während Llarana mit einem raschen Schnitt Lotaras' Fesseln löste.

Auch wenn der Wachführer und seine Männer überrascht waren, sie reagierten augenblicklich. Klingen prallten aufeinander, und bald war das angestrengte Grunzen von Männern zu hören, die in einen Kampf auf Leben und Tod verwickelt waren. Die Handvoll Wachen vor dem Tor wurde förmlich überrannt, aber jene unter dem Torbau und im Innenhof waren ein weitaus härterer Brocken.

Einige der Wachen warfen Speere, und ein Elf und einer der Gardisten gingen getroffen zu Boden. Lotaras schwang ein erbeutetes Schwert und fluchte erbittert, weil er seinen geliebten Bogen an Bord des Schiffes zurückgelassen hatte. Nedeam parierte unterdessen den Hieb einer Wache, wobei ihm die alnoische Klinge schwer und unhandlich vorkam. Funken stieben von der Schneide, als die Waffen aufeinanderprallten, dann machte der Erste Schwertmann eine kurze Drehung, und die breite Klinge seiner Waffe drang in den Leib des Gegners. Ein rascher Tritt gegen die Brust des Zusammenbrechenden, und schon wandte er sich dem nächsten Feind zu. Er merkte schnell, dass sich die alnoischen Schwerter gut zum Hieb eigneten, sich nach dem Stoß aber nur schwer aus dem Körper eines Gegners lösen ließen. Die tiefe Blutrinne, die sich an den Klingen des Pferdevolkes befand, fehlte bei den Schwertern der Alnoer. So musste man sie im Leib des Getroffenen drehen, um sie freizubekommen, was etwas Zeit in Anspruch nahm. Nicht mehr als einen Augenblick, aber das konnte viel sein, wenn man auf Leben und Tod kämpfte.

Zwei Männer drangen nun auf Nedeam ein, und der Kampf im Innenhof der Burg wurde unübersichtlich. Alles war in hektischer Bewegung. Schreie und Waffenlärm waren zu hören, und der Boden wurde schlüpfrig von Blut. Er konnte den Speer des einen Mannes zur Seite schlagen und den Axthieb des anderen blockieren, aber dabei wurde er nach hinten gedrängt. Sein Fuß stieß gegen einen weichen Körper, und er schrie auf, als er nach hinten stürzte.

Der Mann mit dem Speer brüllte triumphierend und holte aus, um das breite Speerblatt in Nedeams Leib zu rammen. Da wirbelte Llarana heran, drehte sich um die eigene Achse, und die Klinge ihres Schwertes schlitzte den Unterleib der Wache auf. Schreiend sackte er auf die Knie, ließ den Speer fallen und versuchte, die hervorquellenden Därme zu halten, bis Llarana ihm das Schwert in den Nacken schlug. Blut spritzte über Nedeam, der sich zur Seite rollte und auf die Füße sprang.

„Rasch“, schrie die Elfin und deutete auf den Turm, der sich in der Mitte des Hofes erhob. „Einige sind in die Zuflucht gewichen! Schnell, bevor sie die Ältesten töten!“

Der Innenhof glich mittlerweile einem Schlachthaus. Keine der Wachen lebte noch oder war kampffähig, aber auch von Nedeams Gruppe waren außer Llarana und Lotaras nur noch zwei Männer auf den Beinen. Nedeam starrte grimmig auf die kleine Zugbrücke, die in den Turm hineinführte. Dort würde sich das Schlachten nun fortsetzen.

49

Es war das blanke Chaos. Ein Getümmel, in dem wohl niemand noch einen Überblick behalten konnte und wirklich wusste, was im Einzelnen geschah. Der Plan sah vor, Verwirrung zu stiften, die Gefangenen zu befreien und sich dann auf die „Melan'tasta" zurückzuziehen. Inzwischen war die Verwirrung vollkommen, aber niemand wusste mehr, was vom ursprünglichen Plan noch Bestand hatte.

Dorkemunts wilder Schrei: „Man will den Malaquant erschlagen!", hatte die Versteigerung in einen unüberschaubaren Tumult verwandelt. Wachen des Malaquant hieben rücksichtslos mit ihren Waffen um sich und versuchten den Oberherrn gegen einen Feind zu decken, der zunächst nicht zu erkennen war. Vorsichtshalber betrachteten sie daher alles, was nicht die blauen Tuchstreifen trug, als Gegner an, und Männer und Frauen versuchten verzweifelt, den blindwütigen Attacken der Wachen zu entgehen.

Segu-Mar und seine Handvoll Leibwächter vom Schwarm der Dornfische umringten die Pyramide und versuchten, ihre Beute zu schützen. Sie auf das Schiff in Sicherheit zu bringen, war praktisch unmöglich, denn zu viele Menschen rannten wirr umher.

Dorkemunt und die seinen taten ihr Bestes, diese Verwirrung noch zu steigern. Hier ging eine Wache des Malaquant unter ihren Hieben zu Boden, dort ein anderer. Immer wieder deuteten sie auf ahnungslose Männer und schrien, man habe den Attentäter erkannt. Aber ihr anfänglicher Erfolg begann sich bald gegen sie zu wenden. Nach den ersten Augenblicken des blinden Gemetzels begannen sich die Wachen des Malaquant zu ordnen. Sie bildeten einen schützenden Kordon um den Oberherrn und setzten ihre Waffen nun überlegt und diszipliniert ein. Statt wild um sich zu schlagen, suchten sie gezielt nach Männern, die bewaffnet waren und tatsächlich eine Gefahr darstellen konnten. Die Leibwächter der Schwarmführer etwa oder Männer wie Dorkemunt und seine Kämpfer. Während die waffenlosen Stadtbewohner ihr Heil in der Flucht suchten, entsponnen sich auf dem Platz immer mehr Einzelkämpfe.

Unterdessen fegte über den nördlichen Strand Garodems Beritt heran. Hundert Pferdelords, deren Umhänge im Reitwind wehten und über deren Köpfen das rechteckige Banner des Pferdefürsten und die dreieckigen Wimpel seiner Scharführer flatterten. Die Schwertmänner hatten sich vorgebeugt und reckten nun ihre Lanzen der Stadt entgegen, der sie sich rasend schnell näherten.

Von Deck der „Melan'tasta" und aus ihren Waffenpforten stiegen zur gleichen Zeit Katapultgeschosse auf und senkten sich auf die feindlichen Schiffe an den Anlegestellen. Während die Anker des angreifenden Schiffes eingeholt und zwei der Segel gesetzt wurden, schlugen die ausgesandten Geschosse wahllos auf Stege und Decks. Planken splitterten, Rahen und Segel wurden zerfetzt und ahnungslose Männer und Frauen an Bord der Schwarmschiffe erschlagen.

An anderer Stelle hasteten elfische Krieger im Eilschritt zu dem Bollwerk, das die westliche Hafenzufahrt schützte. Dort versuchten Männer des Malaquant verzweifelt, zwei der großen Katapulte so zu drehen, dass sie die „Melan'tasta" erreichen konnten, während andere sich bereit machten, die anstürmenden Elfen mit der blanken Klinge zu empfangen. Verzweifelte Blicke galten den Katapulten der Festung, von denen sich jedoch noch immer kein Geschoss löste.

Gegenüber am Strand hetzten unterdessen die Gardisten ta Enderos' dem Beritt der Pferdelords hinterher. Der Kommandeur der fünften Reitergarde hatte Kämpfer gewählt, die gleichermaßen mit Klinge und Bogen umgehen konnten. Kaum waren sie in Schussweite zu den ankernden Schiffen, begannen sie sich hinzuknien und den Feind mit ihren Pfeilen einzudecken.

Auf dem Marktplatz drängte Dorkemunt soeben eine Wache des Malaquant zurück, die abwehrend das Schwert erhob, aber die Axt des Pferdelords zertrümmerte die Klinge und den Schädel des Mannes gleich mit. „Sammeln, Männer, sammelt Euch an meiner Axt", brüllte er aus Leibeskräften. „An meiner Axt!"

Der Kampf war zu unübersichtlich, und die Einzelkämpfe wurden zu gefährlich, da sie die Kräfte der wenigen Pferdelords und Gardisten zersplitterten. Die Handvoll Elfen hatte die Tuchstreifen um ihre Köpfe entfernt, und der Anblick ihrer spitzen Ohren rief Entsetzen unter den Bewohnern der Stadt hervor. Zu lange hatte der Malaquant das elfische Volk dämonisiert, und dies rächte sich nun, da die Menschen glaubten, die Häuser der Elfen seien über sie gekommen. Und tatsächlich fanden die elfischen Krieger instinktiv zusammen und bildeten eine Gruppe von tödlicher Präzision.

Inmitten des Gemenges verfluchte Dorkemunt seine geringe Körpergröße. Er reckte seine Axt empor, so hoch er konnte, um seine Männer zu versammeln. Dabei spürte er, wie Blut von der Klinge in den Ärmel seines Gewandes sickerte. Plötzlich hörte er ein triumphierendes Keuchen hinter sich; er fuhr herum und erkannte eine Wache, die gerade die Klinge in seinen Leib stoßen wollte. Als er seinen Arm herumschwang, konnte er erkennen, wie sich der frohlockende Ausdruck in den Augen seines Gegners in nacktes Entsetzen wandelte und dann erlosch. Schon war die Axt wieder befreit, und endlich sah Dorkemunt freundlich gesinnte Männer, die sich ihm anschlossen. Doch waren sie kaum eine Handvoll, denn der Kampf hatte seinen Tribut gefordert.

„Zur Pyramide“, befahl der kleine Pferdelord. „Wir müssen die Frauen befreien.“

„Die meisten sind gar nicht auf dem Platz“, keuchte ein verletzter Gardist. „Sie müssen noch bei den Schiffen sein.“

„Aber diese hier werden wir retten“, brüllte Dorkemunt wütend zurück.

Man hörte panische Schreie, und das Horn der Hochmark erklang. Soeben hatte der Beritt die Stadt erreicht und drang nun weiter vor. Glücklicherweise musste man sich nur an ihrem Rand entlangbewegen, um zum Marktplatz zu gelangen. Denn wenn sich die Männer des Malaquant erst darauf eingestellt hatten, dass berittene Pferdelords auf der Insel waren, würden die Reiter in den engen Straßen benachteiligt sein.

Garodem konnte sich noch gut daran erinnern, wie er einst seine Beritte in die eigene Stadt Eternas geführt hatte, um die Orks wieder aus ihr zu vertreiben. Er kannte die tödliche Gefahr enger Gassen, und so trieb er seine Männer rücksichtslos an. „Zum Marktplatz, Pferdelords der Hochmark! Tod über die Bestien! Tod! Tod!!“

Seine Schwertmänner nahmen den Ruf auf; für sie machte es keinen Unterschied, ob sie ihre Lanzen den Orks oder anderen Feinden entgegenreckten. Sie preschten dicht an dicht voran, aber die saubere Formation der beiden Angriffsreihen hatte sich aufgelöst und war in zahlreiche kleinere Gruppen zerfallen. Reiter beugten sich im Sattel vor, um den zustoßenden Lanzen durch ihre Körper Gewicht und Kraft zu verleihen, und zogen dann die blutigen Waffen wieder zurück. Die ersten Schwertmänner wechselten nun von der Lanze zum Schwert und machten ihrem Namen blutige Ehre.

Am westlichen Bollwerk war die Schlacht entschieden. Drei Elfen starben noch, dann sprangen die Krieger über die toten Verteidiger hinweg, zerschlugen Leinen und legten Feuer an die Katapulte, bevor sie sich wieder aus der Anlage zurückzogen und in weitem Bogen über den Strand rannten, um sich der Stadt zu nähern.

Zur gleichen Zeit traf eine Katapultsalve der „Melan'tasta" ein Schwarmschiff und zerschmetterte in einem einzigen Schlag dessen Masten und den Rumpf. Der getroffene Segler neigte sich zur Seite, und die Überreste seiner Masten krachten auf ein benachbartes Schiff. Erneut zischten Sichelpfeile aus den Pforten des einstigen Schwarmschiffes hervor und rissen diesmal mörderische Breschen in die Menschenmengen, die sich überall auf Decks und Stegen versammelt hatten. Die Melan'tasta näherte sich nun dem Außensteg, und Herolas schickte eine Reihe von Bogenschützen an die Reling, um das Anlegemanöver zu decken. Jetzt erst wurden die ersten Geschosse von den Schwarmschiffen gelöst. Die meisten klatschten harmlos ins Wasser, doch hin und wieder erschütterte ein harter Schlag das Schiff.

In der Stadt hatte es die Leibwache des Malaquant unterdessen geschafft, den Oberherrn aus dem Getümmel des Marktplatzes zu retten. Umgeben von seinen Wachen hastete der Herr der Schwärme über die Straße, die ihn zu seiner Burg und in Sicherheit bringen würde. Auch Segu-Mar hatte die Gefahr erkannt, die von den offenbar unbezwingbaren

Reitern ausging, denn sie versperrten ihm den Rückweg zur „Wa'gosa". Kurz entschlossen befahl der blonde Schwarmführer der Dornfische, dem Malaquant zur Festung zu folgen.

Auf dem Marktplatz ereichten Dorkemunt und seine wenigen Männer in dem Moment die Pyramide, als sich Segu-Mar auf ihrer anderen Seite hinuntergekämpft hatte. Der kleine Pferdelord schrie wütend auf und versuchte, zu dem Schwarmführer und Bejad-Maru durchzubrechen. Doch andere Schwarmführer und ihre überlebenden Leibwachen sowie Männer der Stadtwache stellten sich ihm entgegen und kämpften ebenso erbittert wie Pferdelords, Gardisten und Elfen. Erst als die berittenen Schwertmänner Garodems den Platz erreichten, wichen die Schwarmmänner zwischen die Häuser zurück.

Blut tropfte von der Stirn des Pferdefürsten, als er sich im Sattel vorbeugte. „Es freut mich, euch wohlauf und guter Dinge zu sehen, guter Herr Dorkemunt."

Der kleine Pferdelord grinste breit. „Das kann ich aus vollem Herzen erwidern."

„Wo sind die anderen?"

Elfische Bogenschützen hasteten soeben auf den Platz und zwangen die Schwarmmänner mit ihren Pfeilen in Deckung. Schwertmänner saßen von ihren Pferden ab, zogen die Bogen von den Sätteln und verstärkten die Reihen der Verbündeten, während Männer über den Platz gingen, um die eigenen Verwundeten zu versorgen und den letzten Widerstand zu brechen.

Dorkemunt stieß einen erbitterten Fluch aus, als er zwischen Toten und Verwundeten auch die reglosen Leiber von Frauen und Kindern entdeckte. An einem solchen Gemetzel war nichts Ehrenhaftes. Er fühlte ohnmächtigen Zorn in sich aufsteigen, denn er wusste, dass auch die Klingen seiner eigenen Männer daran beteiligt gewesen waren; zu unübersichtlich und hektisch war der Kampf gewesen.

„Dorkemunt?“

Der kleine Pferdelord schreckte aus seinen bitteren Gedanken. „Sie sind zur Burg hoch. Wahrscheinlich hält man dort die Ältesten gefangen.“

Garodem nickte. „Dann nimm dir eines der Pferde, alter Freund. Wir müssen rasch den Platz räumen, denn er wird kaum zu halten sein.“

„Ich weiß“, sagte Dorkemunt. „Wenn sich all die Männer der Schwärme vereinen …“

Über ihnen rauschte es plötzlich, und mit dumpfem Krachen schlug ein Katapultgeschoss in eines der umstehenden Häuser. Trümmer wirbelten auf, und Staub stieg empor.

„Das kam von einem der Schiffe“, rief der Hochgeborene ta Enderos und hinkte heran. Blut sickerte unter dem Beinschutz seiner Rüstung hervor. „Wir müssen auf die ‚Melan’tasta‘. Der Überraschungsmoment ist vorbei. Es war glorreich, aber nun gilt es zu retten, was zu retten ist. Sind die Frauen und die Ältesten in Sicherheit?“

Ein Pfeil zischte an ihnen vorbei, und es war kein elfisches Geschoss. Dann erklang das Geräusch eines elfischen Bogens, das harte Schnappen der Sehne, und ein Stück entfernt stürzte eine Wache des Malaquant vom Dach.

„Nur ein Teil der Frauen“, erwiderte Dorkemunt ungerührt. „Die meisten sind noch auf einem der Schwarmschiffe. Die Ältesten sind vermutlich auf der Burg, und einige von uns versuchen, sie zu retten.“

„Dann werden sie dem verdammten Malaquant direkt in die Arme laufen“, knurrte ta Enderos.

„Deshalb wird mein Beritt ihnen folgen, während die anderen sich zur ‚Melan'tasta' zurückziehen." Garodem sah sich nach dem Signalbläser um, der direkt neben dem Bannerträger hinter Garodem verharrte.

„Gut, einverstanden", sagte ta Enderos und schob seine Klinge in die Scheide zurück. „Dann gebt mir ein Pferd. Ich werde Euch begleiten."

„Verfluchte Brut." Dorkemunt deutete zur Einfahrt des Hafens. Jenseits des Bollwerks mit seinen brennenden Katapulten tauchten Segel auf. Viele Segel, und sie trugen die Zeichen der Schwärme. „Selbst wenn wir uns beeilen, werden wir nicht mehr entkommen. Die Ausfahrt ist versperrt."

Garodem nickte betroffen. „Dann lasst uns dafür sorgen, dass wenigstens der Malaquant für seine Untaten büßt."

Dorkemunt und ta Enderos schwangen sich in die Sättel zweier reiterloser Pferde, und Garodem wies mit seiner Klinge zur Burg des Oberherrn. Im unteren Drittel der Straße war Bewegung zu erkennen. Wenn sie sich beeilten, konnten sie den Malaquant stellen, bevor er seine Festung erreichte.

„Schneller Ritt", schrie Garodem, während er sein Pferd antrieb.

„… und scharfer Tod!", kam es von seinen Männern zurück.

Und Dorkemunt nickte mit grimmigem Gesicht. „Möge er den Bastard schnell ereilen."

50

Wahrscheinlich gab es noch immer Wachen des Malaquant in der Burg, aber keine von ihnen stellte sich Nedeam und den anderen in den Weg, als sie erschöpft vom Kampf unter dem Torbogen hervortraten und endlich wieder die Straße vor sich sahen, die zum Hafen hinunterführte. Sie hörten den Lärm von dort heraufdringen und wussten, dass der Kampf in vollem Gange war.

Llarana und Lotaras stützten Jalan, der sich in schlechter Verfassung befand. Er war gefoltert worden und konnte sich kaum auf den Beinen halten, doch über die geglückte Befreiung war er ebenso erleichtert wie die anderen. Aber noch befanden sie sich nicht in Sicherheit.

„Wir müssen den Hafen und die ‚Melan'tasta' erreichen", ächzte Elodarion. Er hielt sich den Arm und unterdrückte seine Schmerzen. Der Unterarm stand in merkwürdigem Winkel ab und war gebrochen. Ein offener Bruch, denn ein Stück der Elle ragte aus dem zerrissenen Gewand, und die Verletzung blutete stark. Elodarion musste bald versorgt werden, und das galt auch für Jalan.

Nedeam blickte über das Meer und schüttelte den Kopf. „Nein, das schaffen wir nicht. Auch wenn wir das Schiff erreichen, wären wir doch wieder Gefangene. Dort, Ihr könnt es selbst sehen. Die Schiffe der Schwärme werden den Hafen blockieren und die Ausfahrt der ‚Melan'tasta' verhindern."

„Dann sind wir alle verloren", stöhnte der Gardist, der als Einziger von den anderen Kämpfern der Gruppe überlebt hatte und nun hoffnungslos wirkte.

„Nicht unbedingt. Wir müssen uns an der Küste entlang nach Norden durchschlagen.“ Nedeam leckte sich über die Lippen, die trocken und rissig waren. Er empfand quälenden Durst und fühlte sich ausgelaugt und zerschlagen. „Auch die anderen werden das versuchen, und unsere Schiffe werden Ausschau halten und uns aufnehmen.“

Elodarion sah den Pferdelord an und lächelte freudlos. „Es verspricht wenig Erfolg. Aber es ist wohl besser, als hier auszuharren und uns der Gnade des Malaquant auszuliefern.“

„Wo wir gerade von Finsteren Mächten sprechen ...“ Lotaras deutete die Straße hinunter, auf der sich der Malaquant mit seiner Leibwache näherte.

„Nun gut.“ Nedeam straffte sich. „Dann wird dies also unser letzter Kampf sein.“

„Dahinter kommen noch andere heran.“ Llarana lachte freudlos. „Eine Frau ist unter ihnen, und ich erkenne sie. Bejad-Maru, die Dornenhand.“

Der Gardist starrte auf seine blutbefleckte Klinge. „Dann sollten wir einen schnellen Tod wählen. Die dort wird ihn uns kaum gönnen wollen.“

„Nein, wartet.“ Elodarion biss sich vor Schmerz auf die Unterlippe und schüttelte dann entschlossen den Kopf. „Ich sehe den blonden Segu-Mar bei ihnen. Ich glaube, er ist ein Mann von Ehre, und man kann mit ihm reden.“

„Das gilt wohl kaum für den wahnsinnigen Malaquant“, warf Jalan mit schwacher Stimme ein.

„Lasst es uns zunächst mit Worten versuchen“, beschwor Elodarion sie. „Die Klingen können dann immer noch sprechen.“

Die Leibwache des Malaquant wirkte ebenfalls erschöpft, aber die Männer waren kampfbereit, und als sie die Gruppe vor dem Tor der Burg erkannten, traten sie ihr entschlossen entgegen. Es war schwer zu sagen, ob sie die Menschen und Elfen am liebsten sofort niedergemacht hätten. Jedenfalls krampften sich die Hände der Wachen um die Griffe ihrer Waffen, und ihre Gesichter waren grimmig.

Starr standen sich die beiden Gruppen gegenüber, doch niemand schien den ersten Schlag führen zu wollen.

Da schob sich Elodarion nach vorne, und so, wie er mit gebrochenem Arm und blutend vor den seinen stand, wirkte er keineswegs gefährlich. „Hört mich an, Ihr Männer der Schwärme. Lasst uns miteinander reden, und so lange sollen die Waffen ruhen. Es ist genug Blut geflossen und …"

„Halt dein Maul, Spitzohr", zischte eine der Wachen erregt. „Gleich fließt noch weitaus mehr von eurem Blut."

Einer der Wachführer wich zur Seite, als der Malaquant vortrat. „Sollen wir sie sofort töten?", fragte der Mann.

„Nein, nicht gleich." Der wahnsinnige Oberherr der Schwärme trat weiter vor und schien keinerlei Furcht vor den Klingen zu haben, die Nedeam und die anderen gezückt hielten. „Nicht gleich und nicht so schnell. Ein Spitzohr zu schlachten, will genossen sein."

„Du bist selbst ein elfisches Wesen oder warst es zumindest einmal", rief Jalan. „Du hast keinen Grund, deine Art mit Hass zu verfolgen. Aber du bist dem Wahnsinn verfallen. Du …"

Unvermittelt sprang der Leibwächter des Malaquant vor. Ein muskulöser Schemen in schwarzem Leder, der nur die Absicht hatte zu töten. Er war so schnell und die Bewegungen des Schwertes so ansatzlos, dass er alle überraschte. Allein Nedeam schien es geahnt zu haben, denn er sprang blitzschnell in den Weg des Mannes und bohrte ihm die Klinge in den Leib. Noch während der Angreifer langsam vor Nedeam in die Knie ging und ihn dabei hasserfüllt anstarrte, spürte der Pferdelord, dass etwas nicht in Ordnung war. Sie blickten einander noch an, als Nasquar schon langsam nach hinten sackte. Mit leisem Schmatzen löste sich das Schwert aus dem Leib des Sterbenden, und plötzlich spürte Nedeam ein heißes Brennen in seinen Eingeweiden. Ungläubig tastete er nach unten und stieß gegen einen Fremdkörper, der aus seiner Seite ragte. Nässe sickerte warm hervor und rann über seine Finger. Er stieß ein leises Ächzen aus.

Llarana beugte sich vor, und ihre Augen weiteten sich entsetzt. „Du bist verletzt."

„Lass es stecken", flüsterte er. „Zieh es nicht heraus, sonst wird es stärker bluten."

Der Malaquant sah auf Nasquar hinunter, der sich ein letztes Mal streckte. Irrsinn loderte in seinen Augen, als er mit ausgestrecktem Arm auf Nedeam und die anderen wies. „Schlachtet sie. Schlachtet sie ab. Sofort. Auf der Stelle! Bluten sollen sie! Bluten!"

Doch plötzlich wurde die Luft von einem grellen Pfeifen erfüllt, dem ein hallender Schlag folgte, und alle Augen wandten sich automatisch dem Hafen zu.

51

Ein Teil der Reling zerbarst in unzähligen Splittern, die heimtückisch über das Deck der „Melan'tasta" spritzten. Ein Gardist schrie peinerfüllt auf, als er von einem armlangen Splitter durchbohrt wurde. Nur wenige Katapulte und Pfeilgeschütze antworteten noch dem Beschuss durch die Schwarmschiffe. Herolas' Männer hatten kaum noch Geschosse verfügbar, und sie arbeiteten in verzweifelter Hast, damit auch die letzten Männer und Frauen an Bord gelangten. Sie hatten die Plankenstege ausgelegt und den Anker geworfen, wodurch sie ein gutes Ziel für den Feind boten. Einer der Stege war kurz zuvor von Geschossen zerschmettert worden und hatte einige Männer mit in den Tod gerissen.

Nun waren die letzten an Bord, wenn man von denen absah, die man nicht mehr retten konnte, und von den Männern Garodems, die irgendwo jenseits der Stadt ihrem Tod entgegenritten.

„Kappt die Anker und setzt alle Segel", brüllte Herolas, dem das Blut aus einer Beinwunde sickerte.

„Viel Tuch ist nicht mehr übrig", erwiderte ein Seeelf, „und sie werden uns kaum herauslassen."

„Wir sollten an Land kämpfen", ächzte ein Pferdelord. „Das ist besser, als hilflos auf dem Wasser geschlachtet zu werden."

Herolas starrte grimmig auf die Hafeneinfahrt. Auch wenn eines der Bollwerke zerstört war, so war doch das andere noch intakt, und jenseits der Zufahrt bedeckten die Segel der Schwarmschiffe das Meer. „Wenn ich sterbe, dann auf See", knurrte der elfische Kapitän entschlossen.

„Glaubt mir, Herr Elf, ich möchte eher auf dem Rücken meines Pferdes zu den Goldenen Wolken reiten." Der Pferdelord, der diese Worte sprach, hatte eine böse Hiebwunde am Schlagarm erlitten. Ein notdürftiger Verband stillte nun die Blutung, und der Mann, der das Schwert kurz entschlossen in die andere Hand genommen hatte, starrte jetzt ebenfalls zur Hafenzufahrt hinüber.

Da hörten sie ein seltsames, grelles Pfeifen, dem ein weithin hallender Schlag folgte. Einer der großen Kampfsegler, der gerade noch vor der Hafeneinfahrt vorbeigeglitten war, barst in einer Wolke von Splittern auseinander. Für einen Moment war ein Feuerball zu erkennen, der jedoch fast augenblicklich von der See verschlungen wurde.

Wieder ertönte das grelle Geräusch, und ein weiterer Segler erlitt das gleiche Schicksal.

„Die Flammen der See", hauchte Herolas andächtig. „Sie sind gekommen. Sie sind endlich da."

52

Die beiden Flotten, die sich im Osten vor Um'briel gegenüberstanden, schienen ungefähr gleich stark zu sein. Doch da die zwei vor der Insel liegenden Schwärme ihre Stadtschiffe dabeihatten und somit nur ein kleiner Teil aus wirklichen Kampfeinheiten bestand, waren die Kriegsschiffe der Elfen und des Reiches Alnoa eindeutig in der Übermacht.

Aber die Schwärme nahmen den Kampf mutig auf, und während dieser Zeit schien jede Aktivität an Land zu erstarren. Die Schiffe beider Seiten näherten sich einander, und ihre Segel wirkten wie gewölbte Brustpanzer. Hier und da gab es Erfolge der Schwarmschiffe, aber im Grunde erwies sich das Seegefecht als einseitiges, wenngleich spektakuläres Gemetzel.

Die Flammschiffe des elfischen Volkes hatten an Bug und Heck ein langes und sehr dünnes Rohr, aus dem gleißende Flammen, von einem grellen Pfeifen begleitet, hervorschossen. Die Hitze dieser Feuerlanzen musste ungeheuer sein, denn die getroffenen Schwarmschiffe explodierten förmlich. Das trockene Holz über der Wasserlinie brannte zunderartig ab, aber die eigentlich vernichtende Kraft setzte an den feuchten Planken des Unterwasserschiffes an. Das in den Poren des Holzes gespeicherte Wasser wurde durch die Feuerlanzen schlagartig verdampft, sodass die Schiffe regelrecht zerplatzten. Wie die Elfen es schafften, dass ihre eigenen Schiffe verschont blieben, obwohl das Feuer auf ihnen entstand und durch die Flammrohre hinausgeschleudert wurde, blieb das Geheimnis ihrer Baumeister.

Weitaus weniger beeindruckend, aber dennoch effektiv feuerten die alnoischen Dampfkanonen ihre Geschosse in die

Rümpfe der Schwarmschiffe.

Auf ein zerstörtes Schiff der Elfen oder Alnoer kamen wenigstens sechs der Schwärme, und so brachen die Korsaren das wüste Gemetzel rasch ab. Warum die vereinigte Flotte ihr Werk nicht fortführte, war rasch ersichtlich, denn noch immer wurde die „Melan'tasta" im Hafen Um'briels festgehalten. Vor allem die Elfen wollten es nicht riskieren, dieses Schiff dem Untergang zu weihen, da sie vermuteten, dass ihre Ältesten befreit worden waren und sich dort an Bord befanden. Sie ahnten nicht, dass Jalan und Elodarion in diesen Augenblicken auf der Straße über der Stadt standen und dem Gefecht gemeinsam mit den anderen atemlos zusahen.

„Ihr könnt die Schwärme nicht besiegen", keuchte der Malaquant, als sich die Kampfschiffe der Korsaren zurückzogen. „Sie bedecken die Meere und werden euch vernichten."

Mittlerweile hatten Segu-Mar T'os und seine Begleiter die beiden Gruppen erreicht. Der neue Schwarmführer der Dornfische war von Trauer erfüllt, denn viele der Schiffe, die dort unten litten, gehörten zu seinem Schwarm. Nun hatte er Angst um die Menschen, die an Bord der Stadtschiffe lebten.

Elodarion seufzte entsagungsvoll und deutete mit seinem gesunden Arm aufs Meer. „Ihr habt recht. Die Schwärme sind zu zahlreich, und man kann sie nicht besiegen. Aber ein Krieg auf dem Meer ist sinnlos. Das Töten muss endlich ein Ende haben."

„Niemals. Ich werde erst ruhen, wenn eure Art getilgt ist", zischte der Malaquant.

„Dann musst du auch dich tilgen, denn du gehörst derselben Art an." Trotz seiner Schmerzen bewegte sich Elodarion überraschend schnell auf sein Gegenüber zu und riss ihm den verzierten Tuchstreifen vom Kopf. „Denn deine Ohren, du wahnsinnige Bestie, sind ebenso spitz wie die meinen."

Einige Wächter des Oberherrn stießen überraschte Laute aus, während andere ihn wie gelähmt anstarrten. Elodarion warf den Tuchstreifen zu Boden. „Habt Ihr das wirklich nicht gewusst, Ihr Männer der Schwärme?"

„Ich bin kein Spitzohr. Bin ich nicht." Der Malaquant bedeckte seine Ohren mit den Händen und sah seine Männer an. „Tötet die Spitzohren. Tötet sie."

„Vielleicht ist nun wirklich genug Blut geflossen." Segu-Mar T'os schob sich nach vorne und musterte den Malaquant verächtlich. Er griff an eine Hand des Oberherrn und zog sie von dessen Ohr. „Er ist wahrhaftig ein Spitzohr. Er hat uns immer gesagt, wie dämonisch die elfische Art sei. Dass sie unser Untergang sein werde und die Schwärme nur bestehen könnten, wenn wir die Elfen vollständig vom Wasser vertreiben würden."

„Ja, er ist ein Elf." Jalan stützte sich auf Lotaras. „Ein Mitglied meines eigenen Hauses." Er seufzte schwer. „Oder wenigstens war er es vor langer Zeit einmal."

„Ich töte euch", kreischte der Malaquant. „Ich werde euch alle töten. Jeden Einzelnen."

Der Oberherr langte an seinen Gurt, riss das Schwert hervor und stürzte sich Jalan entgegen. Nedeam konnte ihn nicht zurückschlagen, versuchte aber dennoch instinktiv, dem Wahnsinnigen den Weg zu verstellen. Da zuckte Llaranas Schwert hoch und drückte die Klinge des Malaquant zur Seite, der jedoch sofort zum nächsten Hieb ausholte.

Stahl klirrte gegen Stahl, als eine dritte Klinge dazwischenfuhr.

„Ich fordere den Schwerthandel", presste Segu-Mar, der Besitzer der rettenden Klinge, hervor.

„Jetzt nicht", schrie der Malaquant. „Erst werde ich die Spitzohren töten."

Der Oberherr fuhr herum und war nun Llaranas Waffe wehrlos ausgeliefert, aber Nedeams Hand hielt die Elfin zurück. „Warte." Nedeam musterte den blonden Schwarmführer. „Lass ihn das regeln."

„Den Schwerthandel! Jetzt!" Der wütende Schrei Segu-Mars schien keinen Widerspruch zu dulden.

Ein paar Wächter des Malaquant fingerten unschlüssig an ihren Waffen, beäugt von Bogo und Balga, die leicht sabbernd ihre Keulen hielten und unzweifelhaft zu Segu-Mar standen.

„Seefriede", rief nun einer der Unterführer.

Doch der Malaquant stieß einen wilden Schrei aus. Sein Schwert fuhr herum, und erneut prallten die Klingen des Schwarmführers und seines Oberherrn aufeinander. Während die Waffen jetzt in einem rasenden Wechsel gegeneinanderschlugen, stieß Segu-Mar bei jedem Hieb hastige Worte hervor.

„Ich fordere … den Schwerthandel … vom Malaquant der Schwärme." Er parierte einen weiteren Stoß und musste eine blutige Strieme an der Stirn hinnehmen. „Gegenstand des Handels … ist der Oberherr selbst … Und wie du siehst, Truppführer … hat er den Handel angenommen."

„Verdammt, was für ein Schwerthandel soll das sein?", brüllte einer der Wächter. „Um welche Ware soll es dabei gehen?"

Irgendwie war Bejad-Maru neben den Mann gelangt, und nun blitzte etwas Silbriges an dessen Kehle. „Du Dummerchen. Natürlich geht es um die Position des Malaquant, was dachtest du denn?" Sie lächelte in das blasse Gesicht des Wächters. „So, wie der Oberherr sich aufführt, hat er den Schwerthandel angenommen." Ihr Lächeln wurde sanft und lieblich. „Ich glaube nicht, dass der Oberherr noch lange Oberherr ist. Du solltest dich also mit dem neuen Oberherrn gutstellen. Segu-Mar kann nämlich schrecklich nachtragend sein."

Doch da stolperte der blonde Schwarmführer, als er einem plötzlichen Stoß ausweichen musste. Der Malaquant erwies sich als überraschend flink und fähig im Umgang mit dem Schwert. Aber vielleicht war dies nicht anders zu erwarten, wo er doch ein Krieger des elfischen Volkes war oder es zumindest einst gewesen war.

Einige der Wachen schienen jetzt in den Kampf eingreifen zu wollen, doch ihr Anführer machte eine beschwichtigende Geste. „Der Schwerthandel ist ungewöhnlich, aber ich erkenne ihn an und er gilt. Senkt eure Waffen, bis der Handel abgeschlossen ist."

Die beiden Kontrahenten droschen weiter aufeinander ein, und die Umstehenden waren so sehr vom Wirbeln der Klingen gebannt, dass kaum jemand bemerkte, wie unten an der Straße Hufschlag und die anfeuernden Rufe von Männern ertönten und das Horn der Hochmark zum Angriff blies.

Nur Nedeam hatte den Kopf herumgerissen und wollte vortreten, aber der brennende Schmerz überwältigte ihn. „Lotaras", war alles, was er hervorstoßen konnte, bevor er in sich zusammensank.

Der Elf sah die Straße hinunter und begriff sofort. Er spurtete an den Wächtern und an Segu-Mars Begleitern vorbei den Männern des Beritts entgegen, über deren Köpfen Garodems Banner wehte. Als er auch den Pferdefürsten erkannte, blieb er stehen und hob seine Arme.

„Was geht hier vor?", fragte Garodem erregt, als er sein Pferd vor dem Elfen zügelte.

Da tönten laute Rufe von oben herab, und Lotaras lächelte sanft. „Ich denke, Hoher Lord Garodem, die Schwärme haben soeben einen neuen Malaquant bekommen."

53

Es herrschte keine freundliche Stimmung, aber das konnte auch niemand erwarten. Zu kurze Zeit war es her, dass auf dem Marktplatz Blut vergossen worden war. Inzwischen hatte man die Toten zur Seite getragen, und die Verwundeten wurden versorgt, so gut es ging. Ein paar elfische Heiler waren gekommen, aber die Menschen von Um'briel waren misstrauisch und wollten sich nicht von ihnen behandeln lassen.

Auch jetzt war der große Platz von Menschen umringt, und Unmengen von Waffen waren zu sehen. Aber diesmal ruhten sie in ihren Scheiden. Sie waren griffbereit, doch solange sie nicht gezogen wurden, herrschte Waffenstillstand. Wohlgemerkt, es war kein Frieden. Die Waffen ruhten nur. Vorerst.

Im Hafen schwiegen die Hämmer und Sägen. Die Reparaturarbeiten an den Schiffen waren unterbrochen, denn niemand wollte sich entgehen lassen, was auf dem Marktplatz geschah. Die „Melan'tasta" lag an einem Steg vertäut, und dicht neben ihr, unter den Katapulten der Festung des neuen Malaquant, hatten die „Wellenvogel" und das Flaggschiff der alnoischen Flotte, die „Deredenaar", festgemacht. Vor der Insel lagen die Schiffe der Schwärme und die der Verbündeten und belauerten einander. Kein Feuer sprang von Schiff zu Schiff, aber es fehlte nur ein Funke, um es zu entzünden. Nördlich von Um'briel waren die Schiffe eines weiteren Schwarms gesichtet worden, der sich der Insel näherte. Der Malaquant hatte ein Jagdschiff der Dornfische entsandt, das die Ankömmlinge über die Lage informieren sollte. Niemand zweifelte daran, dass der neue Oberherr dem Schiff auch die Weisung mitgegeben hatte, so rasch wie möglich weitere Kampfschiffe nach Um'briel zu führen.

Das Podest der Pyramide bot den besten Überblick über den Marktplatz und die Massen, die ihn bevölkerten. Daher hatte man Stühle hinaufgetragen, auf denen nun jene saßen, die darüber entscheiden würden, ob die Waffen erneut an die Stelle der Worte treten würden: Jalan-olud-Deshay als Vertreter der Häuser der Elfen. Der Hochgeborene Admiral ta Hodin als Repräsentant des Königreiches von Alnoa. Garodem, der Pferdefürst der Hochmark, und an seiner Seite und auf besonderen Wunsch des Malaquant der Erste Schwertmann der Mark, Nedeam, der sich redlich bemühte, seine Schmerzen zu verbergen. Sein Oberkörper war nackt, und er trug einen dicken Verband um die Hüften.

Der elfische Heiler des Flammschiffes „Sonnenhauch" hatte ihn sorgfältig untersucht und dann festgestellt, dass die Klinge des toten Nasquar kein wichtiges Gefäß oder Organ verletzt hatte. „Sie hat Euren Speck ein wenig geritzt, das ist natürlich schmerzhaft. Zudem habt Ihr viel Blut verloren. Aber man sagt ja, das wäret Ihr Pferdelords gewohnt." Der Heiler hatte gelächelt und dann Harz und Binden aufgetragen. „Das Moos wird eine Entzündung verhindern, Harz und Binden schließen die Wunde, damit sie verheilt. Esst reichlich kräftigende Brühe von Kratzläufern und bewegt Euch nicht zu viel. Dann wird alles rasch verheilen."

Nedeam war erleichtert, wieder seine elfische Klinge führen zu können, und hüllte sich in seinen grünen Umhang, der ihn als Pferdelord kenntlich machte.

Ihnen gegenüber saßen Segu-Mar T'os, Malaquant von Um'briel und Oberherr der Schwärme, Narut-Mar T'areat, der neue Schwarmführer der Grünklauen, und, ebenfalls auf besonderen Wunsch des Malaquant, Bejad-Maru, die Dornenhand. Inzwischen wusste man, wie sie ihren beiden elfischen Wachen entkommen war. Sie hatte jene Schwachstelle genutzt, die allen Männern zueigen war. Nach zwei kräftigen Tritten hatte sie sich aus einer Waffenpforte ins Wasser gleiten lassen und war an Land geschwommen.

Es war an Segu-Mar, das Wort zu ergreifen, und der blonde Malaquant erhob sich und ließ seinen Blick über den großen Platz und den Hafen schweifen. „Die Zeit der vereinbarten Waffenruhe ist nun bald verstrichen. Eure Schiffe und Waffen sind bereit, und die der Schwärme sind es ebenso. Ich bin kein Narr und sehe die Macht der Elfen und der Landfüße. Ich sehe, dass sie Um'briel zerstören können." Unwilliges Gemurmel erhob sich in den Reihen der Schwarmmänner, und Segu-Mar hob die Hand. „Ja, ich sage, die Landfüße können Um'briel zerstören." Er hob seine Stimme. „Aber sie können Um'briel nicht vernichten!" Zustimmendes Gemurmel, Hände legten sich um die Griffe der Schwerter, und die Blicke zwischen den Gruppen auf dem Marktplatz wurden härter und feindseliger. „Die Schwärme der Meere bedecken die See, und sie würden fürchterliche Rache nehmen. Keiner dieser Elfen und Landfüße hier würde seine Heimat jemals wiedersehen. Kein Einziger."

Admiral ta Hodin hob den Kopf und schien zu einer scharfen Erwiderung ansetzen zu wollen, aber Garodem legte ihm beschwichtigend die Hand auf den Arm. „Lasst ihn sprechen, Hochgeborener. Der Malaquant sagte nichts davon, dass es auch so kommen wird. Haltet Euch also bedeckt."

„Ihr habt mir nichts zu sagen", zischte ta Hodin. „Ihr seid kein Hochgeborener. Nur ein Pferdemensch."

Garodem nahm die Beleidigung lächelnd entgegen. „Bei dieser Gelegenheit möchte ich Euch von Venval ta Ajonas grüßen. Er bat mich herzlichst, Euch zu versichern, dass ich sein Ohr habe. Ich denke, Ihr versteht, was damit gemeint ist, nicht wahr?“

Ta Hodin wurde ein wenig blass. Er verstand durchaus, was der Pferdefürst damit zum Ausdruck brachte. Der Admiral durfte dekorativ auf seinem Stuhl sitzen, doch die Entscheidungen würden von Garodem getroffen werden. Ein barbarischer Pferdemensch würde in Angelegenheiten des alnoischen Reiches entscheiden. Mit Billigung des Königs! Es war empörend. Es war widerlich. Aber es war der Wille des Königs. Und er war der Admiral des Königs und dessen Willen unterworfen. Ta Hodin sah über die Schulter und erblickte den Hochgeborenen ta Enderos, der ihn auf niederträchtige Weise angrinste und sich dabei über den Schnurrbart strich.

Segu-Mar musterte Garodem. Er hatte den kurzen Disput vernommen. „Ihr seid euch einig?“

Garodems Lächeln vertiefte sich. „Das sind wir.“

Jalan-olud-Deshay erhob sich. Er war noch immer geschwächt und musste sich auf den Stuhl aufstützen, aber seine Stimme hatte wieder an Kraft gewonnen. „Wir können einander viel Leid zufügen, das ist wahr. Aber den Häusern der Elfen liegt nichts daran, das Blut der Schwärme zu vergießen. Viel zu viel davon ist bereits sinnlos verschwendet worden.“

„Sinnlos?“ Narut-Mar sprang erregt auf. „Ihr Elfen macht uns die Herrschaft über die See streitig. Wir kämpfen um unseren Lebensraum, so wie ihr es ebenfalls tun würdet.“

„Die See gehört niemandem. Dafür ist sie zu groß. Sie ist freier Raum“, erwiderte Jalan.

„Wir leben auf ihr, und wir leben von ihr“, schrie Narut-

Mar, und zustimmende Rufe aus der Menge wurden laut.

Nedeam blinzelte nervös. Da war es wieder, dieses seltsame Farbenspiel, diese bunte Aura, welche die Silhouetten der Menschen umgab. Es war, als gieße ein Regenbogen sein buntes Licht über sie. Drohende Rottöne und beruhigendes Blau, aber im Moment überwog das Rot, besonders bei dem Schwarmführer der Grünklauen. Waren dies erste Anzeichen eines Wahns? Was passierte nur mit ihm? Er schloss kurz die Augen und öffnete sie wieder, und das Farbenspiel war verschwunden. Der Pferdelord atmete mehrmals tief durch und spürte, wie seine Wunde dabei schmerzte. Was auch immer es bedeuten mochte, er würde ein wachsames Auge auf den Schwarmführer Narut-Mar haben.

„Ihr lebt auf dem Land und nennt es das eure." Segu-Mar sah einen nach dem anderen mit ernstem Gesicht an. „Ihr zieht Grenzen, die niemand sieht, und erklärt das Land zu eurem Eigentum, das ihr mit Waffengewalt haltet. Wir Schwärme der See ziehen keine Grenzen, aber auch wir halten unser Land."

„Euer Wasser", korrigierte Nedeam. Es gab empörte Rufe, aber Segu-Mar sah den Ersten Schwertmann nachdenklich an und lächelte dann.

„Ganz recht. Wie ihr Landfüße die Erde für euch beansprucht, so beanspruchen wir Schwärme das Wasser für uns", sagte er mit lauter Stimme. „Und wir werden es ebenso verteidigen."

Garodem seufzte leise und erhob sich. „Nehmt es mir nicht übel, wenn ich mich zu Wort melde. Mit Eurer Erlaubnis, Malaquant der Schwärme." Der Pferdefürst reckte sich ein wenig und fasste sich dabei an den Rücken. „Ich bin ein alter und erfahrener Krieger, Ihr Herren. Mein Rücken schmerzt, und ich bin es leid, Blut zu vergießen, wo keines fließen muss. Doch als ich hörte, dass elfische Freunde in Not sind, habe ich mein Schwert ergriffen. Denn ein Pferdelord steht einem Freund in der Not bei.“ Garodem sah in die Gesichter der Menge hinab. „Ich denke, Ihr empfindet ebenso.“

„Das mag für dich gelten, Pferdereiter“, rief eine Stimme aus der Menge. „Aber es gilt nicht für die verfluchten Spitzohren.“

„Doch, es gilt auch für sie!“ Ein stämmiger Schwarmmann trat vor und sah in Richtung des Zwischenrufers. „Ich bin Namra-Mar vom Schwarm der Dornfische und Segelmann auf der ‚Wa’gosa‘. Viele von euch kennen mich. Als unser Schiff in schweren Sturm geriet, da hat der Elf Elodarion nicht gezögert, ins Wasser zu springen, um einen von uns zu retten.“

„Und“, kam der spöttische Ruf, „hat er ihn gerettet?“

„Er hat es versucht“, stieß Namra-Mar hervor, „und dabei sein Leben eingesetzt. Wer das bezweifelt, soll meine Klinge zu spüren bekommen.“

„Wir kennen dich, Namra-Mar“, rief ein anderer. „Was du sagst, wird stimmen.“

Garodem räusperte sich. „Ein Freund steht dem anderen bei, das ist nur recht. Der Elf Elodarion versuchte, einen der euren unter Gefährdung seines Lebens zu retten, obwohl er sicher nicht sein Freund war. Ich frage Euch also: Warum hat er das wohl getan?“

„Weil alle Spitzohren verrückt sind!“

Jalan trat nach vorne und suchte mit den Blicken nach dem Sprecher. „Wir sind keine tollwütigen Bestien, wie der alte Malaquant eine war. Wir achten das Leben.“

„Und ihr nehmt es, wenn es euch nicht zu Willen ist!“

„Man muss nicht befreundet sein, um einander zu respektieren“, brüllte Garodem. „Das hat der Elf Elodarion euch bewiesen. Er respektierte den Schwarmmann, der ins Wasser stürzte, und wollte nicht zulassen, dass er ertrank."

„Das ist wahr", rief Namra-Mar.

Garodem sah Segu-Mar an. Die Stimmung unter den Menschen war feindselig, und der Pferdefürst wollte das nicht hinnehmen. Blinder Hass sät blinde Gewalt. „Als ich vom Überfall auf Gendaneris erfuhr, da fragte ich mich, was das für Bestien sein müsssen, die einer friedlichen Stadt so etwas antun können."

Drohendes Gemurmel ertönte, und diesmal fuhr Segu-Mar die Menge an. „Ruhe! Er hat das Wort!"

„Ich habe gegen Euch gekämpft. Oder eher gegen das, was der verrückte Malaquant beabsichtigte." Garodem wies über die Stadt. „In den letzten Zehnteltagen habe ich vieles gesehen und vieles gehört. Diese Stadt erinnert mich sehr an meine Stadt Eternas in meiner geliebten Hochmark. Dort leben Menschen wie ihr. Nun, sie mögen nicht viel mit dem Wasser zu schaffen haben, aber sie verrichten ihr Tagwerk. Sie lieben und sie leiden. Sie sorgen sich um ihre Kinder und ihre Liebsten. Sie sind Menschen, die wachsen und gedeihen wollen."

„Genau wie wir", rief eine Frau.

„Genau wie Ihr." Garodem nickte. „Und ich wüsste nicht, warum man es Euch nicht gewähren sollte. Lasst das Meer Euer Land sein, wie das Gras unsere See ist. Wer unser Land betritt, der ist uns Pferdelords willkommen – wenn er es in Frieden tut."

„Die Landfüße bringen keinen Frieden und die Elfen schon gar nicht." Der Einwand klang diesmal nachdenklicher und nicht aggressiv.

„Aber sie müssen auch keinen Krieg bringen. Ihr braucht Getreide oder Metalle? Handelt mit dem Reich Alnoa. Es hat reichlich davon."

„Wir haben nicht viel, womit sich handeln lässt“, wandte Segu-Mar ein. „Nur das, was wir als Beute nehmen.“

„Ihr habt weitaus mehr. Die Früchte des Meeres zum Beispiel.“ Garodem lächelte. „Und ihr habt noch eine andere Ware. Die wohl wichtigste Ware, die ich mir vorstellen kann.“

„Und was sollte das sein?“

„Frieden, mein Freund. Ein Meer ohne Blutvergießen.“ Der Pferdefürst sah den überraschten Blick des neuen Malaquant. „Auch wenn Ihr vielleicht nicht genug Ware zum Handeln habt ... Glaubt mir, das Reich Alnoa wird Euch gerne geben, wenn es dadurch den Frieden bewahren kann.“

„Nur weil es uns fürchtet“, knurrte Segu-Mar.

„Auf dem Wasser habt Ihr die Macht, Ihr Schwärme der See.“ Garodems Blick wurde kühl. „Doch habt Ihr sie auch an Land?“ Er seufzte leise. „Das nächste Mal wird es Euch nicht so leicht fallen, eine Stadt zu nehmen.“

Segu-Mar nickte. „Ja, das mag stimmen.“

Jalan sah den Oberherrn der Schwärme eindringlich an. „Schließt einen Handel mit dem Reich Alnoa. Lasst die Waffen ruhen.“

„Niemals.“ Narut-Mar, Schwarmführer der Grünklauen, griff in sein Gewand. „Niemals werden wir uns den Landfüßen beugen.“

Nedeam hatte es geahnt. Doch obwohl er innerlich vorbereitet war, behinderte ihn die Wunde zu sehr. Noch während er sich aufzurichten versuchte, stieß er einen heiseren Warnschrei aus.

Ob Narut-Mar nun Jalan oder Garodem angreifen wollte, ließ sich nicht mehr sagen. Denn als sein Arm mit einem Dolch in der Hand vorstieß, ertönte ein leises Schmatzen, und der Schwarmführer kippte mit durchschnittener Kehle vornüber, während sein Blut über den Boden spritzte.

Erschrockene Schreie waren zu hören, und Waffen wurden gezogen, bis Bejad-Maru sich zur Menge wandte und ihre blutbefleckte Klinge zeigte. „Ich bin Bejad-Maru, die Dornenhand der Dornfische. Narut-Mar hat den Seefrieden gebrochen. Sein Blut ist das letzte, das heute vergossen wurde!"

Segu-Mar trat neben die schöne Schwarmfrau. „Es gilt der Seefrieden. So ist es mit den Elfen und den Landfüßen vereinbart. Narut-Mar hat gegen das Gebot verstoßen."

„Ich, Namra-Mar, sage, der Malaquant hat recht."

Segu-Mar breitete die Arme aus. „Auch Bejad-Maru hat recht. Ebenso der Pferdemensch Garodem. Es ist genug Blut geflossen. Wir werden Waffenstillstand halten, aber genau beobachten, ob der Handel gilt."

„Er gilt", versicherte Garodem.

Bejad-Maru wischte ihren Dolch sorgfältig ab, bevor sie ihn wieder in irgendeiner Falte ihres Gewandes verschwinden ließ. „Ich denke, ich werde Gendaneris erneut besuchen. Die Stadt gefällt mir." Sie sah Garodem an, und ein strahlendes Lächeln verzauberte ihr Gesicht. „Vielleicht besuche ich sogar dein schönes Eternas."

Garodem war über die Rolle dieser Frau aufgeklärt und sah sie nachdenklich an. „Ihr seid willkommen, wenn Ihr in Frieden kommt."

„Das werde ich gewiss."

Garodem neigte sich Nedeam zu. „Kann man ihr trauen?"

Nedeam sah Bejad-Maru an. „Dieser Frau?" Sie war eine eiskalte und kompromisslose Mörderin. Doch war sie das wirklich? Nur, weil sie keine Rüstung trug? Sie hatte auf ihre Weise für die Schwärme gekämpft und das, obwohl sie sich dadurch in Gefahr brachte, denn sie hätte einfach untertauchen können. Diese Frau stand bedingungslos zu dem, an das sie glaubte. Plötzlich lächelte er. „Ich denke, ich würde ihr mein Leben anvertrauen."

Segu-Mar breitete erneut die Arme aus. „Schwärme der Meere, hört mich an! Jedem Einzelnen von euch sei es verkündet. Von Um'briel bis zu den fernen Küsten. Von nun an herrscht Seefrieden!"

Zunächst waren nur vereinzelte Jubelrufe zu hören, aber dann sprang der Funke über.

54

Es würde ein kalter und harter Winter werden. Man spürte es an den Winden, die über die Hochmark strichen.

Dorkemunt stützte sich auf das Gatter, das den kleinen Pferch verschloss, und sah auf den neuen Schafbock, den sie erworben hatten. „Diesmal kommt der Winter früh."

Nedeam lehnte sich ein wenig im Sattel vor. „Ja, ungewöhnlich früh."

„Er wird hart werden. Aber das bringt dichte, gute Wolle." Dorkemunt stieß sich vom Gatter ab und sah seinen Freund an. „Sie wird einen ordentlichen Gewinn erzielen."

„Das wird sie sicherlich."

Sie sahen einander an, und beide fühlten sich ungewohnt gehemmt. Der blaue Rosshaarschweif an Nedeams Helm bewegte sich im Wind. Als er dabei seine Wange berührte, strich er ihn mit einer ärgerlichen Bewegung zur Seite. Die Lanze in seiner Armbeuge bewegte sich dabei, und der lange dreieckige Wimpel zuckte.

„Sieht gut aus." Dorkemunt deutete auf das grüne Tuch. „Es gefällt mir, dass du die Tatze des Pelzbeißers gewählt hast. Sie passt zu dir."

„Hm." Nedeam warf einen nachdenklichen Blick auf den Berittwimpel. „Meine Mutter, Meowyn, hat ihn für mich gemacht."

„Ja, das hat sie."

Dorkemunt vergewisserte sich, dass das Gatter richtig verschlossen war, und klopfte geistesabwesend gegen das Holz.

„Hast du etwas gehört? Von den Schwärmen, meine ich.“

„Vor einem Mond war ein Händler aus Mintris beim guten Herrn Helderim. Er berichtete, zwei Schiffe seien einander begegnet. Man habe die Waffen bereitgehalten.“

„Aber haben sie gekämpft?“

„Nein, sie haben nicht gekämpft.“

Dorkemunt nickte. „Das ist gut, Nedeam, mein Freund. Das ist sehr gut. Was macht die Wunde?“

„Du weißt, sie ist längst verheilt.“

„Ja, in letzter Zeit heilen die Dinge ungewöhnlich schnell bei dir.“ Der kleine Pferdelord trat an Stirnfleck heran und tätschelte den Hals des großen Hengstes. „Sie werden mit Marnalf reden. Auch wegen dir.“

Nedeam runzelte die Stirn. „Wen meinst du?“

„Jalan-olud-Deshay und seine schöne Tochter.“

„Mit dem guten Grauen unseres Königs Reyodem?“ Nedeam leckte sich über die Lippen und warf einen langen Blick über das kleine Gehöft. „Davon weiß ich nichts. Wegen mir? Dorkemunt, was verbirgst du da vor mir?“

Dorkemunt grinste. „Genaues kann ich auch nicht sagen. Leoryn erwähnte etwas in dieser Richtung. Du denkst oft an Llarana, nicht wahr? Nein, nein, schüttle nicht den Kopf. Ich kenne dich gut genug, um es zu wissen. Sie geht dir nicht aus dem Sinn.“

Nedeam zuckte die Schultern, und sein Blick verhärtete sich leicht. „Sie ist nun einmal ein elfisches Wesen, und ich bin ein Mensch.“

„Ein Pferdelord und der Erste Schwertmann der Hochmark.“ Dorkemunt nickte zu seinen Worten. „Und ein guter Pferdelord dazu. Einer der besten. Von mir einmal abgesehen.“

Nedeam lächelte wieder. „Ohne Frage.“

„Wie fügt sich Garwin ein, der Sohn unseres guten Fürsten Garodem?“

„Ich weiß es nicht.“ Nedeam sah seinen Freund ernst an. „Es geht etwas von ihm aus, das mir sehr missfällt.“

„Ja, auch ich sorge mich seinetwegen. Garodem ist ein guter Mann, und er hätte einen anderen Sohn verdient.“

„Man kann es sich nicht aussuchen.“

Dorkemunt legte Nedeam die Hand an den Schenkel. „Manchmal schon.“

Ihre Hände fanden sich in stillem Einvernehmen.

Der kleine Pferdelord räusperte sich verlegen und trat zurück. „Du wirst wieder aufbrechen müssen, Nedeam, mein Junge.“

„Kommst du zurecht?“

„Heiße ich nicht Dorkemunt und bin ich nicht der beste aller Pferdelords? Nun, von einem gewissen Ersten Schwertmann einmal abgesehen.“

Sei lachten sich an und spürten gleichermaßen ihre Trauer.

Zwei Monde diente Nedeam nun schon als Erster Schwertmann, und er nutzte jede Möglichkeit, einen Ritt in das kleine Tal und zu Balwins Gehöft zu machen. Dorkemunt fehlte ihm, und dem kleinen Pferdelord erging es nicht anders. Aber Garodems Kräfte begannen zu verfallen, und der Pferdefürst der Hochmark brauchte einen guten Ersten Schwertmann an seiner Seite. Nedeam wusste, dass es die richtige Entscheidung gewesen war, ein Schwertmann Garodems zu werden. *Der* Schwertmann Garodems. Die Grenzen waren ruhig. Zu ruhig.

Sie alle spürten, dass sich etwas zusammenbraute.

Der Erste Schwertmann der Hochmark beugte sich zu Dorkemunt vor und lächelte seinen Freund und Mentor an.

„Der Ritt auf meinem braven Stirnfleck erinnert mich an unseren Ritt auf den Wellen."

Dorkemunt lachte unbeschwert auf. „Unsinn, Nedeam. Kein Pferderücken kann so grässlich wackeln wie der Boden eines dieser fürchterlichen Schiffe. Nein, ich bin dem Rücken meines Wallachs treu und werde immer ein Pferdelord bleiben."

– ENDE –

Michael H. Schenk
Die Pferdelords und der Sturm der Orks
Band-Nr. 65001
8,95 € (D)
ISBN: 978-3-89941-356-4
672 Seiten

Michael H. Schenk
Die Pferdelords und die Kristallstadt der Zwerge
Band-Nr. 65002
8,95 € (D)
ISBN: 978-3-89941-357-1
624 Seiten

Michael H. Schenk
Die Pferdelords und die Barbaren des Dünenlandes
Band-Nr. 65003
8,95 € (D)
ISBN: 978-3-89941-358-8
640 Seiten

Michael H. Schenk
Die Pferdelords und das verborgene Haus der Elfen
Band-Nr. 65011
8,95 € (D)
ISBN: 978-3-89941-402-8
592 Seiten

Leseprobe zu Band 6 →

Freuen Sie sich schon jetzt auf den
6. Band der Pferdelords:
„Die Pferdelords und die Paladine der toten Stadt“

LESEPROBE

Sie standen in der Nähe der Ecke, wo die nördliche und die östliche Mauer aneinander stießen. Von hier hatte man einen guten Blick in beide Richtungen. Der Einschnitt des Passes von Rushaan lag im Licht des Mondes und hob sich deutlich von den aufsteigenden Felswänden des Gebirges ab. Der Norden hingegen wirkte trostlos. Die Öde machte ihrem Namen Ehre. Ein endlos erscheinendes Feld aus Sand, Geröll und Felsen und die sternklare Nacht ließ die Konturen scharf hervortreten. Nichts regte sich, nur ab und zu ließ der Wind kleine Wirbel von Sand und Staub aufsteigen, die sich drehend erhoben und dann zerfaserten.

„Ein trostloses Land“, flüsterte Elgeros.

„Es ist die Öde.“

„Einst war es ein schönes Land, mit fruchtbaren Ebenen und riesigen Wäldern. Der Glanz seiner Städte erhellte die Nächte.“

„Das ist lange vergangen“, seufzte Neolaras. „Die Sonnenfeuer haben alles verschlungen.“

„Und was die Feuer nicht vernichteten, das zerstörten die Beben.“

Elgeros nickte und blickte nachdenklich nach Süden. „Es ist an der Zeit, dass wir das Land endlich verlassen. Die Zeichen werden immer stärker.“ Er spürte die Hand des Freundes an seinem Arm und wandte sich ihm zu. „Was ist?“

„Dort.“ Neolaras deutete in die Öde hinaus. „Die Wirbel verdichten sich. Der Wind scheint noch stärker zu werden.“

Der Wind war beißend und kalt aber nicht schärfer geworden. Elgeros schüttelte unbewusst den Kopf. „Davon spüre ich nichts.“

„Dennoch verdichten sich die Sandwirbel.“

Sie starrten nun beide in die Richtung, in der sich der Sand zu erheben schien. Erneut schüttelte Elgeros den Kopf. „Das ist nicht der Sand, der sich dort erhebt.“

Neolaras sah in den Himmel hinauf. „Noch drei Zehnteltage,

bis der Tag anbricht. Es kann noch kein Morgennebel sein."

„Dennoch ist es Nebel."

Neolaras beugte sich weiter vor, stützte sich auf seinem Bogen ab, der sich ein wenig bog. „Du hast Recht, es ist Nebel. Aber er zeigt sich nur dort."

„Und er breitet sich aus und kommt näher", murmelte der Bogenführer.

Es war eine ungewöhnliche Erscheinung. Sie hatten noch keinen Nebel gesehen, der so übergangslos aus dem Nichts entstand und sich auf so merkwürdige Weise ausbreitete. Er verdichtete sich schnell, glich einer milchigen Flutwelle, die sich über einen begrenzten Teil der Öde ausbreitete und dabei Niyashaar näherte. Dabei war die Nebelbank kaum zwei Längen hoch und mochte eine Breite von einer Hundertlänge aufweisen. Ein eng abgegrenztes Areal dunstigen Wallens, das unmerklich pulsierte.

„Hast du das gesehen?" Neolaras beugte sich weiter vor. „Dieses Glühen und Gleißen?"

„Ja, als würde in dem Nebel ein Gewitter toben." Der Führer der Bogen musterte den nächtlichen Himmel. „Aber die Sterne stehen klar und keine Wolke ist in Sicht."

„Das gefällt mir nicht", brummte Neolaras. „Eine finstere Drohung geht von diesem Nebel aus. Wir sollten die Männer zu den Waffen rufen."

„Wegen eines Nebels?"

„Wenn es ein Nebel ist." Neolaras richtete sich auf und zog einen Pfeil aus seinem Köcher. „Und wer weiß, was sich in diesem Wallen verbirgt."

„Du hast Recht", seufzte Elgeros. „Die meisten können ohnehin nicht schlafen."

Der Bogenführer wandte sich dem Innenhof zu und legte die Hände vor den Mund, um die Männer zu den Waffen zu rufen.

„Da ist etwas im Nebel, ich kann es sehen", zischte Neolaras erregt. „Mir scheint, es ist eine feste Gestalt."

Michael H. Schenk

Die Pferdelords
und die Paladine
der toten Stadt

Band-Nr. 65018
8,95 € (D)
ISBN: 978-3-89941-527-8
Erscheinungstermin:
November 2008

Maria V. Snyder
Yelena und die Magierin des Südens
Band-Nr. 65005
7,95 € (D)
ISBN: 978-3-89941-360-1
448 Seiten

Maria V. Snyder
Yelena und der Mörder von Sitia
Band-Nr. 65009
7,95 € (D)
ISBN: 978-3-89941-392-2
512 Seiten

Deborah Hale
Die Prophezeiung von Umbria
Band-Nr. 65004
7,95 € (D)
ISBN: 978-3-89941-359-5
416 Seiten

Deborah Hale
Das Orakel von Margyle
Band-Nr. 65007
7,95 € (D)
ISBN: 978-3-89941-362-5
496 Seiten